U0736298

金圣叹选批
天下才子必读书

金圣叹 ◆ 选批
朱一清 程自信 ◆ 注

北京联合出版公司
Beijing United Publishing Co.,Ltd.

目　录

先秦文

左传　48篇

秦文

两汉文

李陵　1 篇

魏晋文

唐文

宋文

前言

一

金圣叹（1608—1661），生活于明末清初，是中国历史上最负盛名的文学批评家，涵养深厚，才气纵横，见解高妙，性情激傲。他最大的贡献，是把“批”和“评”这种文学批评方式，推进到一个前无古人，后无来者的高度，标新领异，迥出意表，千百年来，别开生面。

他以《庄子》《离骚》《史记》《杜诗》《水浒》《西厢》为六才子书，并进行批点。但他只完成了《水浒》《西厢》，《杜诗》批评完成大半，因哭庙案被害而中断。除六才子书外，他还选批了《唐诗六百首》和《天下才子必读书》，算是相对比较完整的作品。他的批点作品和诗文，经族人金昌辑录，见于《唱经堂内书》《唱经堂外书》和《唱经堂杂篇》。

金圣叹认为，要写一手好文章，首先需得知道什么是好文章，他从《左传》始，一直搜录到宋代，共集成历代佳文三百五十二篇。这些篇目中，除极少数只列选篇，没有点批，绝大部分篇章都做了或长或短极为精辟的批和评。金圣叹说，“才子者，菩萨也，真能致知格物者也”，真正写得好文章的才子，精神气质高华通透，能穷究事理，览闻辩见，而绝不止耍弄文笔。金圣叹的批和评，无不围绕才子好文章的妙语机锋、架构铺陈、转折警语，如同高人在侧，提点伴读。对于入门者和鉴赏者，都各具不可替代之价值。

中国历代散文浩如烟海，穷尽个人一生之力，也难以读完。真要读到从文辞架构到见识气韵俱佳的好文章，好选本非常重要。金圣叹的评点承袭了唐宋的传统，并在他手上大大生发。他所批诸本，高度评价者甚多，如胡适、钱穆、周作人、林语堂等，也直接影响了后世的批评作品，如脂砚斋批《石头记》，就大叹“假使圣叹见之，正不知批出多少妙处”，自愧才不能逮，勉力行之。梁启超说：“余于圣叹有三恨矣。一恨圣叹不生于今日，俾得读西哲诸书，得见近时世界之现状，则不知圣叹又作何等感想；二叹圣叹未曾自著一小说，倘有之，必能与《水浒》《西厢》相埒；三恨《红楼梦》《茶花女》二书出现太迟，未能得圣叹先生之批评。”

作为文学批评者，金圣叹具备三项突出优势：首先，有眼光，是学养极深的批评家；其次，率真深入，直指人心又颇有洞见，让人如见其人，如聆其声，若用语拘谨刻板，就大失批评的灵动风味了；最后，精读文本，金圣叹赏文析义的细密功夫，是他人无法超越的。

明代末年，市民阶层逐步兴起，刻书业和纸张业大力发展，催生出强大的图书市场，书商群体对于典籍的阅读普及和推广做了很多尝试，其中一个就是评点各类作品，尤其是传奇小说。这种方式给了金圣叹重大的启发，与其板正系统地做文学评价，不如以批加评的方式，阐释见解和主张。他的一些批评的短章，本身就是极妙的好文章，比如周作人就说，金圣叹在《唐诗六百首》中的批点“实在很好”。在眼光极高的周作人那里，这样的评价已臻极致。

二

比较著名的散文选本，在金圣叹之前有明代唐顺之的《文编》、茅坤的《唐宋八大家文钞》、陈仁锡的《古文奇赏》等，金圣叹之后有清代吴楚材和吴调侯叔侄编写的《古文观止》、姚鼐的《古文辞类纂》最为知名。金圣叹的选本名为《才子必读书》是受张侗初《必读古文》的影响，另加“才子”二字，名曰《才子必读书》。

古文选本中最为知名的《古文观止》，从所选篇目、选文字句的删削、批语等方面，都明显受到了金圣叹的影响。区别在于：一、《古文观止》选篇二百二十二篇，《金圣叹选批才子必读书》选篇三百五十二篇，从篇幅上金批选本多了三分之一。金本所选先秦、秦文一百二十二篇，两汉文一百零三篇，唐宋文一百零一篇，补遗二十六篇，分量适中，适合一般读者阅读。从选文范围看，金本既选录了《左传》、《战国策》、司马迁、韩愈、柳宗元、欧阳修、苏轼等名家名篇，也辑录了一些在今天知名度不高的作者的优秀作品，如汉代尉佗的《上汉文皇帝去帝号书》、朱浮的《与彭宠书》，晋代羊祜的《平吴疏》、庾亮的《让中书监表》，宋代钱公辅的《义田记》等。二、《古文观止》较早的刻本也有评点，二吴这两位乡村私塾教师的评点无论从文学见识还是文辞精彩程度上，都远不及金圣叹作为文学批评家的批和评。近代出版的《古文观止》，多只保留篇目，不再刊行二吴的评点，但金圣叹选本不同，金圣叹的批和评的价值很高，是选篇中不可舍弃的重要部分。

金圣叹认为，作文要推心置腹，以诚感人，其批语中多次提到表达真诚的重要性。“欲作缠绵帖肉之文，须千遍烂读此文，非贵其文辞，贵其心地也。此文，只是一片心地。”（《子产论尹何》）“文字只要从一片心地流出，便正看、侧看、横看、竖看，具有种种无数美妙。任凭后来何等才人，含毫沉思，直是临摹一笔不得也。”（《赐尉佗书》）

他还常用比较法来批点古文，比如在批点柳宗元的《祭十郎文》时，就将它和同时代韩愈的《祭十二郎文》作比较："祭十二郎，摇曳；祭十郎，荒促。其摇曳也，盖为得之讣闻；其荒促也，乃为万里炎荒，躬亲抚殓。盖彼自有不得不摇曳之情，此又有更摇曳不得之情也。若其痛毒，直是一种。"这种横向比较比孤立的分析更能让人从作文之法上得到启发。

金圣叹的点批文辞优美，气势磅礴。《清代七百名人传·金人瑞传》说金圣叹"纵横批评，明快如火，辛辣如老吏。笔跃句舞，一时见者，叹为灵鬼转世"。比如，苏轼的《荀卿论》批云："迅如秋江，峭如秋山，皎如秋日，旷如秋空。后贤精切读之，脱肉胎，换仙骨，真文家之宝符也。"苏辙的《六国论》批云："看得透，写得快。笔如骏马下坂，云腾风卷而下，只为留足不住故也。"

今天我们所见到的《才子必读书》刻本应早于康熙十六年（公元1677年），灵兰堂所刻，名为《增补天下才子必读书》（金圣叹选评），包括《左传》、《国语》、《战国策》、秦文、东汉文、三国文、晋文、唐文、宋文等十五卷。另有康熙二十三年（公元1684年）刊本《评注才子古文》二十六卷、国学进化社1912年的校印本《天下才子必读书》十五卷，以及有正书局的排印本十六卷。1936年上海中央书店印行时，易名《圣叹选批古文必读》，仍为十六卷。此次出版，定名为《金圣叹选批天下才子必读书》。

三

金圣叹是个怪人，他随接触的人的不同，而呈现出迥异的面相。与他同时代的徐而庵记载，金圣叹若遇到礼法君子，便不苟言笑，正襟危坐；如果遇到酒人，便酒风浩荡，放浪癫狂；如果遇见诗人，就如同王维一样沉吟高畅；遇到剑客，就手舞足蹈；遇到棋客，就如高手精算，望而生敬；遇到道士，就仙风鹤骨；遇到和尚，便清凉深邃，谈佛终日；遇到安静沉默的人，就木讷不言，可以一天不说话；遇到老人，就亲近絮叨；遇到孩子，便时哭时笑，一片赤子情态。金圣叹从精神到行为都极为自由，他并无定相，一捆矛盾，即使放在今天，也不见得为大多数人所理解和接受，是一位出位的高人。

他极爱族中子弟，不少评点其实是为儿子和甥侄所作，要将学问情味全付交给后代。金圣叹的批和评倾心尽意，又饱含挚爱，是在别的文学批评里看不到的。

金圣叹编写《才子必读书》的目的，“盖致望读之者之必为才子也”。先让读者读好文，在金圣叹的衔接下得与高人神交，继而能作得好文章，既是金圣叹的期待，也正是我们编选这套《金圣叹选批天下才子必读书》的目的。

增补才子书引

古文之有选，始自昭明。选之有评注不一家，大略以月峰、鹿门、伯敬诸公是法。至于章栉字比、标新导微，莫妙乎明卿之《奇赏》，侗初之《正宗》。故十余年来宇内习学者自四书、五经之外，喜博者读《奇赏》，求约者读《正宗》，举世皆然，师生一辙。独圣叹才子书出，而慧心浚发，彩笔澜翻，如尘鉴之复朗，画龙之点睛，别开古人生面，孰不钦其神识，快其高论，诚千古不易之选，后贤必读之书也。

吾浙初刻甚精，奈为祝融所毁，豫刻舛讹之极，苦无善本。兹缘坊人之请，遂增以遗稿诸篇，再三校订，允称全璧。如《水浒》《西厢》之妙，不过先生游戏笔墨之文耳，岂若是书之大有裨于名教哉！

时康熙丁巳孟春望日

西泠陈枚简侯氏识

（原载康熙十六年灵兰堂刊本卷首）

左

48篇

左 传

郑伯克段于鄢

隐公元年

通篇，要分认其前半是一样音节，后半是一样音节。前半，狱在庄公，姜氏只是率性偏爱妇人，叔段只是娇养失教子弟。后半，功在颍考叔，庄公只是恶人到贯满后，却有自悔改过之时。

初，郑武公娶于申[1]，曰武姜[2]。生庄公及共叔段[3]。“初”字起，后仍至“初”字结。庄公寤生[4]，惊姜氏，故名曰寤生，遂恶之。一“遂”字，写恶得无理。爱共叔段，欲立之。亟[5]请于武公，公弗许。妇人率性，往往遂成家国之祸，如此类甚多。及庄公即位，为之请制[6]。公曰：“制，岩[7]邑也，虢叔死焉[8]，佗邑唯命。”一路写庄公，俱是含毒声。其辞，音节甚短。请京，使居之，谓之京城大叔[9]。谁与作此名？定是庄公自作之。盖故若尊宠之，以生其骄心。庄公处心积虑杀其弟，此日便早定计。

祭仲[10]曰：“都，城过百雉[11]，国之害也。先王之制，大都，不过参国之一；中，省“都”字。五之一；省“国”字。

1. 郑武公：姓姬，名掘突，谥号武，郑国国君。申：古国名，姜姓，侯爵一级的诸侯国，故城在今河南省南阳市北。

2. 武姜：武公之妻。武，从夫谥；姜，母家的姓。

3. 共叔段：郑庄公弟。共是古国名，叔是排行，段是名。

4. 寤生：逆生，即胎儿脚先出来的一种难产。

5. 亟：屡次。

6. 制：古邑名，亦名虎牢，在今河南省荥阳市汜水镇。

7. 岩：险要。

8. 虢叔：指东虢君。死焉：死于此。此指公元前767年郑武公灭东虢之事。

9. 京城大叔：据《史记·郑世家》：“庄公元年，封弟段于京，号太叔。”大，同“太”。大叔，是对叔段的尊称。

10. 祭仲：郑国执政大臣。

11. 雉：古代计算城墙面积的单位，长三丈高一丈为一雉。

小，九之一。今京不度，非制[12]也。君将不堪。”一梦中人。公曰：“姜氏欲之，焉辟害？”子称母姜氏，是含毒声。对曰：“姜氏何厌之有？不如早为之所[13]，无使滋蔓！蔓，句。难图也。句。蔓，句。草，句。犹不可除。百忙中，又入喻。况君之宠弟乎？”梦中。公曰：“多行不义必自毙，子姑待之。”含毒如此，人自不觉。

既而大叔命西鄙、北鄙贰[14]于己。不敢便收，故且贰也。只须禁之，便止。公子吕[15]曰：“国不堪贰，君将若之何？欲与大叔，臣请事之；曲折。若弗与，则请除之，无生民心[16]。”又一梦中人。公曰：“无庸，将自及。”曰“自毙”，曰“自及”，含毒如此，人自不觉。

大叔又收贰以为己邑，至于廪延[17]。盖庄公听之。子封曰：“可矣。厚，句。将得众。”梦中。公曰：“不义不昵[18]，厚，句。将崩。”含毒如此，人自不觉。庄公语，段段音节甚短。

12. 非制：不是先王的制度。

13. 早为之所：及早安排他的处所。

14. 鄙：边邑。贰：两属，意为表面属于庄公，实际属于叔段。

15. 公子吕：字子封，郑国大夫。

16. 无生民心：不要使人民产生贰心。

17. 廪延：邑名，在今河南省延津县北。

18. 不义不昵：据杜预注，谓“不义于君，不亲于兄”。昵，亲近。

大叔完聚[19]，缮甲兵，具卒乘[20]，《诗》有两《叔于田》，则此自为田猎，未可知。将袭郑。夫人将启之[21]。此二“将”字，明明疑狱，连坐姜氏，妙。公闻其期，曰：“可矣。”祭仲不闻，子封不闻，偏是公闻。命子封帅车二百乘以伐京。京叛大叔段，段入于鄢[22]，公伐诸鄢。经书。五月辛丑，大叔出奔共。经不书。

书[23]曰：“郑伯克段于鄢。”段不弟，故不言弟；依经释，一。如二君，故曰克；依经释，二。称郑伯，讥失教也；依经释，三。谓之郑志[24]。谓郑庄公之志也，“志”言心之所之也。不言出奔，难之也[25]。释经不书也。

遂置姜氏于城二“遂”字，写置得无理。颍，城，高墙也。颍，置城之地，在颍。特注明以为考叔来因也。而誓之曰：“不及黄泉，无相见也！”含毒声，至此，始尽畅。既而悔之。天性。以上，一篇地狱文字；以下，一篇天堂文字。颍考叔为颍谷封人[26]，闻之，闻其悔，非闻其城。有献于公。公赐之食，食，句。舍肉。特挑其问。公问之，对曰：“小人有母，只四字，直刺入耳，从耳直刺入心，下俱

19. 完聚：意为修葺城郭，积聚粮草。

20. 具卒乘：备足士兵和战车。

21. 夫人：指武姜。启之：打开城门接应他。

22. 鄢：郑邑，在今河南鄢陵县西北。

23. 书：指《春秋》经文。

24. 郑志：指郑伯蓄意杀弟的意图。

25. 难之也：难以下笔记载叔段出奔共这件事。按《春秋》书法，凡记某人出奔，就表示这人犯了罪。因叔段出奔，庄公也有责任，不能单怪叔段，故《春秋》不言叔段出奔共。

26. 颍考叔：郑国大夫。颍谷：郑边邑，在今河南登封市西。封人：官名，地官司徒的属官，掌守护帝王社稷及京畿的疆界。春秋时为典守封疆的官。

羡文耳。皆尝小人之食矣，未尝君之羹，请以遗之。”公曰：“尔有母遗，繄[27]我独无！”哀哀之音，宛然孺子失乳而啼，非复已前毒声短节。颍考叔曰：“敢问何谓也？”公语之故，故，所以城之故也。且告之悔。悔，又多誓之悔也。对曰：“君何患焉！轻轻便解，更无难事。若阙[28]地及泉，隧[29]句。而相见，其谁曰不然？”天大难事，到圣贤手中，只如儿戏便解。公从之。公入而赋：入便赋也，乐故也。“大隧之中，赋之首句也。其乐也融融。”融融，则知其前之阴毒也。姜出而赋：出然后赋也。“大隧之外，赋之首句也。其乐也泄泄[30]。”泄泄，则知其前之隐忍也。遂为母子如初。三“遂”字，“初”字结。

君子曰[31]：“颍考叔，纯孝也，爱其母，施及庄公。《诗》曰：‘孝子不匮，永锡尔类[32]。’其是之谓乎！”一篇郑庄公文字，却以颍考叔结，是以颍考叔为孝子，而以郑庄公为尔类也。左氏用“君子曰”，例如此，严矣哉！

27. 繄：助词，同“惟”。

28. 阙：挖掘。

29. 隧：动词，掘作隧道。

30. 泄泄：舒畅的样子。

31.君子曰：是《左传》作者自己对所记历史事件的评论意见。后来史书中的“论”“赞”即起源于此。

32. 孝子不匮，永锡尔类：见《诗经·大雅·既醉》。匮，竭尽。锡，赐。这两句意为孝子尽孝没有竭尽的时候，以此孝道永久赐给孝子的同类。

左 传

庄公戒饬守臣

隐公十一年

细细读，其计又远，心又孤，极欲瞒人，更瞒不得。于是乎遂成曲曲折折、袅袅婷婷之笔。

郑伯入许[1]，许庄公奔卫[2]。郑伯使许大夫百里奉许叔以居许东偏[3]，己弟叔段何在？而爱许庄公之弟耶？一片纯是奸猾，毋为其妙文所欺也。曰：“天祸许国，鬼神实不逞[4]于许君，而假手于我寡人。自瞒云，非己欲伐许也。一片纯是奸猾，文却妙绝！寡人唯是一二父兄不能供亿[5]，其敢以许自为功乎？军兴必有供亿，甚言伐许以供亿，烦父兄，极不得已也。寡人有弟，不能和协，而使糊其口于四方，看他怕人说，便自开口先说，奸极！然的是妙文。其况能久有许乎？吾子其奉许叔以抚柔此民也[6]，吾将使获[7]也佐吾子。笔笔老奸，心事吞吐，然的是妙文。若寡人得没于地[8]，天其以礼悔祸于许，天或佑许也，看他说在自己身后者，明明自己在时，必不使许得悔祸也。笔笔老奸，心事吞吐。无宁无宁，宁也。三十字为句，与下

1. 郑伯入许：事见《左传·隐公十一年》，郑庄公（即郑伯）联合齐、鲁两国，于隐公十一年（公元前712年）七月初三攻下许国。

2. 许庄公：名弗，许国国君。卫：卫国。

3. 奉：事奉。许叔：许庄公之弟，名郑，谥桓公。许：国名，姜姓男爵诸侯国，在今河南许昌东。许东偏，指许国东部边境地区。

4. 不逞：不快意。

5. 父兄：指同姓群臣。供亿：相安。

6. 吾子：对人的尊称，犹今称“您”。其：命令副词，要、一定的意思。抚柔：安抚柔顺。

7. 获：指下文的公孙获，郑国大夫。

8. 没于地：指寿终。

"无滋他族"三十三字为句，心口相商也。兹许公复奉其社稷，唯我郑国之有请谒焉，如旧昏媾[9]，其能降以相从也。兹，此也。言若他族来逼，则不如此许公复国。奸口奸心，不露自露也。无滋他族实逼处此[10]，以与我郑国争此土也。吾子孙其覆亡[11]之不暇，而况能禋祀[12]许乎？犹俗言连根俱丧，岂但丧许也。奸口奸心如此。寡人之使吾子处此，不唯许国之为，亦聊以固吾圉[13]也。"说至此，老奸不免尽露。然计远者心孤，亦自不得不露矣。乃使公孙获处许西偏，曰："凡而器用财贿[14]，无置于许。而，汝也。计远者心孤如此。我死，乃亟去之！只是极忧死后，可见生前更不容许吐气。吾先君新邑于此[15]，王室而既卑矣，周之子孙日失其序[16]。旧郑在京兆，新郑在此河南。看他心孤语。夫许，大岳之胤也[17]。天而既厌周德矣，吾其能与许争乎？"看他心孤语，凡老奸至尽头日，都比常人更怯。君子谓："郑庄公于是乎有礼。礼，经国家，定社稷，序民人，利后嗣者也。许无刑[18]而伐之，服而舍之，度德而处之，量力而行之。相时而动，无累后人，可谓知礼矣。"于是乎有礼者，言郑庄一生无礼，彼善于此而姑许之。

9. 如旧昏媾：像旧日通婚国家一样亲近。

10. 滋：同"兹"，使也。实：语助词，无义。此句意为不要让别的族逼近而住在此地。

11. 覆亡：挽救危亡。此句连上文意为如让别族逼近，与郑国相争，则郑国将忙于挽救败亡。

12. 禋祀：古时祭天神的一种礼仪，以火烧牲，使烟气上冲于天。这里泛指祭祀。此句意为何况还能祭祀许国的山川。

13. 圉：边疆。

14. 而：同"尔"，你、你的。财贿：财货。

15. 先君：指郑武公。新邑：指河南新郑一带。郑国初封于西周，国土在今陕西省华州东北二十里。西周东迁后，郑武公才伐虢、桧而并其土地，并立国于此，故叫"新邑"。

16. 序：通"叙"，指所承受的功业。

17. 大岳：太岳，四岳之一。据《国语·周语》下："共（即共工）之从孙四狱（即岳）佐之，……申、吕衰微，齐、许犹在。"胤：后代。相传许国是四岳的后代。

18. 无刑：没有法度。刑，法。

左　传

齐伐楚盟召陵

僖公四年

此篇写齐，凡三换声口；写楚，只是一意闲闲然；此为左氏于小白之微词也。

春，齐侯以诸侯之师侵蔡[1]。蔡溃，遂伐楚。看齐来楚踪迹，便不正大。楚子[2]使与师言曰："君处北海，寡人处南海，唯是风马牛不相及也。不虞君之涉吾地也，何故？"问得闲闲然，绝不以齐为意，妙。管仲[3]对曰："昔召康公命我先君大公曰[4]：'五侯九伯，女实征之，以夹辅周室。'一援王命，破"不相及"句。赐我先君履，东至于海，西至于河，南至于穆陵，北至于无棣。二宣赐履，破"涉吾地"句。尔贡包茅不入[5]，王祭不共[6]，无以缩酒[7]，寡人是征。昭王南征而不复[8]，寡人是问。"三与楚罪，破"何故"句。对曰："贡之不入，寡君之罪也，敢不供给？看他承一件。昭王之不复，君其问诸水滨[9]！"推一件，其实与楚无干也。看他只是闲闲然，绝不为意也，妙，妙。

1. 齐侯：齐桓公，姜姓，名小白。春秋时第一个霸主。诸侯之师：据《春秋》记载，参加这次战役的有鲁、宋、陈、卫、郑、许、曹等国的军队。

2. 楚子：指楚成王。因楚国是子爵诸侯国，故称楚子。这是春秋笔法，实际上当时楚已僭称王了。

3. 管仲：名夷吾，字仲。齐国大夫，辅佐桓公成为春秋时第一个霸主。

4. 召康公：名奭，周成王时为太保。大公：太公望，姓姜，名尚。因辅佐周文王、周武王灭商有功，封于齐，为齐国的始祖，故称先君。大，同"太"。

5. 包茅：裹成捆的青茅，青茅是楚国特产，可以滤去酒糟以供祭祀。入：纳。

6. 共：同"供"。

7. 缩酒：渗酒。古代一种祭祀仪式。

8. 昭王：周昭王，周成王之孙。复：返回。

9. 诸：之于。据杜预注："昭王时汉（即汉水）非楚境，故不受罪。"所以楚使回答：您还是到水边去问吧！

师进，次于陉[10]。

夏，楚子使屈完如师[11]。师退，次于召陵[12]。齐侯陈诸侯之师，与屈完乘而观之。写齐总不正大。齐侯曰：“岂不谷是为[13]，先君之好是继。与不谷同好，如何？”最是婉曲好文，然总写出齐怯处。对曰：“君惠徼[14]福于敝邑之社稷，辱收寡君，寡君之愿也。”妙，妙！只是闲闲然，绝不为意。齐侯曰：“以此众战，谁能御之？以此攻城，何城不克？”写齐更不是。对曰：“君若以德绥诸侯，谁敢不服？君若以力，楚国方城[15]以为城，汉水以为池，虽众，无所用之。”到底只是闲闲然，不为意也。

屈完及诸侯盟。“及诸侯盟”，则非与齐盟也，通篇结案在此。

10. 次：驻扎。陉：山名，在今河南省郾城南，是险要之地。

11. 屈完：楚王同族，楚国大夫。如：往。

12. 召陵：楚邑名，在今河南省郾城东。

13. 不谷：不善，国君自谦之词。“岂不谷是为”，即“岂为不谷”，意为“难道是为了我”。

14. 徼：求。此句意为“蒙您惠临为敝国的社稷求福”。是一种外交辞令。

15. 方城：春秋时楚国所筑长城，北起自今河南省方城县北，南至今泌阳县东北。一说山名，在今河南省叶县南、方城县东北，西连伏牛山脉。

左 传

宫之奇谏假道

僖公五年

事险，便作险语，看其段段俱是峭笔、健笔，更不下一宽句、宽字。古人文，必照事用笔，每每如此。

晋侯复假道于虞以伐虢[1]。下一“复”字，便有一不可再语也。通篇文字在叙事时，如此。宫之奇[2]谏曰：“虢，虞之表也。虢亡，虞必从之。事急，故陡作险语，峭甚、健甚。晋不可启，寇不可玩。一之为甚，其可再乎？在昔为晋，在今为寇；在昔为启，在今为玩。晋不可启，故一为甚；寇不可玩，故不可再也。谚所谓‘辅车相依[3]，唇亡齿寒’者，其虞、虢之谓也。”事急，故再作险语，虢存则辅车相依，虢灭则唇亡齿寒。

公曰：“晋，吾宗也，岂害我哉？”亦是人情。对曰：“大伯、虞仲[4]，大王之昭[5]也。太王于周为穆，穆生昭，故太王之子为昭。大伯不从[6]，是以不嗣。此句，只说虞固出于太王。虢仲、

1. 晋侯：指晋献公。复：又。僖公二年（公元前 658 年）晋国曾向虞国借道进攻虢国，灭下阳。今（指僖公五年）又借道，故曰“复假道”。虞：国名，为周武王所封，是太王之子虞仲的后代。虢：国名，有东虢、西虢和北虢之分，此指北虢。

2. 宫之奇：虞国大夫。

3. 辅车相依：辅，面颊。车，牙床。面颊和牙床是互相依存的。以此喻虞国与虢国的关系。一说辅为车两旁之板。大车载物必用辅支持，故辅与车有相依之关系。（杨伯峻说）

4. 大伯：太伯，亦作泰伯，周太王古公亶父的长子。虞仲：周太王的次子。

5. 大王：周太王。昭：古代宗庙里神主的位次，始祖居中，其子在左称为昭，子之子在右称为穆。

6. 大伯不从：是指太伯和弟虞仲得知太王要传位给小弟弟王季（名季历）后，他们便出走至吴，不再在太王身边。

虢叔[7]，王季之穆也；昭生穆，故王季之子为穆。为文王卿士，勋在王室，藏于盟府[8]。此句，乃说虢更亲于虞仲。将虢是灭，何爱于虞？承上“吾宗”句，破得甚辣。且虞能亲于桓、庄[9]乎？其爱之也。句法妙，谓之补注法。若顺笔写之，则将云：“且晋爱虞，能过于桓、庄乎？”桓、庄之族何罪？而以为戮，不唯逼乎？桓叔庄伯，皆晋献从祖昆弟，恶其逼，尽杀之。亲以宠逼[10]，犹尚害之，况以国乎？”辣语，险语。

公曰：“吾享祀[11]丰洁，神必据我[12]。”写大愚人到尽头，如画。对曰：“臣闻之：鬼神非人实亲，惟德是依。通篇悉作峭笔、健笔。故《周书》曰：‘皇天无亲，惟德是辅。’“德”字，引书一。又曰：‘黍稷非馨，明德惟馨。’“德”字，引书二。又曰：‘民不易物，惟德繄物[13]。’“德”字，引书三。连引三书，“德”字三见，皆是峭健之笔。如是，总三书。则非德，民不和，神不享矣。又作冷语，愈益峭。神所冯依，将在德矣。愈益冷，愈益峭。若晋取虞，而明德以荐馨香，神其吐之乎[14]？”妙语，随笔转出，冷峭乃不可言。

7. 虢仲、虢叔：王季的次子和三子，是周文王的弟弟。王季是后稷第十三代孙，故为昭，其子是后稷的第十四代孙，故为穆。

8. 盟府：主管盟誓典策的政府部门。周代策勋之时，必有誓辞。将策勋之策及其盟誓，都藏于盟府。以上四句是针对“晋，吾宗也”说的，意为虢在姬姓中的地位比虞高，虢晋之间的关系比虞晋之间更亲。

9. 桓：指曲沃桓叔，是晋献公的曾祖。庄：指曲沃庄伯，是桓叔之子，晋献公的祖父。此句意为晋之爱虞还能比桓、庄的后人更亲吗？

10. 亲以宠逼：意为桓、庄之族因其亲近，且又位尊，威胁于献公。

11. 享祀：犹祭祀。

12. 据我：依附于我，意即保佑我。

13. 民不易物，惟德繄物：也是《周书》上的，今见伪《古文尚书·旅獒篇》，已改作“人不易物，惟德其物”。意为人们祭神用的祭品并未改变，但只有有德的人的祭品是神所享用的。繄，是。

14. 其：反诘语气词，难道。吐：指不食祭品。

弗听，许晋使。宫之奇以其族行[15]。曰：“虞不腊矣[16]。在此行也，晋不更举矣。”到底作险语，峭甚健甚。言虞不及腊祭，与虢俱灭，晋不必再起兵也。

冬，晋灭虢。师还，馆于虞。遂袭虞，灭之，执虞公。

15. 以其族行：率领他的全族走了。

16. 腊：腊祭，年终合祭诸神的一种祭祀。

齐桓下拜

僖公九年

看他一连写五个『下拜』。

王使宰孔赐齐侯胙[1]，《周礼》：脤膰2以亲兄弟，于异姓则独夏、商二王之后有焉，客之也。今以胙赐桓，乃尊之比二王后。曰：“天子有事[3]于文、武，使孔赐伯舅[4]胙。”本与下“以伯舅耋老”句连文，只因齐侯下拜，遂隔断，此古人夹叙法也。齐侯下拜，孔曰：“且有后命。孔本欲一气宣下，因见齐侯下拜，遂添出此句。天子使孔曰：‘以伯舅耋老[5]，加劳，赐一级，无下拜。’”此一段原连上成文。

对曰：“天威不违颜咫尺[6]，此句是说平日。小白余敢贪天子之命[7]，无下拜？恐陨越于下[8]，以遗天子羞，敢不下拜？”应云“敢贪天子之命，无下拜”句最明健。因自注“天子之命”，即“无下拜”三字，再又注天子所以命无下拜，乃为恐陨越以遗羞。只为添此两重自注，便成袅袅二十六字长句。下，句。拜；句。登[9]，句。受。句。

1. 王：指周天子，即周襄王。宰孔：指宰周公，食邑于周，是周王室的太宰。齐侯：指齐桓公。胙：祭肉。

2. 脤膰：古代祭社稷和宗庙用的肉。祭社稷的生肉叫脤，祭宗庙的熟肉叫膰。

3. 事：指祭事。

4. 伯舅：天子称同姓诸侯为伯父或叔父，称异姓诸侯为伯舅。齐桓公姜姓，故称伯舅。

5. 耋老：老年，年七十为耋。

6. 违颜：离开颜面。咫：古代长度名，周制八寸。

7. 小白：齐桓公名，下对上自称名。贪：这里是“受”的意思。

8. 陨越：颠坠。此句言自己不下堂就要颠坠。

9. 登：升堂。指齐桓公先下阶拜谢，然后再升堂拜谢。

左　传

秦伯不食言

僖公十五年

写秦伯语，又如骄奢，又如戏谑，又如真恳，妙！写晋群臣语，满口哀求，又并不曾一字吐实，妙！写穆姬语，无限慌迫，却只说得一片瓜葛何至于此，并不是悍妇要求，妙！

秦获晋侯以归[1]。晋大夫反首拔舍从之[2]。极写。秦伯使辞焉，曰："二三子，三字句。何其戚也。四字句。寡人之从君而西也，亦惟晋之妖梦是践[3]，十六字句，"从君而西"，辞令妙！岂敢以至？"四字句，如相戏，如相慰，妙，妙！晋大夫三拜稽首[4]曰："君履后土而戴皇天，先写此句，生出"皇天后土"字。皇天后土实闻君之言，次将"皇天后土"证实其语。群臣敢在下风[5]。"次方说己，众人无不一同闻之。妙于满口感激，却不曾吐出一字，浑是镜花水月之笔。

穆姬[6]闻晋侯将至，以太子罃、弘与女简璧，登台而履薪[7]焉。极写。使以免服衰绖逆[8]，且告曰："上天降灾，

1. 晋侯：晋惠公，名夷吾，晋献公之子。晋骊姬之乱后，夷吾厚赂秦穆公，由秦送他回国即位后，即背盟。因此秦穆公伐晋，战于韩原，俘获惠公而归。

2. 晋大夫：指郤乞等。反首：把头发散着向下垂。拔舍：古时行军，在道暂息，拔除野草，张起帐篷而止息。

3. 妖梦是践：据《左传》载，晋大夫狐突遇到太子申生的鬼魂，并对他说："夷吾无礼，……敝（败）于韩。"妖梦即此事。践，履行、应验。

4. 三拜稽首：古人再拜稽首的变礼，是将亡或已亡之国之人所行之礼。

5. 敢在下风：自谦之词。因人在下风，则闻语倍切。此句指晋群臣都听到了秦伯的话，希望他说话算话。

6. 穆姬：秦穆公夫人，晋献公的女儿，是晋惠公的姐姐。

7. 登台而履薪：是指撤去台四面的阶梯，幽闭其上，临时用木柴为梁，履其上以出入上下。以示欲自焚。

8. 免：通"绕"，古代丧服之一。衰绖：古代丧服。逆：迎。

使我两君匪以玉帛相见[9]，而以兴戎。十八字句，相其语意，乃正妙于“我两君”字，“不以玉帛相见”字，全是一片瓜葛至戚，正不以“降灾”“兴戎”字为愤戚也。若晋君朝以入，则婢子夕以死；夕以入，则朝以死。唯君裁之！”上一句，何其缠绵；此四句，何其决烈；秦伯虽欲不从，又岂可得？乃舍诸灵台。

大夫请以入。公曰：“获晋侯，以厚归也；既而丧归[10]，焉用之？大夫其何有焉？承穆姬一段事，辞诸大夫。且晋人戚忧以重我[11]，天地以要我[12]，不图晋忧，重其怒也；我食吾言，背天地也。重怒难任，背天不祥，承晋群臣一段事，辞诸大夫。必归晋君。”总一句。

9. 匪以玉帛相见：古代诸侯会盟朝聘，都以玉、帛作为赠礼。此句意为秦、晋两君不以正常的外交礼节相见。

10. 既而丧归：意为穆公把晋侯带回国，结果却出了丧事（指穆姬要自杀）。

11. 重：据王引之《经义述闻》：“重为动。”重我，即感动我。

12. 天地以要我：指上文皇天后土实闻我“岂敢以至”的话。

左　传

阴饴甥对秦伯

僖公十五年

看他劈空吐出『不和』二字，却便随手分作小人君子。凡我有唐突秦伯语，便都放在小人口中；有哀求秦伯语，便都放在君子口中，于是自己只算述得一遍，既是不曾唐突，又并不曾哀求，真措辞入于甚深三昧者也。

十月，晋阴饴甥[1]会秦伯，盟于王城。秦伯曰：“晋国和乎？”对曰：“不和。对得奇煞人，直是使人吃惊！后来宋人争献纳字，岂复有此精彩。小人[2]耻失其君，而悼丧其亲，不惮征缮以立圉也[3]。曰：‘必报仇，宁事戎狄。’君子[4]爱其君，而知其罪，不惮征缮以待秦命，曰：‘必报德，有死无二。’整整二扇，说出“不和”之故。看他句句挺特，字字精神，妙绝，妙绝。上初读“不和”二字，只谓尽露其短；今详读此，始知正炫其长，煞是奇事。以此不和。”二扇下，又用“不和”字结正，笔法精整。不和在“必报仇”“必报德”两句，看他句上，一样双加“不惮征缮”四字，乃是其制缚秦伯之要着也。上再加君亲，下再加“宁事戎狄”“有死无二”，真是一字千椎[5]，二字百炼。

1. 阴饴甥：晋国大夫，姓吕，字子金。又称吕甥。

2. 小人：指被统治的劳动人民。

3. 征缮：征收赋税，修治甲兵。圉：晋惠公的儿子姬圉，即晋怀公。

4. 君子：指晋国统治阶级上层人物。

5. 椎：通“锤”。

秦伯曰："国谓君何？"对曰："小人戚，谓之不免；君子恕，以为必归。小人曰：'我毒秦[6]，秦岂归君？'君子曰：'我知罪矣，秦必归君。'看他通篇用整整二扇之法，又用接连四扇，一气写成，奇，奇！妙，妙！贰，句。而执之；句。服，句。而舍之。句。德，句。莫厚焉；句。刑，句。莫威焉。句。服者，句。怀德；句。贰者，句。畏刑。句。此一役也，秦可以霸。明明笼络。纳而不定，废而不立，以德为怨，秦不其然。"明明笼络。须知秦伯之受此明明笼络，全是上文两"不惮征缮"夺气。秦伯曰："是吾心也。"改馆晋侯[7]，馈七牢[8]焉。

6. 我毒秦：指晋惠公得秦帮助，回国即了君位，却背弃前约，拒割五城，并在秦国饥荒时不卖粮食给秦，还乘机攻打秦国。毒，毒害。

7. 改馆晋侯：把晋惠公从灵台迁入接待外宾的馆舍，即以国君之礼相待。

8. 七牢：一牛一羊一猪为一牢。馈七牢，是按诸侯之礼待之。《礼记·礼器》载："诸侯七介七牢。"又《周礼·秋官大行人》云："诸侯之礼，介七人，礼七牢。"

左　传

子鱼论战

僖公二十二年

笔快，却如剪刀快相似，愈剪愈疾，愈疾愈剪。胸中无数关隔噎咳之病，读此文，便一时顿消。

宋公及楚人战于泓[1]。先一句，总。宋人既成列，楚人未既济[2]，司马[3]曰："彼众吾寡，及其未既济也，请击之。"公曰："不可。"写宋公鬼怪。既济而未成列，又以告。公曰："未可。"鬼怪。既陈而后击之，宋师败绩。公伤股，门官[4]歼焉。

国人皆咎公。公曰："君子不重伤[5]，不禽二毛[6]。古之为军也，不以阻隘[7]也。寡人虽亡国之余[8]，不鼓不成列。"鬼怪。子鱼曰："君未知战。一句断尽。勍[9]敌之人，隘而不列[10]，天赞我也。阻而鼓之[11]，不亦可乎？快论，又快笔。犹有惧焉[12]！加一句，更透更快。以下，一句接一句，一句快一句，

1. 宋公：宋襄公，名兹父。宋襄公为了争霸，率领许、卫等国攻打附楚的郑国，楚国出兵救郑，因此爆发泓水之战。

2. 未既济：还没有全部渡过泓水。

3. 司马：指大司马，名目夷，字子鱼，是宋襄公的庶兄。

4. 门官：国君的亲军，即宋襄公的亲军侍卫。

5. 重伤：杀伤已经受伤的敌人。

6. 禽：同"擒"。二毛：头发花白的老年人。

7. 不以阻隘：不靠扼敌于险隘之地。

8. 亡国之余：亡国者的后代。因宋是商纣的后代，纣为周灭，故襄公自称亡国之余。

9. 勍：强劲。

10. 隘而不列：受阻于险要之地而未摆开阵势。

11. 阻而鼓之：利用敌人受阻的机会而进攻他们。

12. 犹有惧焉：还怕不能取胜。

如乱刀疾斫相似。且今之勍者，皆吾敌也。虽及胡耇[13]，获则取之，何有于二毛？快论，又快笔。明耻、教战，求杀敌也。快，快！妙，妙！更有何说。伤未及死，如何勿重[14]？快，快！妙，妙！更有何说。若爱重伤，则如勿伤；快，快！妙，妙！更有何说。爱其二毛，则如服焉。快，快！妙，妙！更有何说。三军以利用也[15]，快，快！妙，妙！金鼓以声气也[16]，快，快！妙，妙！利而用之，阻隘可也；快，快！妙，妙！妙论，又快笔。声盛致志，鼓儳[17]可也。”快，快！妙，妙！妙论，又快笔。

13. 虽：即使。胡耇：年老的人。

14. 如何勿重：怎么不要再杀伤呢？

15. 三军以利用也：意为军队应凭借有利时机进行作战。三军，春秋时诸侯大国建有上、中、下三军，泛指军队。

16. 金鼓以声气也：金鼓是用来壮大军队声势和鼓舞士气的。

17. 鼓儳：未鼓即进攻不成阵势的敌人。儳，阵列不整。

重耳历楚至秦

僖公二十三年

俊杀。

重耳及楚[1]，楚子飨之曰[2]："公子若反[3]晋国，则何以报不谷？"无端引出妙文。对曰："子、女、玉、帛，则君有之；妙！羽、毛、齿、革，则君地生焉。妙！其波及晋国者，君之余也，其何以报君？"妙，妙！总是故作好态。曰："虽然，何以报我？"定要引出妙文。对曰："若以君之灵，得反晋国。此九字，是话头，决不可少。晋、楚治兵，遇于中原，其辟君三舍[4]。只此。三十里为一舍。若不获命[5]，其左执鞭弭[6]，右属櫜鞬[7]，以与君周旋。"辟三舍，只是衬语，此乃报楚之正答也。看他左右二句，分明画出略不相让，真是异样英物。子玉[8]请杀之。楚子曰："晋公子广而俭[9]，文而有礼；其从者肃而宽[10]，忠而能力[11]。楚子知人。公子方作如此语，乃楚子评之，却云文

1. 重耳：晋文公，晋献公的庶子。晋献公听信宠妾骊姬的谗言，逼迫世子申生自缢而死，庶子重耳、夷吾等出奔。重耳于鲁僖公二十三年（公元前637年）出奔至楚国。

2. 楚子：指楚成王。飨之：设酒宴款待他。

3. 反：同"返"。

4. 辟：同"避"。舍：三十里为一舍。据《晋语四》韦昭注引《司马法》云："进退不过三舍，礼也。"故重耳回答退避三舍。

5. 获命：意为得到楚子还师的命令。

6. 鞭弭：马鞭和弓。

7. 属：着，佩着。櫜鞬：箭袋和弓袋。

8. 子玉：楚国令尹成得臣。

9. 广而俭：志向远大而行为检点。俭，通"检"，检束、检点。

10. 从者：指追随重耳的狐偃、赵衰、颠颉、魏武子、司空季子等人。肃而宽：态度严肃而待人宽厚。

11. 忠而能力：效忠重耳并能为他出力。

而有礼。想古人眼力，直是超绝后人。晋侯[12]无亲，内外恶之。吾闻姬姓[13]，唐叔[14]之后，其后衰者也[15]，其将由晋公子乎[16]？天将兴之，谁能废之？违天，必有大咎。”楚子知天。乃送诸秦。

12. 晋侯：指晋惠公夷吾。

13. 姬姓：指姬姓诸侯国。

14. 唐叔：周成王之弟，封于唐，其子改国号为晋。所以唐叔是晋国的始祖。

15. 后衰者也：指晋国在姬姓诸国中最后才衰亡。

16. 其将由晋公子乎：或将由于重耳能使晋国复振吧？

左　传

介子推不言禄

僖公二十四年

最是清绝、峭绝文字。写其母三段语，是三样文字，细细玩味之。

晋侯赏从亡者，介子推[1]不言禄，禄亦弗及。先正责推，借正言以泄私怨，非也。看此叙事，先书“不言禄”三字，便知推本自过人一等。推曰：“献公之子九人，唯君在矣。一，非二三子力。惠、怀无亲[2]，外内弃之。二，非二三子力。天未绝晋，必将有主。三，非二三子力。主晋祀者[3]，非君而谁？妙，妙！说得雪淡。天实置之，而二三子[4]以为己力，不亦诬乎？断得倒，二三子更何对？窃人之财，犹谓之盗，况贪天之功以为己力乎？再痛骂之，本落得骂也。下义其罪[5]，上赏其奸；上下相蒙，难以处矣。”直是断尽晋国后来，奈何诬其为怨言耶？其母曰：“盍[6]亦求之？以[7]死，谁怼[8]？”母特试之也，为上“不言禄”也。对曰：“尤而效之，罪又甚焉。且出怨言，不食其食[9]。”尤，

1. 介子推：姓介名推，亦作介之推，之是语助词。晋文公的从亡之臣。

2. 惠：晋惠公。怀：晋怀公。

3. 主晋祀者：主持晋国祭祀的人，即在晋为国君的人。

4. 二三子：犹诸位，指从亡诸人。

5. 下义其罪：在下的从亡者把有罪的事（指贪天之功）当成正义。

6. 盍：何不。

7. 以：因而。

8. 怼：怨恨。

9. 不食其食：不再吃他（指晋文公）的俸禄了。

罪也。既已罪之，又复效之也。看推自亦认有“怨言”字，何劳后人又责其怨。其母曰：“亦使知之，若何？”母特再试之也。对曰：“言，身之文也；妙！身将隐，焉用文之？妙，妙！是求显也。”妙，妙！其母曰：“能如是乎？细读此四字，知母上二番为试之也。与女偕隐。”奇母。遂隐而死。方信龙蛇之诗非推笔。晋侯求之不获，以绵上为之田[10]，曰：“以志吾过，且旌善人。”天理人心，不足为好。

10. 绵上：地名，在今山西省介休市东南四十里介山之下和灵石县接界处。为之田：做他的祭田。

左　传

展喜犒师

僖公二十六年

只是短幅，却有无数奇妙：如斗按『恃』字作突兀一句，一也；并举二祖同事先王，二也；赐盟至今在府，三也；忽然感颂桓公，四也；诸侯共望率桓之功，不止鲁之望之，五也；自写无恐，袅袅二十五字只作一句，六也。

齐孝公伐我北鄙[1]，公使展喜犒师[2]，人来伐我，却往迎劳之。便妙。使受命于展禽[3]。下皆柳下辞也。圣之和者，其辞侃侃又如此。齐侯未入竟[4]，展喜从之，妙，应后“乃还”二字。曰：“寡君闻君亲举玉趾，将辱于敝邑[5]，使下臣犒执事[6]。”此即柳下辞。齐侯曰：“鲁人恐乎？”对曰：“小人恐矣，君子则否。”算来说恐又不得，说不恐又不得，忽分君子小人，奇妙无比。齐侯曰：“室如悬罄[7]，野无青草，何恃而不恐？”对曰：“恃先王之命。突兀大奇。昔周公鲁祖。、太公齐祖。并举二祖。股肱周室[8]，夹辅成王[9]。成王劳之，而赐之盟，曰：‘世世子孙，无相害也。’盟辞，即先王之命也。载在盟府，太师[10]职之。加此二句，妙！言凛凛至今在。桓公是以纠合诸侯，

1. 齐孝公：齐桓公的儿子，名昭。于鲁僖公二十六年（公元前634年）夏，率兵攻打鲁国。我：《左传》作者称鲁国为“我”，称其国君为“公”，不加国名。

2. 公：指鲁僖公。展喜：柳下惠的弟弟。

3. 展禽：鲁国大夫，名获，谥惠，食邑于柳下，故又叫柳下惠。

4. 竟：通“境”。

5. 辱于敝邑：来到我国，是使您蒙受耻辱的事情。谦辞。

6. 执事：指侍奉左右供使令的人。这里实指齐孝公。

7. 悬罄：悬挂着的罄。因罄中央高两旁垂下，中间空洞无物，以此比喻空无所有，贫乏至极。

8. 周公：姬旦，其子封于鲁。太公：吕尚，封于齐。

9. 夹辅：从左右辅佐。成王：指周成王。

10. 太师：周代始置，为国君辅弼之官，掌管典籍等。

而谋其不协，弥缝[11]其阙，而匡救其灾，昭旧职[12]也。“是以”字妙绝。三“其”字，皆指鲁也。及君即位，先之以桓公，妙！疾接“及君即位”，更妙。诸侯之望曰：‘其率桓之功[13]！’不独写鲁，通写诸侯。妙！我敝邑用不敢保聚[14]，曰：‘岂其嗣世[15]九年，而弃命废职，其若先君何？二十五字，只成袅袅一句，妙绝，妙绝！君必不然。’再断一句。恃此以不恐。”直结到“恃”字。齐侯乃还。

11. 弥缝：弥补。

12. 昭旧职：显扬齐太公的事业。

13. 率桓之功：遵循齐桓公的功业。

14. 用：因而。保聚：保城聚众，意指修筑城郭、缮治甲兵。

15. 嗣世：继世而为君。

左　传

宁武子保身济君

僖公二十八年

读起袅袅二句，直欲泪落；读后斩斩数语，直欲血迸。

卫侯出奔楚[1]，晋文公伐卫，卫侯请盟，晋弗许。卫人出其君以说，遂奔。使元咺奉叔武以受盟[2]。摄君事以受盟于践土。或诉[3]元咺于卫侯曰："立叔武矣。"其子角从公[4]，公使杀之。咺不废命[5]，奉夷叔以入守[6]。晋人复卫侯。宁武子与卫人盟于宛濮，曰："天祸卫国，君臣不协，以及此忧也。十三字句，说往事，句态袅袅。今天诱其衷[7]，使皆降心[8]以相从也。十三字句，说今事，句态袅袅。不有居者，谁守社稷？句法斩然。不有行者，谁捍牧圉[9]？句法斩然。上二句，恰合袅袅；此二句，恰合斩然。不协之故，用昭乞盟[10]于尔大神以诱天衷。乞盟之故。自今日以往，既盟之后二句叠写，妙。，行者无保其力[11]，血泪交迸之句。居者无惧其罪。血泪之句。有渝此盟，以相及也[12]。

1. 卫侯：卫成公，名郑。鲁僖公二十八年（公元前632年）卫成公愿与齐、楚结盟，晋国不同意。同时，这也遭国人反对，为了取悦于晋，便把成公逐出。后闻晋楚城濮之战，楚师败绩，成公遂出奔楚国。

2. 元咺：卫国大夫。叔武：卫成公的兄弟。成公出奔后，使叔武摄政。

3. 诉：杜预注："谮也。"即进谗言。

4. 角：元角，元咺之子。从公：随从卫成公。

5. 不废命：不废卫成公命他奉叔武受盟之命。

6. 夷叔：叔武，夷是谥号。入守：指受盟后元咺奉事叔武回卫国留守。

7. 天诱其衷：天心在我的意思。

8. 降心：抑制心志，犹言放弃成见。

9. 牧圉：养牛曰牧，养马曰圉。这里指牧牛马之奴隶，引申为外出诸侯所携带的财产。

10. 乞盟：订盟时向神祷告，请其监临。此句意为乞天心向我。

11. 保其力：恃其功劳。

12. 以相及也：杜预注："以恶相及。"意为及于祸害。

明神[13]先君，是纠是殛[14]。”更不烦称，至今凛凛然。国人闻此盟也，而后不贰。前文，叙起得苍健；此处，又收煞得苍健。

13. 明神：日月山川之神。

14. 是纠是殛："纠是殛是"的倒装。纠，督察。殛，诛戮、严惩。

左　传

烛之武退秦师

僖公三十年

分明一段写舍郑之无害，一段写陪晋之有害，而其文皆作连锁不断之句，一似读之急不得断者。妙在其辞愈委婉，其说愈晓畅。

晋侯、秦伯围郑[1]，以其无礼于晋，且贰于楚[2]也。晋军函陵[3]，秦军氾南[4]。

佚之狐[5]言于郑伯曰："国危矣！若使烛之武见秦君，师必退。"公从之。辞曰："臣之壮也，犹不如人；今老矣，无能为也已！"早是婉曲。公曰："吾不能早用子，今急而求子，是寡人之过也。然郑亡，子亦有不利焉！"亦甚婉曲。许之。

夜，缒[6]而出。见秦伯曰："秦、晋围郑，郑既知亡矣。最妙是此一句，使人气已先平一半。一折。若亡郑而有益于君，

1. 晋侯、秦伯：指晋文公和秦穆公。

2. 贰于楚：对晋有二心，并同楚亲近。晋楚城濮之战时，郑国曾派兵援助楚国。

3. 函陵：地名，在今河南省新郑市北三十里。

4. 氾：水名。此指东氾水，在今河南省中牟县南，但早已干涸。

5. 佚之狐：郑国大夫。"之"是语助词，介于姓名之间。下文烛之武的"之"，与此同。

6. 缒：用绳系住身体从城上放下去。

敢以烦执事。二折。越国以鄙远[7]，君知其难也。三折。焉用亡郑以陪邻[8]？邻之厚，君之薄也。四折。一段四折。若舍郑以为东道主[9]，行李[10]之往来，共其乏困，君亦无所害。又一段。“亦无所害”，妙。且君尝为晋君赐[11]矣，许君焦、瑕[12]，朝济而夕设版[13]焉，君之所知也。一折。夫晋何厌之有？既东封郑[14]，又欲肆其西封。若不阙秦，将焉取之？二折。阙秦以利晋，惟君图之[15]！”三折。一段三折。

前段写舍郑之无害，后段写陪晋之有害。

秦伯说，与郑人盟，使杞子、逢孙、杨孙戍之[16]，乃还。

7. 越国以鄙远：越过晋国把远离秦的郑国作为边境。鄙，边邑。

8. 焉：何必。陪：增益。邻：指晋国。

9. 若舍郑以为东道主：如果放弃进攻让郑国存在，作为秦国东道上招待客人的主人。因郑在秦的东方，故这样说。

10. 行李：古代专司外交之官，亦作“行理”。犹今外交使节。

11. 尝为晋君赐：指秦穆公曾经派兵护送晋惠公回晋国即位事。

12. 焦、瑕：郑邑。焦，在今河南省三门峡市西郊。瑕，在今河南省陕州南四十里（依江永说）。

13. 设版：指筑墙，即构筑防御工事，与秦为敌。

14. 东封郑：把郑国作为晋国东面的疆界。

15. 惟君图之：愿您考虑这件事。惟，表希望语气词。

16. 杞子、逢孙、杨孙：三人都是秦国大夫。

左 传

蹇叔哭师

僖公三十二年

一片沉痛，却出之以异样兴会。

秦伯召孟明、西乞、白乙[1]，使出师于东门之外。蹇叔[2]哭之，曰：“孟子！先呼，便惨。吾见师之出而不见其入也！”只一句，情文俱极。公使谓之曰：“尔何知？中寿[3]，尔墓之木拱矣！”公亦诅，妙。不如此，不与上下文配。蹇叔之子与师[4]，哭而送之，曰：“晋人御师必于殽[5]。殽有二陵[6]焉：其南陵，夏后皋[7]之墓也；其北陵，文王之所辟风雨也。必死是间，只是“晋人御师必于殽，余于其间收尔骨”一句，看他忽然生出“殽有二陵”，遂写得如此异样秾至，始悟文章有何定态，人自不会搜捕耳。余收尔骨焉！”秦师遂东。

1. 秦伯：指秦穆公。孟明：姓百里，名视，是百里奚之子。西乞：名术。白乙：名丙。三人均为秦国大将。

2. 蹇叔：秦国元老。

3. 中寿：约六七十岁。蹇叔当时大约已七八十岁。

4. 与师：参加了袭郑军队。

5. 殽：亦作崤，山名，在今河南省洛宁县西北六十里。

6. 二陵：殽山的两座主峰。

7. 夏后皋：夏代的君主，名皋，是夏桀的祖父。后，君主。

晋败秦师于殽

僖公三十三年

读原轸语，读栾枝语，读破栾枝语，读文嬴语，读先轸怒语，读孟明谢阳处父语，读秦伯哭师语，逐段细细读，逐段如画。

秦师灭滑[1]而还。晋原轸[2]曰：“秦违蹇叔，而以贪勤民，天奉我也。“天奉我”，本奇语，然只为其违蹇叔则固至理也。后之违先生长者，尚其戒哉。奉不可失，敌不可纵。纵敌，患生；违天，不祥。双承之笔。必伐秦师。”笔势健举之甚。栾枝[3]曰：“未报秦施[4]，而伐其师，其为死君乎[5]？”时文公新死，言忘秦施，是死其君。此亦只是文字故作一曲。先轸曰：“秦不哀吾丧，而伐吾同姓[6]，秦则无礼，何施之为[7]？破“未报”句。吾闻之：‘一日纵敌，数世之患也。’谋及子孙，可谓死君乎！”破“其为”句。遂发命，遽兴姜戎[8]。败秦师于殽。获百里孟明视秦帅。、西乞术秦帅。、白乙丙秦帅。以归。曰“遂”、曰“遽”、曰“以归”，写先轸如画。

1. 滑：国名，姬姓。在今河南省滑县。

2. 原轸：先轸。晋国大夫，因食邑于原（今河南济源市），故又称原轸。

3. 栾枝：晋国将领。

4. 施：恩惠。

5. 其：岂。为：有。死君：惠栋《春秋左传补注》云：“君在殡，故称死君。”此句意为心目中难道还有先君文公吗。一说意为这岂不是忘记了先君文公吗。

6. 同姓：指滑国，与晋同为姬姓。

7. 何施之为：还讲什么要报答秦恩呢？

8. 遽：急速。姜戎：姜氏之戎，散处于晋国北部的一个部族。

文嬴[9]请三帅，曰："彼实构吾二君，妙口。寡君若得而食之，不厌。君何辱讨焉[10]？使归就戮于秦，以逞[11]寡君之志，若何！"妙口。又毅甚，又婉甚。公许之。先轸朝，问秦囚。公曰："夫人请之，吾舍之矣。"先轸怒曰："武夫力而拘诸原[12]，"力"字妙！千古同恨。妇人暂而免诸国[13]，"暂"字妙！千古同恨，事事如此。堕军实而长寇仇[14]，此句双承：堕军实，承武夫句；长寇仇，承暂免句。亡无日矣！"言不及克日也。不顾而唾[15]。实是愤，勿谓其无礼也。公使阳处父[16]追之，及诸河，则在舟中矣。写得释三人疾去，如画。释左骖[17]，以公命赠孟明。阳处父儿戏，然此时急智，又只得尔。孟明稽首曰："君之惠，不以累臣衅鼓[18]，使归就戮于秦，寡君之以为戮[19]，死且不朽。此谢先之见释也。若从君惠而免之，三年将拜君赐[20]。"此谢今之不复转船也。言三年以后来伐晋，当面谢，今不复被诱转船矣。读之，令人绝倒。

秦伯素服郊次[21]，乡师[22]而哭，曰："孤违蹇叔，以辱二三子，孤之罪也。不替孟明，孤之过也。大夫何罪？且吾不以一眚[23]掩大德。"仍结违蹇叔。

9. 文嬴：晋文公的夫人，晋襄公的母亲，秦穆公的女儿。

10. 君何辱讨焉：何必屈尊您去惩治他们呢？

11. 逞：满足。

12. 力：犹拼命。拘诸原：把他们从战场上抓住。

13. 暂：王引之曰："暂读为渐，渐，诈欺也。"犹谎话。一说暂，猝然。免：赦免释放。

14. 堕：通"隳"，毁坏。军实：战果。长寇仇：助长敌人的气焰。

15. 唾：吐唾沫。古代礼法，在尊长之前，不敢吐痰与擤鼻涕。《礼记·内则》载："在父母舅姑之所不敢唾洟。"先轸唾于朝廷，头也不回就走了，极言其气忿。

16. 阳处父：晋国大夫。又称阳子。

17. 左骖：古时一车驾四马，中间两匹为服马，两边两匹为骖马。左骖，即左边的马。

18. 累臣：囚犯。衅鼓：以血涂鼓。古时钟鼓铸成，必杀牲祭祀，并以血涂之。这里意为处死。

19. 之以为戮：以之为戮，对累臣们执行刑罚。

20. 将拜君赐：将来拜谢晋君的恩赏。言三年后再来复仇。

21. 素服：凶服。郊次：到城郊外等待。

22. 乡师：面向军队。乡，同"向"。

23. 眚：本为眼翳，引申为过错。

商臣弑父本末

文公元年

写子上语，是四句，妙于错落；写潘崇语，是一句，妙于轻巧；写江芈语，是三句，一句一字，一句二字，一句十一字，妙于径露；写商臣语，是三句，二句二字，一句一字，妙于磣[1]辣。不过五七行文字，其间无变不极。

初，楚子将以商臣为太子[2]，访诸令尹子上[3]。子上曰："君之齿未也[4]，而又多爱[5]，二语，说尽少年轻举。黜乃乱也。只此，已断定不可立。下另补二事耳。楚国之举，恒在少者。言又有此一事。且是人也，蜂目而豺声，忍人也，不可立也。"言又有此一事。此"不可立"句，只顶"忍人"，不总承上文。弗听。既，又欲立王子职[6]，而黜太子商臣。果应"齿未""多爱"之料。商臣闻之，句。而未察，句。告其师潘崇曰："若之何而察之？"潘崇曰："享江芈[7]而勿敬也。"轻巧之至。从之。江芈怒曰："呼！犹今云嘎。役夫！犹今云奴才。宜君王之欲杀汝而立职也。"轻轻毕吐，因更思潘崇之巧也。告潘崇曰："信矣。"潘崇曰："能事诸乎[8]？"曰："不

1. 磣：丑陋。

2. 楚子：指楚成王。商臣：楚成王之子，弑父自立，为楚穆王。

3. 令尹：楚国最高行政长官，犹宰相。子上：斗勃。

4. 君之齿未也：言成王年岁尚少，还未到议立嗣君的时候。

5. 爱：指内宠。

6. 王子职：商臣庶弟。

7. 享：通"飨"，设酒宴款待。江芈：楚成王的妹妹，商臣的姑姑。

8. 诸：这里作"之"字用。

能。”“能行[9]乎？”曰：“不能。”潘崇明知商臣欲行大事，特不便开口，故假作二问，看他连答二“不能”。“能行大事[10]乎？”曰：“能。”二“不能”，一“能”，写得辣甚，疾甚，果又应“蜂目豺声”之料。

冬十月，以宫甲[11]围成王，王请食熊蹯[12]而死。熊蹯难熟，冀有外救。弗听。丁未，王缢。谥之曰“灵”[13]，不瞑；曰“成”[14]，乃瞑。此记商臣，不惟弑父，又为父作恶名。今谥楚成者，乃目不瞑，自争所得耳。

穆王[15]立，以其为太子之室与潘崇[16]，异赏，一。使为太师，二。且掌环列之尹[17]。三。一笔连写三赏，总见蜂目人，忍于其父也。

9. 行：出亡。

10. 大事：杜预注："大事谓弑君。"

11. 宫甲：指守卫太子宫的甲兵。

12. 熊蹯：熊掌。其物难熟，成王请食熊掌，意在延长时间，待外援。

13. 灵：恶谥。据《谥法解》："乱而不损曰灵。"意即不能以治损乱。

14. 成：好谥。据《谥法解》："安民立政曰成。"

15. 穆王：楚穆王商臣。

16. 以其为太子之室与潘崇：穆王把他做太子时所居室内财物仆妾全部赏给潘崇。

17. 环列之尹：宫卫之官，指卫尉。据沈钦韩《春秋左传补注》曰："环列之尹若汉之卫尉矣。"

晋立灵公

文公七年

先写秦康语，次写穆嬴语，次写林父语，次写士会语，都作一样最峭最健之笔。

秦康公送子雍于晋[1]，曰："文公之入也无卫，故有吕、郤之难[2]。"只半句，最是峭，又最是健，书此为戊子之败加色。乃多与之徒卫[3]。去年八月，晋襄公卒，灵公少，晋人欲立长君，赵孟曰：立公子雍，难必舒矣。晋使先蔑、士会如秦迎之，康公送之。

穆嬴日抱太子以啼于朝[4]，曰："先君何罪？其嗣亦何罪？舍适嗣[5]不立，而外求君，将焉置此？"写穆嬴出色。辞最峭又健。出朝，则抱以适[6]赵氏，顿首于宣子[7]，曰："先君奉此子也而属诸子，十字句。曰：'此子也才，吾受子之赐；不才，吾唯子之怨[8]。'今君虽终，四字句。言犹在耳而弃之，七字句。若何？"写穆嬴出色。辞最峭又健。宣子与诸

1. 秦康公：秦穆公的儿子。子雍：晋襄公的弟弟。晋襄公卒，太子夷皋（即灵公）年小，赵盾欲立子雍为君，故秦康公送子雍入晋。

2. 吕：吕甥。郤：郤芮。两人是晋惠公旧臣，不附文公。当秦穆公把晋文公送回晋国后，吕、郤阴谋烧死文公。此即吕、郤之难。

3. 徒卫：步卒护卫。

4. 穆嬴：晋襄公夫人，即晋灵公之母。啼：号哭。

5. 适嗣：正妻所生的嫡子。适，同"嫡"。

6. 适：往。

7. 宣子：赵盾，一称宣孟。晋国正卿，前后执政二十年。

8. 吾唯子之怨：吾唯子是怨。之作"是"用。

大夫皆患穆嬴，且畏逼[9]，乃背先蔑而立灵公[10]，以御秦师。此皆匆匆军中变计。箕郑[11]居守。箕郑本将上军，是日居守，止佐独行，故先书，以明箕郑不在军中。赵盾将中军，先克[12]佐之；荀林父[13]佐上军；先蔑[14]将下军，先都佐之。步招御戎[15]，戎津为右[16]。及堇阴[17]。先蔑、士会，既迎公子雍，先还晋。晋人以迎雍出军，卒然变计立灵公，故先蔑亦在军中也。宣子曰："我若受秦[18]，秦则宾也；是，句句峭健。不受，寇也。是，峭笔。既不受矣，而复缓师，秦将生心[19]。是，峭笔。先人有夺人之心，军之善谋也。是，峭笔。逐寇如追逃，军之善政也。"是，峭健。宣子语止此。宣子语，至此，便更不待语毕，竟传令行下五事。训卒，一。利兵，二。秣马，三。蓐食[20]，四。潜师夜起。五。叙事都峭都健。戊子，败秦师于令狐[21]，至于刳首[22]。战书日。己丑，先蔑奔秦，士会[23]从之。奔书日。

先蔑之使也，荀林父止之，追写前日。曰："夫人、太子犹在，而外求君，此必不行。子以疾辞，若何？不然，将及。摄卿[24]以往，可也，何必子？句句峭，句句健。同官为

9. 畏逼：指怕穆嬴之党来相逼。

10. 乃背先蔑而立灵公：于是违背迎立子雍为君的决定，而立太子夷皋为灵公。因先蔑是迎立子雍的正使，背先蔑即背迎子雍。

11. 箕郑：晋上军主将。

12. 先克：晋大夫先轸之孙，先且居之子。时为中军佐。

13. 荀林父：晋国大夫，一称桓子，又称荀伯。

14. 先蔑：此时先蔑已先归，故能将下军。

15. 御戎：掌驭兵车。

16. 右：指车右。古时战车，将在左，御在中，有力的武士在右，以备非常。

17. 堇阴：晋地，在今山西省临猗县东。

18. 受秦：指接受秦护送的公子雍。

19. 生心：指秦国将以武力强纳公子雍。

20. 蓐食：厚食，即令士卒饱餐。一说早晨未起在寝席上进食。

21. 令狐：晋地，故城在今山西省临猗县（旧猗氏县）。

22. 刳首：在今山西省临猗县西四十五里临晋县废治处。

23. 士会：士季，晋国大夫。食邑于随，又称随会，亦称随季。后又食邑于范，又称范武子。

24. 摄卿：指以大夫代理卿职。

寮，吾尝同寮，敢不尽心乎？”写荀林父好。弗听。为赋《板》之三章，又弗听。追写前日止此。及亡，接写今日。荀伯尽送其帑及其器用财贿于秦，曰：“为同寮故也。”写荀林父好。一段，写荀林父。士会在秦三年，不见士伯。写士会好。士伯，即先蔑。其人曰：“能亡人于国[25]，不能见于此，焉用之。”士季曰：即士会。“吾与之同罪[26]，非义之也[27]，将何见焉？”写士会好。及归，遂不见。一段，写士会。

25. 能亡人于国：杜预注：“言能与人尽亡于晋国。”指士会与先蔑都从晋国出亡。

26. 同罪：指士会与先蔑俱有迎立子雍之罪。

27. 非义之也：意即士会不义先蔑的为人。

季文子讥齐侯不免

文公十五年

先作十六字袅袅一长句，次作四字斩斩四短句，后则反引诗，正说之；正引诗，反说之；末又过一层翻跌不免，诚乃短短小幅，无美不备。

齐侯侵我西鄙[1]，谓诸侯不能也。一句，便写尽无礼人心胸。遂伐曹[2]，入其郛[3]，讨其来朝也。写尽无礼。

季文子[4]曰："齐侯其不免乎？先断，下释。已则无礼[5]，而讨于有礼者[6]，曰：'女何故行礼？'十六字袅袅成句，妙，妙。一句中，凡下三"礼"字。礼以顺天，一句。天之道也。一句。己则反天[7]，一句。而又以讨人，一句。上据事释，此又据理释。上从无礼说至礼，此从礼说至无礼。难以免矣。两释后，再断一句，下引《诗》证。《诗》曰：'胡不相畏，不畏于天。[8]'反引《诗》。君子之不虐幼贱，畏于天也。正说《诗》。在《周颂》曰：'畏天之威，于时保之。[9]'正引《诗》。不畏于天，将何能

1. 齐侯：指齐懿公。于鲁文公十五年（公元前612年）秋侵鲁西境。

2. 曹：指曹国，在今山东省菏泽、定陶、曹县一带。齐国伐曹的原因是曹文公到鲁国相朝。

3. 郛：郭，外城。

4. 季文子：季孙行父，鲁国大夫。

5. 己则无礼：指齐国执王使单伯，而伐无罪。

6. 有礼者：指曹文公于鲁文公十五年再到鲁国相朝。据古制，诸侯五年再相朝，礼也。

7. 反天：反礼。

8. 胡不相畏，不畏于天：见《诗经·小雅·雨无正》，郑玄笺曰："何为上下不相畏乎？上下不相畏，是不畏于天。"

9. 畏天之威，于时保之：见《诗经·周颂·我将》，意为畏敬上天之威，于是受天赐福，保安周邦。于时，犹于是。

保？反说《诗》。看他正反，反正，无限错落，人只是不觉。以乱取国[10]，奉礼以守，犹惧不终。过一层语，妙。多行无礼，弗能在[11]矣。”“在”字妙，妙！只一字，耐人数日思。

10. 以乱取国：指齐懿公的君位，是因为杀齐昭公太子舍而自立后定的。

11. 在：《尔雅·释诂》：“终也。”

左传

子家与赵宣子书

文公十七年

前幅，缕述自己事晋惟谨，乃至陈蔡之事晋，皆出郑人之力，犹为战战畏大国之言。后幅，忽然开胸破喉，竟说不复能耐，又别述楚国宽大，以深讥晋之不知恤小，真目眦尽裂之文。

晋侯蒐于黄父[1]，遂复合诸侯于扈[2]，平宋也。公[3]不与会，齐难[4]故也。书曰诸侯无功[5]也。

于是晋侯不见郑伯[6]，以为贰于楚也。郑子家使执讯而与之书[7]，以告赵宣子[8]，执讯，通问之官也。曰：

“寡君[9]即位三年，召蔡侯而与之事君[10]。九月，蔡侯入于敝邑以行。敝邑以侯宣多[11]之难，寡君是以不得与蔡侯偕。十一月，克减侯宣多，而随蔡侯以朝事于执事。一。郑穆即位之三年，郑召蔡庄，与同事晋。其年九月，蔡庄过郑，适郑有宣多作乱之事，不能同行。直至十一月，始同朝晋。十二年六月，

1. 晋侯：指晋灵公。蒐：打猎。黄父：一名黑壤，晋地。

2. 扈：郑地，在今河南省原阳县西约六十公里。

3. 公：指鲁文公。

4. 齐难：指齐懿公侵犯鲁国北境。

5. 无功：指晋灵公十一年，率诸侯平宋未成。

6. 郑伯：指郑穆公。

7. 子家：公子归生，郑国大夫。执讯：负责通信、联络的官。

8. 赵宣子：赵盾，晋国正卿。

9. 寡君：指郑穆公。

10. 蔡侯：指蔡庄公。君：指晋灵公。

11. 侯宣多：郑国大夫。曾迎立郑穆公为君，恃宠专权。侯宣多之难即指此。

归生佐寡君之嫡夷[12]，以请陈侯[13]于楚，而朝诸君。二。归生，即子家。言我又辅太子名夷，请陈共朝晋。陈共畏楚，不敢来朝，太子夷又为先请于楚。十四年七月，寡君又朝以蒇陈事[14]。三。郑穆又亲朝，以成去年陈共之好。十五年五月，陈侯自敝邑往朝于君。四。陈灵新即位，又自郑入朝。往年正月，烛之武往，朝夷也。五。郑又遣之武入朝，盖太子夷往，而之武辅之。八月，寡君又往朝。六。郑穆又亲朝。以陈、蔡之密迩[15]于楚，而不敢贰焉，则敝邑之故也。妙，妙！不惟说自朝，乃至说陈、蔡之朝，皆出于郑。八字一句，十一字一句，勿读破。虽敝邑之事君，何以不免？一结。在位之中，言郑穆自即位至今。一朝于襄[16]，而再见于君。夷与孤之二三臣相及于绛[17]。再将上文结算一通，妙，妙！虽我小国，则蔑以过之矣[18]。再结。今大国曰：'尔未逞吾志[19]。'敝邑有亡，无以加焉。八字妙，妙！如有芒刃。古人有言曰：'畏首畏尾，身其余几？'又曰：'鹿死不择音[20]。'小国之事大国也，德，则其人也[21]；不德，则其鹿也[22]，言以人视我，我还是人；若以鹿视我，我便是鹿。铤而走险，急何能择？笔笔芒刃。命之罔

12. 夷：郑穆公的太子，即郑灵公。

13. 陈侯：指陈灵公。

14. 蒇陈事：完成陈国从服于晋的工作。蒇，完成。

15. 密迩：贴近。

16. 襄：指晋襄公。郑穆公三年第一次朝晋。

17. 孤：小国之君曰孤。二三臣：指烛之武和公子归生等。绛：晋都，在今山西翼城县东南。

18. 蔑以过之：犹无以加之。

19. 逞吾志：快我意。

20. 鹿死不择音：据服虔云："鹿得美草，呦呦相呼；至于困迫将死，不暇复择善音，急之至也。"此喻晋国逼郑过甚，郑国亦将不择善音，意即郑将另择所从之国了。一说"音"通"荫"，指庇荫之处。言鹿死不择庇荫之所。喻郑既灭亡，当不择所从之国。二说均可。

21. 德，则其人也：犹言大国以德加己，则小国以人道相事。

22. 不德，则其鹿也：若大国不以德加己，则小国以鹿死不择音了。

极[23]，亦知亡矣，笔笔芒刃。将悉敝赋以待于儵[24]，唯执事命之。儵，晋、郑之境也。文公二年六月壬申，朝于齐。四年二月壬戌，为齐侵蔡，亦获成于楚。贰楚，忽反写楚之宽大以讽晋，更妙更奇。居大国之间，而从于强令，岂其罪也？开胸放喉，竟自承认，又妙又妙。大国若弗图[25]，无所逃命。”再结。

23. 命之罔极：意谓晋国的命令没有定准。

24. 赋：指兵卒车辆。儵：地名，在晋、郑边界。此句意为郑将征集全部人力物力来抵抗晋国。

25. 弗图：指不考虑恤郑。

楚子问鼎

宣公三年

与《国语》不许请隧篇千载对峙，彼特婉曲，此特劲激。

楚子伐陆浑之戎[1]，遂至于雒[2]，“遂”字，便无礼。观兵于周疆。无礼。定王使王孙满劳楚子[3]。楚子问鼎之大小轻重焉。无礼极矣。对曰：“在德，二字句。不在鼎。三字句。问鼎答德，笔力千钧。昔夏之方有德也，有德。远方图物[4]，贡金九牧[5]，铸鼎象物[6]，百物而为之备，使民知神奸[7]。铸鼎。故民入川泽、山林，不逢不若[8]，魑魅罔两，莫能逢之。用能协于上下，以承天休[9]。以上，有德有鼎。桀有昏德，无德。鼎迁于商，鼎迁。载祀[10]六百。商纣暴虐，无德。鼎迁于周。鼎迁。以上，无德鼎迁。德之休明[11]，四字句，德。虽小，二字句。重也。二字句，鼎。其奸回昏乱，五字句，德。虽大，二字句。轻也。二字句，鼎。天祚明德，有所厎止[12]。成王定鼎于郏

1. 楚子：楚庄王。陆浑之戎：原古代允姓之戎，春秋时，为秦、晋所逼，迁于伊川，以陆浑名之，故叫陆浑之戎。在今河南省嵩县及伊川县境。

2. 雒：指雒水，今作洛水。洛水发源于陕西洛南县，经河南流入黄河。

3. 定王：指周定王，名瑜。王孙满：周朝大夫。

4. 远方图物：远方各地把奇异之物画成图像。图，画。

5. 贡金九牧：九牧贡金。九牧，即九州。金，指青铜。

6. 铸鼎象物：意即把九州的贡金铸成鼎，并把各地所绘的奇物图像铸在鼎上。根据夏初的生产水平，恐难做到。这仅是传说。

7. 神奸：指九鼎上图鬼神百物之形，可使庶民知道鬼神作怪为害之情。

8. 不逢不若：不遇妖怪不顺之物。若，顺。

9. 休：福佑、保佑。

10. 载祀：均为“年”。载祀连用，纪年的意思。

11. 休明：美善、光明。

12. 厎止：固定的意思。厎，至。

鄏[13]，卜世[14]三十，卜年七百，天所命也。奇语骇激。周德虽衰，天命未改，鼎之轻重，未可问也。”劲极，又能带曲折。

13. 定鼎：犹定都的意思。郏鄏：地名，即周之雒邑，在今河南省洛阳市西。

14. 卜世：预卜周朝能传几代。

楚子不筑京观

宣公十二年

看他先说无以示子孙，次又说不成武功，次又说不是京观，总是前幅有几句几字，后幅必须句句字字与他发放。若后幅不拟发放者，即前幅不得漫然着一句一字也。

乙卯[1]，晋与楚战，晋师败绩。楚获晋知䓨[2]。晋射楚连尹襄老[3]，遂载其尸；又获公子谷臣[4]。

丙辰[5]，楚重至于邲，辎重也。遂次于衡雍。潘党曰："君盍筑武军[6]，筑军营以夸武功。而收晋尸以为京观[7]？京，大也。观，示也。积尸封土其上，以彰武功之大也。臣闻克敌必示子孙，以无忘武功。"潘党意在示子孙，下通篇皆说无以示子孙。楚子[8]曰："非尔所知也。极不然之辞。夫文，字文。止戈为武。"武"字之文，左文为止，右文为戈。武王克商，作《颂》[9]曰：'载戢干戈[10]，载橐[11]弓矢。我求懿德，肆于时夏[12]，允王保之。'引"武"字注脚。又作《武》[13]，其卒章曰：'耆定尔

1. 乙卯：指鲁宣公十二年（公元前597年）七月十三日。下文"晋与楚战，晋师败绩"，是作者概括语，非《左传》原文。

2. 知䓨：字子羽，荀首的儿子。亦称荀䓨。曾为楚大夫熊负羁所获。

3. 连尹：楚官名。襄老：人名。

4. 公子谷臣：楚庄王之子。

5. 丙辰：指鲁宣公十二年七月十四日。

6. 盍：何不。武军：胜者积敌尸封土为垒，以彰武功，谓之武军。

7. 京观：古代战争，胜利者为了炫耀武功，集敌人尸体，封土成高冢，称为京观。

8. 楚子：指楚庄王。

9.《颂》：指《诗经·周颂·时迈》篇。

10. 载：乃。戢：收藏。干：盾。

11. 橐：古时盛衣甲或弓箭的囊。

12. 肆：陈。时：是。夏：乐名，乐歌之大者称夏。此句连上句意为我求此美德，陈之于此夏乐之中。

13.《武》：《诗经·周颂·武》篇。

功[14]。’其三曰：‘铺时绎思，我徂维求定[15]。’其六曰：‘绥万邦，屡丰年。[16]’引“武”字注脚。夫武，上引文，此自讲。禁暴、一。戢兵、二。保大、三。定功、四。安民、五。和众、六。丰财者也，七。故使子孙无忘其章[17]。言如欲示子孙以无忘，必须如此。今使我二国暴骨，暴矣；无其一，句句变换。观兵以威诸侯，兵不戢矣；无其二，句句变换。暴而不戢，安能保大？无其三，句句变换。犹有晋在，焉得定功？无其四，句句变换。所违民欲犹多，民何安焉？无其五，句句变换。无德而强争诸侯，何以和众？无其六，句句变换。利人之几[18]，而安人之乱，以为己荣，何以丰财？无其七，句句变换。武有七德，总“夫武”七句。我无一焉，总“今我”七句。何以示子孙？非尔所知，至此一段，正答潘党“必示”“无忘”之请。其为先君宫[19]，告成事而已，祀先君，告战胜而已。武非吾功也。找此一段，正答潘党“武功”二字。古者明王伐不敬，取其鲸鲵而封之[20]，以为大戮，于是乎有京观以惩淫慝[21]。今罪无所，晋罪无名。而民皆尽忠以死君命，死者皆忠。妙，妙。又何以为京观乎？”再找一段，正答潘党“京观”二字。祀于河，作先君宫，告成事而还。

14. 耆定尔功：是今本《诗经·周颂·武》篇的末句，意为致定其功。耆，《毛传》：“致也。”此言卒章，可能古今《诗经》的篇次不同，故下文的《赉》和《桓》都属《武》篇。

15. 铺时绎思，我徂维求定：见今本《诗经·周颂·赉》篇。《左传》作者把它作为《武》的第三章。铺，读为普。时，世。绎，借作怿，喜悦。此句意为普天下都喜悦周朝。徂，往。此句意为我前往征伐商纣，是求安定天下。

16. 绥万邦，屡丰年：见今本《诗经·周颂·桓》篇。绥，安。屡，数。

17. 章：有两说。杜预注：“著之篇章，使子孙无亡。”一说王念孙认为：“凡功之显著者谓之章。”

18. 几：杜预注：“危也。”

19. 先君宫：指修建楚先王之庙，以祀先君。

20. 鲸鲵：据裴渊《广州记》：“鲸鲵长百尺，雄曰鲸，雌曰鲵。”比喻凶恶的人。封：用土筑高坟埋之。

21. 淫慝：暴虐凶恶。

士贞子谏杀林父

宣公十二年

快论，又快文。

秋，晋师归，桓子[1]请死，晋侯[2]欲许之。一请一许，亦是恒事，不图下发此至论。士贞子[3]谏曰："城濮之役，僖公二十八年事。晋师三日谷，晋败楚，晋兵食楚谷三日。文公犹有忧色。左右曰：'有喜而忧，如有忧而喜乎？'言甚微婉。公曰：'得臣[4]犹在，忧未歇也。"犹在"字法妙，"未歇"字法妙。困兽犹斗，况国相乎？'不是喻，乃极言忧。及楚杀子玉，公喜而后可知也，曰：叙事，又带画文公，又带写"曰"字。凡十三字成句，飞舞之色，扑纸而起。'莫余毒也已[5]。'应前未歇。是晋再克，而楚再败也。前日之喜，直到今日方喜；今日之喜，始连前日都喜。此句，只是写喜之甚，不必与讲两"再"字。楚是以再世不竞[6]。上，晋文喜语已毕。此，士贞子断楚杀子玉之失。今天或者大警晋也，句未尽，应连下读。

1. 桓子：荀林父。晋楚邲之战中，任晋国中军主帅，晋国大败，所以桓子请死。

2. 晋侯：指晋景公，名獳。

3. 士贞子：士会的庶子，名渥浊，一称士贞伯，又称士伯。

4. 得臣：成得臣，又称子玉，楚国令尹。晋楚城濮之战时，是楚国的统帅。

5.莫余毒也已：意为没有同我作对的人了。毒，犹"害"。

6. 再世：两代，即楚成王、楚穆王两代。不竞：不能竞胜。

而又杀林父以重楚胜，重，即再也，平声字。其无乃久不竞[7]乎？辞婉意辣。林父之事君也，进思尽忠，退思补过，社稷之卫也，重写林父生平。若之何杀之？是。夫其败也，轻写林父败。如日月之食[8]焉，何损于明？”是。晋侯使复其位。

7. 其无乃久不竞：晋国岂不长久不能强大了吗。

8. 日月之食：日蚀、月蚀，日月暂时失去光明。比喻晋国暂时失败。

宾媚人责晋人

成公二年

文带喜色者，须彻底皆喜色；文带怒色者，须彻底皆怒色。此文，彻头彻底皆带怒色，读之使人战栗。

晋师从齐师，齐师败走，晋师追之。入自丘舆[1]，击马陉[2]。齐侯使宾媚人赂以纪甗、玉磬与地[3]。“不可，则听客之所为。”好，言欲战则更战也。宾媚人致赂。晋人不可，曰：“必以萧同叔子[4]为质，而使齐之封内尽东其亩[5]。”对曰：“萧同叔子非他，只二字，妙绝！寡君之母也。若以匹敌，则亦晋君之母也。又妙绝！吾子[6]布大命于诸侯而曰必质其母以为信，十七字句。其若王命何[7]？上不便。且是以不孝令也。下不便。《诗》曰：‘孝子不匮，永锡尔类。’此引诗，比下略后。若以不孝令于诸侯，其无乃非德类[8]也乎？其无乃非，句态。以上一件，侃侃之甚。先王疆理天下，物[9]土之宜，而布其利[10]。故《诗》曰：‘我疆我理，南东其亩[11]。’此引诗，比上略前。今吾子疆理诸侯，而曰‘尽东其

1. 丘舆：齐邑，在今山东省青州市西南。一说在今淄博市南。

2. 马陉：齐邑，在今山东省青州市西南，在丘舆北。

3. 宾媚人：国佐，亦称国武子、国子。齐国上卿。纪甗：纪国的一种炊饪器，是齐灭纪国后所得的珍宝。

4. 萧同叔子：齐顷公的母亲。萧，国名。同叔，萧国国君的字。子，女儿。

5. 尽东其亩：要使田亩间的道路全部改为东西向，以便晋国往东向齐进军，以此作为媾和条件。

6. 吾子：指晋国的郤克。

7. 其若王命何：以齐顷公母亲为人质，怎样对待周王的命令呢？齐借周王命令来对付晋。

8. 无乃：恐怕，表反问。非德类：不以孝德赐其同族类。

9. 物：相，察看。

10. 布其利：分布其所宜种植之物。

11. 我疆我理，南东其亩：见《诗经·小雅·信南山》。意为划田界，治田陇，或南北向，或东西向。

亩’而已，唯吾子戎车是利，无顾土宜，其无乃非先王之命也乎？其无乃非，句态。反先王则不义，何以为盟主？以上一件，侃侃之甚。其晋实有阙。四王之王也[12]，树德而济同欲[13]焉；五伯[14]之霸也，勤而抚之，以役王命。令吾子求合诸侯，以逞无疆之欲。《诗》曰：‘布政优优，百禄是遒[15]。’又引诗。予实不优，而弃百禄，诸侯何害焉？侃侃重说。上分，此总，所谓晋实阙也。不然，寡君之命使臣，则有辞矣。分责二段后，再总责一段，此忽如饥鹰撇然一转。曰：‘子以君师辱于敝邑，妙。不腆[16]敝赋，以犒从者。妙。畏君之震，师徒挠败[17]。妙。吾子惠徼齐国之福[18]，不泯其社稷，使继旧好，妙。唯是先君之敝器、土地不敢爱，妙。子又不许。请收合余烬，背城借一[19]。敝邑之幸，亦云从也[20]；况其不幸，敢不唯命是听？’”侃侃，如掬其怒色也。鲁、卫谏曰：“齐疾我矣。段。其死亡者，皆亲昵也。段。子若不许，仇我必甚。段。唯子[21]，则又何求？段。子得其国宝，我亦得地，而纾于难，其荣多矣。段。齐、晋亦唯[22]天所授，岂必晋？段。”此只数语，亦复多段，段段精挺。晋人许之。

12. 四王：指禹、汤、周文王和周武王。王：成就王业。

13. 济同欲：满足天下诸侯共同的欲望。

14. 五伯：五霸，指齐桓公、晋文公、秦穆公、楚庄王、宋襄公。

15. 布政优优，百禄是遒：见《诗经·商颂·长发》。意为施行宽仁之政的君王，百种幸福都将集中在他身上。优优，宽缓的样子。禄，幸福。遒，聚。

16. 腆：丰厚。

17. 师徒：兵士。挠：挫折，挫败。

18. 吾子惠徼齐国之福：意为蒙您惠临为齐国求福。

19. 背城借一：背靠自己的城墙决最后一战。

20. 亦云从也：也是依从晋国的意思。云，助词，无义。

21. 唯子：纵是您。唯，用法同“虽”。

22. 唯：因。

楚归晋知罃

成公三年

四问，便有四段妙论，一段妙是一段，读之增添意气。逐段细看其起伏转折，直是四篇文字，四篇又是四样。

晋人归楚公子谷臣与连尹襄老之尸于楚，以求知罃[1]。于是荀首佐中军矣[2]，故楚人许之。王[3]送知罃，曰："子其怨我乎？"问得妙。对曰："二国治戎，臣不才，不胜其任，以为俘馘[4]。执事不以衅鼓，使归即戮，君之惠也。臣实不才，又谁敢怨？"对得妙。王曰："然则德我乎？"又问得妙。对曰："二国图其社稷，而求纾其民，各惩其忿，以相宥也。两释累囚，以成其好。二国有好，臣不与及，其谁敢德？"对得又妙。王曰："子归，何以报我？"问得更妙。对曰："臣不任受怨，君亦不任受德，无怨无德，不知所报。"对得更妙。王曰："虽然，必告不谷。"问得愈妙。对曰："以君之灵，累

1. 以求知罃：鲁宣公十二年，晋、楚邲之战，晋军大败，知罃被俘。其父荀首为下军大夫，率部属回战，射死连尹襄老，射伤并擒获了楚庄王之子公子谷臣，准备以此换取知罃。

2. 于是：在这时候。佐中军：副统帅。

3. 王：指楚共王。

4. 俘馘：俘虏。馘，古代战时割取敌人的左耳，叫馘。知被俘未馘，此"馘"字是连类所及之词。

臣得归骨于晋，寡君之以为戮，死且不朽。宾。若从君之惠而免之，以赐君之外臣首[5]，首其请于寡君，而以戮于宗，亦死且不朽。宾。此虽二宾句，然显见晋之国法森然，家法森然。若不获命，而使嗣宗职，次及于事[6]，而帅偏师[7]，以修封疆。虽遇执事，其弗敢违，其竭力致死，无有二心，以尽臣礼，所以报也。”对得愈妙，妙绝，妙绝！此是千古第一等议论，第一篇文字。王曰：“晋未可与争。”重为之礼而归之。

5. 外臣：古时卿大夫对外国国君自称为外臣。首：荀首，知罃的父亲。

6. 次及于事：轮到我担任军政大事的时候。

7. 偏师：副帅副将所属的军队。这是知罃自谦的说法。

巫臣忧莒城

成公八年

只是一意，层叠说出四句，一句紧似一句，写尽机警人目动股栗，而彼笨伯方惛然不知。明年十一月，渠丘与莒二城俱溃，莒子不足又道，看渠丘公一样不以为意，妙绝！

晋侯使申公巫臣如吴[1]，假道于莒[2]。与渠丘公立于池[3]上，牵入一渠丘公，妙，妙。曰："城已恶[4]。"莒子曰："辟陋在夷，其孰以我为虞[5]？"诎诎[6]之声，使人叵耐。对曰："夫狡焉思启封疆以利社稷者，何国蔑[7]有？夫，徒然发声之辞，盖心惊莒子诎诎之声。启，开也。疆，边界也。狡，目左右窥伺也。何国蔑有？言处处时时有此人也。唯然，故多大国矣。又下亲切指点，妙，妙。唯或思或纵[8]也。又言偶无此事，殆不可恃。或思，即上狡焉之思也；或纵者，偶不思也。勇夫重闭[9]，况国乎？"又譬，虽有勇夫，卧必重闭，言数重闭门也。

1. 晋侯：指晋景公。申公巫臣：字子灵，原楚国大夫，后奔晋，为邢邑大夫。因氏屈，又称屈巫。如：往。

2. 莒：国名，在今山东省安丘、诸城、沂水、莒、日照一带。公元前431年为楚所灭。

3. 渠丘公：莒子朱，名季佗。公元前608—前577年在位。池：护城河。

4. 已恶：太坏。

5. 虞：候望。连上句意为莒在偏僻简陋的夷蛮之地，无人觊觎。

6. 诎诎：自满的样子。

7. 蔑：无。

8. 或思或纵：意为有的小国考虑防备大国入侵，因而得存；有的小国放松准备，因而灭亡。

9. 重闭：内外门户层层关闭。

左　传

晋使吕相绝秦

成公十三年

饰辞驾罪何足道，止道其文字。章法、句法、字法，真如千岩竞秀，万壑争流；而又其中细条细理，异样密致；读万遍，不厌也。

晋侯使吕相绝秦[1]，曰：

“昔逮我献公及穆公相好，戮力同心，申之以盟誓，重之以昏姻[2]。从秦晋好说起。天祸晋国[3]，文公如齐，惠公如秦，无禄，献公即世[4]。穆公不忘旧德，俾我惠公用能奉祀于晋[5]。说秦德。又不能成大勋，而为韩之师[6]。略曲。亦悔于厥心，用集[7]我文公，是穆之成也。说秦德。

“文公躬擐甲胄，跋履山川，逾越险阻，征东之诸侯，虞、夏、商、周之胤而朝诸秦，则亦既报旧德矣。说晋报德。郑人怒君之疆埸[8]，我文公帅诸侯及秦围郑[9]。说晋德。

1. 晋侯：指晋厉公。吕相：晋大夫魏锜之子，即魏相。因食邑于吕，故称吕相，亦称吕宣子。绝秦：与秦国绝交。事因晋厉公与秦桓公原订于鲁成公十一年于令狐会盟，晋君先到，而秦桓公背约未来；后秦君又唆使狄和楚攻打晋国，于是晋厉公派吕相使秦，历数秦晋邦交的历史和秦背信弃义的行为，并与之绝交。

2. 重：加重。昏：通“婚”。此句言晋献公把女儿嫁给秦穆公，以加重两国间的关系。

3. 天祸晋国：指晋献公时骊姬之乱，逼太子申生自缢，群公子出奔。

4. 即世：去世、死。

5. 用：因此。奉祀：主持祭祀。意即立为国君。

6. 而为韩之师：指秦晋韩原之战，晋惠公被俘事。

7. 用集：因而安定、成全。指秦穆公护送重耳回晋做国君。

8. 怒：侵犯。疆埸：边界。

9. 文公：指晋文公。于鲁僖公三十年（公元前 630 年）与秦围郑。

秦大夫不询于我寡君，擅及郑盟，诸侯疾之，将致命于秦。略曲。文公恐惧，绥靖诸侯，秦师克还无害，则是我有大造于西也[10]。说晋德，结住上文。

“无禄，文公即世，穆为不吊[11]，蔑死[12]我君，一“我”字。寡我襄公，二“我”字。迭[13]我殽地，三“我”字。奸绝我好，四“我”字。伐我保城[14]，五“我”字。殄灭我费滑[15]，六“我”字。散离我兄弟[16]，七“我”字。挠乱我同盟，八“我”字。倾覆我国家。九“我”字。我襄公未忘君之旧勋，而惧社稷之陨，不忘俾我惠公、集我文公也。是以有殽之师。我是以有，一。犹愿赦罪于穆公。曲，作波。穆公弗听，而即楚[17]谋我。曲，作波。天诱其衷[18]，成王殒命[19]，穆公是以不克逞志于我。曲，作波。

“穆、襄即世，康、灵即位[20]。康公我之自出[21]，曲，作波。又欲阙剪我公室，一“我”字。倾覆我社稷，二“我”字。帅我蝥贼[22]，三“我”字。以来荡摇我边疆，四“我”字。我是

10. 大造：犹大恩。西：指晋国西面的秦国。

11. 穆为不吊：指穆公做不善的事。吊，同“淑”，善。

12. 蔑死：以为死者无知而蔑视。

13. 迭：通“轶”，突然进犯。指秦穆公派孟明等三帅袭郑，过轶晋国事。并非侵晋殽地。

14. 保城：据高士奇《地名考略》：“保城非地名，保即堡，土筑的小城。”

15. 殄：灭绝。费滑：滑国。费是滑国都城。

16. 兄弟：指郑、滑与晋都是姬姓，是兄弟之国。秦袭郑灭滑，故言“散离我兄弟”。

17. 即楚：亲近楚国。事指秦穆公自殽之战败后，释楚臣斗克回国，以求与楚结盟。因楚成王被其子商臣所杀，故所谋不成。

18. 天诱其衷：犹天心在我。

19. 成王：指楚成王。殒命：丧命。指为其子商臣所杀。

20. 康：指秦康公，穆公之子。灵：指晋灵公，襄公之子。

21. 康公我之自出：指秦康公是我晋国穆姬生的。穆姬是晋献公的女儿，康公是晋国的外甥，故言。

22. 蝥贼：喻危害国家的人。这里指晋文公的儿子公子雍，因他一直寄居秦国，吕相认为他是内奸。

以有令狐之役[23]。我是以有，二。康犹不悛，入我河曲[24]，一“我”字。伐我涑川[25]，水。二“我”字。俘我王官[26]，地。三“我”字。剪我羁马[27]，地。四“我”字。我是以有河曲之战[28]。我是以有，三。东道之不通，则是康公绝我好也。就手且结。

“及君[29]之嗣也，我君景公引领西望，曰：‘庶抚我乎！’曲，作波。君亦不惠称盟[30]，利吾有狄难[31]，入我河县，一“我”字。焚我箕、郜[32]，二“我”字。芟夷我农功[33]，三“我”字。虔刘[34]我边陲，四“我”字。我是以有辅氏之聚[35]。我是以有，四。之师，之役，之战，之聚，各换字。君亦悔祸之延，而欲徼福于先君献、穆，使伯车[36]来命我景公，曰：‘吾与女同好弃恶，复修旧德，以追念前勋。’言誓未就，景公即世，我寡君是以有令狐之会。曲，作波。君又不祥，背弃盟誓。白狄及君同州[37]，君之仇雠，而我之昏姻也。君来赐命曰：‘吾与女伐狄。’一，说秦反侧。寡君不敢顾昏姻，畏君之威，而受命于吏。君有二心于狄，曰：‘晋将伐女。’狄应且憎，是用[38]告我。二，秦反侧。

23. 令狐之役：指赵盾派先蔑和士会去秦迎公子雍，秦也派兵送公子雍回国。后又改变主意立灵公，晋便出兵拒秦，在令狐地方击退秦师。吕相说是秦康公有意倾覆晋国，全是片面之词。

24. 河曲：地名。此地正当黄河转折处，故叫“河曲”。

25. 涑川：涑水，源出山西绛县，西经闻喜县南，又西南经永济市至蒲州入黄河。

26. 王官：晋地，在今山西省闻喜县南。

27. 羁马：晋地，在今山西芮城县境。

28. 河曲之战：指秦、晋于鲁文公十二年战于河曲，双方无胜负。

29. 君：指秦桓公。

30. 不惠称盟：不肯加惠同晋结盟。称，举。

31. 狄难：指晋于鲁宣公十五年灭赤狄潞氏之事。晋灭狄，反说“有难”，这是故意歪曲。

32. 箕：箕邑，在今山西蒲县东北。郜：在今山西祁县西七里。

33. 芟夷：铲除。农功：指农作物。

34. 虔刘：劫掠、杀害。此处指杀害边境人民。

35. 辅氏之聚：指辅氏之战，事见《左传·宣公十五年》。辅氏，地名，在陕西大荔东。聚，指聚集群众。此句意为聚众于辅氏以抗秦师。

36. 伯车：秦桓公之子，名鍼，亦称后子。

37. 白狄及君同州：指白狄与秦同居雍州。

38. 是用：因此。

楚人恶君之二三其德[39]也，亦来告我曰：‘秦背令狐之盟，而来求盟于我，昭告昊天上帝、秦三公、楚三王[40]曰：‘余虽与晋出入，余唯利是视。’三，秦反侧。一段，秦与楚誓辞。不谷恶其无成德，是用宣之，以惩不一。诸侯备闻此言，斯是用痛心疾首，昵就寡人。一路，备说秦恶，归到此句。寡人帅以听命，唯好是求。辞令好，身分好。君若惠顾诸侯，矜哀寡人，而赐之盟，则寡人之愿也，其承宁[41]诸侯以退，岂敢徼乱？宾句。君若不施大惠，寡人不佞，其不能以诸侯退矣。主句。敢尽布之执事，俾执事实图利之！”

39. 二三其德：犹三心二意。

40. 秦三公：穆公、康公、共公。楚三王：成王、穆王、庄王。

41. 承宁：止息、安静。

左　传

穆叔重拜鹿鸣

襄公四年

此为无风起波之文。只是穆叔如晋，晋侯享之，何处却有如此一篇文字！某读之，因悟人今日用平常语言，动静之中，无处无时不有妙文，特是人不会写出来也。

穆叔[1]如晋，四字，叙。报知武子之聘也[2]。一句，注。晋侯享之，四字，叙。以下，写出奇。金奏《肆夏》之三[3]，不拜。奇！工歌《文王》之三[4]，又不拜。奇！歌《鹿鸣》之三，三拜。奇！后贤读至此等处，便须作出奇想，不得草草成诵去。韩献子使行人子员问之[5]，曰："子以君命辱于敝邑，先君之礼，藉之以乐，以辱吾子。吾子舍其大[6]，而重拜其细[7]。敢问何礼也？"对曰："三夏，逐件说，如闻其声。天子所以享元侯也[8]，惊人之句。使臣弗敢与闻。犹言不图有此。须知此句，乃大不然之辞。《文王》，逐件说。两君相见之乐也，此句，犹尚惊人。臣不敢及。犹言臣非君也。此句，须是谦，然亦带不然之色。《鹿鸣》，逐件说，此又分作三段说。君所以嘉寡君也，一章。敢不拜

1. 穆叔：叔孙豹，鲁国大夫。谥穆子，故称穆叔。

2. 知武子：知䓨，亦叫荀䓨。曾于鲁襄公元年聘问鲁国。

3. 金奏：指用钟、镈等乐器演奏。《肆夏》：古乐曲名。其辞今亡。《肆夏》之三：据《国语·鲁语下》为肆夏、樊遏、渠。

4. 工：乐人。《文王》之三：《诗经·大雅》中的《文王》《大明》《緜》三篇。均是歌颂文王之德和受命兴周之功。

5. 韩献子：韩厥，晋国大夫。行人：使者的通称。

6. 大：指《肆夏》之三和《文王》之三。

7. 重拜：指一再而三拜。细：指《鹿鸣》之三。因《鹿鸣》是写周代国君宴请群臣、宾客的；《四牡》是写外役人员辛勤的；《皇皇者华》是写出访使者片段生活的，故穆叔重拜。

8. 三夏：《肆夏》之三。是天子设盛宴以招待元侯所奏。

嘉？拜其嘉我君。《四牡》，君所以劳使臣也，二章。敢不重拜？拜其劳己。《皇皇者华》，君教使臣曰：‘必谘于周[9]。’三章。臣闻之：‘访问于善为谘[10]，谘亲为询[11]，谘礼为度[12]，谘事为诹[13]，谘难为谋[14]。’臣获五善，敢不重拜？”拜其教己。

9. 必谘于周：一定要向忠信的人咨询，以补己之不及。谘，即咨询。周，忠信。

10. 谘：指向善人访求询问。

11. 询：指咨询亲戚。

12. 度：指咨询礼仪。

13. 诹：指咨询事情。

14. 谋：指咨询困难。

左　传

戎驹支不愿与会

襄公十四年

先读宣子语，真如拔剑斫案，骤莫可犯。既而读驹支语，乃如枪棍家门户相当，逐解开破，更无难处，甚至反有余勇相贾，斯为笔墨之出奇也。

十四年，会于向[1]。将执戎子驹支[2]，范宣子亲数诸朝[3]，曰：“来！姜戎氏！先呼来，次补呼姜戎氏，便画出一面相凌之色。昔秦人迫逐乃祖吾离于瓜州。吾离，戎乃祖名。乃祖吾离被苫盖、蒙荆棘以来归我先君[4]，故添“被苫”六字，尽出其丑。我先君惠公有不腆之田，与汝剖分而食之。剖分而食，妙。写加恩于戎，非复常等。今诸侯之事我寡君不如昔者，盖言语漏泄，则职女之由[5]。有何言语漏泄，宣子自纳败缺矣。“不如昔者”四字，亦蕴藉之至。诘朝[6]之事，尔无与焉。与，将执女。”一段话，用“今”字、“昔”字、“诘朝”字，转笔。对曰：“昔秦人负恃其众，贪于土地，逐我诸戎。第一段先辨戎祖吾离被逐瓜州，则秦人实恶，非戎之丑。惠公蠲[7]其大德，谓我诸戎，是四狱之裔胄也[8]，毋是翦弃。第二段，次辨惠公加德于戎，乃因戎本圣裔，礼应存恤，

1. 会于向：指吴国于鲁襄公十三年秋，乘楚共王新丧，发兵侵楚，结果吴国大败，于鲁襄公十四年春，告败于晋，并与诸侯各国会盟于向，商量为吴伐楚。

2. 戎子驹支：是西戎各部落之首，即姜戎氏之君，名驹支。

3. 范宣子：范匄，亦称士匄，晋国大夫。数：指责。

4. 苫盖：指用茅草编成的遮身物。蒙荆棘：指头戴用荆棘所编之冠。蒙，冒。

5. 职女之由：当由于你。职，当。

6. 诘朝：明旦。

7. 蠲：显示、昭明。

8. 四狱：尧时方伯，姜姓。裔：远。胄：后。裔胄即后代。

不为特惠。赐我南鄙之地，狐狸所居，豺狼所嗥。我诸戎除翦其荆棘，驱其狐狸豺狼，以为先君不侵不畔之臣，至于今不贰。第三段，又辨晋分土田，至为敝恶，戎自开垦，非受实惠。亦故添“狐狸”等字相讥切。昔文公与秦伐郑，秦人窃与郑盟，而舍戍焉[9]，于是乎有殽之师。引一事。晋御其上，戎亢[10]其下，秦师不复，我诸戎实然[11]。第四段，又辨戎有大功于晋，亦足云报矣。譬如捕鹿，晋人角之[12]，诸戎掎之[13]，与晋踣[14]之。戎何以不免？添“譬”，倍更明畅。“何以不免”，犹言已足报晋，何为尚蒙切责不休？自是以来，晋之百役，与我诸戎相继于时[15]，以从执政，犹殽志[16]也，岂敢离逷[17]？第五段，又辨戎之有功于晋，殽师乃其大者，至于百役，岂可枚举。今官[18]之师旅无乃实有所阙，以携[19]诸侯，而罪我诸戎！第六段，终辨诸侯“不如昔者”，定是晋实有阙，与我戎则何与？“官之师旅”，妙！竟骂是宣子等之罪，文字乃如剑戟相撞。我诸戎饮食衣服不与华同，贽币[20]不通，言语不达，何恶之能为？索性放喉快吐，妙不可言。不与于会，亦无瞢[21]焉。”说得一场扯谈，妙不可言。赋《青蝇》[22]而退。言宣子无信谗言也。宣子辞焉，使即事于会，成恺悌[23]也。《青蝇》有“恺悌君子”也。

9. 舍戍焉：指鲁僖公三十三年秦穆公与郑盟，安置杞子、逢孙、扬孙戍守郑国。舍，置。戍，守。

10. 亢：同“抗”，抵挡。

11. 诸戎实然：意即我们姜戎实使秦师如此失败的。因秦晋殽之战，晋国与姜戎合击秦师。

12. 角之：从正面执住鹿的角。喻正面迎击秦军。

13. 掎之：从后面拖住鹿的后足。掎，从后牵引。喻从后面牵制秦军。

14. 踣：扑倒。

15. 相继于时：意即姜戎无不按时与晋共同从事。

16. 殽志：指姜戎支援殽之战其心如一。

17. 逷：同“逖”，远。

18. 官：指晋执政者。

19. 携：离间。

20. 贽币：见面时赠送的财物。

21. 瞢：惭愧。

22.《青蝇》：见《诗经·小雅》，其中有句：“恺悌君子，无信谗言。”意喻范宣子不应听信谗言。

23. 恺悌：和乐友爱。

左 传

臧武仲不能诘盗

襄公二十一年

此为刀切斧斫之文，自起笔直至后，只是一样法。

邾庶其以漆、闾丘来奔[1]，季武子以公姑姊妻之[2]，皆有赐于其从者。于是鲁多盗。季孙谓臧武仲曰[3]："子盍诘盗？"武仲曰："不可诘也。看他矢口侃侃，说出"不可"二字，奇，奇！妙，妙！纥又不能。"看他又侃侃说出"不能"二字，奇，奇！妙，妙！季孙曰："我有四封，而诘其盗，何故不可？实是可惊，因而急问。子为司寇[4]，将盗是务去，何故不能？"双辞，亦双问，遣笔最妙。武仲曰："子召外盗而大礼焉，何以止吾[5]盗？重快说"不可"。子为正卿，而来外盗；使纥去之[6]，将何以能？重快说"不能"。此已直斥季孙矣，然尚未的指何事。庶其窃邑于邾以来，子以姬氏[7]妻之，而与之邑，其从者皆有赐焉。此方直斥其事。若大盗，礼焉以君之姑姊与其

1. 邾：国名，在今山东省邹城境。庶其：邾国大夫。漆：邑名，在今山东邹城东北。闾丘：邑名，在漆东北十里。

2. 季武子：季孙宿，季孙行父之子，鲁国正卿。公姑姊：指鲁襄公的姑妈。

3. 季孙：季武子。臧武仲：臧孙纥，鲁国大夫，时为鲁司寇。

4. 司寇：主管刑狱的官。

5. 吾：指鲁国。

6. 之：指国内之盗。

7. 姬氏：指鲁襄公姑妈，因鲁国是姬姓。

大邑[8]，其次皂牧舆马[9]，次盗也，省“以”字。其小者衣裳剑带，小盗也，添“者”字。是赏盗也。奇句，快句。赏而去之，其或难焉。结上毕，下提笔重起。纥也闻之，在上位者洒濯其心[10]，壹以待人；八字句。轨度其信[11]，可明征也，八字句。而后可以治人。六字句，又结。夫上之所为，民之归也。再提笔起。上所不为，而民或为之，是以加刑罚焉，而莫敢不惩。妙，妙！快，快！若上之所为，而民亦为之，乃其所[12]也，又可禁乎？妙，妙！快，快！《夏书》曰：‘念兹在兹，释兹在兹[13]，名言兹在兹[14]，允出兹在兹[15]，惟帝念功[16]。’将[17]谓由己壹也。信由己壹[18]，而后功可念也。”更不加结，妙！

8. 大盗：指邾国大夫庶其。焉：用法同“之”。其大邑：指公姑姊的大邑，作为陪嫁。

9. 皂牧舆马：指庶其的从者，即贱役，也即古时皂、舆、隶、僚、仆、台、圉、牧八等之人。

10. 洒濯其心：洗涤其利欲之私心。

11. 轨度其信：意即使其诚心合乎法度。轨度，纳于轨范。信，诚。

12. 乃其所：意犹势所必然。

13. 释兹在兹：丢掉不干的就是这个。

14. 名言兹在兹：意为所要命令的就是这个。名，号令。

15. 允出兹在兹：诚信所在的就是这个。允，信。以上四句，是当时诚信的轨范。

16. 惟帝念功：只有天帝才能录此成功。念，识录。

17. 将：殆，大概。

18. 信由己壹：诚信由于自己的专一。

左　传

子产论币重

襄公二十四年

气最遒，调最婉。婉与遒本相背，今却又遒又婉，须细寻其婉在何处，遒在何处。又不得云此句遒，此句婉，须知其句句遒，句句婉也。

范宣子[1]为政，诸侯之币重[2]，郑人病之。二月，郑伯[3]如晋，子产寓书于子西[4]，以告宣子，曰："子为晋国，只此四字，落笔更妙，说甚道理。说道理，便不入耳矣。四邻诸侯不闻令德，而闻币重，侨[5]也惑之。劈插"令德"字入来。侨闻君子长国家者，非无贿之患，而无令名之难。章法不宽不偪，句法既宕又遒。令名，即令德之闻于邻者也。又插"令名"入来。夫诸侯之贿聚于公室[6]，则诸侯贰[7]。竦然。若吾子赖[8]之，则晋国贰。竦然。诸侯贰，则晋国坏；竦然。晋国贰，则子之家坏，竦然。何没没[9]也！遒甚，又逸宕甚。将焉用贿？四字又妙，不连上，不连下，只自踌躇。

1. 范宣子：范匄，晋国执政。

2. 币重：指诸侯朝聘晋国要交纳的贡品很重。币，指一切贡品，如车、马、玉、帛等。

3. 郑伯：指郑文公。

4.子产：郑子产，名侨，又名公孙侨，郑国执政。寓：托。子西：公孙夏，当时陪同郑文公去晋国，故子产托书于他。

5. 侨：子产自称。

6. 贿：财货。公室：指国君家里。

7. 贰：离贰，背叛。

8. 赖：利。

9. 没没：贪恋、迷溺。

“夫令名，德之舆[10]也；德，国家之基也。有基无坏，无亦是务乎[11]！从“名”转“德”，从“德”转“国家”，从“国家”转到“无坏”。是务，务令名也。有德则乐，乐则能久。《诗》云：‘乐只君子，邦家之基’，有令德也夫！引诗收“令德”，又宕又遒。‘上帝临女，无贰尔心[12]’，有令名也夫！引诗收“令名”，又宕又遒。恕思以明德[13]，则令名载而行之，是以远至迩安[14]？还宜如此乎。毋宁使人谓子‘子实生我’，而谓‘子浚[15]我以生’乎？还欲如此乎。象有齿以焚其身，贿也。”竦然，却又逸宕之甚！宣子说，乃轻币。

10. 德之舆：装载德行的车子。

11. 无亦是务乎：“无亦务是乎”的倒装。无亦，何必。务，致力、专力。是，这个。

12. 上帝临女，无贰尔心：见《诗经·大雅·大明》。临，监视。女，汝。此句意为上帝监视你，你须一心一德。

13. 恕思以明德：忠恕存心而自明其德。

14. 远至迩安：指远方诸侯来朝，邻近诸侯安心。

15. 浚：榨取。

左　传

晏子不死君难

襄公二十五年

注眼看定『社稷』二字，便于君臣生死之际，处之夷然自如。此本严毅之论，而出之以犹夷之调，最是脱俗文字。

崔氏弑庄公[1]。晏子[2]立于崔氏之门外，其人[3]曰："死乎？"曰："独吾君也乎哉，吾死也？"奇语，妙文。曰："行乎？"曰："吾罪也乎哉，吾亡也？"愈奇，愈妙！曰："归乎？"曰："君死，安归？上二妙语，得此句始定。君民者[4]，岂以陵民[5]，社稷是主。陵，居其上也。妙言，至言。臣君者，岂为其口实[6]，社稷是养。口，禄也。妙言，至言。一眼只注社稷也。故君为社稷死，则死之；为社稷亡，则亡之。若为己死，而为己亡，非其私昵，谁敢任之？斩斩截截，磊磊落落，此等文字，与日月争光，可也。且人有君而弑之[7]，吾焉得死之？而焉得亡之？忽又作滑稽语，妙，妙！将庸何[8]归？"但无语可归耳，滑稽，妙，妙！门启而入，枕尸股[9]而哭，兴[10]，三踊

1. 崔氏：指崔杼，也称崔子、崔武子，齐国大夫。娶棠姜为妻。齐庄公与棠姜通奸，崔杼弑齐庄公而立齐景公。弑：古时子杀父、臣杀君叫"弑"。

2. 晏子：名婴，字平仲，春秋时齐国贤大夫。历仕灵公、庄公、景公，景公时曾为齐相。

3. 其人：指晏子的随从。

4. 君民者：作为人民的国君。

5. 陵民：凌驾人民之上。

6. 口实：指俸禄。

7. 且人有君而弑之：指崔杼有国君齐庄公而把他杀了。

8. 庸何：哪里。

9. 枕尸股：指把庄公的尸体枕在晏子的大腿上。

10. 兴：起来、立起。

而出。人谓崔子：“必杀之！”崔子曰：“民之望也，舍之，得民。”

左 传

子产戎服献捷

襄公二十五年

要先看晋人问辞，气色甚恶；然后读下对辞，大悟其全以质胜；末纪仲尼深叹其文，此真所谓质有其文者也。

郑子展、子产伐陈，遂入之。……郑子产献捷于晋[1]，戎服将事[2]。晋人问陈之罪。大难登对。对曰：“昔虞阏父为周陶正[3]，以服事我先王[4]。我先王赖其利器用也，与其神明之后[5]也，连押“也”字弄姿。庸以元女大姬配胡公[6]，而封诸陈，以备三恪[7]。则我周之自出[8]，至于今是赖。以上，叙周之大德。“我之自出”，一。桓公之乱，鲁桓五年，陈桓疾病，乱作。蔡人欲立其出，陈厉，蔡甥，蔡先欲立之。我先君庄公奉五父[9]而立之，陈佗也，杀太子代立，郑庄就定其位。蔡人杀之，鲁桓六年，蔡人杀陈佗。我又与蔡人奉戴厉公。至于庄、宣[10]，皆我之自立。夏氏之乱，鲁宣十一年，夏征舒弑陈灵。成公播荡[11]，又我之自入，以上，叙郑之大惠。“我之自立”，二。“我之自入”，三。

1. 献捷于晋：向晋国献入陈之功，求取认可。

2. 戎服将事：穿军服处理事情，有别于平时朝会穿礼服。

3. 虞阏父：舜后。陶正：主管陶器的官。

4. 先王：指周武王。

5. 神明之后：舜为圣人，故称其子孙为神明之后。

6. 庸：承接连词，乃。元女：长女。胡公：虞阏父的儿子。

7. 三恪：是古时统治者笼络人心的手法。周得天下，封虞、夏、商三代的子孙为陈、杞、宋三国，以示敬意，叫“三恪”。恪：诚敬的意思。

8. 周之自出：言陈是周的外甥。

9. 五父：陈佗，陈桓公之弟。桓公卒，陈佗杀太子免而代之，郑庄公因而就确定陈佗为陈国国君。

10. 庄、宣：指陈庄公和陈宣公，皆陈厉公之子。

11. 成公播荡：指陈成公流亡晋国。播荡，流离失所。

君所知也。一结。今陈忘周之大德，蔑[12]我大惠，弃我姻亲，介恃[13]楚众，以冯陵[14]我敝邑，不可亿逞[15]，四字，倒句法，犹言其狂逞，乃至说不尽。我是以有往年之告，未获成命[16]，则有我东门之役。去年，郑伯稽首告晋，请伐陈，晋不见许，陈反从楚伐郑东门也。当陈隧[17]者，井堙木刊[18]。敝邑大惧不竞而耻大姬[19]，直连到周。天诱其衷，启敝邑心。谓宵突陈城也。陈知其罪，授手[20]于我。正对晋人问陈罪，毕。用[21]敢献功。”此四字另作一句，乃献捷正文。晋人曰：“何故侵小？”又是大难登对。对曰：“先王之命，惟罪所在，各致其辟[22]。正对毕。言只论罪否，不论大小。且昔天子之地一圻[23]，千里。列国一同[24]，自是以衰[25]。百里降至七十、五十里也。今大国多数圻矣，若无侵小，何以至焉？”上已辨过不是侵小，此又以侵小捎掠晋人。妙，妙！晋人曰：“何故戎服？”又是大难登对。对曰：“我先君武、庄[26]为平、桓卿士。城濮之役，文公布命，曰：‘各复旧职。’命我文公戎服辅王[27]，以授楚捷，不敢废王命故也。”僖二十八年，晋、楚战于城濮，晋文命诸侯各修旧职，于是郑文方傅周王，遂戎服以献楚捷也，恰恰又捎掠着晋人。妙，妙！士庄伯[28]不能诘，

12. 蔑：弃。

13. 介恃：依仗。

14. 冯陵：恁陵，进逼。冯，同“恁”。

15. 亿逞：满足快意。亿，同“臆”，满足。

16. 未获成命：指未得伐陈之命。

17. 隧：径，道路。此句言在陈军经过的路上。

18. 堙：填塞。刊：砍伐。井堙木刊，形容破坏严重。

19. 大惧不竞而耻大姬：很害怕郑国不强，因而给大姬带来耻辱。

20. 授手：降服。一说授手，即“授首”。

21. 用：因。

22. 辟：刑罚。

23. 圻：方千里。亦作畿，邦畿千里。

24. 一同：方百里。

25. 衰：差降。

26. 武、庄：指郑武公和郑庄公，做过周平王和周桓王的卿士。

27. 王：指周襄王。

28. 士庄伯：士弱，亦称士庄子，晋悼公太傅士渥浊之子。

复于赵文子[29]。文子曰：“其辞顺。犯顺，不祥。”乃受之。乃者，难之辞也。若郑无辞，晋且问罪也。仲尼曰：“《志》[30]有之：‘言以足志，文以足言。’不言，谁知其志？言之无文，行而不远。晋为伯[31]，郑入陈，非文辞不为功。慎辞哉！”言晋人实为伯，而郑人敢入陈，若非文辞，几至不救。

29. 赵文子：赵武，亦叫赵孟，晋国正卿。

30.《志》：指古书。

31. 伯：通“霸”，即霸主。

季札观周乐

襄公二十九年

每一歌，公子皆出神细听，故能深知其为何国何风。今读者于公子每一评论，亦当逐段逐字，出神细思，便亦能粗粗想见其为是国是风也。不然，杂杂读之，乃复何益。

吴公子季札来聘[1]，请观于周乐。来鲁也，故乐如周字，避嫌，细笔也。使工为之歌《周南》《召南》，使工，使我乐工也。为之，为吴公子也。以下段段不脱“为之”字。曰：“美哉！始基之[2]矣，“始”字起，“止”字住，为一篇大局段。犹未也，然勤而不怨矣。”逐段逐字细细想，何以《周南》《召南》却如此评？为之歌《邶》《鄘》《卫》[3]，曰：“美哉！渊乎！忧而不困者也。细细想，何以《邶》《鄘》《卫》如此评？吾闻卫康叔、武公之德如是[4]，是其《卫风》乎！”添一句，妙！一路或添、或减、或明、或暗，各自入妙！为之歌《王》[5]，曰：“美哉！思而不惧，其周之东乎[6]！”细细想，何以《王》如此评？为之歌《郑》[7]，曰：“美哉！其细已甚[8]，民弗堪也。是其先亡乎！”

1. 吴公子季札：吴王寿梦第四子，亦称季子，因食邑于延陵和州来，又称延陵季子和州来季子。聘：指国与国之间的遣使访问。

2. 基之：为王业奠定基础。

3.《邶》《鄘》《卫》：分别是《诗经·国风》之一，是卫国境内的民歌。

4. 卫康叔：周公弟。武公：卫康叔的九世孙。二人都是卫国的贤君，德化深远。

5.《王》：《诗经·国风》之一，是东周雒邑王城一带的民歌。

6. 其周之东乎：恐怕是周东迁之后的乐诗吧。

7.《郑》：是《诗经·国风》之一，是郑国的民歌。

8. 其细已甚：指郑诗多言男女间的琐事及乐调烦细。已：太。

细细想，何以《郑》如此评？细，烦琐也。为之歌《齐》，曰："美哉！泱泱乎，大风[9]也哉！又一调。表东海者[10]，其太公乎[11]！国未可量也。"何以《齐》如此评？为之歌《豳》[12]，曰："美哉！荡乎！乐而不淫，其周公之东乎！"细细想，《豳》如此评。为之歌《秦》[13]，曰："此之谓夏声[14]，又一调。夫能夏则大，大之至也，其周之旧乎！"《秦》如此评。为之歌《魏》[15]，曰："美哉！沨沨[16]乎！大而婉，险而易行，以德辅此，则明主也。"又一调。《魏》如此评。为之歌《唐》[17]，曰"思深哉！其有陶唐氏[18]之遗民乎！不然，何忧之远也？非令德之后，谁能若是？"《唐》如此评。为之歌《陈》[19]，曰："国无主，其能久乎！"《陈》如此评。自《郐》[20]以下无讥焉。略之何？微也。为之歌《小雅》，曰："美哉！思而不贰[21]，怨而不言，其周德之衰乎？犹有先王之遗民焉。"先王，纣也。若周德盛，则能荡荡然，不复见其思与怨也。《小雅》如此评。为之歌《大雅》，曰："广哉，熙熙[22]乎！曲而有直体[23]，其文王之德乎？"《大雅》如此评。为之歌《颂》，曰："至矣

9. 大风：大国之风。

10.表东海者：作为东海一带诸侯的表率者。

11. 太公：姜太公，齐国的始祖。

12.《豳》：《诗经·国风》之一，是豳国的民歌。豳国，在今陕西旬邑县、彬县一带。豳诗次序与今本《诗经》不同，这是由于鲁歌诗次序与今本不同。

13.《秦》：《诗经·国风》之一，是秦国的民歌。

14. 夏声：大雅、小雅，西周的声调。夏，同"雅"。一说夏声为西方之声，古指西方为夏。

15.《魏》：《诗经·国风》之一，是魏国的民歌。

16. 沨沨：形容乐声婉转悠扬。

17.《唐》：《诗经·国风》之一，是唐国的民歌。

18. 陶唐氏：远古部落名，其首领为尧。尧本封陶，后徙于唐，所以唐旧为尧都，故言有陶唐氏之遗民。

19.《陈》：《诗经·国风》之一，是陈国的民歌。

20.《郐》：亦作《桧》，《诗经·国风》之一，是郐国的民歌。

21. 思而不贰：哀思而不生二心。

22. 熙熙：乐曲和乐的样子。

23. 曲而有直体：指乐曲有抑扬顿挫高下之妙，而本体劲直刚健。

哉！直而不倨，曲而不屈，迩[24]而不逼，远而不携[25]，迁而不淫[26]，复而不厌，哀而不愁，乐而不荒[27]，用而不匮，广而不宣，施而不费，取而不贪，处而不底[28]，行而不流。五声[29]和，八风平[30]。节有度，守有序，盛德之所同也。”三代同德，奇理奇语，至理至语。二颂如此评。

见舞《象箾》《南籥》[31]者，曰：“美哉！犹有憾。”恨不致太平。见舞《大武》[32]者，曰：“美哉！周之盛也，其若此乎！”失望之辞。见舞《韶濩》[33]者，曰：“圣人之弘也，犹有惭德[34]，圣人之难也。”奇句，能令圣人下泪。见舞《大夏》[35]者，曰：“美哉！勤而不德[36]，非禹，谁能修之[37]？”不德，不自以为德也。吾读此语，常欲往视河工。见舞《韶箾》[38]者，曰：“德至矣哉！大矣！如天之无不帱[39]也，如地之无不载也。虽[40]甚盛德，其蔑以加于此矣，公子眼力如许。观止[41]矣。“始”字起，“止”字住，一篇大局段。如此长文，只三字收住。若有他乐，吾不敢请已。”戏笔作波。

24. 迩：近。

25. 携：离异。

26. 迁而不淫：流放而不邪乱。

27. 不荒：意即节之以礼。荒，荒淫。

28. 处而不底：静止而不停滞。

29. 五声：指宫、商、角、徵、羽。

30. 八风：八方之风。一说八风即八音，指金、石、丝、竹、匏、土、革、木。平：协调。

31.《象箾》：武舞名，即一种执竿而舞，好像战争时用干戈击刺一样的舞蹈。箾，武舞时所执的竿。《南籥》：文舞名，即以籥伴奏南乐而舞的一种舞蹈。籥，形似笛的乐器。

32.《大武》：周武王之乐。

33.《韶濩》：亦名《大濩》，歌颂殷汤的乐舞。一说是舜乐和汤乐。

34. 惭德：指行事有缺点而内愧于心。季札认为商汤伐桀，是以下犯上，故言“犹有惭德”。

35.《大夏》：歌颂夏禹的乐舞。

36. 不德：不自以为有德。

37. 修之：指创此乐舞。

38.《韶箾》：亦作《箫韶》，相传为虞舜的乐舞。

39. 帱：覆盖。

40. 虽：同“唯”。

41. 观止：指聆听观赏的乐舞已达到尽善尽美的境地，无以复加，故观赏到这里为止。

左 传

子产坏晋馆垣

襄公三十一年

子产妙辞，更不必说。须细寻其处处细针密线，前后不差一黍；又要看前段文伯之悖悖[1]，后段叔向之津津，俱是为极写子产而设。

子产相郑伯以如晋，晋侯[2]未之见也。以鲁丧故。子产使尽坏其馆之垣[3]而纳车马焉。奇事。士文伯让之[4]，曰："敝邑以政刑之不修，寇盗充斥，寇盗充斥，为客设馆垣之故也；政刑不修，又寇盗充斥之故也。长句法，累累而详，如此。无若诸侯之属辱在[5]寡君者何，十二字句。是以令吏人完客所馆，高其闬闳[6]，厚其墙垣，如此二句，言是特设，以重坏之之罪。以无忧客使。以上，自说一段盛意。今吾子坏之，虽从者能戒，其若异客何？措语最曲折。异客，言后来客也。以敝邑之为盟主，此句，带矜意。缮完葺墙[7]，以待宾客。此句，又带矜意。若皆毁之，其何以共命[8]？言后客又毁，则不堪也。然语意纯自矜。寡君使匄请命[9]。"明明问罪声口。对曰："以敝邑褊小，介于大国，诛求无时，是以

1. 悖悖：恼怒的样子。

2. 晋侯：指晋平公。

3. 尽坏其馆之垣：把晋国招待外宾的馆舍的围墙全部拆毁。

4. 士文伯：士匄，字伯瑕，晋国大夫。让：责问。

5. 辱：表敬副词，屈尊。在：存问。此句连上句意为：盗贼到处都有，设法安置屈尊前来朝聘晋君的诸侯的臣属。

6. 闬闳：里巷之门，此指宾馆门。

7. 完：通"院"，指围墙。葺：修治。

8. 其：将。共：同"供"。共命，意为供应宾客的需要。

9. 请命：请问拆毁墙垣的理由。

不敢宁居，悉索敝赋，以来会时事[10]。一段，先责晋重币。逢执事之不闲，而未得见；此句，叙鲁丧。又不获闻命，未知见时。一段，次责晋慢客。不敢输币，亦不敢暴露[11]。一段，次陈己左难右难，然未畅说，故下又双承之。其[12]输之，则君之府实[13]也，非荐陈[14]之，不敢输也。此句，承不敢输币。其暴露之，则恐燥湿之不时而朽蠹，以重敝邑之罪。此句，承不敢暴露，左难右难如此。侨闻文公之为盟主也，宫室卑庳[15]，无观台榭[16]，文公自居如此。以崇大诸侯之馆，文公待诸侯如此。下，细列此句。馆如公寝，一。库厩缮修，二。司空[17]以时平易道路，三。圬人以时塓馆宫室[18]；四。诸侯宾至，甸设庭燎[19]，五。仆人巡宫，六。车马有所，七。宾从有代[20]，八。巾车脂辖[21]，九。隶人牧圉各瞻其事[22]；十。百官之属各展其物；十一。公不留宾，而亦无废事；结住。忧乐同之，加一句。事则巡[23]之；再加一句。教其不知，而恤其不足。再加二句。宾至如归，无宁灾患；不畏寇盗，而亦不患燥湿。再结住。上十一句，是馆中事。加此四句，是文公心上事。今铜鞮[24]之宫数里，与“宫室卑庳”“无观台榭”正反。而诸侯舍于隶人[25]，与十一句正反。门不

10. 会：朝会。时事：年时朝贡的事。

11. 暴露：指贡物日晒夜露。

12. 其：如果。

13. 君之府实：指晋君府库中的财物。

14. 荐陈：古代的一种外交仪式，即宾主相见，当庭陈列聘享的礼物。故荐陈是陈列进献的意思。

15. 卑庳：低下。

16. 榭：台上有屋曰榭。此句意为没有可供游观的台榭。

17. 司空：掌管土木工程的官。

18. 圬人：泥水匠。塓：粉刷墙壁。

19. 甸：指甸人，负责管理薪火的官。庭燎：庭中照明的火炬。

20. 宾从有代：言外宾的随从仆役有专人替代。

21. 巾车：管理车辆的官。脂辖：用油脂涂轴头。脂，膏脂，这里用作动词，上油。

22. 隶人：管理洒扫房舍和厕所的人。牧：看守牛羊的人。圉：看守马的人。瞻：看顾。

23. 巡：安抚。

24. 铜鞮：晋离宫，在今山西省沁县南二十五里。

25. 舍于隶人：言诸侯宾客住在像奴隶住的屋子里。

容车，而不可踰越；盗贼公行，而天厉不戒[26]。与加四句正反。宾见无时，挽"执事不闲"句。命[27]不可知。挽"又不闻命"句。若又勿坏，是无所藏币以重罪也。挽又"不敢输"、又"不敢暴露"句。敢请执事，将何所命之？正对"寡君使匄请命"句，侃侃然，可畏也。虽君之有鲁丧，亦敝邑之忧也。妙，妙！夺其所委之故。若获荐币晋纳币。修垣而行[28]，郑修垣，妙绝，妙绝！一似晋，只是惜此垣费也者。君之惠也，敢惮勤劳！"修垣之劳也。文伯复命。

赵文子[29]曰："信。只一字，写心服如画。我实不德，而以隶人之垣以赢[30]诸侯，是吾罪也。"注"信"字。使士文伯谢不敏焉。极写子产也。晋侯见郑伯，有加礼，皆极写子产，非写晋也。厚其宴好而归之。极写。乃筑诸侯之馆。极写。所谓诸侯赖之也。叔向[31]曰："辞之不可以已也如是夫！津津然不啻口出。子产有辞，诸侯赖之。不止郑是赖。若之何其释辞[32]也？写出津津然。释，弃也。自悔不能如子产之辞，乃是少时弃而不学也。《诗》曰：'辞之辑矣，民之协矣；辞之怿矣，民之莫矣。[33]'其知之矣。"四字妙！言诗人知之，吾初不知，写出津津然。

26. 天厉：天之疠气，指瘟疫。天，原作"夭"，今据《金泽文库》本改。厉，通"疠"，疾疫。不戒：不预防。

27. 命：指晋君接见之命。

28. 修垣而行：指郑替晋把墙修好，而后回国。

29. 赵文子：赵武，赵盾之孙，晋国大夫。

30. 赢：受。引申为"接待"。

31. 叔向：姓羊舌，名肸，晋国贤大夫。

32. 释辞：舍弃辞令。

33. "辞之辑矣"四句：见《诗经·大雅·板》，意为言辞和睦则人民融洽，言辞悦怿则人民安定。辑，和睦。协，和协。怿，喜悦。莫，安定。

子产论尹何

襄公三十一年

欲作缠绵帖肉之文，须千遍烂读此文，非贵其文辞，贵其心地也。此文，只是一片心地。

子皮欲使尹何为邑[1]。子产曰："少，未知可否。"此篇，纯作婉爱之调。子皮曰："愿[2]，吾爱之，逐句婉爱。不吾叛也。使夫[3]往而学焉，夫亦愈知治也。"婉爱之调。子产曰："不可。人之爱人，求利之也。段段婉爱。今吾子爱人则以政，犹未能操刀而使割也，其伤实多。一喻。子之爱人，伤之而已，其谁敢求爱于子。妙语解颐。子于郑国，栋也。栋折榱[4]崩，侨将厌[5]焉，敢不尽言？二喻。夹入一句，又婉爱。子有美锦，不使人学制[6]焉。三喻。大官大邑，身之所庇也，而使学者制焉，其为美锦不亦多乎[7]？纯作婉爱之调。侨闻学而后入政，未闻以政学者也。若果行此，必有所害。譬如田猎，射御贯[8]，则能获禽；吾未

1. 子皮：名罕虎，郑国上卿。尹何：子皮的小臣。为邑：做家邑之宰。

2. 愿：谨慎善良。

3. 夫：人称代词，指尹何。下文"夫"字用法同。

4. 榱：屋椽。

5. 厌：通"压"。

6. 制：裁制。

7. 其为美锦不亦多乎：意即大官大邑比起美锦来价值不是更大吗。

8. 贯：通"惯"，熟习。

尝登车射御，则败绩厌覆[9]是惧，何暇思获？”四喻，纯是婉爱之调。随手出喻，一喻尹何，二喻自己，三喻子皮，四喻尹何。初无定法，手便即喻。子皮曰：“善哉，虎不敏。吾闻君子务知大者、远者；小人务知小者、近者。我，小人也。衣服附在我身，我知而慎之；大官、大邑所以庇身也，我远而慢之。便援前喻。微子之言，吾不知也。纯作婉爱之调。他日我曰：‘子为郑国，妙！四字句。我为吾家[10]，以庇焉，其可也。’妙！十字句。今而后知不足。妙！六字句。自今请虽吾家，听子而行。”妙！十字句，纯是婉爱。子产曰：“人心之不同如其面焉，吾岂敢谓子面如吾面乎？抑心所谓危[11]，亦以告也。”妙，妙！纯是婉爱之调。子皮以为忠，故委政焉。子产是以能为郑国。

9. 败绩：事业的失败。这里指车辆崩坏。厌覆：压覆，指车翻人压。

10. 家：指卿大夫的封地食邑。

11. 抑心所谓危：不过我心里认为你这样做很危险。

子产从直叫破，妙绝！乃州犁语，亦甚腴、甚苍、甚委、甚劲。

子围逆女以兵

昭公元年

楚公子围[1]聘于郑，楚将为虢之会也。且娶于公孙段氏[2]。围娶子石女也。伍举为介[3]。聘之副使为介。此先叙伍举者，为后垂櫜之请也。将入馆，郑人恶之，使行人子羽[4]与之言，乃馆于外。入馆者，入郑而馆也。馆于外，则不入郑也。子羽语不载。既聘，将以众逆[5]。子羽不使入馆，于是楚将以兵逆女。子产患之，使子羽辞，曰："以敝邑褊小，不足以容从者，请墠[6]听命。"请于城外除地为墠，以成婚礼。令尹命大宰伯州犁对曰："君辱贶寡大夫围[7]，句。谓围句。：'将使丰氏[8]，句。子石女也。抚有而室[9]。'句，腴之甚。围布几筵，告于庄、共之庙而来[10]。十二字句，腴之甚。若野赐[11]之，是委君贶于草莽也，一"是"字。是寡大夫不得列于诸卿也。二"是"字。不宁唯是，又

1. 公子围：王子围，是楚庄王之孙，楚共王之子，楚国令尹。

2. 公孙段氏：字子石，又字伯石，后又赐氏为丰。

3. 伍举：楚国大夫，食邑于椒，又称椒举。介：副使。

4. 子羽：公孙挥，亦称行人挥。

5. 众：兵众。逆：迎。古代婚礼，娶妇须亲迎。公子围率兵众迎新妇。

6. 墠：清除场地，供祭祀用。古代亲迎，婿受妇于女家之祖庙。郑子产不欲公子围入城，欲在城外除地为墠，以代公孙段氏的祖庙，行亲迎之礼。

7. 君：指郑简公。贶：赐。寡大夫：指公子围。

8. 丰氏：公孙段，当时已被赐氏为丰，故又称丰氏。

9. 抚有而室：意为使丰氏把女儿嫁给你做妻子。抚，有。而，你。

10. 庄：指楚庄王，公子围的祖父。共：指楚共王，公子围的父亲。据《礼记·文王世子》："取妻必告。"郑玄注："必须告庙。"此句言公子围曾祭告祖庙而来娶妇。

11. 野赐：指在城外除地为墠举行婚礼。

转笔疾撇上二“是”字。又使围蒙其先君将不得为寡君老[12]，十四字句，言既欺先君，则不得为今君大夫。其蔑以复矣[13]，唯大夫图之。”言无颜以归国矣。子羽曰：“小国无罪，恃实其罪[14]。将恃大国之安靖己[15]，而无乃包藏祸心以图之？只用一句，直直叫破，妙绝，妙绝！更妙于将欲叫破，却先倒装一“恃”字；将欲倒装“恃”字，却又先倒装一“罪”字，又先倒装一“无罪”字。小国失恃，而惩诸侯，使莫不憾者，距违[16]君命，而有所壅塞不行是惧。上二十六字为一句，只是“无乃”二字；此二十六字为一句，只是“是惧”二字。不然，句。敝邑，句。馆人之属[17]也，句。其敢爱丰氏之祧[18]？”句。上两二十六字为句，何等气急。此四短句，何等安闲。伍举知其有备也，请垂櫜[19]而入。许之。

12. 老：指公卿大臣。《礼记·王制》：“属于天子之老二人。”郑玄注：“老谓上公。”

13. 蔑以复矣：无法返国。无法复命，亦可通。

14. 恃实其罪：依恃大国而不戒备就是它的罪过。实，是。

15. 安靖己：安定己国。

16. 距违：抗拒违背。

17. 馆人之属：连上句意为敝国已是楚国之客馆守者。

18. 祧：祖庙。

19. 垂櫜：倒转弓袋，表示内无武器，无用武意。

张趯智在君子后

昭公三年

妙处全在冷峭，峭故愈冷，冷故愈峭。今后欲作冷笔，其务作峭笔哉！

郑游吉[1]如晋，送少姜[2]之葬。梁丙与张趯[3]见之。梁丙曰：“甚[4]矣哉，子之为此来也！”不是不满游吉语，正是不满少姜语。细细思之。子太叔曰：“将得已乎！四字用紧笔先接住，下引文、襄，宽宽反起。昔文、襄[5]之伯也，其务不烦诸侯，须记“伯（即霸）也”字，“不烦”字。“不烦诸侯”四字，先总，下细开。令诸侯三岁而聘，不烦。五岁而朝，不烦。有事而会，不烦。不协而盟。不烦。君薨[6]，大夫吊，卿共葬事；不烦。夫人，士吊，大夫送葬。不烦。足以昭礼、命事、谋阙而已[7]，无加命矣。“足以”，妙！“而已”，妙！再添“无加命矣”四字，妙！此既明明说晋将失诸侯，只是反说，故不觉。今嬖宠[8]之丧，不敢择位[9]，而数于守适[10]，言不敢计择其为妾媵，而礼数比于夫人。此句，乃正对“甚

1. 游吉：子太叔，郑国正卿。

2. 少姜：齐国少姜，是齐庄公嫡夫人之女，晋平公的宠妾，又称少齐。

3. 梁丙：晋国大夫。张趯：晋国大夫。

4. 甚：指郑国派正卿游吉来吊送妾（少姜）丧，礼数太过分。

5. 文：指晋文公。襄：指晋襄公。

6. 薨：古时诸侯死叫薨。

7. 昭礼：昭明礼节。命事：发布命令。谋阙：商量补救缺失。

8. 嬖宠：指少姜。

9. 不敢择位：指来吊丧的不敢按礼制和旧例选择适当职位的人。

10. 数：礼数。守适：指国君的正夫人，即嫡配，守内宫为长，故名守适。此句言礼数超过正夫人。

矣”“此来”语。唯惧获戾[11]，岂敢惮烦？妙，妙！记第二“烦”字。少姜有宠而死，齐必继室[12]。今兹吾又将来贺，不唯此行也。”偏要再加一倍说，笔情最恣，笔气最峭，真妙不可言也。张趯曰：“善哉，吾得闻此数[13]也！然自今，疾转笔，妙，妙！“昔今”，妙！“今兹”，妙！“然自今”，妙！子其无事矣。譬如火[14]焉，火中[15]，寒暑乃退。火，心星也。季夏，昏中，而暑退；季冬，旦中，而寒退。此其极也，能无退乎？晋将失诸侯，诸侯求烦不获[16]。”忽将“烦”字作一余波，冷峭不可言。二大夫退。子太叔告人曰：“张趯有知，其犹在君子之后[17]乎！”十二字一句，言张趯直无智耳。虽闻我言而跃然，似为有智，然我既已明言之矣；彼为晋臣，胡为又复言乎？在君子之后，犹言不得与于君子之列也。

11. 戾：罪。

12. 继室：古时诸侯的夫人称元妃，元妃死后，次妃代理内事叫继室。

13. 此数：指朝会吊丧的礼数。

14. 火：大火，即心宿。

15. 火中：指大火星于夏末黄昏时在天空中，暑气渐消。冬末在将天亮时在天空中，寒气渐消。

16. 诸侯求烦不获：意即晋将不能再烦诸侯。

17. 在君子之后：意为在君子的行列。

晏婴叔向相语

昭公三年

前幅，写两家婚媾，作无数珍重之言；后幅，写两人忧乱，作无数败坏之言。前幅珍重，是出色珍重；后幅败坏，是出色败坏。古人撰文，最重斗色[1]，此真斗出异样色也。

齐侯使晏婴请继室于晋，是时，晋侯妾少姜死。曰：“寡君使婴曰：‘寡人愿事君朝夕不倦，将奉质币以无失时[2]，十七字句。则国家多难，是以不获[3]。九字句。一段，先叙疏阔，宽宽而起。不腆先君之适以备内官[4]，焜耀[5]寡人之望，十六字句。则又无禄[6]，早世殒命，寡人失望。十二字句。一段，次叙少姜之戚，渐入话由。君若不忘先君之好，惠顾齐国，辱收[7]寡人，十六字句，叙齐。徼福于太公、丁公[8]，照临敝邑，镇抚其社稷，十六字句，叙齐。则犹有先君之适及遗姑姊妹若而人[9]。十五字句。若君不弃敝邑，而辱使董振[10]择之，以备嫔嫱[11]，十七字句。寡人之望也。’”以上，为是吉礼，故多作珍重之辞。韩宣子[12]使叔向对曰：“寡君之愿也。接口先允，妙！

1. 斗色：犹搭配色彩。斗，凑集。

2. 质币：贽币，见面时赠送的财物。质，通“贽”。无失时：按时朝聘。

3. 不获：意为不得自来。

4. 不腆：谦辞，当时客套惯用语，人和物均可言不腆。先君之适：指少姜是齐庄公嫡夫人之女。备内官：充当妃嫔之列。

5. 焜耀：照明的意思。

6. 无禄：《尔雅·释诂》：“死也。”是死的讳称。

7. 收：绥辑，即安抚亲睦的意思。

8. 徼：求。太公：吕尚。丁公：吕伋，吕尚之子。均是齐国先君。

9. 遗姑姊妹：指齐灵公所生，景公的大姑、小姑。若而人：若干人。

10. 董振：犹慎重的意思。

11. 嫔嫱：古时天子、诸侯的姬妾。

12. 韩宣子：韩起，又称士起，晋国正卿。

寡君不能独任其社稷之事，妙语，是一句。未有伉俪，又是一句。在缞绖[13]之中，是以未敢请。又是一句。君有辱命，惠莫大焉。若惠顾敝邑，晋一边说。抚有晋国，齐一边说，二句只是一句。赐之内主[14]，岂唯寡君，亦作珍重之辞。举群臣实受其贶，添一层。其自唐叔[15]以下实宠嘉之。”又添一层。看他写婚姻，便纯用婚姻声口，妙绝！

既成昏[16]，晏子受礼[17]，叔向从之宴，相与语。叙得如画。叔向曰：“齐其何如？”句下，明有晋已如此。晏子曰：“此季世也，吾弗知，二句七字，本不欲言。齐其为陈氏矣[18]。此为不能忍，因又言下去，尽言也。上不欲言，妙！此又言，妙！下尽言，妙！公弃其民，而归于陈氏。齐句。旧句。四量[19]，句。豆、句。区、句。釜、句。钟[20]。句。四升为豆，注“豆”。各自其四，以登于釜。注“区”，注“釜”，句变。釜十则钟。注“钟”，先详齐之国量。陈氏，句。三量皆登一焉[21]，钟乃大矣。再详陈之家量，将国量、家量先详，下便甚明。以家量贷，而以公量[22]收之。陈氏事，一。山木如市[23]，弗加于山[24]，陈氏事，二。鱼、盐、蜃、

13. 缞绖：古代丧服。因少姜才卒，晋平公正在丧服中。古制，为妻齐衰杖綦，贵贱同之。据此，晋平公以正夫人之礼礼少姜之丧，故言“在缞绖之中”。意即在服丧期间。

14. 内主：正夫人为内官之主，故叫内主。

15. 唐叔：名虞，封于唐，又称唐叔虞，周成王之弟，晋国的始祖。

16. 成昏：犹今之订婚。昏，通“婚”。

17. 受礼：受宾享之礼。

18. 弗知：古人成语，犹今云“不保”。齐其为陈氏矣：意为齐将被陈氏所取代了。

19. 四量：四种容积单位的量具。

20. 区：古代量名，四豆为区，即一斗六升。釜：四区为釜，即六斗四升。钟：十釜为钟，即六斛四斗。

21. 三量皆登一焉：指陈氏的豆、区、釜三量具，都比公量加一，即五升为豆，五豆为区，五区为釜。

22. 公量：四升为豆的量具。

23. 如市：运往市场。

24. 弗加于山：意即山上的木料运往市场，其售价与在山同。下文“弗加于海”意同。

蛤，弗加于海。陈氏事，三。民参其力[25]，假如三分民力。二入于公，而衣食其一。公聚朽蠹，而三老冻馁，齐国事，一。国之诸市，屦贱踊贵[26]，齐国事，二。民人痛疾，齐。而或燠休之[27]。陈。其爱之如父母，内。而归之如流水。外。欲无获民，将焉辟之？细读"其"字、"而"字、"欲无"字、"将焉"字，二十字乃成一句。箕伯、直柄、虞遂、伯戏[28]，四人，皆舜后陈先。其相胡公、大姬已在齐矣[29]。"妙，妙！上还说人情，此竟说神灵，见陈代齐更无疑。叔向曰："然。妙！先用一字满口应过。虽吾公室，今亦季世也。亦不能忍，遂亦尽言也。"虽"字、"亦"字妙！如闻其声。戎马不驾，戎车不复驾马，一。卿无军行，卿无所将之军，二。公乘无人，公车御不得人，三。卒列无长。百人不得其长，四。庶民罢敝[30]，而宫室滋侈；句中有"而"字。道殣[31]相望，而女富溢尤[32]；句中有"而"字。民闻公命，如逃寇仇。上四句，说晋军政大坏，不能征伐；此六句，说晋不恤民命，叛形已著。栾、郤、胥、原、狐、续、庆、伯降在皂隶[33]，此一句，说晋大族八姓，尽皆陵替。政在家门[34]，民无所依。此一句，说晋令出多门，莫知禀承。君日不悛，以乐慆忧。此一句，说晋君方乃荒于逸乐，漫不知戒也。公

25. 民参其力：人民三分其力。

26. 屦：麻做的鞋。踊：假足，指受过刖刑的人所穿的鞋子。

27. 燠：温暖。休：同"咻"，病痛声。此句意为能关怀人民的寒暖病痛。一说燠休，厚赐的意思。

28. 箕伯、直柄、虞遂、伯戏：四人皆舜后，是陈氏先祖。

29. 相：随、佑助。胡公：是箕伯等四人的后裔，为陈氏始受封立国的国君。大姬：胡公之妃。在齐：意为陈氏即将获得齐国政权，其祖先神灵已来齐享受。

30. 罢敝：疲敝，困苦穷乏。

31. 道殣：在道路上倒毙的人。

32. 女：指国君的嬖宠。溢尤：过甚。

33. 栾、郤等八氏：其先栾枝、郤缺、胥臣、原轸、狐偃五氏皆卿，续简伯、庆郑、伯宗三氏为大夫，八氏本皆姬姓，是晋国的旧贵族。皂隶：贱臣。

34. 政在家门：言卿大夫掌握国政。指韩、赵诸氏专政。

室[35]之卑，其何日之有[36]？总断上多句。《谗鼎之铭》曰：‘昧旦丕显[37]，后世犹怠。’况日不悛，其能久乎？”添引鼎铭，再申末句，加倍精练。晏子曰：“子将若何？”独晏问向者，前发端本自问；向实有心诉晏，故晏不得不问，并非两人互诉，此又须互问也。叔向曰：“晋之公族尽矣，先提过他族，下方说己族，好。肸闻之，公室将卑，其宗族枝叶先落，则公室从之。句中，又插“公室”。肸之宗十一族，唯羊舌氏[38]在而已。肸又无子[39]，此说己族也。十一字为句，哀怨之甚，不堪再读。公室无度，又插“公室”。幸而得死，岂其获祀[40]？”言尚未必得死，哀怨一至此！回想前幅无数婚姻珍重之言，真欲一笑出泪。

35. 公室：古时指诸侯的家族，也指诸侯国的政权。

36. 其何日之有：犹即将到来的意思。

37. 昧旦：早起。丕：大。

38. 羊舌氏：叔向的宗族，也是晋国公族之一。

39. 无子：指无克承先业的贤子。

40. 岂其获祀：难道还会得到子孙祭祀？意为晋国必亡，自己也得不到子孙祭祀。

叔向许子皮朝楚

昭公三年

一片纯是至诚，则不须又用周防也，而又句句无不周防；则未免稍伤至诚也，而又一片纯是至诚。妙绝，妙绝！后闲中又写张趯一段，见晋郑卿大夫，如此开心见诚，更妙！

秋七月，郑罕虎[1]子皮。如晋，贺夫人，贺齐已继室于晋也。且告曰：且者，贺之外，另告也。“楚人日征敝邑以不朝立王之故[2]。时楚灵已篡立。敝邑之往，则畏执事其谓寡君而固有外心[3]；而，汝也。固，从来也。撰出一语，妙！其不往，则宋之盟云[4]，襄二十七年盟宋，有晋、楚之从，交相见也云云。进退罪也。寡君使虎布[5]之。”实实布出其往、其不往两难之心，妙，妙！宣子[6]使叔向对曰：“君若辱有[7]寡君，在楚何害？修宋盟也。君苟思盟，寡君乃知免于戾矣。看他亦实实说出若有、若不有两猜之心。妙，妙！“君若辱有”，一段。君若不有寡君，虽朝夕辱于敝邑，寡君猜焉。“君若不有”，二段。君实有心，何辱命焉[8]。不必来布，三段。君其往也！苟有寡君，在楚犹在晋也。”君可竟

1. 罕虎：子皮，郑国上卿。

2. 征：责问。立王：指楚新立楚灵王。

3. 执事：指晋平公。而：你。

4. 宋之盟云：指襄公二十七年宋国向戌弭兵之会，有“晋、楚之从交相见也”的约定，意即晋、楚各有盟国，楚请晋之盟国朝楚，楚之盟国朝晋。

5. 布：陈说。

6. 宣子：指韩宣子，即韩起。

7. 有：有心，这里是“心向”的意思。

8. 何辱命焉：何必来告诉寡君。

去，四段。段段真挚，段段铿锵，段段缜密，段段疏越，妙！

张趯使谓大叔[9]曰："自子之归也，小人粪除[10]先人之敝庐，曰：'子其将来。'今子皮实来，小人失望。"一片知己恩爱，风雨连朝，不可多读。大叔曰："吉贱，不获来。畏大国，尊夫人也。正对毕。且孟[11]曰：'而将无事'，吉庶几焉。"重又捎带前日，自今子其无事语，冷峭之甚。

9. 大叔：游吉，郑国上卿。

10. 粪除：扫除。

11. 孟：指张趯。

绝顶见识，绝顶议论，不必又道。今论其通篇，段段皆作双行之文，如前两未可知，两若归，已是妙绝！至后三殆，却将『马』与『险』作一对先破了；后另将多难，变出或多难，或无难，便是到底仍用双行。此可见古人文字一篇不换手法，前后只用一手法也。

司马侯许楚召晋诸侯

昭公四年

楚子使椒举如晋求诸侯[1]，椒举致命[2]曰："寡君使举曰：日君有惠，日，往日也。赐盟于宋，曰：'晋、楚之从，交相见也。'往日盟辞也，言诸侯从晋者使见于楚，从楚者亦可见晋。以岁之不易，寡人愿结欢于二三君，使举请间[3]。以多难，欲召晋诸侯。君若苟无四方之虞[4]，则愿假宠[5]以请于诸侯。"言若不虞意外，则命诸侯见我，辞令好。晋侯[6]欲弗许。司马侯[7]曰："不可。楚王方侈，二字，断尽。天或者欲逞其心，以厚其毒而降之罚[8]，未可知也。妙论，确论。看他"或者"字、"欲"字、"以"字、"而"字，一句凡作三四折始成。妙，妙！其使能终[9]，亦未可知也。又陪一句，一发妙论。其妙，非浅人、粗人所知。晋、楚唯天所相[10]，不可与争。上平写两"未可知"，此定不可不接"唯

1. 椒举：伍举。求诸侯：楚灵王欲专会诸侯为盟主，故派伍举往晋求之。

2. 致命：传达楚灵王之命。

3. 请间：意为请晋平公于闲暇时听取伍举的请求。间，闲暇。

4. 四方之虞：指边境的戒备。虞，戒备、忧虑。

5. 假宠：借其威宠。

6. 晋侯：指晋平公。

7. 司马侯：女齐，又称女叔齐、叔齐、叔侯，晋国大夫。

8. 厚其毒而降之罚：意为增加别人对他的痛恨，然后给他降下重罚。

9. 能终：得善终。

10. 唯天所相：只有靠天的帮助。

天”一句。君其许之，而修德以待其归。句。若归于德，吾犹将事之，况诸侯乎？若适[11]淫虐，楚将弃之，吾又谁与争？”又平写两“若”。妙，妙！浅人、粗人不知。公曰：“晋有三不殆，其何敌之有？国险而多马，齐、楚多难，有是三者，何乡而不济[12]？”对曰：“恃险与马，而虞[13]邻国之难，是三殆也。先接口疾翻，下再逐件破。四岳、三涂、阳城、大室、荆山、中南，九州之险也，是不一姓。先破险，看他指出许多险。言皆灭亡相寻。冀之北土[14]，马之所生，无兴国焉。次破马，看他指一多马地。言不见以马兴。恃险与马，不可以为固也，从古以[15]然。十四字句。是以先王务修德音以享神人，不闻其务险与马也。三件，先破二件，便先结过，文情若连若断。邻国之难，不可虞也。再破“多难”。或多难以固其国，启其疆土；或无难以丧其国，失其守宇，妙论，看他又平写“或多难”“或无难”。若何虞难？”结。三件事，两件先结，一件再结，妙！

11. 适：趋向。

12. 何乡而不济：无往而不克的意思。

13. 虞：通“娱”，乐。

14. 冀之北土：指燕、代。因冀州北接燕、代。

15. 以：同“已”。

吴蹶由对楚子

昭公五年

此篇，不是曲折顿挫，不是回环往复，乃是认得清、咬得定文字。千载忠臣含笑入地，只是此篇文字，烂熟于胸中。

楚子[1]以诸侯及东夷伐吴，以报棘、栎、麻之役[2]。……

吴子使其弟蹶由犒师[3]，楚人执之，将以衅鼓[4]。王使问焉，曰：“女卜来吉乎？”妙问，直是无言可对。对曰：“吉。妙，妙！与晋国和乎？对曰：“不和”，便是一样妙人。寡君闻君将治兵于敝邑，卜之以守龟[5]，因其问，便撰出此事。曰：‘余亟使人犒师，请行以观王怒之疾徐，而为之备，尚克[6]知之。’龟兆告吉，并撰出祝辞。妙，妙！曰：‘克可知也。’一句，总断吉兆。君若欢焉，好逆[7]使臣，滋敝邑休怠，而忘其死，亡无日矣。宾，妙！今君奋焉，震电冯怒[8]，虐执使臣，将以衅鼓，则吴知所备矣。敝邑虽

1. 楚子：指楚灵王。

2. 棘、栎、麻之役：鲁昭公四年（公元前538年）吴伐楚，攻入棘、栎、麻三邑，以报楚于是年秋攻克吴朱方之役。棘，楚邑，在今河南省永城市南。栎，在今河南省新蔡县北二十里。麻，在今安徽省砀山县东北二十五里。

3. 吴子：指吴王余祭。蹶由：吴王夷末的弟弟。

4. 衅鼓：杀牺以祭，并以其血涂新鼓的缝隙，叫衅鼓。这里是指将杀死蹶由。

5. 守龟：守国之龟，藏于宗庙，以卜国家大事。

6. 克：能。

7. 好逆：友好地欢迎。

8. 冯怒：盛怒。冯，同“凭”，盛。此句意为楚灵王勃然大怒，如雷震电掣。

羸，若早修完[9]，其可以息师。难易[10]有备，可谓吉矣。主，妙！且吴社稷是卜[11]，岂为一人？妙论，至论！千载忠臣，视死如归，只是此意看得透彻。使臣获衅军鼓，而敝邑知备，以御不虞，其为吉，孰大焉？反反复复，曰："克可知也"，曰："可谓吉矣"，曰："其为吉，熟大焉？"只是一句话，却作三遍说，所谓认得清、咬得定也。国之守龟，其何事不卜？一臧一否，其谁能常之？城濮之兆[12]，其报在邲。今此行也，其庸[13]有报志？"更妙！乃弗杀。

9. 修完：指把城郭武器修缮完备。

10. 难：患难。易：犹平安。

11. 社稷是卜：意为所卜者国家的吉凶。意即吴国为国家而卜。

12. 城濮之兆：晋、楚城濮之战，战前楚卜吉，而实败；此吉兆却应验在晋、楚邲之战时楚胜。

13. 其庸：反诘副词连用，"岂"的意思。此句意为，蹶由占卜的卦象难道不会有应验吗？意即占卜吉兆应验在作战时吴国胜。

不图有如此前半篇。有如此前半篇了，不图又有如此后半篇，真千载奇文。

子革对灵王

昭公十二年

楚子狩于州来[1]，次于颍尾[2]，写。使荡侯、潘子、司马督、嚣尹午、陵尹喜帅师围徐以惧吴[3]。写。楚子次于乾溪，以为之援。写。雨雪，写绝。王皮冠，写绝。秦复陶[4]，翠被[5]，写绝。豹舄[6]，写绝。执鞭以出。写绝。仆析父[7]从。写绝。写出必及于难之人如在目。右尹子革夕[8]，王见之，去冠、被，写。舍鞭，写。与之语，写。曰："昔我先王熊绎[9]，与吕伋、齐。王孙牟、卫。燮父、晋。禽父鲁。并事康王[10]，四国皆有分，我独无有。今吾使人于周，求鼎以为分[11]，王其与我乎？"必及于难人声口。对曰："与君王哉！奇妙，便如接口。昔我先王熊绎辟在荆山，筚路蓝缕以处草莽[12]，跋涉山林以事天子，唯有桃弧棘矢以共御王

1. 楚子：指楚灵王。狩：冬猎。州来：楚邑，故址在今安徽省寿县。

2. 次：驻扎。颍尾：颍口，是颍水入淮处。

3. 荡侯、潘子、司马督、嚣尹午、陵尹喜：皆楚国大夫。徐：吴的与国，鲁昭公三十年（公元前512年）为吴所灭。

4. 秦复陶：秦国赠给楚王的羽衣，穿之御寒。

5. 翠被：用翠羽做的披风。被，通"披"。

6. 豹舄：用豹皮制的木底鞋。

7. 仆析父：楚国大夫。

8. 子革：郑丹。夕：暮见。

9. 熊绎：芈姓，事周成王，封以子爵，为楚国始封之君。

10. 吕伋：齐太公姜尚之子，嗣为齐侯，卒谥丁公。王孙牟：卫康叔之子康伯，名髡。燮父：晋唐叔之子。禽父：伯禽，周公姬旦之子。康王：周成王之子。

11. 求鼎以为分：相传禹铸九鼎，三代传之，以为有国之宝。楚灵王派人入周求赐九鼎，作为楚之分器。

12. 筚路蓝缕：意为驾柴车，穿敝衣。以处草莽：犹开土辟地。

事[13]。无分之故。齐，王舅[14]也；晋及鲁、卫，王母弟[15]也。有分之故。楚是以无分，而彼皆有。正论，以"昔""今"字分。今周与四国[16]服事君王，奇谈。将唯命是从，岂其爱鼎？"奇谈。王曰："昔我皇祖伯父昆吾，遥遥皇祖，隐隐伯父。旧许是宅[17]。今郑人贪赖[18]其田，而不我与。我若求之，其与我乎？"必及于难人声口。对曰："与君王哉！奇妙，便如接口。周不爱鼎，郑敢爱田？"奇谈，又趁上文热铛，故甚省而加妙。王曰："昔诸侯远我[19]而畏晋，今我大城陈、蔡、不羹，赋[20]皆千乘，子与有劳焉？带句，生姿。诸侯其畏我乎！"必及于难人声口。对曰："畏君王哉！奇妙，便如接口。是四国者，专足畏也。奇谈。又加之以楚，敢不畏君王哉！"奇谈。工尹路[21]请曰："君王命剥圭以为镃柲[22]，敢请命[23]。"又写，写绝。王入视之。写绝。析父谓子革："吾子，楚国之望也。今与王言如响[24]，国其若之何？"忽作一波折，大奇！大妙！子革曰："摩厉以须[25]，王出，吾刃将斩矣。"奇谈。王出，写。复语。写。左史倚相趋过，王曰："是良史也，子善视之！是能读《三坟》

13. 桃弧棘矢：桃木弓枣木箭。共：同"供"。共御，犹进奉。

14. 王舅：指吕伋。因周成王母邑姜，是齐太公之女，故齐国吕伋是周成王的舅父。

15. 王母弟：指鲁国始祖姬旦、卫国始祖康叔，皆周武王母弟；晋国始祖唐叔，是周成王母弟。

16. 四国：指陈、蔡和东、西二不羹。国，指大都大邑。

17. 旧许是宅：据《国语·郑语》韦昭注："昆吾为夏伯，迁于旧许"。旧许即许国。后迁于叶，又迁于夷，其地为郑所得，故谓旧许。

18. 赖：利。

19. 远我：意为以我为僻远。

20. 赋：兵赋。

21. 工尹路：楚国工官之长。

22. 剥圭以为镃柲：破圭玉以饰斧柄。镃，斧。柲，柄。

23. 请命：指请示制作的法式。

24. 与王言如响：讥子革顺灵王之意答对如响之应声。

25. 摩厉以须：磨快了刀刃等着。杜预注："以己喻锋刃，欲自摩厉以斩王之淫慝。"摩，通"磨"。厉，同"砺"。须，等待。

《五典》《八索》《九丘》。”恰凑入“摩厉以须”人刃下。对曰：“臣尝问焉，昔穆王欲肆其心，周行天下，将皆必有车辙马迹焉。祭公谋父作《祈招》之诗[26]，以止王心，王是以获没于祇宫[27]。臣问其诗，而不知也。若问远焉，其焉能知之？”大奇！大妙！何处飞来。王曰：“子能乎？”对曰：“能。大奇！大妙！其诗曰：‘祈招之愔愔[28]，式昭德音。思我王度，式如玉，式如金。形民之力，而无醉饱之心。’”大奇！大妙！王揖而入，写。馈[29]不食，寝不寐，数日，不能自克，以及于难[30]。结。仲尼曰：“古也有志：‘克己复礼，仁也。’信善哉！楚灵王若能如是，岂其辱于乾溪[31]？”再结。

26. 祭公谋父：周公之孙，名谋父，周卿士。祈招：杜预注："祈父，周司马，世掌甲兵之职，招其名。"故祈招是周穆王时的司马官，名招。祭公谋父作《祈招》这首诗，目的是劝阻周穆王周游天下。

27. 祇宫：当时的离宫，在今陕西华州北。此句意为周穆王闻谏而止，因此得善终于祇宫。

28. 愔愔：安详和悦的样子。

29. 馈：进食。

30. 以及于难：这是追叙之辞，言楚灵王虽感于子革之言，但终不能克制其欲，遂不免于蒙难。

31. 辱于乾溪：指楚灵王困在乾溪，楚人都叛离他，挨饿而自缢于申亥家，受到了羞辱。

左传

穆子不受鼓降

昭公十五年

一篇奇妙文字，却是一片平实道理。故先贤每教人，未提笔作文字，必须先将道理讲得烂熟于胸中。盖道理为文字之准衡，而平实乃奇妙之祖炁也。

晋荀吴中行穆子。帅师伐鲜虞[1]，白狄别种。围鼓[2]。鲜虞邑。鼓人或请以城叛，畔鲜虞而来。穆子弗许。左右曰：“师徒不勤，而可以获城，何故不为？”穆子曰：“吾闻诸叔向曰：‘好恶不愆[3]，民知所适，事无不济。’叔向语也。先妙在不没叔向。或以吾城叛，吾所甚恶也；人以城来，吾独何好焉？妙，妙！此自是人心天理至公至平之事，无奈世人总不肯说到此，今被说来，实是通身惭愧。唐人《弹琴诗》曰：“人心尽如此，天下自和平。”正可移赞此语。赏所甚恶，若所好何[4]？若其弗赏，是失信也，何以庇民？说到此，已是第二义，不得不说到耳。若力能则进，是。妙，妙！否则退，是。更妙，更妙！此二句，乃正对左右。量力而行。吾不可以欲城而迩奸[5]，所丧滋多。”千古龟鉴，其敬佩之。

1. 荀吴：中行穆子，又称中行伯、中行吴，荀林父之孙，晋国大夫。鲜虞：国名，白狄族的一支，战国时为中山国。

2. 鼓：国名，白狄族的一支，当时属鲜虞。

3. 好恶不愆：意为好其所当好，恶其所当恶。愆，过。

4. 赏所甚恶，若所好何：意为如对自己极厌恶的加赏，则对自己喜欢的就无法加赏了。

5. 迩奸：接近奸邪。

使鼓人杀叛人而缮守备。奇事，正理，服鼓人已在此矣。围鼓三月，鼓人或请降。使其民见，曰："犹有食色[6]，姑修而城[7]。"呼其民观之，而令更修城，未须降。妙，妙！益更奇也！军吏曰："获城而弗取，勤民而顿兵，何以事君？"穆子曰："吾以事君也。接口甚疾者。只是一片天理烂熟于胸中也。获一邑而教民怠，将焉用邑？说一遍。邑以贾怠[8]，不如完旧[9]。又说一遍。完旧，保守其旧教也。贾怠无卒[10]，弃旧不祥。又说一遍。鼓人能事其君，吾亦能事吾君。又说一遍，愈说愈妙。率义不爽[11]，好恶不愆，城可获而民知义所[12]，有死命而无二心，不亦可乎？"又说一遍，愈说愈妙。此篇文字，只是一片天理烂熟。鼓人告食竭力尽，而后取之。克鼓而反，不戮一人。添此八字，分外姿致。

6. 食色：饱食之容。

7. 姑修而城：且归修缮尔城。意指鼓国人民还能防守，不须投降。

8. 邑以贾怠：意为虽得邑却买来吏民懈怠。

9. 完旧：保守其旧。意指保持原来的勤慎。

10. 贾怠无卒：买人之怠没有好结果。

11. 率义：循义而行。爽：差失。

12. 义所：指道义之所在。

左　传

子产不与晋玉环

昭公十六年

看其通篇纯作严毅之笔，却并无一字使气，为千载以小事大之定式。吾更爱其先衬以太叔、子羽低商数语，便令毅者加分出色。

晋韩起[1]聘于郑，宣子有环，其一在郑商。妙，妙！偏有此锐事，发起一篇大文。锐，小也。今俗呼小物曰零锐，谓其小如针末也。碎，误。宣子谒诸郑伯，子产弗与，曰：“非官府之守器也，寡君不知。”初闻，谓其奇；细味，却是确；确故毅，毅故妙！子大叔、子羽谓子产曰[2]：“韩子亦无几求，此句说小。晋国亦未可以贰。此句说大。晋国、韩子不可偷[3]也。总。若属有谗人交斗其间，诚有此虑。鬼神而助之，以兴其凶怒，诚有此虑。悔之何及？又总。吾子何爱于一环，再说小。其以取憎于大国也？再说大。盍求而与之？”又总。细看子产何等毅！太叔、子羽却何等婉！写郑六卿，千载下如画。子产曰：“吾非偷晋而有二心，将终事之，是以弗与，忠信故也。先将一句提出本心，下乃细

1. 韩起：韩宣子，晋平公时为卿。

2. 子大叔：游吉，郑国正卿。子羽：公孙挥，郑国行人。

3. 偷：薄。这里是“轻视”的意思。

说。侨闻君子非无贿之难，立而无令名[4]之患。一侨闻，以处宣子。侨闻为国非不能事大字小[5]之难，无礼以定其位之患。又一侨闻，以处郑。看他平提二“侨闻”，笔态一往只是毅甚。夫大国之人令于小国，而皆获其求，将何以给之？一共一否[6]，为罪滋大。大国之求，无礼以斥之[7]，何餍之有？吾且为鄙邑[8]，则失位矣。此只是四十九字一长句，并不曾转笔，乃是作三个反复说成耳。言，皆给则不能，或给或不给，则终见罪。然则不如据礼斥之，吾岂为尔属邑，故受诛求。若韩子奉命以使，而求玉焉，贪淫甚矣，独非罪乎？细看他用“而”字法，用“焉”字法，便下得“贪淫甚矣”四字。出一玉以起二罪[9]，吾又失位，韩子成贪，将焉用之？此只是“出一玉以起二罪，将焉用之”十一字句，中八字，注二罪耳。此古文法也。且吾以玉贾罪[10]，不亦锐[11]乎？”余文又折出此语，愈益妙！看太叔、子羽何等婉，子产却只是毅。写郑六卿，千载下如画。

韩子买诸贾人[12]，既成贾矣[13]。商人曰：“必告君大夫[14]！”此不是商人又奇，定是子产细到，详算当知之。韩子请诸子产曰：“日起请夫环，执政弗义[15]，弗敢复也。今买诸

4. 立而无令名：指立为卿而无善名。

5. 事大字小：事奉大国，抚养小国。字，养。

6. 一共一否：一次供给一次拒绝。共，同“供”。

7. 无礼以斥之：不依礼驳斥大国的要求。

8. 且为鄙邑：将做晋国边鄙之县。

9. 以起二罪：指一共一否为郑国之罪；奉使贪淫为韩子之罪。

10. 吾以玉贾罪：我以不应宣子求玉之请而得罪。

11. 锐：锋刃之端，比喻细小。

12. 贾人：商人。

13. 既成贾矣：已讲定偿价了。贾，通“价”。

14. 君大夫：指执政者。

15. 弗义：犹不以为然。

商人，商人曰：‘必以闻’，敢以为请。”直读至此，不应便下，须先代子产细算如何处，实是更难措语。子产对曰：“昔我先君桓公[16]与商人皆出自周，郑先在西周畿内，桓公东迁，与商俱来。庸次比耦以艾杀此地[17]，斩之蓬、蒿、藜、藋[18]，而共处之；点缀此句，以溯昔者相盟之故也。并非要语，却政自少不得。世有盟誓，以相信也，曰：‘尔无我叛，我无强贾[19]，毋或丐夺[20]。尔有利市宝贿[21]，我勿与知。’如此盟语，不知是真有，不知是临时撰出。恃此质[22]誓，故能相保以至于今。算来更无可措语，只得一直以盟誓为据，力争到底。今吾子以好来辱，而谓敝邑强夺商人，是教敝邑背盟誓也，毋乃不可乎！吾子得玉，而失诸侯，必不为也。一直只以盟誓力争到底。妙，妙！更不烦第二语矣。若大国令，而共无艺[23]，郑敝邑也，亦弗为也。侨若献玉，不知所成[24]。敢私布之。”一直只争盟誓，至收时，却仍以失位句缴正，辞令之妙如此！韩子辞玉曰：“起不敏，敢求玉以徼二罪？敢辞之。”

16. 桓公：名友，周厉王之子，周宣王之弟，郑国始封之君。

17. 庸次比耦：犹相从耦耕，意为并肩协作。艾：通“刈”，除。艾杀，清除。

18. 藜：灰菜。藋：灰藋，与藜同类异种。

19. 强贾：强买东西。

20. 丐夺：乞求掠夺。

21. 利市：赚钱的买卖。宝贿：奇货。

22. 质：信。

23. 共无艺：供贡无法则。

24. 成：善、好处。

至理至论不论，论其笔端，一何清峭疏远。

晏子论梁丘据

昭公二十年

齐侯至自田[1]，晏子侍于遄台[2]，子犹梁丘据。驰而造焉[3]。公曰："唯据与我和[4]夫！"晏子对曰："据，句。亦同也，焉得为和？"公曰："和与同异乎？"对曰："异。空中生出文字。和如羹焉，实论羹，非以羹喻也。水、火、不同性。醯、醢、[5]盐、梅，不同味。以烹鱼肉，燀[6]之以薪，人不知味，谓火在釜下。岂知只薪在釜下，火固在釜中哉！宰夫和之，齐之[7]以味，济其不及，以泄其过，君子食之，以平其心。至理至论。君臣亦然。陡地过笔。君所谓可妙！而有否焉，妙！臣献其否妙！以成其可；妙！君所谓否妙！而有可焉，妙！臣献其可妙！以去其否。妙！是以政平而不干，民无争心。至理至论。故《诗》曰：'亦有和羹[8]，既戒既平[9]。鬷嘏无

1. 齐侯：指齐景公。田：畋猎。

2. 遄台：在今山东省临淄附近，又名歇马亭。

3. 子犹：梁丘据，齐景公的嬖大夫。造：往。

4. 和：指能知其心而应其志。

5. 醯：醋。醢：肉酱。

6. 燀：炊煮。

7. 齐之：使酸咸适中。齐，同"剂"，调剂。

8. 亦有和羹：见《诗经·商颂·烈祖》篇。和羹，调和之羹汤。

9. 既戒既平：指五味具备，浓度适中。

言[10]，时靡有争[11]。’引诗谀甚。先王之济五味、和五声也[12]，以平其心，成其政也。在今人手，即一喻一正便毕。否则两喻都在前，今看其方作过接，再起。声亦如味，实论声，非再以声喻也。一气[13]，二体[14]，三类[15]，四物[16]，五声，六律[17]，七音[18]，八风，九歌[19]，乐以人气为主，一也；文武，二也；风、雅、颂，三也；方物，四也；宫、商、角、徵、羽，五也；阳律、阴律，六也；五音加变宫、变羽，七也；八方八卦之风，八也；六府三事，九也。以相成也；清浊、不同。小大、不同。短长、不同。疾徐、不同。哀乐、不同。刚柔、不同。迟速、不同。高下、不同。出入、不同。周疏，不同。以相济也。君子听之，以平其心。心平，德和。至理至论。故《诗》曰：‘德音不瑕。’引诗谀甚。章法变化如此。今据不然。君所谓可，据亦曰可；君所谓否，据亦曰否。若以水济水，谁能食之？此是喻，收前。若琴瑟之专壹[20]，谁能听之？此是喻，收后。同之不可也如是。”总收。

饮酒乐。另文。公曰：“古而无死，其乐若何！”晏子对曰：“古而无死，则古之乐也，君何得焉？只作闲闲冷

10. 鬷：通“奏”。嘏：通“假”，今本《诗经》作“假”。鬷嘏，即奏假。《礼记·中庸》正引作“奏假”。奏，献羹。假，通“格”，神至。此句意为献上羹汤，神灵来享，无所指责。

11. 时靡有争：意为没有争讼，心气和平。以上引诗，结束和羹之论。以下转入和五声。

12. 五味：指辛、酸、咸、苦、甘。五声：指宫、商、角、徵、羽。

13. 一气：言乐需气来发动，故当专一。

14. 二体：言乐舞有文、武二体，文舞执羽籥，武舞执干戚。

15. 三类：言《诗经》有风、雅、颂三类。

16. 四物：言乐器由金、石、丝、竹等四方出产的物品制成。

17. 六律：指黄钟、太簇、姑洗、蕤宾、夷则、无射。

18. 七音：五声加变宫、变徵谓之七音。

19. 九歌：歌九功之德，即六府三事谓之九功。六府指水、火、金、木、土、谷。三事指正德、利用、厚生。

20. 专壹：指瑟，瑟只有一声，不能成乐。

语，却又是至理至论。昔爽鸠氏[21]始居此地，少昊司寇，今何在？季萴因之[22]，虞夏诸侯，今何在？有逢伯陵[23]因之，商诸侯，今何在？蒲姑氏[24]因之，商周间诸侯，今何在？而后太公因之，太公，亦何在？古若无死，爽鸠氏之乐，非君所愿也。”不说太公，偏说爽鸠，妙！

21. 爽鸠氏：相传为少皞氏的司寇，最早在齐地居住。

22. 季萴：相传为虞、夏时的诸侯。因之：继起，即代爽鸠氏。

23. 有逢伯陵：有，名词词头。逢伯陵，殷时诸侯，姜姓。

24. 蒲姑氏：殷、周之际诸侯。薄姑故城在今山东临淄西北五十里。

左　传

吴许越成

哀公元年

详写少康，便可略写勾践。后三段，句句字字精神。

吴王夫差败越于夫椒[1]，报槜李[2]也。定十四年越败吴于槜李，至是三年矣。遂入越。越子以甲楯五千保于会稽[3]，使大夫种因吴太宰嚭以行成[4]。吴子将许之。伍员曰："不可。二字断。臣闻之：'树德莫如滋，去疾莫如尽。'先引格言，次引古事。昔有过浇杀斟灌以伐斟鄩，二"斟"，同姓国，相所依。灭夏后相[5]，后缗方娠[6]，缗，相妻。逃出自窦，归于有仍[7]，母家。生少康[8]焉，为仍牧正，惎浇能戒之。惎，音忌，毒也。浇使椒求之，椒，浇臣。逃奔有虞[9]，舜后封国。为之庖正[10]，以除其害。除，免也。虞思于是妻之以二姚[11]，思，虞君名。而邑诸纶[12]，有田一成，方十里。有众一旅。五百人。能布其德，而兆其谋，以收夏众，抚其官职，使女艾谍浇[13]，女艾，

1. 夫椒：在今浙江省绍兴市北。

2. 槜李：在今浙江省嘉兴西南。

3. 越子：指越王勾践。甲楯：古代军人的护身甲衣和藤牌，这里指兵士。

4. 种：文种，越国大夫。太宰：掌王家内外事务的官。嚭：伯嚭，原为楚国大夫伯州犁的孙子，出亡奔吴，深得吴王夫差宠信，官任吴国太宰。行成：求和。

5. 夏后：夏朝国王。相：夏代国王启的孙子。

6. 后缗：夏后相的妻子，有仍氏的女儿。娠：怀孕。

7. 有仍：任国，太昊之后，后缗的母家。在今山东济宁市。

8. 少康：后缗的遗腹子。

9. 有虞：传为虞舜之后一部落国家。

10. 庖正：主管膳食的官。

11. 虞思：有虞国君之名，姚姓。二姚：虞思的两个女儿。

12. 邑：用作动词，封给采邑。纶：在今河南省虞城县东南三十里。

13. 女艾：少康之臣。谍浇：刺探浇的动静。

臣名。使季杼诱豷[14]。杼，少康子。豷，浇之弟。遂灭过、戈[15]，灭浇于过，灭豷于戈。复禹之绩，祀夏配天，不失旧物。引少康事毕。今吴不如过，而越大于少康，出语精神之至。或将丰之，不亦难乎！第一段，语语精神之至。勾践能亲而务施[16]，一。施不失人[17]，亲不弃劳。与我同壤[18]，二。而世为仇雠。三。于是乎克而弗取，将又存之，违天而长寇雠，后虽悔之，不可食[19]已。第二段，语语精神之至。食，言也，食今日之许成也。姬[20]之衰也，日可俟也。泛一句。介在蛮夷[21]，而长寇雠，以是求伯，必不行矣。”第三段，语语精神之至。弗听。退而告人曰：“越十年生聚[22]，而十年教训，二十年之外，吴其为沼[23]乎！”精神之至。三月，越及吴平。

14. 季杼：少康之子。豷：浇的弟弟。

15. 戈：豷的封国。

16. 务施：致力施舍。

17. 施不失人：所施恩惠皆得其人。

18. 同壤：吴、越接境，故曰同壤。

19. 食：消除。

20. 姬：指吴国，姬姓。

21. 介在蛮夷：指吴国处在越与楚国之间。

22. 生聚：繁殖人口，积聚物力。

23. 为沼：意指吴国亡了，宫殿将变为池沼。

左传

邾文公知命

文公十三年

看其动笔，如快刀切物相似。

邾文公卜迁于绎[1]。史曰：“利于民而不利于君。”邾子曰：“苟利于民，孤之利也。至理至言，又极犀快。一段只此八字，二句已毕，下乃自解也。天生民而树[2]之君，以利之也。自解“苟利于民”句。民既利矣，孤必与焉。”自解“孤之利也”句，看他笔笔犀快。左右曰：“命可长也，君胡弗为？”邾子曰：“命[3]在养民。看他应声将“命”字，疾接在“养民”字，成句，其意已毕。下特笔势犀快，不觉写尽耳。死之短长，时也。民苟利矣，迁也。吉莫如之！”笔笔犀快。“苟利于民”“民既利矣”“民苟利矣”，一口只咬定“利民”二字，接连作几跨跳。遂迁于绎。

五月，邾文公卒。君子曰：“知命。”

1. 邾文公：名蘧蒢，曹姓，邾国的国君。绎：邾邑，在今山东邹城市东南，峄山之阳和郭山之北的夹谷地带。

2. 树：置立。

3. 命：命分。

詹桓伯让晋争阎田

昭公九年

看他初入手，便说周有天下，外薄四海，何争地田，早自占得无数地步。以下只反复祖宗封植天下，何致反教戎狄相制，却更不说到争田事，真得立言之大体也。与『不许请隧』一样妙文，两样妙笔。

周甘人[1]与晋阎嘉争阎田。晋梁丙、张趯率阴戎伐颍[2]。

王使詹桓伯辞于晋，曰："我自夏以后稷，周始祖，当夏之世。魏、骀、芮、岐、毕[3]，吾西土也。先有此五国。及武王克商，及周有天下。蒲姑、商奄[4]，吾东土也；又有此二国。巴、濮、楚、邓[5]，吾南土也；又有此四国。肃慎、燕、亳[6]，吾北土也；又有此三国。吾何迩封之有？言周封疆，外薄四海，岂止此近郊之田而已，妙，妙。以上先说不争此田。文、武、成、康之建母弟[7]，以蕃屏周，亦其废坠是为，岂如弁髦[8]，而因以敝之。至情至理，直直说出，妙，妙。以上说不图晋乃为此。先王居梼杌于四裔[9]，以御魑魅，故允姓[10]之奸，居于瓜州。伯父

1. 甘人：指甘大夫襄。

2. 梁丙、张趯：两人均为晋国大夫。阴戎：阴地之戎，即陆浑之戎。颍：周邑。

3. 魏：古国名，在今山西芮城县。骀：邰，在今陕西武功县西南。芮：在今山西芮城县西二十里。岐：在今陕西岐山县。毕：在今陕西咸阳市北。此五国是后稷在夏时受封的。

4. 蒲姑：亦作薄姑，在今山东博兴县东南。商奄：在今山东曲阜市东。

5. 巴：古代巴国。濮：古代西南地区民族。因部族繁多，各以邑落自聚，故称"百濮"。楚：楚都。邓：在今河南邓州市。

6. 肃慎：古代北方少数民族，散布在今黑龙江和松花江流域。燕：指北燕，都于今北京市。亳：据顾祖禹《读史方舆纪要》："亳夷，在陕西北境。"

7. 成：指周成王。康：指周康王。建母弟：是指文、武、成、康四代都封母弟以土建国。

8. 弁髦：原指缁布冠和幼童垂于眉间的头发。但进行冠礼后，剃去头发，也不用缁布冠了。因此"弁髦"比喻为弃置无用之物。

9. 梼杌：相传为远古四凶之一。四凶为浑敦、穷奇、梼杌、饕餮。四裔：四方边远之地。

10. 允姓：指阴戎之祖。

惠公[11]归自秦，而诱以来，自此以下说阴戎，此先说阴戎来历。使逼我诸姬，入我郊甸，则戎焉取之。戎有中国，谁之咎也？使，致使也。焉取，犹言若不诱来则何至于此也。此深诘阴戎之来，是何人所致。后稷封殖[12]天下，今戎制之，不亦难乎？伯父图之！此痛责晋来阴戎，大得罪于祖宗，妙，妙。我在伯父，犹衣服之有冠冕，木水之有本原，民人之有谋主也。伯父若裂冠毁冕，拔本塞原，专弃谋主[13]，虽戎狄，其何有余一人[14]？”此归重阴戎敢于无王，皆是晋先无王，我直不责阴戎，妙，妙。

叔向谓宣子曰：“文之伯也，岂能改物[15]？翼戴天子，而加之以共[16]，自文以来，世有衰德，而暴蔑宗周，以宣示其侈，诸侯之贰，不亦宜乎！且王辞直[17]，子其图之。”宣子说。致阎田，反颍俘[18]。

11. 惠公：指晋惠公。因与天子同姓，故称为伯父。晋惠公十三年，秦与晋始迁陆浑之戎于伊川。故下文“而诱以来”。

12. 封：培土。殖：生长五谷。

13. 专：全。此句连上面几句意为：晋国本是保护周室的国家，若晋国裂冠毁冕意即心目中全无周天子。

14. 虽戎狄，其何有余一人：即使是戎狄，更视周王若不存在。余一人，周王自称。

15. 岂能改物：指晋文公做了霸主，向周王请隧，周王认为隧是“大物”，不予同意。故言“岂能改物”。

16. 共：同“恭”。

17. 直：有理。

18. 反颍俘：遣返攻颍时俘获的俘虏。

28篇

邵公谏厉王止谤

周语上

前说民谤不可防，则比之以川；后说民谤必宜敬听，则比之以山川原隰。凡作两番比喻，后贤务须逐番细读之，真乃精奇无比之文，不得止作老生常诵习而已。

厉王[1]虐，国人谤王。邵公[2]告王曰："民不堪命矣！"命虐，故也。王怒，得卫巫，使监谤者。巫有神灵，知谁曾谤也。以告，则杀之。国人莫敢言，道路以目。四字，写愈"不堪"，愈益谤，如画。王喜，告邵公曰："吾能弭谤矣，乃不敢言。"大愚人语。为此四字，所以必画"以目"四字。邵公曰："是障之也。一字断住。防民之口，甚于防川；以民比川。川壅而溃[3]，伤人必多，独写川。民亦如之。独写民。是故为川者决之使导，为民者宣之使言。双写川、民。数句川、民，本甚明白，所以分注之者，要学其笔下凿凿然。故天子听政，使公卿至于列士献诗，瞽献曲[4]，史献书[5]，师箴[6]，瞍赋[7]，矇诵[8]，百工谏，庶人传语，近臣尽规，亲戚补察[9]，瞽史教诲，耆

1. 厉王：周厉王，名胡。

2. 邵公：邵穆公，名虎，周厉王的卿士。

3. 壅：堵塞。溃：水破堤决口。

4. 瞽：盲乐师。曲：乐曲。

5. 史：外史之官。书：指三皇、五帝之书。使国君了解古代君王政治之得失，作为借鉴。

6. 师：少师。箴：规谏。

7. 瞍：没有眸子的盲人。赋：朗诵。

8. 矇：有眸子而不见物的盲人，即开眼瞎子。诵：讽诵。

9. 亲戚：指国君同族的亲属。补察：弥补和监察国君的过失。

艾修之[10]，而后王斟酌焉，是以事行而不悖。“故”字起，“之”字止，“而后”字转，“是以”字证，只是一句文字。民之有口也，犹土之有山川也，财用于是乎出；犹其原隰之有衍沃也[11]，衣食于是乎生。上曰民口犹川，言谤口也；此曰民口犹山川原隰，言斟酌之口也，不惟不犯重，须知正欲如此用笔，以力辨民口必宜敬听，不宜怒而监之。口之宣言也，善败于是乎兴。行善而备败，其所以阜[12]财用、衣食者也。上二句，本是精奇之论，故必须特与作释，此特与作释也。夫民虑之于心，而宣之于口，二语，说谤之可宝如此，真是精奇无比！成而行之[13]，胡可壅也？若壅其口，其与能几何？”其与，言其教诲我，即上“王然后斟酌”也，皆精奇语！王弗听，于是国人莫敢出言。三年，乃流王于彘[14]。

10. 耆艾：指国君的师傅，年高有德之人。六十岁为耆，五十岁为艾。修之：指把瞽、史的教诲加以修饰整理。

11. 原：广平之地。隰：下湿之地。衍：平坦的低地。沃：有河流灌溉之地。

12. 阜：增多。

13. 成：指思虑成熟。行：自然流露的意思。

14. 流：放逐。彘：晋地，在今山西省霍州市境内。

周襄王弗许晋文公请隧

周语中

其理甚直，其辞甚曲，其态甚婉，其旨甚辣。

晋文公既定襄王于郏[1]，王劳之以地[2]，辞，请隧[3]焉。王不许，曰：

“昔我先王之有天下也，天下，大物，乃先王有之，曾无所利也；止是服物采章，稍与公、侯、伯、子、男有轻重之分，然亦实为临长百姓不得不尔，此不可以奸也。起得正大、明白，不难，难在又离奇，又疏快。规方千里以为甸服[4]，止于此耳。以供上帝山川百神之祀，以备百姓兆民之用，以待不庭[5]不虞之患。有此许多用处。其余[6]“甸服”之余。以均分公、侯、伯、子、男，使各有宁宇，以顺及天地，无逢其灾害，不惟至公，又见至恩。先王岂有赖焉。完上语。内官不过九御[7]，外官不过九品[8]，足以供给神祇

1. 定襄王于郏：鲁僖公二十四年，周襄王弟王子带，从翟国借来军队，大败周襄王的军队，襄王逃到郑国，并向晋国告难。鲁僖公二十五年，晋文公出兵救襄王，杀死王子带，并送襄王回国，在郏地复位。郏，即洛邑王城之地。

2. 劳之以地：指周襄王以阳樊、温、原、欑茅之田酬谢晋文公。

3. 隧：墓道。古代天子葬礼，灵柩从墓道入葬墓穴。诸侯则不能用此葬礼，故周襄王不允许晋文公请隧。

4. 规：规划出。甸服：古代王都四周的地区，每五百里为一划区，按距离远近分为侯服、甸服、绥服、要服、荒服等五服。方千里正是甸服。

5. 不庭：不服从朝廷，即不来朝见。

6. 其余：指甸服以外的地方。据《周礼》，公之地五百里，侯四百里，伯三百里，子二百里，男一百里。

7. 内官：指宫内的女官、妃嫔。九御：九嫔，即王宫中的九种女官。

8. 外官：指朝廷上的官吏。九品：九卿。

而已，岂敢猒纵其耳目心腹以乱百度[9]？将写服物采章，先写九御、九品以为顿挫。要细看其“不过”字、“足以”字、“而已”字、“岂敢”字。亦惟是死生之服物采章，以临长百姓而轻重布之[10]，“亦惟是”妙！始入正题也。隧为死之服物采章，今带一“生”字，且为大概之论也。百忙中，又特下“临长百姓”四字，分明将先王心事都说破。王何异之有？“异之”，为言希罕也。以上，先将隧说透毕。以下，反覆写弗许。今天降祸于周室，余一人仅亦守府[11]，又不佞以勤叔父[12]，叔子带启翟入周，襄王出居氾上事。而班先王之大物以赏私德[13]，其叔父实应且憎[14]，以非余一人，反如此说转来。妙，妙！余一人岂敢有爱也。又疾接此句，妙，妙！以上，写弗许已毕。以下，纯是刀斧剑戟之文。先民有言曰：‘改玉改行[15]。’叔父若能光裕大德，更姓改物[16]，以创制天下，自显庸也，而缩取备物以镇抚百姓[17]，余一人其流辟旅于裔土，何辞之有与？直发出如许说话，不顾唬死人。就中最精细又是“更姓”二字，便有“流辟裔土”之句也。若犹是姬姓也，尚将列为公侯，以复先王之职，大物其未可改也。看他一振一落，是何等笔墨。叔父其懋昭[18]明德，物将自至，余何敢以私劳变前之大章[19]，以忝天

9. 猒：通“餍”，满足。耳目：指声色。心腹：指嗜欲。度：法度。

10. 临长：统治。轻重：指尊卑贵贱的等级。

11. 余一人：周襄王自称。府：指先王之府藏。

12. 不佞：不才。勤：劳。叔父：天子称同姓诸侯为叔父。

13. 班：分赐。大物：指天子的葬礼，由隧入葬。私德：对个人的恩惠。指晋文公用兵送周襄王回国复位。

14. 应：接受。全句是说恐怕叔父接受了非分的葬礼，也将会厌恶的。

15. 改玉改行：韦昭注：“玉，佩玉，所以节行步也。君臣尊卑，迟速有节，言服其服器则行其礼，以言晋侯尚在臣位，不宜有隧也。”此句以人佩玉有一定的规矩，喻晋文公不应有隧葬。

16. 更姓改物：易姓、改正朔、易物色。指改朝换代。

17. 缩取：引取。备物：指掘墓道，行天子葬礼。

18. 懋：通“茂”。懋昭，勉力发扬。

19. 大章：指服物采章的规定。

下，其若先王与百姓何？何政令之为也？又一振一落，此非重叠之文。盖上一振落，是为隧；此一振落，是为请。若不然，叔父有地而隧焉，余安能知之？”又直说至此，真尽情尽事之文。

文公遂不敢请，受地而还。

单子知陈必亡

周语中

此篇，篇法不论，只细看其字法。

定王使单襄公聘于宋[1]。遂假道于陈，以聘于楚。火朝觌矣[2]，道茀不可行，一。候[3]不在疆，二。司空[4]不视涂，三。泽不陂，四。川不梁，五。为下“辰角见”一段案。野有庾积[5]，六。场功未毕，七。道无列树，八。垦田若蓺[6]，九。为下“周制有之”一段案。膳宰不致饩[7]，十。司里不授馆[8]，十一。国无寄寓，十二。县无旅舍，十三。为下“周之《秩官》”一段案。民将筑台于夏氏[9]。十四。及陈，陈灵公与孔宁、仪行父南冠以如夏氏[10]，留宾[11]不见。十五。为下“先王之令”一段案。

单子归，告王曰：“陈侯不有大咎[12]，国必亡。”王曰：“何故？”对曰：“夫辰角见而雨毕[13]，天根见而

1. 定王：周定王，周襄王之子。公元前606—前586年在位。单襄公：又叫单子，名朝，周定王的卿士。

2. 火：星名，亦叫“大火”，或“商星”。朝觌：早晨见到。

3. 候：候人，掌管迎送宾客的小官。

4. 司空：掌管土木、水利工程的官。

5. 庾积：在露天里堆积谷物。

6. 蓺：犹莳。此句言开垦的田稀少如同莳物一样。

7. 膳宰：掌管饮食的官。饩：活的牲口。

8. 司里：掌管宾馆的官。不授馆：不安排宾客起居休息的地方。

9. 夏氏：指陈国大夫夏征舒的家。

10. 孔宁、仪行父：陈国的卿士。南冠：指戴楚人的帽子。

11. 宾：指单襄公。

12. 陈侯：指陈灵公。咎：灾祸。

13. 辰：通“晨”。角：星名，即角宿，它在寒露节早晨出现。见：通“现”。雨毕：指雨气尽。

水涸[14]，本见而草木节解[15]，驷见而陨霜[16]，火见而清风戒寒[17]。故先王之教曰：引古。‘雨毕而除道，水涸而成梁，草木节解而备藏，陨霜而冬裘具，清风至而修城郭宫室。’故《夏令》曰：再引古。‘九月除道，十月成梁。’其时儆曰：‘收而场功，偫而畚梮[18]，营室之中[19]，土功其始。火之初见，期于司里[20]。’此先王所以不用财贿，而广施德于天下者也。今陈国入今陈。火朝觌矣，而道路若塞，野场若弃，泽不陂障，川无舟梁，是废先王之教也。一结。

“周制有之曰：引古。‘列树以表道，立鄙[21]食以守路，国有郊牧[22]，疆有寓望[23]，薮有圃草[24]，囿有林池，所以御灾也。其余无非谷土，民无悬耜，野无奥草。不夺民时，不蔑民功，有优无匮，有逸无罢。国有班事[25]，县有序民[26]。’今陈国入今陈。道路不可知，田在草间，功成而不收，民罢于逸乐，是弃先王之法制也。二结。

14.天根：氐宿，青龙七宿的第三宿，它在寒露节后五日的早晨出现。涸：竭尽。

15. 本：氐宿，寒露节后五日出现。而寒露之后十日，阳气尽，因此草木枝叶开始凋谢。草木节解：指寒露后草木枝叶脱落。

16. 驷：天驷，亦称房星。它在霜降节早晨出现。陨霜：降霜。

17. 清风：指霜降后，清风（凉风）先至。戒寒：告诫人们准备御寒。

18. 偫：备办。梮：抬土器具。

19. 营室：星名，即定星。它在夏历十月黄昏出现在正南方，正是农事结束，人们开始从事营造房屋的时候。中：正中。

20. 期于司里：指建筑等工具汇集在司里那里。期，汇。

21. 鄙：四鄙，即城外四乡。

22. 郊牧：《尔雅》：“国外谓之郊，郊外谓之牧。”指都城外有放牧的地方。

23. 疆有寓望：在边境上有寄住的房舍和候望迎送的人。

24. 薮有圃草：少水的泽地有茂草。圃，大、多。

25.国有班事：意为都城里做的事井井有条。

26. 序民：百姓按次序轮流服役和休息。

“周之《秩官》有之曰：引古。‘敌国[27]宾至，关尹[28]以告，行理以节逆之[29]，候人为导，卿出郊劳[30]，门尹除门，宗祝执祀[31]，司里授馆，司徒具徒，司空视涂，司寇诘奸，虞人[32]入材，甸人[33]积薪，火师监燎[34]，水师[35]监濯，膳宰致饔[36]，廪人献饩[37]，司马陈刍，工人展车[38]，百官各以物至，宾入如归。是故小大莫不怀爱。其贵国之宾至，则以班加一等，益虔。至于王吏，则皆官正莅事[39]，上卿监之。若王巡狩，则君亲监之。’今虽朝[40]也不才，入今陈。有分族于周，承王命以为过宾于陈，而司事莫至，是蔑先王之官。三结。

“先王之令有之曰：引古。‘天道赏善而罚淫，故凡我造国，无从非彝[41]，无即慆淫[42]，各守尔典，以承天休[43]。’今陈侯入今陈。不念胤续之常，弃其伉俪妃嫔，而帅其卿佐以淫于夏氏[44]，不亦嬻姓矣乎[45]？四结。陈，我大姬之后也。弃衮冕而南冠以出，不亦简彝[46]乎？是又犯先王之令也。再结。

27. 敌国：指地位相等的国家。

28. 关尹：守关的官，掌管四方来客。

29. 行理：行人，专司朝觐和聘问的官。节：瑞节，古时使者的信物。逆：迎。

30. 郊劳：据《周礼·聘礼》：“宾至于近郊，使卿朝服，用束帛劳之。”

31. 宗：指宗伯，掌邦国祭事典礼的官。祝：太祝，掌祝词祈祷之事的官。执祀：执掌祭祀之礼。

32. 虞人：掌管山泽的官。

33. 甸人：古官名，掌管薪蒸之事。

34. 火师：掌管烧火的人。燎：庭燎，即照明的火烛。

35. 水师：掌水和监督洗涤之事的人。

36. 饔：熟食。

37. 廪人：掌管官府粮米的人。饩：禾米。

38. 工人：亦称工师，主管手工业的官。展：察看。

39. 官正：百官之长。莅：临。

40. 朝：单襄公名。

41. 彝：常法。

42. 慆淫：享乐过度。

43. 休：吉庆。

44. 卿佐：指孔宁、仪行父。夏氏：夏姬。

45. 嬻姓：污辱妫姓。

46. 简彝：怠慢法度。

"昔先王之教，懋帅其德也，犹恐陨越。若废其教而弃其制，蔑其官而犯其令，将何以守国？居大国之间，而无此四者，其能久乎？"总收。

六年，单子如楚。八年，陈侯杀于夏氏[47]。纪是年，以见其验之速也。九年，楚子入陈。

47. 陈侯：陈灵公。杀于夏氏：指被夏征舒所杀。

鲁展禽论祀爰居

鲁语上

看其议论处、叙述处、结束处，凡发出无数典故，直是疏快！

海鸟爰居止于鲁东门之外三日，臧文仲使人祭之，柳下惠[1]论之：

“越[2]哉，臧孙[3]之为政也！不责其祀，直责其政，极大极精议论。下紧接注释。夫祀，国之大节也；而节，政之所成也。故慎制祀以为国典。故不责其祀，直责其政也。今无故而加典，入事。非政之宜也。断毕。下广引典故。

“夫圣王之制祀也，法施于民则祀之，五帝、殷契、周文。以死勤事[4]则祀之，夏鲧、殷冥、周弃。以劳定国则祀之，虞幕、夏杼、殷上甲微、周高圉、太王。能御大灾则祀之，夏禹。能扞[5]大

1. 柳下惠：展禽，鲁国贤大丈。

2. 越：韦昭注：“迂也”，迂阔的意思。

3. 臧孙：臧文仲，鲁国执政。

4. 以死勤事：用不怕牺牲生命的精神来尽力做国家的事。

5. 扞：抵御。

患则祀之。殷汤、周武王。非是族也，不在祀典。先虚论一番。

昔烈山氏[6]之有天下也，其子曰柱，能殖百谷百蔬；夏之兴也，周弃继之，故祀以为稷。故祀稷。共工氏之伯九有也[7]，其子曰后土[8]，能平九土，故祀以为社。故祀社。以上，社稷。黄帝能成命百物[9]，以明民共财，黄帝。颛顼能修之，颛顼。帝喾能序三辰以固民[10]，帝喾。尧能单均刑法以仪民[11]，尧。舜勤民事而野死，舜。鲧障鸿水而殛死[12]，鲧。禹能以德修鲧之功，禹。契为司徒而民辑[13]，契。冥勤其官而水死，冥。汤从宽治民而除其邪[14]，汤。稷勤百谷而山死，稷。文王以文昭[15]，文王。武王去民之秽[16]。武王。看他杂杂叙述，下却一笔结束之，便成极齐整。故有虞氏禘黄帝而祖颛顼[17]，郊尧而宗舜[18]；夏后氏禘黄帝而祖颛顼，郊鲧而宗禹；商人禘舜而祖契，郊冥而宗汤；周人禘喾而郊稷，祖文王而宗武王；以上，禘、郊、宗、祖，先总叙功德，后总出祀典。幕，能帅颛顼者也，有虞氏报焉；幕。杼，能帅禹者也，夏后氏报焉；杼。上甲微，能帅契者也，商人报焉；上甲微。高圉、太王，能帅稷者也，周人报焉。以上

6. 烈山氏：炎帝号。因生于烈山，故叫烈山氏。相传作耒耜，教人耕种，故又号神农氏。

7. 共工氏：传说中的部族首领。伯：通“霸”。九有：九域，即九州。有，通“域”。

8. 后土：共工之子句龙，曾佐黄帝为土官，故叫后土。

9. 黄帝：传说为中原各族的祖先。

10. 帝喾：相传为黄帝的曾孙，对天文历法有贡献。三辰：指日、月、星。此句意为帝喾能依日月星辰运行的时序教民稼穑来安定人民。

11. 单均：尽力公平。单，通“殚”，尽。仪民：作为人民的准则。

12. 鲧：夏禹之父，因用筑堤防水之法，未成，被舜诛杀。殛：诛。

13. 契：相传为商之始祖，帝喾之子。曾助夏禹治水有功，被舜任为司徒，掌管教化。辑：和睦。

14. 汤：成汤，也称成唐。任用伊尹执政，国势强盛，一举灭夏。除其邪：指放夏桀于南方。

15. 文王：姬姓，名昌。商纣时为西伯侯，在被纣王幽囚期间，曾推演《周易》。文昭：文德显著。

16. 秽：指纣王。

17. 禘：古代天子祭祀祖先的祭名。祖：祭名，指祭祀开国之祖的祭祀。舜出于黄帝、颛顼之后，故禘黄帝而祖颛顼。

18. 郊：古时在郊外祭天，也配祭祖先。宗：指祭宗族长。

"报"，逐句出祀典，与上法变。凡禘一。、郊二。、宗三。、祖四。、报五。，此五者国之典祀也。典祀。以下，补叙社稷等祀，法又变。

"加之以社稷山川之神，皆有功烈[19]于民者也；一。及前哲令德之人，所以为民质[20]也；二。及天之三辰，民所以瞻仰也；三。及地之五行，所以生殖也；四。及九州名山川泽，所以出财用也。五。非是，不在祀典。如此大篇，只用六字结，最严峭。

"今海鸟至，己不知，三字妙！而祀之，以为国典，入事。难以为仁且知矣。再断之。夫仁者讲功，而知者处物。又与"仁者"作注释，"讲功"，讥其祀爰居也；"处物"，讥其不知爰居也。无功而祀之，非仁也；结上。不知而不问，非知也。出下。今兹海其有灾乎？夫广川之鸟兽，恒知避其灾也。"说出一笑。

19. 烈：业。

20. 质：信。

国　语

里革断罟匡君

鲁语上

沉毅而有扶疏之意，板正而有圆滑之能。

宣公夏滥于泗渊[1]，里革断其罟而弃之，看他下一“其”字，便自毅然。曰：“一面断，一面说，所以下有“公闻之”字。古者大寒降，土蛰发[2]，水虞于是乎讲罛罶[3]，取名鱼，登川禽[4]，而尝之寝庙[5]，行诸国，助宣气也。鸟兽孕，水虫成，兽虞于是乎禁罝罗，矠鱼鳖以为夏犒[6]，助生阜也。鸟兽成，水虫孕，水虞于是乎禁罜䍡，设阱鄂[7]，以实庙庖，畜功用也。三段，极齐整，却是极参差，如兽虞却“矠鱼鳖”，水虞却“设阱鄂”。且夫山不槎蘖，泽不伐夭，鱼禁鲲鲕[8]，兽长麑麌[9]，鸟翼鷇卵[10]，虫舍蚳蝝[11]，蕃庶物也，古之训也。换笔再写，极齐整，极参差。今鱼方别孕，“别孕”，字法。不教鱼长，“不教”，字法。又行网罟，贪无艺也。”“无艺”，字法。

1. 宣公：指鲁宣公。滥于泗渊：浸网在泗水深水处捕鱼。滥，浸。泗，泗水，在鲁城北面。

2. 土蛰发：指在地下冬眠的动物苏醒过来，钻出土来。这是指时令在惊蛰以后。

3. 水虞：古时掌管川泽的官。讲：习。罛罶：大渔网和捕鱼的竹笼。

4. 登：通“得”，求得。川禽：指水中的鳖蜃之类动物。

5. 尝：古代宗庙秋祭名。尝新的意思。寝庙：古代宗庙中供祀祖宗的前殿叫庙，藏祖宗衣冠的后殿叫寝，合称寝庙。

6. 矠：刺。犒：这里指干鱼。

7. 阱：陷坑。鄂：柞格，即在陷坑中嵌以柞木格，以此捕兽。

8. 鲲：鱼子。鲕：鱼卵。

9. 麑：幼鹿。麌：幼麋。

10. 翼：用作动词，以翅膀遮护。鷇：待哺食的幼鸟。卵：鸟蛋。

11. 蚳：蚂蚁卵。蝝：未生翅的蝗子。

公闻之曰："吾过而里革匡我，不亦善乎！是良罟也，为我得法。使有司藏之，使我无忘谂[12]。""公"又好。师存[13]侍，曰："藏罟不如置里革于侧之不忘也。""师存"又好。

12. 谂：规谏。

13. 师：乐师。存：是乐师之名。

季文子俭德

鲁语上

『吾亦愿』『然吾观』『吾是以』『且吾闻』，只两行文字，却作此三数折。诵之，婉媚之甚，而更不能知其婉媚乃在何处。某是以论文必原其心地，此只为直从心地流出故也。

季文子[1]相宣、成，无衣帛之妾，无食粟之马。仲孙它[2]谏曰："子为鲁上卿，相二君矣，妾不衣帛，马不食粟，人其以子为爱[3]，且不华国乎！"文子曰："吾亦愿之[4]。先作四字，一顿。然吾观国人，其父兄之食粗而衣恶者犹多矣，吾是以不敢。世人但传季氏强臣，岂知其有此蔼如之言。语调甚婉折。人之父兄食粗衣恶，而我美妾与马，无乃非相人者乎[5]！与上，不知其是复、是单，但见婉折之甚。且吾闻以德荣为国华，不闻以妾与马。""德荣为国华"，自是常语，妙正在"以妾与马"耳。

文子以告孟献子[6]，献子囚之七日。自是，子服之妾衣

1. 季文子：季孙行父，鲁国上卿，历相鲁宣公、成公、襄公三君。

2. 仲孙它：子服它，孟献子的儿子。

3. 爱：吝啬。

4. 愿之：指愿意华丽奢侈。

5. 无乃非相人者：意为只怕不是国相的本分吧！

6. 孟献子：仲孙蔑，鲁国贤大夫。

不过七升之布[7]，马饩不过稂莠[8]。文子闻之曰："过而能改者，民之上也。"使为上大夫。又好。

7. 子服：仲孙它。升：八十缕为升。七升之布，即很粗的布。

8. 饩：此指牲口的饲料。稂：童稂，害禾苗的杂草。莠：狗尾巴草。

叔仲劝襄公如楚

鲁语下

笔笔快耸，节节扶疏。某如得假十年，全力学之，则或亦有其快耸，然终不得其扶疏也。

襄公[1]如楚，及汉[2]，闻康王卒，欲还。康王，楚王也。叔仲昭伯[3]曰："君之来也，非为一人也，康王。为其名与其众也。言其国大，有盟主之名，略地多，兵甲众。说得快耸。今王死，其名未改，其众未败，何为还？"快耸。诸大夫皆欲还。子服惠伯[4]曰："不知所为[5]，姑从君乎！"庸人无识。往往作此言。叔仲[6]曰："子之来也，非欲安身也，为国家之利也，故不惮勤远而听于楚，非义楚[7]也，畏其名与众也。便用上文句法，又增添数句，扶疏之甚，快耸之甚！夫义人者，固庆其喜而吊其忧，况畏而服焉？妙，妙！快耸之甚！闻畏而往，闻丧而还，苟芈姓实嗣[8]，其谁代之任丧？王太子又长矣[9]，执政未改[10]，予为先君[11]来，死而去之其谁曰不如

1. 襄公：指鲁襄公。

2. 汉：汉水。

3. 叔仲昭伯：叔仲带，鲁国大夫。

4. 子服惠伯：子服椒，仲孙它之子，鲁国大夫。

5. 不知所为：不知道怎样做才好。

6. 叔仲：叔仲昭伯。

7. 非义楚：不是认为楚国有义而佩服它。

8. 芈姓实嗣：意为楚康王既死必有嗣君。芈姓，即楚王姓。

9. 王太子：指楚康王的太子。长：长成。

10. 执政未改：指楚康王时执掌楚国政权的令尹、司马等，没有更换。

11. 先君：指楚康王。

先君？言畏康王故往，康王死便还，康王岂无后耶？既有厥嗣，便有丧主，彼年已长，执政又仍旧，然则我之来而忽去，岂以嗣君不肖，不复如先君可畏耶？妙，妙！快耸之甚也！将为丧举，闻丧而还，其谁曰非侮也？言今日在本国，闻其丧尚须来，岂有到彼国反去耶？妙，妙！快耸之甚也！事其君而任其政，其谁由己贰[12]？此段承执政未改句，言畏先王，不畏嗣君，便是贰之。我今实执楚政，岂可容人如此，快耸之甚也！求说[13]其侮，而亟于前之人，其仇不滋大[14]乎？说侮不懦，执政不贰，帅大仇以惮[15]小国，其谁云待之？说，脱也。彼执政誓欲自解其受侮，而求几及先王，则必与我为大仇也。若从君而走患[16]，则不如违君以避难。又拗一笔，扶疏之甚！快耸之甚！且夫君子计成而后行，二三子计乎？有御楚之术而有守国之备，则可也。又拗一笔，扶疏之甚！快耸之甚！若未有，不如往也。”扶疏快耸绝也！乃遂行。

12. 其谁由己贰：有谁肯在自己当政时而使诸侯有二心？

13. 说：脱、解除。

14. 滋大：日益增大。

15. 惮：难、威胁。

16. 走患：走向祸患。

敬姜述先姑

鲁语下

妙处总在问答之外。

季康子问于公父文伯之母曰[1]：“主亦有以语肥也[2]。”妙句。对曰：“吾能老而已[3]，何以语子！”每读文伯母语，谓其过严，却又作如此谐趣。康子曰：“虽然，肥愿有闻于主。”好句。对曰：“吾闻之先姑[4]曰：‘君子能劳[5]，后世有继[6]。’”能劳、有继，反是常语，妙在述其先姑。子夏[7]闻之，曰：“善哉！商闻之曰：‘古之嫁者，不及舅姑[8]，谓之不幸。’夫妇，学于舅姑者也。”后世为妇者，胡可不闻此言？

1. 季康子：季孙肥，季悼子曾孙，鲁国正卿。公父文伯：公父歜，季悼子之孙，公父穆伯之子，鲁国大夫。母：指公父穆伯之妻敬姜。

2. 主：古时大夫称主，其妻也称主。语：教导、劝诫的话。

3. 能老而已：只是多活几岁罢了。意即自己不懂什么道理。

4. 先姑：夫之母曰姑，已死的则叫先姑。

5. 能劳：能自卑劳，贵而不骄。

6. 有继：指子孙能永远继承下去。

7. 子夏：姓卜，名商，孔子弟子。

8. 舅姑：公婆。连上句是说出嫁的时候公婆已经死了。

琐事琐言，却特妙绝！

敬姜以鳖逐文伯

鲁语下

公父文伯饮南宫敬叔[1]酒，以露睹父为客[2]。羞[3]鳖焉，句。小[4]。句。睹父怒，相延[5]食鳖，辞曰：“将使鳖长而后食之。”妙语。不意古人乃有此，政复后人不及。遂出。文伯之母闻之，怒曰：“吾闻之先子[6]曰：必称先子，妙，妙！‘祭养尸[7]，飨养上宾[8]。’重二“养”字，言顺适其志也。鳖于何有[9]？而使夫人怒也！”十字妙句，千载要言。言鳖何难，而致开罪于人。遂逐之。五日，鲁大夫辞而复之。

1. 南宫敬叔：南宫说，孟僖子之子，鲁国大夫。

2. 露睹父：鲁国大夫。客：上客。

3. 羞：进。

4. 小：指进给露睹父的鳖小了些。

5. 相延：相进。指众宾相进以食鳖。

6. 先子：指公父文伯的祖父季悼子。

7. 祭养尸：祭祀时要尊养尸主。尸，古代代表死者受祭的活人。

8. 飨养上宾：飨宴时要尊养上客。

9. 鳖于何有：犹言鳖值几何。

敬姜弗应

鲁语下

前添天子及诸侯一段，是笔力大处。中插寝门之内妇人治焉一段，又是笔力大处。后分外朝内朝，特地总一『皆』字，又是笔力大处。若汉以后人，便更写不到。

公父文伯之母如季氏[1]，康子在其朝，季氏外朝也。下“从之，及寝门”，则穿过内朝也。与之言，弗应。从之，及寝门，弗应，句。两“弗应”好，只是弗应也。而入[2]。上写两“弗应”，好。次写两“而入”，好。康子辞于朝而入[3]，句。见曰：“肥也不得闻命，无乃罪乎？”曰：“子弗闻乎？四字毅甚。天子及诸侯合民事于外朝[4]，合神事于内朝[5]；段，宾。自卿以下，合官职于外朝，合家事于内朝；段，主。寝门[6]之内，妇人治其业焉。段，别插妇人。上下同之。天子、诸侯，自卿以下，同之也。夫外朝，句。子将业君之官职焉；“子将”字，妙！“焉”字，妙！内朝，句。子将庀[7]季氏之政焉；“子将”字，妙！“焉”字，妙！皆非吾所敢言也。”“皆”字，妙！不惟官职不敢言，虽家政亦不敢言。后世太后临朝，岂知前古先有如此龟鉴。

1. 季氏：指季康子。

2. 入：进入季康子家。

3. 辞于朝而入：指季康子辞其家臣，入见敬姜。

4. 合：会商。外朝：相传周制天子和诸侯皆有三朝，即外朝一，内朝二。外朝在皋门之内，库门之外，为议政事之朝。

5. 神事：祭祀之事。内朝：在路门（宫室最内的正门）内者叫内朝，或诸侯家庙也称内朝。

6. 寝门：路门，内室之门。

7. 庀：治理。

敬姜教子逸劳

鲁语下

极参差，极严整，极径直，极曲折。读其参差，须学其严整；读其径直，须学其曲折。

公父文伯退朝，朝[1]其母，其母方绩[2]。奇！文伯曰："以歜之家只四字，便写尽淫心。而主犹绩[3]，惧忓季孙之怒也[4]，其以歜为不能事主乎！"无多句，却有三四折，便要细读，不止读下文也。

其母叹曰："鲁其亡乎！使僮子备官而未之闻耶[5]？通篇议论，看他如此起笔，读之瞿然失惊。妙，妙！居[6]，吾语女[7]。昔圣王之处民也，择瘠土[8]而处之，劳其民而用之，故长王[9]天下。头。瘠土劳民，长王天下，千载至言。夫民劳则思[10]，思则善心生；逸则淫，淫则忘善，忘善则恶心生。双释劳民。"思"字，妙理！"忘"字，妙理！沃土之民不材，逸也；瘠土之民莫不向义[11]，劳也。双释"瘠土"。"不材"，妙理！"莫不向义"，妙理！

1. 朝：臣拜见君叫朝，子拜见父母也叫朝。

2. 绩：缉麻线，即把麻搓成线。

3. 歜：公父文伯之名。主：大夫之妻也称主。敬姜是鲁国大夫公父穆伯之妻。故文伯称其母为主。

4. 忓：通"干"，冒犯。季孙：季康子。

5. 僮子：古时对未成年的男子的称呼。这里指不明事理的人。备官：居官。之：指为官之道。

6. 居：坐下。

7. 女：同"汝"，你。

8. 瘠土：硗薄的土地。

9. 王：君临、统治。

10. 思：指想到俭约。

11. 向义：趋向正义。

是故天子大采朝日[12]，与三公、九卿祖识地德[13]；春分，朝日。日中考政，与百官之政事，师尹惟旅、牧、相宣序民事[14]；日中。少采夕月[15]，与太史、司载纠虔天刑[16]；秋分，夕月。日入监九御[17]，使洁奉禘、郊之粢盛[18]，日入。而后即安。第一段，天子劳。诸侯朝修天子之业命，朝。昼考其国职，昼。夕省其典刑，夕。夜儆百工，使无慆淫，夜。而后即安。第二段，诸侯劳。卿大夫朝考其职，朝。昼讲其庶政，昼。夕序其业夕。，夜庀其家事，夜。而后即安。第三段，卿大夫劳。士朝而受业，朝。昼而讲贯，昼。夕而习复，夕。夜而计过无憾，夜。而后即安。第四段，士劳。自庶人以下，明而动，明。晦而休，晦。无日以怠。第五段，庶人劳。

“王后亲织玄紞[19]，王后绩，一。以下，皆女工。公侯之夫人加之以纮、綖[20]，公侯夫人绩，二。卿之内子为大带[21]，卿内子绩，三。命妇成祭服，命妇绩，四。大夫妻也。列士之妻加之以朝服[22]，士妻绩，五。自庶士以下，皆衣其夫[23]。庶民妻绩，六。社而赋事[24]，蒸而献功[25]。二句，总上女工。男女效绩，愆则有

12. 大采：五彩的衮服。朝日：朝拜日神。古时天子在每年春分节身穿五彩衮服朝拜日神。

13. 三公：指太师、太傅、太保。九卿：指少师、少傅、少保、冢宰、司徒、宗伯、司马、司寇、司空。祖识：熟习知道。祖，习。地德：指大地生长的万物，因对人有好处，所以称为地德。

14. 师尹：大夫官。惟：与。旅：众士。牧：州牧，地方长官。相：国相。宣：遍。宣序民事，意即全面安排百姓的事情。

15. 少采：指三彩的衮服。夕月：指在秋分之夜祭祀月神。古时天子在每年秋分节身穿三彩衮服去祭月神。

16. 太史：掌管文书、策命、国家典籍、天文历法、记载史事和祭祀的官。司载：掌管天文的官，以观察日月星辰的变化来辨别吉凶。纠虔天刑：意为恭敬地观天法、考行度，来辨知妖祥。纠，恭。虔，敬。刑，法。

17. 日入：日落以后。监：监视。九御：九嫔，天子内宫的女官。

18. 粢盛：指盛在祭器里以供祭祀的谷物。

19. 玄紞：黑色帽带。用以悬瑱，垂于冠冕两旁。

20. 纮：古时冠冕上的纽带，由颌下挽上而系在笄的两端。綖：古代冕上的装饰，覆在冕上的布。

21. 内子：嫡妻。大带：黑帛做的束腰带。

22. 列士：周代分元士、中士、下士三等。元士，即天子之上士。朝服：上朝穿的衣服。天子之士皮弁素积，诸侯之士玄端委貌。

23. 皆衣其夫：都给丈夫做衣服。

24. 社而赋事：春分祭社时分配农桑之事。

25. 蒸而献功：冬祭时献上劳动果实，如五谷、布帛之类。

辟[26]，二句，总前男女。古之制也。总住。君子劳心，小人劳力，先王之训也。自上以下，谁敢淫心舍力[27]？重申心力必劳。今我，寡[28]也，尔又在下位[29]，曲折。朝夕处事，犹恐忘先人之业。曲折。况有怠惰，其何以避辟！曲折。吾冀而朝夕修我曰：'必无废先人。'曲折。尔今曰：'胡不自安？'曲折。以是承君之官，余惧穆伯之绝嗣也。"曲折。看他十数曲折。仲尼闻之曰："弟子志之，季氏之妇不淫矣。"季氏之妇，季氏合族诸妇也。不淫，皆勉力于劳也。

26. 愆则有辟：有过失就要惩罚。辟，惩罚。

27. 淫心舍力：放肆怠惰。

28. 寡：寡妇。

29. 下位：下大夫之位。

靡笄之役

晋语五

此是六段文字，段段绝妙。

郤献子[1]聘于齐，齐顷公使妇人观而笑之[2]。郤献子怒，归，请伐齐。范武子[3]退自朝，曰："燮乎，武子子，文子名。吾闻之，干人之怒，必获毒焉。奇理，至理。夫郤子之怒甚矣，不逞于齐，必发诸晋国。奇理，至理。不得政，何以逞怒？奇理，至理。余将致政[4]焉，以成其怒，奇理，至理。无以内易外[5]也。尔勉从二三子[6]，以承君命，唯敬。"奇理，至理。乃老。以上，范武子一节事。

范文子[7]暮退于朝。武子曰："何暮也？"对曰："有秦客廋辞[8]于朝，作隐语也。大夫莫之能对也，吾知三焉。"武子怒曰："大夫非不能也，让父兄也。尔童

1. 郤献子：郤克，郤缺之子，亦称驹伯，晋国大夫。

2. 齐顷公使妇人观而笑之：事指鲁宣公十七年，郤克出使齐国，因郤克跛一足，在郤克进见时，齐顷公用布帛围着其母萧同叔子，让她观看，当郤克登阶时，萧同叔子笑于房中，郤克大怒。

3. 范武子：士会，初封隋，叫隋武子，后改封范，故叫范武子。晋国正卿、中军元帅。

4. 致政：归政，即辞职。

5. 无以内易外：不要使对外的仇恨转向国内。因郤献子不当政，使不能伐齐泄愤，就会把怒火烧向本国。

6. 二三子：指晋国诸卿。

7. 范文子：士燮，范武子士会之子。

8. 廋辞：隐语，即谜语。

子，而三掩人于朝。吾不在晋国，亡无日矣。”妙，妙！闻之凛然。击之以杖，折委笄[9]。以上，范武子又一节事。

靡笄[10]之役，韩献子[11]将斩人，郤献子驾，速驾也。将救之，速驾之意也。至，句。则既斩之矣。读至此，试掩卷思其下，将如何？便益意智。郤献子请以徇[12]，大奇！其仆曰：“子不将救之乎？”要发明。献子曰：“敢不分谤乎[13]！”以上，郤献子又一节事。

靡笄之役，郤献子伤[14]，曰：“余病喙[15]。”张侯御[16]，曰：“三军之心，在此车[17]也。其耳目在于旗鼓。奇文，妙理。车无退表，鼓无退声，军事集矣。奇文，妙理。吾子忍之，不可以言病。奇文，妙理。受命于庙[18]，受脤于社[19]，甲胄而效死[20]，戎之政也。奇文，妙理。病未若[21]死，奇文，妙理。祇[22]以懈志。”奇文，妙理。乃左并辔[23]，右援枹[24]而鼓之，马逸不能止，三军从之。齐师大败，逐之，三周华不注[25]之山。以上，又一节事。

9. 委笄：委貌冠上的簪子。

10. 靡笄：山名，即今山东济南市的千佛山。

11. 韩献子：韩厥，当时为晋军司马。

12. 徇：示众。

13. 分谤：郤献子时为中军元帅，本欲劝阻韩厥不要杀人，及见人已被杀，他反劝韩厥把死尸拿出示众，其用意乃不愿使韩厥独受杀人之谤。

14. 郤献子伤：指郤克受箭伤，流血至屦。

15. 喙：疲困。

16. 张侯：解张，晋国大夫。时为郤克御车。

17. 在此车：指郤克为晋中军元帅，其车即指挥车，车进则三军进，车退则三军退。故言三军之心在此车。

18. 受命于庙：古时出兵，先告庙受戎命。

19. 受脤于社：古代出兵，先祭社，祭毕，以祭社的肉分赐诸人，谓之受脤。脤，古代祭社稷和宗庙用的肉。

20. 甲胄而效死：意即披上铠甲，戴上头盔，死而后已。

21. 若：及。

22. 祇：适，恰好。

23. 左并辔：左手同时抓住两根马缰绳。

24. 右援枹：右手拿起鼓槌。

25. 华不注：山名，在今山东济南市东北。此句是说绕着华不注山追了三圈。

靡笄之役，郤献子师胜而返，范文子后入。武子曰：“燮乎，女亦知吾望尔也乎？”哀音刺耳，使人堕泪。对曰：“夫师，郤子之师也，其事臧[26]。若先，则恐国人之属耳目于我也，妙！故不敢。”武子曰：“吾知免矣。”以上，范文子又一节事。

靡笄之役，郤献子见，公[27]曰：“子之力也夫！”对曰：“克也以君命命三军之士，三军之士用命，克也何力之有焉？”妙！范文子见，公曰：“子之力也夫！”对曰：“燮也受命于中军，以命上军之士，上军之士用命，燮也何力之有焉？”妙！栾武子[28]见，公曰：“子之力也夫！”对曰：“书也受命于上军，以命下军之士，下军之士用命，书也何力之有焉？”妙！如此安得不集事。以上，又一节事。

26. 臧：善。指打了胜仗。

27. 公：指晋景公。

28. 栾武子：栾书，栾盾之子，时将下军，后为晋卿。

范文子不欲伐郑

晋语六

侵伐武事，忽然写得郁伊悱恻之甚，古人之多奇如此！

厉公[1]将伐郑，郑从楚，故也。范文子不欲，曰："若以吾意，四字，便妙绝！诸侯皆叛，则晋可为也。奇语，妙语。唯有诸侯[2]，故扰扰[3]焉。奇语，妙语。凡诸侯，难之本也。得郑忧滋长，焉用郑！"奇语，妙语。郤至[4]曰："然则王者多忧乎？"文子曰："我王者也乎哉[5]？劈口直接"王者"，先破此二字。夫王者成其德[6]，而远人以其方贿归之[7]，故无忧。庄语王者如彼。今我[8]"夫王者"三字提，"今我"二字提，"故无忧""故多忧"，一样三字结。寡德而求王者之功，故多忧。子见无土而欲富者，乐乎哉？"奇语，妙语。

1. 厉公：晋厉公。因郑背晋从楚，故厉公欲攻打郑国。

2. 唯有诸侯：正因为诸侯归附我们。

3. 扰扰：乱糟糟的样子。

4. 郤至：又叫温季子，晋国大夫。

5. 我王者也乎哉：我们晋国是一个君王吗？

6. 成其德：盛其德。

7. 远人：指远方诸侯。方贿：诸侯辖地的出产品。归之：进贡给有德的君王。

8. 我：指晋国。

叔向贺贫

晋语八

读柳子厚贺失火，不如先读此。看他写栾家三世，有许多转折；写郤家，却又是一直，极尽人事天道。

叔向见韩宣子[1]，宣子忧贫，叔向贺之。奇文。宣子曰：“吾有卿之名，而无其实[2]，无以从二三子，吾是以忧，子贺我何故？”好。对曰：“昔栾武子更不说是甚道理，竟直举一家。无一卒之田[3]，其宫不备其宗器，贫。宣其德行，顺其宪则，使越于诸侯。德。诸侯亲之，戎、狄怀之，以正晋国，行刑不疚[4]，以免于难[5]。岂非可贺？举验贫之宜贺已毕。下，又曲折详写其子孙，妙，妙！及桓子[6]骄泰奢侈，贪欲无艺[7]，略则行志[8]，假贷居贿[9]，不贫，又无德。宜及于难，而赖武之德，以没其身。偏写其事之反。及怀子[10]改桓之行，而修武之德，“改桓”，是贫；“修武”，是德。可以免于难，而离[11]桓之罪，以亡[12]于楚。桓之免难，是贫之可贺，乃又及

1. 叔向：羊舌氏，名肸，晋国贤大夫。韩宣子：韩起，晋国正卿。

2. 实：指财。

3. 栾武子：栾书，晋上卿。一卒之田：一百顷。这是上大夫的待遇。而栾书为晋上卿，应是一旅（五百人）之田，即五百顷。

4. 行刑不疚：实行国家的法律未出毛病。疚，病。

5. 免于难：指栾书曾杀晋厉公，而立晋悼公，因其行为公正，有德于人，所以未受到“弑君”的责难。

6. 桓子：栾黡，栾书的儿子。

7. 无艺：无极，犹无穷。

8. 略则：干犯法纪。行志：任性胡为。

9. 假贷：放债。居贿：囤货蓄财。

10. 怀子：栾盈，栾黡之子。

11. 离：通“罹”，遭受。

12. 亡：出奔。指栾盈遭阳华之谮，说他的祖父栾书曾弑晋厉公，因而出奔楚国。

其子孙；怀之离罪，是不贫之可吊，若不于其身，又必于其子孙也。以上，举一家以验贫之宜贺。夫郤昭子[13]，又直举一家。其富半公室，其家半三军[14]，富。恃其富宠，以泰[15]于国，无德。其身尸[16]于朝，其宗灭于绛。岂非可吊，举验富之宜吊已毕。下，亦作曲折。不然，夫八郤，五大夫三卿[17]，五大夫、三卿，为八也。其宠大矣，一朝而灭，莫之哀也，唯无德也。以上，再举一家，以验富之宜吊。今吾子入正文。有栾武子之贫，吾以为能其德[18]矣，是以贺。若不忧德之不建，而患货之不足，将吊不暇，何贺之有？”反，又奇文。

13. 郤昭子：郤至，晋国正卿。

14. 半三军：指晋国上、中、下三军中的将佐，郤家的人占半数。

15. 泰：奢泰、骄恣。

16. 尸：陈尸示众。

17. 五大夫三卿：指郤锜、郤犨、郤至为三卿外，郤家还有五人为大夫。

18. 能其德：能行栾武子之德。

范献子自伤不学

晋语九

曰『人不可以不学』，曰『唯不学』，曰『人之有学』，曰『而况君子之学』；一剪一裁，笔墨整齐。读之，始不敢以文为戏。

范献子[1]聘于鲁，问具山、敖山[2]，一犯“具”“敖”字。鲁人以其乡对[3]。别以乡名对，不正对二山也。献子曰：“不为具、敖乎？”妙，妙！又一犯“具”“敖”字，此为故作之笔。对曰：“先君献、武之讳[4]也。”献公讳“具”，武公讳“敖”也。献子归，遍戒其所知[5]，曰：苦切劝学也。“人不可以不学，一句作一段，真正创巨痛深语，不是口中常谈。吾适鲁而名其二讳，为笑焉，唯不学也[6]。二句作一段，看他上述“吾适鲁”，下述“为笑”，句法袅袅。人之有学也，犹木之有枝叶也。二句作一段。木有枝叶，犹庇荫人，而况君子之学乎？”三句作一段。

1. 范献子：士鞅，范宣子之子。

2. 具山、敖山：鲁国二山名。

3. 以其乡对：用鲁国的什么乡的山来回答，不直接提具山、敖山之名。

4. 献、武之讳：鲁献公、鲁武公之名讳。献公名具，武公名敖。

5. 遍戒：普遍告诫。所知：相认识的人。

6. 唯不学也：只因为是不学无术的人。据古礼，入境问禁，入门问讳，而范献子访问鲁国忽视了这些，是不学无礼的表现。

董叔得系于范

晋语九

『求』字妙，妙；『既』字妙，妙；『矣』字妙，妙；分作两句妙，妙；『欲而得之』妙，妙；『又何请焉』妙，妙！不知文者谓是佳谑，却不知是一片眼泪。读此，忽然又想着虞翻『远求小姓，足使生子』语。

董叔将娶于范氏[1]，叔向曰："范氏富，盍已乎[2]！"求婚至言，千载敬佩之。曰："欲为系援[3]焉。"千载求婚富室人同心。他日，董祁[4]诉于范献子曰："不吾敬也。"董祁，即董叔所取于范氏之妻，献子之妹也。富女，那可不敬，一笑。献子执而纺于庭之槐[5]，妙，妙！叔向过之，亦是特地过之。曰："子盍为我请[6]乎？"叔向曰："求系，既系矣；求援，既援矣。欲而得[7]之，又何请焉？"妙，妙！不是谑，正是痛扎。

1. 董叔：晋国大夫。范氏：范宣子之女，范献子之妹。

2. 盍已乎：何不停止这门婚事呢！

3. 欲为系援：想借婚姻的联系，得到援助。

4. 董祁：董叔之妻，姓范，名祁。

5. 纺：悬。庭之槐：院内槐树上。

6. 请：求情。

7. 欲而得：你所希望的已经取得了。

魏献子悟三叹

晋语九

初叹，是惟恐不足；再叹，是岂主而有不足；三叹，是已足。轻轻只将『不足』二字翻剔，而已令其主心动于内，意悦于外。有臣如此，主欲不名闻诸侯，不可得也。

梗阳人有狱[1]，将不胜，请纳赂于魏献子[2]，献子将许之。阎没谓叔宽曰[3]：“与子谏乎！只四字，忠爱悱恻之甚！吾主以不贿闻于诸侯[4]，可惜许。今以梗阳之贿殃之，下一“殃”字，妙！不可。”只二字，义形于色之甚！初商，用一“乎”字，熟商，用一“不可”字，如闻二人之声，如见二人之心。二人朝，句。而不退。好。献子将食，问谁在庭，好。曰：“阎明、叔褒在。”好。召之，好。使佐食[5]。写献子之视二人如此，是以忠爱形色也。比已食[6]，三叹。妙于不谏，此人子事父母几谏之法，而二人以之。既饱，献子问焉，曰：“人有言曰：唯食可以忘忧。吾子一食之间，而三叹，何也？”同辞对曰：“吾小人也，一称小人。贪。馈之始至[7]，惧其不足，故叹。忽然无中生有，想

1. 梗阳：魏献子的封邑。狱：诉讼。

2. 魏献子：魏舒，晋国正卿。

3. 阎没：名明，晋国大夫。叔宽：名褒，晋国大夫。

4. 主：卿大夫称主。这里指魏献子。不贿：不贪财。

5. 佐食：陪同进餐。

6. 比已食：等到吃完这顿饭。

7. 馈之始至：肴馔刚送上来的时候。馈，所进之食，这里指肴馔。

出“不足”二字，又恣意变作三句。妙，妙！中食而自咎也，曰：‘岂主之食而有不足？’是以再叹。“惧其不足”，妙！“岂主有不足”，更妙！分明直扎心窝里。主之既已食，愿以小人之腹，为君子之心，属餍而已[8]，是以三叹。”再称小人。插此二句，法奇。犹言小人之腹，属餍而已，愿君子亦以是为心也。轻轻已谏毕。献子曰：“善。”乃辞梗阳人。献子又妙！君臣如此，直父子也，鱼水不足喻矣。

8. 属：适。餍：饱。已：止。

邮无正论垒培

晋语九

不惟不堕垒培，反又增之，此是通篇正论之所由发也。妙又在前之加意写一必堕之命，后之加意写一如故之怨，特为通篇添无数气色。

赵简子使尹铎为晋阳[1]，曰："必堕其垒培[2]。荀寅、士吉射，围赵氏时所作也。吾将往焉，后日或将至晋阳也。若见垒培，是见寅与吉射[3]也。"自是铮铮语。尹铎往而增之。出奇！每每出奇，写到下，却是一片至理。简子如晋阳，见垒，怒曰："必杀铎也而后入。"句色劲甚。大夫辞之，不可，曰："是昭余仇[4]也。"必杀之故。邮无正[5]进，曰："昔先主文子简子之祖赵武也。少衅于难[6]，从姬氏[7]于公宫，已成幽微。有孝德以出在公族，孝，德之基也。有恭德以升在位，恭，德之成也。有武德以羞为正卿[8]，武，德之用也。有温德[9]以成其名誉，温，德之藏也。四德，有次序，有分寸。失赵氏之典刑，而去其师保[10]，其先。基于其身，以克复其所。其身。基，始也。其身，文子身也。

1. 赵简子：赵鞅，赵文子之孙，景子之子，晋卿。尹铎：简子的家臣。为：治理。晋阳：赵氏之邑，在今山西太原。

2. 堕：通"隳"，毁坏。垒培：壁垒。

3. 寅：荀寅，又称中行文子，晋国下卿。晋定公十五年曾与范吉射围攻赵鞅。吉射：范吉射，又叫士吉射，又叫范昭子，晋国大夫。

4. 昭余仇：明我怨仇以辱我。

5. 邮无正：邮良，字伯乐，晋国大夫。

6. 少衅于难：据《左传·成公八年》，赵庄姬谮赵同、赵括为乱，晋景公族灭之。赵武年少，从庄姬畜养于晋景公宫中，才免于难。

7. 姬氏：赵庄姬，赵朔之妻，晋成公之女。其子为赵武。

8. 羞：进。正卿：上卿。

9. 温德：温和的品性。

10. 师保：古代担任教导贵族子弟职务的官。

克复“典刑”“师保”，为其所也。及景子[11]长于公宫，文子子，简子父赵成，从王母在宫。未及教训，句。而嗣立矣，句。“矣”字，写出不幸意。亦能纂修其身以受先业[12]，无谤于国，上言名誉，此言无谤，德成固惟人言是凛凛。顺德以学子[13]，择言以教子，择师保以相子。三“子”字，正指简子。今吾子[14]嗣位，有文[15]之典刑，一。有景[16]之教训，二。重之以师保，三。加之以父兄，四。子皆疏之，以及此难。荀、士垒培之难。夫尹铎曰：‘思乐而喜，思难而惧，人之道也。至理妙言。委土[17]可以为师保，奇句，奇字。“委土”，言委弃之土也。吾何为不增？’至理妙言。“何为不”，妙，妙！是以修之，庶曰可以鉴而鸠赵宗乎[18]！叠叠，代尹铎说出。若罚之，是罚善也。句色劲甚。罚善必赏恶。句色劲甚。臣何望矣！”句色劲甚。简子说，曰：“微子，吾几不为人矣！”无语不作铮铮声。以免难之赏[19]赏尹铎。军赏也，引例而赏也。初，伯乐无正字。与尹铎有怨，下又奇，此先为下注一句，不在叙事例。以其赏如伯乐氏，曰：“子免吾死，敢不归禄[20]。”禄，所得赏也，亦必然之情。辞曰：“吾为主图，非为子也。妙，妙！奇怪甚！却是一片至理。怨若怨[21]焉。”添写四字，出色。

11. 景子：赵成，赵武之子，赵简子之父。

12. 纂：继承。先业：祖先的功业。

13. 学子：教子。

14. 吾子：指赵简子。

15. 文：赵文子，简子的祖父。

16. 景：赵景子，简子的父亲。

17. 委土：垒壁。这句意为见到垒壁可以想起荀寅、士吉射的围攻，引起戒惧，足可当师保。

18. 鉴：借鉴。鸠：安。

19. 免难之赏：指军赏。

20. 禄：指所得的赏赐。

21. 怨若怨：怨自如故。若，如。

窦犨论人化

晋语九

可谓所对非所问矣，然实是志得意满人兜头一痛扎。

赵简子叹曰："雀句。入于海句。为蛤[1]，句。雉句。入于淮句。为蜃[2]。句。详二。鼋鼍鱼鳖，莫不能化，略四。唯人不能。哀夫！"求仙之说，乃始于此，不独秦皇、汉武矣。奇，奇！窦犨[3]侍曰："臣闻之：君子哀无人[4]，不哀无贿；哀无德，不哀无宠；不接"化"字，却接"哀"字，妙，妙！二句，宾。哀名之不令[5]，不哀年之不登[6]。此句，主。夫范、中行氏，不恤庶难，欲擅晋国，今其子孙将耕于齐，上云"哀年不登"，明明知其化字如此，却偏作尔语。宗庙之牺为畎亩之勤[7]，腴句，笑悯都有。人之化也，何日之有！"胡可胜叹！

1. 蛤：蛤蜊，斑纹美丽，生活在浅海泥沙中。

2. 蜃：大蛤。

3. 窦犨：晋国大夫。

4. 无人：指无贤人。

5. 令：美。

6. 登：高。

7. 牺：古代宗庙祭祀用的纯色牲。畎亩：田地。勤：出力。这句意为祭祀宗庙用的牲口变为田地里出力的劳力。比喻范、中行氏的子孙皆名族之后，当为祭主，在于宗庙，今反放逐畎亩之中，亦是人之化。

士茁惧室美

晋语九

看他不用多笔，而写尽骄奢，固知善写者皆不用多笔也。

智襄子[1]为室美，士茁夕焉[2]。夕，暮见也。智伯曰："室美夫！"一"夫"字，写尽骄奢，用"夫"字法。对曰："美则美矣，抑[3]臣亦有惧也。"只二语，又婉又警，用"则"字法，用"矣"字法，用"抑"字法，用"亦"字法。智伯曰："何惧？"骄奢。对曰："臣以秉笔事君。先陪此一语，自言是书生。志有之曰：'高山峻原，不生草木。松柏之地，其土不肥。'此秉笔人所常诵。今土木胜[4]，臣惧其不安人也。"上曰"何惧"，正惧此也。智伯更无语，可知不为意。室成，三年而智氏亡。

1. 智襄子：荀瑶，亦叫智伯瑶，晋卿智宣子之子。

2. 士茁：荀瑶的家臣。夕：晚上进见。

3. 抑：但。

4. 土木胜：言房室之美。胜，盛大。

子囊议恭王谥

楚语上

只短短数句，却有断制，有顿挫，有精彩，有气力。可称大国大事，大老大文。

恭王[1]有疾，召大夫曰：召大夫。“不谷[2]不德，失先君之业，覆楚国之师，不谷之罪也。若得保其首领以殁[3]，唯是春秋所以从先君者[4]，请为‘灵’若‘厉’[5]。”恭王好。大夫许诺。大夫诺。

王卒，及葬，子囊[6]议谥。大夫曰：“王有命矣。”大夫曰。子囊曰：“不可。夫事君者，先其善不从其过[7]。先断。赫赫楚国，而君临之，抚征南海，训及诸夏[8]，其宠大矣。宾句。有是宠也，而知其过，可不谓‘恭’[9]乎？主句。若先君善[10]，则请为‘恭’。”再断。大夫从之。大夫从，一篇以“大夫”为章法。

1. 恭王：楚恭王，名审，楚庄王之子。

2. 不谷：古代王侯自称的谦辞。

3. 保其首领以殁：意即不受刑诛，尽其天年而死。

4. 春秋：指禘、袷一类祭祀。从先君：得以列序祖庙从祖先享受祭祀。这句意为恭王死后要入祖庙享受春秋之祭，就要有个谥号。

5. 灵、厉：据《谥法》：“乱而不损曰灵，杀戮无辜曰厉。”这都是恶谥。

6. 子囊：公子贞，楚恭王之弟，楚国令尹。

7. 先其善不从其过：首先要从恭王的善行衡量，不应先从过失方面去考虑。

8. 训：教。诸夏：指中原诸侯各国。言楚恭王曾主持盟会，颁布号令，施教于中国。

9. 恭：据《谥法》：“既过能改曰恭。”

10. 若先君善：如果首先衡量恭王的善行。

王孙圉对简子

楚语下

以二贤人为宝，固是正论，然已被后人盗袭至烂腐。其又以云连徒洲为宝，即后人至今未见临摹也。可见后人只是口头依样乱说，古人则尽是真实见识，真实本事。看他三样宝串成一片，便可信。

王孙圉[1]聘于晋，定公飨之[2]，赵简子鸣玉以相[3]，问于王孙圉曰：“楚之白珩[4]犹在乎？”对曰：“然。”简子曰：“其为宝也，几何矣？”几何世也。曰：“未尝为宝。一句答，最辣手。楚之所宝者，曰观射父[5]，奇妙！又无腐状。能作训辞[6]，以行事于诸侯，使无以寡君为口实。最要此句，所以无腐状。又有左史倚相，能道训典[7]，以叙百物，以朝夕献善败于寡君，使寡君无忘先王之业；最要此句。又能上下说于鬼神[8]，顺道其欲恶[9]，使神无有怨痛于楚国。最要此句。上一“使”字，此二“使”字，参差。又有薮曰云连徒洲[10]，宋人能作上二语，不能作此一语，是以有腐状也。金木竹箭之所生也。句法参差。龟、珠、角、齿、皮、革、羽、毛，所以

1. 王孙圉：楚国大夫。

2. 定公：指晋定公。飨：设宴招待。

3. 相：赞礼人。指在礼仪方面做国君的辅佐。

4. 白珩：楚国贵重的佩玉。

5. 观射父：楚国大夫。

6. 训辞：指交结诸侯的外交辞令。

7. 训典：先王之书。

8. 上下：指天上、地下。说：通“悦”，愉悦。

9. 道：通“导”。此句言顺从鬼神意志行事。

10. 薮：湖泽。云连徒洲：云梦泽。

备赋[11]，以戒不虞者也。句法参差。所以共币帛，以宾享[12]于诸侯者也。句法参差。若诸侯之好币具[13]，云连徒洲。而导[14]之以训辞，观射父。有不虞之备，而皇神相之，左史倚相。又将三段串作一片。寡君其可以免罪于诸侯，而国民保焉。此楚国之宝也。奇妙！收。若夫白珩，先王之玩也，何宝之焉？再答白珩毕。圉闻国之宝六而已。重起奇文，以刺其鸣玉，与白珩无复干。明王圣人能制议百物[15]，以辅相国家，则宝之；玉足以庇荫嘉谷，使无水旱之灾，则宝之；龟足以宪臧否，则宝之；珠[16]足以御火灾，则宝之；金足以御兵乱，则宝之；山林薮泽足以备财用，则宝之。若夫哗嚣之美[17]，鸣玉声也。楚虽蛮夷，不能宝也。”

11. 赋：指兵赋，即军用物资。

12. 享：献。

13. 若诸侯之好币具：倘若诸侯交好的币帛已具备。

14. 导：行。

15. 制议百物：意为创制议论，评论各种事物。

16. 珠：古人认为是水精，可用来防火。

17. 哗嚣：指发出喧嚣杂乱声的美玉。此句微刺赵简子。

叹是何等沉忧，看他只用二『矣』字解之。曰『无患吴矣』，曰『吴将毙矣』，此是用『矣』字法也。选此文，只为此二『矣』字写得入神。

蓝尹亹告子西修德

楚语下

子西[1]叹于朝，蓝尹亹[2]曰："吾闻君子唯独居思念前世之崇替[3]，长句。与哀殡丧，短句。于是有叹，有叹。其余则否。下四句，即其余则不。先总，下细列耳。君子临政思义，饮食思礼，同宴思乐，在乐思善，无有叹焉。无叹。今吾子临政而叹，何也？"特致问，非讥也。子西曰："阖闾[4]能败吾师。阖闾即世，吾闻其嗣[5]又甚焉。吾是以叹。"自是应叹事，说来诚闷人。对曰："子患政德之不修，无患吴矣。至言不必又道，看其语态，何飘然以逸也。夫阖闾高提阖闾。口不贪嘉味，耳不乐逸声[6]，目不淫于色，身不怀于安，朝夕勤志，恤民之羸，闻一善若惊，得一士若赏[7]，有过必悛，有不善必惧，是故得民以济[8]其志。言吴前日也如彼。今吾闻夫

1. 子西：公子申，楚平王之子，楚昭王之庶兄，楚国令尹。

2. 蓝尹亹：楚国大夫。

3. 崇替：终亡。崇，终。替，废。

4. 阖闾：吴王。曾在柏举之战中打败楚军。

5. 其嗣：指阖闾子夫差。

6. 逸声：淫逸的音乐。

7. 若赏：像受到赏赐。

8. 济：成。

差，顺落夫差。"今吾闻"三字，奚落多少。好罢民力以成私，好纵过而翳谏，一夕之宿，台榭陂池必成[9]，六畜玩好必从[10]。言吴今日也如此。夫差先自败也已，焉能败人？子修德以败吴，自败、败人、败吴，连用三"败"字弄姿。吴将毙矣。"此"矣"字，与前"无患吴矣"中"矣"字，是一口气语，写出不必为意，一片飘然逸态。

9. 台榭陂池必成：指夫差住宿一晚，则住地必须把台榭陂池等纵目赏玩的景物修建布置好。

10. 六畜：马、牛、羊、豕、犬、鸡。玩好：指声色犬马、珠宝服饰之属。

诸稽郢行成于吴

吴语

言大甘者，其中必大苦。古之辞命，未有更卑更甘于此者。

吴王夫差[1]起师伐越，越王勾践起师逆之[2]。大夫种乃献谋曰："夫吴之与越，唯天所授，奇情。王其无庸战。庸，用也。夫申胥、华登吴二臣。简服吴国之士于甲兵[3]，而未尝有所挫也。十六字句，袅袅而劲甚。夫一人善射，言吴二臣。百夫决拾[4]，言吴余臣。胜未可成也。观此四字，悟古今说越事者，皆差一倍。夫谋必素[5]见成事焉，而后履之，素，豫也。履，蹈也。不可以授命[6]。胜不可必，则战焉必死，是授命也。王不如设戎，约辞设兵以自备，卑辞以甘之。行成[7]，以喜其民，以广侈吴王之心。十三字句。吾以卜之于天，奇情。天若弃吴，必许吾成而不吾足[8]也，将必宽然有伯诸侯之心焉。不以吾为足虑也，二十四字句，袅袅而劲甚。既罢弊其民，而天夺之食[9]，奇情。安

1. 夫差：吴王阖闾之子。据《左传·定公十四年》，阖闾曾伐越，在檇李被越打败，因伤而死。后三年，夫差起兵攻打越国，大败越军于夫椒，越曾派文种求和。此次又兴兵攻打越国，越再派诸稽郢去求和。

2. 勾践：越王允常之子。逆：迎。

3. 申胥：伍员，字子胥。自楚奔吴后，助阖闾刺杀吴王僚，夺取王位，并攻破楚国，因功封于申，故叫申胥。后为夫差赐剑自杀。华登：宋国司马华费遂之子，因华氏在宋作乱失败，华登奔吴，为大夫。简：选拔。服：熟习。

4. 决拾：射箭用的两种工具。决，钩弓弦用的所谓扳指，亦叫钩弦。拾，射鞲，射箭时套在左臂上的皮制护袖。百夫决拾，言吴国尚武成风。

5. 素：预。

6. 授命：拼命。

7. 约辞：谦卑的言辞。行成：求和。

8. 不吾足：以为越国不足虑。一说不以越国一国的求和为满足。

9. 天夺之食：指吴国遭受天灾，使粮食歉收。

受其烬[10]，乃无有命[11]矣。”烬，余也。天之所弃，吾取者，乃天之余也。“乃无有命”，言吴更无天命也。

越王许诺，乃命诸稽郢[12]行成于吴，曰：“寡君勾践使下臣郢不敢显然布币行礼，敢私告于下执事[13]妙辞，所谓侈其心也如此！曰：昔者越国见祸，得罪于天王[14]。伤阖闾足曰“得罪天王”，得罪于吴曰“越国见祸”。见祸，犹言祸见也。天王亲趋玉趾句。，以心孤勾践，而又宥赦之。十字句。“心孤”，属下句佳。君王之于越也，繄起死人而肉白骨也[15]。妙辞，侈其心。孤不敢忘天灾，其敢忘君王之大赐乎[16]！妙辞，侈其心。今勾践申祸无良[17]，草鄙之人，八字，只是自罪之辞。敢忘天王之大德，而思边垂之小怨，以重得罪[18]于下执事？二十二字句。勾践用帅二三之老[19]，亲委重罪，顿颡于边。

“今君王不察，盛怒属兵，将残伐越国[20]，越国固贡献之邑也[21]，君王不以鞭箠使之，而辱军士使寇令焉[22]。妙，妙！侈其心。勾践请盟：一介嫡女，执箕帚以晐姓[23]于王

10. 安受其烬：安安稳稳地收拾吴国遭受天灾之后的残局。

11. 乃无有命：这样吴国就不再有天命，非亡不可了。

12. 诸稽郢：越国大夫。

13. 下执事：指吴王手下的执事大夫，不敢称吴王，表示谦逊。

14. 得罪于天王：指勾践射伤吴王阖闾。把阖闾称为天王，尊之以名。

15. 繄：是。肉白骨：使白骨上长肉。

16. 其：用同“岂”。

17. 申祸无良：重罪不善。申，重。

18. 重得罪：指报复前次遭吴之侵。

19. 老：大夫的家臣称老。这里是越国大夫的谦称。

20. 残伐越国：指毁坏会稽。

21. 贡献之邑：称臣纳贡的城邑。

22. 使寇令焉：用御寇的号令来征伐我们。

23. 晐姓：备诸姓，即有各姓的女子做天子的妃嫔。《礼记·曲礼》：“纳女于天子，曰备百姓。”这都是恭维夫差的话。

宫；一介嫡男，奉槃匜以随诸御[24]；春秋贡献，不解[25]于王府。天王岂辱裁之[26]，亦征诸侯之礼也。妙，妙！侈其心。

“夫谚曰：‘狐埋之而狐搰[27]之，是以无成功。’此等喻，令人必避，在古不论。今天王既封植越国，以明闻于天下，而又刈亡之，是天王之无成劳也。虽四方之诸侯，则何实以事吴？妙，妙！侈其心。敢使下臣尽辞，唯天王秉利度义焉！”

24. 槃：托盘。匜：盛水器。诸御：指近臣宦竖。

25. 解：通“懈”。

26. 辱裁之：请做决定。

27. 搰：掘出。

国　语

申胥谏许越成

吴语

多作长句，而句法又最遒最逸。他文长句皆不能遒逸，遒者逸者率非长句也。又要看其字法新异，前后凡有无数字法，俱极新异。

吴王夫差乃告诸大夫曰：“孤将有大志于齐[1]，吾将许越成，而无拂吾虑[2]。若越既改，吾又何求？若其不改，反行[3]，吾振旅焉。”辞调遒逸。申胥谏曰：“不可许也。先断一句。夫越非实忠心好吴也，又非慑畏吾兵甲之强也。论越，最遒逸。大夫种勇而善谋，将还玩吴国于股掌之上，以得其志。还玩，转弄也。十四字句，最遒逸。夫固知君王之盖威[4]以好胜也，转折，笔笔遒逸。故婉约其辞，以从逸[5]王志，使淫乐于诸夏之国，以自伤也。二十二字句，遒逸之至。使吾甲兵钝弊，民人离落，而日以憔悴。十五字句，遒逸之至。然后安受吾烬。以上，论大夫种。夫越王好信以爱民，四方归之，年谷时熟，日长炎炎[6]。论越王。及吾犹可以战

1. 孤：王侯自称之词。大志于齐：要夺取齐国的婉转说法。

2. 而：同“尔”，你们。拂：违背。虑：打算。

3. 反行：返回来。

4. 盖威：好施威风。盖，尚。

5. 从逸：恣纵放荡。从，通“纵”。

6. 日长炎炎：犹蒸蒸日上。

也，为虺弗摧[7]，为蛇将若何？” 自论吴，笔笔遒逸之至。

吴王曰：“大夫奚隆[8]于越，隆，尊也。妙语，写出吴王如见。越曾足以为大虞乎？妙语，吴王如见。若无越，则吾何以春秋曜吾军士[9]？” 妙语，写吴王如见。乃许之成。

将盟，越王又使诸稽郢辞曰：“以盟为有益乎？前盟口血未干[10]，足以结信矣。妙，妙！遒甚，逸甚。以盟为无益乎？君王舍甲兵之威以临使之[11]，而胡重于鬼神而自轻也？” 妙，妙！早已“还玩于股掌之上”矣。吴王乃许之，荒[12]成不盟。

7. 虺：小蛇。摧：摧毁，即杀死的意思。

8. 奚隆：为什么看重。

9. 春秋：指春秋两季检阅军队。曜：通“耀”，炫耀。

10. 口血未干：古时成盟，盟誓者用手指蘸鸡狗马之类的血，涂在嘴唇上，以示诚意。口血未干，意即前次盟会举行不久。

11. 以临使之：可以亲自来指使越国。

12. 荒：空。

申胥谏伐齐

吴语

笔下最曲折，最细琐，而诵之纯是忠烈之气。侃侃一直，如并不用曲折，不用细琐者。

吴王夫差既许越成，乃大戒师徒[1]，将以伐齐。申胥进谏曰："昔天以越赐吴，而王不受。只一句，下更不接，笔态巉岩。夫天命有反[2]，又只一句，巉岩甚也。今越王勾践恐惧而改其谋，舍其愆令，轻其征赋，施民所善，去民所恶，身自约也，裕其众庶，其民殷众，以多甲兵。越之在吴，犹人有腹心之疾也。譬，句法。夫越王之不忘败吴，于其心也侙[3]然，服士以伺吾闲[4]。笔笔巉岩之甚。今王非越是图，而齐、鲁以为忧。夫齐、鲁譬诸疾，疥癣[5]也，譬，句法。岂能涉江、淮而与我争此地哉？将必越实有吴土。笔笔巉岩之甚。

1. 大戒师徒：大规模地整备军队。戒，警戒。

2. 反：反复，指盛者更衰，祸者有福。

3. 侙：原作"戚"，据《考异》卷四改。《说文》："侙，惕也。"警惕的意思。

4. 服士：使士卒勤习戎事。服，习。伺：窥伺。闲：间隙。

5. 疥癣：皮肤病。比喻为患轻微。

“王其盍亦鉴于人，无鉴于水。一路看他笔态，一味只是巉岩。昔楚灵王不君，其臣箴谏以不入。前总。乃筑台于章华[6]之上，阙为石郭，陂汉[7]，以象帝舜[8]。一。罢弊楚国，以间陈、蔡[9]。二。不修方城[10]之内，逾诸夏而图东国[11]，三。三岁于沮、汾以服吴、越[12]。四。其民不忍饥劳之殃，后总。三军叛王于乾溪。王亲独行，屏营[13]仿偟于山林之中，细写。三日乃见其涓人畴[14]。中涓，名畴。王呼之曰：‘余不食三日矣。’细写。畴趋而进，王枕其股以寝于地。王寐，畴枕王以墣而去之。细写。王觉而无见也，乃匍匐将入于棘闱[15]。细写。棘闱不纳，乃入于芋尹申亥氏焉[16]。细写。王缢，申亥负王以归，而土埋之其室。细写。此志也，岂遽忘于诸侯之耳乎？看他笔态。

“今王既变鲧、禹之功[17]，而高高下下[18]，以罢民于姑苏[19]。四字，只是二字，却写尽姑苏之台。天夺吾食，都鄙荐饥[20]。今王将很天[21]而伐齐。“很天”，奇！夫吴民离矣，体有所倾[22]，譬如群兽然，一个负矢，将百群皆奔，王其无方

6. 章华：地名。后以地名为台名。

7. 陂汉：壅堵汉水使之围绕石郭流。陂，壅塞。

8. 以象帝舜：模仿虞舜的墓葬。因舜葬九疑，有水环绕。

9. 间：候。候陈、蔡两国的间隙，就出兵灭之。

10. 方城：春秋时楚国北面的长城。

11. 诸夏：指陈、蔡等中原国家。东国：指徐夷、吴、越等国。这句是说越过陈、蔡去攻打吴、越。

12. 沮、汾：楚国东境的二水名，即乾溪一带。以服吴、越：指鲁昭公六年，楚令尹子荡帅师伐吴，军队驻扎在乾溪。

13. 屏营：遑遽匆忙的样子。

14. 涓人：犹中涓，宫中侍从的近臣。畴：是涓人的名。

15. 棘闱：楚国棘邑之门。江永《考实》、汪远孙《国语发正》俱认为是地名。

16. 芋尹：楚国官名，掌田猎畋兽之官。申亥：芋尹无宇之子，楚国大夫。

17. 变鲧、禹之功：意为鲧、禹治水是为了人民，而夫差凿汙池是为了自己，所以变易了鲧、禹之功。

18. 高高下下：指砌台榭、凿汙池。

19. 姑苏：台名。

20. 鄙：边邑。荐饥：连年饥荒。荐，重。

21. 很天：违天。很，不听从。

22. 倾：伤。

收也。奇譬，妙譬。越人必来袭我，王虽悔之，其犹有及乎？”王弗听。

此文，凡写数十段，段段异样神彩；段段读之，使人跳舞。

勾践谋伐吴

越语上

越王勾践栖于会稽[1]之上，乃号令于三军曰："凡我父兄昆弟及国子姓[2]，有能助寡人谋而退吴者，吾与之共知[3]越国之政。"一路，笔歌墨舞，无一单寒软弱句。大夫种进对曰："臣闻之贾人，夏则资皮，冬则资絺[4]，旱则资舟，水则资车，以待乏也。夫虽无四方之忧，然谋臣与爪牙之士[5]，不可不养而择也。譬如蓑笠，时雨既至必求之。今君王既栖于会稽之上，然后乃求谋臣，无乃后乎[6]？"真正笔歌墨舞。勾践曰："苟得闻子大夫[7]之言，何后之有？"笔笔歌舞而起。以上一段。执其手而与之谋。

遂使之行成于吴，曰："寡君勾践乏无所使，另添四字。

1. 会稽：山名，在今浙江绍兴市东南十二里。越王勾践为夫差所败，带甲五千人，退保会稽。

2. 昆弟：兄弟。国子姓：国君的同姓，泛指老百姓。

3. 共知：共同主持。

4. 絺：细葛布。

5. 爪牙之士：指卫士。见《诗经·小雅·祈父》："祈父，予王之爪牙。"高亨注："王之爪牙，即王的卫士，王有卫士如同兽有爪牙。"

6. 无乃后乎：不是太迟吗？

7. 子大夫：对大夫的尊称。子，古时对男子的尊称。

使其下臣种，不敢彻声闻于天王[8]，另添八字。私于下执事曰：寡君之师徒不足以辱君矣[9]，笔笔歌舞。愿以金玉、子女赂君之辱[10]，请勾践女女于王[11]，大夫女女于大夫，士女女于士。越国之宝器毕从[12]，寡君帅越国之众，以从君之师徒，唯君左右之。若以越国之罪为不可赦也，将焚宗庙[13]，系妻孥[14]，沉金玉于江，有带甲五千人将以致死，乃必有偶[15]，是以带甲万人事君也，无乃即伤君王之所爱乎？与其杀是人也，宁其得此国也，其孰利乎？”笔笔歌舞。以上一段。

夫差将欲听与之成，子胥谏曰：“不可。夫吴之与越也，仇雠敌战之国也。三江[16]环之，民无所移，有吴则无越，有越则无吴，将不可改于是矣。笔笔歌舞。员闻之，陆人居陆，水人居水。夫上党之国[17]，我攻而胜之，吾不能居其地，不能乘其车。夫越国，吾攻而胜之，吾能居其地，吾能乘其舟。此其利也，不可失也已，君必灭之。失此利也，虽悔之，必无及已。”笔笔歌舞。以上一段。

8. 彻：达。天王：对吴王夫差特别尊重的称呼。这句意为不敢直接向吴王陈说。

9. 师徒：军队。不足以辱君矣：不值得屈辱您来讨伐了。

10. 赂君之辱：犹慰劳您的辱临。赂，奉献财物。这里是慰劳的意思。

11. 女于王：女，用作动词，给吴王做女奴。

12. 毕从：全部随带。

13. 焚宗庙：烧毁宗庙，表示抵抗到死。

14. 系妻孥：把妻和儿女编整起来，表示死生同命，不做俘虏。系，联缀。这里是编整的意思。

15. 乃必有偶：就必然一人可抵两个。

16. 三江：指浦阳江、钱塘江和吴淞江。

17. 上党之国：指中原各国。一说上党是高邻的意思。党，处所。

越人饰美女八人纳之太宰嚭[18]，曰："子苟赦越国之罪，又有美于此者将进之。"太宰嚭谏曰："嚭闻古之伐国者，服之而已。今已服矣，又何求焉。"夫差与之成而去之。以上一段。

勾践说于国人曰："寡人不知其力之不足也，而又与大国执[19]雠，以暴露百姓之骨于中原，此则寡人之罪也。寡人请更。"笔笔歌舞。于是葬死者，问伤者，养生者，吊有忧，贺有喜，送往者，迎来者，去民之所恶，补民之不足。然后卑事[20]夫差，宦[21]士三百人于吴，其身亲为夫差前马[22]。笔笔歌舞。以上一段。

勾践之地，南至于句无[23]，北至于御儿[24]，东至于鄞[25]，西至于姑蔑[26]，广运百里[27]。乃致其父母昆弟而誓之曰："寡人闻，古之贤君，四方之民归之，若水之归下也。今寡人不能，将帅二三子夫妇以蕃[28]。"令壮者无取老妇，令老者无取壮妻。女子十七不嫁，其父母有

18. 太宰：官名，掌王家内外事务。嚭：伯嚭，原为楚大夫伯州黎之子，后投奔吴国，为吴正卿。

19. 执：结。

20. 卑事：降低身份从事贱役伺候人。

21. 宦：仆隶。

22. 前马：在马前开道的人。

23. 句无：地名，在今浙江诸暨市南。句，同"勾"。

24. 御儿：地名，在今浙江嘉兴市境。

25. 鄞：地名，今浙江宁波市。

26. 姑蔑：地名，在今浙江龙游县北。

27. 广运：东西曰广，南北曰运。

28. 二三子：你们。蕃：繁殖人口。

罪；丈夫二十不取，其父母有罪。将免[29]者以告，公[30]令医守之。生丈夫，二壶酒，一犬；生女子，二壶酒，一豚。生三人，公与之母；生二人，公与之饩[31]。笔笔歌舞。当室者[32]死，三年释其政；支子死，三月释其政。必哭泣葬埋之，如其子。令孤子、寡妇、疾疹[33]、贫病者，纳宦其子[34]。笔笔歌舞。其达士[35]，絜[36]其居，美其服，饱其食，而摩厉[37]之于义。四方之士来者，必庙礼之。笔笔歌舞。勾践载稻与脂于舟以行，国之孺子之游者[38]，无不哺也，无不歠[39]也，必问其名。笔笔歌舞。非其身之所种则不食，非其夫人之所织则不衣，笔笔歌舞。十年不收于国，民俱有三年之食。笔笔歌舞。以上一段。

国之父兄请曰："昔者夫差耻吾君于诸侯之国，今越国亦节矣，请报之。"勾践辞曰："昔者之战也，非二三子之罪也，寡人之罪也。如寡人者，安与知耻？请姑无庸战。"笔笔歌舞。父兄又请曰："越四封之内，亲吾君也，犹父母也。子而思报父母之仇，臣而思报君之雠，

29. 免：同"娩"，生孩子。

30. 公：指官府。

31. 饩：食粮。

32. 当室者：负担家务的嫡长子。

33. 疾疹：疾疢，指患病的人。

34. 纳宦其子：把他们的儿子送到官府给以生活教养。宦，通"豢"，豢养。

35. 达士：通达之士，指有特长和名望的人。

36. 絜：同"洁"。

37. 摩厉：同"磨砺"，磨炼。这句意为磨炼他们崇尚正义。

38. 孺子：小孩。游者：指流浪儿童。

39. 歠：给水喝。

其有敢不尽力者乎？请复战。”笔笔歌舞。以上一段。勾践既许之，乃致其众而誓之曰：“寡人闻古之贤君，不患其众之不足也，而患其志行之少耻也，今夫差衣水犀之甲者亿[40]有三千，不患其志行之少耻也，而患其众之不足也。今寡人将助天灭之。吾不欲匹夫之勇也，欲其旅进旅退[41]。进则思赏，退则思刑，如此则有常赏。进不用命，退则无耻[42]，如此则有常刑。”笔笔歌舞。以上一段。果行，国人皆劝，父勉其子，兄勉其弟，妇勉其夫，曰：“孰是君也，而可无死乎？”笔笔歌舞。以上一段。是故败吴于囿[43]，又败之于没[44]，又郊败之。笔笔歌舞。以上一段。

夫差行成，曰：“寡人之师徒，不足以辱君矣。请以金玉、子女赂君之辱。”妙！便用前语，笔笔歌舞。勾践对曰：“昔天以越予吴，而吴不受命；今天以吴予越，越可以无听天之命，而听君之令乎？吾请达王甬、句东[45]，吾与君为二君乎？”笔笔歌舞。夫差对曰：“寡人礼先壹

40. 亿：古指十万。

41. 旅进旅退：共同向前，共同后退。

42. 退则无耻：退后而不知耻。

43. 囿：笠泽，水名，即松江（今吴淞江）。

44. 没：吴国地名。

45. 甬：甬江。句：句章，在今浙江慈溪市西南。

饭矣[46]，君若不忘周室[47]，而为弊邑宸宇[48]，亦寡人之愿也。君若曰：‘吾将残汝社稷，灭汝宗庙。’寡人请死，余何面目以视于天下乎！越君其次也！”遂灭吴。

笔笔歌舞。以上一段。

46. 礼先壹饭：指夫差比勾践年长些。犹今言我比你多吃几年饭。一说：壹饭是小恩惠的意思，言夫差曾有恩于越，指许越国求和。

47. 不忘周室：意为顾全周王室的面子。因吴是周的同姓，是泰伯的后代。

48. 为弊邑宸宇：意即希望越王以屋宇之余庇覆吴国。宸宇，屋檐下。

范蠡不许吴成

越语下

通篇皆写范蠡，其眼辣、心辣、口辣、手辣处，即其所以候时转物者也。既是写范蠡，便不是写勾践，毋便谓勾践不忍于吴，不忘于蠡也。

吴王帅其贤良，与其重禄[1]，以上姑苏。吴贤良，犹越君子也。重禄，大臣也。使王孙雒[2]行成于越，曰："昔者上天降祸于吴，得罪于会稽。今君王其图不谷，不谷请复会稽之和。"辞甘甚。王弗忍，欲许之。范蠡[3]进谏曰："臣闻之，圣人之功，时为之庸[4]。二句叶。得时弗成，天有还形[5]。二句叶。天节不远[6]，五年复反[7]，小凶则近[8]，大凶则远[9]。四句叶。先人有言曰：'伐柯者其则不远[10]。'今君王不断，其忘会稽之事乎？"范蠡辣。王曰："诺。"不许。"诺"是诺范蠡，"不许"是辞使者。

使者往而复来，辞愈卑，礼愈尊，王又欲许之。范蠡

1. 重禄：有两说，一指宝璧，一指大臣。

2. 王孙雒：一作王孙雄，吴国大夫。

3. 范蠡：字少伯，越国大夫。辅佐越王勾践刻苦图强，卒灭吴国。

4. 时为之庸：因天时以为功用。

5. 天有还形：上天会反过来给以惩罚。

6. 天节不远：意为天道循环往复，为期不远。

7. 五年复反：言天道五年就要反复。

8. 小凶则近：意为不到五年就反受其报，所遭的祸就小。

9. 大凶则远：意为反受其报的时间相距越远，则遭的祸就越大。

10. 伐柯者其则不远：见《诗经·豳风·伐柯》："伐柯伐柯，其则不远。"意为手里所执的斧柄就是要砍木做斧柄的榜样。意即榜样就在眼前，故言其则不远。则，准则、榜样。此喻吴昔不灭越，故有此败，此借鉴亦不远。

谏曰："孰使我蚤朝而晏罢者，非吴乎？与我争三江、五湖之利者，非吴耶？夫十年谋之，一朝而弃之，其可乎？上说天时，已辣；此说人事，益辣。王姑勿许，其事将易冀已[11]。""姑勿"妙！"将易"妙！犹言但少忍，只在一刻完事。加此二语，更益辣也。王曰："吾欲勿许，而难对其使者，子其对之。"范蠡乃左提鼓，右援枹，以应使者，须知此文，乃是出象写范蠡，非真鸟喙人[12]有良心也。曰："昔者上天降祸于越，委制于吴[13]，而吴不受。今将反此义以报此祸，吾王敢无听天之命，而听君王之命乎？"奇语。王孙雒曰："子范子不知是宿望，是旧交，三字，便如闻声。先人有言曰：'无助天为虐，助天为虐者不祥。'今吴稻蟹[14]不遗种，子将助天为虐，不忌其不祥乎？"哀音彻耳。范蠡曰："王孙子，亦呼之，如闻声。昔吾先君固周室之不成子也[15]，故滨于东海之陂，鼋鼍鱼鳖之与处，而蛙黾之与同渚[16]，余虽靦然[17]而人面哉，吾犹禽兽也，又安知是谗谗[18]者乎？"妙绝，妙绝！奇情，奇文。一味只是辣。王孙雒曰："子范子将助天为虐，助天为虐不祥。雒请反辞于王。"范不接此

11. 其事将易冀已：灭吴这件事很容易就有希望了。

12. 鸟喙人：指越王勾践。据《史记·越王勾践世家》范蠡给文种的信说："越王为人长颈鸟喙。"

13. 委制于吴：言越国把国家命运奉献给吴国去掌握。

14. 稻蟹：指蟹食稻为灾。

15. 周室之不成子：不齿于周室的不成国的子爵。

16. 黾：金线蛙。渚：水中小洲。此言越国人与水族杂居洲渚，文化未开。

17. 靦然：惭愧的样子。

18. 谗谗：巧辩之言。此句言哪里晓得你这些巧辩的话。

语，妙！王又重理此语，妙！范蠡曰："君王已委制于执事之人矣。子往矣，无使执事之人得罪于子。"妙绝，妙绝！一味纯是辣。使者辞反。范蠡不报于王，击鼓兴师以随使者，至于姑苏之宫，不伤越民，遂灭吴。一段毕。曰，另又一段。

反，句。至五湖，范蠡辞于王曰："君王勉之，臣不复入越国矣。"千古高见。王曰："不谷疑子之所谓者何也？"实是斗然。对曰："臣闻之，为人臣者，君忧臣劳，君辱臣死。昔者君王辱于会稽，臣所以不死者，为此事也。今事已济矣，蠡请从会稽之罚[19]。"饰辞，妙！王曰："所不掩子之恶，扬子之美者，使其身无终没于越国[20]。子听吾言，与子分国。不听吾言，身死，妻子为戮。"连鸟喙人都好。范蠡对曰："臣闻命矣。只四字，妙！君行制，臣行意。"转笔又只六字，妙，妙！更不多赘一字，妙，妙！遂乘轻舟以浮于五湖，莫知其所终极。千古高见。细读此六字，即范蠡传已毕。别如耕海、居陶，皆后人蛇足也。

19. 从：接受。会稽之罚：指越王退保会稽，君蒙耻辱，臣当出身殉国。言范蠡应受殉国之罚。

20. 使其身无终没于越国：连上两句都是越王赌咒之词，意为如果我不掩盖你的过失，不表扬你的功绩，那将使自身终于不能死在越国。

王命工以良金写范蠡之状而朝礼之[21]，浃日[22]而令大夫朝之，环会稽三百者以为范蠡地，连鸟喙人都好。曰：“后世子孙，有敢侵蠡之地者，使无终没于越国，皇天后土，四乡地主正之[23]。”誓文奇峭。

21. 良金：好的金属。写范蠡之状：模仿范蠡的形状铸成金像。

22. 浃日：浃旬，每隔十天。

23. 四乡地主：四方的土地之神。正：证明。

战

策

37篇

游腾为周谢楚

西周策

前引智伯、桓公事，健举之甚；中诉秦有吞周意，又健举之甚；次陈卒迎只是防其不然，又健举之甚；后谢楚，又健举之甚，更无一拖笔沓字。

秦令樗里疾[1]以车百乘入周，周君迎之以卒，甚敬。楚王[2]怒，让[3]周，以其重秦客。游腾[4]谓楚王曰："昔智伯欲伐厹由[5]，厹，音求。遗之大钟，载以广车[6]，因随入以兵，厹由卒亡，引一旧事。无备故也。此处入此句，下却省，文态便健举。桓公伐蔡[7]也，号言伐楚，其实袭蔡。又引一旧事。今秦者，虎狼之国也。兼有吞周之意，使樗里疾以车百乘入周，周君惧焉，以蔡、厹由戒之，故使长兵[8]在前，强弩在后，名曰卫疾，而实囚之也。妙，妙！周君岂无能爱国哉？恐一日之亡国，而忧大王。"又妙，又妙！楚王乃说。

1. 樗里疾：秦惠王的异母弟，因居樗里而得名，又称樗里子。秦武王时为丞相。

2. 楚王：指楚怀王。一说楚怀王之孙。

3. 让：责备。

4. 游腾：周臣。

5. 厹由：春秋时国名，也作"仇由"，在今山西省阳泉市。

6. 广车：大车。

7. 桓公伐蔡：据《左传·僖公三年》："齐侯（桓公）与蔡姬乘舟于囿，荡公。公怒，归之，未之绝也。蔡人嫁之。"因此桓公伐蔡。

8. 长兵：指戈、矛之类的长兵器。

苏厉说白起勿攻梁

西周策

前后，只复写白起兵功二遍，却于中间描画善射者百发百中，一发不中，而意已尽出，此为最善用笔也。

苏厉[1]谓周君曰："败韩、魏，杀犀武[2]，攻赵，取蔺、离石、祁者[3]，皆白起[4]。是攻用兵[5]，又有天命[6]也。写一遍。工用兵外，再加有天命，笔最秾至。今攻梁[7]，梁必破，破则周危，君不若止之。"谓白起曰：看他斗说射。"楚有养由基[8]者，句。善射；句。去柳叶者百步句。而射之，句。百发百中。句。左右皆曰善。句。有一人过，句。曰：'善射。句。可教射也矣。'句。必如此分句，若漫然连读，都不见好。养由基曰：'人皆善，子乃曰可教射，子何不代我射之也？'妙语。客曰：'我不能教子支左屈右[9]。妙语。夫射柳叶者百发百中，句。而不以善息；句。少焉句。气力倦，句。弓拨[10]，句。矢钩[11]，句。一发不中，句。前功尽矣。'句。必如此分句。今

1. 苏厉：纵横家苏秦之弟。

2. 犀武：魏将。

3. 蔺：战国时赵邑，故城在今山西吕梁市离石区西。离石：以境内有离石水而名，在今山西省。祁：地名，即祁县，在今山西省。

4. 白起：秦将，善用兵，因功封武安君。

5. 是：实。攻：善巧。

6. 又有天命：又有天命之助。

7. 梁：大梁，魏都。

8. 养由基：楚共王将，楚之善射者。

9. 支左屈右：古之善射法。据刘向《列女传》云："左手如拒，右手如附枝，右手发之，左手不知，此射之道也。"

10. 拨：不正。

11. 钩：弯曲。

公破韩、魏，杀犀武而北攻赵，取蔺、离石、祁者，公也，公之功甚多。又写一遍。今公又以秦兵出塞，过两周，践韩而以攻梁，十七字句。一攻而不得，前功尽灭。公不若称病不出也。”

读此，始知诸葛公乃有粉本[1]。后贤信诸葛公亦烂读《国策》，则其烂读，可无俟再劝也。

司马错论伐蜀

秦策一

司马错与张仪争论于秦惠王前[2]。此句，是通篇总案。下乃更叙起也。司马错欲伐蜀，张仪曰："不如伐韩。"王曰："请闻其说。"

对曰："亲魏，二字句。善楚，二字句。下兵三川[3]，塞轘辕、缑氏之口[4]，当屯留[5]之道，十六字句。魏绝南阳[6]，承"亲魏"。楚临南郑[7]，承"善楚"。秦攻新城、宜阳[8]，以临二周之郊，诛周主之罪[9]，侵楚、魏之地。承下兵。周自知不救，九鼎宝器必出。一利。据九鼎，按图籍[10]，挟天子以令天下，天下莫敢不听，又利。此王业也。此段，先陈己所以欲伐韩之利。今夫蜀，西辟[11]之国，而戎狄之长也，弊兵劳

1. 粉本：画稿。

2. 司马错：秦将，灭蜀后，为蜀郡守。张仪：魏国贵族后代，曾任秦相，封武信君。

3. 三川：指伊水、洛水和黄河等流经的地区。

4. 轘辕：山名，在今河南省偃师东南，山路险阻，凡十二曲，循环往还，故叫轘辕。缑氏：地名，以地有缑山而名，在今河南省偃师东南。

5. 屯留：地名，春秋时为赤狄邑。

6. 南阳：地名，在今河南济源至获嘉一带，因在太行山南，黄河之北，故名。

7. 南郑：地名，在今陕西省西南部，汉江上游，邻接四川省。

8. 新城：地名，在今河南商丘市境。宜阳：地名，在今河南省西部。

9. 诛：讨。周主：指东周君和西周君。

10. 图籍：地图和户籍。

11. 辟：通"僻"，偏僻。

众不足以成名，得其地不足以为利。此段，次破司马错欲伐蜀之失。臣闻：‘争名者于朝，争利者于市。’今三川、周室，天下之市朝也，而王不争焉，顾[12]争于戎狄，去王业远矣。”总断伐韩伐蜀相去。

司马错曰：“不然。只二字，推倒张仪，甚辣。臣闻之，欲富国者，务广其地；欲强兵者，务富其民；欲王者，务博其德。三资者备[13]，而王随之矣。先发正大之论，下入今事。今王之地小民贫，故臣愿从事于易。妙，妙！识时务名俊杰，错论事称矣。夫蜀，西辟之国也，句抑。而戎狄之长也，句扬。而有桀、纣之乱。加一句。以秦攻之，譬如使豺狼逐群羊也。斜插一喻，为下未必利作反照也。取其地，足以广国也；得其财，足以富民；缮[14]兵此二句，说实。有“也”字，无“也”字，文法参差。不伤众，而彼已服矣。故拔一国，而天下不以为暴；利尽西海[15]，诸侯不以为贪。此三句，说名。是我一举而名实[16]两附，其利如此。而又有禁暴正乱之名。加一句，应上桀、纣句也。自陈伐蜀毕。今攻韩句。劫天子，名虽攻韩，实劫天子。劫天子，

12. 顾：反、却。

13. 三资者备：指上文所言广地、富民、博德三者齐备。

14. 缮：整治。

15. 西海：泛指西方，此指蜀国。

16. 名：指不贪暴。实：指得蜀国。

大恶也，特与注明，下又极论之。劫天子，恶名也，仪出此语，实是丧心，故特擒住痛骂。下虽转笔，犹反覆不已。而未必利也，又有不义之名，而攻天下之所不欲，句止此。下“危”乃一字句耳。危！句。臣请谒[17]其故：郑重再说。周，天下之宗室也；本心语。齐，韩、周之与国[18]也。本心语。二语，使张仪无地生活。下更论利害。周自知失九鼎，韩自知亡三川，则必将二国并力合谋，以因[19]于齐、赵，而求解乎楚、魏。“则必将”贯下成二十字句。以鼎与楚，以地与魏，王不能禁。论事又绝明畅，破仪伐韩毕。此臣所谓‘危’，不如伐蜀之完也。”又下一语。总断。

惠王曰：“善！寡人听子。”四字，亦如刘先生声口。大奇，大奇！卒起兵伐蜀，十月取之，遂定蜀。蜀主更号为侯，而使陈庄[20]相蜀。蜀既属，秦益强富厚，轻诸侯。

17. 谒：陈述。

18. 与国：盟国。

19. 因：通过。

20. 陈庄：秦臣，为蜀相。

战国策

甘茂自托于苏代

秦策二

托喻处女，便真如处女声口。连琐中，甚明划；明划中，仍甚连琐；诵之，如闻香口也。

甘茂亡秦[1]，且之齐，出关遇苏子[2]，曰："君闻夫江上之处女乎？"随口所撰事也，却问人闻否，可谓憨绝。文章正于此等处讨姿致也。苏子曰："不闻。"实实对"不闻"，文字憨绝。曰："夫江上之处女，有家贫而无烛者，处女相与语，欲去之[3]。家贫无烛者将去矣，谓处女曰：顿笔，纯是姿致。'妾以无烛，故常先至，扫室布席，何爱余明之照四壁者？凡说三遍。一遍，是"何爱"。加之"照四壁"字，好，好。幸以赐妾，何妨于处女？一遍，是"何妨"。妾自以有益于处女，何为去我？'一遍，是"何为"。三遍，恳恳侃侃，总是憨绝姿致。处女相语以为然而留之。不惟自意尽，并人意亦尽。今臣不肖，弃逐于秦而出关，愿为足下扫室布席，幸无我逐也。"托喻既婉，自致不妨便直，

1. 甘茂：楚国下蔡人，是甘罗的祖父。初为秦将，秦武王时任左相。秦昭王时，因畏谗言，逃往齐国，客死于魏。亡秦：自秦出亡。

2. 苏子：苏代。当时正为齐出使于秦。

3. 欲去之：要把家贫无烛者遣走。

妙，妙！苏子曰："善。请重[4]公于齐。"过望之答。

乃西说秦王曰："甘茂，句。贤人，句。非恒士也。句。其居秦，句。累世重矣，句。自殽塞、谿谷[5]，地形险易尽知之。句。彼若以齐约韩、魏，反以谋秦，是非秦之利也。"处天下事，皆有窾会[6]。如下棋高手，则动有窾会。看其重甘于齐，而反先说秦，即窾会也。妙，妙！秦王曰："然则奈何？"苏代曰："不如重其贽，厚其禄以迎之。彼来则置之槐谷[7]，终身勿出，天下何以图秦。"妙，妙！谁不谓至计。秦王曰："善。"与之上卿，以相迎之齐。

甘茂辞不往，两心照。苏子伪谓王[8]曰："甘茂，贤人也。今秦与之上卿，以相迎之，茂德王之赐，句。故不往，句。愿为王臣。句。此四字，注"不往"二字。今王何以礼之？正说一番。王若不留，必不德王。彼以甘茂之贤，得擅用强秦之众，则难图也。"又说一番。齐王曰："善。"赐之上卿命而处之[9]。

4. 重：尊重。

5. 殽塞：崤山。谿谷：一作鬼谷，即今陕西省三原县西北的清水谷。

6. 窾会：空隙机会。

7. 槐谷：槐里之谷，在今陕西省兴平市东南。

8. 伪：假装不知。王：指齐湣王。

9. 赐之上卿命而处之：赐他一道封为上卿的命令，使他住在齐国。

战国策

范雎见秦王

秦策三

最是宽衍之调，选之者，欲后贤学其晓畅，学其萧疏耳。晓畅、萧疏乃初发笔时之至宝也！

秦昭王见范雎于离宫[1]，敬执宾主之礼，范雎辞让。……秦王屏左右，宫中虚无人，写此为深言地也。秦王跪而请曰："先生何以幸教寡人？"范雎曰："唯唯。"好写。有间，秦王复请，范雎曰："唯唯。"好写。若是者三。秦王跽[2]曰："先生不幸教寡人乎？"三句凡三换。

范雎谢曰："非敢然也。好写。下方启齿。臣闻始时吕尚之遇文王也，身为渔父而钓于渭阳之滨[3]耳。若是者，交疏也。交疏，作半句写。已，一说而立为太师[4]，载与俱归者，其言深也。已，已而也。言深，作半句写。故文王果收功于吕尚，卒擅[5]天下而身立为帝王。交疏言深，其利如此。即使文

1. 范雎：战国魏人，字叔。初事魏国中大夫须贾，随贾出使齐国，因有通齐之嫌，遭鞭笞，佯死得免。后随秦使王稽入秦，游说秦昭王。离宫：行宫。

2. 跽：长跪，挺腰直身，双膝着地。

3. 渭阳之滨：渭水之北的水边，指渭水旁的磻溪，因吕尚曾在磻溪钓鱼为生。

4. 说：同"悦"，悦服。太师：古代三公之一，国君辅弼之官。

5. 卒擅：终于据有。

王疏吕望而弗与深言，是周无天子之德，而文、武无与成其王也。反覆最快，此是笔下宾句，却是意中主句。今臣，羁旅之臣也，交疏于王，因上先引入自意，便见婉贴之甚。而所愿陈者，皆匡君之事，处人骨肉之间，愿以陈臣之陋忠，而未知王之心也，所以王三问而不对者是也。措辞婉贴之甚。臣非有所畏而不敢言也，上意已尽。此句忽然飏开，遂成曼衍之篇。知今日言之于前，而明日伏诛于后，然臣弗敢畏也。紧紧翻过，下别生"患""忧""耻"三字，开下三段。大王信行臣之言，死不足以为臣患，不足患。亡不足以为臣忧，不足忧。漆身而为厉[6]，被发而为狂，不足以为臣耻。不足耻。下逐段应。五帝之圣而死[7]，三王[8]之仁而死，五伯[9]之贤而死，乌获[10]之力而死，奔、育[11]之勇焉而死。死者，人之所必不免也。处必然之势，可以少有补于秦，此臣之所大愿也，臣何患乎？应不足患。伍子胥橐载而出昭关[12]，夜行而昼伏，至于蓤水[13]，无以饵[14]其口，坐行蒲服[15]，乞食于吴市，卒兴吴国，阖庐[16]为霸。使臣得进谋如伍子胥，加之以幽囚，终身不复见，是臣说之行也，臣何忧乎？应

6. 漆身：用漆涂身。厉：通"癞"，恶疮。此句是说，用漆涂身，使生恶疮而变形。

7. 五帝：一般指黄帝、颛顼、帝喾、尧、舜。圣：聪明。

8. 三王：一说指夏禹、商汤、周文王和周武王。

9. 五伯：指齐桓公、宋襄公、晋文公、秦穆公、楚庄王。一说，指齐桓公、晋文公、楚庄王、吴王阖闾、越王勾践。

10. 乌获：秦国的勇士。

11. 奔、育：指孟贲和夏育，都是卫国的勇士，相传力能举千钧。连上四句，是说不论是秉有圣、仁、贤、力、勇哪一种德行，都免不了死。奔，通"贲"。

12. 橐载：装在口袋里。指伍子胥躲在口袋里由车载逃出昭关。昭关：春秋时吴、楚之界，故址在今安徽省含山县西北。

13. 蓤水：一作陵水，即今江苏省溧阳市的溧水。

14. 饵：饲。

15. 蒲服：同"匍匐"，即爬行。

16. 阖庐：阖闾，吴国国君。

不足忧。箕子、接舆[17]，漆身而为厉，被发而为狂，无益于殷、楚。使臣得同行于箕子、接舆，漆身可以补所贤之主，是臣之大荣也，臣又何耻乎？应不足耻。臣之所恐者，独恐臣死之后，天下见臣尽忠而身蹶[18]也，是以杜口裹足[19]，莫肯即[20]秦耳。正说一段，臣之所恐提在上。足下上畏太后之严，下惑奸臣之态；居深宫之中，不离保傅[21]之手；终身暗惑[22]，无与照奸[23]；大者宗庙灭覆，小者身以孤危，此臣之所恐耳！再正说一段，臣之所恐押在下。若夫穷辱之事，死亡之患，臣弗敢畏也。臣死而秦治，贤于生也。”又缴。

17. 箕子：商纣王的叔父，官拜太师，封国于箕。因谏纣不听，便佯狂为奴。接舆：姓陆，名通，相传为楚国隐士，因楚昭王政令无常，他便佯狂不仕。

18. 蹶：倒下，指身死。

19. 杜口裹足：闭口不语，停步不前。

20. 即：就，靠近。

21. 保傅：太保、太傅，古时辅佐帝王的官。

22. 暗惑：昏昧糊涂。

23. 照奸：明辨奸邪。

唐雎不辱使命

魏策四

俊绝，宕绝，峭绝，快绝之文。

秦王使人谓安陵君[1]曰："寡人欲以五百里之地易安陵，安陵君其许寡人。"看他用笔，另是一样调。安陵君曰："大王加惠，以大易小，甚善。一折。虽然，受地于先王，愿终守之，弗敢易。"一正。一折一正，真另是一样调。秦王不说。安陵君因使唐雎[2]使于秦。秦王谓唐雎曰："寡人以五百里之地易安陵，安陵君不听寡人，何也？以"何也"押过上句，下再细说，真另是一样调。且秦灭韩亡魏，而君以五十里之地存者，以君为长者，故不错意[3]也。今吾以十倍之地，请广于君[4]，而君逆寡人者，轻寡人与？"另是一样调。唐雎对曰："否，一字直撇。非若是也。再用三字轻撇。安陵君受地于先王而守之，虽千里不敢易也，岂直

1. 秦王：秦始皇嬴政，当时尚未称帝，故曰秦王。安陵君：魏襄王封其弟为安陵君，这里是指他的后裔。安陵，魏国分封的一个小邑。

2. 唐雎：安陵君的使臣。

3. 错意：同"措意"，放在心上的意思。

4. 请广于君：希望扩大安陵君的国土。

五百里哉？”故增一句，妙！真另是一样调。秦王怫然[5]怒，谓唐雎曰：“公亦尝闻天子之怒乎？”斗来。唐雎对曰：“臣未尝闻也。”缓接。秦王曰：“天子之怒，伏尸百万，流血千里。”八字，自写天子之怒，丑甚。唐雎曰：“大王尝闻布衣之怒乎？”妙，妙！最突兀之语，却又最调笑之笔也。秦王曰：“布衣之怒，亦免冠徒跣，以头抢地尔。”八字，写布衣之怒，又加“亦”字、“尔”字，丑甚。唐雎曰：“此庸夫之怒也，非士之怒也。驳去“免冠”八字。夫专诸之刺王僚也[6]，彗星袭月[7]；举一骇人事。聂政[8]之刺韩傀也，白虹贯日[9]；再举一骇人事。要离之刺庆忌也[10]，仓鹰击于殿上[11]。再举三骇人事。此三子者，皆布衣之士也，将三上半句束一笔。怀怒未发，休祲降于天[12]，将三下半句束一笔。与臣而将四矣。疾接，骇杀人。若士必怒，伏尸二人，流血五步，天下缟素[13]，今日是也。”又将“伏尸”“流血”二句，翻作一笑。加“天下”八字二句，骇杀人。挺剑而起。秦王色挠[14]，长跪而谢之曰：“先生坐，妙！活写。何至于此！妙！活写。寡人谕矣。妙！活写。夫韩、魏灭亡，而安陵以五十里之地存者，徒以有先生也。”妙！活写。

5. 怫然：嗔怒的样子。

6. 专诸之刺王僚：春秋时吴国的公子光（即吴王阖闾）欲夺吴王僚的王位，阴养勇士专诸，在宴请吴王僚时，命专诸藏短剑于鱼腹中，乘献鱼时抽出短剑刺杀了王僚。事见《左传·昭公二十七年》和《史记·刺客列传》。

7. 彗星袭月：指彗星尾部的光芒掩盖了月亮。表示专诸刺王僚是一件不同寻常的大事，影响了天象。因为古人迷信天人感应说，认为人事与天象有关。

8. 聂政：战国时齐国勇士，受韩国大夫严仲子之托，刺死了韩国之相韩傀。

9. 白虹贯日：指一道白气贯穿太阳，也是一种非常现象，表示忠义之气感动天象。

10. 要离：春秋时吴国勇士。庆忌：吴王僚之子。僚死后，逃奔魏国。公子光为了杀死庆忌，遣要离去魏国投奔庆忌，趁其不备刺杀了他。

11. 仓鹰：苍鹰。

12. 休：吉祥。祲：凶兆。

13. 缟素：白色衣服，指丧服。古时国君死，全国都要穿丧服。此言要刺杀秦王。

14. 色挠：神色沮丧。

赵良说商君

只承『孰与五羖大夫贤』句，劈作两大段，两小段，更不用零笔碎墨；而其中间，如整齐，如不整齐，浩浩落落，扶扶疏疏，真奇笔也！

商君[1]相秦十年，宗室贵戚多怨望者。先写此句作案，与下不连也。赵良[2]见商君。商君曰："鞅之得见也，从孟兰皋[3]，今鞅请得交，可乎？"赵良曰："仆弗敢愿也。"商君曰："子不说吾治秦与？子观我治秦也，孰与五羖大夫[4]贤？"次写赵良来见，却是一段故旧情深。赵良曰："千羊之皮，不如一狐之腋[5]；千人之诺诺[6]，不如一士之谔谔[7]。仆请终日正言而无诛，可乎？"妙，妙！只为故旧，便得作此言。商君曰："语有之矣，'貌言华也[8]，至言实也[9]；苦言药也[10]，甘言[11]疾也'。夫子果肯终日正言，鞅之药也。鞅将事子，子又何辞焉！"妙，妙！声声口口，皆故旧情深，故下乃得作此言。设无前文，如此一段，而忽然进其危苦之说，岂非孟浪。赵良

1. 商君：公孙鞅，春秋时卫国人，故亦称卫鞅。因相秦孝公有功封于商，号商君，又称商鞅。

2. 赵良：秦国隐士，有贤名。

3. 孟兰皋：秦国有贤名的人。

4. 五羖大夫：百里奚，秦穆公的贤相。原事虞公为大夫，晋灭虞后，晋献公把他当作秦穆公夫人的陪嫁之臣，百里奚以为耻，逃至宛（今南阳），为楚人所执。秦穆公闻其贤，令人用五张黑羊皮把他赎回，举以为相，故叫五羖大夫。羖，黑母羊。

5. 腋：指胳肢窝下的毛皮。连上句是说，千张羊皮不及一领狐腋之裘珍贵。

6. 诺诺：随声附和。

7. 谔谔：直言不讳。

8. 貌言：无实之言。华：虚浮。

9. 至言：真实之言。实：真诚。

10. 苦言：逆耳之言。药：药石。

11. 甘言：谄媚奉承之言。

曰："夫五羖大夫，荆之鄙人[12]也。先陈五羖之贤如彼。闻秦缪公之贤而愿望见，行而无资，自鬻于秦客，被褐食牛。五羖如彼。期年，缪公知之，举之牛口之下，而加之百姓之上，秦国莫敢望[13]焉。五羖如彼。相秦六七年，而东伐郑[14]，三置晋国之君[15]，一救荆国之祸[16]。发教封内，而巴人致贡；施德诸侯，而八戎来服。由余[17]闻之，款关请见。五羖如彼。五羖大夫之相秦也，劳不坐乘，暑不张盖，行于国中，不从车乘，不操干戈，五羖如彼。功名藏于府库，德行施于后世。五羖如彼。五羖大夫死，秦国男女流涕，童子不歌谣，舂者不相杵[18]。五羖如彼。又整齐，又扶疏，最好笔。此五羖大夫之德也。一段，经过五羖大夫之贤如彼。今君之见秦王也，次陈君之于秦如此。因嬖人景监以为主[19]，非所以为名也[20]。照"缪公知之"。相秦不以百姓为事，而大筑冀阙[21]，非所以为功也。照"置晋救荆"。刑黥太子之师傅[22]，残伤民以骏刑，是积怨畜祸也。照"施德"。教之化民也深于命，民之效上也捷于令。插二句，笔最扶疏。今君又左建外易[23]，非所以为教也。照"发教"。君又南面而称寡

12. 荆之鄙人：楚国边邑之人。因五羖大夫逃至宛，当时为楚边邑人所执，故言荆之鄙人。

13. 望：怨望。

14. 东伐郑：指《左传·僖公三十三年》所记秦穆公三十三年秦国伐郑事。

15. 三置晋国之君：指秦穆公九年纳晋惠公；二十二年晋怀公自秦逃归晋国立为君；二十四年纳晋文公。

16. 一救荆国之祸：据《史记·十二诸侯年表》秦穆公二十八年会晋伐楚朝周事。

17. 由余：西戎贤臣，其先原为晋人。曾奉使入秦，秦穆公知其贤，便以女乐赠戎王，离间戎王与由余的关系。由余返戎，屡谏不听，便离戎降秦。

18. 舂者不相杵：指舂米的人默哀而不以声助杵。相杵，送杵声，以声自劝也。

19. 因：依靠。嬖人：指宠幸的人。景监：姓景的太监。为主：作荐主。

20. 非所以为名也：意指商君进身不由正道，不能慰民望，故云非所以为名。

21. 冀阙：魏阙，古时宫廷外面公布法令的门阙。

22. 黥：刺面之刑。太子之师傅：指公子虔和公孙贾。

23. 左建：指以左道建立威权。外易：指在外革易君命。

人，日绳秦之贵公子。《诗》曰：‘相鼠有体[24]，人而无礼；人而无礼，何不遄[25]死。’以《诗》观之，非所以为寿也。照“男女歌思”。公子虔[26]杜门不出已八年矣，君又杀祝懽而黥公孙贾[27]。《诗》曰：‘得人者兴，失人者崩。’此数事者，非所以得人也。照“由余请见”，此于四“非所以”为中，独添四字，笔最扶疏。君之出也，后车十数，从车载甲，多力而骈胁者为骖乘[28]，持矛而操阘戟者旁车而趋[29]。此一物不具，君固不出。照“不从车乘”。《书》曰：‘恃德者昌，恃力者亡。’君之危若朝露，一段，结过君之危如此。下始转笔。尚将欲延年益寿乎？则何不归十五都[30]，灌园于鄙[31]，劝秦王显岩穴之士，养老存孤，敬父兄，序有功，尊有德，可以少安。一“尚将”，笔势扶疏之甚。下再转笔。君尚将贪商於之富，宠秦国之政[32]，畜百姓之怨，秦王一旦捐[33]宾客而不立朝，秦国之所以收君者，岂其微哉？亡可翘足而待。”二“尚将”，笔势扶疏之甚。商君弗从。后五日而难作。

24. 相鼠：老鼠的一种，该鼠见人则立，举其两前足，像拱揖的样子，故又叫礼鼠、拱鼠。体：肢体。

25. 遄：速。

26. 公子虔：秦孝公太子驷（即惠文王）的师傅，因太子犯法，代其受刑。公子虔因耻失其鼻，故闭门不出。

27. 祝懽：秦孝公太子驷的师傅。公孙贾：秦公族，太子驷的师傅。

28. 骈胁：肋骨相连成一片，实是胸肌发达。骖乘：古代乘车在车右陪乘的人。

29. 阘戟：交戟。旁车而趋：指执长矛和交戟的武士夹护着商鞅的车并驱而进。

30. 归十五都：把封给商鞅的於、商等十五邑归还秦国。

31. 灌园于鄙：在边邑浇灌园圃。意即劝商鞅退位。

32. 宠秦国之政：擅专秦国之政以为一己的宠荣。

33. 捐：捐弃、谢绝。

战国策

邹忌讽齐威王

齐策一

一段，问答孰美；一段，暮寝自思；一段，入朝自述；一段，讽王蔽甚；一段，下令受谏；一段，进谏渐稀；段段简峭之甚。

邹忌修八尺有余[1]，身体昳丽[2]。朝服衣冠，朝，晨也。服，着也。窥镜[3]，谓其妻曰："我孰与城北徐公美？"问法一。其妻曰："君美甚，徐公何能及君也！"答法一。城北徐公，齐国之美丽者也。疾忙下一闲笔，妙，忌不自信，而复问其妾曰："吾孰与徐公美？"问法二，省"城北"字。妾曰："徐公何能及君也！"答法二，省"君美甚"字。旦日[4]，客从外来，与坐谈，问之客曰："吾与徐公孰美？"问法三。客曰："徐公不若君之美也！"答法三。明日，徐公来。孰视[5]之，自以为不如；窥镜而自视，又弗如远甚。暮寝而思之，曰："吾妻之美我者，私我也；妾之美我者，畏我也；客之美我者，欲有求于我也。"直直三句，

1. 邹忌：战国时齐国人，做过齐威王的相，封于邳，号成侯。修：长，这里指身高。尺：一周尺等于今市尺六寸四分，所以身高八尺有余约合今一米八以上。

2. 昳丽：光艳美丽。

3. 窥镜：看镜端相。

4. 旦日：明天。

5. 孰视：仔细端相，看了又看。

更无枝蔓，最是简峭。于是入朝见威王[6]，曰："臣诚知不如徐公美。臣之妻私臣，臣之妾畏臣，臣之客欲有求于臣，皆以美于徐公。更无枝蔓，最是简峭。今齐地方千里，百二十城，宫妇左右，莫不私王；朝廷之臣，莫不畏王；四境之内，莫不有求于王。由此观之，王之蔽甚矣！"更无枝蔓，最是简峭。王曰："善。"乃下令："群臣吏民，能面刺[7]寡人之过者，受上赏；上书谏寡人者，受中赏；能谤议于市朝，闻寡人之耳者，受下赏。"简峭。令初下，群臣进谏，门庭若市。数月之后，时时而间进[8]。期年之后，虽欲言，无可进者。简峭。燕、赵、韩、魏闻之，皆朝于齐。此所谓战胜于朝廷[9]。只为有此一结于胸中，便凭空撰起此一篇文字。

6. 威王：指齐威王，名婴齐，亦作因齐。在位期间，改革政治，国力渐强。

7. 面刺：当面提出批评。

8. 间进：断断续续地进谏。

9. 战胜于朝廷：指身在朝廷之内就能战胜别的国家。意即内政修明，不用军事行动就能使敌国畏服。

战国策

说齐王贵士

齐策四

笔之犀利，如刺客一寸之匕，所擿必中要害，血濡缕，即立死。

齐宣王见颜斶[1]，曰："斶前！"写骄倨，只得二字，奇妙！斶亦曰："王前！"写高贵，亦只得二字，奇妙！宣王不悦。左右曰："王，人君也。斶，人臣也。王曰'斶前'，斶亦曰'王前'，可乎？""斶前""王前"两二字句，本煞奇妙！因再写一遍，更奇妙也！斶对曰："夫斶前为慕势[2]，王前为趋士[3]。与使斶为慕势，不如使王为趋士。"四语，又峭、又健、又省、又畅，真是妙笔！王忿然作色[4]曰："王者贵乎？士贵乎？"对曰："士贵耳，奇快。王者不贵。"添写一句，更奇快。王曰："有说乎？"斶曰："有。一字，接得快甚，最是峭笔。昔者秦攻齐，令曰：'有敢去柳下季垄五十步而樵采者[5]，死不赦。'令曰：'有能得齐王头者，封万户

1. 颜斶：齐国隐士。

2. 慕势：贪慕权势。

3. 趋士：赶快接近贤士，礼贤下士的意思。

4. 作色：变了脸色。

5. 柳下季：姓展，名禽，字季。食邑于柳下，谥惠，又叫柳下惠。鲁国的贤人。垄：坟墓。

侯，赐金千镒[6]。’由是观之，生王之头，曾不若死士之垄也。”快甚，峭甚，读之失惊。“生王”字，奇！“之头”字，更奇！

宣王曰：“嗟乎！君子焉可侮哉，寡人自取病[7]耳！及今闻君子之言，乃今闻细人之行[8]，愿请受为弟子。结前半篇。且颜先生与寡人游，食必太牢[9]，出必乘车，妻子衣服丽都。”“且”字下，起后半篇。颜斶辞去曰：“夫玉生于山，妙，妙！制则破焉，妙，妙！非弗宝贵矣，妙，妙！然大璞不完[10]。妙，妙！士生乎鄙野，推选则禄焉，妙，妙！非不尊遂[11]也，妙，妙！然而形神不全。妙，妙！斶愿得归，晚食以当肉[12]，妙言，千载犹共享之。安步以当车，妙言。无罪以当贵[13]，妙言。清静贞正以自娱。”妙言。则再拜而辞去。看用“则”字法。君子曰：“斶知足矣，归真返璞[14]，则终身不辱。”结后半篇。

6. 镒：重量单位，二十两或二十四两为一镒。

7. 自取病：自讨没趣。

8. 细人之行：小人的行为。指不知贵士之道是小人行为。

9. 太牢：一牛、一羊、一豕，三牲全备的叫“太牢”。一说太牢是盛牛、羊、豕的食器。

10. 大璞不完：指把璞弄破，取出玉石，这样原始的面貌已不能复完。以喻隐士出仕，其本色也就失去了。大璞，即太璞，指蕴藏着玉的大石头。

11. 尊遂：尊贵显达。

12. 晚食以当肉：吃饭推迟一点，肚子饿了，吃起来就香了，便把它当吃肉一样。

13. 无罪以当贵：不当官就不易得罪，也就算是富贵了。

14. 归真返璞：意为去其外饰，还其本真。言颜斶辞王归隐，恢复其布衣面目。

战国策

田需论轻重

齐策四

绝顶透情透理之文，却只用『轻重』二字。

管燕[1]得罪齐王，谓其左右曰："子孰而与我赴诸侯乎？"左右默然莫对。管燕连然流涕曰："悲夫！士何其易得而难用也！"田需[2]对曰："士三食不得餍，而君鹅鹜[3]有余食；下宫糅罗纨[4]，曳绮縠[5]，而士不得以为缘[6]。二句，倒对法，妙！唐人"裙拖六幅湘江水，髻挽巫山一段云"，用此法。且财者君之所轻，死者士之所重，忽生出"轻""重"二字，妙！君不肯以所轻与士，而责士以所重事君，只"轻""重"二字，说得透情透理，使流涕人愕然大悟。非士易得而难用也。"

1. 管燕：齐人，生平不详。

2. 田需：战国魏人，与公孙衍并相。

3. 鹜：家鸭。

4. 下宫：指后房妇女。糅：混杂。罗纨：精致丝织物。

5. 曳：拖着。绮縠：素色细纹的绉纱。

6. 缘：衣服边上的镶绲。

田骈不宦

齐策四

口头便语，成此快文。

齐人见田骈[1]，曰：“闻先生高义，设为[2]不宦，而愿为役[3]。”便是恶谑。田骈曰：“子何闻之？”丑。对曰：“臣闻之邻人之女。”大奇！使人失惊。田骈曰：“何谓也？”对曰：“臣邻人之女，设为不嫁，行年三十而有七子，不嫁则不嫁，然嫁过毕[4]矣。妙，妙！今先生设为不宦，赀[5]养千钟，徒[6]百人，不宦则然矣[7]，而宦过毕矣。”妙，妙！句法又微变。田子辞。

1. 田骈：齐国处士。齐宣王时为上大夫，并作《田子》二十五篇。

2. 设为：设使。

3. 为役：指为骈驱使。

4. 毕：已。

5. 赀：通“资”，供给。

6. 徒：指随从徒众。

7. 不宦则然矣：不做官就这样啊。

战国策

孟尝君使公孙弘观秦王

齐策四

通篇奇秀。奇在秀，秀又在奇。使人先观，奇；昭王先闻，奇；欲愧以辞，奇；好三等人，奇；笑谢，奇；连说无数『客』字、『寡人』字，奇。

孟尝君为从[1]。公孙弘[2]谓孟尝君曰：“君不如使人先观秦王[3]？意者[4]秦王帝王之主也。君恐不得为臣，奚暇从[5]以难之？意者秦王不肖之主也，君从以难之，未晚。”两“意者”，疏秀不可言。孟尝君曰：“善。愿因请公往矣。”

公孙弘敬诺，两头安“敬诺”字作章法。以车十乘之秦。昭王闻之，而欲愧之以辞[6]。昭王先闻，奇！只“欲愧之”，奇！愧之而以辞，奇！公孙弘见，昭王曰：“薛公[7]之地，大小几何？”公孙弘对曰：“百里。”昭王笑而曰：昭王笑，又奇！“寡人地数千里，犹未敢以有难也。今孟尝君之地方百里，而因欲难寡人，犹可乎？”笔笔疏秀。公孙弘对曰：“孟尝

1. 孟尝君：姓田名文，靖郭君田婴的少子，曾为齐相，轻财好士，门下食客有数千人。此为齐闵王十六年（公元前 285 年）孟尝君怨秦，约韩、魏伐秦事。一说为齐宣王十七年事。

2. 公孙弘：战国齐人。

3. 秦王：指秦昭王。

4. 意者：抑或。

5. 从：合纵。

6. 愧之以辞：用言辞来羞愧公孙弘。

7. 薛公：孟尝君。因薛（今山东枣庄市附近）是孟尝君的领地，故又叫薛公。

君好人[8]，大王不好人。”来得捷。昭王曰：“孟尝君之好人也，奚如？”入玄中矣。公孙弘曰：“义不臣乎天子，不友乎诸侯，得志不惭为人主，不得志不肯为人臣，如此者三人；大言欺之也，然只是借来作宾句。其妙绝，乃在下第三等。而治可为管、商之师[9]，说义听行[10]，能致其主霸王，如此者五人；此犹属宾句。万乘之严主也，辱其使者，退而自刎，必以其血洿[11]其衣，如臣者十人。”方是主句，骇杀人。上两“如此者”，此忽换“如臣者”，妙，妙！昭王笑而谢之，赖前先笑，不然，此笑几为天下人笑杀。曰：“客胡为若此，一句一妙！寡人直[12]与客论耳！一句一妙！寡人善孟尝君，一句一妙！欲客之必谕寡人之志也！”一句一妙！可谓一连说出四句，然句句断续，急状如画。公孙弘曰：“敬诺。”两头安“敬诺”字作章法。

公孙弘可谓不侵矣。一结。昭王，大国也。孟尝，千乘也。立千乘之义而不可陵[13]，可谓足[14]使矣。再结。

8. 好人：指喜好养士。

9. 而：能。管：指管仲。商：指商鞅。

10. 说义听行：意为所说有义，听而行之。

11. 洿：同“污”，涂染。

12. 直：故意、只不过。

13. 陵：欺侮。

14. 足：犹能。

赵威后问齐使

齐策四

前一气连出三『无恙耶』，中又三次散出三『无恙耶』，后又特变作一『尚存乎』，又两结『何以至今不』，两结『何为至今不』，又逐段各结是『养其民者也』，是『息其民者也』，是率其民『出于孝情者也』，是率其民『出于无用者也』。章法越整齐，越参差；越参差，越整齐；真可谓奇绝之文！

齐王使使者问赵威后[1]，书未发[2]，三字，便作势。威后问使者曰：“岁亦无恙耶？民亦无恙耶？王亦无恙耶？”斗问三语，如空陨石，其法大奇！使者不说，曰：“臣奉使使威后，今不问王，而先问岁与民，岂先贱而后尊贵者乎？”洗泼。威后曰：“不然。一句，二字句。苟无岁，何以有民？苟无民，何以有君？四句，三字句。峭甚，又炼。故有问，故，旧例也。舍本而问末者耶？”纯用“耶”字，成峭势。乃进而问之曰：“齐有处士曰钟离子[3]，无恙耶？又一“无恙耶”。是其为人也，有粮者亦食，无粮者亦食；有衣者亦衣，无衣者亦衣。是助王养其民者也，何以至今不业[4]也？一“何以至今不”。叶阳子[5]无恙耶？又一“无恙耶”。是其

1. 齐王：齐襄王子，名建。赵威后：赵惠文王妻。惠文王死，其子丹立，号孝成王。因年幼、新立，故由太后（即赵威后）执政。

2. 未发：没有启封。

3. 处士：有道德、有才能而未做官的人。钟离子：齐国处士。

4. 不业：不使他做官以成就功业。

5. 叶阳子：齐国处士。

为人也，哀鳏寡，恤孤独[6]，振[7]困穷，补不足。是助王息其民者也，何以至今不业也？二“何以至今不”。北宫[8]之女婴儿子无恙耶？又一“无恙耶”。彻其环瑱[9]，至老不嫁，以养父母。是皆率民而出于孝情者也，胡为至今不朝[10]也？三“何以至今不”。此二士弗业，一女不朝，何以王齐国，子万民乎？忽作一收。於陵子仲[11]尚存乎？六“无恙耶”后忽变出一“尚存乎”，真是奇情奇笔！是其为人也，上不臣于王，下不治其家，中不索交诸侯。此率民而出于无用者，何为至今不杀乎？”四“何以至今不”。通篇用“耶”字，末忽变用二“乎”字，益成峭势。

6. 恤：抚恤。独：年老无子的人。

7. 振：同“赈”，救济。

8. 北宫：复姓。北宫婴儿子是齐国著名的孝女，婴儿子是其名。

9. 彻：除去。环：耳环或腕环。瑱：一种玉制的耳饰。

10. 不朝：古时妇女没有封号不能上朝。此句意为何不封北宫婴儿子为命妇，使她上朝。

11. 於陵子仲：齐国的隐士。於陵，齐邑名，在今山东邹平东南。

触詟说赵太后

赵策四

此篇，琐笔碎墨，于文中最为小样。然某特神会其自首至尾，寸寸节节，俱是妙避『长安君』三字。如『太后盛气而揖之』『太后之色少解』『太后曰诺』『恣君之所使之』，其间苦甘浅深，一一俱有至理。其文乃都在笔墨之外，政未易于琐碎处尽之也。

赵太后新用事[1]，叙一事。秦急攻之。叙一事。赵氏[2]求救于齐。叙一事。齐曰："必以长安君为质[3]，兵乃出。"叙一事。一句各叙一，并不得连作一事读过。太后不肯，大臣强谏。太后明谓左右："有复言令长安君为质者，老妇必唾其面。"此始叙今事也。

左师触詟愿见太后[4]。"见"上，加"愿"字，画。太后盛气[5]而揖之。"揖"上，加"盛气"字，画。入而徐趋，"趋"上，加"徐"字，画。至而自谢，曰："自谢"上，加"至"字，画。"老臣病足，曾不能疾走，先谢足病。不得见久矣。窃自恕，次谢因不见久，故自恕足病。而恐太后玉体之有所郄[6]也，故愿望见

1. 赵太后：赵威后。新用事：刚开始执政。

2. 赵氏：指赵国。先秦时对朝代、国名常用"氏"字，构成一个名称。

3. 长安君：赵太后小儿子的封号。质：抵押。当时各国之间结盟，常要国君的儿子或兄弟留住在盟国，作为执行盟约的人质。

4. 左师：官名，属闲散之官，所封之人大多为贵族，俸禄优厚。触詟：据 1973 年长沙马王堆汉墓出土的《战国策》帛书残本作"触龙"。《史记》《说苑》亦作"触龙"。应作"触龙"为是。

5. 盛气：怒气冲冲。

6. 郄：同"隙"。

三谢愿见。看他全不提长安君。太后。”太后曰：“老妇恃辇而行。”言亦病足。曰：“日食饮得无衰乎？”看他恣意只说老态，更不提长安君。曰：“恃鬻[7]耳。”粥也。曰：“老臣今者殊不欲食，先说不食。乃自强步，日三四里，次说调身。绕室中行，可三四里也。少益嗜食，和于身也。”次说能食，看他终不提长安君。曰：“老妇不能。”太后之色少解。老妇老臣喃喃既久，老妇入老臣玄中矣。

左师公曰：“老臣贱息[8]舒祺，看他渐渐来。最少，妙！不肖[9]。妙！而臣衰，妙！窃爱怜之。又少，又不肖，又自衰，妙，妙！愿令得补黑衣之数[10]，以卫王宫，没死以闻[11]。”看他只不提长安君，却又渐渐来。加四字，奏疏体。太后曰：“敬诺。年几何矣？”先诺请，后问年，自入玄中故也。对曰：“十五岁矣。虽少，愿及未填沟壑而托之[12]。”既答年，再勤请，看他明是渐渐来逼，却只不提。太后曰：“丈夫亦爱怜其少子乎？”妙，妙！沂然而合。对曰：“甚于妇人。”妙，妙！加一倍法。太后曰：“妇人异甚。”妙，妙！老妇此时，已无不罄倒矣。对曰：“老臣

7. 鬻：同“粥”。

8. 贱息：对人谦称自己的儿子。息，子。

9. 不肖：原指不像父亲那样好，引申为不贤、不成材。

10. 愿令得补黑衣之数：希望能让他补进黑衣卫士的数目里。黑衣，指王宫卫士，当时这种卫士都穿黑色军衣。

11. 没死以闻：冒着死罪把这个请求说给太后听。

12. 及：趁着。填沟壑：这是古代谦称自己死的说法，意即死后无人埋葬，被扔在山沟里。

窃以为媪之爱燕后贤于长安君[13]。”妙，妙！已擒矣，又故纵之。此时“长安君”三字，谁敢轻出诸口，看他轻轻出口。曰：“君过矣，不若长安君之甚。”老妇罄倒。左师公曰：“父母之爱子，则为之计深远。媪之送燕后也，持其踵为之泣[14]，念悲其远也，亦哀之矣。已行，非弗思也，祭祀必祝之，祝曰：‘必勿使反。’岂非计久长，有子孙相继为王也哉？”忽舍长安君，别说一燕后，文又曲折，淋漓满志。太后曰：“然。”只是舍长安说燕后，便蘧然心开，甚矣！进说之勿犯其所逆也。左师公曰：“今三世[15]以前，至于赵之为赵[16]，赵主之子孙侯者[17]，其继有在者乎？”曰：“无有。”曰：“微独赵，诸侯有在者乎？”曰：“老妇不闻也。”“此其近者祸及身，远者及其子孙。岂人主之子孙则必不善哉？位尊而无功，奉厚而无劳，而挟重器[18]多也。舍燕后，又只说赵；舍赵，又别说诸侯，终不犯长安君。然而苦切之言，已毕得入。今媪尊长安君之位，而封以膏腴之地，多予之重器，而不及今令有功于国。一旦山陵崩，长安君何以自托于赵？老臣以媪为长安君计短也，故以为其爱不若燕后。”

13. 媪：对年老妇人的敬称。燕后：赵太后的女儿，嫁给燕王为后，故称燕后。贤于：胜过，超过。

14. 持其踵为之泣：握住燕后的脚后跟为她哭泣。因燕后登车后，赵太后在车下，只能摸着女儿的脚后跟为之哭泣，表示舍不得女儿远嫁。

15. 三世：三代，指赵武灵王、赵惠文王、赵孝成王。

16. 赵之为赵：言赵氏由一个大夫之家建立赵国的时候。赵烈侯原是晋国大夫，后与韩、魏共分晋国，于公元前 403 年，才开始建为赵国。

17. 赵主之子孙侯者：赵王的子孙封侯的。

18. 重器：古代把宗庙朝廷中的钟、鼎等礼器，当作国家权力的象征，叫重器。这里指钟、鼎、圭、璧之类的贵重宝物。

苦切之言，已毕得入，却反找到燕后，始终未尝提及长安君者。太后曰：“诺。恣君之所使之[19]。”“诺”字，快！“恣君”字，更快！岂易得此于老妇哉！于是为长安君约车百乘质于齐，齐兵乃出。

子义[20]闻之曰：“人主之子也，骨肉之亲也，犹不能恃无功之尊，无劳之奉，而守金玉之重[21]也，而况人臣乎？”通篇琐屑之笔，临了忽作曼声收之，此文章相救法也。

19. 恣：任凭。使之：派遣他。

20. 子义：赵国的贤士。

21. 守金玉之重：保有大量的金玉财宝。

战国策

楼缓虞卿论秦

赵策三

虞卿赤心为赵，不比楼缓狙诈，自然看事决，说理透，所不待言。乃楼缓当虞卿如此又决又透之下，亦复滔滔，凡作三四反复，真文字之雄也。

秦攻赵于长平[1]，大破之，引兵而归。因使人索六城于赵而讲[2]。赵计未定。叙事。楼缓[3]新从秦来，赵王与楼缓计之曰："与秦城句。何如？句。不与句。何如？"句。双写何如，欲详计之。楼缓辞让曰："此非人臣所能知也。"王曰："虽然，试言公之私。"通篇，一段写楼缓，一段写虞卿，又段段夹王语，最好看。楼缓曰："王亦闻夫公甫文伯母[4]乎？公甫文伯官于鲁，病死。妇人为之自杀于房中者二八。其母闻之，不肯哭也。相室[5]曰：'焉有子死而不哭者乎？'其母曰：'孔子，贤人也，逐于鲁，是人不随。今死，而妇人为死者十六人。若是者，其[6]于长者薄，而于妇人厚？'故从母言之，为贤母也；从妇言之，必

1. 长平：故城在山西省高平市西北。

2. 讲：和解。一作"媾"，求和。

3. 楼缓：赵人，曾事赵武灵王，主张胡服。

4. 公甫文伯：公父文伯，鲁国大夫。公父文伯母即敬姜，季康子的叔祖母。

5. 相室：随嫁妇女，傅姆之类。

6. 其：指公父文伯。连下句意为公父文伯对父母情薄，而对妻妾情深。

不免为妒妇也。故其言一也，言者异，则人心变矣。今臣新从秦来，而言勿与，则非计也；言与之，则恐王以臣之为秦也。故不敢对。好。引古自饰，长。使臣得为王计之，不如予之。”好。正只四字。王曰：“诺。”段段夹王语。

虞卿[7]闻之，入见王，王以楼缓言告之。虞卿曰：“此饰说也。”王曰：“何谓也？”段段夹王语。虞卿曰：“秦之攻赵也，倦而归乎？王以其力尚能进，爱王而不攻乎？”明甚，快甚。妙，妙！读之欲失笑。王曰：“秦之攻我也，不遗余力矣，必以倦而归也。”段段夹王语。虞卿曰：“秦以其力攻其所不能取，倦而归。王又以其力之所不能攻以资之，是助秦自攻也。明甚，快甚。妙，妙！来年秦复攻王，王无以救矣。”明甚，快甚。妙，妙！

王又以虞卿之言告楼缓。楼缓曰：“虞卿能尽知秦力之所至乎？好。诚知秦力之不至，此弹丸之地，犹不予也，好。令秦来年复攻王，得无割其内而媾乎？”好。王

7. 虞卿：战国游说之士，因进说赵孝成王，为赵国上卿。

曰："诚听子割矣，子能必来年秦之不复攻我乎？"段段夹王语。王又好。楼缓对曰："此非臣之所敢任也。此句败矣。昔者三晋[8]之交于秦，相善也。好。今秦释韩、魏而独攻王，王之所以事秦必不如韩、魏也。好。今臣为足下解负亲之攻[9]，启关通币，齐交韩、魏[10]。好。至来年而王独不取于秦，王之所以事秦者，必在韩魏之后也。好。此非臣之所以敢任也。"好。

王以楼缓之言告。虞卿曰："楼缓言不媾，来年秦复攻王，得无更割其内而媾。一。今媾，楼缓又不能必秦之不复攻也，二。虽割何益？来年复攻，又割其力之所不能取而媾也，此自尽之术也。明甚，快甚。妙，妙！不如无媾。秦虽善攻，不能取六城；明甚，快甚。妙，妙！赵虽不能守，而不至失六城。明甚，快甚。妙，妙！秦倦而归，兵必罢，我以六城收天下以攻罢秦，是我失之于天下，而取偿于秦也。吾国尚利，明甚，快甚。妙，妙！孰与坐而割地，自弱以强秦？明甚，快甚。妙，妙！今楼缓曰：'秦善韩、魏

8. 三晋：春秋末，晋国为韩、赵、魏三家卿大夫所分，各立为国，史称三晋。

9. 解负亲之攻：赵国曾亲秦，而后负之，因而秦又攻赵。今楼缓为秦、赵媾和，不使秦攻赵，故言为赵王解负亲之攻。

10. 齐交韩、魏：使赵国同秦国之交与韩、魏相等。

而攻赵者，必王之事秦不如韩、魏也。’是使王岁以六城事秦也，即坐而地尽矣。明甚，快甚。来年秦复求割地，王将予之乎？不与，则是弃前资而挑秦祸也；明甚，快甚。妙，妙！与之，则无地而给之。明甚，快甚。妙，妙！语曰：‘强者善攻，而弱者不能自守。’今坐而听秦，秦兵不敝而多得地，是强秦而弱赵也。以益愈强之秦，而割愈弱之赵，其计固不止[11]矣。明甚，快甚。妙，妙！且秦虎狼之国也，无礼义之心，其求无已，而王之地有尽。以有尽之地，给无已之求，其势必无赵矣。故曰：‘此饰说也。’王必勿与。”明甚，快甚。妙，妙！王曰：“诺。”段段夹王语。

楼缓闻之，入见于王，王又以虞卿之言告之。楼缓曰：“不然，虞卿得其一，未知其二也。楼缓甚不弱。夫秦、赵构难，而天下皆说，何也？曰：‘我将因强而乘[12]弱。’今赵兵困于秦，天下之贺胜战者，则必尽在于秦矣。故不若亟割地求和，以疑天下，慰秦心。奇！好，好。

11. 不止：指割地不止。

12. 乘：欺凌。

不然，天下将因秦之怒，乘赵之敝而瓜分之。赵且亡，何秦之图？好，好。王以此断之，勿复计也。”四字更好。

虞卿闻之，又入见王曰：“危矣，赵危。楼子[13]之为秦也！夫赵兵困于秦，又割地为和，是愈疑天下，而何慰秦心哉？明甚，快甚。妙，妙！是不亦大示天下弱乎？明甚，快甚。妙，妙！且臣曰勿予者，非固勿予而已也。妙，妙！秦索六城于王，王以六城赂齐。妙，妙！齐，秦之深仇也，得王六城，并力而西击秦也，齐之听王，不待辞之毕也。是王失于齐而取偿于秦，明甚，快甚。妙，妙！一举结三国之亲[14]，而与秦易道也。”妙，妙！赵王曰：“善。”到底，段段夹王语。因发虞卿东见齐王，与之谋秦。

虞卿未反，秦之使者已在赵矣。楼缓闻之，逃去。

13. 楼子：楼缓。

14. 三国之亲：韩、魏本来是赵的与国，再加上赵赂齐六城，与齐结交，故谓三国之亲。

或为齐献书赵王

赵策四

笔势横斜迅速，如夏月风雨，不知其若为来，若为去。

臣一见，而能令王坐而天下致名实[1]。一名，二实。而臣窃怪王之不试见臣[2]，句。而穷臣也。句，言困于不得见也。能。群臣必多以臣为不能者，故王重[3]见臣也。用“不能”翻。以下，看他凭空神骏，何处生起？以臣为不能者，非[4]他，欲用王之兵，成其私者也。一。非[5]然，则交有所偏[6]者也；二。非然，则知不足者也；三。非然，则欲以天下之重恐王[7]，而取行于王者也[8]。四。臣以齐循[9]事王，王能亡燕，能。能亡韩、魏，能。能攻秦，能。能孤秦。能。笔势蓬勃。臣以为齐致尊名于王，天下孰敢不致尊名于王？臣以齐。臣以齐致地于王，天下孰敢不致地于王？臣以齐。臣以齐为王求名于燕及韩、魏，孰敢辞之？臣以齐。臣之能也，其前

1. 名实：指名器重宝。

2. 窃怪：私下埋怨。试：尝试。

3. 重：难。

4. 非：无。

5. 非：不。

6. 偏：偏私。指出卖赵国与诸国。

7. 恐王：使赵王畏惧。

8. 取行于王者：意为使其学说施行于赵国。

9. 循：善。

可见已。用“能”结，不必致效之后，于事前已可见。齐先重王，故天下尽重王；再起，只一句，看他凡作三四反覆。无齐，天下必尽轻王也。一反覆。秦之强，以无齐故重王，二反覆。燕、魏自以无齐故重王。三反覆。今王无齐，独安得无重天下？四反覆。故劝王无齐者，非知不足也，则不忠者也。将谓重写前文，却又大半改换，奇妙！非然，则欲用王之兵成其私者也；非然，则欲轻王以天下之重，取行于王者也；非然，则位尊而能卑[10]者也。愿王之孰虑无齐之利害也。

10. 能卑：才能卑下。

李克论相

异样作态之文，段段作态。

魏文侯谓李克[1]曰："先生尝教寡人曰：'家贫则思良妻，国乱则思良相。'今所置非成则璜[2]，二子何如？"择相也，作此娓娓之起，分外姿媚。李克对曰："臣闻之，卑不谋尊，疏不谋戚。臣在阙门[3]之外，不敢当命。"言尊而戚无如相，真至言也。文侯曰："先生临事勿让。"四字，又妙！李克曰："君不察故也。先下此语，妙，妙！居视其所亲[4]，富视其所与，达视其所举，穷视其所不为，贫视其所不取，五者足以定之矣，何待克哉！"妙于明明说，却不说出。文侯曰："先生就舍，寡人之相定矣。"妙于也不说出。李克趋而出，过翟璜之家。翟璜曰："今者闻君召先生而卜[5]相，果谁为之？"李克曰："魏成子为

1. 魏文侯：战国时魏国国君，名斯。李克：魏人，子夏弟子，先为中山守，后为魏文侯相。

2. 成：魏成子，魏文侯之弟。璜：翟璜，魏文侯时为上卿。

3.阙门：古代宫殿前的两观之间谓之阙门，常代称宫门。此句意为李克不是王室成员，是宫门外的人。

4. 居：平时。所亲：亲近的人。

5. 卜：选择。

相矣。”文侯前，妙于不说出，妙于此又说出。翟璜忿然作色曰：“以耳目之所睹记，臣何负[6]于魏成子？先喝一句，次数五句，又喝一句。西河之守[7]，臣之所进也。君内以邺[8]为忧，臣进西门豹[9]。君谋欲伐中山[10]，臣进乐羊[11]。中山已拔，无使守之，臣进先生。君之子无傅，臣进屈侯鲋[12]。臣何以负于魏成子！”此句必两说者，写愤甚也。李克曰：“且子之言克于子之君者，岂将比周[13]以求大官哉？先折此句，妙绝，妙绝！君问而置相‘非成则璜，二子何如？’，克对曰：‘君不察故也。居视其所亲，富视其所与，达视其所举，穷视其所不为，贫视其所不取，五者足以定之矣，何待克哉！’重述一遍，不换一字，妙，妙！是以知魏成子之为相也。此自明我未尝荐，妙，妙！且子安得与魏成子比乎？再重折。魏成子以食禄千钟[14]，什九在外，什一在内，是以东得卜子夏、田子方、段干木[15]。此三人者，君皆师之。辣句。子之所进五人者，君皆臣之。辣句。子恶得[16]与魏成子比也？”此句亦两说者，写重折也。翟璜逡巡[17]再拜曰：“璜，鄙人也，失对，二字妙！愿卒为弟子。”

6. 负：后。

7. 西河之守：指吴起，为翟璜所荐。西河，战国魏地，在今陕西东部黄河西岸地区。

8. 邺：地名，在今河北省临漳县。

9. 西门豹：战国魏人，魏文侯时任邺令。

10. 中山：战国时中山国，后为赵武灵王所灭。

11. 乐羊：战国时魏将。曾率兵攻中山，不顾其子为中山人所获被杀卒拔中山。

12. 屈侯鲋：战国时魏国贤人。

13. 比周：结伙营私。

14. 钟：古量单位，六斛四斗为一钟。

15. 卜子夏：名商，春秋卫人，孔子弟子。曾讲学于西河，为魏文侯师。田子方：名无择，战国魏人，为魏文侯师。段干木：战国魏人，隐居魏国，不受官禄，魏文侯师事之。

16. 恶得：怎么能。

17. 逡巡：却退。

吴起不恃河山

魏策一

此篇，专看其添字法、减字法。

魏武侯与诸大夫浮于西河[1]，称曰："河山之险，不亦信固哉！"不亦固哉，是初惊语，加"信"字，是久传语。王钟[2]侍坐曰："此晋国之所以强也。若善修之，则霸王之业具矣。"吴起[3]对曰："吾君之言，危国之道也；喝断武侯。而子又附之，是重危也。"喝断王钟。武侯忿然曰："子之言有说乎？"

吴起对曰："河山之险，信不足保也；再喝武侯。是霸王之业，不从此也。再喝王钟。昔者，三苗[4]之居，左有彭蠡[5]之波，右有洞庭之水，双句。文山[6]在其北，而衡山[7]在其南。下一"而"字，成只句。恃此险也，为政不善，而禹放逐

1. 魏武侯：名击，魏文侯之子。浮：泛舟。

2. 王钟：据姚宏本《战国策》："钟，作'错'。"王错，魏国大夫，于梁惠王二年出奔韩。

3. 吴起：战国卫人，善用兵。初仕鲁，后仕魏，魏文侯用为将，为西河守。因遭魏相公叔所忌，奔楚，楚悼王用为令尹。悼王死，吴起被楚宗室大臣杀害。

4. 三苗：我国古代部族名，即有苗氏，在长江中游以南一带地方。

5. 彭蠡：今江西省的鄱阳湖。

6. 文山：《姚氏战国策注》仿宋本，黄丕烈案："文山即汶山。"主峰在今四川茂县东南。

7. 衡山：五岳之一的南岳，在今湖南省。

之。一段。夏桀[8]之国，左天门[9]之阴，而右天谿[10]之阳，左右下，省二“有”字，增一“而”字，成只句。庐睾[11]在其北，伊、洛[12]出其南。去“而”字，成双句。有此险也，然为政不善，而汤伐之。一段。殷纣之国，左孟门而右漳、釜[13]，双句，比上短。前带河，后被[14]山。双句，比上亦短。有此险也，然为政不善，而武王伐之。一段。且君亲从臣而胜降城，“亲从臣”字法。城非不高也，人民非不众也，然而可得并者，政恶故也。从是观之，地形险阻，奚足以霸王矣！”上三段引古，此一段证今，“矣”字押。

武侯曰：“善。吾乃今日闻圣人之言也！西河之政，专委之子矣。”一结，最摇曳。

8. 夏桀：夏朝末代的暴君。

9. 天门：山名，在今河南省洛阳市东二百余里。

10. 天谿：夏代水名。

11. 庐睾：夏代山名，在今河南省虎牢关。

12. 伊、洛：伊水和洛水。

13. 孟门：商代山名。漳、釜：水名，即漳水和滏水。

14. 被：背负。

魏益公叔赏田

魏策一

辞田而反益田，非必真有其事，乃文人加倍渲染法耳。古人作文，每每如此。

魏公叔痤[1]为魏将，而与韩、赵战浍北[2]，擒乐祚[3]。魏王说，迎郊[4]，以赏田百万禄之。据功行赏，极平常事，忽然生出妙文来。公叔痤反走[5]，再拜辞曰：九字句。“夫使士卒不崩，直而不倚[6]，桡挠[7]而不避者，此吴起余教也，臣不能为也。此段，加“直而”二句，“吴起”上，多一“此”字，“余教”上，省一“之”字，下又添“臣不”一句，是一样文法。前脉地形之险阻[8]，决[9]利害之备，使三军之士不迷惑者，巴宁、爨襄[10]之力也。此段，“前脉”二句在“使”字前，“巴宁”上，省一“此”字。“力”上，多一“之”字，与“臣不”一句，是一样文法。悬赏罚于前，使民昭然信之于后者，王之明法也。此段，“使”字居中，以“于前”“于后”字，如对不对，是一样文法。见敌之可也，鼓之不敢怠

1. 公叔痤：战国魏人，魏惠王时为相。

2. 浍：浍水，源出山西霍山西南，入汾河。浍北之战是魏惠王九年（公元前 362 年）之事。

3. 乐祚：赵将。

4. 迎郊：郊迎，出郊迎接，以示隆重。郊，城外。

5. 反走：倒退。

6. 直：直行。倚：邪行。

7. 栋挠：屋梁脆弱，比喻形势危急。

8. 前脉：事先观察。脉，凝视，观察。

9. 决：开导。

10. 巴宁、爨襄：魏国能士。

倦者，臣也。此段，无“使”字，却两用“也”字押脚，“臣也”二字，比上最省，是一样文法。王特为臣之右手不倦赏臣，何也？“右手不倦”，奇妙，奇妙！若以臣之有功，臣何力之有乎？”赏之，曰功。自称，曰力。王曰：“善。”于是索吴起之后，赐之田二十万。巴宁、爨襄田各十万。

王曰：“公叔岂非长者哉！一句提。既为寡人胜强敌矣，战浍北，擒乐祚。又不遗贤者之后，不忘吴起。不掩能士之迹，不夺巴、爨。公叔何可无益乎？”一句缴[11]，下便就此句作结。故又与田四十万，加之百万之上，使百四十万。故作拙句，妙，妙！故《老子》曰：“圣人无积，尽以为人，己愈有；既以与人，己愈多。[12]”公叔当之矣。

11. 缴：扭转。

12. “圣人无积”五句：见《老子》八十一章，文字略有出入。意为圣人没有什么保留，尽全力帮助人，他自己反更充足；把一切给予人，他自己反更丰富（引任继愈《老子新译》）。

公叔非悖

魏策一

古人非吃自己饭，管别人事，故费此等笔墨也；实为佳时、妙地、闲身、宽心忽然相遭，油乎自动；因而借世间杂事，抒满胸天机。如此篇，固只为末上悖者『以不悖者为悖』一句动情也。

魏公叔痤病，惠王往问之。曰：“公叔病，即不可讳[1]，将奈社稷何[2]？”临终致问，此亦常事，何意下文弄笔成妙。公叔痤对曰：“痤有御庶子公孙鞅[3]，愿王以国事听之也。为弗能听，勿使出境。”“听”是一句，“勿听”是两句，然一句反觉长，两句反觉短，其妙可想。王弗应。出而谓左右写。曰：“岂不悲哉！“哉”字押。以公叔之贤，而谓寡人必以国事听鞅，十五字句。不亦悖[4]乎！”“乎”字押。写王忽视公叔语，头上加一“岂不悲哉”句，尾后加一“不亦悖乎”句，如闻其声甫[5]脱于口也。

公叔痤死，一。公孙鞅闻之，二。已葬，三。西之秦，四。孝公受而用之。五。叙事精紧，要反复细看。秦果日以强，魏日

1. 即：假如。不可讳：指死了。因死是人之所不能避，故云不可讳。

2. 将奈社稷何：国家前途将怎么办？言下有相位将付托何人的意思。

3. 御庶子：《史记·商君列传》作“中庶子”，掌管公族的官。公孙鞅：商鞅。

4. 悖：谬误。

5. 甫：才。

以削[6]。此非公叔之悖也，惠王之悖也。悖者之患，固[7]以不悖者为悖。弄笔成妙。只为有此一弄于胸中，故特叙前文。后来一国皆狂语，便从此处脱去。

6. 削：削弱。

7. 固：坚持。

整炼之文，却是疏越之文；严重之文，却是点染之文。

鲁共公择言

魏策二

梁王魏婴觞诸侯于范台[1]。酒酣，请鲁君举觞。鲁君兴[2]，避席择言[3]曰："昔者，"昔者"，领下四事。帝女令仪狄作酒[4]，句。而美，进之禹。禹饮句。而甘之，遂疏仪狄，绝旨酒[5]，曰：'后世必有以酒亡其国者。'一。齐桓公夜半不嗛[6]，易牙乃煎熬燔炙[7]，和调五味而进之，桓公食之，句。而饱，至旦不觉，句。曰：'后世必有以味亡其国者。'二。晋文公得南之威[8]，三日不听朝，遂推南之威而远之，曰：'后世必有以色亡其国者。'三。楚王登强台而望崩山[9]，左江而右湖，以临彷徨[10]，其乐忘死，遂盟强台而弗登，曰：'后世必有以高台陂池亡其国者。'四。今"今"，领下四句。主君之尊，仪狄之酒

1. 梁王：指魏惠王，名罃，也称魏婴。是时魏国方强，诸侯相率来朝。魏惠王十五年（公元前355年）鲁、卫、宋、郑四国诸侯来朝。

2. 兴：站起。

3. 避席：古人席地而坐，离坐起立，表示敬意。择言：择善而言。

4. 帝女：盖指帝尧、帝舜之女。仪狄：相传夏禹时发明酿酒的人。

5. 绝旨酒：禁止美酒。

6. 嗛：通"慊"，快意。

7. 易牙：春秋时齐桓公的幸臣。擅长调味，善逢迎，曾烹其子以进桓公。燔：火烧。炙：火烤。

8. 南之威：南威，古美女名。

9. 楚王：指楚庄王。强台：指荆台，即楚灵王造的章华台。黄丕烈《战国策札记》案："荆、强声之转也。"强台在今湖北潜江西南。崩山：京山，在今湖北武当山东南，汉水南岸。

10. 彷徨：方皇，水名。据《淮南子》云："令尹子佩请饮庄王，庄王许诺云云。庄王曰：'吾闻子乐于强台，强台者，南望料山以临方皇，左江而右淮，其乐忘死。若吾薄陋之人，不可以当此乐也。'"兹录以备考。

也；主君之味，易牙之调也；左白台而右闾须[11]，南威之美也；前夹林而后兰台[12]，强台之乐也。疏疏举起四事，不意历历皆应，章法甚整而绝奇。有一于此，足以亡其国。今主君兼此四者，可无戒与？”再翻一句。梁王称善相属[13]。

11. 白台、闾须：皆美女名。

12. 夹林：楚地名，游览胜地。兰台：楚宫苑，在今湖北钟祥东。

13. 称善相属：连声说好。

徐子谏太子自将

宋卫策

申生传，如彼无数反覆，却又别出如此一段妙论。笔墨之事，出奇无穷，有何底止？

魏太子[1]自将，过宋外黄[2]。外黄徐子[3]曰："臣有百战百胜之术，太子能听臣乎？"题目奇。太子曰："愿闻之。"客[4]曰："固愿效之。先加此句又好，人进苦言，必先有此句矣。今太子自将攻齐，大胜并莒[5]，则富不过有魏，而贵不益[6]为王。至计，至言。若战不胜，则万世无魏[7]。至计，至言。此臣之百战百胜之术也。"缴明一句又妙！题目奇，文章果奇。太子曰："诺。请必从公之言而还。"下半篇又奇。客曰："太子虽欲还，不得矣。下半篇题目又奇。彼[8]利太子之战功，而欲满其意者众，太子虽欲还，恐不得矣。"只添得一"恐"字，句态便变。太子上车请还。其御[9]曰："将出而还，与北[10]同，不如遂行。"遂行，与齐人战而死，题目又奇。文字果又奇。卒不得魏。此四字，加得憨甚，文便不得畅也。

1. 魏太子：魏惠王的太子，名申。

2. 外黄：春秋时宋邑，在今河南省杞县东。

3. 徐子：战国宋人。

4. 客：指徐子。

5. 莒：国名，在今山东省莒县。

6. 益：过。

7. 万世无魏：言太子战死，故万世无魏。

8. 彼：指魏军战士。欲使太子战，希得赏。

9. 御：驾车的人。

10. 北：败退。

战国策

惠公说文王弛葬期

魏策二

此篇，写事最详悉，最密致，最委婉顿折，不必更论。至于读之，觉其娉婷婀娜，另饶别样意态者，则以多用『矣』『也』字押脚也。

魏惠王死，葬有日矣。先写此句顿定。一。天大雨雪，至于牛目[1]，坏城郭，且为栈道而葬[2]。群臣多谏太子者，曰："雪甚如此而丧行，民必甚病之。先民。官费又恐不给，次费。请弛期更日。"弛期即更日。弛期者，弛今日；更日者，更他日，乃叠写也。此事定不得不叠写，故下文番番叠写。太子曰："为人子，而以民劳与官费用之故，而不行先王之丧，二十字句，袅袅然。不义也。子勿复言。"不作拒谏声口，太子方居忧，如画。

群臣皆不敢言，而以告犀首[3]。犀首曰："吾未有以言之也，是其唯惠公[4]乎！请告惠公。"

惠公曰："诺。"何不径告惠公，又多犀首一曲。此非写犀首推重惠公，乃写惠公真非犀首所及，谓之先赞法也。驾而见太子曰："葬有日

1. 至于牛目：雪大，已深及驾车的牛的眼。

2. 且：将要。栈道：架木、铺板而成的架空的通道。

3. 犀首：公孙衍，战国魏人。曾佩五国相印，主张合纵抗秦，号为犀首。

4. 惠公：一本作惠子。又本文末段有"惠子非徒行其说也"是其证。惠子，即惠施，曾任魏惠王相。

矣。”开口只四字，妙绝！二。太子曰：“然。”接口只一字，妙绝！惠公曰：“昔王季历葬于楚山之尾[5]，“尾”字法。栾水啮其墓[6]，“啮”字法。见棺之前和[7]。“前和”字法。文王曰：‘嘻！先君必欲一见群臣百姓也夫，故使栾水见之。’奇文。于是出而为之张于朝[8]，奇！百姓皆见之，奇！三日句。而后更葬。此文王之义也。妙，妙！不知有此事无此事，凭空撰出，使人心欢。今葬有日矣，三。而雪甚，句。及牛目，句。难以行，句。太子为及日之故，得毋嫌于欲亟葬乎？愿太子更日。妙，妙！此句是实理。先王必欲少留而扶社稷、安黔首也，故使雪甚。妙，妙！此句是虚猜。因弛期而更为日，此文王之义也。妙，妙！此句是扶进。若此而弗为，意者羞法[9]文王乎？”妙，妙！此句是防退。太子曰：“甚善。“善”上，添一“甚”字，妙甚！敬弛期，弛今日。更择日。”更他日。

惠子非徒[10]行其说也，又令魏太子未葬其先王而又因说文王之义。说文王之义以示天下，岂小功也哉！句法黏蝉而下，妙，妙！结向题外去，妙，妙！一“不义”引出两句“文王之义”为章法，顾掌丸补批。

5. 王季历：周文王之父，名季历。楚山：山名。在今陕西省商洛市商州区西南。尾：底。

6. 栾水：地面积水。啮：同“啮”，咬，这里引申为“侵蚀”。

7. 见：同“现”，露出。和：《玉篇》作“秎”，《广韵》作“脉”，皆云棺头。

8. 张于朝：陈列在朝廷。

9. 法：效法。

10. 非徒：不仅。

战国策

孟尝君索救燕赵

魏策三

疏奇之文，通篇以连用字为笔法。

秦将伐魏。魏王[1]闻之，夜见孟尝君[2]，告之曰："秦且攻魏，子为寡人谋，奈何？"只添"夜见"二字，便写尽急。孟尝君曰："有诸侯之救，则国可存也。"王曰："寡人愿子之行也。"重为之约车百乘。

孟尝君之赵，谓赵王曰："文愿借兵以救魏。"径直好。赵王曰："寡人不能。"径直好。孟尝君曰："夫敢借兵者，以忠王也。"立一句。王曰："可得闻乎？"孟尝君曰："夫赵之兵，非能强于魏之兵；魏之兵，非能弱于赵也。看他连用三"之兵"字，第四句，却省一"之兵"字。然而赵之地不岁危[3]，而民不岁死；而魏之地岁危，而民岁死者，

1. 魏王：指魏昭王。

2. 孟尝君：原为齐相，后因齐湣王骄，奔魏，为魏昭王相，故魏王能夜见孟尝君。

3. 岁危：年年受到危害。

何也？以其西为赵蔽[4]也。今赵不救魏，魏歃盟[5]于秦，是赵与强秦为界也，地亦且岁危，民亦且岁死矣。看他连用三“岁危”“岁死”成文，最是扶疏历落。此文之忠于大王也。”应前立之一句。赵王许诺。为起兵十万，车三百乘。

又北见燕王[6]曰：“先日公子[7]常约两王之交矣。着此闲句，又不径直，好，好。今秦且攻魏，愿大王之救之。”燕王曰：“吾岁不熟[8]二年矣，今又行数千里而以助魏，且奈何？”亦着闲句，不作径直，好，好。田文曰：“夫行数千里而救人者，此国之利也。今魏王出国门而望见军，虽欲行数千里而助人，可得乎？”便借“行数千里”，连用之，成妙文。燕王尚未许也。田文曰：“臣效[9]便计于王，王不用臣之忠计，文请行矣。恐天下之将有大变也。”王曰：“大变可得闻乎？”前后两“可得闻乎”成章法。曰：“秦攻魏未能克之也，而台已燔，游已夺[10]矣。而燕不救魏，二十一字句，写出他日恨。魏王折节[11]割地，以国之半与秦，秦必去矣。扶疏历落之甚！秦已去魏，魏王悉韩、魏之兵，又

4. 蔽：遮挡。因魏国在赵国西面，故云西为赵蔽。

5. 歃盟：歃血结盟。歃血是古时订盟约的一种仪式，即双方含牲畜之血或以血涂口旁，以示信誓。

6. 燕王：指燕昭王。

7. 公子：指田婴。孟尝君自称其父。

8. 岁不熟：年成不好，粮食歉收。

9. 效：献出。

10. 游已夺：意为不暇游观。

11. 折节：屈己下人。

西借秦兵，以因[12]赵之众，以四国攻燕，王且何利？扶疏历落之甚！利行数千里而助人乎？利出燕南门而望见军乎？连用三“利”字成文。又一“行数千里”，又一“出门望见军”，总是扶疏历落之甚！则道里近而输[13]又易矣，王何利？”又一“利”字，看他极急中作戏语，好，好。燕王曰：“子行矣，寡人听子。”乃为之起兵八万，车二百乘，以从田文。

12. 因：依靠。

13. 输：输送军饷。此句是田文的戏语，意为如四国之军攻到燕都南门，那么燕国不要行千里，而且道路近，输送军饷也容易。

唐雎说信陵君

魏策四

少年眼见此等文，始能驾出如杠大笔。

信陵君杀晋鄙[1]，救邯郸[2]，破秦人，存赵国，“我有德”案。赵王自郊迎。“人德我”案。唐雎[3]谓信陵君曰：“臣闻之曰：‘事有不可知者，有不可不知者；有不可忘者，有不可不忘者。’”斗下四句，无头无尾，大奇！大奇！信陵君曰：“何谓也？”对曰：“人之憎我也，不可不知也；不作波折，竟逐句注。吾憎人也，不可得而知也。不作波折，竟逐句注。此二句，是宾。人之有德于我也，不可忘也；不作波折，竟逐句注。吾有德于人也，不可不忘也。不作波折，竟逐句注。此二句，是主。今君杀晋鄙，救邯郸，破秦人，存赵国，此大德也。上虚注，此又实注，终竟不作波折，大奇！今赵王自郊迎，卒[4]然见赵王，臣愿君之忘之也。”上虚注，此又实注。信陵君曰：“无忌谨受教。”

1. 信陵君：魏公子无忌，战国魏安釐王的异母弟，封信陵君，有食客三千人。公元前257年，秦围赵国邯郸，魏使晋鄙救赵，晋鄙怕秦兵势强，按兵不动。信陵君使如姬窃得调兵虎符，椎杀晋鄙，夺取兵权，大破秦军，解赵邯郸之围。晋鄙：战国时魏将。

2. 邯郸：战国时为赵国国都，故址在今河北省邯郸市。

3. 唐雎：战国魏安陵君之臣，此时为信陵君食客。

4. 卒：同“猝”，突然。

郭隗说燕昭王

燕策一

一片奇气，浮出纸上，不可以寻行数墨之法相之。

燕昭王[1]收破燕后即位，卑身厚币，以招贤者，欲将以报仇。故往见郭隗先生曰：此叙事，最疏奇。“齐因孤国之乱，而袭破燕。先叙仇。孤极知燕小力少，不足以报。次致谦。然得贤士与共国，以雪先王之耻，孤之愿也。次伸愿。敢问以国报仇者奈何？”次请教。看他词令曲折。

郭隗先生对曰：“帝者与师处[2]，王者与友处，霸者与臣处，亡国与役处[3]。斗说四样“与处”，笔态拉杂之甚。诎指而事之[4]，北面[5]而受学，则百己者至。先趋而后息[6]，先问而后默[7]，则什己者至。人趋己趋，则若己者至。冯几据杖[8]，眄视指使，则厮役之人至。若恣睢[9]奋击，

1. 燕昭王：名平，燕王哙的太子。燕王哙误信人言，把王位禅让给其相子之，燕人不服，不及三年，燕国大乱。齐宣王乘机攻燕，杀哙及子之，燕几亡国。燕人拥护太子平为王，力图复国雪耻。

2. 帝者与师处：意为成帝业的人以贤者为师并与之相处。

3. 亡国与役处：亡国之君以贤者为仆役并与之相处。

4. 诎指而事之：意为屈己之意以侍奉贤者。诎，通“屈”。指，通“旨”，意旨。

5. 北面：面向北。因古人尊师，师傅坐北面向南。

6. 先趋：勤勉在人先。趋，疾走，引申为勤快、勤勉的意思。后息：后人休息。

7. 先问：抢先向人请益。后默：最后停止请教。

8. 冯几：依靠着几案。冯，同“凭”。据杖：持杖。

9. 恣睢：瞪眼睛。

呴籍叱咄[10]，则徒隶之人至矣。又斗说五样“人至”，笔态拉杂之甚。此古服道致士之法也[11]。斗与一结。王诚博选国中之贤者，而朝其门下，天下闻王朝其贤臣，天下之士必趋于燕矣。”

昭王曰：“寡人将谁朝而可？”问得遒逸，只是七字一句，纯是奇气。郭隗先生曰：“臣闻古之君人，有以千金求千里马者，三年不能得。看他“三年”字。涓人[12]言于君曰：‘请求之。’君遣之。三月得千里马，马已死，买其首五百金，反以报君。看他“三月”字。君大怒曰：‘所求者生马，安事[13]死马而捐五百金？’涓人对曰：‘死马且买之五百金，况生马乎？天下必以王为能市马，马今至矣。’于是不能期年，千里之马至者三。看他“期年”“马至者三”字。今王诚欲致士，先从隗始；隗且见事[14]，况贤于隗者乎？岂远千里哉？”妙，妙！又疏奇，又遒逸！千古美谈。其本文乃如此。

10. 呴：一作“踘”，跳跃。籍：通“藉”，践踏。呴籍，“顿足”的意思。叱咄：呼喝。

11. 服道：指行王道。致士：得人才。

12. 涓人：宫中主管洒扫清洁的人，也泛指亲近的内侍。

13. 安事：何用。

14. 见事：被重用。

于是昭王为隗筑宫而师之。此叙事最疏奇。乐毅[15]自魏往，邹衍[16]自齐往，剧辛[17]自赵往，士争凑[18]燕。又连写三“自往”，总是拉杂之笔也。燕王吊死问生，与百姓同其甘苦。二十八年，燕国殷富，士卒乐佚轻战[19]。叙事最疏奇。于是遂以乐毅为上将军，与秦、楚、三晋合谋以伐齐。叙事最疏奇。齐兵败，闵王出走于外。燕兵独追北入至临淄[20]，尽取齐宝，烧其宫室宗庙。叙事最疏奇。燕兵独追，“独”字神彩。齐城之不下者，唯独莒、即墨[21]。反写不下二城，叙事最疏奇也。

15. 乐毅：魏国名将乐羊之后。入燕后，燕昭王任为上将，统五国兵伐齐，破齐七十余城，功封昌国君。昭王死，受齐反间计，乐毅奔赵。

16. 邹衍：一作驺衍，战国齐人，有名的阴阳家。

17. 剧辛：战国赵人。入燕后，参与策划破齐之计。燕王喜时，率军攻赵，兵败，为赵将庞煖所杀。

18. 凑：聚会。

19. 乐佚轻战：心情愉快，不怕战争。

20. 独追北：单独追击败逃的齐军。临淄：齐国国都。在今山东淄博市东北旧临淄。

21. 莒：古邑名，在今山东莒县。即墨：战国齐邑，在今山东平度东南。

苏代约燕昭王书

燕策二

此文看他三『正告』，三『欲攻』，三『困于』，五『谪曰』，五『之战』，笔态犹如群龙戏于空中，一一鳞爪中间，皆有大风大雨大雷大电应时而集。初学一气千遍读之，可以平增无数才气。

秦召燕王，燕王欲往。苏代约之，王乃不行。苏代曰：“楚得枳[1]而国亡，齐得宋[2]而国亡，突然起。齐、楚不得以有枳、宋而事秦者，何也？是则有功者，秦之深仇也。只此一句是正意。盖是时，燕新克齐，秦方忌之故也。以下，俱写秦。秦取天下，非行义也，暴也。一句，头。

“秦之行暴于天下，正告楚曰：‘蜀地之甲，轻舟浮于汶[3]，乘夏水[4]而下江，五日而至郢[5]。汉中之甲，乘舟出于巴[6]，乘夏水而下汉[7]，四日而至五渚[8]。寡人积甲宛[9]，东下随[10]，智者不及谋，勇者不及怒，寡人如射隼[11]矣。王乃待天下之攻函谷[12]，不亦远乎？’看他一样文

1. 枳：战国时楚国的枳邑，在今重庆市涪陵区。

2. 宋：国名，辖地在今河南省东部及山东、江苏、安徽三省之间。战国时为齐所灭。

3. 汶：指汶江，即四川省的岷江。

4. 夏水：水名，在今湖北省江陵县东南。

5. 郢：春秋时楚国都，在今湖北江陵县西北。

6. 巴：指巴郡，在今四川省东部一带地方。

7. 汉：汉水。亦称汉江。

8. 五渚：在汉水下流。

9. 宛：地名，在今河南省南阳市。

10. 随：古国名，在今湖北省随州市。

11. 隼：鸮，俗称鱼鹰。

12. 函谷：关名，是秦的东关。东自崤山，西至潼津，深险如函，故名函谷。攻函谷，即攻秦。

法。楚王为是之故，十七年事秦。

“秦正告韩曰：‘我起乎少曲[13]，一日而断太行。我起乎宜阳而触平阳[14]，二日而莫不尽繇[15]。我离两周而触郑，五日而国举。’看他又一样文法。韩氏以为然，故事秦。

“秦正告魏曰：‘我举安邑[16]，塞女戟[17]，韩氏、太原卷[18]。我下枳[19]，道南阳、封、冀[20]，兼包两周，乘夏水，浮轻舟，强弩在前，铦戈在后，决荥口[21]，魏无大梁；决白马之口[22]，魏无济阳[23]；决宿胥[24]之口，魏无虚、顿丘[25]。陆攻则击河内[26]，水攻则灭大梁。’看他又一样文法。三段，凡作三样文法，段段精彩。魏氏以为然，故事秦。以上，三“正告”。

“秦欲攻安邑，恐齐救之，则以宋委于齐，曰：‘宋王无道，为木人以写寡人[27]，射其面。寡人地绝兵远，不

13. 少曲：地名，在今山西高平。

14. 宜阳：战国时为韩国宜阳邑，在今河南省宜阳县。触：抵。平阳：战国时为韩邑，在今山西临汾西南。

15. 繇：动摇。

16. 安邑：古邑名，在今山西夏县西北。

17. 女戟：地名，在太行山之西。

18. 韩氏：指韩国。太原：郡名，地辖今山西中部地区。一说太原，应是“太行”。卷：为“绝”字之误。

19. 枳：一本作“轵”，即轵道，亭名，在今陕西西安市东北。

20. 南阳：修武。故城在今河南省获嘉县。封：封陵。冀：冀亭。

21. 荥口：荥泽之口，与今汴河口通，其水深，可以灌大梁。

22. 白马之口：白马津，古为汾水分流处。

23. 济阳：战国魏邑，故址在今河南兰考县境。据《水经注》：“河水（即黄河）旧在白马县南，决通济阳。”

24. 宿胥：古河沟名。

25. 虚：春秋宋地，在今河南延津县。顿丘：地名，战国时属魏，在今河南浚县。

26. 河内：泛指黄河以北，一般指河北。

27. 为木人以写寡人：做一个木头人，写上秦王的名字。

能攻也。王苟能破宋有之，寡人如自得之。’看他一样文法。已得安邑，塞女戟，因以破宋为齐罪。

“秦欲攻齐，恐天下救之，则以齐委于天下曰：‘齐王四与寡人约，四欺寡人，必率天下以攻寡人者三。有齐无秦，无齐有秦，必伐之，必亡之！’看他又一样文法。已得宜阳、少曲，致蔺、石，因以破齐为天下罪。

“秦欲攻魏，重楚，则以南阳委于楚曰：‘寡人固与韩且绝矣！残均陵[28]，塞鄳隘[29]，苟利于楚，寡人如自有之。’看他又一样文法。三段，又作三样文法，段段精彩。魏弃与国而合于秦，因以塞鄳隘为楚罪。以上，三“欲攻”。

“兵困于林中[30]，重燕、赵，以胶东委于燕[31]，以济西[32]委于赵。赵得讲于魏，质公子延[33]，因犀首属行[34]而攻赵。看他比上省。兵伤于离石[35]，遇败于马陵[36]，而重魏，则以叶、蔡委于魏[37]。已得讲于赵，则劫魏，又省。魏不

28. 均陵：地名，在今湖北省十堰市。

29. 鄳隘：鄳阸，古关隘名。在今河南省信阳市西南之平靖关。

30. 林中：地名，即河南苑陵（今河南新郑市）的林乡。

31. 胶东：胶东国，辖今山东省平度、莱阳、莱西等市及迤南一带。

32. 济西：在今山东聊城以南一带地方。

33. 公子延：魏国公子。

34. 属行：连兵相属。

35. 离石：战国赵邑，在今山西省吕梁市离石区。

36. 马陵：古地名，在今河北大名县东北。

37. 叶：楚邑名，在今河南省叶县。蔡：国名，在今河南上蔡、新蔡等县。

为割。困则使太后、穰侯为和[38]，羸则兼欺舅与母[39]。更省。以上，三“困于”。适燕者[40]曰：‘以胶东。’适赵者曰：‘以济西。’适魏者曰：‘以叶、蔡。’适楚者曰：‘以塞鄳隘。’适齐者曰：‘以宋。’此必令其言如循环[41]，用兵如刺蜚绣，母不能制，舅不能约。以上，五“谪曰”。看他又将上文复写一遍，倍加精彩。龙贾之战[42]，岸门[43]之战，封陵[44]之战，高商之战，赵庄之战[45]，秦之所杀三晋之民数百万。今其生者，皆死秦之孤也。以上，五“之战”。看他再将上文复写一遍，倍加精彩。西河之外，上雒之地；三川，晋国之祸[46]；三晋之半[47]，秦祸如此其大。一句结秦。而燕、赵之秦者，皆以争事秦说其主，此臣之所大患。”只此一句是正意，直与上文“有功者，秦之深仇也”，接连作一句读。

38. 太后：指秦昭王母宣太后。穰侯：魏冉，宣太后的同母弟。

39. 舅：指魏冉。母：指宣太后。

40. 适：同“谪”。

41. 言如循环：意为谪问的话无穷无尽。

42. 龙贾之战：据鲍彪《战国策注》：“魏襄五年，秦拔我龙贾军。”

43. 岸门：岸头亭，在今山西河津市南。

44. 封陵：亭名，在今河南省封丘县。魏襄十六年，秦败魏于封陵。

45. 赵庄：赵将。赵肃侯十三年（公元前337年）赵庄与秦战，死河西。赵庄之战即此。

46. 上雒：魏地。在今陕西商洛市商州区一带。三川：韩地，在今河南洛阳市西南一带。

47. 三晋之半：指西河、上雒为魏地，三川为韩地，为秦所得，已占魏、赵、韩三国领土之半。

乐毅报燕王书

燕策二

善读此文者，必能知其为诸葛《出师》之蓝本也。其起首、结尾，比《出师》更自胜无数倍。

昌国君乐毅为燕昭王合五国之兵[1]而攻齐，下七十余城，尽郡县之以属燕。叙事次第。三城[2]未下，而燕昭王死。叙事次第。惠王即位[3]，用齐人反间，疑乐毅，而使骑劫代之将[4]。叙事次第。乐毅奔赵，赵封以为望诸君[5]。叙事次第。齐田单[6]诈骑劫，卒败燕军，复收七十余城以复齐。燕王悔，叙事次第。惧赵用乐毅承燕之敝以伐燕。

燕王乃使人让乐毅，且谢之，叙事次第。曰："先王举国而委将军，将军为燕破齐，报先王之仇，天下莫不振动，寡人岂敢一日而忘将军之功哉！辞令好。会先王弃群臣，寡人新即位，左右误寡人。辞令好。寡人之使骑劫代

1. 五国之兵：赵、楚、韩、魏、燕五国之兵。

2. 三城：指聊城、莒城和即墨城。当时未攻下的实为莒和即墨二城。因聊城为燕将所守。

3. 惠王：指燕惠王，燕昭王之子。

4. 骑劫：燕将。将：带领。

5. 望诸君：赵封乐毅于观津，号望诸君。

6. 田单：战国时齐将。用反间计，使燕撤换乐毅，并用火牛突阵，大破燕军，收复七十余城，功封安平君。

将军者，为将军久暴露[7]于外，故召将军且休计事。辞令好。将军过听，以与寡人有隙，遂捐燕而归赵。辞令好。将军自为计则可矣，而亦何以报先王之所以遇将军之意乎？”只此一段，辞令先自妙绝！

望诸君乃使人献书报燕王曰：“臣不佞，不能奉承先王之教，以顺左右之心，恐抵斧质[8]之罪，以伤先王之明，而又害于足下之义，故遁逃奔赵。叙得甚婉、甚峭、甚详、甚省。自负以不肖之罪，故不敢为辞说。今王使使者数[9]之罪，臣恐侍御者之不察先王之所以畜幸臣之理，而又不白于臣之所以事先王之心，故敢以书对。叙得甚婉、甚峭、甚详、甚省。

“臣闻圣贤之君，不以禄私其亲，功多者授之；不以官随其爱，能当者处之。故察能而授官者，成功之君也；论行而结交者，立名之士也。成功立名，通篇注意。臣以所学者观之，先王之举错，有高世之心，遥识先王。一。以下，一路

7. 暴露：日晒雨淋。暴，同“曝”。

8. 斧质：古代刑具，把人放在砧板上用斧砍。质，通“锧”，砧板。

9. 数：列举过错。

看他陈叙。故假节[10]于魏王，而以身得察于燕。自魏来燕。二。先王过举，擢[11]之乎宾客之中，而立之乎群臣之上，不谋于父兄，而使臣为亚卿。特蒙超擢。三。臣自以为奉令承教，可以幸无罪矣，故受命而不辞。量力受命。四。

“先王命之曰：‘我有积怨深怒于齐，不量轻弱，而欲以齐为事[12]。’深谈肝鬲。五。臣对曰：‘夫齐霸国之余教也，而骤胜之遗事也，闲[13]于兵甲，习于战攻。王若欲攻之，则必举天下而图之。举天下而图之，莫径于结赵矣。且又淮北、宋地[14]，楚、魏之所同愿也。赵若许，约楚、魏，宋尽力[15]，四国攻之，齐可大破也。’定谋结赵。六。先王曰：‘善。’言听计从。七。臣乃口受令，具符节，南使臣于赵。顾反命[16]，起兵随而攻齐。受命使赵。八。以天之道，先王之灵，河北之地[17]，随先王举而有之于济上，济上之军，奉令击齐，大胜之。轻卒锐兵，长驱至国。齐王逃遁走莒，仅以身免。大破齐国。九。珠玉财宝，车甲珍器，尽收入燕。大吕陈于元英[18]，故鼎反于

10. 假节：借用符节。

11. 擢：提拔。

12. 以齐为事：把向齐国报仇作为任务。

13. 闲：通“娴”，熟习。

14. 淮北：指淮河以北地区，楚国想得。宋地：宋国之地，辖今河南省东部及山东、江苏、安徽三省之间地区，魏国想得。故下文云楚、魏之所同愿也。

15. 宋尽力：意为宋国遗民对齐灭宋怨之，故能尽力伐齐。一说：“宋”为衍文。

16. 顾反命：回来报告。

17. 河北之地：指黄河以北的齐国土地。

18. 大吕：齐国钟名。元英：燕国宫殿名。

历室[19]，斋器设于宁台[20]。蓟丘之植[21]，植于汶篁[22]。尽有齐宝。十。自五伯以来，功未有及先王者也。结归大功。十一。先王以为惬其志，以臣为不顿命[23]，故裂地而封之，使之得比乎小国诸侯。受封昌国。十二。臣不佞，自以为奉令承教，可以幸无罪矣，故受命而弗辞。量功受命。十三。有意无意，如应非应，妙！以上，一路陈叙，感慨淋漓。

“臣闻贤明之君，功立而不废，故著于《春秋》；蚤知[24]之士，名成而不毁，故称于后世。又提功立名成。若先王之报怨雪耻，夷万乘之强国，收八百岁之蓄积，先王功立。及至弃群臣之日，余令诏后嗣之遗义[25]，执政任事之臣，所以能循法令，顺庶孽[26]者，施及萌隶[27]，皆可以教于后世。先王名成。以上，自述己与先王功立名成。

“臣闻善作者，不必善成；善始者，不必善终。谓是调笑可，谓是恸哭可，谓是愤辞可，谓是至理可。妙妙，妙妙！昔者伍子胥说听乎阖闾，故吴王远迹至于郢[28]。善作善始。夫差弗是也，赐

19. 故鼎：指燕王哙时被齐国掠去的燕鼎。历室：燕国宫殿名。

20. 斋器：祭器。宁台：台名。

21. 蓟丘：燕都，在今北京城的西南角。植：指所种植的树。

22. 植于汶篁：种植在齐国汶上的竹田里。汶，汶水。篁，竹田。

23. 顿命：败坏使命。顿，坏、败。

24. 蚤知：先见。蚤，通“早”。

25. 遗义：指燕昭王的遗训。此句意为乐毅是燕昭王托孤之臣。

26. 顺庶孽：使庶子顺服。因新君即位皆患庶孽争位之乱。

27. 施及萌隶：延续到老百姓。意即使老百姓中也无庶孽之争。

28. 郢：楚都，在今湖北省江陵西北。此句是指公元前505年吴国攻破楚都的事。

之鸱夷[29]而浮之江。不必善成善终。故吴王夫差不悟先论[30]之可以立功，故沉子胥而不悔。燕王有之也。子胥不蚤见主之不同量[31]，故入江而不改。自言几不免也。夫免身全功，以明先王之迹者，臣之上计也。功。离[32]毁辱之非，堕[33]先王之名者，臣之所大恐也。名。临不测之罪，以幸为利者[34]，义之所不敢出也。反明之。以上，自述所以奔赵。

“臣闻古之君子，交绝不出恶声；忠臣之去也，不洁其名[35]。臣虽不佞，数奉教于君子矣。恐侍御者之亲左右之说，而不察疏远之行也。故敢以书报，唯君之留意焉。”收得甚婉、甚峭、甚详、甚省。

29. 鸱夷：皮袋。

30. 先论：预见。

31. 不同量：不同才量。

32. 离：通“罹”，遭受。

33. 堕：通“隳”，毁坏。

34. 以幸为利者：意即把侥幸免罪作为有利的事。

35. 不洁其名：不肯自己来洗刷自己的名声。意即不愿表白自己无罪。

战国策

燕王谢乐毅书

燕策三

层层折折，反反复复，只是一意说上说下，更不别换意。后贤千遍读之，能长异样姿态。

寡人不佞，不能奉顺君意，故君捐[1]国而去，叙往事。则寡人之不肖明矣。妙，妙！今人不肯写，亦写不出。敢端[2]其愿，而君不肯听，叙今事。故使使者陈愚意，君试论之。妙，妙！今人不肯写，亦写不出。只此二语，今人便写不出。语曰："仁不轻绝，智不轻怨。"君之于先王也，世之所明知也。牵先王，妙，妙！寡人望有非则君掩盖之，妙！不虞君之明罪[3]之也；妙！望有过则君教诲之，妙！不虞君之明弃之也；妙，妙！以上一层。且寡人之罪，国人莫不知，天下莫不闻，妙！君微出明怨，以弃寡人，寡人必有罪矣。妙！虽然，恐君之未尽厚[4]也。妙！妙！以上又一层。谚曰："厚者不毁人以自益也，仁者不危人以要[5]名。"故掩人之邪者，厚人之

1. 捐：弃。

2. 端：犹专。

3. 明罪：公开谴责。

4. 尽厚：竭尽宽厚。

5. 要：通"徼"，求取。

行也；救人之过者，仁者之道也。世有掩寡人之邪，救寡人之过，非君心所望之？妙！今君厚受位于先王以成尊，妙！又牵先王。轻弃寡人以快心，妙！则掩邪救过，难得于君矣。妙，妙！以上又一层。且世有薄而故厚施[6]，行有失而故惠用[7]。今使寡人任不肖之罪，妙！而君有失厚之累[8]，妙！于为君择之也，无所取之。妙，妙！以上又一层。国之有封疆，犹家之有垣墙，所以合好掩恶也。妙！室不能相和，出语邻家，未为通计也。妙！怨恶未见而明弃之，未为尽厚也。妙，妙！以上又一层。寡人虽不肖乎，未如殷纣之乱也；妙！君虽不得意乎，未如商容、箕子之累也[9]。妙！然则不内盖寡人，而明怨于外，恐其适足以伤于高而薄于行也，妙，妙！以上又一层。非然也。苟可以明君之义，成君之高，虽任恶名，不难受也。妙！本欲以为明寡人之薄，妙！而君不得厚；妙！扬寡人之辱，妙！而君不得荣，妙！此一举而两失也。妙，妙！以上又一层。义者不亏人以自益，妙！况伤人以自损乎！妙！愿君无以寡人不肖，妙！累往事之美。妙，妙！以上又一层。昔者，柳下惠[10]吏

6. 薄而故厚施：意即人虽薄待我，我反而因此厚施恩惠。

7. 行有失而故惠用：行为有过失，反而因此惠爱任用之。

8. 失厚之累：不宽厚的过失。累，牵连、过失。

9. 商容：殷纣时大夫，因直谏纣王被贬。箕子：纣王的叔父，封于箕，故叫箕子。因纣王暴虐，不听箕子进谏，箕子便披发佯狂为奴，纣王把他拘囚起来。周武王灭纣后，箕子才被释。

10. 柳下惠：展获，字禽，又字季。因食邑柳下，谥惠，故称柳下惠。春秋时鲁国大夫。当他任士师时，曾三次被黜。

于鲁，三黜而不去。或谓之曰："可以去。"柳下惠曰："苟与人之异，恶往而不黜乎？犹且黜乎，宁于故国尔。"柳下惠不以三黜自累，故前业不忘；不以去为心，故远近无议。妙，妙！以上又一层。今寡人之罪，国人未知，而议寡人者遍天下。上曰"国人莫不知""天下莫不闻"，此又曰"国人未知"。语曰："论不修心，议不累物，仁不轻绝，智不简功。"简弃大功者，辍[11]也；轻绝厚利者，怨也。辍而弃之，怨而累之，宜在远者[12]，妙！不望之乎君也。妙，妙！以上又一层。今以寡人无罪，君岂怨之乎？愿君捐怨，追惟先王，复以教寡人！又牵先王，妙，妙！以上又一层。意君曰[13]妙！："余且慝心[14]以成而过。"妙！不顾先王以明而恶，妙！又牵先王。使寡人进不得修功，妙！退不得改过，妙！君之所揣也，唯君图之！妙，妙！以上又一层。如此无数层，却只是一意。此寡人之愚意也。敬以书谒之。

11. 辍：中止。

12. 远者：指疏远之臣。

13. 意君曰：猜想您会说。

14. 慝心：不善之心。此句意为我将待以不善之心来造成你的过失。

申不害乃是如此，不足又道。看昭侯只是一句话，却说三遍：第一遍，斗然谢绝；第二遍，故作两难；第三遍，细与注破。凡说三遍，而后此一句始畅也。

申子请仕从兄

韩策一

申子请仕其从兄官[1]，昭侯[2]不许也。申子有怨色。昭侯曰："非所谓学于子者也。妙，妙！妙于斗然便谢。此句，妙于略。听子之谒[3]，而废子之道乎？又亡[4]其行子之术，而废子之请乎？此两"乎"字，即下"奚"字也。子尝教寡人循[5]功劳，视[6]次第。今有所求，此我将奚听乎[7]？"妙，妙！此句，妙于详。申子乃辟舍[8]请罪，曰："君真其人也！"羞！羞！

1. 申子：申不害。战国时郑国京人。韩昭侯用为相，内修政教，外应诸侯，经过十五年，使韩国国治兵强。仕：任官职。从兄：堂兄。

2. 昭侯：指韩昭侯。

3. 谒：请求。

4. 亡：通"忘"。

5. 循：依照。

6. 视：比照。

7. 此：如此。奚听乎：听什么好呢？

8. 辟舍：避开正房，寝于他处，以示不敢安居。

申子始合昭侯

韩策二

此最底下丑态，不意申不害，乃是此一辈人物，写得秀绝不可言。

魏之围邯郸也，申不害始合[1]于韩王，然未知王之所欲也，恐言而未必中于王也。写申子丑态，乃用如此秀笔。王问申子曰："吾谁与[2]而可？"与魏耶？与赵耶？对曰："此安危之要，国家之大事也。臣请深惟而苦思之。"写申子丑态，用如此秀笔。乃微[3]谓赵卓、韩晁曰："子皆国之辩士也，夫为人臣者，言可必用，可，岂可也。尽忠而已矣。"二人各进议于王以事。或进与魏，或进与赵，句法未炼，不如去"以事"二字。申子微视王之所说以言于王，写申子丑态，用如此秀笔。王大说之。

1. 合：投契。

2. 与：结盟。

3. 微：副词，悄悄地。

美人金

韩策三

自来短文，无更短于此者。短句、短段，或一字、二字为一句，或一句、二句为一段，而描邈人世苦事，乃至四面转侧不得，真奇笔也！

秦，句。大国也。句。韩，句。小国也。句。第一段。韩句。甚疏秦。句。然而见亲秦[1]，句。大是苦事。第二段。韩计之，句。非金句。无以[2]也，句。苦苦，第三段。故句。卖美人。苦苦，第四段。美人之贾贵，诸侯不能买，苦苦，第五段。故[3]句。秦买之句。三千金。第六段。韩句。因以其金事秦。苦苦，第七段。秦反得其金与韩之美人。第八段。韩之美人因言于秦曰：“韩甚疏秦。”妙，妙！奇，奇！天地间固甚多此事矣。第九段。从是观之，韩亡美人与金，其疏秦乃始益明[4]。务要写到透骨，大苦，第十段。故客有说韩者以下，乃反复鼓犞[5]之也。曰：“不如止淫用[6]，以是为金以事秦，是金必行，而韩之疏秦不明[7]。美人知内行[8]者也，故善为计者，不见[9]内行。”

1. 见亲秦：被秦所亲。

2. 无以：无由、无法。

3. 故：通“顾”，但。

4. 乃始益明：却才更显明。因美人怨韩卖她，又知韩国内情。

5. 鼓犞：煽动指犞。

6. 淫用：滥用，奢侈。

7. 不明：应作“亦明”。“不”与“亦”字形相似而误。

8. 内行：指国中隐事。

9. 见：显示。

慎子全东地五百里

楚策二

学他复写处，使人不厌重沓。

楚襄王为太子之时，质于齐。怀王薨[1]，太子辞于齐王[2]而归。齐王隘[3]之："予我东地[4]五百里，乃归子。子不予我，不得归。"一"东地五百里"。太子曰："臣有傅，请追而问傅。"傅慎子[5]曰："献之地，所以为身也。爱地不送死父，不义。臣故曰，献之便。"太子入，致命齐王曰："敬献地五百里。"齐王归楚太子。

太子归，即位为王。齐使车五十乘，来取东地于楚。楚王告慎子曰："齐使来求东地，为之奈何？"慎子曰："王明日朝群臣，皆令献其计。"通篇文字成竹，具在此句中。

1. 薨：诸侯死叫薨。

2. 齐王：指齐湣王。

3. 隘：通"阨"，阻止。

4. 东地：楚国东邑，近齐之地。亦叫下东国。

5. 慎子：慎到，战国赵人。齐宣王和齐湣王时为齐国稷下学士。

上柱国[6]子良入见。王曰："寡人之得求反，主坟墓[7]、复[8]群臣、归社稷也[9]，以东地五百里许齐。齐令使来求地，为之奈何？"一段，详。二"东地五百里"。一"为之奈何"。子良曰："王不可不与也。王身出玉声，许强万乘之齐而不与，则不信，后不可以约结诸侯。请与而复攻之。与之信，攻之武。臣故曰与之。"自是好议论。

子良出，昭常[10]入见。王曰："齐使来求东地五百里，为之奈何？"一段，略。三"东地五百里"。二"为之奈何"。昭常曰："不可与也。万乘者，以地大为万乘。今去东地五百里，四"东地五百里"。是去战国之半也，有万乘之号而无千乘之用也，不可。臣故曰勿与，常请守之。"又是好议论。

昭常出，景鲤[11]入见。写三"入见"，皆用整整之笔。王曰："齐使来求东地五百里，为之奈何？"一段，略。五"东地五百里"。三"为之奈何"。景鲤曰："不可与也。虽然，楚不能独守。

6. 上柱国：战国时楚国官名，建有复军杀将战功的，官为上柱国。

7. 主坟墓：指主持楚怀王的丧葬。

8. 复：犹安抚。

9. 归社稷：返回国家。

10. 昭常：战国时楚国大司马。

11. 景鲤：楚臣，尝为楚国使者。

王身出玉声，许万乘之强齐也而不与，前，“强万乘之齐”。此，“万乘之强齐”，略变。负不义于天下。楚亦不能独守，臣请西索救于秦。”又是好议论。可谓愈出愈奇矣，却不料下文更奇。

景鲤出，慎子入，王以三大夫计告慎子曰：“子良见寡人曰：一“见寡人曰”。‘不可不与也，与而复攻之。’隐括前长文，成短文。常[12]见寡人曰：二“见寡人曰”。‘不可与也，常请守之。’长文成短文。鲤见寡人曰：三“见寡人曰”。‘不可与也，虽然楚不能独守也，臣请索救于秦。’长文成短文。看他特地重写三段，不肯省。寡人谁用于三子之计？”慎子对曰：“王皆用之。”此是皆献其计之初志也。王怫然作色曰：“何谓也？”实是奇！慎子曰：“臣请效[13]其说，而王且见其诚然也。先顿一笔，好。王发上柱国子良车五十乘，而北献地五百里于齐。齐索地，发车五十乘；楚献地，发车亦五十乘，俱是重沓之笔。发子良之明日，一“之明日”。遣昭常为大司马，令往守东地。遣昭常之明日，二“之明日”。遣景鲤车五十乘，又车五十乘。西索救于秦。”句。王曰：“善。”了“怫

12. 常：指昭常。

13. 效：呈献。

然作色”。乃遣子良北献地于齐。遣子良之明日，又一“之明日”。立昭常为大司马，使守东地。又遣景鲤西索救于秦。看他整然接连写二遍。

子良至齐，齐使人以甲受东地。昭常应齐使曰：“我典主[14]东地，且与死生。悉五尺至六十[15]，三十余万弊甲钝兵，愿承下尘[16]。”妙！“悉五尺至六十，三十余万弊甲钝兵”，妙句妙字！齐王谓子良曰：“大夫来献地，今常守之何如？”子良曰：“臣身受敝邑之王，是常矫也。王攻之。”妙！齐王大兴兵，攻东地，伐昭常。未涉疆，三字好，秦以五十万临齐右壤。曰：“夫隘楚太子弗出，不仁；又欲夺之东地五百里，不义。其缩甲[17]则可，不然，则愿待战。”妙！六“东地五百里”。齐王恐焉。乃请子良南道楚，西使秦，解齐患。反请子良，妙，妙！十三字句。士卒不用，东地复全。凡有十三“东地”字。

14. 典主：职守。

15. 五尺：指五尺童子。六十：指六十岁的男子。

16. 下尘：据鲍彪注：“凡人相趋则有尘，战亦有尘。不敢与齐抗，故言下。”故下尘，犹“下风”的意思。

17. 缩甲：捆束铠甲。意指自动退兵。

战国策

中射士论伪药

楚策四

此即东方先生一生蓝本也。因悟后人奇笔，定是前人先有；且前人所先有，定又高于后之所有。即如此中射士主句前，必先作一宾，此固东方之所不复到也。

有献不死之药于荆王[1]者，谒者[2]操以入。中射之士[3]问曰："可食乎？"曰："可。"因夺而食之。王怒，使人杀中射之士。无中生有，幻此奇文。中射之士使人说王曰："臣问谒者，谒者曰可食，臣故食之。是臣无罪，而罪在谒者也。先作一宾，妙！且客献不死之药，臣食之而王杀臣，是死药也。王杀无罪之臣，而明人之欺王。"此段方是主句，妙，妙！看他作不了语。王乃不杀。

1. 荆王：楚王，指楚顷襄王。

2. 谒者：通接宾客的近侍。

3. 中射之士：帝王的侍御近臣。

庄辛谓楚王[1]

楚策四

只起手一二行，极言未迟未晚，是正文。以下，一路层层递接而来，俱写迟者、晚者，事有如此。妙在闲说蜻蛉起，后来却劈面直取君王，使人读之骇然！

臣闻鄙语曰：“见兔而顾犬，未为晚也；亡羊而补牢，未为迟也。”臣闻昔汤、武以百里昌[2]，桀、纣以天下亡。今楚国虽小，绝长补短，犹以数千里，岂特百里哉？襄王既不受庄辛之言，后五月，果为秦所破，因发驺[3]征庄辛与计事。庄辛谓“未迟未晚”，语尽此。下去皆言迟晚也。

“王独[4]不见夫蜻蛉乎？客。六足四翼，飞翔乎天地之间，俯啄蚊虻而食之，仰承甘露而饮之，自以为无患，与人无争也。不知夫五尺童子，方将调饴胶丝，加己乎四仞之上，而下为蝼蚁食也。迟矣，晚矣，不可及矣。蜻蛉其小者也，过接，层注而下。黄雀客。因是以[5]。俯噣白粒[6]，仰

1. 庄辛：楚庄王的后代，故以庄为姓。事楚顷襄王，曾封为阳陵君。楚王：楚顷襄王。

2. 以百里昌：指商汤王和周武王凭借百里的土地而昌盛起来。

3. 驺：骑从。

4. 独：竟、难道，表反问。

5. 因是以：如同这样的。

6. 噣：通“啄”。白粒：指米。

栖茂树，鼓翅奋翼，自以为无患，与人无争也。不知公子王孙，左挟弹，右摄[7]丸，将加己乎十仞之上，以其类为招。昼游乎茂树，夕调乎酸咸[8]，倏忽之间，坠于公子之手。迟矣，晚矣，不可及矣。

“夫黄雀其小者也，层注而下。黄鹄客。因是以。游于江海，淹乎大沼[9]，俯噣鳝鲤，仰啮菱衡[10]，奋其六翮[11]，而凌清风，飘摇乎高翔，自以为无患，与人无争也。不知夫射者，方将修其碆卢[12]，治其缯缴[13]，将加己乎百仞之上。被礛磻[14]，引微缴[15]，折清风而抎[16]矣。故昼游乎江河，夕调乎鼎鼐[17]。迟矣，晚矣，不可及矣。

“夫黄鹄其小者也，层注而下。蔡灵侯[18]之事客。渐渐逼来。因是以。南游乎高陂[19]，北陵乎巫山，饮茹溪[20]流，食湘波之鱼，左抱幼妾，右拥嬖女，与之驰骋乎高蔡[21]之中，而不以国家为事。不知夫子发[22]方受命乎灵王，系己以朱丝而见之也。迟矣，晚矣，不可及矣。

7. 摄：引持。

8. 调乎酸咸：指烹了。酸咸，是调味作料。

9. 淹：滞留。这里是休息的意思。沼：水池。

10. 菱衡：同“菱荇”，即菱角和水草。

11. 六翮：鸟翅的六根大羽毛，即健羽。

12. 碆卢：石箭头和黑色弓。

13. 缯：通“矰”，一种系有丝绳的射鸟的短箭。缴：系在箭上的生丝绳。

14. 被：遭受。礛磻：锐利的石箭头。磻，同“碆”。

15. 引微缴：拖着细丝绳。

16. 抎：坠落。

17. 鼎：古代煮食物的器具。鼐：大型的鼎。

18. 蔡灵侯：蔡景侯之子，名般，弑父自立。鲁昭公十一年（公元前531年），被楚灵王诱杀于申。

19. 陂：山坡。

20. 茹溪：水名，在今重庆市巫山县北。

21. 高蔡：疑即上蔡，在今河南省上蔡县。

22. 子发：楚国大夫。据《左传·昭公十一年》和《史记·楚世家》载，围蔡的是楚灵王之弟公子弃疾，不是子发。

“蔡灵侯之事其小者也，层注而下，至此，已到。君王之事主。一路宽宽逼来，至此，不图当面直取。读之，至今骇然！因是以。左州侯[23]，右夏侯，辇从鄢陵君与寿陵君，饭封禄之粟[24]，而载方府之金[25]，与之驰骋乎云梦[26]之中，而不以天下国家为事，不知夫穰侯[27]方受命乎秦王，填黾塞[28]之内，而投己乎黾塞之外。”至此，则迟矣，晚矣，不可及矣。今正未迟也，未晚也。妙在说到此，竟住笔，更不再措一句。

23. 州侯：与下文的夏侯、鄢陵君、寿陵君，均为楚顷襄王的幸臣。

24. 饭封禄之粟：吃的是从封邑里进奉来的谷物。禄，俸给。

25. 载方府之金：出游车上载的是从四方贡入府库的金银。

26. 云梦：云梦泽，在今湖北省中部，跨长江两岸。楚顷襄王时，其地已大部沦陷于秦。这是策士粉饰之词。

27. 穰侯：魏冉。秦昭王的舅舅。

28. 黾塞：鄳隘之塞，古隘道名。在今河南平靖关一带。此句言在黾塞之内布满了秦兵。

战国策

墨子罢楚云梯

宋卫策

前幅奇峭，后幅奇快。

公输般为楚设机[1]，将以攻宋。墨子[2]闻之，百舍重茧[3]，往见公输般。四字添色。百里一宿，经历百宿，约千里也。足底肿起如茧，止非一层也。谓之曰："吾自宋闻子。吾欲藉子杀王。"峭甚，斗甚。公输般曰："吾义句。，固不杀王。"亦峭甚。墨子曰："闻公为云梯，将以攻宋。宋何罪之有？句句峭。义不杀王句。而攻国，句。是不杀少而杀众。奇峭之至！敢问攻宋何义也？"便借他"义"字，奇峭之至！公输般服焉，请见之王。

墨子见楚王[4]曰："今有人于此，又斗又峭。舍其文轩，邻有敝舆而欲窃之；舍其锦绣，邻有短褐而欲窃之；舍其

1. 公输般：姓公输，名般，亦作盘，或班。鲁国人，故亦称鲁班。以善制奇巧的器械著称于世。机：机械，指云梯之类。

2. 墨子：名翟，墨家学派的创始者，鲁国人（一说宋国人）。

3. 舍：古称一宿为舍。姚宏《战国策注》："百里一舍也。"百舍，即有万里之遥，显系夸张之词。（金批称"约千里也"，或为其笔误。）重茧：老茧。此指足因走路远摩擦而生的硬皮。

4. 楚王：指楚惠王。

粱肉，邻有糟糠而欲窃之。此为何若人也？”般为云梯攻宋，如此文字，翟亦为云梯救宋也。王曰：“必为有窃疾[5]矣。”

墨子曰：“荆之地方五千里，宋方五百里，此犹文轩之与敝舆也。荆有云梦，犀兕麋鹿盈之，江、汉鱼鳖鼋鼍为天下饶[6]，宋所谓无雉兔鲋鱼[7]者也，此犹粱肉之与糟糠也。荆有长松、文梓、楩、枏、豫樟[8]，宋无长木，此犹锦绣之与短褐也。臣以王吏之攻宋，为与此同类也。”便如瀑水倒悬直下，文之奇快，一至于此，王曰：“善哉！请无攻宋。”四字亦峭。

5. 窃疾：嗜好偷窃的怪毛病。

6. 鼋：俗名癞头鼋，比鳖大。鼍：俗名猪婆龙，又称扬子鳄。饶：富。

7. 鲋鱼：鲫鱼。

8. 文梓：梓树，因木质纹理细密，故叫文梓。楩：黄楩木。枏：楠木。豫樟：樟树。

司马熹立阴后

中山策

节节奇，节节妙，节节腴。诚若惊其奇，服其妙，必须细察其腴。盖学得其腴时，便不难有其奇，而自然到其妙也。

阴姬与江姬争为后[1]。事端。司马熹谓阴姬公曰[2]：“事成，则有土得民[3]；不成，则恐无身。欲成之，何不见臣乎？”凭空生出文字来。阴姬公稽首曰：“诚如君言，事何可豫道[4]者。”此句妙！并不求计。司马熹即奏书中山王曰：“臣欲弱赵强中山。”奇文突兀，细思之，与阴姬何与乎？后贤掩卷试揣摹之。中山王悦而见之曰：“愿闻弱赵强中山之说。”司马熹曰：“臣愿之赵，观其地形险阻，人民贫富，君臣贤不肖，商[5]敌为资，未可豫陈也。”奇文，又笔甚腴慾。中山王遣之。

见赵王曰：“臣闻赵，天下善为音[6]，奇文。佳丽人之所

1. 阴姬：阴简，中山君美人。江姬：中山君美人。

2. 司马熹：中山王相。熹，同“喜”。阴姬公：阴姬父。

3. 事成：指阴姬成为中山王后。有土得民：指阴姬公受封。

4. 豫道：先言。豫，通“预”。

5. 商：计度。

6. 音：乐音，指唱歌。

出也。奇文。今者，臣来至境，入都邑，观人民谣[7]俗，容貌颜色，殊无佳丽好美者。奇文。以臣所行多矣，周流无所不至，未尝见人如中山阴姬者也。奇文。不知者，特以为神，力言不能及也。奇文，笔甚腴恣。其容貌颜色，固已过绝人矣。若乃其眉目准頞权衡[8]，犀角偃月，彼乃帝王之后，非诸侯之姬也。”奇文，腴之甚！恣之甚！赵王意移，入二字妙！大悦曰：“吾愿请之，何如？”司马熹曰：“臣窃见其佳丽，口不能无道尔。精绝！细思如此文，真是何等心胸，写得出来。即欲请之，是非臣所敢议，愿王无泄也。”精绝！

司马熹辞去，归报中山王曰：“赵王非贤王也。不好道德，而好声色；不好仁义，而好勇力。陪一“而好勇力”，如有意如无意，妙，妙！臣闻其乃欲请所谓阴姬者。”添“所谓”二字，如全不认阴公者，妙，妙！中山王作色不悦。司马熹曰：“赵强国也，其请之必矣。奇文，奇得险绝！王如不与，即社稷危矣；险绝！与之即为诸侯笑。”险绝！中山王曰：

7. 谣：徒歌。

8. 准：鼻头。頞：鼻梁。权：通“颧”，两颊。衡：眉上。

“为将奈何？”司马熹曰：“王立为后，以绝赵王之意。何曾费半点力。妙哉，妙哉！世无请后者，自注，妙，妙！虽欲得请之，邻国不与也。”再自注，妙，妙！中山王遂立以为后，赵王亦无请言也。又多写此一句，真令通篇化作镜花水月。若无此一句，便是实实有此一篇文字也。

楚

2 篇

屈原卜居[1]

忽然端策而请，忽为释策而谢，正如空中云舒云卷。文人从无生有，自来如此矣。痴人便谓屈平真正曾往问卜。

屈原既放，三年不得复见，竭智尽忠，而蔽障于谗，心烦虑乱，不知所从。乃往见太卜[2]郑詹尹竭智尽忠，竭智以尽忠也。“心烦”二句，所谓“竭智”也。“乃往见太卜”，亦竭智后始出此也。

曰：“余有所疑，愿因[3]先生决之。”詹尹乃端策拂龟四字，画。曰[4]：“君将何以教之？”写肯卜，妙！屈原曰：“吾宁悃悃款款[5]，朴以忠乎？将送往劳来，斯无穷乎？宁诛锄草茅，以力耕乎？将游大人，以成名乎？宁正言不讳，以危身乎？将从俗富贵，以偷生乎？宁超然高举，以保真[6]乎？将呢訾慄斯[7]，喔咿儒儿[8]，以事妇人[9]乎？宁廉洁正直，以自清乎？将突梯滑稽[10]，如脂如韦[11]，以絜楹[12]乎？宁昂昂若千里之驹乎，将氾氾若水中之

1. 卜居：王逸《楚辞章句》认为是屈原所作。但后人多怀疑此说。

2. 太卜：官名，卜筮官之长。

3. 因：通过，依靠。

4. 端策：放正蓍草。拂龟：拂去卜龟上的灰尘。这是占卜前表示虔诚的准备动作。

5. 悃悃款款：诚恳忠实的样子。

6. 保真：保全自己真实的本性。一作“保贞”。

7. 呢訾：阿谀奉迎。慄斯：戒惧的样子。慄，一作“栗”。

8. 喔咿：强笑。儒儿：通“嚅唲”，强笑顺从的样子。

9. 妇人：指楚怀王宠姬郑袖。

10. 突梯：圆滑的样子。滑稽：原是一种酒器，转注吐酒不止。形容圆转自如。

11. 如脂：像油脂那样光滑。如韦：像熟牛皮那样柔软。比喻善于应付世俗环境。

12. 絜楹：比喻人的圆滑、谄谀。

凫[13]？与波上下，偷以全吾躯乎？多一句，参差入妙！宁与骐骥亢轭[14]乎？将随驽马之迹乎？宁与黄鹄[15]比翼乎？将与鸡鹜争食乎？以上，须细察并无一句重沓。此孰吉孰凶？何去何从？祝文毕。下是诉詹尹，别为一篇。世溷浊而不清：蝉翼为重，千钧[16]为轻；黄钟[17]毁弃，瓦釜[18]雷鸣；谗人高张，贤士无名。吁嗟默默兮，谁知吾之廉贞？”写得又似要卜，又似不要卜，心烦意乱，不知所从。如画。詹尹乃释策而谢曰：写不肯卜，又妙！“夫尺有所短，寸有所长，物有所不足，智有所不明，数有所不逮[19]，神有所不通，用君之心，行君之意。六“有所”字，本接末句。横插此二句八字，文特奇峭之甚！龟策诚不能知事！”妙，妙！

13. 氾氾：浮游无定的样子。氾，同“泛”。凫：野鸭。

14. 亢：通“伉”，并。轭：车辕前套在马颈上的人字形的曲木。亢轭，犹并驾。

15. 黄鹄：天鹅。

16. 钧：三十斤为一钧。

17. 黄钟：古乐十二律之一，声调最洪大最响亮。

18. 瓦釜：砂锅，平常的炊具，比喻庸才。

19. 数有所不逮：指卦数有所不及知。

宋玉对楚王问

此文，腴之甚，人亦知；炼之甚，人亦知；却是不知其意思之傲睨，神态之闲畅。凡古人文字，最重随事变笔。如此文，固必当以傲睨闲畅出之也。

楚襄王问于宋玉[1]曰："先生其有遗行与[2]？先标。何士民[3]众庶不誉之甚也？"后补。"羽岂其苗裔耶，何兴之暴也？"一样法。

宋玉对曰："唯。一应。然。再应。有之。三应，接连下三应，便摹神。愿大王宽其罪，使得毕其辞。入二语，便委婉。

"客有歌于郢中者，其始曰《下里》《巴人》[4]，国中属而和者数千人[5]。数千人。其为《阳阿》《薤露》[6]，国中属而和者数百人。数百人。其为《阳春》《白雪》[7]，国中属而和者，不过数十人。数十人，上加"不过"字。引商刻羽[8]，杂以流徵[9]，国中属而和者，不过数人而已。

1. 宋玉：战国时楚国著名辞赋家，生卒年不详。相传为屈原弟子，曾为楚顷襄王的文学侍从。

2. 其：表示询问，大概。遗行：可遗弃的行为，即不良行为。

3. 士民：古代四民中学道艺或习武勇的人。

4.《下里》《巴人》：楚国民间的通俗歌曲名。

5. 国中：国都中。属：跟着。和：以声相应。

6.《阳阿》：古歌曲名。《薤露》：出殡时挽柩人唱的挽歌。以上两曲都不如《下里》《巴人》通俗。

7.《阳春》《白雪》：楚国高雅的歌曲名。

8. 引商刻羽：意为拉长轻劲敏疾的商音降为低平的羽音。商，五音之一，其声轻劲敏疾。羽，五音之一，其声低平掩映。刻，减，犹下降的意思。

9. 流徵：意即流转着抑扬递续的徵音。徵，五音之一，其声抑扬递续。

"数人"上加"不过"字，下又加"而已"字。是一字句，总上四段也。其曲弥高，其和弥寡。其曲其和，弥高弥寡，结束上文，最腴最炼。

"故鸟有凤而鱼有鲲。上是譬，此又譬。上，先开后总。此，先总后开。法变。凤凰上击九千里，绝云霓，负苍天，足乱浮云，翱翔乎杳冥之上。写凤凰，下如许语，腴甚。夫藩篱之鷃，岂能与之料天地之高哉？写鷃，只下"藩篱"二字。鲲鱼朝发昆仑之墟，暴鬐于碣石[10]，暮宿于孟诸[11]。写鲲鱼，下如许语，腴甚。夫尺泽之鲵[12]，岂能与之量江海之大哉？写鲵，只下"尺泽"二字。

"故非独鸟有凤而鱼有鲲也，上用一"故"字过，此再用一"故"字过。士亦有之。夫圣人之瑰意琦行[13]，超然独处，八字，腴之至，炼之至。夫世俗之民，又安知臣之所为哉？"与上一样落句。

10. 暴鬐：显露鱼脊。碣石：山名，在今河北省昌黎县西北，靠渤海边。

11. 孟诸：古泽名，在今河南省商丘市东北。

12. 尺泽：尺把大的小水塘。鲵：小鱼。

13. 瑰意：卓越的思想。琦行：不平凡的行为。

战

文

2 篇

驺忌鼓琴

文亦有一弹再鼓之态。

驺忌子以鼓琴见威王[1]，威王说而舍之右室[2]。须臾，王鼓琴，驺忌子推户入曰："善哉鼓琴！"王勃然不说，去琴按剑曰："夫子见容[3]未察，何以知其善也？"驺忌子曰："夫大弦浊以春温者，君也；妙！一样句法。小弦廉折以清者，相也[4]；妙！又一样句法。攫之深[5]，醳之愉者[6]，政令也；妙！又一样句法。醳，音释。愉，音舒。钧谐[7]以鸣，大小相益，回邪[8]而不相害者，四时也；妙！又一样句法。吾是以知其善也。"王曰："善语音。"文已毕。不谓下又生。驺忌子曰："何独语音，夫治国家而弭人民皆在其中。"王又勃然不说曰："若夫语五音之纪，信未有如夫子者也。若夫治国家而弭人民，又何为乎丝桐[9]之间？"

1. 驺忌子：驺忌。驺，一作"邹"。战国时齐人，善鼓琴，曾为齐威王的相，封成侯。威王：指齐威王。

2. 说：同"悦"。舍：止息。

3. 容：法度。

4. "大弦浊"和"小弦廉折"二句：据蔡邕《琴操》："大弦者，君也，宽和而温。小弦者，臣也，清廉而不乱。"又曰："凡弦以缓急为清浊。琴，紧其弦则清，缦（慢）其弦则浊。"浊，指琴弦宽缓。清，指琴弦紧急。春温，春气温和。廉折，指乐音尖锐而急。

5. 攫之：指以手指持弦。深：重。

6. 醳之：手指放松弦。醳，通"释"。愉：薄，即轻。一作"舒"。与上句意为以手指按弦的重、轻喻政令。

7. 钧谐：乐调和谐。钧，乐调。

8. 回邪：枉曲。

9. 丝桐：指琴。古代多用桐木制琴，练丝为弦，故称。

佳句。驺忌子曰："夫大弦浊以春温者，君也；小弦廉折以清者，相也；攫之深而醳之愉者，政令也；钧谐以鸣，大小相益，回邪而不相害者，四时也。重理前文，不省一字。妙，妙！夫复而不乱者，所以治昌也；连而径者，所以存亡也；此二句，不知是前文所留，不知是后文所补，妙！故曰琴音调而天下治。夫治国家而弭人民者，无若乎五音者。"妙文，妙旨。王曰："善。"

威王臣宝

更不剪截，信笔所书，自成奇绝！

威王与魏王会田于郊[1]。魏王问曰："王亦有宝乎？"威王曰："无有。"只二字，便不凡。梁王曰："若寡人国小也，尚有径寸之珠照车前后各十二乘者句。十枚，奈何以万乘之国而无宝乎？"威王曰："寡人之所以为宝与王异。一句，头。吾臣有檀子[2]者，整齐。使守南城，则楚人不敢为寇东取，泗上十二诸侯皆来朝[3]。错落。吾臣有肦子[4]者，整齐。使守高唐[5]，则赵人不敢东渔于河。错落。吾臣有黔夫[6]者，整齐。使守徐州，则燕人祭北门[7]，赵人祭西门，徙而从者七千余家。错落。吾臣有种首者，整齐。使备盗贼，则道不拾遗。错落。此四臣者，将以照千里，岂特十二乘哉！"一句，结。写威王通体不凡。梁惠王惭，不怿[8]而去。

1. 威王：指齐威王。魏王：指魏惠王，也即下文的梁王、梁惠王。

2. 檀子：齐威王臣。檀，姓。子，美称。

3. 泗上：泗水之滨。十二诸侯：指邾、莒、宋、鲁等国诸侯。

4. 肦子：田肦，齐威王臣。

5. 高唐：齐邑，在今山东省禹城市西南。

6. 黔夫：齐威王臣。

7. 祭北门：与下文"祭西门"，是指祭祀齐国的北门和西门。因燕、赵之人怕齐国侵伐，故祭祀以求福。

8. 怿：喜。

李

斯

1 篇

李斯

谏逐客书

自首至尾，落落只写大意，初并无意为文。看他起便一直径起，住便一直径住，转便径转，接便径接。后来文人无数笔法，对此一毫俱用不着，然正是后来无数笔法之祖也。

臣闻吏议逐客，窃以为过矣。劈手叙事，劈口断之。昔缪公[1]求士，西取由余[2]于戎，东得百里奚[3]于宛，迎蹇叔[4]于宋，来丕豹、公孙支于晋[5]。此五子者，不产于秦，而缪公用之，并国二十，遂霸西戎。缪公，一。孝公用商鞅之法，移风易俗，民以殷盛，国以富强，百姓乐用，诸侯亲服，获楚、魏之师，举地千里，至今治强。孝公，二。惠王用张仪之计[6]，拔三川之地，西并巴、蜀，北收上郡，南取汉中，包九夷，制鄢、郢，东举成皋之险，割膏腴之壤，遂散六国之从，使之西面事秦，功施到今。惠王，三。昭王得范雎[7]，废穰侯，逐华阳，强公室，杜私门，蚕食诸侯，使秦成帝业。昭王，四。劈手下断后，接此四段，略不裁剪，落落只写大意。此四君者，皆以客之功。由此观之，

1. 缪公：秦穆公，春秋五霸之一。

2. 由余：其先为晋人，亡命入戎任职，后经穆公设法使其投奔秦国，任为谋臣，助秦灭了十二个戎国，扩地千里。

3. 百里奚：楚国宛人。原任虞国大夫。晋灭虞后，把他作为陪嫁的奴仆送往秦国，他逃亡至宛地，为楚俘获。穆公闻其贤，用五张黑羊皮把他赎回，授以国政，为秦相。

4. 蹇叔：原是岐人，旅居宋国。后经百里奚推荐，秦穆公用厚礼聘他为上大夫。

5. 丕豹：原是晋国大夫丕郑之子，因父丕郑为晋惠公所杀，便逃至秦国，穆公任他为大将。公孙支：字子桑。先在晋国，后入秦为谋臣，官任大夫。

6. 惠王：指秦惠王嬴驷。张仪：战国魏人，纵横家。后入秦，任为相。提出“连横”主张，游说六国事秦，在秦统一中国过程中起过一定作用。

7. 昭王：指秦昭襄王嬴则。范雎：战国魏人，入秦后，秦昭襄王用为相。他提出的“远交近攻”策略，使秦在统一战争中连续取得胜利。

客何负于秦哉！莽莽大笔，落落大意，忽然结，忽然转，全不以文为意。

向使四君却客而不内，疏士而不用，是使国无富利之实而秦无强大之名也。所谓忽然结，忽然转，不以文为意也。

今陛下致昆山之玉，有随、和之宝[8]，垂明月之珠，服太阿之剑[9]，乘纤离[10]之马，建翠凤之旗，树灵鼍之鼓[11]。此数宝者，秦不生一焉，而陛下说之，何也？莽莽大笔，忽说别事，看他下去，如连如断，凡提两“必秦而后可”，却又不整，又不数，总是先秦笔墨如此。必秦国之所生然后可，则是夜光之璧不饰朝廷，犀象之器不为玩好[12]，郑、卫之女不充后宫，而骏马駃騠[13]不实外厩，江南金锡不为用，西蜀丹青不为采。所以饰后宫充下陈娱心意悦耳目者，必出于秦然后可，则是宛珠[14]之簪，傅玑之珥[15]，阿缟之衣[16]，锦绣之饰不进于前，而随俗雅化[17]，佳冶窈窕赵女不立于侧也。如此文字，不知其为顺、为倒、为连、为断、为正、为喻、为整、为散，总是先秦笔墨如此。夫击瓮叩缶[18]，弹筝搏髀[19]，而歌呼呜呜快耳目者，真秦之声也；郑、卫、桑间、韶、虞、武、象者[20]，异国之乐也。今弃击瓮叩缶而就郑卫，退弹筝而

8. 随、和之宝：随侯珠及和氏璧。

9. 服：佩带。太阿：宝剑名，相传为春秋时吴国名匠干将和欧冶子合铸。

10. 纤离：良马名。

11. 灵鼍：俗名猪婆龙，其皮制鼓，声音宏亮。

12. 犀象之器：指用犀牛角和象牙制作的器物。玩好：供玩赏的东西。

13. 駃騠：骏马名。

14. 宛珠：楚国宛地出产的珠子。

15. 傅玑之珥：缀有玑珠的耳饰。

16. 阿缟之衣：指用齐国东阿产的绢帛制成的衣裳。

17. 随俗雅化：随着时俗风尚，打扮得时髦漂亮。

18. 瓮、缶：均是陶器，秦用作打击乐器。故秦声质朴粗犷。

19. 搏髀：拍着大腿打拍子。

20. 郑、卫：指郑国、卫国的乐曲。桑间：卫国地名，在濮水之滨，相传为卫国青年男女聚会欢唱的地方。这里指这个地区的音乐。韶、虞：相传为舜时的乐曲。武、象：相传为周武王时的舞曲。

取韶虞，若是者何也？快意当前，适观[21]而已矣。总是落落自写大意，何暇分色分声。今取人则不然。忽然转。不问可否，不论曲直，非秦者去，为客者逐。然则是所重者在乎色乐珠玉，而所轻者在乎人民也。此非所以跨海内[22]制诸侯之术也。忽然结。

臣闻地广者粟多，国大者人众，兵强则士勇。是以太山不让土壤[23]，故能成其大；河海不择细流，故能就其深；王者不却众庶，故能明其德。是以地无四方，民无异国，四时充美，鬼神降福，此五帝、三王之所以无敌也。落落大意。今乃弃黔首以资敌国，却宾客以业诸侯[24]，使天下之士退而不敢西向，裹足不入秦，此所谓“藉寇兵而赍盗粮”者也。忽然又结，下忽然又转。

夫物不产于秦，可宝者多；结喻。士不产于秦，而愿忠者众。结客。今逐客以资敌国，损民以益仇，内自虚而外树怨于诸侯，求国无危，不可得也。忽然结，便住。

21. 适观：欣赏起来舒适。

22. 跨海内：统一中国的意思。古人认为中国四周都是海，海内是国土。

23. 太山：泰山。让：舍弃。

24. 业诸侯：成就其他诸侯的功业。

韩

非

2 篇

韩　非

初见秦王

笔下峭刻，是其天性。又要看其开阖之大，描摹之细，是古今最雄奇文字。

臣闻之[1]，弗知而[2]言为不智，陪。知而不言为不忠。主。为人臣不忠当死，言而不当亦当死。虽然，臣愿悉言所闻，唯大王裁其罪。出手峭刻，便是韩非。

臣闻天下阴燕阳魏[3]，连荆固齐[4]，收韩而成从，将西面以与秦强为难[5]，臣窃笑之。一段。先言从之难成，作翻。世有三亡[6]，而天下得之，其此之谓乎！臣闻之曰："以乱攻治者亡，以邪攻正者亡，以逆攻顺者亡。"证从之难成。今天下之府库不盈，囷仓空虚[7]，悉其士民，张军数十百万。其顿首戴羽为将军，断[8]死于前，不至千人，皆以言死。画出可笑。白刃在前，斧锧在后[9]，而却走不能

1. 臣闻之：据《战国策》姚宏本，在"臣闻之"前有"张仪说秦王曰"六字；鲍彪本无"张仪"二字；吴师道本认为"张仪"当作"韩非"。金圣叹从吴师道本。故此文以陈奇猷《韩非子集释》本为底本。

2. 而：如、若。本段几个"而"均是。

3. 阴燕阳魏：此指关东地形而言，燕国在北，魏国在南。《尔雅》："山南曰阳，山北曰阴。"

4. 荆：楚国。此句意为楚、齐为东方大国，与燕、魏等连结起来，恃以为固。

5. 秦强：当作"强秦"，因此文是颂秦之辞。难：怨仇，这里是"敌"的意思。

6. 三亡：指下文的"以乱攻治者亡，以邪攻正者亡，以逆攻顺者亡"。

7. 囷：圆的谷仓。仓：方的谷仓。

8. 断：必。

9. 斧锧在后：言士民败退则有斧锧之诛。

死也。画出可笑。非其士民不能死也，上不能故也。言赏则不与，言罚则不行，赏罚不信，故士民不死也。以上，反复极论从之必难成如此，下则反复极论谋臣不忠，从且不难成。今秦出号令而行赏罚，有功无功相事也。出其父母怀衽[10]之中，生[11]未尝见寇耳。闻战，顿足徒裼[12]，犯白刃，蹈炉炭[13]，断死于前者皆是也。极画秦人。夫断死与断生者不同，而民为之者，是贵奋[14]死也。夫一人奋死可以对十，十可以对百，百可以对千，千可以对万，万可以尅[15]天下矣。一“今秦”，言号令胜六国。今秦地折长补短，方数千里，名师数十百万。二“今秦”，言地形胜六国。秦之号令赏罚、地形利害，天下莫若也。以此与[16]天下，天下不[17]足兼而有也。忽然总上，曲折而下，翻出谋臣不忠。是故秦战未尝不尅，攻未尝不取，所当未尝不破，开地数千里，此其大功也。然而兵甲顿[18]，士民病，蓄积索，田畴荒，囷仓虚，四邻诸侯不服，霸王之名不成，此无异故，其谋臣皆不尽其忠也。一篇主意，在力排谋臣不忠，而欲自进其说。

10. 怀衽：怀抱。衽，衣衿。

11. 生：指出生以来。

12. 顿足徒裼：跌足肉袒，以示死战决心。裼，袒衣露体。

13. 炉炭：指炉中火炭。古时作战时，以火炭置地，作为防御。

14. 贵：崇尚。奋：勇敢。

15. 尅：同“克”。

16. 与：通“举”。

17. 不：衍字。

18. 顿：通“钝”，不锋利。

臣敢言之，提。以下，反复皆从不难成。往者齐南破荆，东破宋，西服秦，北破燕，中使韩、魏[19]，土地广而兵强，战尅攻取，诏令天下。齐之清济浊河[20]，足以为限，长城巨防，足以为塞。看他先自说齐事，不便说秦事。齐五战之国[21]也，一战不尅而无齐[22]。由此观之，夫战者，万乘之存亡也。从齐，看看卸到秦。且闻之曰："削迹无遗根[23]，无与祸邻，祸乃不存。"再找一句，以明利害。以下，细细说秦为谋臣所误，不止一端。秦与荆人战，大破荆，袭郢，取洞庭、五湖[24]、江南，荆王君臣亡走，东服于陈。当此时也，随荆以兵则荆可举，荆可举，则民足贪也，地足利也。东以弱齐、燕，中以凌三晋。然则是一举而霸王之名可成也，四邻诸侯可朝也。说得如可唾手。而谋臣不为，引军而退，复与荆人为和，令荆人得收亡国，聚散民，立社稷主[25]，置宗庙，令率天下西面以与秦为难[26]，此固以失霸王之道一矣。谋臣不忠，因而误秦，此是一端。天下又比周而军华下[27]，大王以诏破之，兵至梁郭[28]下，围梁数旬则梁可拔，拔梁则魏可举，举魏则荆、赵之意绝[29]，荆、赵

19. 中使韩、魏：齐湣王二十六年令韩、魏攻秦事。

20. 清济浊河：济水清，黄河浊。

21. 五战之国：指东、西、南、北、中五面受敌的国家。

22. 一战不尅而无齐：指乐毅六国之兵一举破齐，连下齐七十余城，齐湣王出亡。

23. 削迹无遗根：意为祸败之迹，削去本根，才无祸败。《战国策·秦策一》作"削株掘根"。

24. 五湖：当是"五渚"，湖为"渚"字之误。五渚，楚邑，在宛、邓之间，临汉水。

25. 主：陈奇猷认为是衍字，因立社稷、置宗庙为古人常语。下同。

26. 与秦为难：据《史记·楚世家》："襄王二十三年，襄王乃收东地兵，得十余万，复西取秦所拔我江旁十五邑以为郡，距秦。"即指此。

27. 比周：密切连结。华下：华阳之下。

28. 梁：魏都大梁。郭：外城。

29. 举魏则荆、赵之意绝：因魏在楚、赵之间，攻下魏国，就使楚国与赵国之间不能沟通。

之意绝则赵危，赵危而荆狐疑，东以弱齐、燕，中以凌三晋。然则是一举而霸王之名可成也，四邻诸侯可朝也。又如可唾手。而谋臣不为，引军而退，复与魏氏为和，令魏氏反收亡国，聚散民，立社稷主，置宗庙，令[30]，此固以失霸王之道二矣。谋臣不忠，因而误秦，此又一端。前者穰侯之治秦也，用一国之兵而欲以成两国之功。是故兵终身暴露于外，士民疲病于内，霸王之名不成，此固以失霸王之道三矣。谋臣不忠，误秦，又一端。

赵氏，中央之国[31]也，杂民[32]所居地。其民轻而难用也[33]，号令不治，赏罚不信，地形不便，下不能尽其民力。彼固亡国之形也，看他是何等笔势。而不忧民萌。悉其士民，军于长平[34]之下，以争韩上党[35]。大王以诏破之，拔武安[36]。当是时也，赵氏上下不相亲也，贵贱不相信也。然则邯郸[37]不守。拔邯郸，筦山东河间[38]，引军而去，西攻修武[39]，踰华[40]，绛上党[41]，代四十六县，上党七十县，不用一领甲[42]，不苦一士民，此皆秦

30. 令：王先慎认为“令”下脱“率天下西面以与秦为难”句。

31. 中央之国：指赵国。因赵居邯郸，在燕之南，在齐之西，在魏之北，在韩之东，故曰中央。

32. 杂民：高诱注：“赵居中央，兼四国之人，故曰杂。”一说杂民，指工商游食之民。

33. 轻而难用：指赵国的百姓轻剽好利，难用于战斗。

34. 长平：战国赵邑，在今山西高平市西北。

35. 上党：韩地，在今山西长治市。

36. 武安：赵邑，在今河北省武安市。

37. 邯郸：战国赵都，在今河北邯郸市。

38. 筦：同“管”，主当。山东：指太行山以东，也指六国。河间：赵地，在今河北省河间市。

39. 修武：地名，故城在今河南省获嘉县。

40. 踰华：据《战国策·秦策一》当作“踰羊肠”。羊肠即羊肠坂，塞名，在今山西晋城市南。

41. 绛上党：据《战国策·秦策一》当作“降代、上党”。下文代、上党可证。绛与“降”形声相近而误。

42. 一领甲：一领铠甲。

有也。以[43]代、上党不战而毕为秦矣，东阳、河外不战而毕反为齐矣[44]，中山、呼沱[45]以北不战而毕为燕矣。然则是赵举，赵举则韩亡，韩亡则荆、魏不能独立，荆、魏不能独立则是一举而坏韩、蠹[46]魏、拔荆，东以弱齐、燕，决白马之口以沃[47]魏氏，是一举而三晋亡，从者败也。大王垂拱以须之，天下编随而服矣[48]，霸王之名可成。是何笔势，蓬蓬勃勃，不啻如口出。又如可唾手。而谋臣不为，引军而退，复与赵氏为和。夫以大王之明，秦兵之强，弃霸王之业，地曾不可得[49]，乃取欺于亡国，是谋臣之拙也。谋臣不忠，误秦又一端。此一端下，又叠叠复说者，秦战，最雄是长平之胜，最悔是不曾乘胜取赵，致后有王陵、王龁之败，故从其心病痛切言之。

且夫赵当亡而不亡，秦当霸而不霸，天下固以量秦之谋臣一矣。又作一段。乃复悉士卒以攻邯郸，不能拔也，弃甲负弩[50]，战竦而却[51]，天下固已量秦力二矣。又作一段。军乃引而复[52]，并于孚下[53]，大王又并军[54]而至，与战不能尅之也，又不能反运[55]，罢而去，天下固量秦力三矣。又作一段。内者量吾谋臣，外者极吾兵力。由是观

43. 以：陈奇猷认为当作“则”。

44. 东阳：齐地，在今山东临朐县东南。河外：滹沱河之外。

45. 呼沱：滹沱河，在今河北省西部。

46. 蠹：损害。

47. 沃：灌。

48. 编：连续不断。服：伏降。

49. 弃：据《秦策一》无“弃”字。地：“也”字之讹，应上属，即“霸王之业也”。曾：为“尊”字之误。刘辰翁本《国策》作“伯王业也尊不可得”为证。

50. 弃甲负弩：卸下甲衣，抱持弩矢。以示和平不战之意。

51. 竦：通“悚”，恐惧。却：退。

52. 复：反。指引军反回，以待增援。

53. 孚下：《秦策一》作“李下”，邑名，在今河南温县西南三十里。一说孚，地名，不详。

54. 并军：合军，指增援的军队。

55. 反：顾广圻曰：反，当作“及”。不能及运，指军粮不能及时运到。

之，臣以为天下之从[56]，几不难矣。紧紧收转“从不难”。内者，吾甲兵顿，士民病，蓄积索，田畴荒，囷仓虚；内者。外者，天下皆比意[57]甚固。外者。愿大王有以虑之也。紧紧再收。

且臣闻之曰：“战战栗栗，日慎一日，苟慎其道，天下可有[58]。”何以知其然也？又宽宽引古起。昔者纣为天子，将率天下甲兵百万，左饮于淇溪，右饮于洹溪，淇水竭而洹水不流，以与周武王为难。武王将素甲[59]三千，战一日，而破纣之国，禽其身，据其地而有其民，天下莫伤。极意写。知伯率三国之众以攻赵襄主于晋阳[60]，决水而灌之三月，城且拔矣，襄主钻龟筮占兆[61]，以视利害，何国可降。乃使其臣张孟谈[62]于是乃潜行而出，反知伯之约[63]，得两国之众，以攻知伯，禽其身以复襄主之初。极意写。今秦地折长补短，方数千里，名师数十百万，秦国之号令赏罚，地形利害，天下莫如也，以此与天下，天下可兼而有也。应前总。臣昧死愿望见大王

56. 从：合从。

57. 比意：意志相合。

58. “战战栗栗”四句：见《意林》引《六韬》和《淮南子·人间》篇。栗，通“慄”。战战栗栗，畏惧小心的样子。苟，诚。

59. 素甲：白甲。因武王在丧服，故士兵穿素甲。

60. 知伯：荀瑶。赵襄主：赵鞅，名襄子，古时大夫称主，故又叫赵襄主。晋阳：赵邑，在今山西太原市。

61. 钻龟筮：指钻龟数筴。兆：灼龟折处曰兆。

62. 张孟谈：赵襄子家臣。此句有脱误。陈奇猷认为，据《韩非子·十过》篇，此文当为：“何国可降，其臣张孟谈曰，亡弗能存，危弗能安，则无为贵智矣，于是张孟谈乃潜行而出。”供参考。

63. 反知伯之约：指张孟谈使韩、魏背知伯共同攻赵之约，并使韩、魏与赵结盟。

言所以破天下之，举赵、亡韩，臣荆、魏，亲齐、燕，以成霸王之名，朝四邻诸侯之道。以上，排尽谋臣，此欲独进其说。大王诚听其说，一举而天下之从不破，赵不举，韩不亡，荆、魏不臣，齐、燕不亲，霸王之名不成，四邻诸侯不朝，大王斩臣以徇[64]国，以为王谋不忠者也。反覆明己，与秦谋臣不同。

64. 徇：向众宣示。

韩 非

说难

尽事尽情之文，然而公子竟死于此。故学者只宜宝其文，不宜宝其术也。

凡说之难[1]：提。非吾知之，有以说之难也；十字句。又非吾辩之难[2]，能明吾意之难也[3]；十三字句。又非吾敢横失[4]能尽之难也。十一字句。忽然接三句非难，如奇峰嶙峋而起，矶硉而落，最是奇情奇笔。凡说之难，在知所说[5]之心，可以吾说当之[6]。又提。所说出于为名高者也，而说之以厚利，则见下节而遇卑贱，必弃远矣[7]。一难。所说出于厚利者也，而说之以名高，则见无心而远事情，必不收矣[8]。二难。所说阴为厚利而显为名高者也，而说之以名高，则阳收其身而实疏之，三难。若说之以厚利，则阴用其言而显弃其身。四难。前二分，后二并，笔态疏奇之甚。此之不可不知也。先一结过，下再起。

夫事以密成，语以泄败。未必其身泄之也，而语及其

1. 说：游说，用话劝说别人听从自己的意见。说之难：是言说者有逆顺之机，顺从招福，逆而制祸，失之毫厘，差之千里，所以说进行游说是困难的。

2. 非吾辩之难：不是我口辩为困难。

3. 能明吾意之难也：指被游说的对象能明白我游说之意为困难。

4. 横失：横佚，指辩说纵横无所顾忌的意思。失，通“佚”。

5. 所说：指所要游说的人。

6. 当之：适应被游说的人。

7. “所说出于为名高者”至“弃远”四句：意为所要游说的人志在博取高名，而我以厚利说之，他就会认为我志节低下而卑贱待我，一定被遗弃和疏远了。

8. “所说出于厚利”至“不收”四句：意为所要游说的人意在厚利，而我以博取高名说之，他就会认为我无心用世而远离实际，一定不被录用了。

所匿之事，如是者身危。一难。贵人有过端，而说者明言善议以推其恶者，则身危。二难。周泽未渥[9]也，而语极知，说行而有功则德亡[10]，说不行而有败则见疑，如是者身危。三难。夫贵人得计而欲自以为功，说者与知焉，则身危。四难。彼显有所出事，乃自以为也故[11]，说者与知焉，则身危。五难。强之以其所必不为，止之以其所不能已者，身危。六难，作一段过。下再起。故曰：与之论大人，则以为间己[12]；一难。与之论细人[13]，则以为粥权[14]。二难。论其所爱，则以为借资[15]；三难。论其所憎，则以为尝己[16]；四难。径省其辞，则不知而屈之；五难。汎滥博文[17]，则多而久之[18]。六难。顺事陈意，则曰怯懦而不尽；七难。虑事广肆，则曰草野而倨侮。八难。此说之难，不可不知也。又一结过，再下起。

凡说之务，又提。在知饰所说之所敬[19]，而灭其所丑[20]。一。彼自知其计[21]，则毋以其失穷之[22]；二。自勇其断，则毋以其敌怒之；三。自多其力，则毋以其难概之[23]。四。规异事与同计[24]，誉异人与同行者[25]，则以饰之无伤

9. 周泽：亲密的恩惠。渥：深厚。

10. 德亡：功德被遗忘。亡，通“忘”。

11. 彼显有所出事，乃自以为也故：意为被说者表面上做此事，却自己想成另一件事。

12. 间己：离间人主的君臣关系。

13. 细人：指无地位的人。一说人主左右的亲近小臣。

14. 粥权：鬻权，出卖君主的权力。粥，同“鬻”。

15. 借资：借人主所宠爱的人作为己助。

16. 尝己：试探自己（指人主）。

17. 汎滥博文：言辞浮泛，博涉文华。

18. 则多而久之：人主便认为说者语言烦琐而厌其久长。

19. 在知饰所说之所敬：在于懂得夸张被说者自己崇敬的事。

20. 而灭其所丑：而掩盖他认为可耻的事。

21. 彼自知其计：被说者自以为他的计策机智。知，通“智”。

22. 则毋以其失穷之：那就不要拿他的失误来困窘他。穷，困窘。

23. 则毋以其难概之：那就不要用他所认为难的事情来压平他。概，刮平斗斛的器具，引申为“平”的意思。一说概犹“格”，阻止。

24. 规异事与同计：规划他事与被说者所做的事计划相同。

25. 誉异人与同行者：赞美与被说者有相同行动的人。

也[26]。五。有与同失者[27]，则明饰其无失也[28]。六。大忠无所拂悟[29]，七。辞言无所击排[30]，八。乃后申其辩知焉[31]。此所以亲近不疑，再一结过，下再起。知尽之难也。再提。得旷日弥久，而周泽既渥，精深之文。深计而不疑，交争而不罪，精深之文。乃明计利害以致其功，直指是非以饰其身，精深之文。以此相持，四字，更精更深。此说之成也。结完。

伊尹为庖[32]，百里奚为虏，皆所由干其上也。引证。故此二子者，皆圣人也，犹不能无役身而涉世如此其污也，十四字句。则非能仕之所耻也。痛语，读之泪落，结上引证。

宋有富人，天雨墙坏。其子曰："不筑，且有盗。"其邻人之父亦云。二字，省法。暮而果大亡其财，其家甚知其子而疑邻人之父。又引证。昔者郑武公欲伐胡[33]，乃以其子妻之[34]。因问群臣曰："吾欲用兵，谁可伐者？"关其思[35]曰："胡可伐。"乃戮关其思，曰："胡，兄弟之国也，子言伐之，何也？"胡君闻之，以郑为亲己而不备郑。郑人袭胡，取之。又引证。此二说者，其知皆当

26. 则以饰之无伤也：那就可以夸饰他不露阿君的痕迹。

27. 有与同失者：有与被说者相同过失的人。

28. 则明饰其无失也：那就公开粉饰他没有错误。

29. 大忠无所拂悟：大忠的人于人主无所违逆。悟，通"牾"，逆。

30. 辞言无所击排：大忠之谏于人主无所抵触。

31. 乃后申其辩知焉：然后能施展说者的智辩了。

32. 伊尹：名挚，商汤王大臣，尊为阿衡（宰相）。在他未贵时，是汤妻陪嫁的奴隶，曾为膳夫，负鼎俎，以调味说汤。

33. 郑武公：周宣王的庶兄，郑桓公的儿子，郑国国君。胡：春秋时国名。

34. 子：指女儿。

35. 关其思：郑武公臣。

矣，然而甚者为戮，薄者见疑。非知之难也，处知则难矣。总结二证。

昔者弥子瑕[36]见爱于卫君。卫国之法，窃驾君车者罪至刖。既而弥子之母病，人闻，往夜告之，弥子矫驾君车出。君闻之而贤之曰："孝哉，为母之故而犯刖罪！"与君游果园，弥之食桃而甘，不尽而奉君[37]。君曰："爱我哉，忘其口而念我！"及弥子色衰而爱弛，得罪于君。君曰："是尝矫驾吾车，又尝食我以其余桃。"又引证。故弥子之行未变于初也，前见贤而后获罪者，爱憎之至变也。又结上证。故有爱于主，则知当[38]而加亲；见憎于主，则罪当而加疏。故谏说之士，不可不察爱憎之主而后说之矣。此连上"爱憎"转笔，极写臣主相遭之难；下再以龙喉逆鳞喻之，最峭拔，最婉折之笔也！

夫龙之为虫也，可扰狎[39]而骑也。然其喉下有逆鳞径尺，人有婴[40]之，则必杀人。人主亦有逆鳞，说之者能无婴人主之逆鳞，则几矣[41]。

36. 弥子瑕：春秋时卫灵公的嬖臣。

37. 不尽而奉君：甜桃没有吃完就送给卫灵公吃。

38. 知当：知谋合于人主。

39. 扰狎：驯服亲近。

40. 婴：通"撄"，触犯。

41. 则几矣：就近于善谏了。

史记

选

4 篇

赵养卒说归赵王

文字无有不从笔墨生者。此文字，却是生龙活虎，殆非笔墨所能效力，直令人亲见倏忽从舍中去，倏忽已与王御而归也。

赵王乃与张耳、陈余北略地燕界[1]。赵王间出[2]，为燕军所得。燕将囚之，欲与分赵地半，乃归王。使者往，燕辄杀之以求地。张耳、陈余患之。事乃如此，先叙过，下忽出奇。有厮养卒谢其舍中曰[3]：“吾为公[4]说燕，与赵王载归。”“吾为公”，妙！吾之为吾，更不自计，奈何许人，加“与王载归”句，更妙！舍中皆笑曰：“使者往十余辈[5]，辄死，若[6]何以能得王？”只写舍中一笑，并不曾通张、陈。乃走燕壁[7]。叙得疏奇。燕将见之，叙得疏奇。问燕将曰：“知臣何欲？”一问，如高手棋，斗下一子，了无可揣摸。燕将曰：“若欲得赵王耳。”曰：“君知张耳、陈余何如人也？”再问，如高手棋，又斗下一子。燕将曰：“贤人也。”曰：“知其志何欲？”又一问，如高

1. 赵王：武臣。原为陈涉将，徇地至赵，自立为王。张耳：时为赵王右丞相。陈余：时为大将军。

2. 间出：乘隙私出。

3. 厮养卒：劈柴煮饭的士兵。韦昭曰：“析薪为厮，炊烹为养。”谢：告诉。舍中：指同舍中的人。《汉书》作“舍人”。

4. 公：对尊长或平辈的敬称。

5. 辈：犹次。

6. 若：你。

7. 燕壁：燕军营垒。

手棋，又斗下一子。凡下三子，略不连接，而已尽得大势，以下如破竹也。曰：“欲得其王耳。”赵养卒乃笑曰：“君未知此两人所欲也。劈手夺一句。夫武臣、张耳、陈余杖马箠三字句，腴甚。下赵数十城，此亦各欲南面而王，岂欲为卿相终已邪？妙，妙！快快！其说云何？我急欲闻。夫臣与主岂可同日而道哉！又陪讲一句，使意绝畅。顾[8]其势初定，未敢参分而王，且以少长先立武臣为王，以持赵心。妙，妙！是，是！今赵地已服，此两人亦欲分赵而王，时未可耳。妙，妙！是，是！今君乃囚赵王，六字句。此两人名为求赵王，八字句。实欲燕杀之，此两人分赵自立。十二字句。夫以一赵[9]尚易燕，况以两贤王左提右挈[10]，而责杀王之罪，二十二字句。灭燕易矣。”四字句。燕将以为然，乃归赵王，养卒为御而归。六字写绝。固曰“与王载归”也。

8. 顾：但。

9. 一赵：指一个赵王。

10. 两贤王：指张耳、陈余。左提右挈：互相扶持。

史 记 选

张耳陈余说诸县豪杰

一段，极写秦毒之深；一段，极写陈王倡义之响应；然后一段，鼓励诸县豪杰。其笔一低一昂，使读者至今尚欲推案大呼而起。

“秦为乱政虐刑以残贼[1]天下，数十年矣。北有长城之役，南有五岭[2]之戍，外内骚动，百姓罢敝，头会箕敛[3]，以供军费，财匮力尽，民不聊生。重之以苛法峻刑，使天下父子不相安。以上，数秦。陈王奋臂为天下倡始，王楚之地，方二千里，莫不响应，家自为怒，人自为斗，各报其怨而攻其仇，县杀其令丞[4]，郡杀其守尉[5]。今已张[6]大楚，王陈，使吴广、周文将卒百万西击秦。以上，是陈王。于此时而不成封侯之业者，非人豪也，诸君试相与计之！夫天下同心而苦秦久矣。因天下之力而攻无道之君，报父兄之怨而成割地有土之业，此士之一时也。”承上二段，紧接“于此时”，又紧收“此士之一时”，笔态顿挫激昂，早有前歌后舞之乐。

1. 贼：害。

2. 五岭：山名。说法不一，一般以大庾、骑田、都庞、萌渚、越城为五岭。

3. 头会箕敛：按人头收谷，用畚箕收取之。极言赋税之重。

4. 令丞：县令和县丞。

5. 守尉：郡守和郡尉。

6. 张：复兴。

又峻洁，又逸宕，先秦笔墨如此。

张耳陈余说陈涉

张耳、陈余上谒陈涉。涉及左右生平数闻张耳、陈余贤，未尝见，见即大喜。

陈[1]中豪杰父老乃说陈涉曰："将军身被坚执锐[2]，率士卒以诛暴秦，复立楚社稷，存亡继绝，二十三字句，颂。功德宜为王。论理。且夫监临[3]天下诸将，不为王不可。论势。愿将军立为楚王也。"八字句，结。陈涉问此两人，两人对曰："夫秦为无道，破人国家，灭人社稷，绝人后世，罢百姓之力，尽百姓之财。看他住笔法。将军瞋目张胆[4]，出万死不顾一生之计，为天下除残也。看他住笔法。今始至陈而王之，示天下私。看他住笔法。愿将军毋王，急

1. 陈：地名，在今河南淮阳。

2. 被坚执锐：披着铠甲，拿着锐利的兵器。

3. 监临：监督临视。

4. 瞋目：睁大眼睛，表示愤怒。张胆：放胆，鼓足勇气。

引兵而西，遣人立六国后，自为树党，为秦益敌[5]也。

看他住笔法。敌多则力分，与众则兵强。如此野无交兵，县无守城，诛暴秦，据咸阳以令诸侯。诸侯亡而得立，以德服之，如此则帝业成矣。今独王陈，恐天下解[6]也。”看他住笔法。

5. 益敌：增加敌对力量。

6. 解：通“懈”。此句是说天下诸侯见陈涉王陈后，都会懈堕不相从。

蒯通说范阳令及武信君

真似狮子落地，接连纯是踌跳，奇妙绝世之文！

“窃闻公[1]之将死，故吊。大奇，大奇！虽然，贺公得通[2]而生。”又大奇，又大奇！落笔如狮子落地，接连两踌跳。范阳[3]令曰：“何以吊之？”对曰：“秦法重，三字句。足下为范阳令十年矣，杀人之父，孤人之子，断人之足，黥[4]人之首，不可胜数。二十九字句。然而慈父孝子莫敢事刃[5]公之腹中者，畏秦法耳。十九字句。今天下大乱，秦法不施，九字句。然则慈父孝子且事刃公之腹中以成其名，十七字句。此臣之所以吊公也。结过吊。今诸侯畔[6]秦矣，一句。武信君[7]兵且至，二句。而君坚守范阳，三句。少年皆争杀君，下[8]武信君。四句。君急遣臣见武信君，五句。可转祸为福，在今矣。”再结贺。看他入“在今”二字。

1. 公：指范阳令徐公。

2. 通：指蒯通，汉范阳人。本名彻，为避汉武帝刘彻讳，改名通。善辩，有权变。

3. 范阳：县名，在今河北定兴县南。

4. 黥：古代用刀刺刻额颊，再涂上墨的一种肉刑。

5. 事刃：以刀插入。

6. 畔：通“叛”。

7. 武信君：指赵王武臣。

8. 下：降服。

范阳令乃使蒯通见武信君曰："足下必将战胜然后略地，攻得然后下城，臣窃以为过矣。又大奇，又大奇！落笔总如狮子落地，纯是踍跳。诚听臣之计，可不攻而降城，不战而略地，传檄而千里定，可乎？""可乎"，二字句，妙，妙！视大事只如戏。武信君曰："何谓也？"蒯通曰："今范阳令宜整顿其士卒以守战者也，反如此说，奇，奇！怯而畏死，贪而重富贵，故欲先天下降，反如此说，奇，奇！畏君二字句。以为秦所置吏，诛杀如前十城也。自注"畏君"二字也。然今范阳少年亦方杀其令，自以城距[9]君。反如此说，奇，奇！笔笔大奇，匪夷所思。君何不赍臣侯印，拜范阳令，范阳令则以城下君，少年亦不敢杀其令。说得疏快不可言。令范阳令乘朱轮华毂[10]，使驱驰燕、赵郊。燕、赵郊见之，皆曰此范阳令，先下者也，即喜矣，燕、赵城可弗战而降也。大奇，大奇！真是大计，却又只如儿戏。此臣之所谓，传檄而千里定者也。""此臣之所谓"，答上"何谓"句，非自束上文也。

9. 距：通"拒"，抗拒。

10. 朱轮华毂：红漆车轮，彩绘车毂。古时高贵官员所乘的车。

2 篇

过秦论

贾　谊

《过秦论》者，论秦之过也。秦过只是末句『仁义不施』一语便断尽。此通篇文字，只看得中间『然而』二字一转，未转以前，重叠只是论秦如此之强；既转以后，重叠只是论陈涉如此之微。通篇只得二句文字，一句只是以秦如此之强，一句只是以陈涉如此之微。至于前半有说六国时，此只是反衬秦；后半有说秦时，此只是反衬陈涉，最是疏奇之笔。

秦孝公据殽函之固[1]，拥雍州之地，君臣固守，以窥周室，有席卷天下，包举宇内，囊括四海之意，并吞八荒之心。意思只要论始皇之过，此是追叙其积强之所由始，非历论秦世世有过也。“天下”“宇宙”“四海”“八荒”，只是一样字，所以必叠叠写之者，乃为“席卷”“包举”“囊括”“并吞”，却是四样字，盖极写秦先虎狼之心，非一辞而足也。当是时，商君佐之，内立法度，务耕织，修守战之备，外连衡[2]而斗诸侯，于是秦人拱手而取西河之外。秦之始强如此。

孝公既没，惠王、武王蒙[3]故业，因遗策[4]，南取汉中，西举巴、蜀，东割膏腴之地，收要害之郡。秦之又强如此。

1. 秦孝公：姓嬴，名渠梁。他任用商鞅变法，讲求耕战，使秦日益富强。殽：同“崤”，即崤山，在今河南省洛宁县西北。函：函谷关，在今河南省灵宝市东北。

2. 连衡：连横，当时外交的一种策略，即西方的秦国与东方的个别国家联合起来攻打其他国家。

3. 蒙：承受。

4. 因：沿袭。遗策：指商鞅遗留下来的策略。

诸侯恐惧，会盟而谋弱秦，不爱珍器重宝肥美之地，以致天下之士，合从缔交[5]，相与为一。忽用闲笔写诸侯，作反衬。当是时，齐有孟尝，赵有平原，楚有春申，魏有信陵，此四君者，皆明智而忠信，宽厚而爱人，尊贤而重士，不是赞四君，是说如此四君，曾无所加于秦。约从离衡，兼韩、魏、燕、楚、齐、赵、宋、卫、中山之众。于是六国之士，有宁越、徐尚、苏秦、杜赫之属为之谋[6]，齐明、周最、陈轸、昭滑、楼缓、翟景、苏厉、乐毅之徒通其意，吴起、孙膑、带佗、倪良、王廖、田忌、廉颇、赵奢之朋制其兵[7]。此段只是详写“以致天下之士”一句。尝以十倍之地，百万之众，叩关而攻秦。此正接前“合从缔交，相与为一”句成文。只因中间详写“天下之士”一段夹断耳。不是夸诸侯，是说诸侯如此，曾无所加于秦。秦人开关延[8]敌，上写诸侯何等忙，此写秦人何等闲。九国之师逡巡遁逃而不敢进。秦无亡矢遗镞之费，而天下诸侯已困矣。于是从散约解，争割地而奉秦，秦有余力而制其敝[9]，追亡逐北[10]，伏尸百万，流血漂卤[11]。因利乘便，宰割天下，分裂河山，强国请服，弱国入朝。不是笑

5. 合从：合纵，指东方各国联合起来攻打秦国的外交策略。缔交：缔结盟约。

6. 苏秦：东周洛阳人，主张合从抗秦的代表人物。之属：这一类的人。

7. 吴起：卫国人，战国前期著名军事家。孙膑：齐国人，战国中期著名军事家，著有《孙膑兵法》。田忌：齐国大将。廉颇、赵奢：都是赵国大将。

8. 延：邀，指迎击。

9. 制其敝：利用六国的困弊。

10. 追亡逐北：追赶战败逃亡的敌人。北，通“背”，败北。

11. 卤：同“橹”，大盾牌。

诸侯，只是说秦之强如此。延及孝文王、庄襄王，享国日浅，国家无事。不好空过，故笔带之。

及至秦王，续六世之余烈，振长策而御宇内[12]，吞二周而亡诸侯，履至尊而制六合[13]，执棰拊[14]以鞭笞天下，威震四海。其强至于如此！南取百越之地，以为桂林、象郡，百越之君，俯首系颈，委命下吏。其强至于如此！乃使蒙恬[15]北筑长城而守藩篱，却匈奴七百余里，胡人不敢南下而牧马[16]，士[17]不敢弯弓而报怨。其强至于如此！

于是废先王之道，焚百家之言，以愚黔首。堕[18]名城，杀豪俊，收天下之兵聚之咸阳，销锋铸鐻[19]，以为金人[20]十二，以弱天下之民。先写"以愚""以弱"。然后践华为城[21]，因河为池[22]，据亿丈之城，临不测之溪以为固。良将劲弩守要害之处，信臣精卒，陈利兵而谁何[23]，"谁何"，言人无可奈何也。次写"以为固""而谁何"。天下已定。秦王之心，自以为关中之固，金城千里，子孙帝王万世之业

12. 振：挥动。策：马鞭。

13. 六合：天地和四方称六合，这里指天下。

14. 棰拊：棰杖。

15. 蒙恬：秦始皇的主要将领。秦始皇三十三年（公元前214年）命蒙恬统率三十万军队，渡黄河北逐匈奴，修筑长城，西起临洮（今甘肃岷县），东至辽东（辽宁辽阳县境），共长万余里。

16. 南下而牧马：指匈奴南下侵扰。

17. 士：指东方六国的人。

18. 堕：通"隳"，毁坏。

19. 销锋铸鐻：熔化兵器。

20. 金人：铜人。

21. 践华为城：循着华山作为城廓。

22. 河：黄河。池：护城河。

23. 谁何：呵问是谁，即严厉盘问。何，通"呵"。

也。次写"自以为"，只此一段共一百十六字，真秦之过也。看来秦过，亦只是一味大愚，更无别说。

秦王既没，余威振于殊俗。下文"然而陈涉"四字，笔势且作大转，此是再带一句。然而陈涉[24]，瓮牖绳枢之子[25]，氓[26]隶之人，而迁徙之徒，才能不及中人[27]，非有仲尼、墨翟之贤[28]，陶朱、猗顿之富[29]，极写陈涉既非其人，又无其资。蹑足行伍之间[30]，而倔起什伯之中[31]，率罢散之卒，将数百之众，不成军旅。而转攻秦，斩木为兵，揭竿为旗。不成器仗。天下云集响应，赢粮而景从[32]，山东豪俊遂并起而亡秦族矣。前写诸侯如彼难，此写陈涉如此易，真是可发一笑。

且夫天下非小弱也，雍州之地，殽函之固自若也。陈涉之位，非尊于齐、楚、燕、赵、韩、魏、宋、卫、中山之君；钼耰棘矜[33]，非铦于句戟长铩也[34]；适戍[35]之众，非抗于九国之师也；深谋远虑，行军用兵之道，非及乡时[36]之士也。然而成败异变，功业相反也。试使山东之

24. 陈涉：名胜，我国历史上第一次农民大起义的领袖。

25. 瓮牖：用破瓮做窗户。绳枢：用绳子系门轴。形容陈涉家庭极其贫困。

26. 氓：外地来的农民。朱骏声《说文通训定声·壮部》："自彼来此之民曰氓，从民从亡，会意。"

27. 中人：平常人。

28. 仲尼：孔子，儒家学派的创始人，我国伟大的思想家和教育家。墨翟：墨子，墨家学派的创始人，战国初期的思想家。

29. 陶朱：陶朱公范蠡，春秋时越国大夫，他辅助越王勾践灭吴后，弃官至陶（今山东定陶），经商致富，自号陶朱公。猗顿：春秋时鲁人。他向陶朱公学致富之术，范蠡教以畜牧。他到猗氏（今山西临猗南）大畜牛羊，十年遂为巨富。

30. 蹑足：插足。这里是"参加"的意思。行伍：古代军队编制，五人为伍，二十五人为行。这里指戍卒队伍。

31. 倔起：突起。什伯：古代军队十人设什长，百人设伯长，什伯是指带兵的小头目。

32. 赢：担负。景从：如影随形那样跟随着。景，同"影"。

33. 钼：同"锄"。耰：平整土地的一种农具，形如榔头。棘矜：戟柄。

34. 铦：通"銛"，锋利。句戟：带钩的戟。长铩：长矛。

35. 适戍：以罪被罚守边。适，通"谪"，责罚。

36. 乡时：先前。指六国联合攻秦的时候。乡，通"向"。

国与陈涉度长絜大[37]，比权量力，则不可同年而语矣。

再将今日之秦与前日之秦，今日之陈涉与前日之陈涉，比对一番，文字最是精神。

然秦以区区之地，千乘之权，招八州而朝同列[38]，百有余年矣。收前半。然后以六合为家，殽函为宫，一夫作难而七庙[39]堕，身死人手[40]，为天下笑者，收后半。何也？仁义不施而攻守之势异也。只用一句便论尽。上一百十六字一段，是一论之案。此“仁义不施”四字，是一论之断。其余前写秦之强，后写陈涉之微，悉是论之波澜。

37. 絜大：比大小。

38. 八州：指秦国所占有的雍州以外的全国土地。朝同列：使同等权位的诸侯来朝拜。

39. 七庙：指祖庙。周制，天子宗庙奉祀七代祖先。

40. 身死人手：指秦二世被赵高杀死，秦王子婴被项羽杀死。

治安策

贾 谊

幼闻人说，韩昌黎如海，苏东坡如潮，便寻二公文章反覆再读，深信海之与潮，果有如此也。既而忽见贾生列传，读其治安全策，乃始咋舌怪叹，夫此则真谓之海矣。千奇万怪，千态万状，无般不有，无般不起，则真谓之潮矣。来不知其如何忽来，去不知其如何忽去。总之韩、苏二公文章，纵极汪洋排荡时，还有墙壁可依，路径可觅。至于此文，更无墙壁可依，路径可觅。少年初见古文，便先教读一万遍，定能分外生出天授神笔。

臣窃惟[1]事势，可为痛哭者一，可为流涕者二，可为长太息者六，若其它背理而伤道者，难遍以疏举[2]。先自出其目。进言者皆曰天下已安已治矣，斗翻时论，不作婉曲之笔。臣独以为未也。曰安且治者，非愚妙骂。则谀，妙骂。皆非事实知治乱之体者也。妙骂，不作婉曲之笔。夫抱火厝之积薪之下而寝其上[3]，火未及燃，因谓之安，方今之势，何以异此！入喻，最醒最健。本末舛[4]逆，首尾衡决[5]，国制抢攘[6]，叠下此三句，即后无数可痛哭、流涕、长太息事。非甚有纪，胡可谓治！陛下何不一令臣得孰数[7]之于前，因陈治安之策，试详择焉！此以上，为序。

1. 窃惟：私下考虑。

2. 疏举：分条陈述。

3. 厝：通“措”，放置。积薪：柴堆。

4. 舛：错乱、相违背。

5. 衡决：横断、脱节。

6. 抢攘：纷乱。

7. 孰数：详细列举。

夫射猎之娱，与安危之机孰急？恭俭如文帝，乃不免射猎。然此非谏猎，乃是请得射猎之少间，以自毕其说也。使为治，劳智虑，苦身体，乏钟鼓之乐，勿为可也。笔势轩翥而起。乐与今同，四字妙！一何轩翥。而加之诸侯轨道[8]，一。兵革不动，二。民保首领[9]，三。匈奴宾服[10]，四。四荒乡风[11]，五。百姓素朴，六。狱讼衰息。七。大数[12]既得，则天下顺治，八。海内之气，清和咸理[13]，九。生为明帝，没为明神，十。名誉之美，垂于无穷。十一。礼祖有功而宗有德，使顾成之庙称为太宗[14]，上配太祖[15]，与汉亡极。十二。此十二句，皆承“乐与今同而加之”，成一句。建久安之势，成长治之业，以承祖庙，以奉六亲，至孝也；重将十二句结束作三段。此一段。以幸天下，以育群生，至仁也；此二段。立经陈纪[16]，轻重同得[17]，后可以为万世法程，虽有愚幼不肖之嗣，犹得蒙业而安，至明也。此三段。以陛下之明达，此句，许陛下。因使少知治体者得佐下风[18]，致此非难也。此句，自许。其具可素陈于前，愿幸无忽。序已毕。下特恐忽之，故再高自许。臣谨稽之天地[19]，验之往古，按之当今之务，日夜念此至孰

8. 轨道：遵守法纪。

9. 首领：头和颈，引申为生命。

10. 宾服：原指诸侯按时入贡朝见天子，引申为归顺、臣服。

11. 乡风：归顺的意思。

12. 大数：大计。指治国的大计。

13. 清和：清平和谐。咸理：都合理。

14. 顾成之庙：汉文帝自己造的庙，在长安城南。太宗：是汉文帝的庙号。

15. 太祖：开国皇帝的称号，也是刘邦的庙号。此句意为汉文帝的功业配得上汉高祖刘邦。

16. 立经：确立准则。陈纪：颁布纲纪。

17. 同得：都处理得宜。

18. 得佐下风：能在下面辅助。

19. 稽之天地：指考察自然和社会。

也，虽使禹舜复生，为陛下计，亡以易此。

以上只如先自作序。以下第一段，痛哭论诸侯王僭拟。

夫树国固必相疑之势，“固必相疑”，言建国太大，其势自然不得不疑。下数被其殃，上数爽[20]其忧，甚非所以安上而全下也。劲笔斗提。今或亲弟谋为东帝[21]，谓淮南王，一样句法。亲兄之子西乡而击[22]，谓济北王，一样句法。今吴又见告矣[23]。谓吴王，一样句法。作三样句法，便写得诸王反形杂杂。天子春秋鼎盛，一。行义未过，二。德泽有加焉，三。犹尚如是，随笔曲折，写得可畏。况莫大诸侯，权力且十此者乎！随笔曲折，写得可畏。

然而天下少安[24]，何也？大国之王幼弱未壮，汉之所置傅、相方握其事。如此曲折，如此可畏。使人乐其曲折，又凛其可畏。数年之后，诸侯之王大抵皆冠，血气方刚，凿然。汉之傅、相称病而赐罢，凿然。彼自丞尉以上遍置私人，凿然。如此，有异淮南、济北之为邪！凿然。此时而欲为治安，虽

20. 爽：伤，忧思。

21. 亲弟谋为东帝：指汉文帝弟淮南王刘长，于文帝六年（公元前174年）勾结匈奴谋反。因其封地淮南在长安东面，所以说谋为东帝。

22. 亲兄之子西乡而击：指汉文帝兄悼惠王刘肥的儿子济北王刘兴居，于文帝三年（公元前177年），乘文帝去太原抗击匈奴，企图袭取荥阳。

23. 今吴又见告矣：指汉高祖刘邦的侄子吴王刘濞，在封国内铸钱、煮盐，招纳天下亡人，扩张其势力，被人告发。

24. 少安：比较安宁。

尧舜不治。每于煞笔处，最峭劲，后人更无有。

黄帝曰："日中必蔞[25]，操刀必割。"今令此道顺而全安，甚易，劲笔自许，只欲及今速图。不肯早为，已乃堕骨肉之属而抗刭[26]之，岂有异秦之季世[27]乎！笔带痛哭之声，煞住。下掀翻而起。夫以天子之位，乘今之时，因天之助，尚惮以危为安，以乱为治，掀翻而起，下不能数段，如千丈瀑布，飞流溅沫而下。假设陛下居齐桓之处，将不合诸侯而匡天下乎？臣又知陛下有所必不能矣。一"不能"。如此抗论，文帝优纳固奇，然实亦更无抵辨。假设天下如曩[28]时，淮阴侯[29]尚王楚，黥布王淮南，彭越王梁，韩信[30]王韩，张敖王赵，贯高为相，卢绾王燕，陈豨在代，令此六七公者皆亡恙，当是时而陛下即天子位，十字，冷句。能自安乎？臣有以知陛下之不能也。二"不能"。天下殽乱[31]，高皇帝与诸公并起，忽论高帝，亦无过文。非有仄室之势以豫席之也[32]。一"也"押句。诸公幸者，乃为中涓[33]，其次廑得舍人[34]，材之不逮至远也。二"也"押句。高皇帝以明圣威武即天子位，割膏腴之

25. 蔞：曝晒。这句是说太阳当头赶快晒。全句意为要抓紧时机。引文见《六韬·守土》。

26. 抗刭：指杀头。

27. 季世：末世。

28. 曩：从前。指汉高祖统一天下的时候。

29.淮阴侯：指韩信。刘邦大将，初封齐王，又改封楚王，后降为淮阴侯。公元前196年，与陈豨勾结谋反，为吕后所杀。

30. 韩信：指韩王信，战国时韩襄王的后代，汉初封为韩王。于高祖七年（公元前200年）投降匈奴，反叛汉朝，被杀。

31. 殽乱：混乱。

32. 仄室：古代卿大夫的妾所生的儿子为侧室。仄，通"侧"。仄室之势，指很小的权势。豫：通"预"，预先。席：依靠、凭借。这句意为预先并没一点势力作依靠。

33. 中涓：皇帝贴身的侍从官。也可指倚重的大臣。

34. 廑：通"仅"，才。舍人：供奉宫中的近侍官员。

地以王诸公，多者百余城，少者乃三四十县，德至渥也，三“也”押句。然其后十年之间，反者九起[35]。引高帝毕。陛下之与诸公，非亲角材[36]而臣之也，又非身封王之也，自高皇帝不能以是一岁为安，故臣知陛下之不能也。三“不能”。然尚有可诿者，曰疏[37]，臣请试言其亲者。此又忽作过文。假令悼惠王王齐，元王王楚，中子王赵，幽王王淮阳，共王王梁，灵王王燕，厉王王淮南，六七贵人皆无恙，当是时陛下即位，能为治乎？有意无意，谓与前同亦得，谓不与前同亦得。臣又知陛下之不能也。四“不能”，煞住。下掀翻再起。

若此诸王，虽名为臣，实皆有布衣[38]昆弟之心，句。说诸王心事，可畏也。虑亡不帝制而天子自为者。句。说诸王所为，可畏也。

擅爵人，细细写，一。赦死罪，二。甚者或戴黄屋[39]，三。汉法令非行[40]也。虽行不轨如厉王者，令之不肯听，召之安可致乎！四。幸而来至，法安可得加！五。动一亲戚，天下圜视[41]而起，陛下之臣虽有悍如冯敬[42]者，适启其口，匕首已陷其匈矣。五句，细写“天子自为”句，此又细写第五句。陛下虽贤，谁与领此[43]？故疏者必危，亲者必乱，已然之效[44]

35. 反者九起：指黥布、彭越、韩王信、卢绾、陈豨、韩信、贯高以及公元前202年臧荼、利几的反叛，共为九起。

36. 角材：较量才能的高低。

37. 疏：疏远。指与异姓王的关系不亲。

38. 布衣：平民，这里是“一般”的意思。这句意为：其实都把与天子的关系看作一般的兄弟关系。

39. 黄屋：古时皇帝车上丝织的黄色车盖，用以指帝王的车。

40. 非行：不能推行。

41. 圜视：眼睛圆瞪着看，即怒目而视。

42. 冯敬：汉文帝时任御史大夫，曾揭发淮南厉王刘长的不轨行为。

43. 领此：治理这些诸侯王。

44. 效：证明、验证。

也。再煞住。下掀翻再起。其异姓负强而动者，汉已幸胜之矣，随笔曲折。又不易其所以然。同姓袭是迹而动，既有征矣。随笔曲折。其势尽又复然，殃祸不变，未知所移，随笔曲折。明帝处之尚不能以安，后世将如之何！随笔曲折。

屠牛坦[45]一朝解十二牛，而芒刃不顿者，所排击剥割，皆众理[46]解也。喻天子用仁厚。至于髋髀之所，非斤则斧，喻天子用法制，百忙中忽然入喻。夫仁义恩厚，人主之芒刃也；权势法制，人主之斤斧也。今诸侯王皆众髋髀也，释斤斧之用，而欲婴[47]以芒刃，臣以为不缺则折。一手议，一手喻，笔笔峭劲。胡不用之[48]淮南、济北？势不可也。当面抢白，言胡不终用仁厚也，以上又煞住。下掀翻又起。

臣窃迹前事，大抵强者先反，淮阴王楚最强，则最先反；细数反国，一。韩信依胡，则又反；二。贯高因赵资，则又反；三。陈豨兵精，则又反；四。彭越用梁，则又反；五。黥布用淮南，则又反；六。卢绾最弱，最后反。

45. 屠牛坦：相传为春秋时期善于宰牛的人，名坦。

46. 理：指肌肉纹理。

47. 婴：触碰。

48. 之：指仁义。

七。笔态拉拉杂杂。长沙乃在二万五千户耳，功少而最完，势疏而最忠，非独性异人也，亦形势然也。细数反国，忽带写一不反者，反覆，乃益明。曩令樊、郦、绛、灌据数十城而王，今虽以残亡可也。承上七国，反覆甚明。令信、越之伦，列为彻侯[49]而居，虽至今存可也。此承“长沙”，反覆甚明。然则天下之大计可知已。劲笔一总。欲诸王之皆忠附，则莫若令如长沙王；欲臣子之勿菹醢[50]，则莫若令如樊、郦等；再煞住。下掀翻再起。欲天下之治安，莫若众建诸侯而少其力。劲笔斗起。力少则易使以义，国小则亡邪心。令海内之势，如身之使臂，臂之使指，莫不制从，诸侯之君，不敢有异心，辐凑[51]并进而归命天子，虽在细民，且知其安，故天下咸知陛下之明。“天下咸知明”，一。割地定制，令齐、赵、楚各为若干国，使悼惠王、幽王、元王之子孙毕以次各受祖之分地，地尽而止，及燕、梁它国皆然。其分地众而子孙少者，建以为国，空而置之，须其子孙生者，举使君之。诸侯之地其削颇入汉者，为徙[52]其侯国及封其子孙也，所以数偿之，一寸之地，一人之众，天下无所利焉，诚以定治而已，故天下咸

49. 彻侯：亦叫通侯，是一种只有封爵而没有封地的诸侯。

50. 菹醢：剁成肉酱。

51. 辐凑：像辐条聚集于车毂。比喻归顺听命于中央。

52. 徙：搬动，这里是“调整”的意思。这句意为汉朝廷替他们把被剥夺的土地调整为小诸侯国。

知陛下之廉。“天下咸知廉”，二。地制一定，宗室子孙莫虑不王，下无倍[53]畔之心，上无诛伐之志，故天下咸知陛下之仁。“天下咸知仁”，三。法立而不犯，令行而不逆，贯高、利几之谋不生，柴奇、开章之计不萌，二人，与淮南反者。细民乡善，大臣致顺，故天下咸知陛下之义。“天下咸知义”，四。卧赤子[54]天下之上而安，植遗腹[55]，朝委裘[56]，而天下不乱，当时大治，后世诵圣。“后世诵圣”，五。一动而五业附[57]，陛下谁惮而久不为此。又煞住。

天下之势方病大瘇[58]。一胫之大几如要[59]，一指之大几如股，平居不可屈信[60]，一二指搐，身虑亡聊[61]。失今不治，必为锢疾，后虽有扁鹊[62]，不能为已。又喻，作余波。病非徒瘇也，又苦跋盭[63]。元王之子，帝之从弟也；今之王者，从弟之子也。惠王之子，亲兄子也；今之王者，兄子之子也。亲者或亡分地以安天下，疏者或制大权以逼天子，臣故曰非徒病瘇也，又苦跋盭。又喻，再作余波。可痛哭者，此病是也。后世五等诸侯论，及封建诸论，俱从此翻出。然皆有其议论，无其笔墨。信乎！无墙壁可依，无路径可觅。

53. 倍：通“背”。

54. 赤子：刚生的婴儿。这里指年幼的皇帝。

55. 植遗腹：立遗腹子。

56. 朝委裘：朝拜先帝的遗衣。一说朝拜幼君。清黄生认为：委裘言幼君不能胜礼服，坐朝裘下垂于地。

57. 一动：指“众建诸侯而少其力”这一措施。五业：指上文所述的明、廉、仁、义、圣等五项功业。

58. 瘇：脚肿病。

59. 胫：小腿。要：通“腰”。

60. 平居不可屈信：平时不能弯曲和伸直。信，通“伸”。

61. 亡聊：无所依赖，这里是不能忍受的意思。

62. 扁鹊：姓秦，名越人，战国时名医。

63. 跋盭：脚掌扭折。

以上，痛哭一毕。以下流涕论匈奴边事，为自许，流涕一；为文帝惜，流涕二，文阙。以下，一长太息，论民间服用奢僭。

今民卖僮者，为之绣衣丝履偏诸缘[64]，内之闲[65]中，又是劲笔斗起。是古天子后服，所以庙而不宴者也，而庶人得以衣婢妾。一举。白縠[66]之表，薄纨[67]之里，緁[68]以偏诸，美者黼[69]绣，是古天子之服，今富人大贾嘉会召客者以被墙。再举。古者以奉一帝一后而节适，今庶人屋壁得为帝服，倡优下贱得为后饰，三举。只是一句，凡三番举。然而天下不屈[70]者，殆未有也。笔一落。且帝之身自衣皂绨[71]，而富民墙屋被文绣；天子之后以缘其领，庶人孽妾[72]缘其履；笔既落，却又再举，只是心甚不然，故也。此臣所谓舛也。笔又落。夫百人作之不能衣一人，欲天下亡寒，胡可得也？疏奇笔。一人耕之，十人聚而食之，欲天下亡饥，不可得也。疏奇笔。饥寒切于民之肌肤，欲其亡为奸邪，不可得也。疏奇之甚，不必多笔。国已屈矣，盗贼直须时耳，妙！然而献计者曰“毋动”，真有此一辈人，此一辈语。为大耳[73]。此特大

64. 偏诸：花边。缘：镶边。

65. 闲：木栅。

66. 縠：绉纱。

67. 纨：精细洁白的薄绸。

68. 緁：缝。

69. 黼：古代礼服上黑白相间的斧形花纹。

70. 屈：枯竭、穷尽。

71. 皂绨：黑色的绨袍。绨，质粗厚、平滑的丝织品。

72. 孽妾：婢妾。

73. 为大耳：好为大言罢了。

言耳。夫俗至大不敬也，至亡等也，至冒上也，进计者犹曰“毋为”，可为长太息者此也。

以上，一长太息毕。以下，二长太息，论俗吏不知大体，汉又经制不定。此当是两长太息，一不结，一结耳。

商君遗礼义，弃仁恩，并心于进取，又是劲笔斗起。行之二岁，秦俗日败。下，细写败俗。故秦人家富子壮则出分[74]，极可怪笑，今通然。家贫子壮则出赘[75]。极可怪笑。借父耰锄，虑有德色[76]；极可怪笑，今又通然。母取箕帚，立而谇语[77]。极可怪笑，今又通然。抱哺其子，与公并倨[78]，极可怪笑。妇姑不相说[79]，则反唇而相稽[80]。极可怪笑，今又通然。其慈子慈，不教也。耆利，不同禽兽者亡几耳。然并心而赴时，犹曰蹶[81]六国，兼天下。劲笔作曲折，最曲折，却最劲。功成求得矣，终不知反廉愧之节，仁义之厚。句。信并兼之法，遂进取之业，天下大败；句。下五句，注此“大败”二字。众掩寡，智欺愚，勇威怯，壮凌衰，其乱至矣。天下大败也。是以大贤

74. 壮则出分：男子成年就分家。

75. 出赘：男子就婚于女家。一说，贫家子弟典身于富家，过期不赎，沦为奴隶，富人给予婚配，这种人称为赘婿。

76. 虑：心思、意念。德色：恩赐的脸色。

77. 谇语：责骂。

78. 并倨：伸开两腿坐着。倨，通“踞”。此言妇女抱着孩子喂奶，在公公面前伸开两腿坐着，很不礼貌。

79. 姑：婆婆。说：通“悦”。

80. 相稽：互相计较。

81. 蹶：挫败。

起之，威震海内，德从天下。煞上秦俗之败，以下转笔，言不意汉终仍之。曩之为秦者，今转而为汉矣。然其遗风余俗，犹尚未改。转笔只是劲。今世以侈靡相竞，而上亡制度，弃礼谊，捐廉耻，日甚，可谓月异而岁不同矣。“月异岁不同”，只是写“日甚”。逐利不耳，虑非顾行也，只计利与否耳，其念虑不顾行之善恶也。写极，下皆细细写极。今其甚者杀父兄矣。一。盗者剟[82]寝户之帘，二。搴[83]两庙之器，三。白昼大都之中剽吏而夺之金。四。矫伪者出[84]几十万石粟，五。几，将及也。赋六百余万钱，乘传而行郡国，六。此其无行义之尤至者也。一句煞。而大臣特以簿书不报，期会之间，以为大故。以细故为大故，千古同笑。至于俗流失[85]，世败坏，因恬而不知怪，虑不动于耳目，以为是适然耳。千古同笑。夫移风易俗，使天下回心而乡道，类非俗吏之所能为也。竟骂大臣是俗吏。俗吏之所务，在于刀笔筐箧[86]，而不知大体。确，确。何足骂？何足杀？陛下又不自忧，窃为陛下惜之。独责文帝，妙！便隐隐是自许，想此已是一太息。

82. 剟：割取。

83. 搴：拔取。

84. 出：骗出。

85. 失：王念孙曰：失与泆同。流泆，放荡。

86. 刀笔：古时写字的工具。这里指公文。筐箧：箱子。这里指用箱子贮钱币。这句意为俗吏只会写公文，收钱财。

以上，一长太息。不结。此一长太息，是论俗吏不知大体，陛下又不自忧。以下，是论立国以定经制为至急。

夫立君臣，等上下，使父子有礼，六亲有纪，此非天之所为，人之所设也。看他偏到难说处，偏有此疏奇之笔。夫人之所设，不为不立，不植则僵[87]，不修则坏。夫立君臣起，至此，劲笔又斗提。《管子》[88]曰："礼义廉耻，是谓四维[89]；四维不张，国乃灭亡。"使管子愚人也则可，随手曲折。管子而少知治体，则是岂可不为寒心哉！笔态一何劲捷。秦灭四维而不张，故君臣乖乱，六亲殃戮，奸人并起，万民离叛，凡十三岁，而社稷为虚[90]。又承秦说下。今四维犹未备也，故奸人几[91]幸，而众心疑惑。太息在一"犹"字。岂如今定经制，令君君臣臣，上下有差，父子六亲各得其宜，奸人亡所几幸，而群臣众信，上不疑惑！此业一定，世世常安，而后有所持循矣。及今早定，其利如此。若夫经制不定，是犹度江河亡维楫，中流而遇风波，船必覆矣。喻不及今早定。可为长太息者此也。

87. 僵：倒下。

88.《管子》：是一部包括管仲遗著及后人对管仲思想言行的记载、解释等内容的著作。旧题战国齐管仲撰，据近人研究，多认为是战国秦汉时人假托之作。

89. 四维：系在网四角上的绳索。抓住四维，网的纲、目才能提起张开，可见四维的重要。故《管子》把礼、义、廉、耻比作国之四维。以上四句见《管子·牧民》篇。

90. 虚：通"墟"，废墟。

91. 几：通"冀"，希图。

以上，二长太息，论经制宜定。以下，论教太子。

夏为天子，十有余世，而殷受之。殷为天子，二十余世，而周受之。周为天子，三十余世，而秦受之。秦为天子，二世而亡。又是劲笔斗提。人性不甚相远也，何三代之君有道之长，而秦无道之暴[92]也？其故可知也。如建瓴直注而下，又如回风坠羽飘舞而下。此篇，又是一样笔态。古之王者，太子乃生，乃，始也。固举[93]以礼，使士[94]负之，有司齐肃端冕[95]，见之南郊，见于天也。过阙则下，过庙则趋，孝子之道也。故自为赤子而教固已行矣。疏朗中，又带翔舞之态，又是一样笔。昔者成王[96]幼在襁抱之中，召公为太保[97]，周公[98]为太傅，太公[99]为太师。保，保其身体；傅，傅之德义；师，道之教训。此三公[100]之职也。笔笔疏朗。于是为置三少，皆上大夫也，曰少保、少傅、少师，是与太子宴[101]者也。笔笔疏朗，如随手自注然。故乃孩提有识，三公、三少固明孝仁礼义以道习之，逐去邪人，不使见恶行。于是皆选天下之端士孝悌博闻有道术者，以卫翼之，使与太子

92. 暴：疾，短促。

93. 举：抚养。

94. 士：商周时最低级的贵族阶层。

95. 有司：专职官吏。齐肃：指古时在祭祀前整洁身心。端冕：端正衣冠。

96. 成王：指周成王姬诵，周武王之子。

97. 召公：姓姬名奭，周武王弟。因封于召，故称召公。太保：与下文的太傅、太师，均是西周时设置的，辅助国君和教育太子的官。

98. 周公：姬旦，周武王弟。

99. 太公：吕尚，号太公望，周文王师。

100. 三公：太保、太傅、太师。

101. 宴：安居。

居处出入。故太子乃生而见正事，闻正言，行正道，左右前后皆正人也。夫习与正人居之，不能毋正，犹生长于齐不能不齐言也；习与不正人居之，不能毋不正，犹生长于楚之地不能不楚言也。一何疏朗之至，意所欲说，笔随自到，后贤多读如此文，岂复有关膈之病耶？故择其所耆，必先受业，乃得尝之；择其所乐，必先有习，乃得为之。孔子曰："少成若天性，习贯成自然。"此一段，"太子少时"。及太子少长，知妃色，则入于学。学者，所学之官也。随手自注。《学礼》曰："帝入东学，上亲[102]而贵仁，则亲疏有序而恩相及矣；帝入南学，上齿[103]而贵信，则长幼有差而民不诬矣；帝入西学，上贤而贵德，则圣知在位而功不遗矣；帝入北学，上贵而尊爵，则贵贱有等而下不隃[104]矣；帝入太学，承师问道，退习而考于太傅，太傅罚其不则而匡其不及，则德智长而治道得矣。此五学者既成于上，则百姓黎民化辑[105]于下矣。"只是疏朗。此一段，"太子少长时"。及太子既冠成人，免于保、傅之严，则有记过之史，彻膳之宰[106]，进善之旌[107]，诽谤之木[108]，

102. 上亲：尊敬亲属。上，通"尚"。

103. 齿：年岁，指老年人。

104. 隃：通"逾"，超越。指越制。

105. 化辑：受感化而和睦相处。

106. 彻膳之宰：用减膳的方法进行规劝的官员。

107. 进善之旌：为进善言的人发表意见而设置的一种标志旗帜。

108. 诽谤之木：竖在大路口让人写谏言的木牌。

敢谏之鼓[109]。瞽[110]史诵诗，工诵箴谏，大夫进谋，士传民语，习与智长，故切而不愧；化与心成，故中道若性[111]。只是疏朗。此一段，太子“既冠成人”。三代之礼，春朝朝日[112]，秋暮夕月[113]，所以明有敬[114]也；春秋入学，坐国老[115]，执酱而亲馈之，所以明有孝也；行以鸾和[116]，步中《采齐》[117]，趣中《肆夏》[118]，所以明有度[119]也。其于禽兽，见其生不食其肉，闻其声不食其肉，故远庖厨，所以长恩，且明有仁也。

夫三代之所以长久者，以其辅翼太子有此具也。煞住三代，下转出秦。及秦而不然。其俗固非贵辞让也，所上者告讦[120]也；固非贵礼义也，所上者刑罚也。使赵高傅胡亥而教之狱，所习者非斩劓[121]人，则夷人之三族也。故胡亥今日即位而明日射人，笔笔疏朗。忠谏者谓之诽谤，深计者谓之妖言，其视杀人若艾草菅然。岂惟胡亥之性恶哉？彼其所以道之者非其理故也。煞住秦。特原胡亥，实是至理。

109. 敢谏之鼓：在大寝（天子办事的地方）门外设进谏时敲的鼓。

110. 瞽：盲乐师。

111. 故中道若性：所以合乎道理像出自本性一样。

112. 春朝朝日：春天的早上去祭日。旧说春分朝日。

113. 秋暮夕月：秋天的傍晚去祭月。旧说秋分夕月。

114. 明有敬：表示敬重天地。

115. 国老：告老的卿大夫。此句言请国老上座。

116. 鸾和：车马上的铃。鸾在衡，和在轼。《周礼·夏官·大驭》：“凡驭路仪，以鸾和为节。”此句言行车快慢以鸾和铃声为节。

117.《采齐》：一作《采茨》，古乐章名。此句言走路要合乎《采齐》的节奏。

118. 趣中《肆夏》：快步走要合乎《肆夏》的节拍。趣，通“趋”，快步走。《肆夏》，古乐曲名。

119. 度：指礼节的标准。

120. 告讦：揭发别人阴私。

121. 劓：古代五刑之一，割鼻。

鄙谚曰："不习为吏，视已成事。"又曰："前车覆，后车诫。"夫三代之所以长久者，其已事可知也；然而不能从者，是不法圣智也。笔笔疏朗，使人慨然。秦世之所以亟绝者，其辙迹可见也；然而不避，是后车又将覆也。使人慨然。夫存亡之变，治乱之机，其要在是矣。天下之命，县[122]于太子，太子之善，在于早谕[123]教与选左右。其笔力如有万钧。夫心未滥而先谕教，则化易成也；只是说来绝疏朗。开于道术智谊之指，则教之力也。绝疏朗。若其服习积贯，则左右而已[124]。绝疏朗。夫胡、粤之人，生而同声，耆欲不异，及其长而成俗，累数译而不能相通，行有虽死而不相为者，则教习然也。又喻。臣故曰选左右早谕教最急。夫教得而左右正，则太子正矣，太子正而天下定矣。笔笔有万钧力。书曰："一人有庆，兆民赖之。"此时务也。

以上，三长太息毕。以下，论当审定取舍。

凡人之智，能见已然，不能见将然。又是劲笔斗提。夫礼者

122. 县：同"悬"，悬挂。

123. 谕：开导。

124. "服习积贯"二句：意为至于习惯的养成，就靠左右的人辅助了。

禁于将然之前，而法者禁于已然之后，是故法之所用易见，而礼之所为生难知也。此篇又作最晓畅、最斩截之笔。若夫庆赏以劝善，刑罚以惩恶，先王执此之政，坚如金石，行此之令，信如四时，据此之公，无私如天地耳，岂顾不用哉？随手作如许大折。然而曰礼云礼云者，贵绝恶于未萌，而起教于微眇，使民日迁善远罪而不自知也。大折大落，笔力斩然。孔子曰：“听讼，吾犹人也，必也使毋讼乎！[125]”为人主计者，莫如先审取舍；取舍之极[126]定于内，而安危之萌应于外矣。一路行文，如已完，如又未完，滚滚随手而出。安者非一日而安也，危者非一日而危也，皆以积渐然，不可不察也。上言取舍定而安危应，今先承“安危”，下又承“取舍”，总皆随手滚滚而出之文。人主之所积，在其取舍。以礼义治之者，积礼义；以刑罚治之者，积刑罚。刑罚积而民怨背，礼义积而民和亲。斩斩截截，最为晓畅！故世主欲民之善同，而所以使民善者或异。或道[127]之以德教，或驱之以法令。道之以德教者，德教洽而民气乐；驱之以法令者，法令极而民风哀。哀乐之感，祸福之应也。斩斩截截，最为晓畅。秦

125.“听讼”三句：见《论语·颜渊》。意为审理诉讼，我同别人差不多，一定要使诉讼的事件消灭才好。

126.极：准则。

127.道：通“导”。

王之欲尊宗庙而安子孙，与汤武同，然而汤武广大其德行，六七百岁而弗失，秦王治天下，十余岁则大败。此无它故矣，汤武之定取舍审而秦王之定取舍不审[128]矣。只是不审，妙！妙！夫天下，大器也。今人之置器，置诸安处则安，置诸危处则危。天下之情与器亡以异，在天子之所置之。汤武置天下于仁义礼乐，而德泽洽[129]，禽兽草木广裕，德被蛮貊四夷[130]，累子孙数十世，此天下所共闻也。"共闻"，妙！秦王置天下于法令刑罚，德泽亡一有，而怨毒盈于世，下憎恶之如仇雠，祸几及身，子孙诛绝，此天下之所共见也。"共见"，妙！最晓畅，最斩截。是非其明效大验邪！已结过。下更切嘱，作余波。人之言曰："听言之道，必以其事观之，则言者莫敢妄言。"今或言礼谊之不如法令，教化之不如刑罚，人主胡不引殷、周、秦事以观之也？

以上，四长太息毕。以下，论优礼大臣。

人主之尊譬如堂，群臣如陛，众庶如地。故陛九级上，

128. 审：慎重。

129. 洽：广博、周遍。

130. 被：加于。蛮貊四夷：指我国四方的兄弟民族。这是古代统治者对兄弟民族的蔑称。

廉[131]远地，则堂高；陛亡级，廉近地，则堂卑。高者难攀，卑者易陵，理势然也。又是劲笔斗提。故古者圣王，制为等列，内有公卿大夫士，外有公侯伯子男，然后有官师[132]小吏，延及庶人，等级分明，而天子加[133]焉，故其尊不可及也。此篇，又多作重叠周折之笔，却如逐段并不可少。里谚曰："欲投鼠而忌器。"此善喻也。鼠近于器，尚惮不投，恐伤其器，况于贵臣之近主乎！随手入喻。廉耻节礼以治君子，故有赐死而亡戮辱。是以黥劓之罪不及大夫，以其离主上不远也。逐段如了如不了。礼不敢齿君之路马[134]，蹴其刍者有罚；见君之几杖则起，遭君之乘车则下，入正门则趋；君之宠臣虽或有过，刑戮之罪不加其身者，尊君之故也。此所以为主上豫远不敬也，所以体貌[135]大臣而厉其节也。逐段如了不了，皆作重叠周折之文。连用"所以"字作态。今自王侯三公[136]之贵，皆天子之所改容而礼之也，古天子之所谓伯父、伯舅也[137]，而令与众庶同黥、劓、髡、刖、笞、傌、弃市之法[138]，然则堂不亡陛乎？被戮辱者不泰迫[139]乎？廉耻不行，大臣无乃握重权，大官而有徒隶亡

131. 廉：堂的侧边。此句言殿堂地基的侧边离地面远。

132. 官师：一官之长。

133. 加：凌驾。

134. 齿：以齿计算年龄。路马：古代天子、诸侯所乘路车之马。这句意为按礼规定不能议论路马的年龄。

135. 体貌：指相待以礼。

136. 三公：西汉初指丞相、太尉和御史大夫。

137. 伯父：古时天子称同姓长者为伯父。伯舅：古时天子称异姓长者为伯舅。

138. 髡：古代剃去头发的一种刑罚。傌：汉代刑罚之一。

139. 泰迫：太迫近天子。

耻之心乎？连用"乎"字作态，笔笔如了不了。夫望夷之事[140]，二世见当以重法者[141]，投鼠不忌器之习也。随手忽入秦二世。

臣闻之，履虽鲜[142]不加于枕，冠虽敝不以苴[143]履。夫尝已在贵宠之位，天子改容而体貌之矣，吏民尝俯伏以敬畏之矣，今而有过，帝令废之可也，退之可也，赐之死可也，灭之可也；若夫束缚之，系緤[144]之，输之司寇[145]，编之徒官[146]，司寇小吏詈骂而榜笞之，殆非所以令众庶见也。笔笔如了不了，连用"矣"字，连用"可也"字，连用"之"字，作态。夫卑贱者习知尊贵者之一旦，吾亦乃可以加此也，非所以习天下也，非尊尊贵贵之化也。夫天子之所尝敬，众庶之所尝宠，死而死耳，贱人安宜得如此顿辱之哉！如了不了，连用"非"字作态。

豫让[147]事中行之君，智伯伐而灭之，移事智伯。及赵灭智伯，豫让衅面[148]吞炭，必报襄子[149]，五起而不中。人问豫子，豫子曰："中行众人畜我，我故众人事之；智

140. 望夷之事：指秦二世在望夷宫被赵高派阎乐逼死之事。

141. 见：被。当：判决。

142. 鲜：新。

143. 苴：鞋底的草垫。

144. 系緤：用绳拴系。

145. 输：送达。司寇：主管刑狱的官。

146. 徒官：管理犯人的小官。此句言把他置于徒官的管辖下。

147. 豫让：春秋时晋国人。曾经做过中行氏的家臣。中行氏，晋国大夫荀林父之后。

148. 衅面：用漆涂面，坏毁脸容。

149. 襄子：指赵襄子，名毋邮，赵衰之后，晋国大夫。曾退保晋阳，派张孟谈夜见韩康子、魏桓子，合谋灭智伯。故豫让一定要刺杀襄子为智伯报仇。

伯国士遇我，我故国士报之。”故此一豫让也，反君事仇，行若狗彘，已而抗节致忠，行出乎列士[150]，人主使然也。随手忽入豫让。故主上遇其大臣如遇犬马，彼将犬马自为也；如遇官徒，彼将官徒自为也。顽顿亡耻，奊诟[151]音歇后。亡节，廉耻不立，且不自好，苟若[152]而可，故见利则逝，见便则夺。主上有败，则因而挻[153]之矣；主上有患，则吾苟免而已，立而观之耳；有便我身者，则欺卖而利之耳。人主将何便于此？为人臣，岂宜有此？然描写尽情，最是耸听。群下至众，而主上至少也，所托财器职业者粹[154]于群下也。俱亡耻，俱苟妄[155]，则主上最病[156]。重重叠叠，周周折折，只是刑不至大夫一句，却说出如许多事情。故古者礼不及庶人，刑不至大夫，所以厉宠臣之节也。古者大臣有坐[157]不廉而废者，不谓不廉，曰“簠簋不饰[158]”；坐污秽淫乱男女亡别者，不曰污秽，曰“帷薄不修[159]”；坐罢软不胜任者，不谓罢软，曰“下官不职”。故贵大臣定有其罪矣，犹未斥然正以呼之也，尚迁就而为之讳也。周周折折，写得最尽。故其在大谴大何[160]之域者，闻谴何则白冠牦缨[161]，盘水加剑[162]，造请室而请罪耳[163]，上

150. 列士：犹烈士。

151. 奊诟：没有志气。

152. 苟若：马马虎虎。

153. 挻：篡夺。

154. 粹：通“萃”，总聚。

155. 苟妄：随便乱搞。

156. 病：忧患。

157. 坐：犯罪的因由，引申为相坐。

158. 簠簋不饰：祭器不整齐。比喻为官不廉洁，也是指责贪官常用的婉词。

159. 帷薄不修：是古时指责家庭生活淫乱的婉词。

160. 何：通“呵”，呵斥。

161. 白冠牦缨：古时的一种丧服。此句言罪人听到斥责就穿上丧服。

162. 盘水加剑：古代请罪的一种方式。盘中水是平的，以示君主治罪的公平；盘上加剑，以示自己服罪，当以自刎。一说杀牲者以盘水取颈血，以示罪人亦要这样。

163. 造：至、到。请室：汉代囚禁有罪官吏的牢狱。

不执缚系引而行也。其有中罪者，闻命而自弛[164]，上不使人颈戾而加[165]也。其有大罪者，闻命则北面再拜，跪而自裁，上不使捽抑[166]而刑之也，曰："子大夫自有过耳！吾遇子有礼矣。"周周折折，写得最尽。遇之有礼，故群臣自喜，婴[167]以廉耻，故人矜节行。上设廉耻礼义以遇其臣，而臣不以节行报其上者，则非人类也。故化成俗定，则为人臣者主耳忘身[168]，国耳忘家，公耳忘私，利不苟就，害不苟去[169]，唯义所在。上之化也，故父兄之臣诚死宗庙，法度之臣诚死社稷，辅翼之臣诚死君上，守圄扞敌之臣[170]诚死城郭封疆。故曰圣人有金城者，比物此志也。彼且为我死，故吾得与之俱生；彼且为我亡，故吾得与之俱存；夫将为我危，故吾得与之皆安。顾行而忘利，守节而仗义，故可以托不御之权，可以寄六尺之孤[171]。此厉廉耻行礼谊之所致也，主上何丧[172]焉！前日主上"最病"，此日主上"何丧"焉，使自决择也。此之不为，而顾彼之久行[173]，故曰可为长太息者此也。

以上，五长太息毕。不知当时何故，却少一段。

164. 弛：毁坏。

165. 颈戾而加：刀加到脖子上。

166.捽抑：揪住头发往下按。捽，揪。抑，按。

167. 婴：加。

168. 主耳忘身：意为一心为君主，不念其自身。

169. 害不苟去：遇到祸患不随便逃避。

170. 守圄扞敌之臣：指防守边疆抗击敌人的大臣。

171. 六尺之孤：指尚未成年而父已死的小皇帝。

172. 丧：损失。

173. 顾彼之久行：反而长久地在做那些不该做的事。

司马

相如

3 篇

司马相如

上书谏猎

一段，出色写兽之骇发；一段，出色写人之不意；并不作一儒生蒙腐之语，后始反复切劝之。

臣闻物有同类而殊能者，故力称乌获[1]，捷言庆忌[2]，勇期贲、育[3]。臣之愚，窃以为人诚有之，兽亦宜然。不作款曲，奋迅直入，陈说于英主之前，此为耸听。今陛下好陵阻险，射猛兽，入事。卒然遇逸材之兽[4]，骇[5]不存之地，犯属车之清尘[6]，舆不及还辕，人不暇施巧，虽有乌获、逢蒙[7]之技不能用，枯木朽株尽为难矣。是胡、越起于毂下，而羌夷接轸也，岂不殆哉！一笔所写，如有数层，最是精神。一段，写兽之骇发。虽万全而无患，然本非天子之所宜近也。转落而下。

且夫清道而后行，中路而驰，犹时有衔橛之变[8]。而况涉乎蓬蒿，驰乎丘坟，前有利[9]兽之乐，而内无存变[10]之

1. 乌获：秦武王时力士。

2. 庆忌：春秋时吴王僚之子，善走。他能走追奔兽，手接飞鸟。

3. 贲、育：指孟贲和夏育，皆古之勇士。

4. 逸材之兽：指凶猛异常的野兽。

5. 骇：惊窜。

6. 属车：皇帝的侍从车子。清尘：车后扬起的尘埃。颜师古说："言清者，尊贵之意也。"

7. 逢蒙：古之善射者。

8. 衔橛之变：指马口所衔的横木或断，或脱出，以致车翻人伤。

9. 利：贪。

10. 存变：留心变故。

意，其为祸也不亦难矣！一段，写人之不意。

夫轻万乘之重不以为安，乐出万有一危之途以为娱，臣窃为陛下不取。

盖明者远见于未萌，而知者避危于无形，祸固多藏于隐微，而发于人之所忽者也，故鄙谚曰："家累千金，坐不垂堂[11]。"此言虽小，可以谕大。臣愿陛下留意幸察。反复明切，到底无一蒙腐语。

11. 垂堂：靠近堂边。连上句言家中极富有的人很自爱，连堂边都不敢坐，怕屋瓦掉下砸伤他。

司马相如

难蜀父老

其文，汪洋浩荡，不能知其涯涘所在，但觉触手所动，触笔所点，无非朱碧陆离，千态万状，洵文章之极观也。纯是切讽天子，更于言外寻之。

汉兴七十有八载，先数其载。德茂存乎六世，再数其世。此非言汉兴既久，应以全力开边，盖是言外隐然讽言，祖宗曾未尝有事于此。细玩，自知。威武纷纭，湛恩汪涉[1]，此二句，写上。威德如此，却不开边。群生沾濡，洋溢乎方外。此二句，写下。不须开边，已自宾服。于是乃命使西征，随流而攘，风之所被，罔不披靡。看他写今日开边，一曰"随流"，一曰"风被"，皆是先世威德。因朝冉一。从駹[2]，二。定筰三。存邛[3]，四。略斯榆[4]，五。举苞蒲[5]，六。结轨还辕，东乡将报，至于蜀都。此文，却写开边已半，讽谏最妙！

耆老大夫搢绅先生之徒二十有七人，俨然造焉。辞毕，因进曰："盖闻天子之于夷狄也，其义羁縻[6]勿绝而

1. 湛恩：深恩。汪涉：深广的样子。

2. 冉、駹：我国西南地区的少数民族。

3. 筰：我国古代民族名，分布在今四川汉源一带。邛：我国古代民族名，分布在今四川西昌地区。

4. 斯榆：汉时西南地区部落名。

5. 苞蒲：汉时西南地区民族名。

6. 羁縻：束缚，此指笼络，使不生异心。

已。言如络马头，引牛鼻，使不得搪抵百姓即已，非欲臣属之也。今罢[7]三郡之士，通夜郎之途，三年于兹，而功不竟，士卒劳倦，万民不赡；以前。今又接以西夷，百姓力屈，恐不能卒业，以后。此亦使者之累也，窃为左右患之。不敢斥言天子，故只坐使者，辞最委婉。且夫邛、筰、西僰[8]之与中国并也，历年兹多，不可记已。仁者不以德来，强者不以力并，意者殆不可乎[9]！犹言如可，则早已开边，不待今日，辞最委婉。今割齐民[10]以附夷狄，弊[11]所恃以事无用，此句，即沓写上句。“所恃”，即齐民。“无用”，即夷狄。特为一沓写，便痛快耳。鄙人固陋，不识所谓。”轻轻只是“不识所谓”四字，却说得开边全无道理。

使者曰：“乌谓此乎？乌，一字句。惊怪之声。“谓此乎”，三字句。犹言大夫俨来，乃为此耶？必若所云，则是蜀不变服而巴不化俗也，仆尚恶闻若说。先劈，此非逢君之说，文字固须尔耳。然斯事体大，固非观者之所觏也。犹言本不足与语，然亦须一语。余之行急，其详不可得闻已。请为大夫粗陈其略：本不足与语，然亦须一语，又不能详语。百忙中，作此许多曲折。

7. 罢：同“疲”。

8. 西僰：我国古代西南的少数民族。

9. 意者：猜想。殆：大概。

10. 齐民：平民百姓。

11. 弊：败坏、疲困。

“盖世必有非常之人，然后有非常之事；有非常之事，然后有非常之功。非常者，固常人之所异也。故曰非常之元[12]，黎民惧焉；及臻厥成[13]，天下晏如也。先宽说。

“昔者洪水沸出，泛滥衍溢，民人升降移徙，崎岖而不安。夏后氏戚之，乃堙洪一。塞原[14]，一。决江一。疏河，一。洒沈一。澹灾[15]，一。东归之于海，一。而天下永宁。一。当斯之勤，岂惟民哉？心烦于虑，而身亲其劳，躬傶骿胝无胈[16]，肤不生毛，故休烈[17]显乎无穷，声称浃[18]乎于兹。又引证。

“且夫贤君之践位也，岂特委琐握踸[19]，拘文牵俗[20]，循诵习传，当世取说云尔哉！必将崇论宏议，创业垂统，为万世规。故驰骛乎兼容并包，而勤思乎参天贰地[21]。再宽说。且《诗》不云乎？‘普天之下，莫非王土；率土之滨，莫非王臣。’是以六合之内，八方之外，浸淫衍溢，怀生之物有不浸润于泽者，贤君耻之。

12. 元：开始。

13. 及臻厥成：等到事情成功。

14. 堙洪塞原：堵塞洪水水源。

15. 洒沈：分散洪水。澹灾：消除火灾。

16. 躬傶骿胝无胈：意为夏禹辛劳得身体腠理不长细毛，手掌和脚底也生了老茧。

17. 休烈：盛美的事业。

18. 浃：彻，遍。

19. 委琐：拘于小节。握踸：器量局狭的样子。

20. 拘文牵俗：拘泥于文辞流俗。

21. 参天贰地：意为与天地比德。

再引证。以下，方入今上事。今封疆之内，冠带之伦[22]，咸获嘉祉，靡有阙遗矣。一顿。而夷狄殊俗之国，辽绝异党之域，舟车不通，人迹罕至，政教未加，流风犹微，内之则犯义侵礼于边境，外之则邪行横作，放杀其上[23]，君臣易位，尊卑失序，父兄不辜，幼孤为奴虏，系累号泣。内乡而怨[24]，曰：‘盖闻中国有至仁焉，德洋恩普，物靡不得其所，今独曷为遗己！’举踵思慕，若枯旱之望雨，看他无中生有，只是《尚书》“徯我后”三字，化成如此段文字。戾夫为之垂涕，“戾夫”，言忍人也。况乎上圣，又乌能已？曲折顿挫，极尽文态。故北出师以讨强胡，南驰使以诮劲越[25]。四面风德[26]，二方之君鳞集仰流[27]，愿得受号者以亿计。以上，数已开之边。故乃关沫、若[28]，徼牂牁[29]，镂灵山，梁孙原[30]，此数今开之边。创道德之途，垂仁义之统，将博恩广施，远抚长驾，细读“将”字。使疏逖[31]不闭，曶爽[32]闇昧得耀乎光明，细读“使”字。以偃甲兵于此，而息讨伐于彼。细读“以”字、“而”字。遐迩一体，中外禔福，不亦康乎？曲折顿挫，极尽文态。夫拯民于沉溺，奉至尊之休

22. 冠带之伦：指官员之类。

23. 放杀其上：驱逐和杀戮他们的国君。

24. 内乡而怨：向中国而怨慕。

25. 诮劲越：责问强劲的越人。

26. 风德：为其德所感化。

27. 鳞集仰流：如鱼群迎向上流。比喻人心归向。

28. 关沫、若：以沫水、若水为关。

29. 徼牂牁：以牂牁为边界。

30. 梁孙原：在孙水的源头架起桥梁。

31. 逖：远。

32. 曶爽：天色未明之时。

德[33]，反衰世之陵夷[34]，继周氏[35]之绝业，天子之急务也。百姓虽劳，又乌可以已哉？一结。下再起。

“且夫王者固未有不始于忧勤，而终于佚乐者也。下再结。然则受命之符合在于此。方将增太山之封，加梁父之事[36]，鸣和鸾，扬乐颂，上咸五[37]，下登三[38]。所谓“非常之事”“非常之功”也。观者未睹指，听者未闻音，犹鷦鹏[39]已翔乎寥廓，而罗者犹视乎薮泽，悲夫！”结毕。

于是诸大夫茫然丧其所怀来，失厥[40]所以进，喟然并称曰：“允哉汉德，此鄙人之所愿闻也。百姓虽劳，请以身先之。”敞罔靡徙[41]，迁延而辞避。前写“俨然”，此写“茫然”“喟然”，分明如画。

33. 休德：美德。

34. 陵夷：衰颓。

35. 周氏：指周文王和周武王。

36. 梁父之事：指古代帝王祭天的同时，还要在泰山下的梁父山上辟基祭地，叫做“禅”。

37. 上咸五：指汉德上同五帝。

38. 下登三：指汉德高出三王。

39. 鷦鹏：亦作焦朋，传说中的西方神鸟，状似凤凰。

40. 厥：他们。

41. 敞罔：失意的样子。靡徙：抑退的样子。

司马相如

喻巴蜀檄

妙在自出大意，使蜀民与使者两分其罪，最得宣慰远人之体。

告巴蜀太守：不告唐蒙，却告太守，便有分罪蜀民意。蛮夷自擅，不讨之日久矣，时侵犯边境，劳士大夫。须细算其如此起笔，最是得势。除此，更无别笔可起。陛下即位，第二笔，方写陛下即位。存抚天下，集安中国，八字，先补写陛下文德。然后兴师出兵，北征匈奴，单于怖骇，交臂[1]受事，屈膝请和。康居西域[2]，重译[3]纳贡，稽首来享[4]。移师东指，闽越相诛[5]，右吊番禺[6]，太子入朝。然后写陛下武威。先定余夷。下独接西南夷。南夷之君，西僰之长，常效贡职，不敢惰怠，延颈举踵，喁喁然[7]，皆乡风慕义，欲为臣妾，道里辽远，山川阻深，不能自致。说他本好，只为远难自致，便已安慰之。夫不顺者已诛，余夷。而为善者未赏，西南夷。故遣中郎将[8]往宾

1. 交臂：拱手，表示恭敬。

2. 康居：古西域国名。西域：汉时始称，指玉门关以西、巴尔喀什湖以东及以南的广大地区。

3. 重译：辗转翻译。

4. 享：献。

5. 闽越相诛：指汉武帝建元六年闽越（即东越）王郢兴兵攻南越，南越上书求救，汉武帝派王恢、韩安国往讨，闽越王弟余善杀郢以降。

6. 吊：慰问。番禺：南越王国都，指代南越。

7. 喁喁然：众人向慕的样子，如群鱼之口向上。

8. 中郎将：指唐蒙。

之，念其远，难自致也。发巴蜀之士各五百人以奉币，卫使者不然，靡有兵革之事，战斗之患。只是奉币帛，卫不然，说得绝干净。今闻其发军兴制[9]，惊惧子弟，忧患长老，责唐蒙。郡又擅为转粟运输，责太守。皆非陛下之意也。先结过陛下无此意，下独反复切责巴蜀人。当行者或亡逃自贼[10]杀，亦非人臣之节也。分责两边，最好。然使者与太守，上只略责；巴蜀人，下却反复切责。

夫边郡之士，闻烽举燧燔，皆摄弓而驰，荷兵而走，流汗相属，惟恐居后，触白刃，冒流矢，议不反顾，计不旋踵[11]，人怀怒心，如报私仇。写别处边郡忠勇之状，以反形巴蜀。彼岂乐死恶生，非编列之民，而与巴蜀异主哉？计深虑远，急国家之难，而乐尽人臣之道也。故有剖符之封，析圭而爵[12]，位为通侯，居列东第[13]。终则遗显号于后世，传土地于子孙，事行甚忠敬，居位甚安佚，名声施于无穷，功烈著而不灭。是以贤人君子，肝脑涂中原，膏液润野草而不辞也。一段，反复切论，为臣民者，决宜忠勇。今奉币使至南夷，即自贼杀，或亡逃抵诛，身死无名，

9. 发军兴制：用三军之众来推行法制。

10. 贼：害。

11. 计不旋踵：计议好不退缩。意即视死如归。

12. 析圭而爵：分圭而爵之。据《周礼》：以玉制作六瑞，齐一邦国的大小尊卑，王执镇圭，公执桓圭，侯执信圭，伯执躬圭，子执谷璧，男执蒲璧。

13. 东第：指王侯贵族的住宅。

谥为至愚，耻及父母，为天下笑。人之度量相越，岂不远哉！看他问罪之辞，只作闲闲评断卸过，总是安慰之，使更不生意外事。后世为朝廷宣示反侧，宜精学此。然此又轻。非独行者之罪也，父兄之教不先，子弟之率不谨，寡廉鲜耻，而俗不长厚也。其被刑戮，不亦宜乎！又并责其父老，立言又高一步。

陛下患使者有司之若彼，收唐蒙与太守。悼不肖愚民之如此，收巴蜀人。看他将"彼"字放"使者有司"下，"此"字放"不肖愚民"下，身分先占得好。古人文字，一笔不苟如此。故遣信使，晓谕百姓以发卒之事，因数之以不忠死亡之罪，让[14]三老孝弟以不教诲之过。至此，竟独罪巴蜀之子弟并父老，至于使者，竟递过不要提起，妙，妙！方今田时，重烦百姓，八字，妙甚，高甚。意言不然者，定宜发兵严诛之也。已亲见近县[15]，恐远所溪谷山泽之民不遍闻，故有此檄。檄到，亟[16]下县道，咸喻陛下意，毋忽！轻轻而毕。

14. 让：责备。

15. 亲见近县：指城旁近县的人，使者亲自接见并晓谕他们。

16. 亟：急。

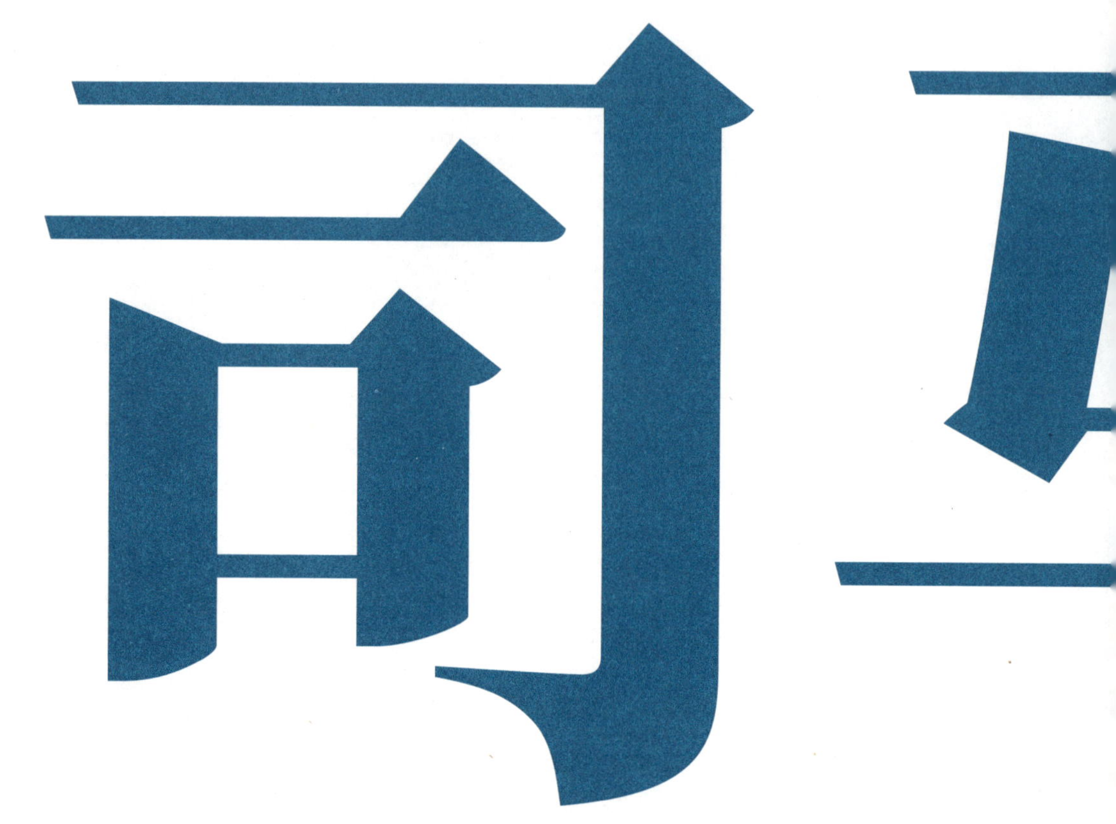

迁

95 篇

司马迁

五帝本纪赞

此为史赞之首，最古劲，最简质，而意义最多，顿挫最大。读之，生出通身笔力。

学者多称五帝[1]，尚[2]矣。此一句，提。然《尚书》独载尧以来，《尚书》又少。而百家言黄帝，其文不雅驯[3]，荐绅[4]先生难言之。百家又不雅。孔子所传宰予[5]问《五帝德》及《帝系姓》，儒者或不传。《大戴》《家语》又可疑。以上三段，首一句毕，下重起。余尝西至空峒，北过涿鹿，东渐于海，南浮江淮矣，此四句，又提。至长老皆各往往称黄帝、尧、舜之处，风教固殊焉，总之不离古文[6]者近是。此以自身亲历为断，言长老所称，只采其不背古文。予观《春秋》《国语》，其发明《五帝德》《帝系姓》章矣，顾第弗深考，其所表见皆不虚。所嫌诸书，但不深考，以今亲历验之，乃皆诚有。《书》缺有间矣，其轶乃时时见于他说，自尧以前，《尚书》虽缺，他说仍

1. 五帝：相传为我国古代的帝王，一般指黄帝、颛顼、帝喾、尧、舜。

2. 尚：久远。

3. 雅驯：温文不俗。

4. 荐绅：指士大夫。

5. 宰予：宰我，字子我，孔子弟子，春秋时鲁国人，善辞令。

6. 古文：指《尚书》等所载。

传。以上三段，乃从亲历中来。非好学深思，心知其意，固难为浅见寡闻道也。结得气力。余并论次[7]，择其言尤雅者，故著为本纪书首。

7. 论次：依次叙述。

司马迁

始皇本纪赞

此便借《过秦》三篇为断，而自己出手，只檃括得『而羞与之侔』五字，寄与千载一笑。

秦之先伯翳[1]，尝有勋于唐、虞之际，受土赐姓。秦初。及殷、夏之间微散。秦中。至周之衰，秦兴，邑于西垂[2]。自缪公[3]以来，稍蚕食诸侯，竟成始皇。秦后。始皇自以为功过五帝，地广三王[4]，而羞与之侔[5]。更不置断，只代写其自家意思，以为一笑。善哉乎贾生推言之也[6]！曰：下接《过秦论》成文。

1. 伯翳：伯益。舜时东夷部落的首领。相传助禹治水有功禹要让位给益，益避居箕山之北。是秦的祖先。

2. 垂：通"陲"，边境。

3. 缪公：秦穆公，春秋五霸之一。

4. 三王：指夏禹、商汤、周文王和周武王。

5. 侔：等同。

6. 贾生：贾谊。推言：指《过秦论》。

司马迁

项羽本纪赞

此断项羽全不师古，其亡固宜。只是起手暴兴，却是何故？凡作一扬三抑，注意正在豪杰不可胜数句。言除却重瞳，更不可解。

吾闻之周生曰“舜目盖重瞳子[1]”，又闻项羽亦重瞳子。羽岂其苗裔邪？何兴之暴[2]也！《项羽本纪》，通篇何等声势！至作赞，却斗然只说其目重瞳。犹言除非重瞳上，若论才略，乃一无足取。夫秦失其政，陈涉首难[3]，豪杰蜂起，相与并争，不可胜数。然羽非有尺寸，乘势起陇亩之中，三年，遂将五诸侯[4]灭秦，分裂天下，而封王侯，政由羽出，号为“霸王”，位虽不终，近古以来未尝有也。一段，承写其兴之暴，扬。及羽背关怀楚[5]，放逐义帝[6]而自立，怨王侯叛己，难矣。抑。自矜功伐[7]，奋其私智而不师古，谓霸王之业，欲以力征经营天下，五年卒亡其国，身死东城，尚不觉寤而不自责，过矣。再抑。乃引“天亡我，非用兵之罪也”，岂不谬哉！又抑。凡作一扬三抑。

1. 重瞳子：双眸子，古人认为这是神异的人物。

2. 暴：突然、急速。

3. 首难：首先发难，起义。

4. 五诸侯：指齐、赵、韩、魏、燕五国起义军。

5. 背关怀楚：放弃地势险要的关中，怀念楚地而东归。指项羽不定都关中，而定都彭城。

6. 义帝：楚怀王心，是项羽叔父项梁起义时立的，后项羽尊他为义帝。因义帝想按“先入定关中者王之”的约定，把关中封给刘邦，所以项羽怀恨怀王，把他放逐到湖南长沙郡的郴县去，并暗中叫黥布把他击杀在郴县江中。项羽自立为西楚霸王。

7. 自矜功伐：夸耀自己的功劳。

司马迁

高祖本纪赞

推崇汉家，其学甚醇。谓史公不知道，岂其然哉？

夏之政忠[1]。忠之敝，小人以野[2]，故殷人承之以敬[3]。殷所以得统。敬之敝，小人以鬼[4]，故周人承之以文[5]。周所以得统。文之敝，小人以僿[6]，故救僿莫若以忠。三王之道若循环[7]，终而复始。言此本自然之理。以上，通论古今帝王统绪有定。周、秦之间，可谓文敝矣。周之必有或继之者，宣圣所以不讳也。秦政不改，反酷刑法，岂不缪[8]乎？秦不得承统也。故汉兴，承敝易变[9]，使人不倦，二句，八字，明是“忠”字，却不说出，好，好。得天统矣。推崇昭代之意，只四字便尽，岂后来纷纷符谶之云乎？

1. 夏之政忠：夏代的政教以质朴忠厚为本。

2. 小人以野：指人民就变得粗野起来。

3. 敬：指用敬天地、敬祖先来教化人民。

4. 鬼：指迷信鬼神。

5. 文：指用礼乐制度来教化人民。

6. 僿：轻薄、不真诚。

7. 三王之道若循环：言夏、商、周三代的统治方法像循环一样，终而复始。

8. 缪：同“谬”。

9. 承敝易变：指汉高祖针对秦朝的严刑酷法，提出废秦苛法，并与民约法三章，施行与民休息的政策。

司马迁

吕后本纪赞

此是三段文字，却是倒装笔法。若顺写之，应云孝惠高后之时，刑罚希，民滋殖。彼不出房户而致此晏然者，以黎民新离战苦，甚欲休息也。言外，便见以前数十年，生灵涂炭。

孝惠皇帝、高后之时[1]，提。黎民得离战国之苦，君臣俱欲休息乎无为，一段。故惠帝垂拱[2]，高后女主称制[3]，政不出房户，天下晏然。一段。刑罚罕用，罪人是希[4]。民务稼穑，衣食滋殖。一段。

1. 孝惠皇帝：汉惠帝刘盈，刘邦之子。高后：吕雉，刘邦之妻。

2. 垂拱：垂手拱衣，安闲无事。

3. 称制：行使皇帝权力。

4. 希：少。

司马迁

孝文本纪赞

此赞，叹孝文深仁厚泽，惜孝文未兴礼乐。须知难在深仁，不难在礼乐。此惜礼乐未成，正是深仁已成也。故快接末句，再极叹之。

孔子言“必世然后仁[1]”“善人之治国百年，亦可以胜残去杀[2]”，诚哉是言！先引。汉兴，至孝文四十有余载，德至盛也。赞孝文，最蕴藉，俗笔尚欲多写。廪廪乡改正服封禅矣[3]，谦让未成于今。此是深叹孝文，非又致惜也，细思之。呜呼，岂不仁哉！

1. 必世然后仁：与下两句，见《论语·子路》。此句意为：假如有王者兴起，一定需要三十年才能使仁政大行。世，三十年为世。

2. 胜残：克服残暴。去杀：免除刑杀。

3. 廪廪：渐进的样子。乡：通“向”，向往。改正服：指改正朔和易服色，即指改用新的历法，改变秦朝规定的各种典礼所用的舆马与服饰的颜色。

司马迁

孝景本纪赞

前先写孝文，后续写主父偃，吾于智囊，能无浩叹！

汉兴，孝文施大德，天下怀安。至孝景，不复忧异姓[1]，异姓不复忧，乃自施大德来，则七国之事，不言可知。真正妙笔。而晁错[2]刻削诸侯，“而”字，微文。用“而”字法。遂使七国[3]俱起，合从而西乡，孝景事，无大于此，故只举一事。以诸侯太盛，而错为之不以渐也。断尽晁错，下“太盛”字，可见错原不差。及主父偃[4]言之，而诸侯以弱，卒以安。安危之机，岂不以谋哉？谋，即渐也。后世举大事者，“渐”之一字，可不讲哉？

1. 异姓：指汉初封的异姓王。

2. 晁错：汉文帝时任博士，兼太子家令，号称“智囊”。景帝时贵幸用事，迁御史大夫。后因请削诸侯封地被杀。

3. 七国：指七个同姓诸侯国。以“清君侧”“请诛晁错”为名，起兵反对汉中央王朝。

4. 主父偃：汉武帝时官至中大夫。提出削弱诸侯的“推恩令”，即令诸侯将封邑分封其子弟，以削弱其势力。

司马迁

吴泰伯世家赞

此赞，惜吴世家越在蛮夷，却前以泰伯，后以季札，因而列之于中国。

孔子言“太伯[1]可谓至德矣，三以天下让，民无得而称焉[2]”。此非引文，乃疑孔子所称，谁泰伯也？下便接云。余读《春秋》古文，乃知中国之虞与荆蛮、句吴兄弟也[3]。《春秋》古文，《春秋》又有本，乃是古篆文也。其文，虞与吴，乃一字也。延陵季子[4]之仁心，慕义无穷，见微而知清浊。呜呼，又何其闳览博物君子也！“闳览博物君子”，言闳览则博物，博物则君子。此非独叹公子观乐，并叹公子慕义无穷。盖人诚闳览博物，未有不慕义无穷者也。

1. 太伯：一作泰伯，周太王古公亶父的长子。相传太王欲传王位给小儿子季历（周文王父），太伯知其意，便和弟仲雍避居江南，断发文身，开发吴地，成为吴国的始祖。

2. 民无得而称焉：指太伯屡次把天下让给其弟季历，老百姓简直找不出恰当的词语来赞许他。连上句，见《论语·泰伯》。

3. 虞：是周太王古公亶父之子虞仲（仲雍）的后代的封国。荆蛮、句吴：指吴太伯建立的吴国。

4. 延陵季子：吴季札。吴王寿梦之子，因其封邑在延陵，故称延陵季子。历聘鲁、齐、郑、卫、晋等国，当时以多闻著称。

司马迁

齐太公世家赞

赞齐，便作临碣石观沧海之态。史公笔下，无所不有如此。

吾适齐，三字，起得慨慷。自泰山属之琅邪，北被[1]于海，膏壤二千里，其民阔达多匿知[2]，其天性也。先略其地，慨慷之甚。以太公[3]之圣，建国本，桓公[4]之盛，修善政，次诵其君，慨慷之甚。以为诸侯会盟，称伯，不亦宜乎？先结二公。洋洋哉，固大国之风也！次结二千里。

1. 被：及。

2. 匿知：意为才智不外露。

3. 太公：姜尚。相传曾钓于渭水之滨，周文王出猎相遇，与语大悦，载而归，拜为师，号为太公望。助武王灭纣有功，封于齐，为齐国始祖。

4. 桓公：齐桓公，名小白，春秋五霸之一。他任管仲为相，尊周室，攘夷狄，九合诸侯，一匡天下，终其身为盟主。

司马迁

鲁周公世家赞

只用两『何其』字，参差成文。

余闻孔子称曰：“甚矣鲁道之衰也！洙泗之间龂龂[1]如也。”先是鲁之民涉渡，幼者扶其老者。至后俗薄，幼者诮让，老者不安，因共争于渡所。观庆父及叔牙、闵公之际[2]，何其乱也？一“何其”。隐、桓之事[3]；襄仲[4]杀适立庶；三家[5]北面为臣，亲攻昭公，昭公以奔。至其揖让之礼则从矣，略纵。而行事何其戾也？二“何其”。

1. 龂龂：争辩的样子。

2. 庆父：仲庆父，亦称孟氏。春秋时鲁桓公的儿子，鲁庄公的弟弟。庄公去世，其子子般即位，他派人杀死子般，另立子开为闵公。闵公继位两年，他又派人杀死闵公想自立。叔牙：鲁庄公的弟弟，他主张庄公死后立庆父。闵公：鲁闵公。

3. 隐、桓之事：隐，指鲁隐公，鲁惠公的长庶子，名息。惠公卒时，夫人之子子允年少，故由息摄政，是为隐公。鲁大夫公子挥向隐公说，他准备杀死子允，要隐公封他为相，隐公不同意，公子挥便投靠子允，反诬隐公要杀死子允，他愿杀死隐公，子允许诺。鲁隐公十一年十一月，公子挥弑隐公。立子允为鲁桓公。

4. 襄仲：公子遂，又叫东门遂，鲁国大夫。鲁文公死后，文公有两妃，长妃哀姜，生子恶及视；次妃敬嬴，得宠，生子倭。敬嬴勾结襄仲要立倭。襄仲不顾叔仲反对，在他取得齐惠公的支持后，便杀死文公嫡子恶及视，而立庶子倭为宣公。鲁国从此公室卑，三桓强。

5. 三家：指鲁国鲁桓公之族仲孙、叔孙、季孙氏三家。鲁昭公二十五年，三家共攻昭公，昭公出奔。

司马迁

只赞召公，用笔只是一顿一起。

燕召公世家赞

召公奭[1]可谓仁矣！甘棠[2]且思之，况其人乎？只赞召公。又别作轻妙之笔。燕北迫蛮貉[3]，内措[4]齐、晋，崎岖强国之间，最为弱小，几灭者数矣。一顿。然社稷血食者八九百岁，于姬姓独后亡，一起。岂非召公之烈[5]耶！只赞召公。

1. 召公奭：周文王庶子，食邑于召（今陕西岐山县西南）。相传召公治陕时，常巡行乡邑，治狱公正无私，自侯伯至庶人，各得其所。

2. 甘棠：棠梨，其果实扁圆而小，味酸甜，故叫甘棠。此树古时常植于社前，相传召公巡行乡邑时，曾治狱棠树下，公正无私。召公死后，人民怀念他，作《甘棠》诗歌颂他。见《诗经·召南·甘棠》。

3. 蛮貉：泛指少数民族。

4. 措：交杂。

5. 烈：功业。

司马迁

曹世家赞

只书二事，而曹已尽，为之痛悼。

余寻曹共公之不用僖负羁[1]，乃乘轩者三百人，十八字句。知唯德之不建。言曹之应亡也。寻，寻思也。一士不用，而美女乘轩者三百，则知其不建德也。“寻”字，“知”字，呼应。及振铎之梦[2]，岂不欲引曹之祀者哉？如公孙强[3]不修厥政，叔铎之祀忽诸[4]。“岂不欲”句，写尽祖宗冥冥之中无数眼泪。“如”，其如也。“忽诸”，言欻然就尽也。一云“曹之祀”，再云“叔铎之祀”，无限感伤。

1. 曹共公：春秋时曹国国君。晋公子重耳出亡过曹时，共公无礼，欲观其骈胁。僖负羁谏，不听。僖负羁：曹国大夫。

2. 振铎之梦：振铎，周文王之子，周武王之弟，封于曹，故又叫曹叔，是曹国始封之君。曹国末代国君伯阳，曾做梦，“梦见众君子立于社宫，谋欲亡曹，曹叔振铎止之，请待公孙强，许之”。梦醒，伯阳求得公孙强，使他辅政，喜好田弋，伯阳十五年，曹为宋所灭，叔铎遂绝祀。

3. 公孙强：原是曹国乡下人，喜好田弋，得宠于曹国国君伯阳，任为司城，并听政于他。

4. 忽诸：绝灭。

司 马 迁

陈杞世家赞

写舜禹，却似轩轾[1]。

舜之德可谓至矣！舜禹也，忽然独赞舜，又奇。禅位于夏，而后世血食[2]者历三代。作两截写，愈见。及楚灭陈，而田常[3]得政于齐，卒为建国，百世不绝，苗裔兹兹[4]，有土者不乏焉。说舜处津津。至禹，于周则杞[5]，微甚，不足数也。说禹处，却似不满。楚惠王灭杞，其后越王勾践兴。亦作两截写，只是不满。

1. 轩轾：车子前高后低叫轩，前低后高叫轾。这里喻指司马迁评价舜禹二人有高低之分。

2. 血食：古时祭祀要宰杀牲畜，所以称受享祭叫"血食"。

3. 田常：田恒，又名田成子。在齐国以大斗出贷，小斗收进，以收人心。齐简公四年，田常杀简公，拥立平公，自任齐相，齐国之政尽归田氏。

4. 兹兹：众多的意思。

5. 杞：国名。周武王封夏禹后人东楼公于杞。

司马迁

卫康叔世家赞

卫世家赞，却只举伋、寿争死一事，写出无限惋痛。及至末句，忽然又唠骂『或』『独何哉』，『或』者，岂非指出公耶？

余读世家言，至于宣公[1]之太子以妇见诛，四字，一何蕴藉。弟寿争死[2]句。以相让，此与晋太子申生不敢明骊姬之过同，俱恶伤父之志。连出一事，愈益惋痛。然卒死亡，何其悲也！深痛之，不复能多其辞。或父子相杀，兄弟相灭，亦独何哉？忽然掉笔别处，有指无指，自然妙绝！

1. 宣公：指卫宣公。宣公太子名伋，娶齐女，宣公见齐女美，便自娶。宣公与齐女生子寿、子朔兄弟二人。后太子伋母死，齐女与子朔进谗言陷害太子伋，宣公命太子伋持白旄出使齐国，而暗中约边界盗见持白旄者拦杀之。

2. 弟寿争死：是指宣公谋杀太子伋之事，被太子伋的异母弟子寿得知。子寿持白旄先驰至边界，边界盗见持白旄者杀之。接着太子伋赶到边界，并对边界盗说："所当杀乃我也。"边界盗又杀之。

司 马 迁

宋微子世家赞

闲闲直写四段。

孔子称“微子[1]去之，箕子[2]为之奴，比干[3]谏而死，殷有三仁焉”。一段。《春秋》讥宋之乱自宣公[4]废太子而立弟，国以不宁者十世。二段。襄公之时，修行仁义，欲为盟主。其大夫正考父[5]美之，故追道契、汤、高宗[6]，殷所以兴，作《商颂》。三段。襄公既败于泓[7]，而君子或以为多[8]，伤中国阙礼义，褒之也，宋襄之有礼让也。四段。第四段有态。

1. 微子：名启，商纣王庶兄。因屡谏纣王，不听，便离开纣王。周武王灭商，微子称臣于周。周公旦乃以微子统率殷族，封于宋，为宋国的始祖。

2. 箕子：纣王的叔父。纣王暴虐，箕子进谏不听，乃披发佯狂为奴，为纣所囚。周武王灭商后，释箕子之囚，归之镐京。

3. 比干：纣王的叔父。纣王荒淫无道，比干犯颜直谏，纣王大怒，剖其心而死。

4. 宣公：指宋宣公。有太子与夷，宣公病，让位于其弟和，不传位其子。

5. 正考父：春秋时宋国上卿，曾历佐宋戴公、武公、宣公三公。

6. 契：相传是商族始祖帝喾的儿子，虞舜的臣子，曾助禹治水有功，任为司徒。赐姓子氏，封于商。汤：商王朝的建立者。高宗：武丁，殷之贤君。

7. 泓：水名。《左传》载：（公元前 638 年）宋与楚国为了争霸而爆发泓水之战，宋襄公拘泥于假仁假义，为楚军打败而受伤。

8. 多：赞美。

司　马　迁

晋世家赞

此只是借晋深深致慨。

晋文公[1]，古所谓明君也，一曲。亡居外十九年，至困约[2]，再曲。及即位而行赏，尚忘介子推[3]，三曲。况骄主乎？晋赞，却意不在晋，又是一样笔法。灵公[4]既弑，其后成、景[5]致严，至厉大刻[6]，大夫惧诛，祸作。悼公以后日衰，六卿[7]专权。故君道之御其臣下，固不易哉！历叙灵公、成公、景公、厉公、悼公，却只是意不在晋。

1. 晋文公：重耳，晋献公之子。因遭骊姬之谗，流亡在外十九年。后得秦穆公之助，得返晋国，为君九年，振兴晋国，称霸诸侯。

2. 困约：窘迫贫困。

3. 介子推：晋文公从亡之臣。晋文公回国，赏赐从亡之臣，没提到他，他便和母亲隐居在绵山，因坚持不出，后被焚死。

4. 灵公：指晋灵公。为君暴虐无道，为晋将赵穿所杀。

5. 成、景：指晋成公和晋景公。

6. 厉：指晋厉公。刻：刻薄、苛严。

7. 六卿：指春秋时晋国范、中行、知、赵、韩、魏六大家族，世代都是晋卿，故称六卿。

司 马 迁

楚世家赞

只致叹灵、平二王，而为戒乃复不浅，笔态最是淋漓尽致。

楚灵王方会诸侯于申[1]，一。诛齐庆封[2]，二。作章华台，三。求周九鼎之时，四。悉举楚灵王之事。志小天下；总上四句，笔势一起。及饿死于申亥[3]之家，为天下笑。笔势一跌。操行之不得，悲夫！致叹。势之于人也，可不慎与？再致叹。弃疾[4]以乱立，言应知戒。嬖淫秦女，乃又为此。甚乎哉，三字妙！几再亡国！四字，又妙！此三字一句，四字一句，不知是单叹楚平，不知是兼叹楚灵。

1. 申：国名，姜姓，为楚所灭。

2. 庆封：字子家，齐国大夫。曾与崔杼谋杀齐庄公，更立齐景公，并为景公相。景公与陈无宇等谋杀庆封，庆封逃至吴国的朱方。楚灵王伐吴，拔朱方，诛庆封。

3. 申亥：楚国芋尹申无宇之子。楚灵王乾溪之难，申亥在棘里门前遇到了灵王，并与王同归。灵王自缢于申亥家，申亥以其二女殉而葬之。

4. 弃疾：楚平王，楚共王之子。即王位后，改名熊居。楚灵王乾溪之难时，楚已立子比为王，但畏灵王来。弃疾便派人在船上沿江走呼“灵王至矣”，并胁逼子比及令尹子皙自杀，弃疾才即位为王。

司马迁

越王勾践世家赞

极赞勾践，是史公专心喜此一辈人物。

禹之功大矣，渐[1]九川，定九州，至于今诸夏艾安。《世家》，不应又颂禹，先起此笔，为"遗烈"句地耳。及苗裔勾践，苦身焦思，终灭强吴，北观兵中国，以尊周室，号称霸王。勾践可不谓贤哉！盖有禹之遗烈焉。可谓与之至，何与乎勾践？与其能隐忍以就功名，为史公一生之心。范蠡三迁[2]皆有荣名，名垂后世。《勾践世家》，不应又称范蠡，横入此笔，为"臣主若此"句地。古人文字，固必分别观也。臣主若此，欲毋显得乎！

1. 渐：疏导。

2. 范蠡三迁：范蠡，春秋时宛人，仕越为大夫，辅佐越王勾践刻苦图强，卒灭吴国，功成隐退。去越至齐，改名鸱夷子皮，耕于海畔，治产致数十万，尽散其财与知友乡党；又至陶称朱公，经商致富，赀累巨万，天下称陶朱公。故谓范蠡三迁，皆有荣名。

司马迁

郑世家赞

前有里克，何意后有甫瑕，此所谓『变所从来』也。史公深于世故于此。

语有之，“以权利合者，权利尽而交疏”，甫瑕[1]是也。炯戒可畏。甫瑕虽以劫杀郑子 以，以此四字也。内厉公[2]，以此四字，“内厉公”也。厉公终背而杀之，此与晋之里克[3]何异？厉公如里克矣，甫瑕何得如荀息？守节如荀息[4]，身死而不能存奚齐。变所从来，亦多故矣！有说不尽之叹！

1. 甫瑕：《左传》作傅瑕，郑国大夫。公元前680年，出亡在栎的郑厉公诱捕了甫瑕，甫瑕说：“苟舍我，吾请纳君。”厉公释放甫瑕回郑后，甫瑕果杀郑国国君子仪及其二子，并迎厉公复为国君。厉公即以甫瑕有二心把他杀了。

2. 郑子：指郑国国君子仪。内：通“纳”。

3. 里克：晋国大夫，曾答应对献公夫人骊姬陷害太子申生、谋立己子奚齐的阴谋保持中立。晋献公一死，里克便杀死奚齐。

4. 荀息：字叔，晋国大夫。辅助奚齐、卓子而死。

司　马　迁

赵世家赞

史公深恶迁之信谗杀李牧，故特地暴扬其母之丑，以当痛棒苦治也。又恐后人不信，故又特地牵引冯王孙作证。

吾闻冯王孙曰：“赵王迁，其母倡[1]也，嬖于悼襄王[2]。悼襄王废适子嘉而立迁[3]。迁如贤，如此事岂不相盖，甚矣古人用笔之严切。而为人子孙者，不可不知自振拔也。迁素无行，信谗，故诛其良将李牧，用郭开[4]。”岂不谬哉！书“信谗”足矣，又加书“素无行”三字；书“诛李牧”足矣，又加书一“故”字、“其良将”三字；又再加书“用郭开”三字，皆恶之至也！秦既虏迁，赵之亡大夫共立嘉为王，王代[5]六岁，秦进兵破嘉，遂灭赵以为郡。李牧已诛，夫又何望。

1. 倡：据《列女传》六，是邯郸之倡。

2. 嬖：宠幸。悼襄王：名偃，赵孝王之子。

3. 适：通“嫡”。迁：幽缪王，赵国国君。

4. 郭开：赵王迁的宠臣，接受秦国的贿赂，诬陷李牧、司马尚欲反，以致李牧被赵王杀害。

5. 代：古国名，在今河北蔚县一带。

司 马 迁

魏世家赞

此明明高推汉受天命，非过许虎狼之秦也。细读『其业未成』句。

吾适故大梁[1]之墟，墟中人曰：“秦之破梁，引河沟而灌大梁，三月城坏，王请降，遂灭魏。”先写亲眼熟睹其事如此。说者皆曰魏以不用信陵君[2]故，国削弱至于亡，次引一腐生言。余以为不然。快劈。天方令秦平海内，其业未成，隐言秦为汉前驱。魏虽得阿衡[3]之佐，曷益乎？至论，定论，快论。腐生不许开口。

1. 大梁：地名，战国魏都。

2. 信陵君：魏公子无忌。

3. 阿衡：指伊尹。

司马迁

韩世家赞

此赞，又高推阴德，想见史公心地醇厚。夫阴德，岂可忽乎哉？

韩厥[1]之感晋景公，绍赵孤之子武[2]，以成程婴、公孙杵臼之义[3]，此天下之阴德[4]也。阴德，不是阴行善，史公心中笔底甚明。韩氏之功，于晋未睹其大者也。曲折慷慨。然与赵、魏终为诸侯十余世，宜乎哉！说阴德，口中津津然。

1. 韩厥：韩献子，晋卿。晋景公三年，晋司寇屠岸贾，因晋灵公被弑，欲诛杀赵盾子赵朔，韩厥告诉赵朔，并叫他逃走。后赵氏被诛，程婴、公孙杵臼藏赵氏孤儿赵武事，韩厥知之。后景公病，占卜，韩厥称说赵成季之功，今后无祀，感动景公，并言赵氏孤儿赵武还在，使赵武复得故赵氏田邑，继赵氏祀。

2. 绍：继承。武：赵武，赵朔之子，赵盾之孙。

3. 程婴：赵朔友。公孙杵臼：赵朔门客。当屠岸贾诛杀赵朔，灭其族时，赵朔妻遗腹生一子。公孙杵臼与程婴谋，由杵臼背负假孤儿藏匿山中，让程婴出告藏匿处，被攻杀。而程婴却抱赵氏真孤儿藏匿山中。后韩厥感动景公，才立赵武为赵氏后，并诛杀屠岸贾。待赵武成人，程婴便自杀，下报公孙杵臼。

4. 阴德：暗中施德于人。

司马迁

田敬仲世家赞

史公又深信卜筮，看他笔下极力推奖出来。人憎《左传》之失也诬，殆是少见多怪耳。

盖孔子晚而喜《易》。借重孔子，下文接笔便只写《易》。借重孔子止此一句，最是疏奇之笔。《易》之为术，幽明[1]远矣，非通人达才孰能注意焉！看他极赞《易》，从来是大聪明人，具大信心。小儒两眼如豆，彼何所知。故周太史之卦田敬仲完[2]，占至十世之后；一卜。及完奔齐，懿仲[3]卜之亦云。又卜。田乞及常所以比犯二君[4]，专齐国之政，验。非必事势之渐然也，盖若遵厌兆祥云。曲折写出信《易》。

1. 幽明：泛指有形和无形的形象。

2. 田敬仲完：陈完，春秋时陈厉公之子。陈国大夫。陈宣公十一年，因杀太子御寇，陈完恐祸及，奔齐，齐桓公用为工正。谥为敬仲。入齐后，以陈氏为田氏。

3. 懿仲：齐国大夫。欲将女妻陈完，卜之，占曰："是谓凤皇于蜚，和鸣锵锵。有妫之后，将育于姜。五世其昌，并于正卿。八世之后，莫之与京。"下文卜"之亦云"指此。

4. 田乞：田釐子乞，田无宇之子，齐景公时为大夫。景公死后，太子晏孺子荼立，田乞不悦，另立景公子阳生为悼公，使人迁晏孺子荼，并杀之。田乞为齐悼公相，专齐国之政。田常：田乞之子，又叫田成子。与监止为齐简公左右相。后与监止不和，借监止宗人子我事，追杀监止，并执简公而杀之，另立简公弟骜为齐平公，田常为相，专齐国之政。

司马迁

孔子世家赞

赞孔子，又别作异样淋漓之笔。一若想之不尽、说之不尽也者，所谓观海难言也。

《诗》有之："高山仰止，景行行止[1]。"虽不能至，然心乡往之。先引诗，笔态便淋漓无限。余读孔氏书，想见其为人。读书，一。适鲁，观仲尼庙堂车服礼器，观庙堂车服礼器，二。诸生以时习礼其家，观习礼诸生，三。余祗迴[2]留之不能去云。总上又吐下，笔态淋漓无限。天下君王至于贤人众矣，当时则荣，没则已焉。笔态淋漓无限。孔子布衣，传十余世，学者宗之。自天子王侯，中国言六艺者折中于夫子[3]，笔态淋漓无限。可谓至圣矣！

1. 高山仰止，景行行止：见《诗经·小雅·车舝》，意为高山巍峨可仰瞻，大道宽广走向前。

2. 祗迴：同"低回"，流连不舍的意思。

3. 六艺：指《诗》《书》《易》《礼》《乐》《春秋》等六经。折中：取其中正，无所偏颇。

司马迁

楚元王世家赞

说贤人难，用贤人更难。发人无数感慨，亦平人无数感慨。

国之将兴，必有祯祥[1]，君子用而小人退。国之将亡，贤人隐，乱臣贵。先引。使楚王戊[2]毋刑申公，遵其言，申公[3]，名培，楚王胥靡之。赵任防与先生[4]，岂有篡杀之谋，为天下僇[5]哉？慨然。贤人乎，贤人乎！非质有其内，恶能用之哉？不说有贤不用，反说用贤本难，便别是一样感慨。甚矣，“安危在出令，存亡在所任”，诚哉是言也！又似又一层感慨也。

1. 祯祥：吉兆。

2. 楚王戊：汉高祖弟楚元王刘交之孙，为人淫暴。七国之乱时，与吴王刘濞通谋，申公等谏，楚王戊不听，却罚申公胥靡之刑，即衣赭衣，持杵舂于市。七国乱平，楚王戊自杀。

3. 申公：名培，汉鲁人。少与楚元王刘交子刘郢同师齐人浮丘伯受《诗》。刘郢为楚王后，令申公傅其太子戊。戊为楚王后，不好学，不听谏，对申公施胥靡之刑，申公耻而归鲁，居家教《诗》，为《诗》训诂，称《鲁诗》。

4. 防与先生：防与公，赵人。

5. 僇：通“戮”。

司马迁

荆燕王世家赞

『事发相重』四字，想见史公于功名之会，乃最精能。

荆王王也，由汉初定，天下未集，故刘贾[1]虽属疏，然以策为王，填江淮之间。填，即镇字。以上，荆王。刘泽[2]之王，权激吕氏，然刘泽卒南面称孤者三世。事发相重[3]，岂不为伟乎！以上，燕王。

1. 刘贾：汉高祖从父兄。高祖东击项羽时，命刘贾将二万人，入楚地，烧其积聚，并围寿春，策反大司马周殷叛楚，迎黥布兵，皆会垓下，共击项羽。及定天下，因功策封为荆王，王淮东五十二城。后淮南王黥布反，刘贾与战，被杀。

2. 刘泽：汉高祖从祖昆弟。因击陈豨有功，封营陵侯。后通过与田生金二百斤，说服吕后宠幸的大谒者张子卿，以封吕产为王，先取得吕后欢心，接着以吕产为王诸大臣不服为由，要挟吕后封刘泽为琅邪王。下文"权激吕氏"即指此。后刘泽拥立代王为天子有功，被汉文帝徙封为燕王。

3. 事发相重：据裴骃《集解》引晋灼曰："泽以金与田生以事张卿，张卿言之吕后，而刘泽得王，故曰'事发相重'。或曰事起于相重也。"

司马迁

齐悼惠王世家赞

一赞，写尽高帝大才大略，前顾后盼。

诸侯大国无过齐悼惠王[1]。提。以海内初定，子弟少，觑破高帝大才大略。激秦之无尺土封[2]，故大封同姓，以填[3]万民之心。觑破高帝大才大略。及后分裂，固其理也。觑破大才大略。

1. 齐悼惠王：刘肥，汉高祖长庶男，汉惠帝之兄。汉高祖六年，封为齐王，食邑七十城，诸民能齐言者皆予齐王。故诸侯大国没有超过他的。

2. 激秦之无尺土封：秦没有分封诸侯激发了他。

3. 填：通“镇”，安定。

司马迁

萧相国世家赞

『谨守管籥』四句，是相国一生真才实学，史公已不多叹。史公自叹其秦末何等时，却只是『录录无奇节』。

萧相国何于秦时为刀笔吏，录录[1]未有奇节。抑。及汉兴，依日月之末光[2]，何谨守管籥[3]，因民之疾秦法[4]，顺流与之更始。此四句十六字，便是“录录未有奇节”人也；有奇节人，正不能尔。淮阴[5]、黥布等皆以诛灭，此皆奇节人也，可胜叹息。而何之勋烂焉。位冠群臣，声施后世，与闳夭、散宜生等争烈矣[6]。扬。

1. 录录：同“碌碌”，平庸。

2. 依日月之末光：依靠汉高祖和吕后的余恩。

3. 管籥：指钥匙。这里引申为职守。

4. 疾：痛恨。秦法：一作“奉法”，则此句意为根据人民的疾苦奉行法令。

5. 淮阴：指淮阴侯韩信。

6. 闳夭、散宜生：均是周文王的治世能臣。烈：显赫。

司马迁

曹相国世家赞

此赞，一半写战功，一半写相业，俱不甚许曹参。

曹相国参，攻城野战之功所以能多若此者，以与淮阴侯俱。忽然为淮阴洒泪，大奇！须知此是史公故作之笔。及信已灭，此四字，却于曹相国赞中，寄慨无穷。而列侯成功，惟独参擅其名。十一句字。参清静固胜，只是回想淮阴，泪落多少。以上，写战功。以下，写相业。参为汉相国，清净极言合道[1]。此六字，非便是写参相业，乃写参生平性之所近。然百姓离[2]秦之酷后，参与休息无为，“休息无为”，莫便是清净合道耶？上句下一“然”字，下句下一“故”字，史公笔墨斟酌，固自有其分寸矣。故天下俱称其美矣。

1. 道：指道家的主张。

2. 离：遭受。

司马迁

留侯世家赞

留侯脚色奇。此赞，亦写得恍惚甚奇。前叙老父予书，不信又信；后叙状如妇女，信又不信。总是照此一人脚色。

学者多言无鬼神，然言有物[1]。疑信先不定。至如留侯所见老父予书[2]，亦可怪矣。不信也。高祖离困者数矣，而留侯常有功力焉，岂可谓非天乎？又信也。以上，写鬼物疑信，毕。上曰："夫运筹策帷帐之中，决胜千里外，吾不如子房。"余以为其人计魁梧奇伟，又一疑。至见其图，状貌如妇人好女。又一疑。盖孔子曰："以貌取人，失之子羽[3]。"留侯亦云。总是不能定留侯人物，意在笔外。

1. 物：指精灵、怪异的东西。

2. 留侯：张良，字子房。老父予书：指黄石公授与张良的《太公兵书》。

3. 以貌取人，失之子羽：见《仲尼弟子列传》。意为若以貌取人，那么就要错失子羽这样有贤德的人了。子羽，孔子弟子澹台灭明的字，其貌丑陋，但有贤德。

司马迁

陈丞相世家赞

陈平少时，本好黄老，此一句，断得最定。却是史公何处看将出来？岂便以割肉俎上为验耶？史公眼色，比他人煞是奇绝。莫谓《史记》容易作也。

陈丞相平少时，本好黄帝、老子之术[1]。一句先断定。方其割肉俎[2]上之时，其意固已远矣。极许平。倾侧扰攘[3]楚魏之间，卒归高帝。极许平。常出奇计，救纷纠之难，振国家之患。极许平。及吕后时，事多故[4]矣，然平竟自脱，极许平。定宗庙，以荣名终，称贤相。极许平。节节极许平。却总在"割肉已远"句中，早自看透，史公眼力如许。岂不善始善终哉！非知谋孰能当此者乎？赞叹不尽。

1. 黄帝、老子之术：道家的学说，主张无为而治。

2. 俎：砧板。此句指陈平在家乡库上里酬祭社神时，主持分配胙肉，分配很公平，得到父老赞许。

3. 倾侧扰攘：彷徨不定。

4. 多故：多变。

司马迁

绛侯周勃世家赞

周勃，先抑后扬；亚夫，先扬后抑。

绛侯周勃始为布衣时，鄙朴人也，才能不过凡庸。大才胡能小试？言之慨然。及从高祖定天下，在将相位，诸吕欲作乱，勃匡国家难，复之乎正。虽伊尹、周公[1]，何以加哉！作此顿挫大笔，为鄙朴布衣时一叹也。亚夫[2]之用兵，持威重，执坚刃，穰苴[3]曷有加焉！亦作顿挫大笔。足己而不学，守节不逊，为足己，便不学；为不学，便守节，便不逊，写尽武人本色。终以穷困。悲夫！又是一叹。

1. 伊尹：名伊，尹是官名，是辅佐商汤灭夏建国的名臣。周公：姬旦，周武王之弟，是辅佐周武王灭商建国，后又佐成王治理天下的名臣。

2. 亚夫：周亚夫，周勃之子。

3. 穰苴：姓田，名穰苴，春秋时齐国名将。因做过大司马，故又称司马穰苴。精通兵法，流传有《司马穰苴兵法》。

司马迁

梁孝王世家赞

轻轻着笔，却为女主及爱子痛鉴。

梁孝王[1]虽以亲爱之故，王膏腴之地，亲爱是一，腴地是二。然会汉家隆盛，百姓殷富。汉隆是三，民富是四。故能植[2]其财货，广宫室，车服拟于天子。“故能”，承上四句。然人只谓承一二，史公却谓承三四也。然亦僭矣。轻轻只用四字讽。

1. 梁孝王：名武，汉文帝次子，为汉景帝同母兄弟。得母窦太后宠爱。

2. 植：置、多。

司马迁

五宗世家赞

此赞，只写五宗，不及前世诸侯。

高祖时诸侯皆赋，国所出有，皆入于王也。得自除内史[1]以下，汉独为置丞相，黄金印。增三字，便见腴。诸侯自除御史、廷尉正[2]、博士，拟于天子。上，诸侯自除止内史，是汉制。此，诸侯自除至有御史、廷尉等，乃僭拟也。以上，高祖时诸侯。自吴、楚反后，五宗[3]王世，汉为置二千石，去“丞相”曰“相”，银印。二字增入，毕竟腴。诸侯独得食租税，夺之权。以上，吴、楚反后诸侯。其后诸侯贫者或乘牛车也。结得诸侯悲甚，却反见峭。以上，“其后”。

1. 内史：汉诸侯王国负责政务的官。

2. 除：拜官授职。御史：汉时监督诸郡，掌弹劾纠察之权的官。廷尉正：执掌刑狱的官。

3. 五宗：汉景帝子十四人，除武帝彻为帝外，其余十三人为王，此名“五宗”者，其母五人，同母为宗也。

司 马 迁

司马穰苴列传赞

何至三代不能竟其义，如其文？立言贵切近事情，遂为史公道破。

余读《司马兵法》[1]，闳廓深远，虽三代征伐，未能竟其义，如其文也，亦少褒矣。先论其兵法，若有言过其实之疑。若夫穰苴，区区为小国行师，何暇及《司马兵法》之揖让[2]乎？次方论穰苴，看“区区”字，“何暇”字，笑在言外。穰苴本好，只嫌其所挟持者太高，盖迂远不切事情，自古多其人矣。世既多《司马兵法》，以故不论，了《兵法》。著穰苴之列传焉。了穰苴。

1.《司马兵法》：旧题齐司马穰苴撰，今考《司马穰苴列传》，是齐威王使大夫追论古者司马兵法，而附穰苴于其中，因号曰《司马穰苴兵法》。

2. 揖让：原为宾主相见的礼仪，比喻文德。此句连上文意为：在小小齐国用军，何暇在兵法中论及揖让之礼呢？

司马迁

孙子吴起列传赞

说尽千古著书人。

世俗所称师旅[1]，皆道《孙子》十三篇[2]，《吴起兵法》，先出二人著书。世多有，故弗论，论其行事所施设者。次出一人行事。语曰："能行之者未必能言，能言之者未必能行。"引语。孙子筹策庞涓明矣[3]，扬。然不能早救患于被刑。抑。吴起说武侯以形势不如德[4]，扬。然行之于楚，以刻暴少恩亡其躯。抑。悲夫！

1. 师旅：古代军制以两千五百人为师，五百人为旅，故以师旅作军队的代称。这里指行军作战之事。

2.《孙子》十三篇：是孙武所撰。

3. 孙子：指孙膑，战国齐人。孙武的后代。齐威王时为军师，曾设计击杀魏将庞涓。著有《孙膑兵法》。筹策庞涓：筹谋划策击杀庞涓。庞涓，战国魏人，与孙膑同学兵法，而不及膑。庞涓为魏将后，召膑入魏，施以刖刑。后孙膑设计归齐国后，筹策击杀庞涓于马陵。

4. 吴起：战国卫人。初任鲁，后仕魏，魏文侯用为将，攻秦，拔五城，为西河守。因遭忌奔楚，楚悼王用为令尹，在楚变法，遭楚贵戚大臣反对。悼王死，吴起即被宗室大臣杀害。武侯：指魏武侯，魏文侯之子。在游西河时，赞美魏国的山河之固。吴起说"在德不在险"。

司马迁

伍子胥列传赞

无头无尾，凡作十数叹。逐叹逐叹，俱宜沉思。

怨毒之于人甚矣哉！王者尚不能行之于臣下，况同列乎！一叹怨毒于人最甚。向令伍子胥[1]从奢俱死，何异蝼蚁。弃小义，雪大耻，名垂于后世，悲夫！再叹"弃小义"之可悲。方子胥窘于江上，道乞食，志岂尝须臾忘郢邪？再叹乞食人有心事。故隐忍就功名，非烈丈夫孰能致此哉？再叹隐忍是烈丈夫。白公[2]如不自立为君者，其功谋亦不可胜道者哉！再叹不隐忍人无用。

1. 伍子胥：春秋时楚国人，名员。因父伍奢和兄伍尚为楚平王杀害，便逃奔入吴。因功封于申，故又叫申胥。后与孙武佐吴王阖闾伐楚，攻下楚国郢都，伍子胥掘楚平王墓，鞭尸三百，以报父兄之仇。后吴王夫差听信伯嚭的谗言，逼伍子胥自杀。

2. 白公：名胜，楚太子建之子，楚平王之孙。自吴奉楚惠王召归楚后，居楚之边邑鄢，号为白公。归楚五年，请伐郑，报父仇。令尹子西先许之，后又改变意见。白公便袭杀子西，并要劫惠王。叶公率国人攻白公，白公亡走山中而自缢。

司马迁

仲尼弟子列传赞

此是史公恐后世学者，以讹传讹，愈益失真，故就古文抄撮为篇，以彰信也。

学者多称七十子之徒[1]，誉者或过其实，毁者或损其真，钧之未睹厥容貌[2]，则论言 二十一史均然矣，胡足深考。弟子籍[3]，出孔氏古文[4]近是。不取学者所称也。余以弟子名姓文字悉取《论语》《弟子问》并次[5]为篇，是。疑者阙焉。是。

1. 七十子之徒：指受业于孔子身通六艺的七十二位弟子。

2. 钧：通“均”，同。厥：其。

3. 籍：籍贯、名册。

4. 孔氏古文：指《论语》。

5. 次：按次序编列。

史公恨商君，并恨其书如此。而谓史公书，过喜游侠、货殖，岂理也哉？

商君列传赞

司马迁

商君，其天资刻薄人也。四字断尽。迹其欲干孝公以帝王术[1]，挟持浮说，非其质[2]矣。且所因由嬖臣，"迹其"字，"欲干"字，"帝王术"字，"挟持"字，"浮说"字，"非其质"字，史公眼光，谁能瞒之。"且所因由嬖臣"，又带此六字句，史公眼光如许。及得用，刑公子虔[3]，欺魏将卬，不师赵良[4]之言，亦足发明[5]商君之少恩矣。"亦足发明"，妙！犹言胸中有帝王二字人，乃如此耶！余尝读商君《开塞》《耕战》书[6]，与其人行事相类。不惟恨其人，又恨其书。卒受恶名于秦[7]，有以[8]也夫！看史公恨甚语。

1. 迹：追踪行迹，犹考察。干：求。

2. 质：实，这里指真意所在。

3. 公子虔：秦孝公太子的师傅。

4. 赵良：秦国有贤名的隐士。

5. 发明：表明。

6.《开塞》《耕战》书：指《商君书》中论述刑罚、奖赏、耕战的文章，最能体现商鞅"不法古，不修今"的法治思想和主张。

7. 受恶名于秦：指商鞅被诬陷为叛逆，后遭车裂。

8. 有以：自有因由。

司马迁

三王世家赞

三王世家，更无事可书，只载其受封三策文，往后多有明验，以见孝武意指过人。

古人有言曰：“爱人欲其富，亲之欲其贵。”故王者疆土建国，封立子弟，所以褒亲亲，序骨肉，尊先祖，贵支体，广同姓于天下也。是以形势强而王室安。自古之今，所由来久矣，故弗论著也。置却多少。燕齐之事，无足采者。史公笔下已明。褚先生求其《世家》，终不能得语，不亦赘乎？然封立三王[1]，天子恭让，群臣守义，文辞烂然，甚可观也。是以附之《世家》。言策三王文，后俱验。此皆天子群臣圣智过人。

1. 三王：指汉武帝的三个儿子，即齐王刘闳、燕王刘旦、广陵王刘胥三人。

司马迁

张仪列传赞

只说明世所以痛骂苏秦之故，而痛骂张仪，已极畅大快，用笔最为奇诡。骂张仪，并骂三晋之人，史公之恶权变强秦之士至矣！

三晋多权变之士，夫言从衡强秦者大抵皆三晋之人也。恶张仪之甚，于是遂尽恶三晋之人。笔大如杠，后更无有。夫张仪[1]之行事，甚于苏秦，本如此。然世恶苏秦者，然甚苏秦者。以其先死，而仪振暴[2]其短以扶其说，成其衡道[3]。十八字句。史公笔尖，真有照妖镜。要之，此两人真倾危之士哉！痛骂张仪，然亦不恕苏秦。

1. 张仪：战国时魏国人，曾与苏秦一同师事鬼谷子。苏秦主张合纵以抗秦；张仪则主张连衡之策，使六国背纵而事秦。曾为秦惠王相。惠王死，入魏，为魏相一年而卒。

2. 振暴：发扬显露。

3. 衡道：指张仪游说六国连衡而事秦的策略。

司马迁

樗里子甘茂列传赞

断三人毕，忽然发叹，叹秦时尤趋谋诈。只一『尤』字，便是骂尽天下尽趋谋诈也。

樗里子[1]以骨肉重，固其理，平心之笔。而秦人称其智，故颇采焉。秦人称樗里为智囊。晁错已在第二。甘茂起下蔡闾阎[2]，显名诸侯，重强齐楚。重于强齐、强楚也。甘罗[3]年少，然出一奇计，声称后世。平平叙过三人，下总断。虽非笃行[4]之君子，抑。然亦战国之策士也。扬。方秦之强时，天下尤趋谋诈哉。笔有余叹，其叹不尽。

1. 樗里子：名疾，战国时秦惠王之弟。因其里有大樗树，故号樗里子。能言善辩，滑稽多智，秦人号为“智囊”。屡有战功，秦武王、昭王时为右丞相。

2. 甘茂：战国下蔡（今安徽寿县北）人。秦武王时为左相，屡有战功。秦昭王时，畏谗奔齐，客死于魏。闾阎：泛指民间。

3. 甘罗：甘茂孙，十二岁事秦相吕不韦。秦始皇时曾出使赵国，说赵王割五城与秦，因功封上卿。

4. 笃行：行为惇厚。

司马迁

穰侯列传赞

注意只为末句，并不为穰侯作赞。

穰侯[1]，昭王亲舅也。亲舅是一。短句。而秦所以东益地，弱诸侯，尝称帝于天下，天下皆西乡稽首者，二十四字句。穰侯之功也。大功是一。长句。及其贵极富溢，看“极”字、“溢”字。一夫[2]开说，身折势夺而以忧死，亲舅大功，而尚不可贵极富溢。况于羁旅之臣乎？为戒不浅。

1. 穰侯：魏冉，秦昭王母宣太后的异父弟。自惠王、武王时就任职用事，昭王时为相。封于穰，号穰侯。举白起为将，先后伐韩、魏、齐、楚，秦益强，冉功最高，权倾一国。秦昭王三十六年，范雎入秦，游说昭王亲政，魏冉免相，出关就封。

2. 一夫：指战国魏人范雎。

司马迁

白起王翦列传赞

要明史公判二人，长处只是寸。

鄙语云：“尺有所短，寸有所长。”要记短是尺，长是寸，不得倒转。白起[1]料敌合变，出奇无穷，声震天下，长。然不能救患于应侯[2]，短。王翦[3]为秦将，夷六国，当是时，翦为宿将[4]，始皇师之，长。然不能辅秦建德，固其根本，偷合取容[5]，以至坳[6]身。及孙王离为项羽所虏，不亦宜乎！短。彼各有所短也。总结。

1. 白起：战国秦将。善用兵，攻取七十余城，因功封武安君。因与范雎有隙，称病不起，免为士卒，被迫自杀。

2. 应侯：指范雎。

3. 王翦：秦频阳东乡人，事秦始皇。善用兵，平赵，定燕、蓟，灭楚，屡建战功。

4. 宿将：老将。

5. 偷合取容：苟且迎合，以求容身。

6. 坳：同“殁”，死。

司马迁

孟尝君列传赞

只据眼见，只据耳闻，更不自出口骂，妙笔！

吾尝过薛[1]，其俗闾里率[2]多暴桀子弟，与邹、鲁殊[3]。多暴桀子弟，已写尽。又加“与邹、鲁殊”四字，形击之。问其故，曰：“孟尝君[4]招致天下任侠、奸人入薛中盖六万余家矣。”招致奸人六万余，其罪为何如乎？世之传孟尝君好客自喜，名不虚矣。妙，妙！更不骂，却已骂绝。

1. 薛：春秋时孟尝君封邑，在今山东滕州市南。

2. 率：大概。

3. 邹：春秋时邾国，在今山东邹城市东南，是孟子的故乡。鲁：国名，是孔子的故乡。

4. 孟尝君：姓田名文，战国时齐国贵族。袭父封爵，封于薛，为薛公。有食客数千人，多鸡鸣狗盗之徒。曾为齐相。后因遭齐湣王疑忌，奔魏为魏相。

司马迁

平原君虞卿列传赞

扬处，实是喜他二人；抑处，实是惜他二人。末『穷愁著书』另宕一句，乃写自家意思。

平原君[1]，翩翩只二字，写平原如画。浊世之佳公子也，扬。然未睹大体。连忙便抑。鄙语曰："利令智昏。"引。平原君贪冯亭[2]邪说，使赵陷长平兵四十余万众，邯郸几亡。"陷兵四十余万"，却只说其不睹大体，史公见处，真是过人。虞卿[3]料事揣情，为赵画策，何其工也！扬。及不忍魏齐，卒困于大梁，庸夫且知其不可，况贤人乎？亦连忙便抑。然虞卿非穷愁，亦不能著书以自见于后世云。另出一笔，为自家吐气耳。

1. 平原君：赵胜，赵惠文王的弟弟。

2. 冯亭：战国时韩国的上党守。公元前262年，秦攻上党，切断太行道，韩国不能守，韩王便割上党归秦。冯亭不愿降秦，便把上党归于赵国，赵封冯亭为华阳君。后与赵括拒秦，战死长平。

3. 虞卿：战国时游说之士，因进说赵孝成王，封为上卿，受相印，故称虞卿。后因拯救魏相魏齐，弃相印与魏齐逃亡，困于梁。穷愁著书，传有《虞氏春秋》，已佚。

司马迁

信陵君列传赞

吾过大梁之墟，求问其所谓夷门。夷门者，城之东门也。爱公子，因爱侯生；爱侯生，因爱到夷门，已妙！今并不写公子与侯生，而单写夷门，更妙不可言。天下诸公子，亦有喜士者[1]矣，捎着三公子。然信陵君[2]之接岩穴隐者，不耻下交，有以也。独津津。名冠诸侯，不虚耳。独津津。高祖每过之而令民奉祀不绝也。独津津。

1. 亦有喜士者：指孟尝君、平原君和春申君。

2. 信陵君：魏公子无忌，魏安釐王异母弟，封于信陵，故叫信陵君。有食客三千人。曾窃符救赵，退秦军。后为上将军，率五国兵，又大破秦军。因功高名盛，遭到安釐王疑忌，于是称病不朝，病酒卒。

司马迁

春申君列传赞

史公于春申，亦是喜而惜之。独孟尝一赞是不喜。

吾适楚，观春申君[1]故城，宫室盛矣哉！可见史公著书，不独是笔法到，直是处处足迹到，事事眼力到。初，春申君之说秦昭王，及出身遣楚太子归[2]，何其智之明也！亦先扬。后制于李园[3]，旄[4]矣。语曰："当断不断，反受其乱。"春申君失朱英[5]之谓邪？抑。

1. 春申君：指黄歇，游学博闻，善辩说，事楚顷襄王，曾相楚二十余年。

2. 出身遣楚太子归：意为舍出自身使楚太子回归楚国。时黄歇与楚太子入质于秦。楚顷襄王病重，黄歇让楚太子乔装为楚国使者的御者，混出秦国，自己留在秦国守舍，为太子谢病，待太子去远了，才告之秦昭王，并愿赐死。

3. 李园：战国赵人，先为春申君舍人。以其女弟幸于春申君，知其有孕，言于楚考烈王，召入幸之，生男，立为太子，李园女弟立为王后，因而李园用事，后阴养死士，刺杀春申君并灭其家。

4. 旄：通"眊"，年老。

5. 朱英：春申君门客。楚考烈王病时，朱英劝说春申君杀李园，不听，朱英恐祸及自身便亡去。

廉颇蔺相如列传赞

『势不过诛』四字，千载无人道破，遂坏无数人品。

知死必勇，四字奇妙！千古贤豪秘诀。非死者难也，处死[1]者难。注上四字又奇妙！千古贤豪分寸都出也。方蔺相如引璧睨柱，及叱秦王左右，势不过诛，轻轻只用四字，写尽相如心事。然士或怯懦而不敢发。然，然。相如一奋其气，威信敌国，退而让颇，名重太山，此四句，连读益妙！其处智勇，可谓兼之矣！应勇处是勇，不应勇处便是智。

1. 处死：如何对待死。

司马迁

田单列传赞

此是史公自己谈兵，然与田单亦极矣。[1]

兵以正合[2]，正。以奇胜。奇。善之者，出奇无穷。奇正还相生[3]，如环之无端。奇正，正奇，无穷。夫始如处女，适人开户[4]，后如脱兔，适不及距[5]，其田单之谓邪！深与之。

1. 田单：战国时齐国人。曾用反间计，使燕王撤换名将乐毅，并用火牛突阵，大破燕军，一举收复齐七十余城，因功封安平君。极：远。

2. 兵以正合：交战以正兵与敌交战。

3. 奇正还相生：因正生奇，因奇生正，互相变化，相辅相成。

4. 适人开户：发现敌人有空隙。适，同“敌”。

5. 适不及距：使敌人来不及抵御。

司马迁

鲁仲连邹阳列传赞

多鲁连，悲邹阳，是史公本色。然又必先抑之，可见其是非不诡于圣人。

鲁连[1]其指意虽不合大义，先抑。然余多其在布衣之位，荡然肆志，不诎[2]于诸侯，谈说于当世，折卿相之权。史公本喜如此人。邹阳[3]辞虽不逊，先抑。然其比物连类，有足悲者，亦可谓抗直不挠矣，史公本怜如此人。吾是以附之列传焉。可见史公笔墨，极自矜贵。

1. 鲁连：鲁仲连，战国时齐国人。好奇伟俶傥之画策，而不肯仕宦任职，后逃隐海上。

2. 诎：通"屈"。

3. 邹阳：西汉临淄人，以文辩知名。初时随从吴王刘濞，因谏吴王不要起兵，不听，便投梁孝王门下。又遭羊胜、公孙诡之谗，被下狱。在狱中上书梁孝王，自陈冤屈，得获释，为梁孝王上客。

司 马 迁

刺客列传赞

或成或不成，笔意盖注『或不成』也。五人中，独惜荆轲甚哉。

世言荆轲，其称太子丹之命，“天雨粟，马生角[1]”也，太过。于此，可见《史记》不诬。又言荆轲伤秦王，皆非也。吾正恨轲何故必欲生劫秦皇，乃古人亦已先惜之耶，史公却不欲附会。始公孙季功、董生与夏无且游[2]，具知其事，为余道之如是。传中入夏无且，不意乃为传信。自曹沫至荆轲五人，此其义或成或不成，然其立意较然[3]，不欺[4]其志。只重立意不欺，不重成不成，妙，妙！名垂后世，岂妄也哉！

1. 马生角：据《燕丹子》：“丹求归，秦王曰‘乌头白，马生角，乃许耳’。丹乃仰天叹，乌头即白，马亦生角。”又《风俗通》载：“燕太子丹天为雨粟，乌头白，马生角。”这些都是汉时的传说。

2. 公孙季功：生平不详。董生：董仲舒，是授司马迁《公羊春秋》的老师。夏无且：秦始皇的随侍医官，曾以药包掷荆轲。

3. 较然：明白。

4. 欺：亏待、辱没。

司马迁

范雎蔡泽列传赞[1]

说，又有力；说力，又论多少，何况学历不论多少乎？后贤读此，宜发深省。

韩子称"长袖善舞，多钱善贾[2]"，信哉是言也！引。范雎、蔡泽，此四字，只是虚提二人，下并不接。世所谓一切辩士，然游说诸侯至白首无所遇者，非计策之拙，所为说力少也。袖短钱少也，此是论其常。此"然"字，与下"及"字，俱不照常用。然，乃从"一切辩士"转，不从二人转。及，亦从"一切辩士"及，不从无遇及。及二人羁旅入秦，继踵取卿相，垂功于天下者，固强弱之势异也。只此句，是正赞二人。然士亦有偶合，贤者多如此二子，不得尽意，岂可胜道哉！此又是论其变，不胜太息。然二子不困戹[3]，恶能激乎[4]？因太息他人，重又叹息二子。笔法出入，离合尽态。

1. 范雎：字叔，战国魏人。初事魏中大夫须贾，从贾出使齐国，以有通齐之嫌，魏相魏齐使舍人笞雎，佯死得免。后入秦，以远交近攻之策说秦昭王，得重用，任为相，封应侯。后以任郑安平、王稽，皆负重罪于秦，因从蔡泽言，谢病归相印。蔡泽：战国时燕国人，曾游说六国，皆不得志。后入秦说范雎，因得见秦昭王，用为客卿。后范雎辞退，蔡泽拜为秦相。

2. 长袖善舞，多钱善贾：见《韩非子·五蠹》篇。意为袖长的跳起舞来容易见好，钱多的经商行贾容易得手。喻凡事要有凭借。

3. 困戹：窘迫，贫苦。

4. 恶：何。激：激励自奋。

司马迁

乐毅列传赞

赞乐毅，而详述乐臣公授受；言乐毅忠孝之家，而又有学术，固宜省视其后世也。

始齐之蒯通及主父偃读乐毅之报燕王书[1]，未尝不废书[2]而泣也。只写蒯通、主父偃，泣其报书，更不再写乐毅，而已写尽乐毅。乐臣公[3]学黄帝、老子，其本师号曰河上丈人[4]，不知其所出。本师者，师所从出之本也。本师以上，则更不知其所出也。河上丈人教安期生[5]，安期生教毛翕公，毛翕公教乐瑕公，乐瑕公教乐臣公，然则河上丈人，乃乐臣公四世师，是故称曰本师。“本师”字出史公手，却是如此用也。乐臣公教盖公，盖公教于齐高密、胶西，为曹相国[6]师。此直写到乐家门生曹相国，又以乐臣公为本师也。

1. 蒯通：蒯彻，避汉武帝讳，改名蒯通。秦汉之际辩士。主父偃：汉武帝时人，习纵横家言。官至中大夫。乐毅：战国将军，魏名将乐羊之后。入燕后，燕昭王任为上将。昭王死，燕惠王中齐国反间计，派骑劫代毅，于是乐毅奔赵，赵封于观津，号望诸君。

2. 废书：停放下书。

3. 乐臣公：司马贞《索隐》云：“本亦作‘巨公’。《史记·田叔列传》正作乐巨公，是乐毅的族人。好黄老学说，显闻于齐，号称贤师。”

4. 本师：指有师承关系的宗师。河上丈人：河上公。汉文帝时结草为庵于河滨，善解《老子》经义，文帝有不解之事，派使者往问之。

5. 安期生：先秦时代方士，后传说为道家仙人名。

6. 曹相国：曹参。

司　马　迁

屈原贾生列传赞

先是倾倒其文章，次是痛悼其遭遇，次是叹诧其执拗，末是拜服其邈旷。凡作四折文字，折折都是幽窅、萧瑟、挺动、扶疏。所谓化他二人生平，作我一片眼泪，更不可分何句是赞屈，何句是赞贾。

余读《离骚》《天问》《招魂》[1]《哀郢》，悲其志。一折，想见史公用心读书。适长沙，观屈原所自沉渊，未尝不垂涕，想见其为人。一折，想见史公异样高情。及见贾生吊之，又怪屈原以彼其材，游诸侯，何国不容，而自令若是。一折，想见史公透骨怜才。读《鹏鸟赋》，同死生，轻去就[2]，又爽然[3]自失矣。一折。此则不知史公乃直说到何处矣，想已立地大悟也。

1.《招魂》：东汉王逸认为是宋玉所作，与司马迁看法不一。

2. 去就：指贬官放逐和在朝任职。

3. 爽然：茫然无主见的样子。

司马迁

李斯列传赞

李斯学出荀卿，荀卿出子夏，其知六艺之归，非虚也。乃既为三公，一意持爵禄，为阿顺，听高邪说，驯[1]致亡秦。传中纯写赵高事，妙妙！言高之所为，皆李斯听之也。末言，不然且与周、召列，岂非为子夏门墙致痛耶？

李斯以闾阎历诸侯，入事秦，因以瑕衅[2]，以辅始皇，卒成帝业，斯为三公，可谓尊用矣。特下“以闾阎”字、“历诸侯”字、“入事秦”字，皆写其少时游学艰苦，为此“三公尊用”一句，致惜致恨也。斯知六艺之归[3]，不务明政以补主上之缺，真是可惜，真是可恨。持爵禄之重，阿顺苟合，严威酷刑，听高邪说，废适立庶[4]。诸侯已畔，斯乃欲谏诤，不亦末乎！可见是知六艺能补缺人。人皆以斯极忠而被五刑死，察其本，乃与俗议之异。此句，即胪[5]写赵高事尽入传中，为史公透顶眼力也。不然，斯之功且与周、召[6]列矣。不是浪笔过许，盖其学所从来，实有如此，胡可胜惜胜恨？

1. 驯：逐渐。

2. 瑕衅：瑕隙、裂缝。这里指时机。

3. 知六艺之归：知晓儒家学说的宗旨。

4. 废适立庶：指矫杀始皇嫡长子扶苏，而立始皇第十八子胡亥为二世皇帝。

5. 胪：陈列。

6. 周、召：指周朝治世名臣周公姬旦和召公姬奭。

司马迁

蒙恬列传赞

史公之痛恨轻百姓力如此，又是得之目击，故尤切齿。

吾适北边，自直道归，史公足迹，无处不到，如此。行观蒙恬[1]所为秦筑长城亭障，堑山堙谷[2]，通直道，固轻百姓力矣。直据亲眼所见断之。夫秦之初灭诸侯，句。逐句看其笔势矫矫然。天下之心未定，痍伤者未瘳[3]，句。而恬为名将，句。不以此时强谏，振百姓之急，养老存孤，务修众庶之和，而阿意兴功，句。此其兄弟遇诛，不亦宜乎？何乃罪地脉[4]哉？笔有余恨。

1. 蒙恬：秦始皇时官内史。率兵三十万北筑长城，西起临洮，东至辽东。二世时，赵高矫旨赐蒙恬死。

2. 堑：挖掘。堙：堵塞。

3. 痍伤：创伤。瘳：病愈。

4. 地脉：指地的脉络。

司 马 迁

张耳陈余列传赞

写张耳、陈余，直写至其宾客，乃至其厮役，尚皆是俊杰卿相。然则张耳、陈余为何如人哉？而一旦以利，遂至大隙。甚矣，利之不可轻交！此是史公放声哭世文。

张耳、陈余，世传所称贤者，其宾客厮役，莫非天下俊杰，所居国无不取卿相者。此非欲抑先扬，乃是说明二人实是豪俊。然一至利，便俱不复免，可见利上真大难。然张耳、陈余始居约时[1]，相然信以死，岂顾问哉[2]。此方是顿挫。及据国争雄，卒相灭亡，何乡者相慕用之诚，后相倍之戾也！岂非以势利交哉？可大笑，可大哭，写得最曲折尽意。名誉虽高，宾客虽盛，所由殆与太伯、延陵季子异矣[3]。何遽污太伯、季子，然二人世盛称其贤者，不请得太伯、季子，亦不伏。

1. 居约时：在贫贱的时候。

2. 相然信以死，岂顾问哉：意为相互然诺信任，虽死不顾。

3. 所由：指张耳、陈余取得名高客盛的途径。太伯：指吴太伯。延陵季子：吴太伯子季札。

司马迁

魏豹彭越列传赞

『智略绝人，独患无身』。哀哉！如此痛声，便是史公自己生平不曾告人之至深里言也，故写得特地加倍曲折秾至[1]。

魏豹、彭越虽故贱[2]，然已席卷千里，南面称孤，喋血乘胜日有闻矣。此亦非欲抑先扬，乃是说魏、彭二人，其先时体面如此，决是不能更忍囚辱。怀畔[3]逆之意，及败，不死而虏囚，身被刑戮，何哉？中材已上且羞其行，况王者乎！此方是顿挫。彼无异故，智略绝人，独患无身耳。得摄尺寸之柄[4]，其云蒸龙变，欲有所会其度，以故幽囚而不辞云。“彼无异故”，以故“不辞”。两“故”字，真乃深深体帖出来。

1. 秾至：盛美。

2. 魏豹：战国时魏诸公子。魏亡入楚，楚怀王使复魏地，立为魏王。从项羽入关，被封为西魏王。后附汉，复叛，终为汉将周苛所杀。彭越：字仲，汉初昌邑人。常捕鱼钜野泽中。汉高祖二年归刘邦，略定梁地，多建奇功，封为梁王。后被人告谋反，夷三族。

3. 畔：通“叛”。

4. 尺寸之柄：喻一丝权力。

司马迁

黥布列传赞

看史公痛信因果，因深果熟，随处便发，故特缀爱姬四语。

英布[1]者，其先岂《春秋》所见楚灭英、六[2]，皋陶之后哉？身被刑法，何其拔[3]兴之暴也！史公于凡暴兴者，必欲曲推其故，正是切戒人不得动心暴兴。项氏之所坑杀人以千万数，而布常为首虐。功冠诸侯，用此得王，亦不免于身为世大僇[4]。史公最信因果语。祸之兴自爱姬殖[5]，妒媢[6]生患，竟以灭国。千载炯戒。

1. 英布：因犯法被黥面，故又称黥布。秦末率骊山刑徒起事，归附项羽，封九江王。楚汉相争，随何说之归汉，封淮南王。韩信、彭越被诛后，布不自安，遂发兵反，刘邦亲征，黥布兵败被杀。

2. 英、六：古国名，偃姓，皋陶之后。公元前622年为楚所灭。

3. 拔：迅疾。

4. 僇：侮辱。

5. 祸之兴自爱姬殖：是指黥布爱姬有病，到医家瞧病，医家对门为中大夫贲赫家，贲赫以为自己是黥布的侍中，便和爱姬在医家同餐。黥布从爱姬口中得知此事大怒，要捕贲赫，贲赫乘传至长安，告布要谋反，汉派使者验证。黥布才发兵谋反，被刘邦击败，逃至江南，被番阳人杀死。殖，孳生。

6. 妒媢：妒忌。

司 马 迁

淮阴侯列传赞

史公极贵学道，如此判淮阴不学道，我欲泪下。

吾如淮阴，未作《史记》时，无处不留意如此，《史记》岂是漫作。淮阴人为余言，韩信虽为布衣时，其志与众异。其母死，贫无以葬，然乃行营高敞地[1]，令其旁可置万家。余视其母冢，良然。赞淮阴，却如补纪淮阴一事，殊不知乃是写傲岸不能谦让，自是淮阴天性。故特加“学道”二字，言学道则可变化气质，而惜淮阴不能。假令韩信学道谦让，不伐[2]己功，不矜其能，则庶几哉，于汉家勋可以比周、召、太公之徒，后世血食矣。实是异样人物，只痛惜其不学道。不学道，便不肯谦让，便要伐功矜能，便于祸害不旋踵。不务出此，而天下已集，乃谋畔逆[3]，夷灭宗族，不亦宜乎！“不亦宜乎”，只是判其不学道。

1. 行营：外出谋求。高敞地：地势高且宽敞的葬地。

2. 伐：夸耀。

3. 天下已集，乃谋畔逆：天下已经安定，韩信才阴谋叛乱。

司马迁

韩王信卢绾列传赞

功名不难，处功名则难。三人之不能熟计，岂独三人之谓哉？

韩信、卢绾非素积德累善之世[1]，与他细算。侥[2]一时权变，以诈力成功，与他细算。遭汉初定，故得列地，南面称孤。与他细算。内见疑强大，外倚蛮貊以为援，是以日疏自危，与他细算。事穷智困，卒赴匈奴，与他细算。岂不哀哉！只用四字一句，断尽二人。陈豨，梁人，其少时数称慕魏公子；与他细算。及将军守边，招致宾客而下士，名声过实。与他细算。周昌[3]疑之，疵瑕[4]颇起，与他细算。惧祸及身，邪人进说，遂陷无道。与他细算。於戏[5]悲夫！亦只用四字一句，断尽陈豨。夫计之生孰 句。成败于人也深矣！总断三人。计熟则成，生则败。痛此三人皆曾不熟计也。

1. 韩信：战国韩襄王孽孙。从刘邦入汉中，拜为韩太尉，将兵略定韩十余城，汉二年刘邦立信为韩王。后降匈奴，数犯边。汉十一年刘邦使柴武率军击斩之。卢绾：刘邦同乡，随刘邦起事，入汉中为将军，击破燕王臧荼，立为燕王。后因陈豨叛汉事见疑，奔入匈奴，为东胡虏王，病死于匈奴。

2. 侥：侥幸。

3. 周昌：从刘邦起兵破秦，曾为中尉、御史大夫，封汾阴侯。后为赵王相。吕后鸩杀赵王，周昌谢病，三年而卒。陈豨过赵，周昌见豨宾客随从千余乘，邯郸官舍皆满，便见高祖，言豨宾客盛甚，擅兵于外数岁，恐有变。周昌疑之即指此。

4. 疵瑕：本义玉病，此喻人的过失或缺点。

5. 於戏：犹呜呼。

司 马 迁

田儋列传赞

一赞，大半骂蒯通，乃言外，不无亦恨淮阴。

甚矣蒯通之谋，乱齐骄淮阴，其卒亡此两人！两人，田横、韩信也，并是异样人物，却并亡于蒯通一人。故此，奋笔只恨蒯通。蒯通者，善为长短说[1]，论战国之权变，为八十一首。书名《隽永》。通善齐人安期生，安期生尝干项羽，项羽不能用其策。已而项羽欲封此两人，两人终不肯受，亡去。恨蒯通，因为通小小论著，却又牵出一极无谓之安期生，生即海上食巨枣者也。史公意言并是此辈而已，世上恶有神仙？却乃露意于此。田横[2]之高节，宾客慕义而从横死，岂非至贤！余因而列焉。始赞田横。不无善画者，莫能图[3]，何哉？至欲图其象，写出十二分景仰。

1. 长短说：司马贞《索隐》言“欲令此事长，则长说之；欲令此事短，则短说之。故《战国策》亦名曰‘短长书’是也”。

2. 田横：战国时齐国田氏的后代。秦末，其从兄田儋自立为齐王。不久为秦将章邯所败而战死。其弟田荣及荣子田广相继为王，田横为相国。韩信用蒯通计破齐，田横自立为齐王，并率从属五百人逃往海岛。刘邦称帝，招降田横。横羞为汉臣，在赴洛阳途中自杀。留岛中的从属五百人闻横死，皆自杀。

3. 莫能图：指不知图画田横及其党慕义死节之事。

司马迁

樊郦滕灌列传赞

此是三段文字。然三段文字，亦只是中间一段文字也。前是闻此一段文字，后是言此一段文字也。何故如此写？亦只是心中津津然。

吾适丰沛[1]，问其遗老，观故萧、曹、樊哙、滕公之冢[2]，及其素[3]，异哉所闻！闻。闻下一段话也。连萧、曹。方其鼓刀屠狗卖缯之时，岂自知附骥之尾，垂名汉廷，德流子孙哉？无限思量。余与他广通[4]，为言高祖功臣之兴时若此云。言。言以上一段话也。反复叙述，只为心中津津然。

1. 丰沛：沛县丰邑，刘邦的故乡。

2. 萧：指萧何。曹：指曹参。樊哙：汉沛人，屠狗为业。随刘邦起义，在鸿门宴上面责项羽，使邦脱走。灭秦后，劝刘邦封存咸阳重宝财物府库。后以军功封舞阳侯。滕公：夏侯婴，汉沛县人，为县吏，与刘邦善，从起兵，以功为滕令。刘邦出征，每奉车从战，故号滕公。

3. 素：平素、往常。

4. 他广：樊哙之孙。通：往来。

司马迁

傅靳蒯成列传赞

汉功臣传中，又有如此笔墨。从来成败显没何限，正是史公懊恨处。

阳陵侯傅宽、信武侯靳歙皆高爵[1]，从高祖起山东，攻项籍，诛杀名将，破军降城以十数，未尝困辱，此亦天授也。叙起山东至成功"未尝困辱"，而曰"亦天授"，便是不甚相许。蒯成侯周绁[2]操心坚正，身不见疑。此八字是许。上[3]欲有所之，未尝不垂涕，此有伤心者，"伤心"一句，是许是不许，看下用"然"字转笔，想为未太许耳。然可谓笃厚君子矣。

1. 傅宽：以魏五大夫骑将从沛公刘邦为舍人。入汉中后，迁为右骑将。先后从定三秦及齐地，因功封阳陵侯。五年为齐相国，二年为代丞相。靳歙：以中涓从刘邦起事，因战功迁为骑都尉。从定三秦，封为信武侯。高爵：裴骃《史记集解》引徐广曰："一无'高'字，又一本'皆从高祖'。"

2. 周绁：刘邦同乡，常为刘邦参乘。刘邦亲自出征，常哭泣劝阻。

3. 上：指汉高祖。

司马迁

刘敬叔孙通列传赞

赞刘敬，是赞大汉；赞叔孙，是赞自家。

语曰：“千金之裘，非一狐之腋也；台榭之榱[1]，非一木之枝也；三代之际，非一士之智也。”信哉！如此起，为汉作赞，非为二人作赞也。夫高祖起细微，定海内，谋计用兵，可谓尽之矣。然而刘敬脱輓辂一说[2]，建万世之安，智岂可专邪！为汉著语，不为娄生也。刘敬，本姓娄。叔孙通希世度务制礼[3]，进退与时变化，卒为汉家儒宗。“大直若拙，道固委蛇”，盖谓是乎？此又为自己哭。

1. 榱：屋椽屋桷的总称。

2. 刘敬脱輓辂一说：指汉五年刘邦过洛阳时，娄敬求见刘邦，建议刘邦建都关中，为刘邦所采纳，并说“‘娄’者乃‘刘’也”，赐姓刘氏，拜为郎中，号为奉春君。輓辂，挽辇的横木。

3. 希世：迎合世俗。度务：考虑需要。

司马迁

季布栾布列传赞

420—421

二布合传，不可得其故。及读至赞，始知是史公快写胸臆。只是贤者必自重其死，又『有时不自重其死』，二意也。

以项羽之气，加此五字，止为欲写成“壮士”一句也，可悟措笔之法矣。而季布[1]以勇显于楚，身履军搴旗者数矣[2]，可谓壮士。如此写成季布壮士，却止欲写其“不死”也，可悟措笔之法矣。然至被刑戮，为人奴而不死，何其下也！故作骂笔，下更屈曲与之申白。彼必自负其材，故受辱而不羞，欲有所用其未足也[3]，故终为汉名将。贤者诚重其死。其言重重沓沓，不啻若自口出。夫婢妾贱人感慨而自杀者，非能勇也，其计划无复之耳。又反言之，乃愈益明。想史公，作此赞时，最快意。栾布[4]哭彭越，趣汤如归[5]者，彼诚知所处，不自重其死。又写一不重其死人，大奇！虽往古烈士，何以加哉！史公凡于人隐忍不死时，必留连不置口，却从不曾说到死，又实不足重一意，故知此赞，是其得意煞时。

1. 季布：项羽将，曾多次困窘刘邦。刘邦灭羽后，以千金重赏求捕季布。季布自髡钳，衣褐衣卖至朱家为奴。朱家劝汝阴侯滕公说服刘邦赦布，召拜为郎中。布以任侠著名，重然诺。楚人有“得黄金百斤，不如得季布一诺”之谚。

2. 履：践踏。搴：提起、揭起。

3. 欲有所用其未足也：想发挥他还没有施展出来的才能。

4. 栾布：少时为酒家佣人，又被卖为奴。后为梁王彭越的大夫。彭越死，布独往哭祭，被捕将烹，布一席话得赦，拜为都尉。吴楚七国乱时，以军功封鄃侯。

5. 趣汤如归：言栾布赴烹刑视死如归。

司马迁

袁盎晁错列传赞

须知此纯是恨袁盎痛晁错，盖为袁盎立如此一传。至赞，却只以『傅会变易』四字尽之，总为极痛晁错也。

袁盎[1]虽不好学，亦善傅会[2]，二字尽情。仁心为质，引义忼慨[3]。此八字二句，即是傅会。言其仁义，皆傅会也，遂令全传尽情。遭孝文初立，资[4]适逢世，时以变易，资，傅会之资也。世，傅会之世也。变易，傅会之法也。史公毒眼毒手如此，谁其能逃之者？及吴楚一说，说虽行哉，然复不遂。好声矜贤，竟以名败。“傅会”终有技穷时，此可信天道，若好学必无此也。晁错为家令[5]时，数言事不用，后擅权，多所变更。痛惜语。诸侯发难，不急匡救，欲报私仇[6]，反以亡躯。痛惜语。语曰“变古乱常，不死则亡”，岂错等谓邪！到底只是痛惜语。

1. 袁盎：字丝，楚人。吕后时为吕禄舍人。文帝时为郎中。因劝阻文帝迁淮南王于蜀，由此名重朝廷。曾为吴王刘濞相，景帝时晁错案袁盎受吴王财物抵罪，诏赦为庶人。吴楚七国反，盎劝景帝诛错。后为梁王所杀。

2. 傅会：同“附会”。

3. 忼慨：同“慷慨”，意气激昂。

4. 资：才。

5. 家令：太子属官，掌刑狱、钱谷和饮食。

6. 欲报私仇：指晁错与袁盎私怨很深，吴楚反叛时，晁错欲惩办袁盎。

422 — 423

司马迁

张释之冯唐列传赞

此二传，本不合，所以为一传者，独为文帝视臣如友，握手相商，略无间隔也。故引知人视友之语，又叹王道不偏党。

张季之言长者[1]，言，即论也。守法不阿意[2]；不听帝拜啬夫为上林令。冯公之论将率[3]，有味哉，有味哉！论将帅诚无逾冯者，故嗟叹之，又重言之。语曰：“不知其人，视其友。”言岂复君臣，直是好友，看他竟写作友。二君之所称诵，可著廊庙[4]。《书》曰：“不偏不党，王道荡荡；不党不偏，王道便便[5]。”张季、冯公近之矣。虽曰张、冯近之，然“荡荡”“便便”语，岂张、冯所当耶？盖叹汉文也。

1. 张季：张释之，字季。汉文帝时为廷尉，执法宽平。言长者：指言及周勃、张相如为人时，文帝认为是长者，张季不肯附和一事。

2. 阿意：随顺在上者的心意。

3. 冯公：冯唐。汉文帝时为中郎署长，敢直谏，并言云中守魏尚削爵之冤。将率：将帅。率，通“帅”。

4. 可著廊庙：可著录在朝廷，意即保存在朝廷的档案里。

5. “不偏不党”四句：见《尚书·洪范》篇。而今本《尚书》“不”作“无”，“便便”作“平平”。意为不偏心不阿私，王道宽广；不阿私不偏心，王道平阔。

司马迁

万石张叔列传赞

读此赞，想见史公厚道。史公乃心重厚道人，于此大可见，从来人只说史公喜欢豪侠。

仲尼有言曰“君子欲讷于言而敏于行”，其万石、建陵、张叔之谓邪[1]？是以其教不肃而成，不严而治。已是满足赞过。塞侯[2]微巧，当时有此言。而周文处谄[3]，当时有此言。君子讥之，为其近于佞也。总上二言。然斯可谓笃行君子矣！仍与赞正。

1. 万石：万石君，姓石名奋。汉高祖时为中涓，文帝时为太中大夫，后为太子太傅。万奋及四子皆官至二千石，故号为万石君。建陵：建陵侯卫绾。张叔：名欧。汉武帝时为御史大夫。

2. 塞侯：直不疑。因不疑学《老子》，所临官，恐人知其为吏迹，不好立名称，称为长者。是为微巧。

3. 周文：名仁，景帝时为郎中令。为人阴重不泄，得幸出入皇帝卧内，终无所言。谄：同“谄”，用卑顺的态度奉承人。

何意读神医传赞，果得度世良方。

司马迁

扁鹊仓公列传赞

女无美恶，居宫见妒；士无贤不肖，入朝见疑。故扁鹊[1]以其伎见殃，神医传，却作如此赞，可见此世界，不可一朝居。仓公[2]乃匿迹自隐而当刑。缇萦通尺牍，父得以后宁。意思不重缇萦，意思全重一“乃”字，细察之。故老子曰“美好者不祥之器”，岂谓扁鹊等邪？可叹，可畏。若仓公者，可谓近之矣。言仓公如不匿迹自隐，虽百缇萦安得生？细思之。

1. 扁鹊：战国名医。渤海郡郑人。后入秦，秦太医令李醯自知医术不如，便派人刺杀扁鹊。

2. 仓公：从师阳庆学医，得受秘方及黄帝扁鹊脉书。相传能据人面部所呈五色诊病，知人生死。后因故获罪当刑，经小女儿缇萦上书文帝才得赦。

司马迁

田叔列传赞

田叔[1]本不足立传，只为救孟舒[2]一节，略与史公救李陵同，故特地借来自吐垒块。其漏泄在『仁与余善』四字也。『故并论之』之为言。不然，亦不必定论也。

孔子称曰“居是国必闻其政”，田叔之谓乎！不问即胡敢言，问而非所宿闻，亦胡可浪言？既蒙问及，宿又稔闻[3]，即又胡敢不言。而何意史公则竟以此触罪乎？今文帝忽问长者，而田叔却稔闻孟舒，因而云中免守，复见召用。事固各有幸不幸也。义不忘贤，明主之美以救过。加一“义”字，言虽获罪，亦必言也。明，明之也。美，救过之美也。言主上不知孟舒为长者诚过，然一闻叔言，即令复守云中，此救过之美也。仁[4]与余善，余故并论之。笔丝墨线，直牵动李陵与史公善。仁，田叔名。

1. 田叔：字少卿，学黄老术于乐巨公。初为赵王张敖的郎中，赵王因贯高谋弑高祖被捕送长安，田叔与孟舒赭衣自髡钳，称是赵王家奴，随赵王至长安。贯高事明，赵王废为宣平侯，田叔为汉中守，后为鲁相。

2. 孟舒：原为赵王张敖属下，曾赭衣自髡钳随赵王至长安。贯高事明，被封为云中守，后因匈奴入塞盗劫事，被免官。汉孝文帝立，问田叔谁是天下长者，田叔推荐孟舒，文帝复召孟舒为云中守。

3. 宿：通“夙”，早。稔闻：熟识。

4. 仁：田仁，田叔少子。曾由舍人、郎中、长史官至司直。司直为汉武帝新设置的官，秩比二千石，掌佐丞相举不法。金圣叹夹批“仁，田叔名”，有误，实为田叔之子名。

司 马 迁

吴王濞列传赞

由父封吴，自子发难，虽似天意，然自古有格[1]论，断不可不遵。

吴王之王，由父省也[2]。濞父仲从代王减封郃阳侯，故濞仓卒改封于吴也。能薄赋敛，使其众，聚亡命。以擅山海利。铸钱、煮盐也。逆乱之萌，自其子兴，争技发难[3]，卒亡其本；吴太子入侍，与太子饮博争道，太子引博局提杀之，遂开衅也。亲越谋宗，竟以夷陨[4]。结连东越，谋宗国，竟自灭也。以上再论吴王。晁错为国远虑，祸反近身。袁盎权说，初宠后辱。以上再论晁错。袁盎只是带得。故古者诸侯，地不过百里，山海不以封，“毋亲夷狄，以疏其属”，盖谓吴邪！悼吴王。“毋为权首，反受其咎”，岂盎、错邪？悼晁错。

1. 格：至。

2. 由父省也：指刘濞的父亲刘仲做代王时，匈奴入侵，他弃国逃亡，汉高祖降封他为郃阳侯，而封他的儿子刘濞为吴王。省，减。

3. 争技发难：是指吴王刘濞的太子，名贤，字德明。入侍皇太子饮酒下棋，因争道不恭，皇太子拿起棋盘击杀吴太子。由是吴王刘濞稍失藩臣之礼，称病不朝。

4. 夷陨：消亡。

周公，讳旦，武王弟也。成王幼，周公为冢宰摄政。管、蔡流言作乱，公东征，诛管、蔡。初，武王有疾，公作策，请以身代，策藏金縢。疾果瘳。后成王得策，执以泣，请公东还。公乃作《无逸》之书以训焉。

周公

太公望

太公，姜姓，吕氏，名尚，字子牙。年八十余，钓于磻溪之渭水。西伯出猎，占之曰：“所获非龙、非螭、非虎、非罴，霸王之辅。”遇于渭阳，曰：“吾太公望子久矣。”故又号“太公望”。载归，立为太师。作《六韬》兵法，立九府、圜法，封于齐。

管仲

管仲，名夷吾，谥敬仲，颍上人。与鲍叔牙友善。鲍叔荐于齐桓公，曰：“管夷吾治于高傒，使相可也。”桓公遂用以为相而霸诸侯。著有《管子》八十六篇。

柳下惠

和圣，姓展，讳获，字禽，鲁人。居柳下，仕鲁为士师，三黜而不去，人问之，曰：“直道而事人，焉往而不三黜；枉道而事人，何必去父母之邦？”谥曰惠。

子产

公孙侨，郑大夫，字子产，子国子。历相简公、定公，为政二十余年，铸刑书、作邱赋、平外患、修内政，善事大国，休兵息民。其始从政也，舆人诵之曰："取我衣冠而褚之，取我田畴而伍之。孰杀子产，吾其与之！"后三年，又诵之曰："我有子弟，子产诲之；我有田畴，子产殖之。子产而死，谁其嗣之？"及其卒也，孔子闻之，出涕曰："古之遗爱也。"

晏婴，字平仲，莱之夷维人。相齐景公，食不重肉，妾不衣帛，一狐裘三十年，尽忠补过，名显诸侯。

→

晏子

西门豹

西门豹，魏人，为邺令。邺俗素信巫觋，岁为河伯娶妇，选良民处女投河中。豹问知其害，曰："今岁娶妇，幸来告，吾亦送之。"至见其女，豹曰："丑。烦大巫入报。"即投之河中。又继投二人，群巫惊惧乞命，从此遂止。因开其河为十二渠，以灌田。

屈原，名平，楚之同姓也。为楚怀王左徒，拜三闾大夫。明于治国，达于辞令。上官大夫与之同列，心害其能，与靳尚辈谮平于王，王怒而疏之。故忧愁幽思而作《离骚》。及顷襄王立，复遭谗，谪迁于江南。遂被发佯狂，行吟泽畔，作《怀沙》之赋，自投汨罗以死。

屈原

贾谊

公姓贾，讳谊，洛阳人。文帝时，河南守吴公荐之，召为博士，时年二十余。岁中，超迁至太中大夫。公请改正朔与礼乐。绛、灌等毁之，出为长沙王太傅。帝后思公，召见宣室，因问鬼神事至夜半，帝不觉前席。拜梁王太傅，上《治安策》，论者以为通达国体。后梁王胜死，公自伤为傅无状，常哭泣。后岁余亦死，年三十三。

公姓司马，讳迁，字子长，龙门人。父谈，为太史令。公十岁诵古文，弱冠游江淮，浮沅湘，涉汶泗，过梁楚以归。太初中，为太史令，因论救李陵得罪，幽愁发愤修史。刘向、扬雄皆称其有良史才。

司马迁

严光

公姓严，讳光，一名遵，字子陵，会稽余姚人。少与光武同游学，光武即位，公变姓名，隐身不见。帝物色访之，后齐国上言，有一男子披羊裘，钓泽中。帝遣使聘之，三反而后至，帝即日幸其馆。公卧不起，帝即其卧所，抚公腹曰：“咄咄子陵，不可相助为理耶？”后引入内论道。因共偃卧，公以足加帝腹。明日太史奏，客星犯帝座。帝曰：“朕与故人严子陵共卧耳。”除谏议大夫，不屈，耕于富春山。

班固

公姓班，讳固，字孟坚，扶风安陵人。彪长子。九岁能文；及长，博贯载籍。明帝时，典校秘书，续父所著西汉书，除兰台令史，颇见亲近，乃上《两都赋》。及肃宗雅好文章，愈得幸。然自以二世才术，位不过郎，作《宾戏》以自通焉。永元初，窦宪北伐，以公为中护军与参议。及宪败，公以窦氏宾客收捕，死狱中。所著《汉书》尚未就，诏公女弟曹寿妻昭续而成之，凡一百卷。

诸葛亮

亮，字孔明，琅琊阳都人。父珪，字君贡，泰山郡丞。亮早孤，躬耕陇亩，好为《梁父吟》，身长八尺。每自比管仲、乐毅，时莫之许也。唯博陵崔州平、颍川徐元直谓为信然。先主屯新野，徐庶见先主曰：“诸葛孔明，卧龙也。将军岂愿见之乎？”先主曰：“君与俱来。”庶曰：“人可就见，不可屈致也。”先主遂诣亮，谓关羽、张飞曰：“孤之有孔明，犹鱼之有水也。”累迁丞相、益州牧，率众北征，卒于渭南。

公姓嵇，讳康，字叔夜。其先本上虞人，姓奚，以避怨徙谯，家于铚之嵇山，因命氏焉。公远迈不群，与魏宗室婚，拜中散大夫，不就。常弹琴咏诗以自足。与东平吕安善。后安为兄所枉诉，以事系狱，辞相证引，遂复收公。公将刑东市，太学生三千人请以为师，弗许。公顾视日影，索琴弹之，曰："昔袁孝尼尝从吾学《广陵散》，吾每固靳之。《广陵散》于今绝矣。"

嵇康

王羲之，字逸少，为右将军、会稽内史。以骨鲠称，尤善书，为古今之冠，称其笔势：飘若浮云、矫若惊龙。雅好服食养性，不乐京师。初渡浙江，有终焉之志。会稽多佳山水，名士多，咸居之。常偕同好孙绰、许询、支遁等，宴集山阴之兰亭，自为序，以识其志。去官后，与道士许迈为采药游，恒不远千里，探名山、泛沧海，无所不剧。每叹曰：吾当以乐死。

王羲之

公姓陶，讳渊明，字元亮，浔阳人，太尉侃曾孙。宅边有五柳树，自号“五柳先生”。曾为彭泽令，会郡遣督邮至县，吏自应束带见之。公叹曰：“吾不能为五斗米折腰见乡里小儿。”即解印去，赋《归去来辞》以见志。尝言：“夏月虚闲，高卧北窗之下；清风飒至，自谓羲皇上人。”及宋受禅，屡征不就，易名曰“潜”，赋诗饮酒以终其身，世号“靖节先生”。

陶潜

韩

公讳愈，字退之，邓州南阳人。生三岁而孤，随伯兄会贬官岭表。会卒，嫂郑鞠之。公自知读书，日记数千百言。比长，尽能通六经、百家学。擢进士第，仕至吏部侍郎。长庆四年卒，年五十七，赠礼部尚书，谥曰文。公性明锐，不诡随，与人交，终始不少变。成就后进，皆往知名；经其指授，皆称讳门弟子。凡内外亲若交友无后者，为嫁遣孤女而恤其家。嫂郑丧，为服期以报。文章深探本元，卓然树立，成一家言，其《原道》《原性》《师说》数十篇皆奥衍闳深，佐佑六经；至他文，造端置辞，要为不蹈袭前人者。

柳宗元

公姓柳，讳宗元，字子厚，河东人。文章卓伟，第进士，中博学宏词科，拜监察御史。王叔文、韦执谊奇其才，引置禁近，擢礼部员外郎。叔文败，坐贬永州司马，徙柳州刺史。为文益进，与韩愈齐名，世称“柳柳州”。年四十七卒，有文集行世。

欧阳修

公讳修，字永叔，号醉翁，又号六一居士，庐陵人。父观登进士第，为判官，卒时，公方四岁，母郑氏以荻画地，教之书字。稍长，从邻里借书或手抄之，抄来竟而成诵。中甲科，仕宦四十年，尝遭困踬，既压复起，遂显于世。以观文殿学士、太子少师致仕，卒年六十有六，赠太子太师，谥文忠。公为人质直闳廓、见义敢为。仁宗尝奖之曰：“如欧阳修者，何处得来？”英宗面称之曰：“修直，不避众怨，博极群书，好学不倦，与尹洙皆为古学。”方是时，学者奉诏尽为古文，公文章遂为天下宗匠。权知贡举，革新奇黜怪僻，务求平淡典要，文格变而复正。以奖进天下士为己任，所誉荐必极力而后已。

苏洵

公姓苏，讳洵，字明允，眉山人。年二十七始发愤为学，举进士及茂才异等，皆不中。悉焚所为文，闭户益读书，遂通六经、百家之说，下笔顷刻数千言。至和、嘉祐间，与二子轼、辙至京师。翰林学士欧阳公上其所著。书既出，士大夫争传之。一时学者竞效苏氏为文章。以其父子俱知名，号“老苏”以别之。除秘书省校书郎，卒年五十有八，天子哀之，特赠光禄寺丞。

苏轼

公讳轼，字子瞻，自号“东坡居士”，眉山人。文安公仲子，幼颖悟有识。比冠，博通经史，好贾谊、陆贽、庄子书。嘉祐二年，试礼部，欧阳文忠置第二；复以春秋对义，居第一。殿试中乙科。后以书见文忠，文忠语梅圣俞曰：“吾当避此人出一头地。”五年，调福昌主簿。复对制策，入三等，除大理评事、签书凤翔府判官。后官屡擢屡贬，卒于常州，年六十六。公与弟栾城先生，为文章俱师其父。既而得之于天，自谓作文如行云流水。初无定质，但常行于所当行，止于所不可不止。虽嬉笑怒骂之词，皆可书而诵之，其体浑涵光芒，雄视百代。自为举子，至出入侍从，必以爱君子为本，忠规谠论、挺挺大节，群臣无出其右。但为小人忌恶挤排，不使安于朝廷之上，身后犹编名元祐党。高宗即位，赠资政殿学士，又崇赠太师，谥文忠。

公姓苏，讳辙，字子由，号栾城，眉山人。洵季子，年十九与兄轼同登进士科，文同策制。举仕至门下侍郎，屡遭贬谪，后复大中大夫致仕。筑室于许，号“颍滨遗老”。自作传，万余言。不复与人相见，终日默坐如是者几十年。卒年七十四，追复端明殿学士。淳熙中，谥文定。公性沉静简洁，为文汪洋澹泊，似其为人高处，殆与兄埒。

苏辙

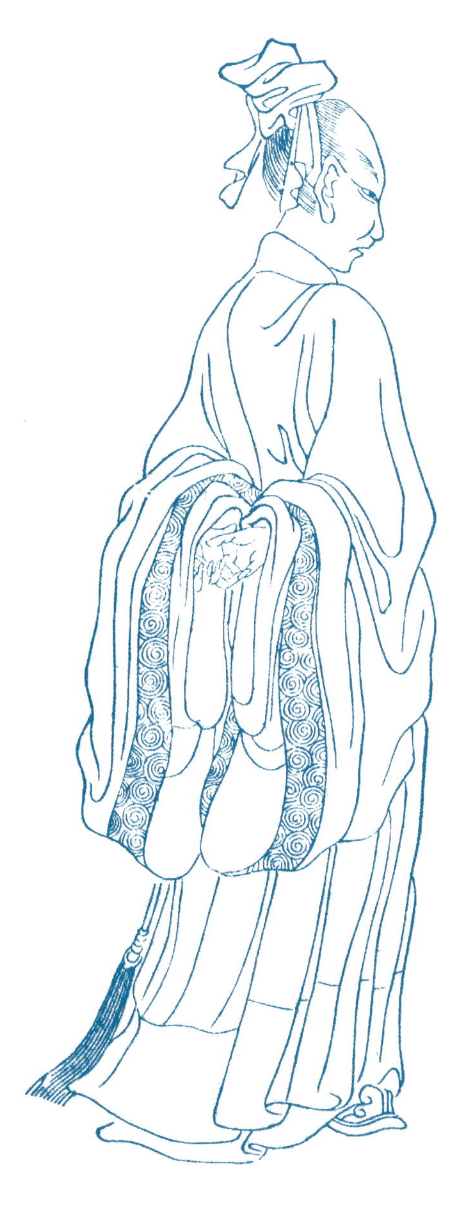

王安石

公讳安石，字介甫，临川人。少好读书，一过目终身不忘，属文动笔如飞，见者皆服其精妙。友生曾巩携以示欧阳文忠，文忠为延誉。登进士上第，仕至宰相，初封舒国公，后改封荆，加司空。卒年六十八，赠太傅，谥曰文。

曾巩

公姓曾，讳巩，字子固，南丰人。幼警敏，数千言一览辄记。嘉祐间，举进士，历知齐、襄、明、福、洪、亳、沧州，所至务去民疾苦，入为中书舍人。文章原本六经，斟酌于司马迁、韩愈，一时鲜能过也。世称“南丰先生”，卒年六十五，谥文定。

司马迁

魏其武安侯列传赞

传虽三人，皆以宾客相倾然。

魏其、武安皆以外戚重[1]，灌夫用一时决策[2]而名显。魏其之举以吴楚，武安之贵在日月之际。三人以宾客相倾合传，此先提过，其功名不论也。然魏其诚不知时变，灌夫无术[3]而不逊，两人相翼[4]，乃成祸乱。说二人，只是怜惜之。武安负贵而好权，杯酒责望[5]，陷彼两贤。独痛责武安。呜呼哀哉！迁怒及人，命亦不延。众庶不载[6]，竟被恶言[7]。史公深信因果如此，加"呜呼哀哉"句，身毛俱竖。呜呼哀哉！祸所从来矣[8]！再加"呜呼哀哉"句，言如此事，人世多有，亦不止是武安矣。

1. 魏其：指魏其侯窦婴，窦太后的堂侄。汉文帝时曾为吴相，因病免。景帝时为詹事。吴楚七国反时拜大将军，守荥阳，监齐、赵兵。七国破，封为魏其侯。武安：田蚡，汉景帝王皇后的同母弟，武帝时以贵戚封为武安侯。后为丞相。

2. 一时决策：指灌婴一时决定"驰入不测之吴军欲报父仇"的举动。

3. 无术：不懂为人处世的方法。

4. 相翼：互相袒护。

5. 杯酒责望：为了杯酒之间的嫌隙而苛责怨恨。

6. 载：拥戴。

7. 竟被恶言：终究蒙受坏名声。指汉武帝追骂田蚡语。一说灌夫遭颍川儿歌的责骂。

8. 祸所从来矣：灾祸是从这里来的啊！

司马迁

韩长孺列传赞

天子欲相长孺[1]，而竟不得，岂非天命耶？此是一传结穴处也。赞却又言长孺，又荐壶遂，天子又欲相之而又不得，于是一意只痛惜壶遂，岂不奇甚！

余与壶遂定律历[2]，观韩长孺之义，言己与遂同事时，亲见韩之荐遂，真高义也。壶遂之深中隐厚[3]。世之言梁多长者，不虚哉！壶遂官至詹事[4]，天子方倚以为汉相，会遂卒。不然，壶遂之内廉行修，斯鞠躬[5]君子也。通首，只赞壶遂，岂非奇文！

1. 长孺：韩安国。初事梁孝王为中大夫。吴楚七国叛时，安国为将，抵御吴兵于东界，由此显名。汉武帝时为御史大夫，后为卫尉。

2. 律历：指历书。

3. 深中：内心廉正。隐厚：含蓄敦厚。

4. 詹事：职掌皇后、太子家事的官。

5. 鞠躬：谨慎恭敬的样子。

司 马 迁

李将军[1] 列传赞

更不说到才略意气，及数奇[2]不封等事，一意只反复其死之日，士大夫与百姓知与不知皆哭，妙妙！盖更说其才略意气，与数奇不封，便止是一人，说亦有限也。

传曰："其身正，不令而行；其身不正，虽令不从。"其李将军之谓也？喻意也，不以文害辞。余睹李将军悛悛[3]如鄙人，口不能道辞。及死之日，天下知与不知，皆为尽哀。彼其忠实句。心诚信于士大夫也。言之慨然。谚曰："桃李不言，下自成蹊。"此言虽小，可以谕大也。言之慨然。

1. 李将军：李广，汉陇西成纪人。善骑射，汉文帝时因抗击匈奴有功，为武骑常侍，武帝时为右北平太守，匈奴不敢犯境，号曰"飞将军"。李广爱护士卒，与之共饮食。身经七十余战，终未封侯。后随大将军卫青击匈奴，迷失道，受责，因而自杀。

2. 数奇：命数不好。

3. 悛悛：同"恂恂"，谦恭谨慎的样子。

太史公自序

此篇，于《史记》为序，于太史公，便是自己列传也。故其大旨，只须前两行已尽。后与壶遂两番往复毕，却又忽然叙事者，正是其列传体也。

太史公曰："先人[1]有言：'周公卒五百岁而有孔子。推尊孔子，却从周公起者，孔子空言，周公实事，空言本即实事也。孔子卒后至于今五百岁，有能绍明世，正《易传》，继《春秋》，本《诗》《书》《礼》《乐》之际。'意在斯乎[2]！意在斯乎！小子何敢让焉。"妙，妙！只得一句话，矢口吐出，便是一篇文字已毕。下乃与壶大夫反复耳。

上大夫[3]壶遂曰："昔孔子何为而作《春秋》哉？"太史公曰："余闻董生[4]曰：又必本之董生，犹孔子之必连左氏为辞。'周道衰废，孔子为鲁司寇[5]，诸侯害之，大夫壅之。孔子知言之不用，道之不行也，是非二百四十二年之

1. 先人：指司马迁之父司马谈。

2. 意在斯乎：意为能绍明世的，先人的意思是应在自己身上。

3. 上大夫：汉沿用的古代官名，大夫分为上、中、下三等。壶遂身为詹事，秩二千石，位在上大夫之列。

4. 董生：董先生，即董仲舒。司马迁曾从董仲舒学习《春秋公羊传》。

5. 司寇：春秋时掌管刑狱的官。

中[6]，以为天下仪表[7]，贬天子，退诸侯，讨大夫，以达王事而已矣。’一句，断尽《春秋》。以下，极叹《春秋》一书之大。子曰：‘我欲载之空言[8]，不如见之于行事之深切著明也。’夫《春秋》，上明三王[9]之道，下辨人事之纪，别嫌疑，明是非，定犹豫，善善恶恶，贤贤贱不肖，存亡国，继绝世，补敝起废，王道之大者也。极叹《春秋》一书之大。《易》著天地阴阳四时五行，故长于变；陪说《易》。《礼》经纪人伦，故长于行；陪说《礼》。《书》记先王之事，故长于政；陪说《书》。《诗》记山川溪谷禽兽草木牝牡[10]雌雄，故长于风；陪说《诗》。《乐》乐所以立[11]，故长于和；陪说《乐》。《春秋》辨是非，故长于治人。正说到《春秋》。是故《礼》以节人，《乐》以发和，《书》以道事，《诗》以达意，《易》以道化[12]，《春秋》以道义。再将众经与《春秋》结束一通。拨乱世反之正，莫近于《春秋》。以下，独说《春秋》。《春秋》文成数万，其指数千。万物之散聚皆在《春秋》。隐括《春秋》全部文字。《春秋》之中，弑君三十六，亡国五十二，诸侯奔走

6. 是非二百四十二年之中：是指《春秋》这部书。因该书褒贬春秋各国二百四十二年来的大事是非。

7. 仪表：原意是立木以示人谓之仪，也叫表。这里引申为“法则”“标准”。

8. 空言：指褒贬是非的理论说教。

9. 三王：指夏禹、商汤、周文王和周武王。

10. 牝牡：鸟兽的雌性叫牝，鸟兽的雄性叫牡。

11. 乐所以立：用来引起快乐。

12. 道化：论述事物发展变化的道理。

不得保其社稷者不可胜数。察其所以，皆失其本已。故《易》曰：‘失之毫厘，差以千里。’故曰：‘臣弑君，子弑父，非一旦一夕之故也，其渐久矣。’隐括《春秋》全部事迹。故有国者不可以不知《春秋》，前有谗而弗见，后有贼而不知；极叹《春秋》。为人臣者不可以不知《春秋》，守经事[13]而不知其宜，遭变事而不知其权[14]。极叹《春秋》。为人君父而不通于《春秋》之义者，必蒙首恶之名；为人臣子而不通于《春秋》之义者，必陷篡弑之诛，死罪之名。添四字，句法更健。其实皆以为善，妙！为之不知其义，被之空言而不敢辞[15]。妙！犹言实本为善，而不知其义则陷于咎也。夫不通礼仪之旨，至于君不君，臣不臣，父不父，子不子。夫君不君则犯，臣不臣则诛，父不父则无道，子不子则不孝。此四行者，天下之大过也。以天下之大过予之，则受而不敢辞。故《春秋》者，礼义之大宗也。妙，妙！极叹《春秋》至此，方是宣尼心事。夫礼禁未然之前，法施已然之后；法之所为用者易见，而礼之所为禁者难知。”读此，方悟周公制礼，乃《春秋》粉本。妙哉，妙哉！

13. 守经事：主持日常事务。

14. 权：变通、临机应变。

15. 被之空言：指遭到空洞罪名，即舆论谴责。辞：拒绝。此指《左传·宣公二年》中“赵盾弑其君”的史事。

壶遂曰："孔子之时，上无明君，下不得任用，故作《春秋》，垂空文以断礼义，当一王之法[16]。今夫子上遇明天子，下得守职，万事既具，咸各序其宜，夫子所论，欲以何明？"再反复，必须反复。不然，后来终是被人点检。

太史公曰："唯唯，否否，不然。叠用"唯唯""否否""不然"，妙！"唯唯"，姑应之也；"否否"，略折之也；"不然"，重特伸明之也。余闻之先人曰：'伏羲至纯厚，作《易》八卦。尧舜之盛，《尚书》载之，礼乐作焉。汤武之隆，诗人歌之。《春秋》采善贬恶，推三代之德，褒周室，非独刺讥而已也。'此言《春秋》与众经一体，俱为至纯厚、至隆盛之书，先非刺讥之文。汉兴以来，至明天子，获符瑞，封禅，改正朔[17]，易服色[18]，受命于穆清[19]，泽流罔极，海外殊俗，重译款塞[20]，请来献见者，不可胜道。臣下百官力诵圣德，犹不能宣尽其意。言不可不载。且士贤能而不用，有国者之耻；此句，宾。主上明圣而德不布闻，有司之过也。此句，主。且余尝掌其官[21]，废明圣盛德不载，一。灭功臣世

16. 当一王之法：作为一位王者的法典。汉代公羊派学者认为，孔子当时虽不在位，而他却起着一位"王者"的作用，故称孔子为"素王"。

17. 改正朔：改用新历法。

18.易服色：指改变车马、祭牲的颜色。因古时每个王朝都规定车马、祭牲的颜色。

19. 穆清：指天。

20. 重译款塞：指海外殊俗的国家派使者经过几重翻译来叩关服从。

21. 掌其官：指司马迁任太史令。

家贤大夫之业不述，二。堕先人所言，三。罪莫大焉。余所谓述故事，整齐其世传，非所谓作也，而君比之于《春秋》，谬矣。”自言《史记》纯厚。

于是论次其文。七年而太史公遭李陵之祸[22]，可见太史公未遭祸前，已作《史记》，特未卒业。幽于缧绁。忽叙事。乃喟然而叹曰：“是余之罪也夫！是余之罪也夫！身毁不用矣。”至此，只三四行。叙得却最曲折。退而深惟曰：“夫《诗》《书》隐约[23]者，欲遂其志之思也。昔西伯拘羑里[24]，演《周易》；孔子厄陈蔡[25]，作《春秋》；屈原放逐，著《离骚》；左丘[26]失明，厥有《国语》；孙子膑脚[27]，而论兵法；不韦[28]迁蜀，世传《吕览》；韩非[29]囚秦，《说难》《孤愤》[30]；《诗》三百篇，大抵贤圣发愤之所为作也。此人皆意有所郁结，不得通其道也，故述往事，思来者。”于是卒述陶唐[31]以来，至于麟止[32]，自黄帝始。何等笔力！

22. 李陵之祸：指汉武帝天汉二年李陵出征匈奴，战败投降，司马迁为之辩护，汉武帝以为是诋毁贰师将军李广利，便幽囚司马迁，并处以宫刑。

23. 隐约：用意隐微而语言简约。

24. 西伯：周文王，商末西方的霸主。羑里：古邑名。

25. 孔子厄陈蔡：事指鲁哀公四年，孔子受楚聘，赴楚国，陈、蔡两国大夫怕孔子至楚不利于陈、蔡，便发卒围孔子于陈、蔡之间，断绝粮食，几至饿死。以后回鲁后，作《春秋》。

26. 左丘：左丘明，春秋时鲁国史官，相传曾作《左传》和《国语》。

27. 孙子：指孙膑。膑脚：指挖去膝盖骨的酷刑。

28. 不韦：吕不韦，曾任秦相，召集门客著书，编成《吕氏春秋》。因全书分八览、六论、十二纪，故又称《吕览》。后因罪免职，被流逐于蜀，在途中自杀。《吕览》编成于吕不韦为秦相时，非迁蜀后所编。

29. 韩非：战国末韩国的公子，与李斯同为荀卿的学生，著有《韩非子》，很受秦王重视。被邀出使秦国后，遭李斯陷害，被药死于狱中。

30. 《说难》《孤愤》：是《韩非子》的名篇，也是韩非思想的代表作。《说难》《孤愤》作于韩国，非作于囚秦之后。

31. 陶唐：陶唐氏，指尧。

32. 麟止：司马贞《史记索隐》引服虔云：“武帝至雍获白麟，而铸金作麟足形，故云‘麟止’。迁作《史记》止于此，犹《春秋》终于获麟然也。”寓有作《史记》是继《春秋》之意。

司马迁

酷吏传序

短幅，却作三段文字：第一段，引孔老本论，以『信哉是言』结；第二段，痛亡秦密网，以『非虚言也』结；第三段，颂汉兴尚宽，以『由是观之』结，笔态奇特之甚！

孔子曰：“导之以政，齐之以刑，民免而无耻[1]。导之以德，齐之以礼，有耻且格[2]。”引孔本论。老氏称：“上德不德，是以有德；下德不失德，是以无德[3]。法令滋章，盗贼多有[4]。”引老本论。太史公曰：信哉是言也！法令者治之具，而非制治清浊之源也。总赞孔老本论，慨然有味其言。昔天下之网尝密矣，昔天下，秦天下也。自此至“非虚言也”，乃是一气转落成句，并无正反曲折。然奸伪萌起，其极也，上下相遁，至于不振。验网密之祸如此。当是之时，“当是之时”，秦时也。吏治若救火扬沸，秦吏治也。非武健严酷，恶能胜其任而愉快乎！下“胜任”字，已可恨；又下“愉快”字，写尽秦吏治之惨酷。言道德者，溺其职[5]矣。言当秦时，孔老之言，岂复信哉！故曰

1. 民免而无耻：人民暂免于罪却没有廉耻。

2. 格：至，这里指人心归服。以上六句见《论语·为政》。

3. “上德不德”四句：见《老子》三十八章。意为最有德的人不在于表现为形式上的德，因此就是有德。最无德的人，死守着形式上的德，因此就没有德。

4. 法令滋章，盗贼多有：见《老子》五十七章。意为法令越分明，盗贼反倒越多。

5. 溺其职：失职。

“听讼，吾犹人也，必也使无讼乎”“下士闻道大笑之”非虚言也。杂引二圣人语合作一句，妙！犹言若说无讼便大笑之也，盖当秦时真有如此。汉兴，破觚而为圜[6]，斫雕而为朴[7]。此言道之以德，上德不德。网漏于吞舟之鱼，而吏治烝烝[8]，不至于奸，黎民艾安[9]。妙，妙！言宁漏大奸，此汉之宽，然终驯至于无奸。由是观之，在彼不在此也。妙，妙！言有尽而味无穷，孔老本论，胡可忽耶？

6. 破觚而为圜：意即磨掉棱角改为圆的。

7. 斫雕而为朴：削除雕刻的花纹变为质朴的。喻把苛细的条文变为简明的法令。

8. 烝烝：盛美。

9. 艾安：平安。

司马迁

报任安书

学其疏畅，再学其郁勃；学其迂回，再学其直注；学其阔略，再学其细琐；学其径遂，再学其重复。一篇文字，凡作十来番学之，恐未能尽也。

太史公牛马走[1]司马迁再拜言，看他自称，必本其父，便是作《史记》之本。少卿[2]足下：任安字。曩者辱赐书[3]，教以慎于接物，推贤进士为务，二句，任安来书。意气勤勤恳恳，若望仆不相师[4]，而用流俗人之言，望，怨也。二句，任安书中意。仆非敢如此也。一句辨过，下更详辨。仆虽罢驽[5]，“虽”，一曲。亦尝侧闻长者之遗风矣。“亦尝”，一曲。顾自以为身残处秽，动而见尤，欲益反损，“顾自以为”，一曲。是以独抑郁而谁与语。“是以”，一曲。谚曰：“谁为为之！孰令听之！”盖钟子期死，伯牙终身不复鼓琴。“谚曰”，一曲。何则？士为知己者用，女为说己者容。“何则”，一曲。若仆大质[6]已亏缺矣，虽才怀随、和[7]，行若由、夷[8]，终

1. 牛马走：像牛马般供驱使的仆人。是对人客气的自称。

2. 少卿：任安，荥阳人。初为大将军卫青舍人，后任郎中，迁益州刺史，汉武帝征和二年，任北军使者护军。时江充巫蛊案起，戾太子（汉武帝子）发兵杀江充时，命他发兵，他接受了命令，但闭门不出。太子事败，汉武帝认为他“欲坐观成败”，拘捕下狱，被判腰斩。

3. 曩者：从前。辱赐书：承蒙您不以给我写信为耻辱。

4. 望：怨望。不相师：不遵照您的话。

5. 罢驽：疲弱的劣马，比喻才能低下。

6. 大质：指身体。

7. 才怀随、和：比喻怀有珠玉般的才华。

8. 由、夷：指许由和伯夷，古代传说中品德高洁的典型。

不可以为荣，适足以见笑而自点[9]耳。“若仆”，一曲。看他先作如许多曲。书辞宜答，会东从上来[10]，又迫贱事，相见日浅，卒卒无须臾之间，得竭志意。说前所以不答之故。今少卿抱不测之罪，涉旬月，迫季冬[11]，安为戾太子事，更旬日后便当就刑。“季冬”，言刑日也。仆又薄从上雍[12]，恐卒然不可为讳[13]，是仆终已不得舒愤懑以晓左右[14]，则长逝者魂魄私恨无穷。说今所以答之故。请略陈固陋。今答。阙然久不报，前不答。幸勿为过！以上，先作如许多曲，妙！看他一片心事更无处明，而欲明向将死之友。此等处，可以想见古人交情。

仆闻之：修身者，智之符[15]也；爱施者，仁之端也；取与者，义之表也；耻辱者，勇之决也；立名者，行之极[16]也；士有此五者，然后可以托于世，而列于君子之林矣。先特标五者，言有此，始得列于士林，以反己之无复有此，是为大辱极愤，发笔最是有势。故祸莫憯于欲利[17]，悲莫痛于伤心，行莫丑于辱先，诟莫大于宫刑[18]。急承此四语，与上五者正极反。刑余之人，无所比数[19]，非一世也，所从来远矣。独缕

9. 自点：自取污辱。

10. 东从上来：犹“从上东来”，即司马迁随从汉武帝由甘泉宫东回长安来。

11. 季冬：十二月，汉律规定十二月处决犯人。

12. 薄：同“迫”。雍：地名。在今陕西凤翔县南。该地筑有祭祀五帝的坛，故武帝要去雍祭祀五帝。

13. 不可为讳：是任安被杀的委婉说法。

14. 左右：指任安。这是古时谦称对方，不直指对方，而说左右的人，以示尊敬。

15. 智之符：智慧的凭证。

16. 行之极：品行的最高境界。

17. 祸莫憯于欲利：灾祸莫过于生于欲利的时代。据汉律可用钱赎罪，司马迁宫刑本可赎，但家贫无钱，终被执行，可见祸之惨。

18. 宫刑：古代五刑之一，亦叫腐刑，男性割去睾丸，妇女幽闭。

19. 无所比数：不能放在一起计数，即不能和人相比。

缕切恨宫刑。昔卫灵公[20]与雍渠同载，孔子适陈；商鞅[21]因景监见，赵良寒心；同子[22]参乘，袁丝[23]变色，自古而耻之。缕缕切恨宫刑。夫中材之人，事有关于宦竖，莫不伤气，而况于慷慨之士乎！缕缕切恨宫刑。如今朝廷虽乏人，奈何令刀锯之余[24]，荐天下豪俊哉！缕缕切恨宫刑。此非辞来书推贤进士一语，正借书语，以发其心中切恨宫刑耳。

仆赖先人绪业[25]，得待罪[26]辇毂下，二十余年矣。所以自惟：上之不能纳忠效信，有奇策材力之誉，自结明主；上之。次之又不能拾遗补阙，招贤进能，显岩穴之士；次之。外之又不能备行伍[27]，攻城野战，有斩将搴旗之功；外之。下之不能积日累劳，取尊官厚禄，以为宗族交游光宠。下之。四者无一遂，苟合取容，无所短长之效，可见于此矣。向者仆亦尝厕下大夫之列[28]，陪奉外廷末议，不以此时引纲维，尽思虑，此一段，是自咎未被宫刑前。今已亏形为扫除之隶，在阘茸[29]之中，乃欲仰首伸眉，论列是非，不亦轻朝廷羞当世之士耶？此一段，仍是切

20. 卫灵公：春秋时卫国国君，曾与夫人南子同车出游，让宠幸的宦官雍渠同车为参乘，而让孔子坐在后面的车上，孔子感到耻辱，便离开卫国，到陈国去了。参乘，又叫陪乘，坐在车右侍卫的人。

21. 商鞅：公孙鞅，卫国的庶公子。他入秦后，凭借秦孝公宠幸的宦官景监的推荐，得到重用。秦国的贤士赵良认为商鞅得官的方法不当，并劝他引退，商鞅不听，由此赵良感到恐惧。

22. 同子：指汉文帝时宦官赵谈。司马迁为避父讳，改称同子。

23. 袁丝：袁盎，曾官至太常。他任郎中时，见到赵谈为文帝参乘，以为不成体统，伏在车前谏阻。

24. 刀锯之余：受过刀锯之刑而身体残废的人，指受过宫刑的司马迁自己。

25. 绪业：余业、遗业。

26. 待罪：供职的委婉说法。

27. 备行伍：指参加军队。

28. 厕：夹杂在里面。下大夫之列：指为太史令。

29. 阘茸：低微卑贱。

恨宫刑。因切恨故，言之缕缕，非反复辞推贤进士也。嗟呼！嗟呼！如仆尚何言哉？尚何言哉？加此一笔，切恨之至！

且事本末，未易明也。重发笔起。仆少负[30]不羁之才。长无乡曲之誉。主上幸以先人之故，使得奏薄技，出入周卫[31]之中，仆以为戴盆何以望天[32]，故绝宾客之知，忘室家之业，日夜思竭其不肖之才力，务一心营职，以求亲媚于主上，自明初意如许。而事乃有大谬不然者！落。

夫仆与李陵俱居门下，素非能相善也。趋舍异路，未尝衔杯酒，接殷勤之余欢。先明与陵无旧好。然仆观其为人，自守奇士，事亲孝，与士信，临财廉，取与义，分别有让，恭俭下人，常思奋不顾身，以殉国家之急。其素所蓄积也，仆以为有国士之风。次明于陵有独赏。夫人臣出万死不顾一生之计，赴公家之难，斯已奇矣。一振。今举事一不当，而全躯保妻子之臣，随而媒孽其短[33]，仆诚私心痛之。一落。此先略叙，下更详叙。且李陵又振。提步卒不

30. 负：据《汉书》颜师古注："负者，亦言无此事也。"所以"负"在这里是"缺少"的意思。

31. 周卫：周密的保卫，指宫禁。

32. 戴盆何以望天：头戴着盆，眼睛不能望天，比喻一心营职。

33. 媒孽其短：像酵母一样扩大李陵的过失。

满五千，详。深践戎马之地，足历王庭[34]，垂饵虎口，横挑[35]强胡，仰亿万之师，与单于连战十有余日，所杀过当[36]。虏救死扶伤不给，详。旃裘之君长咸震怖，乃悉征其左右贤王，举引弓之人，一国共攻而围之。详。转斗千里，矢尽道穷，救兵不至，士兵死伤如积。详。然陵一呼劳军，士无不起，躬自流涕，沫血[37]饮泣，更张空拳[38]，冒白刃，北向争死敌者。详。陵未没时，使有来报，汉公卿王侯，皆奉觞上寿。详。故意写出公卿王侯丑态。后数日，陵败书闻，主上为之食不甘味，听朝不怡，大臣忧惧，不知所出。详。故意写出。以上详叙李陵。仆窃不自料其卑贱，见主上惨怆怛悼[39]，诚欲效其款款之愚。以为李陵素与士大夫绝甘分少[40]，能得人之死力，虽古之名将，不能过也。身虽陷败，彼观其意，且欲得其当[41]而报于汉。事已无可奈何，其所摧败，功亦足以暴于天下矣。详。仆怀欲陈之而未有路，适会召问，即以此指推言[42]陵之功，欲以广主上之意，塞睚眦之辞。详。未能尽明，明主不晓，以为仆沮[43]贰师，而为李陵游说，遂

34. 王庭：指匈奴单于所居之地，犹匈奴的大本营。

35. 横挑：无所阻挡地挑战。

36. 过当：超过汉军数目，极言杀敌之多。

37. 沫血：用血洗脸，形容血流满面。

38. 空拳：空弓。

39. 惨怆怛悼：悲痛忧伤。

40. 绝甘分少：意即好的东西自己不要，稀罕的东西分给大家。

41. 得其当：有两说：一为得到合适的时机，一为得一份与其罪相当的功劳。据《汉书》颜师古注："欲于匈奴立功，而归以当其破败之罪。"与第二说意相同。

42. 推言：阐明。

43. 沮：毁坏。

下于理[44]。详。拳拳之忠，终不能自列。因为诬上，卒从吏议。详。家贫，货赂不足以自赎，交游莫救视，左右亲近，不为一言。详。悉是故意写出。身非木石，独与法吏为伍，深幽图圄之中，谁可告诉者！详。以上详叙自己。此真少卿所亲见，仆行事岂不然乎？又落。李陵既生降，颓其家声，而仆又佴之蚕室[45]，重为天下观笑。悲夫！悲夫！其未易一二为俗人言也。双写陵与己，一样不能与俗人说，结尽上许多详叙之文。

仆之先，非有剖符丹书[46]之功，文史星历，近乎卜祝之间，固主上所戏弄，倡优所畜，流俗之所轻也。此非自谦，乃再发笔起，明所以不自引决有故。假令仆伏法受诛，若九牛亡一毛，与蝼蚁何以异？而世俗又不能与死节者次比，特以为智穷罪极，不能自免，卒就死耳。何也？素所自树立使然也。假令引决，则人不过云云。人固有一死，死或重于泰山，或轻于鸿毛，用之所趣异也。结过不肯引决。下重叙被辱，说终不引决。太上不辱先，其次不辱身，其次不辱理色，其

44. 理：指治狱机关。汉景帝时称大理，汉武帝改称廷尉。

45. 佴：随后。蚕室：刚受宫刑的人所住的温室。

46. 剖符丹书：是汉代对有功之臣的一种特殊待遇。

次不辱辞令，其次诎体受辱，其次易服受辱，其次关木索、被棰楚受辱，其次剔毛发、婴金铁受辱，其次毁肌肤、断肢体受辱，最下，腐刑，极矣！层次而下，说己被辱为极。传曰：“刑不上大夫。”此言士节不可不勉励也。曲一笔，言此是太师之言，乃非今日之谓。猛虎在深山，百兽震恐，本是常理。及在槛阱之中，摇尾而求食，积威约之渐[47]也。无奈至此。故士有画地为牢，势不可入，削木为吏，议不可对，定计于鲜[48]也。本是常理。今交手足[49]，受木索，暴肌肤，受榜棰，幽于圜墙[50]之中。当此之时，见狱吏则头抢地，视徒隶则心惕息[51]。何者？积威约之势也。无奈至此。及以至是，言不辱者，所谓强颜耳，曷足贵乎？结上，言引决亦无及。且西伯[52]，伯也，拘于羑里；李斯，相也，具于五刑；淮阴，王也，受械于陈；彭越、张敖[53]，南面称孤，系狱抵罪；绛侯[54]诛诸吕，权倾五伯，囚于请室[55]；魏其[56]，大将也，衣赭衣，关三木[57]；季布[58]为朱家钳奴；灌夫[59]受辱于居室。此人皆身至王侯将相，声闻邻国，及罪至罔加[60]，不能引决自裁。在

47. 积威约之渐：意为长期对野兽积累威力约束而逐步形成的。

48. 定计于鲜：事先打算得很明确。

49. 交手足：手脚被捆绑。

50. 圜墙：指监狱。

51. 徒隶：狱卒。惕息：胆战心惊不敢喘气的样子。

52. 西伯：指周文王。

53. 彭越：刘邦谋臣，封梁王。被人诬告谋反，为吕后捕杀，夷三族。张敖：刘邦的女婿，封赵王，因臣下贯高谋刺刘邦，事发，受牵连入狱。

54. 绛侯：指周勃。

55. 请室：汉代特设的囚禁有罪大臣的牢狱。

56. 魏其：魏其侯窦婴。因营救灌夫，得罪丞相田蚡，被下狱判处死刑。

57. 关三木：指头、手、足皆戴刑具。

58. 季布：项羽手下的大将，多次窘困刘邦。项羽失败，高祖缉捕他。季布便剃发变服，颈上束上铁钳，卖身给鲁国的游侠朱家为奴。

59. 灌夫：灌婴的舍人，本姓张，冒姓灌，汉武帝时为太仆。因使酒骂座，得罪丞相田蚡，被拘囚在居室。

60. 罔加：网加，刑法加在身上。

尘埃之中，古今一体，安在其不辱也？历引被辱古人自证。

由此言之，勇怯，势也；强弱，形也。审[61]矣，何足怪乎？夫人不能早自裁绳墨之外[62]，以稍陵迟[63]，至于鞭棰之间，乃欲引节，斯不亦远乎！古人所以重施刑于大夫者，殆为此也。何贵引决。以上，言不必引决，其文止此。下再发笔起，说不引决，乃更有所欲为。夫人情莫不贪生恶死，念父母，顾妻子。至激于义理者不然，乃有所不得已也。此特表引决，人能如此。今仆不幸，早失父母，无兄弟之亲，独身孤立，少卿视仆于妻子何如哉？且勇者不必死节，怯夫慕义，何处不勉焉！仆虽怯懦，欲苟活，亦颇识去就之分矣，何至自沉溺缧绁之辱哉？且夫臧获[64]婢妾，犹能引决，况仆之不得已乎？此特表己，亦非不能引决者。所以隐忍苟活，幽于粪土之中而不辞者，恨私心有所不尽，鄙陋没世而文采不表于后世也。说出作《史记》一段意思。

古者富贵而名磨灭，不可胜记，唯倜傥非常之人称焉。先虚提一笔。盖文王拘而演《周易》；仲尼厄而作《春

61. 审：明白。

62. 绳墨：这里指法律。

63. 陵迟：衰颓。

64. 臧获：奴婢的贱称。

秋》；屈原放逐，乃赋《离骚》；左丘失明，厥有《国语》；孙子膑脚，兵法修列；不韦迁蜀，世传《吕览》；韩非囚秦，《说难》《孤愤》；《诗》三百篇，大抵贤圣发愤之所为作也。此人皆意有所郁结不得通其道，故述往事，思来者。广引被辱著书之人。乃如左丘无目，孙子断足，终不可用，退而论书策以舒其愤，思垂空文以自见。又独举左氏、孙子者，上是广引，此是特因其废疾与己同，因遂言著书宜与之一例也。仆窃不逊，近自托于无能之辞，网罗天下放失旧闻[65]，略考其行事，综其终始，稽其成败兴坏之纪，上计轩辕，下至于兹，为十表，本纪十二，书八章，世家三十，列传七十，凡百三十篇。亦欲以究天人之际[66]，通古今之变[67]，成一家之言。草创未就，会遭此祸，惜其不成，是以就极刑而无愠色。说出不肯引决，本心如此。仆诚已著此书，藏之名山，传之其人，通邑大都，则仆偿前辱之责，虽万被戮，岂有悔哉！快意语，言之自豪。然此可为智者道，难为俗人言也。再加一句，总是骂尽俗人。

65. 放失旧闻：指散乱失传的文献。

66. 天人之际：天地自然与人类社会的关系。

67. 通古今之变：贯通古往今来的变化。

且负下未易居，下流多谤议。再发笔起。仆以口语遭此祸，重为乡党戮笑，污辱先人，亦何面目复上父母之丘墓乎？虽累百世，垢弥甚耳！是以肠一日而九回，居则忽忽若有所亡，出则不知其所往。每念斯耻，汗未尝不发背沾衣也。言如此，便应逃遁远去。身直为闺阁之臣，宁得自引深藏岩穴邪？故且从俗浮沉，与时俯仰，以通其狂惑[68]。言不得逃遁远去者，只因久系闺阁之臣，故不能自主耳，岂真得位行道于斯？今少卿乃教以推贤进士，无乃与仆私心剌谬[69]乎？答任安毕。今虽欲雕琢曼辞以自饰，句。无益，句。于俗不信，适足取辱耳。自注"无益"。要之死日，然后是非乃定。仍是自豪语。书不能尽意，略陈固陋。胸中郁勃多，故如此反复明畅，尚自谓略陈不悉。谨再拜。

68. 狂惑：据《文选》李善注引《鬻子》说："知善不行叫狂，知恶不改叫惑。"这里是愤慨的话。

69. 剌谬：违背、不合。

司马迁

伯夷列传

每见从来论此文者，多将『怨』『不怨』字，说天道无准，以为史公自抒其愤，此乃大谬。不知此文虽以伯夷名篇，其实乃言自古至今，如伯夷其人，正不知有千千万万，只为不曾经孔子大圣之所表章，便老死于水边林下，竟以湮没不传。如此等辈，真可叹息。今伯夷，则又幸而独遭孔子三番四复说不置口，因而史公亦遂搜拾轶诗，与之立传也。他如许由，明明有冢，而止为不经孔子论列，便到底不辨其人有无，何况卞随、务光而外，连姓名皆不传者，知有何限何限？至于后幅，则又特地与此一辈人洗发心地，言世间往往见盗跖以寿终，颜回卒短命。天之为天，从来颠倒。然则彼其积仁洁行，何曾是有意徼天，实则各人禀性不同，立志又别，固有宁甘枵腹槁项以死，而断断不肯少损其洁白者。此自是各人意思所至，并非他人所得而强，故又有『道不同』一段议论，只是此一辈人，便湮没无人传说者多矣，真是可惜！

夫学者载籍极博，犹考信于六艺。《诗》《书》虽缺[1]，然虞夏之文[2]可知也。尧将逊位，让于虞舜，舜、禹之间，岳牧[3]咸荐，乃试之于位，一难。典职[4]数十年，功用既兴，然后授政。二难。示天下重器[5]，王者大统，传

1.《诗》《书》虽缺：指《诗经》和《尚书》经秦始皇焚书后，都有缺失。

2. 虞夏之文：指《尚书》中的《尧典》《舜典》《大禹谟》和《禹贡》等，还保存了尧舜禅让、禹别九州等记载。

3. 岳牧：四岳和九州牧。前者相传为尧舜时的四方部族首领，后者是九州的地方行政长官。他们都是由推荐产生的。

4. 典职：主持职务。

5. 重器：宝器，古时以象征国家和社稷。

天下若斯之难也。先述《诗》《书》之难如此，作宾。而说者曰尧让天下于许由[6]，许由不受，耻之逃隐。次述说者之易如此，作主。及夏之时，有卞随、务光者[7]。又不止一许由。此何以称焉？与《诗》《书》之文大反，何耶？岂世本无许由，而说者妄称耶？作翻。太史公曰：余登箕山[8]，其上盖有许由冢云。又真有许由，作证。孔子序列古之仁圣贤人，如吴太伯、伯夷之伦详矣。余以所闻由、光义至高，其文辞不少概见[9]，何哉？此乃正文，非疑辞，乃是深痛由、光不曾被孔子论列。

孔子曰："伯夷、叔齐，不念旧恶，怨是用希[10]。""求仁得仁，又何怨乎？"此是深幸伯夷，却受孔子论列。余悲伯夷之意，睹轶诗[11]可异焉，其传曰：轶诗，即《采薇》之诗也。其传，即《诗传》也。伯夷、叔齐，孤竹君之二子也[12]。父欲立叔齐，及父卒，叔齐让伯夷。伯夷曰："父命也。"遂逃去。叔齐亦不肯立而逃之。国人立其中子。于是伯夷、叔齐闻西伯昌[13]善养老，盍往归焉[14]。及至，西伯卒，武王载木主[15]，号为文王，东伐纣。伯

6. 许由：上古高士。相传尧将天下让给他，他遁耕于箕山之下，尧又召他为九州长，他不要听，洗耳于颍水滨，终身隐居不出。

7. 卞随：夏末隐士。据《庄子·让王》载，商汤放逐了夏桀，要把天下让给他，他不肯受，投稠水而死。务光：夏末隐士。相传商汤灭夏后要把天下让给他，他不肯受，负石自沉卢水。

8. 箕山：亦称崿岭，因许由隐居此山，又名许由山。

9. 其文辞不少概见：指有关许由、务光的记载没有一点儿看到。

10. 怨是用希：怨恨因此少。

11. 轶诗：指没有收入《三百篇》的古诗。

12. 孤竹君：名初，字子朝，姓墨胎氏。商时诸侯，孤竹国的国君。孤竹国，在今河北卢龙至辽宁朝阳一带地区。

13. 西伯昌：指周文王。西伯，官名，即西方诸侯之长。

14. 盍往归焉：何不去投奔于他。

15. 木主：神主，为死者立的木制牌位。

夷、叔齐叩马[16]而谏曰："父死不葬，爰[17]及干戈，可谓孝乎？以臣弑君，可谓仁乎？"左右欲兵之。太公曰："此义人也。"扶而去之。武王已平殷乱，天下宗周，而伯夷、叔齐耻之，义不食周粟，隐于首阳山，采薇[18]而食之。及饿且死，作歌。其辞曰："登彼西山[19]兮，采其薇矣。以暴易暴兮，不知其非矣。神农、虞、夏忽焉没矣，我安适归矣？于嗟徂[20]兮，命之衰矣！"遂饿死于首阳山。诗与传毕。由此观之，怨邪？非邪？此特作滑稽之笔，言孔子亦不必论得伯夷果然确，只是名姓却是亏他传了。

或曰："天道无亲，常与善人。"若伯夷、叔齐，可谓善人者非邪？积仁洁行如此而饿死！以上是说幸而传，不幸而不传。以下是说此一辈人，立志屹然，不同流俗，虽天道亦不为动。且七十子之徒[21]，仲尼独荐颜渊为好学，然回也屡空，糟糠不厌，而卒蚤夭[22]，陪一许由，又陪一卞随、务光，此又陪一颜回。天之报施善人，其何如哉？只是言立志屹然，天亦不能动之，非詈天之辞也。盗跖日杀不辜[23]，肝人之肉[24]，暴戾恣睢，聚党数千人横

16. 叩马：扣住马缰绳。

17. 爰：甚而、竟。

18. 薇：巢菜，又名野豌豆。茎叶似小豆，可生食或作羹。

19. 西山：首阳山。

20. 徂：通"殂"，死亡。

21. 七十子之徒：孔子学生，此指才学突出、身通"六艺"的七十二人。

22. 蚤夭：早死。蚤，通"早"。

23. 不辜：无罪。

24. 肝人之肉：把人的肝当肉吃。

行天下，竟以寿终，是遵何德哉？言盗跖所遵何德。此其尤大彰明较著者也。此句意言只应从跖，不应如夷、渊所行。若至近世，操行不轨，专犯忌讳[25]，而终身逸乐，富厚累世不绝。或择地而蹈[26]之，时然后出言[27]，行不由径[28]，非公正不发愤，而遇祸灾者，不可胜数也。余甚惑焉，傥[29]所谓天道，是邪？非邪？只此一段，带入自己怨愤，然只是说人生世上，有何天道？惟有富贵寿考，当尽力取之耳，如何乃有夷、渊一辈人？

子曰“道不同，不相为谋”，亦各从其志也。故曰：“富贵如可求，虽执鞭之士，吾亦为之。如不可求，从吾所好。”“岁寒，然后知松柏之后凋。”举世混浊，清士乃见。至此方正言。无奈志士仁人，立志屹然，必出于此。岂以其重若彼，其轻若此哉？其重，求仁也；其轻，天下也。

“君子疾没世而名不称焉。”贾子[30]曰：“贪夫徇财，烈士徇名，夸者死权，众庶冯生。”“同明相照，同类相求。”“云从龙，风从虎，圣人作而万物睹[31]。”又

25. 忌讳：这里指法令禁止之事。

26. 蹈：涉足。

27. 时然后出言：见《论语·宪问》：“夫子时然后言。”文字稍有出入，意为到适当的时候才说话。

28. 行不由径：见《语论·雍也》，意为走路不抄小道。

29. 傥：通“倘”。

30. 贾子：贾谊。

31. “云从龙”三句：意即同类相感。

概论人各其志，言志士仁人，只贵名存天壤也。伯夷、叔齐虽贤，得夫子而名益彰。颜渊虽笃学，附骥尾而行益显[32]。岩穴之士，趣舍有时若此[33]，类名堙灭而不称，悲夫！此特深痛操行如伯夷而不遇孔子论列，遂终不传，乃一篇之正文也。闾巷[34]之人，欲砥行立名者，非附青云之士[35]，恶能施于后世哉[36]？此又略作怨愤，为余波。

32. 附骥尾：此言凭借他人而成名。

33. 趣：通“趋”，指出仕。舍：舍弃，指隐居。时：时运。

34. 闾巷：犹里巷，泛指民间。

35. 青云之士：指志节高尚、德高望重的人。

36. 施：延续，引申为流传的意思。

史公不喜武帝穷兵匈奴，然又不敢深论，故特地一笔出，一笔入。

匈奴列传赞

孔氏著《春秋》，隐、桓之间则章[1]，至定、哀之际则微[2]，为其切当世之文而罔[3]褒，忌讳之辞也。罔褒者，言不得不褒，则不如微之也。赞匈奴传，先著此一行，最有意。世俗之言匈奴者，患其徼一时之权[4]，而务谄纳[5]其说，以便偏指[6]，不参彼己[7]；将率席[8]中国广大，气奋，人主因以决策，是以建功不深。此数十语，逐句含吐。尧虽贤，兴事业不成，得禹而九州宁[9]。忽然又撇笔外去。且欲兴圣统，唯在择任将相哉！唯在择任将相哉！不唯择将，兼宜择相，有味哉，有味哉！

1. 章：彰明。

2. 微：隐微。

3. 罔：无。

4. 徼一时之权：求一时的权宠。

5. 谄：谄媚。纳：进。

6. 便：适宜。偏指：片面的意指。

7. 不参彼己：据司马贞《史记索隐》云："不参详终始利害也。"言为不作全面考虑。

8. 将率：将帅。率，通"帅"。《史记索隐》认为是指樊哙、卫（青）、霍（去病）等。席：凭借、倚仗。

9. 九州宁：九州安宁，即天下太平。太史公引尧得禹而九州宁，以讽刺汉武帝不能选择贤能将相，而专听谄纳小人浮说，多伐匈奴，损害平民。

司马迁

卫将军列传赞

全传写大将军战功，至赞忽补苏建语，便使人看大将军是另一样气色。全首苏建语，史公只下得『其为将如此』五字。

苏建[1]语余曰：“吾尝责大将军至尊重[2]，而天下之贤大夫毋称焉，愿将军观古名将所招选择贤者，勉之哉。大将军谢曰：‘自魏其、武安之厚宾客[3]，天子常切齿[4]。彼亲附士大夫，招贤绌[5]不肖者，人主之柄[6]也。人臣奉法遵职而已，何与招士！’”骠骑[7]亦放此意，其为将如此。二将军之以功名终也，不亦宜乎？

1. 苏建：苏武的父亲，汉武帝时封为平陵侯，官至代郡太守。

2. 责：责问。大将军：指卫青，字仲卿，西汉河东平阳（今山西平阳）人。本姓郑，因同母姊得幸汉武帝为皇后，遂冒姓卫。前后七次出击匈奴，屡立战功。官至大将军，封长平侯。

3. 魏其：指魏其侯窦婴，官至大将军，好宾客。武安：武安侯田蚡，官封丞相，好宾客。

4. 切齿：表示愤恨到极点。

5. 绌：同“黜”，贬斥。

6. 柄：权力。

7. 骠骑：指骠骑将军霍去病。

司 马 迁

平津侯列传赞

读公孙一叹，读主父又一叹，人生世上，真是业报。

公孙弘[1]行义虽修，然亦遇时。八字，胡可胜慨。汉兴八十余年矣，上方乡[2]文学，招俊乂[3]，以广[4]儒墨，弘为举首。此只是注上“遇时”句，盖赞公孙，上八字已尽矣。主父偃当路[5]，诸公皆誉之，及名败身诛，士争言其恶。妙，妙！只二语，写尽世情。悲夫！悲得妙，不特悲“争言其恶”。亦悲诸公皆誉也。非悲主父，正悲诸公也。

1. 公孙弘：字季，菑川薛（今山东寿光南纪台乡）人。狱吏出身，学《春秋》杂说，汉武帝时征为博士，后由御史大夫升为丞相，封平津侯。

2. 乡：通“向”，趋向。

3. 俊乂：贤能的人。

4. 广：扩充、宏大。

5. 主父偃：初学纵横家言，后学《春秋》百家之说。汉武帝元光初上书言事，任郎中，一年之内四次升官，官至中大夫。提出削弱诸侯王的“推恩法”，主张抑制豪强贵族的兼并，建议设置朔方郡，以抗击匈奴的侵扰。后任齐王相，因揭发齐王与其姊通奸事，以此得罪族诛。当路：担任重要官职，掌握政权。

司马迁

东越列传赞

看他突兀提起，看他历落数去，看他匠心兜转，只得十数语，却是一篇最酣畅文字。

越虽蛮夷，其先岂尝有大功德于民哉，何其久也！笔态突兀曲折。先提，下逐句数去。历数代常为君王，数出。句践一称伯。数出。然余善[1]至大逆，灭国迁众，其先苗裔繇王居股[2]等犹尚封为万户侯，数出。由此知越世世为公侯矣。先提，次数，此一句锁住也。盖禹之余烈[3]也。上文只了"越虽蛮夷""何其久也"；此句，又补出其"先世大功德也"，真正精神酣足之笔。

1. 余善：闽越王郢之弟，于汉武帝建元六年（公元前135年），杀其兄郢降汉，被封为东越王。后私刻"武帝"玺自立，汉武帝发兵征讨，是时，故越衍侯吴阳与繇王居股谋，合力诛杀了余善。汉武帝因东越、闽越屡反，使迁其民处江、淮间。故下文言"灭国迁众"。

2. 繇王居股：越王勾践的后代，因诛余善有功，封东成侯。

3. 余烈：留传下来的功业。

司　马　迁

司马相如列传赞

史公极许相如如此，古来文人互相引重，真可敬仰。

《春秋》推见至隐[1]，《易》本隐之以显[2]，《大雅》言王公大人而德逮黎庶，《小雅》讥小己之得失，其流及上[3]。所以言虽外殊，其合德[4]一也。高引诸经，殆重许相如矣。相如虽多虚辞滥说，略抑。然其要归引之节俭，此与《诗》之讽谏何异。极扬。本有扬雄二十八字，系《汉书》赞，是后人混入，今削去。余采其语可论者著于篇。明明说余采而著。《史通》乃云相如自作，何耶？诚自作，胡不少讳文君事？

1. 至隐：指极隐讳的事。如晋文公召天子，而《春秋》言天子“狩河阳”；鲁隐公被弑，而《春秋》不书；等等。

2.《易》本隐之以显：司马贞《史记索隐》引韦昭曰：“《易》本阴阳之微妙，出为人事乃更昭著也。”

3. 其流及上：指《小雅》诗篇的思想内容涉及统治者的政治得失。

4. 合德：指符合事理。

司 马 迁

淮南衡山列传赞

通首说淮南衡山，临了忽一笔飏开，别说荆楚剽悍。盖有道后服，无道先强，史公虑之非一遍矣。

《诗》之所谓“戎狄是膺，荆舒是惩[1]”，信哉是言也。先引发叹。淮南、衡山亲为骨肉[2]，疆土千里，列为诸侯。一笔。不务遵藩臣职以承辅天子，二笔。而专挟邪僻之计，谋为畔逆，三笔。仍父子再亡国，各不终其身，为天下笑。四笔。此非独王过也，亦其俗薄，臣下渐靡使然也。五笔。楚地剽悍，史公便亦作此剽悍之笔，大奇，大奇！夫荆楚僄勇轻悍[3]，好作乱，乃自古记之矣。此句在传外自结，史公无限深意。

1. 戎狄是膺，荆舒是惩：见《诗经·鲁颂·閟宫》，这首诗是歌颂鲁僖公征伐淮夷取得胜利的。意为前去打击戎、狄，又对荆、舒严惩。膺，击。荆，指楚国。舒，国名，在今安徽庐江县。

2. 淮南：指淮南厉王刘长，汉文帝之弟，王淮南，凡四郡。出入称警跸，称制，自为法令，拟于天子。因谋反事，谪迁蜀郡，途中不食而死。其子刘安为淮南王，因谋反，自杀而国除。衡山：指衡山王刘赐，刘安之弟。因谋反事，自杀而国除。

3. 僄勇轻悍：轻捷勇猛。

司马迁

循吏列传赞

史公真是本论，便与孔子意旨一样。

法令所以导民也，刑罚所以禁奸也。文武不备，良民惧。略予，下便疾转笔。然身修者，官未曾乱也。妙语，耐人十日思，乃至终身思。奉职循理，亦可以为治，何必威严哉？仁人之言，真乃蔼如。史公最是出奇，赞荆楚剽悍，便作剽悍之笔；赞循吏婉蔼，便作婉蔼之笔，其手腕中，直是无所不有。

孙叔敖[1]出一言，郢市复[2]。子产[3]病死，郑民号哭。公仪子[4]见好布而家妇逐。石奢[5]纵父而死，楚昭名立。李离[6]过杀而伏剑，晋文以正国法。叶韵，而句法如断铁。

1. 孙叔敖：春秋时楚国令尹。曾开凿芍陂，灌田万顷。相传三任令尹而不喜，三次去职而不悔。为政施教导民，上下和合，各得其所，世俗盛美。

2. 郢市复：指楚庄王改币制，引起郢都市场混乱。孙叔敖建议庄王恢复原币制，下令才三日，而郢都市场恢复如前。

3. 子产：春秋时郑国的贤大夫，亦名公孙侨。执政三年，郑国夜不闭户，道不拾遗。历定公、献公、声公三朝，治郑二十六年而卒。

4. 公仪子：公仪休，春秋时鲁博士，因才高为鲁穆公相。主张食禄者不得与民争利。他看见家里织好布，便逐其家妇，烧了织机。

5. 石奢：春秋时楚昭王相。曾巡县，路有杀人者，追捕其人是其父，石奢放了父亲，自己向昭王请罪，自刎而死。

6. 李离：春秋时晋文公的理狱官。因误听错杀了人，自系请罪，伏剑而死。

司马迁

汲郑列传赞

《汲郑传》中，并不说及宾客势利，不过赞尾略带一语。而全赞乃独发此，恐嫌未尽情事，故特搀入下邽翟公，补写教畅。

夫以汲、郑之贤[1]，笔有层折。有势则宾客十倍，无势则否，况众人乎！笔有层折。下忽无端另入一下邽翟公，疏奇之甚。下邽翟公有言[2]，始翟公为廷尉，宾客阗门[3]；及废，门外可设雀罗[4]。翟公复为廷尉，宾客欲往，翟公乃大署其门曰："一死一生，乃知交情。一贫一富，乃知交态。一贵一贱，交情乃见。"分明翟公小传。汲、郑亦云，苏长公纯写东方朔赞，赞李太白，其法却出于此。悲夫！"悲夫"妙。非悲汲、郑，悲宾客也。

1. 汲：汲黯，字长孺，濮阳（今河南濮阳）人。汉武帝时为东海郡太守，后召为九卿，敢于面折廷诤，素为武帝敬畏。后出为淮阳太守，七年而卒。郑：指郑当时，字庄，陈（今河南淮阳一带）人。以任侠声闻梁、楚间。汉景帝时为太子舍人。汉武帝时官至内史、大农令。宾客至，无贵贱以礼待之。后为客所累，免为庶人。不久又迁为汝南太守，数岁而卒。

2. 下邽：地名，在今陕西渭南市东北。一说邽为"邳"。翟公：西汉下邽人，为廷尉。

3. 阗门：满门。

4. 罗：捕鸟网。

酷吏列传赞

酷吏何足又数，然史公既于叙起时，引孔子老氏发端，言德薄刑苛，吏必不可为矣。至于赞，则又表其各亦有长。此真所谓不隐恶，不没善，为良史之遗法也。

自郅都、杜周十人者[1]，此皆以酷烈为声。先一句总其酷。然郅都伉直，引是非，争天下大体。张汤[2]以知阴阳，人主与俱上下，时数辩当否，国家赖其便。赵禹时据法守正。杜周从谀，以少言为重。自张汤死后，网密[3]，多诋严，官事寖以耗废[4]。九卿碌碌奉其官，救过不赡，何暇论绳墨之外乎！然此十人中，其廉者足以为仪表，其污者足以为戒，方略教导，禁奸止邪，一切亦皆彬彬质有其文武焉。虽惨酷，斯称其位矣。史公不没人善有如斯，斯为良史者也。至若蜀守冯当暴挫，广汉李贞擅磔[5]人，东郡弥仆[6]锯项，天水骆璧推咸，河东褚广妄杀，京兆无忌、冯翊[7]殷周蝮鸷，水衡[8]阎奉朴击卖请，何足数哉！何足数哉！既不足数，又留其名与后人骂。

1. 郅都：西汉河东大阳（今山西平陆县）人。景帝时为中郎将，敢直谏，拜济南太守。后迁中尉，行法不避贵戚，列侯宗族见都侧目而视。以治临江王狱，忤窦太后，后因任雁门太守时犯法，被斩。杜周：西汉南阳杜衍（今河南南阳市西南）人。初征为廷史，后至廷尉，治狱暴酷，善伺上意，迁为御史大夫。

2. 张汤：西汉人。汉武帝时拜太中大夫，与赵禹共定律令。曾为廷尉，迁御史大夫，治狱严峻。并建议盐铁由国家专卖，以限制富商大贾；又出告缗令，摧抑豪富兼并之家。后为朱买臣所陷，自杀。

3. 网密：言法网严密。

4. 寖：积压。耗废：拖延搁止。

5. 磔：分尸，古代的一种酷刑。

6. 弥仆：姓弥，名仆。西汉酷吏，为东郡太守，创锯项之刑。

7. 冯翊：左冯翊。郡名，辖今陕西渭河以北、泾河以东，洛河中下游地区。

8. 水衡：官名。汉武帝元鼎二年（公元前 115 年）置水衡都尉和水衡丞，掌管上林苑，兼保皇室财物及铸钱。

司　马　迁

大宛列传赞

《禹本纪》言“河出昆仑[1]。昆仑其高二千五百余里，日月所相避隐为光明也。其上有醴泉、瑶池[2]”。今自张骞[3]使大夏之后也，穷河源，恶睹本纪所谓昆仑者乎？故言九州山川，《尚书》近之矣。至《禹本纪》《山海经》所有怪物，余不敢言之也。

1. 昆仑：山名。在新疆、西藏之间。古人认为黄河源出昆仑山。据今地理学家考察，黄河实际源出青海巴颜喀拉山北麓。

2. 醴泉：甘美的泉水。瑶池：古代神话中神仙所居。

3. 张骞：西汉汉中成固（今陕西城固县）人。汉武帝建元二年（公元前139年）以郎应募出使月氏，经匈奴，被拘留十多年，后逃回；又以校尉随大将军卫青击匈奴，因功封博望侯。后又出使乌孙，分遣副使至大宛、康居、月氏、大夏等国。

老子韩非列传赞

老子所贵道，虚无，因应变化于无为，故著书辞称微妙难识。庄子散道德，放论[1]，要亦归之自然。申子卑卑[2]，施之于名实。韩子引绳墨[3]，切事情，明是非，其极惨礉[4]少恩。皆原于道德之意，而老子深远矣。

1. 放论：任性而言，不受拘束。

2. 申子：申不害，战国时韩昭侯用为相。内修政教，国治兵强。其学本于黄老而主刑名。卑卑：奋勉的样子。

3. 韩子：韩非。引绳墨：犹实行法治。

4. 惨礉：指用法严酷。

司马迁

游侠列传赞

吾视郭解，状貌不及中人，言语不足采者。然天下无贤与不肖，知与不知，皆慕其声，言侠者皆引以为名[1]。谚曰："人貌荣名，岂有既乎[2]！"於戏，惜哉！

1. 皆引以为名：都标榜郭解以此提高自己的名声。

2. 人貌荣名，岂有既乎：意为人的容貌好坏与道德名声的高低，哪里有一定的联系呢！既，《方言》六："既，定也。"

滑稽列传赞

天道恢恢，岂不大哉！谈言微中[1]，亦可以解纷。淳于髡[2]仰天大笑，齐威王横行[3]。优孟[4]摇头而歌，负薪者[5]以封。优旃临槛疾呼[6]，陛楯得以半更[7]。岂不亦伟哉！

1. 谈言微中：谈话能谈到点子上，即合乎正道。

2. 淳于髡：战国时齐国人，齐威王时为诸侯之客（犹鸿胪卿），滑稽多辩。数使诸侯。他以大鸟为隐语，使齐威王振奋，威行三十六年。

3. 横行：得意。

4. 优孟：春秋时楚国的艺人，多辩，以谈笑讽谏。相传楚相孙叔敖死后，其子穷困负薪，优孟就穿孙叔敖的衣冠，在楚庄王面前装扮孙叔敖，并摇头而歌，言孙叔敖持廉而死的身后之苦，感动了楚庄王，便封孙叔敖子以寝丘四百户，以奉孙叔敖祀。

5. 负薪者：指孙叔敖子。

6. 优旃：秦时优人，善用笑言讽谏。秦始皇欲扩大苑囿，秦二世欲用漆涂城，都被谏阻。一次秦始皇置酒上寿，时值天寒，陛楯郎皆雨中站立，优旃便临槛大呼“陛楯郎”，并说“幸雨立”。以此触动了秦始皇，便让陛楯郎以半相代，轮流侍卫。槛：栏杆。

7. 陛楯：陛楯郎，是执楯侍卫于陛侧之臣。半更：一半一半轮流相代。

司马迁

佞幸列传赞

谚曰："力田不如逢年，善仕不如遇[1]合。"固无虚言。非独女以色媚，而士宦亦有之。昔以色幸者多矣。至汉兴，高祖至暴抗也[2]，然籍孺[3]以佞幸；孝惠时有闳孺[4]。此两人非有材能，徒以婉佞[5]贵幸，与上卧起，公卿皆因关说。故孝惠时郎侍中皆冠鵕鸃[6]，贝带，傅[7]脂粉，化[8]闳、籍之属也。太史公曰：甚哉爱憎之时！弥子瑕[9]之行，足以观后人佞幸矣。虽百世可知也。

1. 遇：一作"偶"。

2. 暴抗：暴猛伉直。抗，通"伉"。

3. 籍孺：汉高祖的佞臣。

4. 闳孺：汉孝惠帝的佞臣。

5. 婉佞：柔顺谄媚。

6. 鵕鸃：锦鸡，其尾毛红赤，光彩鲜明，可作帽饰。

7. 傅：搽、抹。

8. 化：效仿，受其影响而成为风气。

9. 弥子瑕：春秋时卫灵公的幸臣。曾食桃甜，而以其半奉灵公，深得灵公赞赏和宠爱。

三代世表

五帝、三代之记，尚矣[1]。自殷以前诸侯不可得而谱[2]，周以来乃颇可著。孔子因史文次《春秋》，纪元年，正时日月，盖其详哉。至于序《尚书》则略，无年月；或颇有，然多阙[3]，不可录。故疑则传疑，盖其慎也。

余读谍[4]记，黄帝以来皆有年数。稽其历谱谍终始五德之传[5]，古文咸[6]不同，乖异。夫子之弗论次其年月，岂虚哉！于是以《五帝系谍》[7]《尚书》集世纪黄帝以来讫共和为《世表》。

1. 尚矣：久远了。

2. 谱：编排记录。

3. 阙：缺。

4. 谍：谱谍。

5. 稽：考核、考察。历：指年代。终始五德：秦汉时方士以金、木、水、火、土五行相生相克的道理来附会王朝的命运，称“五德”，并认为“五德”终而复始，依次相承，这就叫“终始五德”。

6. 咸：皆、都。

7.《五帝系谍》：司马贞《史记索隐》按：《大戴礼》有《五帝德》及《帝系》篇，盖太史公取此二篇之谍及《尚书》，集而纪黄帝以来为系表也。

李

1 篇

李陵

答苏武书

相其笔墨之际，真是盖世英杰之士，身被至痛，之甚深，一旦更不能自含忍，于是开喉放声，平吐一场。看其段段精神，笔笔飞舞，除少卿自己，实乃更无余人可以代笔。昔人或疑其伪作，此大非也。

子卿[1]足下：

勤宣令德，策名[2]清时，荣问[3]休畅，幸甚，幸甚！先劳子卿，毕。远托异国，昔人所悲，望风怀想，能不依依！昔者不遗，远辱还答[4]，慰诲勤勤，有逾骨肉。陵虽不敏，能不慨然！次谢遗书，毕。

自从初降，以至今日，身之穷困，独坐愁苦。终日无睹，但见异类。韦鞲毳幕[5]，以御风雨；膻肉酪浆，以充饥渴。举目言笑，谁与为欢？胡地玄冰，边土惨裂，但闻悲风萧条之声。凉秋九月，塞外草衰，夜不能寐，

1. 子卿：苏武的字。

2. 策名：古代士人出仕，要把自己的姓名登记在官府的简策上，叫作策名。

3. 荣问：荣闻，美名声。

4. 远辱还答：承蒙您遥远地给我回信。

5. 韦鞲：皮袖套。毳幕：毡帐。

侧耳远听，胡笳互动，牧马悲鸣，吟啸成群，边声四起。晨坐听之，不觉泪下。嗟乎子卿！陵独何心，能不悲哉！次写自初降至今日，景况之惨。

与子别后，益复无聊。上念老母，临年[6]被戮，妻子无辜，并为鲸鲵[7]。身负国恩，为世所悲。子归受荣，我留受辱，命也如何！身出礼义之乡，而入无知之俗；违弃君亲之恩，长为蛮夷之域。伤已！令先君之嗣，更成戎狄之族，又自悲矣！次写无数冤毒在心。功大罪小，不蒙明察，孤负陵心区区之意。每一念至，忽然忘生。陵不难刺心以自明，刎颈以见志，顾国家于我已矣，杀身无益，适足增羞，故每攘臂[8]忍辱，辄复苟活。次明不自引决之故。左右之人，见陵如此，以为不入耳之欢，来相劝勉。异方之乐，只令人悲，增忉怛[9]耳！次写忽忽之状，非人所得解劝。

嗟呼子卿！人之相知，贵相知心。前书仓卒，未尽所

6. 临年：垂老之年。

7. 鲸鲵：谓身被诛戮者。

8. 攘臂：捋袖伸臂，表示发怒。

9. 忉怛：哀伤。

怀，故复略而言之。自此以下，重叙战败降胡之事，段段精神。昔先帝授陵步卒五千，出征绝域，少卒。五将失道，陵独遇战。失援。而裹万里之粮，帅徒步之师，出天汉之外，入强胡之域，以五千之众，对十万之军，策疲乏之兵，当新羁之马[10]。写得何等精神！然犹斩将搴旗，追奔逐北，灭迹扫尘，斩其枭帅，使三军之士视死如归。陵也不才，希当大任，意谓此时功难堪矣。特作此飞舞之笔。匈奴既败，举国兴师，更练精兵，强逾十万，单于临阵，亲自合围。客主之形，既不相如，步马之势，又甚悬绝。疲兵再战，一以当千，然犹扶乘创痛，决命争首。写得何等精神！死伤积野，余不满百，而皆扶病，不任干戈。段段特作此飞舞之笔。然陵振臂一呼，创病皆起，举刃指虏，胡马奔走。兵尽矢穷，人无尺铁，犹复徒首奋呼，争为先登。当此时也，天地为陵震怒，战士为陵饮血。单于谓陵不可复得，便欲引还。写得何等精神！而贼臣[11]教之，遂便复战，故陵不免耳。叙败，皆是飞舞之笔。昔高皇帝以三十万众，困于平城[12]。当此之时，猛将如云，谋臣

10. 新羁之马：刚套上马络头的马，不驯顺。以此比喻匈奴士卒的桀骜凶悍。

11. 贼臣：指李陵的军侯管敢。因受罚，亡入匈奴。当匈奴与李陵战至塞，恐汉有伏兵，欲退兵。管敢说汉无伏兵，因此匈奴大举进兵，俘虏了李陵。

12. 平城：县名。汉高祖为讨伐与匈奴勾结的韩王信，至平城，被围七日，用陈平计始得免。

如雨，然犹七日不食，仅乃得免。况当陵者，岂易为力哉？引高帝，正是自写，精神之极。而执事者云云，苟怨陵以不死。然陵不死，罪也。随手曲折。子卿视陵，岂偷生之士而惜死之人哉？最精神之笔。宁有背君亲，捐妻子，而反为利者乎？最精神之笔。然陵不死，有所为也。故欲如前书之言，报恩于国主耳。诚以虚死不如立节，灭名不如报德也。写得何等精神！昔范蠡不殉会稽之耻，曹沫[13]不死三败之辱，卒复勾践之仇，报鲁国之羞。区区之心，窃慕此耳。何图志未立而怨已成，计未从而骨肉受刑，此陵所以仰天椎心而泣血也。写得何等精神！

足下又云："汉与功臣不薄。"子为汉臣，安得不云尔乎？随手曲折。昔萧、樊囚縶[14]，萧何，樊哙。韩、彭菹醢[15]，韩信、彭越。晁错受戮，周、魏见辜[16]；周勃、魏其。其余佐命立功之士，贾谊、亚夫之徒[17]，皆信命世之才，抱将相之具。而受小人之谗，并受祸败之辱，卒使怀才受谤，能不得展。彼二子之遐举[18]，谁不为之痛心哉！笔笔作飞

13. 曹沫：春秋时鲁国勇士，鲁庄公时为鲁将，与齐三战三败，使鲁国失去不少土地。后随鲁庄公与齐桓公盟于柯时，曹沫执匕首挟持齐桓公，索还了鲁国的失地。

14. 萧、樊囚縶：事指相国萧何曾劝汉高祖开放上林苑禁地，让百姓耕种，因而被捕入狱；樊哙因被人诬告与吕后结党，谋杀赵王如意（戚夫人子）为高祖逮捕。

15. 菹醢：把人杀死后剁成肉酱。

16. 周、魏见辜：事指周勃被人诬告谋反，被捕入狱，后得薄太后援救，才被释；魏其侯窦婴，因救灌夫，得罪丞相田蚡，被杀。

17. 贾谊：西汉政论家和文学家。二十岁时就被汉文帝召为博士，参加朝廷议事，对答详尽，显示了他的政治才能，文帝破格重用他为太中大夫。他提出许多改革政治的建议，遭到周勃、灌婴等人的反对和攻击。被贬为长沙王太傅，后为梁怀王太傅，抑郁而死。亚夫：周亚夫，西汉名将。因与梁孝王有隙，孝王每朝，常言其短。亚夫谢病免相，后因其子私买御物，被捕入狱，绝食而死。

18. 遐举：指功业。

舞之势。陵先将军[19]，功略盖天地，义勇冠三军，徒失贵臣[20]之意，到身绝域之表。此功臣义士，所以负戟而长叹者也！何谓不薄哉？上泛举诸臣，此又忽入李广，笔笔作飞舞之势。

且足下昔以单车之使[21]，适万乘之虏，遭时不遇，至于伏剑不顾，流离辛苦，几死朔北之野。丁年奉使，皓首而归，老母终堂，生妻去帷[22]。此天下所希闻，古今所未有也。随手曲折。蛮貊之人，尚犹嘉子之节，况为天下之主乎？随手曲折。陵谓足下当享茅土之荐[23]，受千乘之赏。随手曲折。闻子之归，赐不过二百万，位不过典属国，无尺土之封加子之勤。而妨功害能之臣，尽为万户侯；亲戚贪佞之类，悉为廊庙宰[24]。又另添二语。子尚如此，陵复何望哉？此又忽入子卿自己，笔笔作飞舞之势。且汉厚诛陵以不死，薄赏子以守节，欲使远听之臣，望风驰命，此实难矣。所以每顾而不悔者也。何等精神！陵虽孤恩，汉亦负德[25]。八字，何等精神！昔人有言："虽忠不烈，视死如归。"陵诚能安，而主岂复能眷眷乎？男儿生以不成名，死则葬蛮夷中，谁复能屈身稽颡[26]，还向北阙，做

19. 先将军：指李陵的已故祖父李广。

20. 贵臣：指大将军卫青。

21. 单车之使：一辆车子的使者，极言随从之少。

22. 去帷：指改嫁。

23. 茅土之荐：指受封为王侯。

24. 廊庙宰：指朝廷高官。

25. 汉亦负德：指诛杀陵母。

26. 稽颡：下拜时以额触地，表示极度悲痛。这里指请罪。

刀笔之吏，弄其文墨耶？何等精神！笔笔飞舞而起。愿足下勿复望陵。

嗟乎子卿！夫复何言！相去万里，人绝路殊，生为别世之人，死为异域之鬼，长与足下，生死辞[27]矣。何等精神！幸[28]谢故人，勉事圣君。故人，谓在朝诸臣，如任立政、霍光、上官桀等。足下胤[29]子无恙，勿以为念，武在匈奴，娶胡妇，生子，名通国。努力自爱。时因北风，复惠德音。望后书也。李陵顿首。

27. 辞：告别。

28. 幸：希望。

29. 胤：后代。

枚

乘

1 篇

枚　乘

上谏吴王书

此文，并不提起吴王何事，只是心急瞀乱[1]，连琐自说。亦不见其头，亦不见其尾，亦不见其转递过接，却自是浑然元气之笔。

臣闻“得全者昌，失全者亡”。得全，全得也。失全，全失也。此段，凭空起笔。舜无立锥之地，以有天下；禹无十户之聚，以王诸侯；汤武之土不过百里。上不绝三光之明[2]，下不伤百姓之心者，有王术也。此段，突然引古，看他“汤武”句，不配舜禹句，却自成浑然一片。故父子之道，天性也。忠臣不避重诛以直谏，则事无遗策，功流万世。臣乘愿披腹心而效愚忠，惟大王少加意念恻怛[3]之心于臣乘言。此段，入己切谏，看他斜插“父子”“天性”句，意言君臣理同，却不甚明白。然诵之，又自成浑然。

夫以一缕之任，系千钧之重，上悬无极之高，下垂不测

1. 瞀乱：神思错乱。

2. 上不绝三光之明：指日月星辰运行正常，没有发生日食月食等异常现象。古人认为这是德政和平，上感天象所致。

3. 恻怛：怜悯。

之渊，虽甚愚之人，犹知哀其将绝也。马方骇，鼓而惊之；系方绝，又重镇[4]之。系绝于天，不可复结；坠入深渊，难以复出。其出不出，间不容发。此段，以系绝为喻，中忽插“马惊”二句，却不照顾。能听忠臣之言，百举必脱。必若所欲为，危于累卵，难于上天。变所欲为，易于反掌，安于泰山。今欲极天命之上寿[5]，敝无穷之极乐，究万乘之势，不出反掌之易，以居泰山之安，而欲乘累卵之危，走上天之难，此愚臣之所大惑也。此段，忽又欲作排调。

人性有畏其影而恶其迹者[6]，却背而走，迹愈多、影愈疾。不知就阴而止，影灭迹绝。欲人勿闻，莫若勿言。欲人勿知，莫若勿为。此段，忽然入喻，忽接正意。欲汤之沧，一人炊之，百人扬之，无益也，不如绝薪止火而已。不绝之于彼，而救之于此，譬犹抱薪而救火也。此段，忽又入喻，忽又接正意，句脚又带一喻，却非复上喻，只是字面同。养由基[7]，楚之善射者也。去杨叶百步，百发百中。杨叶之大，加百中焉，可谓善射矣。然其所止，百步之内耳，比于臣乘，

4. 镇：压。

5. 极天命之上寿：享尽天赐的上寿。上寿，据王充《论衡·正说》：“上寿九十，中寿八十，下寿七十。”

6. “人性有畏其影而恶其迹者”几句：见《庄子·渔夫》篇：“人有畏影恶迹而去之者，举足愈数，而迹愈多，走愈疾而影不离身，自以为尚迟，疾走不休，绝力而死。不知处阴以休影，处境以息迹，愚亦甚矣。”文字略有出入。

7. 养由基：春秋时楚国大夫，以善射著称。

未知操弓持矢也。福生有基，祸生有胎，纳其基，绝其胎，祸何自来？此段，又喻己之早知，非“由基”之比。

泰山之霤[8]穿石，单极之绠断干[9]。水非石之钻，索非木之锯，渐靡使之然也。此段，又喻辨之不早，积成大祸。夫铢铢而称之，至石[10]必差；寸寸而度之，至丈必过。石称丈量，径[11]而寡失。此段，又喻己早知，乃是据理直断。夫十围之木，始生如蘖[12]，足可搔而绝，手可擢而拔，据其未生，先其未形也。此段，又喻诚能早辨，防之甚易。磨砻砥砺[13]，不见其损，有时而尽；种树畜养，不见其益，有时而大；积德累行，不知其善，有时而用；弃义背理，不知其恶，有时而亡。此段，再双喻修省与放恣，至后存亡各异。臣愿大王熟计而身行之，此百世不易之道也。一句结。

8. 霤：此指顺水势流下来的水。

9. 单极之绠断干：单个井梁上汲水的绳子可以磨断井梁。

10. 石：一百二十斤为一石。

11. 径：简便。

12. 蘖：通“糵”，树木遭砍伐后树桩上重新长出的嫩芽。

13. 磨砻砥砺：磨擦磨石。此喻推磨，开始不见有磨损，但日久后就磨损很厉害。

主

偃

1 篇

主父偃

谏伐匈奴书

不作曲折，一往疏畅，中间又细细指画如画，此岂东京以来所有？

臣闻明主不恶切谏以博观，忠臣不避重诛以直谏，大笔对插，凌空而起，诵之，早自使人慨然。是故事无遗策而功流万世。一承。今臣不敢隐忠避死，以效愚计，愿陛下幸赦而少察之。又一承。看他下笔，如此起，如此落，何亢爽也。

《司马法》[1]曰："国虽大，好战必亡；天下虽平，忘战必危。"谏武帝好战，却连引"忘战"句。古人笔力雄大，不为拘拘，如此。天下既平，天子大恺[2]，春蒐秋狝[3]，诸侯春振旅，秋治兵，所以不忘战也。言只是"不忘"而已，非轻用之也。且夫怒者逆德也，妙！兵者凶器也，妙！争者末节也。妙！平平三句，一句妙似一句。古之人君一怒必伏尸流血，故圣王重行

1.《司马法》：古兵书名。

2. 恺：安乐。

3. 蒐：春天打猎。狝：秋天打猎。

之。重，难也。夫务战胜，穷武事者，未有不悔者也。只提出一“悔”字。汉武末年，遂早为此一字提破。看他笔笔空行，转又转得快，煞又煞得快。

昔秦皇帝任战胜之威，蚕食天下，并吞战国，海内为一，功齐三代。务胜不休，欲攻匈奴，更不切论，只引秦事。李斯谏曰：“不可。夫匈奴无城廓之居，委积之守，迁徙鸟举，难得而制也。论绝！轻兵深入，粮食必绝；踵粮以行，重不及事。论绝！得其地，不足以为利，得其民，不可役而守也。论绝！胜必弃之，非民父母也。靡敝中国，快心匈奴，非完计也。”论绝！秦皇帝不听，遂使蒙恬将兵而攻胡，辟地千里，以河为境。地固泽卤，不生五谷，写出好笑。然后发天下丁男以守北河[4]。暴兵露师十有余年，死者不可胜数，终不能逾河而北。写出好笑。是岂人众不足，兵革不备哉？其势不可也。带叙带论，最好笔势。又使天下蜚刍挽粟[5]，起于黄、腄、琅琊负海之郡，转输北河，率三十钟而致一石[6]。写出好笑。男子疾耕不足

4. 北河：黄河由甘肃省流向河套，至阴山南麓，分为南北二河，北边的称北河。

5. 蜚刍：犹言飞速运到牲草。挽粟：车船运载粮食。

6. 率：大概。钟：六斛四斗为一钟。

于粮饷，女子纺绩不足于帷幕。百姓靡敝，孤寡老弱不能相养，道路死者相望，写出好笑。岂惟好笑。真是可恨可痛！盖天下始畔秦也。只用一句煞住，最好笔势。

及至高皇帝定天下，略地于边，闻匈奴聚代谷之外而欲击之。再引汉事。御史成谏曰："不可。夫匈奴，兽聚而鸟散，从之如搏景[7]，三喻各自入妙，不图一句中入三喻，妙，妙！今以陛下盛德攻匈奴，臣窃危之。"高帝不听，遂至代谷，果有平城之围。高帝悔之，乃使刘敬往结和亲之约，然后天下亡干戈之事。秦皇不悔，高帝悔之，煞住上文。下再总论。

故兵法曰："兴师十万，日费千金。"秦常积众数十万人，虽有覆军杀将，系虏单于，适足以结怨深仇，不足以偿天下之费。此段总论伐匈奴之费。夫上虚府库，下敝百姓，甘心于外国，非完事也。夫匈奴难得而制，非一世也。行盗侵驱，所以为业也，天性固然。上及虞、

7. 搏景：击打人影。比喻徒劳无益。

夏、殷、周，固弗程督[8]，禽兽畜之，不比为人。此段总论匈奴之不足伐。参差拉杂，却最条畅，真好笔势。夫不上观虞、夏、殷、周之统，而下循近世之失[9]，此臣之所以大恐，百姓之所疾苦也。结一篇已毕。下别出余论。且夫兵久则变生，此句料外。事苦则虑易。此句料中。乃使边境之民靡敝愁苦而有离心，承“虑易”句。将吏相疑而外市[10]，承“变生”句。故尉佗、章邯得成其私也[11]。夫秦政之所以不行者，权分乎二子，此得失之效[12]也。又独承“变生”句，极言以动之。故《周书》曰：“安危在出令，存亡在所用。”愿陛下详察之，少加意而熟虑焉。

8. 程督：考核观察。

9. 近世之失：指秦始皇和汉高祖对匈奴的失策。

10. 外市：勾通外人。

11. 尉佗：赵佗。秦二世时为南海龙川令。南海尉任嚣死，佗行南海尉事。秦灭，自立为南越武王。汉高祖称帝，遣陆贾立佗为南越王。吕后时，尉佗自尊号为南越武帝。章邯：秦二世时官少府，曾率骊山徒破陈胜、项梁起义军，在钜鹿之战时，为项羽所败，投降，封为雍王。汉高祖还定三秦时，被打败自杀。

12. 效：征验。

杨

恽

1 篇

杨恽

报孙会宗[1]书

愤口放言，不必又道；道其萧森历落，真为太史公妙甥。

恽[2]才朽行秽，文质无所底[3]，幸赖先人[4]余业，得备宿卫。遭遇时变，以获爵位。终非其任，卒与祸会。足下哀其愚矇，赐书教督以所不及，殷勤甚厚。此段，先谢。然窃恨足下不深惟其终始，而猥[5]随俗之毁誉也。此段，次恨。言鄙陋之愚心，则若逆指而文过；好。默而息乎，恐违孔氏各言尔志之义。好，俱作轻轻之笔。故敢略陈其愚，惟君子[6]察焉。此段，入答报意。

恽家方隆盛时，乘朱轮者十人，位在列卿，爵为通侯，总领从官，与闻政事。此句下，本接"怀禄贪势"云云成文。看他用笔奇怪，却忽然插入三句自责，意言会宗若欲相责，则宜于此时。会不能以此

1. 孙会宗：汉西河人，安定太守，杨恽的朋友。当杨恽免为庶人归家之后，治产业，造宅室，孙会宗便写信告诫他"大臣废退，当阖门惶惧，为可怜之意；不当治产业，通宾客，有称誉"。杨恽才写了这封回信。

2. 恽：杨恽，字子幼。是丞相杨敞的第二个儿子，司马迁的外孙。汉宣帝时，因揭发霍氏谋反一事有功，封为平通侯，迁中郎将，并拜光禄勋。因他喜揭人阴私，并与宣帝近臣太仆戴长乐不和，戴上书告他语言不敬，被免为庶人。后有人告他，言日蚀是由于其骄奢不改造成的，被捕下狱治罪。

3. 无所底：没有什么成就。

4. 先人：指其父杨敞，昭帝时为丞相。

5. 猥：轻易、随便。

6. 君子：指孙会宗。

时有所建明，以宣德化，又不能与群僚同心并力，陪辅朝廷之遗忘，已负窃位素餐[7]之责久矣。此三语，是横笔插入，要知下文，乃接“与闻政事”句成文。怀禄贪势，不能自退，遂遭变故，横被口语[8]，身幽北阙，妻子满狱。此段，自叙毕。当此之时，自以夷灭不足塞责，岂意得全其首领，复奉先人之丘墓乎？非幸语，正复恨语。伏惟圣主之恩不可胜量。君子游[9]道，乐以忘忧，小人全躯，说以忘罪。看他急顶“圣主之恩”句，却亦不甚感激。窃自念过已大矣，行已亏矣，长为农夫以没世矣。是故身率妻子，戮力[10]耕桑，灌园治产，以给公上[11]，“窃自念”至此，为一句。不意当复用此为讥议也。“不意”为一句。此段，致恨也。

夫人情所不能止者，圣人弗禁。故君父至尊亲，送其终也，有时而既[12]。借喻不伦，然愤口时有此等语。臣之得罪已三年矣。田家作苦，四字顿。岁时伏腊[13]，烹羊炰羔，斗酒自劳。十二字起。下更承此十二字放言之。家本秦也，能为秦声。妇赵女也，雅善鼓瑟。奴婢歌者数人，酒后耳热，仰天呜缶而呼乌乌。其诗曰：“田彼南山，芜秽不治。种一顷

7. 素餐：指无功受禄。

8. 口语：指诽谤。

9. 游：注意、留心。

10. 戮力：并力。

11. 给公上：供给国家赋税。

12. 既：完。指三年服丧毕。

13. 伏腊：秦汉时的两个祭祀节日。

豆，落而为萁。人生行乐耳，须富贵何时？”是日也，拂衣而喜，奋袖低昂，顿足起舞，诚淫荒无度，不知其不可也。愤口放言，意色甚恶，然自是妙文。恽幸有余禄，再起，五字顿。方籴贱贩贵，逐什一之利。此贾竖之事，污辱之处，恽亲行之。二十三字起。下流之人，众毁所归，不寒而栗。虽雅知恽者，犹随风而靡，尚何称誉之有？愤口放言，意色甚恶，犹言知我者犹毁我，我亦要谁称誉也。董生不云乎：“明明求仁义[14]，常恐不能化民者，卿大夫之意也；明明求财利，常恐困乏者，庶人之事也。”故道不同不相为谋，今子尚安得以卿大夫之制而责仆哉？尽是愤口放言。自“夫人情”至此一段，皆放言胸臆也。

夫西河魏土[15]，文侯所兴，有段干木、田子方之遗风[16]，凛然皆有节概，知去就之分。赞孙旧土。顷者足下离旧土，临安定。安定山谷之间，昆夷旧壤，子弟贪鄙，岂习俗之移人哉？于今乃睹子之志矣！讥孙新迁，纯是愤口放言。方当盛汉之隆，愿勉旃[17]，无多谈。一发愤绝。此末一段，切讥会宗。

14. 明明求仁义：与以下五句，见《举贤良对策》三："夫皇皇求财利，常恐乏匮者，庶人之意也；皇皇求仁义，常恐不能化民者，大夫之意也。"文字稍有出入。明明，即"皇皇"，急急忙忙的样子。

15. 西河魏土：指战国时魏国的西河，在今陕西合阳一带。与汉代的西河不是一个地方。杨恽故意把孙会宗家乡西河说成魏地，似含有讥讽之意。

16. 段干木、田子方：春秋时魏国的贤人，魏文侯拜他们为师。

17. 愿勉旃：希望您勉励吧！旃，"之焉"的合音。

贾

之

500—501

1 篇

贾捐之

罢击珠厓[1]对

其落笔甚宽，而局最紧；其措语甚恭，而气最劲。汉人之文，所以非他可及。

臣[2]幸得遭明盛之朝，蒙危言[3]之策，无忌讳之患，敢昧死竭卷卷[4]。先谢。

臣闻尧舜，圣之盛也，禹入圣域而不优[5]，故孔子称尧曰“大哉”，《韶》曰“尽善”，禹曰“无间”。以三圣之德，地方不过数千里，西被流沙，东渐于海，朔南暨声教，迄于四海，欲与声教则治之，不欲与者不强治也。故君臣歌德，含气之物[6]，各得其宜。先引三大圣。武丁、成王，殷、周之大仁也。然地东不过江、黄，西不过氐、羌，南不过蛮荆，北不过朔方。是以颂声并作，视听之类咸乐其生，越裳氏[7]重九译而献，此非兵革之

1. 珠厓：郡名，汉武帝时置。即今海口市。自武帝以来，珠厓经常反叛。元帝与有司商议，准备大发军。贾捐之建议，以为不当击。元帝派侍中驸马都尉乐昌侯王商诘问捐之，捐之对之。故叫“罢击珠厓对”。

2. 臣：指贾捐之，字君房，贾谊的曾孙。汉元帝时，上书言得失，待诏金马门。

3. 危言：直言。因言出而身危，故叫危言。

4. 卷卷：犹拳拳，恳切、忠谨的样子。

5. 优：悠闲，闲逸不做事。

6. 含气之物：指有生命的东西。

7. 越裳氏：古南海国名。

所能致。次引二仁王。及其衰也，南征不还[8]，齐桓救其难[9]，孔子定其文。“南征”，差。以至乎秦，兴兵远攻，贪外虚内，务欲广地，不虑其害。然地南不过闽越，北不过太原，而天下溃畔，祸卒在于二世之末，《长城之歌》[10]至今未绝。“兴兵远攻”，差。

赖圣汉初兴，为百姓请命，平定天下。述圣汉。至孝文皇帝，闵中国未安，偃武行文，则断狱数百，民赋四十[11]，丁男三年而一事。时有献千里马者，诏曰：“鸾旗在前，属车在后，吉行日五十里，师行三十里，朕乘千里之马，独先安之？”于是还马，与道里费，而下诏曰：“朕不受献也，其令四方毋求来献。”当此之时，逸游之乐绝，奇丽之赂塞，郑卫之倡微矣。夫后宫盛色，则贤者隐处；佞人用事，则诤臣杜口；而文帝不行，故谥为孝文，庙称太宗。述孝文。“后宫”四句，于上下无属，汉人文多有此。至孝武皇帝元狩六年，太仓[12]之粟红腐而不可食，都内之钱贯朽[13]而不可校。恃其强富。乃探平城之事，录冒

8. 南征不还：指周昭王，名瑕。南巡至汉水，荆人献胶舟，船至中流，胶溶舟解被淹死。

9. 齐桓救其难：指齐桓公伐楚以尊周室。

10.《长城之歌》：秦代的歌谣。

11. 民赋四十：汉初丁男常赋百二十钱，岁一事。而文帝时减轻民赋民役，为民赋四十钱，三年一事。

12. 太仓：古代设在京城里的大谷仓。

13. 贯朽：指古时穿钱的绳索腐烂了。

顿以来数为边害，籍兵厉马，因富民以攘服之。看他下一“乃”字。西连诸国至于安息[14]，东过碣石以玄菟、乐浪为郡，北却匈奴万里，更起营塞，制南海以为八郡，则天下断狱万数，民赋数百，造盐铁酒榷[15]之利以佐用度，犹不能足。看他下一“则”字。当此之时，寇贼并起，军旅数发，父战死于前，子斗伤于后，女子乘亭鄣[16]，孤儿号于道，老母寡妇饮泣巷哭，遥设虚祭，想魂乎万里之外。淮南王盗写虎符，阴聘名士，关东公孙勇等诈为使者，是皆廓地泰大，征伐不休之故也。《吊古战场文》本于此。看他下是“皆”字、“之故”字，笔有切玉如泥之状。

今天下独有关东，关东大者独有齐、楚，民众久困，连年流离，离其城廓，相枕席[17]于道路。人情莫亲父母，莫乐夫妇，至嫁妻卖子，法不能禁，义不能止，此社稷之忧也。忽然写关东可忧，笔有切玉如泥之状。今陛下不忍悁悁之忿，欲驱士众挤之大海之中，快心幽冥之地，非所以救助饥馑，保全元元[18]也。“今天下”“今陛下”，笔笔有切玉如泥

14. 安息：伊朗高原古国名。汉武帝时始派使者与安息往来。

15. 榷：专利、专卖。

16. 亭鄣：古代边塞的堡垒。

17. 枕席：纵横相枕而卧。

18. 元元：庶民、众百姓。

之状。《诗》云："蠢尔蛮荆，大邦为仇。"言圣人起则后服，中国衰则先畔，动为国家难，自古而患之久矣，何况乃复其南方万里之蛮乎！故缩笔写蛮荆，再伸笔写南方万里，便大明快。骆越[19]之人父子同川而浴，相习以鼻饮，与禽兽无异，本不足郡县置也。颛颛[20]独居一海之中，雾露气湿，多毒草虫蛇水土之害，人未见虏，战士自死。又非独珠厓有珠犀玳瑁[21]也，弃之不足惜，不击不损威。其民譬犹鱼鳖，何足贪也。"不足""何足"，笔笔切玉如泥之状。

臣窃以往者羌军言之，暴师曾未一年，兵出不逾千里，费四十余万万，大司农[22]钱尽，乃以少府[23]禁钱续之。夫一隅为不善，费尚如此，况于劳师远攻，亡士毋功乎！故缩笔写一隅，再伸笔写劳师远攻，便大明快。求之往古则不合，收前幅。施之当今又不便。收后幅。臣愚以为非冠带[24]之国，《禹贡》[25]所及，《春秋》所治，皆可且无以为。愿遂弃珠厓，专用恤关东为忧。总收，势完力足。

19. 骆越：古部族名，百越之一。本称骆。

20. 颛颛：蠢蒙无知识的样子。

21. 玳瑁：形似龟的海中动物，背面角质板光滑，可作装饰品。

22. 大司农：官名，九卿之一。掌管租税钱谷盐铁等事。

23.少府：官名，九卿之一。掌管山海地泽的税收，供皇帝享用，属于皇帝的私府。

24. 冠带：本是服制，引申为文明之称。

25.《禹贡》：《尚书·夏书》篇名。篇中把当时中国划分为九州。此句言凡《禹贡》篇中所涉及的地方。

路

舒

1 篇

路温舒

上尚德缓刑书

前幅，用反复感动之笔，极说废兴之际，以故应天意；后幅，用层层快便之笔，极说狱吏之毒，宜加意民命。

臣闻齐有无知之祸[1]，而桓公[2]以兴；晋有骊姬之难[3]，而文公[4]用伯。近世赵王[5]不终，诸吕作乱，而孝文为太宗。由是观之，祸乱之作，将以开圣人也。主意要宣帝缓刑，缓刑，即尚德也。看他却不直说，却反复极写废兴之际，以深动之。故桓、文扶微兴坏，尊文、武之业，泽加百姓，功润诸侯，虽不及三王，承写桓、文。天下归仁焉。尚德如此。文帝永思至德，以承天心，崇仁义，省刑罚，通关梁，一远近，敬贤如大宾[6]，爱民如赤子，内恕情[7]之所安，而施之于海内，是以囹圄空虚，天下太平。承写文帝尚德如此。夫继变化之后，必有异旧之恩，此贤圣所以昭天命也。总上必须尚德，方合天意，然笔势却只是极写废兴之际，以深动之。往者，昭帝即世[8]

1. 臣：指路温舒，字长君。曾牧羊，学律令，初为县狱史，后举孝廉，为奏曹掾。汉宣帝时迁临淮太守。当宣帝初即位，即上尚德缓刑书。无知：公孙无知，齐僖公的侄子。僖公子齐襄公无道，齐国大夫连称、管至父藉口拥立无知作乱，杀死齐襄公，无知自立为君。后无知又为雍廪所杀。

2. 桓公：齐桓公，齐僖公庶子。

3. 骊姬之难：指晋献公宠姬骊姬，想立己子奚齐为太子，谗杀了太子申生，逼走了公子重耳和夷吾。献公死后，奚齐即位，即被大臣里克所杀。

4. 文公：指晋文公，即公子重耳。骊姬之难，使他在外流亡十九年才回晋国成了霸业。

5. 赵王：刘如意，为汉高祖戚夫人所生。高祖死后，赵王母子均被吕后害死。

6. 大宾：贵宾。

7. 恕情：犹推己及人。

8. 即世：去世。

而无嗣，大臣忧戚，焦心合谋，皆以昌邑[9]尊亲，援而立之。然天不授命，淫乱其心，遂以自亡。写昌邑不尚德。深察祸变之故，乃皇天之所以开至圣也。故大将军[10]受命武帝，股肱汉国，披肝胆，决大计，黜亡义，立有德，辅天而行，然后宗庙以安，天下咸宁。写一废一兴，天命可畏。

臣闻《春秋》正即位，大一统而慎始也。再提笔，写废兴之际。陛下初登至尊，与天合符，宜改前世之失，正始受命之统，涤烦文，除民疾，存亡继绝，以应天意。至此，始入正写。以上，只写尚德；以下，方写缓刑。

臣闻秦有十失，其一尚存，治狱之吏是也。先总出其一，下细列十失。秦之时，羞文学，一失。好武勇，二失。贱仁义之士，三失。贵治狱之吏，四失。正言者谓之诽谤，五失。遏过者谓之妖言。六失。故盛服先生[11]不用于世，七失。忠良切言，皆郁于胸，八失。誉谀之声日满于耳，九失。虚美熏

9. 昌邑：昌邑王刘贺，是汉昭帝兄刘髆的儿子，是汉武帝的孙子。因淫乱被废。

10. 大将军：指霍光，受汉武帝遗诏辅政。

11. 盛服先生：指儒者，因儒者峨冠博带，衣冠整齐，故称。

心，实祸蔽塞。十失。此乃秦之所以亡天下也。结过秦。方今天下赖陛下恩厚，亡金革之危，饥寒之患，父子夫妻戮力安家，略纵。然太平未洽者，狱乱之也。急擒。夫狱者，紧接。天下之大命[12]也。一层。一层一层不作反复，只要深切痛快。死者不可复生，绝者不可复属。《书》[13]曰："与其杀不辜，宁失不经[14]。"二层。今治狱吏则不然，上下相驱，以刻为明[15]；深者获公名，平者多后患。三层。"深者""平者"二语，最痛快。故治狱之吏皆欲人死，非憎人也，自安之道在人之死。痛快。是以死人之血，流离于市，被刑之徒，比肩而立，大辟[16]之数，岁以万计，此仁圣之所以伤也。四层。太平之未洽，凡以此也。五层。接上最紧峭，最痛快。夫人情安则乐生，痛则思死。棰楚之下，何求而不得？故囚人不胜痛，则饰辞以视之；深切之至。吏治者利其然[17]，则指道以明之；深切。上奏畏却，则锻炼而周内之[18]。深切。盖奏当[19]之成，虽咎繇[20]听之，犹以为死有余辜。痛快绝！何则？成练[21]者众，文致[22]之罪明也。六层。深切之至。是以狱吏专为深刻[23]，残贼而亡极，偷[24]为一

12. 大命：犹言命脉、要害，即最重要的事情。

13.《书》：《尚书》。

14. 与其杀不辜，宁失不经：见《尚书·大禹谟》，意为与其杀无罪的人，宁愿犯不守常道的错误。

15. 以刻为明：以苛刻为聪明。

16. 大辟：死刑。

17. 利其然：利用他们这样，即利用囚人的假招供。

18. 锻炼：指琢磨文字。周内：指罗织罪状，陷人于罪。

19. 奏当：上奏判罪。

20. 咎繇：亦作"皋陶"，相传为虞舜时掌管刑法之官。

21. 成练：谓成其锻炼之辞，即琢磨罪名的文字。

22. 文致：舞文弄法，陷人入罪。

23. 深刻：严峻刻薄。

24. 偷：苟且，只顾眼前。

切，不顾国患，此世之大贼[25]也。七层。故俗语曰：“画地为狱，议[26]不入；刻木为吏，期[27]不对。”此皆疾[28]吏之风，悲痛之辞也。八层。痛快绝！故天下之患，莫深于狱；败法乱正，离亲塞道，莫甚乎治狱之吏。九层。此所谓一尚存者也。结上十层。笔最紧峭也。

臣闻乌鸢之卵不毁，而后凤凰集；诽谤之罪不诛，而后良言进。故古人有言：“山薮藏疾，川泽纳污，瑾瑜匿恶，国君含诟。”以上，连“臣闻”成句。唯陛下除诽谤以招切言，开天下之口，广箴谏之路，扫亡秦之失，尊文、武之德，省法制，宽刑罚，以废治狱，以上，连“陛下”成一句。则太平之风可兴于世，永履和乐，与天亡极，天下幸甚。以上，连“则太平”云云成句，用三长句结。

25. 贼：害。

26. 议：决议。

27. 期：必。

28. 疾：痛恨。

刘

1 篇

刘　恒

赐尉佗书

文字只要从一片心地流出，便正看、侧看、横看、竖看，具有种种无数美妙。任凭后来何等才人，含毫沉思，直是临摹一笔不得也。通篇家人父子语，只临了『王亦受之』，『毋为寇患矣』。一『亦』字，一『矣』字，是稍露皇帝风力。

皇帝谨问南粤王[1]，甚苦心劳意。五字先存问。朕，高皇帝侧室之子，弃外奉北藩于代[2]，道里辽远，壅蔽朴愚[3]，未尝致书。为皇帝赐玺书，却先致谢未为皇帝时，疏失书候，便是一片家人父子，更不见帝号之可贵。妙绝，妙绝！高皇帝弃群臣，孝惠皇帝即世，高后自临事，三笔叙过三朝，何等省。不幸有疾，日进不衰[4]，以故悖暴[5]乎治。引罪，妙。引罪止此，妙，妙。诸吕为变，故乱法，不能独制，乃取他姓子为孝惠皇帝嗣。赖宗庙之灵，功臣之力，诛之已毕。何等省。朕以王侯吏不释之故，不得不立，今即位。说得即皇帝位，并不足为意，此是孝文一片至诚之言，初不以此制胜，而制胜乃专在此。乃者闻王遗将军隆虑侯书[6]，求亲昆弟，请罢长沙两将军。一叙佗。朕以王书罢

1. 南粤王：赵佗，秦时真定（今河北正定）人。秦二世时为南海龙川令。南海尉任嚣死，便命佗行南海尉事，故叫尉佗。秦灭，自立为南越武王。汉高祖时派陆贾立佗为南越王。吕后时，佗自尊为南越武帝。文帝（刘恒）即位，又召陆贾为太中大夫出使南粤，赐佗书责之。

2. 弃外奉北藩于代：放外受命为北方的藩王，王于代（在今河北蔚县）。

3. 壅蔽：指路远遮蔽而视听不明。朴愚：指天资不聪明。均是谦辞。

4. 日进不衰：指疾病没有减轻，一天比一天严重。

5. 悖暴：狂悖急躁。

6. 乃者：日前。隆虑侯：周灶，汉高祖功臣。

将军博阳侯[7]，亲昆弟在真定者，已遣人存问，修治先人冢。一叙待佗。前日闻王发兵于边，为寇灾不止。当其时，长沙苦之，南郡尤甚，再叙佗。虽王之国，庸[8]独利乎！必多杀士卒，伤良将吏，寡人之妻，孤人之子，独[9]人父母，得一亡十，朕不忍为也。再叙待佗，何等婉款。朕欲定地犬牙相入者[10]，上文已恕佗毕。此又明说二意，毫发不用相瞒，待远人无过诚信，此是孝文天性合道处。以问吏，吏曰“高皇帝所以介[11]长沙土也”，朕不得擅变焉。此是一意不相瞒也。吏曰：“得王之地不足以为大，得王之财不足以为富，服领[12]以南，王自治之。”此又一意不相瞒也。既不用欺，亦不示恩，三王以后，如孝文岂非圣主？虽然，王之号为帝，两帝并列，亡一乘之使以通其道，是争也，争而不让，仁者不为也。愿与王分弃[13]前患，终[14]今以来，通使如故。故使贾[15]驰谕告王朕意，王亦受之，毋为寇患矣。虽然一转，实不悦其号为帝，却不与之略争，只一顺仍呼之为王，而转令彼汗然中惭，妙绝，妙绝！上褚五十衣，中褚三十衣，下褚二十衣[16]，遗王。愿王听乐娱忧，存问邻国。字字句句，一片家人父子。

7. 博阳侯：陈濞，汉高祖功臣。

8. 庸：难道、怎么。

9. 独：老而无子叫独。这里用作动词，意即使人家的父母老而无子。

10. 犬牙相入者：指汉、粤边境相互交错的地方。定地：划定地界，意即要用兵收回犬牙交错的地方。

11. 介：隔。

12. 服领：山岭名，在长沙南界。

13. 分弃：犹共弃。

14. 终：从。

15. 贾：指陆贾。

16. 褚：用绵装衣服，故也指绵衣。以装绵的多少分为上、中、下三等，故叫上褚、中褚和下褚。

尉

1 篇

尉　佗

上汉文皇帝去帝号书

心地是一片，便文字风格都是一片。不然，帝起代北，佗处粤南，其间辽远，何啻万里，何得二书便如一笔所出？此二书，便是《前出师》《祭十二郎》等文之所从出也。

蛮夷大长老夫臣佗更不必读至下，只此八字，已去帝号矣，盖诚信感人之疾如此。昧死再拜上书皇帝陛下：老夫故粤吏也，孝文自为早封代北，有失书候，故倒写至高帝侧室之子句耳。今看其亦自倒写是故粤吏，言为王尚是逾分，胡敢自称帝号？便如响应然。高皇帝幸赐臣佗玺，以为南粤王，使为外臣，时内贡职[1]。此言为王尚是汉恩。孝惠皇帝即位，义不忍绝，所以赐老夫者厚甚。此却不是顺写汉恩，乃起下高后一段也，文字必须逐段逐句分别看如此。高后自临用事[2]，近细士[3]，信谗臣，别异蛮夷，出令曰："毋予蛮夷外粤金铁、田器；马、牛、羊即予，予牡[4]，毋与牝[5]。"叙汉失一。老夫处辟，马牛羊齿[6]已长，自以祭祀不修，有死罪，使内史藩、中尉高、御史平凡三辈上书谢过[7]，皆

1. 时内贡职：经常交纳赋税。内，通"纳"。

2. 自临用事：亲自临朝执政。

3. 细士：见识短浅之士，犹小人。

4. 牡：雄性鸟兽。

5. 牝：雌性鸟兽。

6. 齿：指牛马等的岁数。

7. 凡：共。三辈：犹三批。

不反。叙汉失二。又风闻老夫父母坟墓已坏削，叙汉失三。兄弟宗族已诛论[8]。叙汉失四。吏相与议曰："今内不得振于汉，外亡以自高异[9]。"故更号为帝，孝文委言"吏"，看他亦委言"吏"，委言吏，事便轻，妙，妙。自帝其国[10]，非敢有害于天下也。轻轻辩过，笔舌之妙如此，南中自古有人。高皇后闻之大怒，削去南粤之籍[11]，使使不通。叙汉失五。下，"大怒"字，正与孝文温语相对。老夫窃疑长沙王谗臣，故敢发兵，以伐其边。一"故敢"。轻轻辩过。且南方卑湿，蛮夷中西有西瓯[12]，其众半羸[13]，南面称王；东有闽粤，其众数千人，亦称王；西北有长沙，其半蛮夷，亦称王。老夫故敢妄窃帝号，聊以自娱。二"故敢"。上先有一"故"字，一"非敢"字，下又有一"不敢"字，俱是轻轻之笔。老夫身定百邑之地，东西南北数千万里，带甲百万有余，然北面而臣事汉，何也？不敢背先人之故。亦是通篇小心语，只此一行，稍露鳞甲，细细分别看之。老夫处粤四十九年，于今抱孙焉。然夙兴夜寐，寝不安席，食不甘味，目不视靡曼[14]之色，耳不听钟鼓之音者，以不得事汉也。两"老夫"提头，俱是妙笔，然俱是小心实心语。今陛下幸

8. 论：定罪。

9. 高异：犹突出，超出一般。

10. 自帝其国：意为只是自己在国内称帝。

11. 籍：名籍。

12. 西瓯：骆越，古族名，百越之一。

13. 羸：瘦弱。

14. 靡曼：美丽。

哀怜，复故号，通使汉如故，老夫死骨不腐，改号不敢为帝矣！又一“不敢”字，此一“不敢”字，是今日生出。谨北面，因使者献白璧一双、翠鸟千、犀角十、紫贝五百、桂蠹[15]一器、生翠四十双、孔雀二双。昧死再拜，以闻皇帝陛下。

15. 桂蠹：寄生在桂树上的虫。

1 篇

贡 禹

乞归疏

极似疏略之笔，看其中间，异样缜密精致，汉人文字，胡可易到？

臣禹[1]年老贫穷，家赀[2]不满万钱。如此写起，大奇！更不奇，乃全为下两拜大夫，受禄过饶反衬也。妻子糠豆不赡，裋褐[3]不完。此二句，只是细写上句。有田百三十亩，陛下过意[4]征臣，臣卖田百亩以供车马。再细写，却是写得闲甚、琐甚。余三十亩留家。至，句。拜为谏大夫[5]，秩八百石，奉钱月九千二百。廪食太官[6]，忽富。又蒙赏赐四时杂缯[7]、棉絮、衣服、酒肉、诸果物，德厚甚深。加倍一笔。疾病侍医临治，赖陛下神灵，不死而活。再加倍一笔。又拜为光禄大夫[8]，秩二千石，奉钱月万二千。愈富。禄赐愈多，家日以益富，身日以益尊，又将二段自比论一笔。诚非草茅愚臣所当蒙也。一句忽然结住。伏自念终亡以报厚德，日夜惭愧而已。真心实意语。

1. 禹：贡禹，字少翁，西汉人。以明经洁行，征为博士，元帝时官至御史大夫。主张选贤能，诛奸臣，罢倡乐，修节俭。卒于御史大夫任内。

2. 赀：财物。

3. 裋褐：粗布衣。

4. 过意：过分的盛意。

5. 谏大夫：谏议大夫，掌论议。

6. 廪食：官府供给粮食。太官：官名，掌百官膳食。

7. 杂缯：各色丝织物。

8. 光禄大夫：汉时没有固定职守，相当于顾问。

只因此语，便消得上二段高官大禄。不然，岂非叨冒盗窃之徒？臣禹犬马之齿[9]八十一，血气衰竭，耳目不聪明，非复能有补益，所谓素餐尸禄洿[10]朝之臣也。真心实意语。自痛去家三千里，凡有一子，年十二，非有在家为臣具棺椁[11]者也。真心实意语。只此二话，须看其前一，为国家之大；后一，为骸骨之细，不得混混但谓老病语也。诚恐一旦蹎[12]仆气竭，不复自还，洿席荐[13]于宫室，骸骨弃捐，孤魂不归。不胜私愿，愿乞骸骨，及身生归乡里，死亡所恨。

9. 犬马之齿：指年岁，谦辞。

10. 洿：污辱。

11. 椁：棺外的套棺。

12. 蹎：跌倒。

13. 荐：垫。

杜

1 篇

杜　钦

追讼冯奉世疏

文章家有曼笔，有悍笔。欲人徐思，贵用曼笔；欲人疾悟，贵用悍笔，切须知之。

前莎车[1]王杀汉使者，约诸国背畔。左将军奉世[2]以卫侯便宜发兵诛莎车王，策定城郭，功施边境。议者以奉世奉使有指，《春秋》之义亡遂事[3]，汉家之法有矫制[4]，故不得侯。一案。奉使有指，言奉使自有本指，擅兴军诛莎车，却非其指也。今匈奴郅支单于[5]杀汉使者，亡保康居[6]，都护延寿[7]发城郭兵屯田吏士四万余人以诛斩之，封为列侯。一案。看他叙两案，笔下轻重。臣愚以为比罪则郅支薄，量敌则莎车众，用师则奉世寡，计胜则奉世为功于边境安，虑败则延寿为祸于国家深。其违命而擅生事同，笔如暑月骤雨，不过数十百点，而势甚猛。延寿割地封，援今。而奉世独不录[8]。追前。臣闻功同赏异则劳臣疑，罪钧刑殊则百姓

1. 莎车：汉西域国名。

2. 奉世：冯奉世，字子明，汉上党（今山西长治市）人。以良家子选为良，学《春秋》，善兵法。曾出使大宛。时莎车杀汉使，奉世与其副严昌发诸国兵诛莎车王。宣帝以之为光禄大夫、水衡都尉。元帝时为执金吾。

3. 遂事：临时制宜。

4. 矫制：假托朝命以行事。

5. 郅支单于：匈奴呼韩邪单于之兄，名呼屠吾斯。元帝初，因怨汉厚待呼韩邪单于，叛汉，杀汉使，侵扰汉之西陲。

6. 康居：古西域国名。

7. 延寿：甘延寿，字君况。少善骑射，入羽林为郎，以材力获宠，升辽东太守。元帝时出任西域都护骑都尉。匈奴郅支单于杀汉使者，延寿与副尉陈汤进军康居，斩郅支单于。因功封义成侯。

8. 录：录用。

惑；疑生无常，惑生不知所从；亡常则节趋[9]不立，不知所从则百姓无所措手足。上段“臣愚以为”，此段“臣闻”，总是悍笔，此老泉先生之所从出也。奉世图难忘死，信命殊俗[10]，威功白著[11]，为世使表[12]，独抑压而不扬，非圣主所以塞疑厉节之意也。信手檃栝四字，好。愿下有司议。

9. 节趍：犹操守志向。

10. 信命：指使者携带的命令。殊俗：指异域。

11. 白著：显明。

12. 使表：使者之表率。

1 篇

谷　永

谏验梁王立疏

经以大体，纬以至言，如此文字，后学胡可不烂熟于胸中？

臣闻“礼，天子外屏[1]，不欲见外也”。引“礼”。是故帝王之意，不窥人闺门之私，听闻中冓[2]之言。引帝王之意。“意”字妙，妙！《春秋》为亲者讳[3]。《诗》云：“戚戚兄弟，莫远具尔[4]。”引《诗》。杂引毕。

今梁王[5]年少，颇有狂病。“年少”“狂病”四字断梁王毕，的是好手。始以恶言按验[6]，恶言，怨望之言也。始劾乃为此。一。既亡[7]事实，而发[8]闺门之私，非本章所指[9]。二。王辞又不服，三。猥强劾立[10]，傅[11]致难明之事，独以偏辞，成罪断狱，四。叙得最明白。亡益于治道。妙，妙。只此一语，便足悟上。污蔑宗室，以内乱[12]之恶披布宣扬于天下，非所以为公族

1. 天子外屏：语出《荀子·大略》：“天子外屏，诸侯内屏，礼也。外屏，不欲见外也；内屏，不欲见内也。”屏，对着门的矮墙。外屏，屏在门外。

2. 中冓：内室、闺门以内。

3. 为亲者讳：《公羊传·闵公元年》：“《春秋》为尊者讳，为亲者讳，为贤者讳。”

4. “戚戚兄弟”二句：意为亲爱的兄弟，不要相疏远，让我们更亲近些吧！

5. 梁王：指刘立。刘立为梁孝王刘武的后裔。其父梁荒王刘嘉死后，由刘立继承王位。刘立继位后，暴虐无道，生活荒淫。

6. 恶言：指埋怨责备朝廷的言论。按：弹劾。验：查证。

7. 亡：通“无”。

8. 发：暴露。

9. 本章：文书、奏章。指：指责。

10. 猥：急速。劾：审判。立：指刘立。

11. 傅：附会。

12. 内乱：指家族内部的淫乱之事。

隐讳，增朝廷之荣华[13]，昭圣德之风化也。又妙。上一句公言之，此数句私计之也。

臣[14]愚以为王少。句。而父同产长[15]，句。年齿不伦[16]；又与细辨。一辨。梁国之富，足以厚聘美女，招致妖丽；二辨。父同产，亦有耻辱之心。案事者乃验问恶言[17]，何故猥自发舒[18]？三辨。言自验问怨望，何故猥自别伏。以三者揆之，殆非人情[19]，结住。三辨皆精绝。疑有所迫切，过误失言，文吏蹑寻[20]，不得转移[21]。此四句十六字，乃即句头之一“疑”字也。精绝，确确。萌芽之时，加恩勿治，上也。妙，妙。所不及已然，必先写。既已案验举宪[22]，一句。宜及王辞不服，二句。诏廷尉，三句。选上德通理之吏[23]，四句。“上德”，妙。“通理”，妙。更审考清问[24]，五句。著[25]不然之效，六句。定失误之法，七句。而反命[26]于下吏，八句。以广公族附疏[27]之德，为宗室刷污乱之耻，甚得治亲之谊。

13. 荣华：荣誉。

14. 臣：谷永。谷永，字子云，长安人。西汉元帝时，曾任太常丞。成帝时，曾任光禄大夫、安定太守、太中大夫、北地太守、大司农。

15. 父同产：父亲的兄弟姐妹。这里指刘立的姑母园子。长：年龄大。

16. 不伦：不相近。

17. 案事者：审案的人。

18. 发舒：旁生枝节。

19. 揆：度。殆：大约。人情：人之常情。

20. 蹑寻：追踪。

21. 转移：更动。

22. 案验：立案审理及查证。举宪：送交御史府。

23. 廷尉：官名，掌刑狱，为九卿之一。上德：德高望重。

24. 更：复。清问：了结讯问。

25. 著：明。

26. 反命：指将判明无罪的文书送交下一级司法机关的主管官员。

27. 附疏：使疏远者变得亲近起来。

蕭

1 篇

萧望之

入粟赎罪议

不惟通达治体，又最通达人情，此即东坡先生之所从出矣。

民函阴阳之气，有好义欲利之心，在教化[1]之所助。民阳，故有好义之心；民阴，故有欲利之心。二者并函于心，全赖上之教化。如此说，方是圣贤语，不是头巾语。尧在上，不能去民欲利之心，而能令其欲利不胜其好义也；虽桀在上，不能去民好义之心，而能令其好义不胜其欲利也。说尧、桀不能有加于民，真是十成透语。看他分明是对偶体。故尧、桀之分，在于义利而已，道民[2]不可不慎也。结过。

今欲令民量粟以赎罪[3]，入事。如此，则富者得生，贫者独死，是贫富异刑而法不一[4]也。一句断毕，下详列。人情贫穷，父兄囚执。闻出财得以生活[5]，为人子弟者，将不

1. 教化：政教风化。

2. 道民：导民。

3. "今欲令民"句：西汉宣帝时，京兆尹张敞曾建议在狱犯人可以入谷陇西以北、安定以西之八郡以赎罪。宣帝将此建议交给大臣们讨论。当时，左冯翊萧望之、少府李强表示不能同意张敞的意见。加上后来丞相魏相、御史大夫丙吉也反对张敞的建议，所以"入谷赎罪"的意见也就被否决了。入谷，交纳粮食。

4. 一：一致。

5. 生活：活命。

顾死亡之患、败乱之行，以赴[6]财利，求救亲戚。细写必至之情、之势。一人得生，十人以丧[7]，如此，伯夷[8]之行坏，公绰[9]之名灭。政教一倾，虽有周、召[10]之佐，恐不能复。至言也，痛言也，谁能信之？古者藏于民[11]，不足则取，有余则予。《诗》曰："爰及矜人，哀此鳏寡[12]。"上惠下也。又曰："雨我公田，遂及我私[13]。"下急上也。双引古。今有西边之役，民失作业[14]。虽户赋口敛[15]，以赡其困乏，古之通义[16]，百姓莫以为非[17]。以死救生[18]，恐未可也。此亦古语。急则先救，且作此言耳。味上引古，乃反重"下急上"句，正连此段成文也。

陛下布德施教，教化既成，尧、舜亡[19]以加也。始予。今议开利路[20]，以伤既成之化，臣窃痛之。四字至言、痛言，不是通套激语。

6. 赴：奔走求取。

7. 一人：指在狱囚犯。十人：泛指囚犯的众亲友。

8. 伯夷：商朝末年孤竹国君之长子，父死，与其弟叔齐相互推让君位，后奔周。虽然如此，但他们并不赞成周武王讨伐殷纣的军事行动，商朝灭亡后，隐居于首阳山，采薇而食，后饿死。

9. 公绰：孟公绰，春秋时鲁国大夫。

10. 周、召：周公姬旦、召公姬奭。

11. 藏于民：指藏粮于民。

12. “爰及矜人”二句：引自《诗经·小雅·鸿雁》。爰，乃。矜人，贫苦可怜的人。鳏，老而无妻的男人。寡，寡妇。

13. “雨我公田”二句：引自《诗经·小雅·大田》。当时（西周）实行的是劳役地租制度，公田所收获的粮食归农奴主，私田所收获的粮食才归农奴本人。

14. 民：指边境地区之民。作业：正常的工作。

15. 户赋口敛：按户数、人口数收取赋税。

16. 通义：常理。

17. 百姓：指内地的百姓。莫以为非：指不以“户赋口敛”为非。

18. 以死救生：《汉书·萧望之传》所载本文“以死救生”句，颜师古注：“子弟竭死以救父兄，令其生也。”

19. 亡：通“无”。

20. 开利路：开辟牟利之路。指“入谷赎罪”的建议。

班

1 篇

王命论

班彪

大起大落，大转大折，最轩昂之文。

昔在帝尧之禅曰："咨，尔舜，天之历数在尔躬！"舜亦以命禹。暨于稷、契[1]，咸佐唐、虞[2]，光济四海，奕世载德，至于汤、武[3]而有天下。先历稽古帝王。虽其遭遇异时，禅代不同，顿挫。至于应天顺人，其揆一焉[4]。先煞住。上引帝王，皆有天命。是故刘氏承尧之祚，氏族之世，著于《春秋》。唐据火德，而汉绍之[5]，始起沛泽，则神母夜号[6]，以彰赤帝之符。随转入汉。由是言之，帝王之祚，必有明圣显懿之德，丰功厚利积累之业，然后精诚通于神明，流泽加于生民，故能为鬼神所福飨，天下所归往。未见世运无本，功德不纪，而得崛起在此位者也。总断尧、舜、禹、汤、文、武以至汉兴。下即单承汉。世俗见高祖兴于布

1. 稷、契：传说中舜时的两位贤臣。稷、契分别是周武王、商汤的祖先。

2. 唐、虞：唐，尧。尧为陶唐氏。虞，舜。舜为有虞氏。

3. 汤、武：汤，商汤。武，周武王。

4. 其揆一焉：治天下之道古往今来都是一致的。

5. 火德：古人以五行生克为帝王兴衰换代之应，据这一说法，尧以火德为帝王。绍之：继承它。

6. 神母夜号：刘邦起事前，曾夜行泽中小径，有大蛇当道，刘邦挥剑斩之。"后人来至蛇所，有一老妪夜哭，人问：'何哭？'妪曰：'人杀吾子，故哭之。'人曰：'妪子何为见杀？'妪曰：'吾子白帝子也，化为蛇，当道，今为赤帝子斩之，故哭。'人乃以妪为不诚，欲笞之，妪因忽不见。"（《史记·高祖本纪》）

衣，不达其故，以为适遭暴乱，得奋其剑。游说之士，至比天下于逐鹿[7]，幸捷而得之。世之乱民，每有此言。不知神器[8]有命，不可以智力求。紧断。悲夫！此世之所以多乱臣贼子者也。再断。若然者，岂徒暗于天道哉？又不睹之于人事矣！再断转下。

夫饿馑流隶，饥寒道路，思有短褐之袭，担石之蓄，所愿不过一金，终于转死沟壑。何则？贫穷亦有命也。精切之论，所谓"睹之于人事"也。况乎天子之贵，四海之富，神明之祚，可得而妄处哉？精切之论，笔势又极轩举。故虽遭罹厄会，窃其权柄，勇如信、布，强如梁、籍，成如王莽，然卒润镬伏锧，烹醢分裂[9]。引事证。又况幺麽[10]不及数子，而欲暗干天位者乎！笔势极轩举。是故驽蹇之乘[11]，不骋千里之涂；燕雀之畴，不奋六翮[12]之用；楶棁之材[13]，不荷栋梁之任；斗筲之子[14]，不秉帝王之重。《易》曰："鼎折足，覆公𫗧[15]。"不胜其任也。忽作数语，收过上文，总是轩举之笔。

7. 逐鹿：《太公六韬》："取天下如逐鹿，鹿得，天下共分其肉也。"

8. 神器：玉玺。喻帝位。

9. 信、布：韩信、黥布。梁、籍：项梁、项籍。镬：刑具。行刑时，把犯人放入镬中烹煮。锧：砧板。行腰斩时的刑具。

10. 幺麽：微小。引申为小人。

11. 驽蹇之乘：劣马。

12. 六翮：六羽茎。《古诗十九首》："昔我同门友，高举振六翮。"

13. 楶棁：小材。楶，斗拱。棁，梁上短柱。

14. 斗筲之子：斗，容器，装十升。筲，竹器，装一斗二升。这里是以器物之小者来比喻才干之小者。

15. 𫗧：鼎中食物，指和米的肉羹。

当秦之末，豪杰共推陈婴而王之，婴母止之曰：“自我为子家妇，而世贫贱，卒富贵，不祥。不如以兵属人，事成，少受其利；不成，祸有所归。”婴从其言，陈氏以宁。一妇人。王陵之母，亦见项氏之必亡，而刘氏之将兴也。是时陵为汉将，而母获于楚，有汉使来，陵母见之，谓曰：“愿告吾子，汉王长者，必得天下，子谨事之，无有二心。”遂对汉使伏剑而死，以固勉陵。其后果定于汉，陵为宰相，封侯。又一妇人。夫以匹妇之明，犹能推事理之致，探祸福之机，全宗祀于无穷，垂册书于春秋，而况大丈夫之事乎？忽借二妇人作证，笔笔轩举。是故穷达有命，吉凶由人。婴母知废，陵母知兴。审此二者，帝王之分决矣。又收过上文。

盖在高祖，其兴也有五：忽极写高祖，笔笔轩举。一曰帝尧之苗裔，二曰体貌多奇异，三曰神武多征应，四曰宽明而仁恕，五曰知人善任使。加之以信诚好谋，达于听受，见善如不及，用人如由己，从谏如顺流，趋时如响赴[16]。当食吐哺[17]，纳子房之策；拔足挥洗，揖郦生[18]之说；悟戍卒[19]之言，断怀土之情；高四皓[20]之名，割肌肤之爱；举韩信于行阵，收陈平于亡命，英雄陈力[21]，群策毕举。此高祖之大略，所以成帝业也。此段极写高祖，所谓“必有明圣显懿之德，丰功厚利积累之业”也。若乃灵瑞符应[22]，又可略闻矣。初，刘媪[23]妊高祖，而梦与神遇，震电晦冥，有龙蛇之怪。及长而多灵，有异于众，是以王、武感物而折契[24]，吕公睹形而进女[25]，秦王东游以厌[26]其气，吕后望云而知所处；始受命，则白蛇分，西入关，则五星聚[27]。故淮阴、留侯谓之天授，非人力也。此段再极写高祖，所谓“故能为鬼神所福飨，天下所归往”也。

历古今之得失，验行事之成败，稽帝王之世运，考五者之所谓，大力总上。取舍不厌[28]斯位，符瑞不同斯度，而苟昧权利，越次妄据，外不量力，内不知命，则必丧保家之主，失天年之寿，遇折足之凶[29]，伏斧钺之诛[30]。大力总上。英雄诚知觉悟，畏若祸戒，超然远览，渊然深议，

16. 如响赴：如响之赴声。

17. 吐哺：饭入口又吐出。当食吐哺，形容求贤心切，为朝廷大事操劳。

18. 郦生：郦食其。《史记·高祖本纪》：“郦食其……乃求见说沛公，沛公方踞床使两女子洗足，郦生不拜，长揖曰：‘足下必欲诛无道秦，不宜踞见长者。’于是沛公起，摄衣谢之，延上座，食其说沛公袭陈留。”

19. 戍卒：指刘敬。刘敬建议定都长安（当时大臣多劝刘邦定都洛阳），刘邦采纳了刘敬的建议。洛阳近沛，刘邦却选定长安为都城，所以说是“断怀土之情”。

20. 四皓：指东园公、角里先生、绮里季、夏黄公。四人皆年迈并隐居于商山，因此又被称为“商山四皓”。刘邦欲废太子刘盈，而立戚夫人之子赵王如意，吕后用张良计策，请四皓来朝劝阻，刘邦遂止易太子事。

21. 陈力：献力。

22. 符应：天降符命与人事相应。

23. 刘媪：刘邦的母亲。

24. 折契：折毁记酒账的竹简或木片，表示放弃这笔债款。

25. 吕公睹形而进女：单父人吕公，避仇至沛，在一次宴会上，见高祖状貌奇伟，因重敬之，遂许以女。

26. 厌：镇。

27. 五星聚：《汉书·天文志》：“汉元年十月，五星聚于东井。以历推之，从岁星也，此高皇帝受命之符也。”

28. 厌：当。

29. 折足之凶：覆亡的危险。

30. 斧钺之诛：大刑。

收婴、陵之明分，绝信、布之觊觎，距逐鹿之瞽说[31]，

审神器之有授，毋贪不可冀，无为二母之所笑，大力总上。如此之总，何等笔力！则福祚留于子孙，天禄其永终矣[32]！

31. 瞽说：胡说。瞽，盲人。

32. 天禄：天所授予的禄籍。永终：长存。

班

1 篇

班固

汉楚异姓诸侯王表

为欲写汉兴之易，因先写前兴之难。一篇笔势，只是一伏一起。

昔《诗》《书》述虞、夏之际，舜、禹受禅，一考舜、禹。积德累功，洽于百姓，摄位行政，考之于天，经数十年，然后在位。舜、禹艰难。殷、周之王，二考殷、周。乃由契、稷，修仁行义，历十余世，至于汤、武，然后放杀[1]。殷、周艰难。秦起襄公[2]，三考秦。章文、缪、献、起于襄，章于文、缪、献。孝、昭、严稍蚕食六国[3]，百有余载，至始皇，乃并天下。秦艰难。以德若彼，用力如此其艰难也。一句总上三段，作伏笔。

秦既称帝，此非论秦，乃原汉之所以独易。患周之败，以为起于处士横议[4]，一。诸侯力争，二。四夷交侵，三。以弱见

1. 放杀：放逐、杀戮。

2. 秦起襄公：秦国初具规模，是在襄公执政的时候。

3. 献：献公。孝：孝公（献公的儿子）。昭：昭襄王（惠王的儿子）。严：庄襄王（昭襄王的孙子）。后汉时避明帝刘庄讳，更庄为严。

4. 处士：未曾获得官职的读书人。横议：恣意议论。

夺。总上三。于是削志五等[5]，堕城销刃，钳语烧书，内锄雄俊，外攘胡粤，用一威权[6]，为万世安。一笑。然十余年间，猛敌横发乎不虞，转笔悍甚。谪戍疆于五伯，削志五等所不虞。闾阎逼于戎狄，外攘胡粤所不虞。响应瘠[7]于谤议，钳语烧书所不虞。奋臂威于甲兵。堕城销刃所不虞。四语，忽作精炼之文。乡秦之禁，适所以资豪杰而速自毙也。结笔悍甚。是以汉亡尺土之阶，由一剑之任[8]，五载而成帝业。书传所记，未尝有焉。"是以"承上一段，作起笔。通篇只是一伏一起也。何则？古世相革，皆承圣王之烈，今汉独收孤秦之弊。镌金石者难为功，摧枯朽者易为力，其势然也。双结，皆作精炼之文。故据汉受命，谱十八王，月而列之，天下一统，乃以年数。讫于孝文[9]，异姓尽矣。八字冷语。

5. 五等：周朝制度定爵位为五等，即公、侯、伯、子、男。

6. 用一威权：令威权完全归于自己。

7. 瘏：痛楚。

8. 一剑之任：一剑之用。意为高祖以武力定天下。

9. 孝文：汉文帝刘恒。文帝后元七年最后一个异姓诸侯王国被废除。

朱

1 篇

朱　浮

与彭宠[1]书

自来文字，此为晓畅第一。其所争，乃在落笔法与提笔法耳。

盖闻智者顺时而谋，愚者逆理而动。“顺”“逆”字对起，只用二语，何其亢爽！常窃悲京城太叔[2]，以不知足而无贤辅，卒自弃于郑也。“顺”“逆”字对起，下乃作此一接，妙！朝廷厚恩，娇妇失计，言尽于此。伯通以名字[3]典郡，有佐命之功，临民亲职，爱惜仓库；平提宠。而浮秉征伐之任，欲权时救急，平提自。二者皆为国耳。一句平断过，妙，妙。即疑浮相谮[4]，何不诣阙自陈，而为族灭之计乎？看他反复，最是亢爽之笔。

朝廷之于伯通，恩亦厚矣！委以大郡，任以威武，事有柱石[5]之寄，情同子孙之亲。推出朝廷。匹夫媵母[6]，尚能致命[7]一飡，曲。岂有身带三绶[8]，职典大邦，而不顾恩义，

1. 彭宠：字伯通，东汉时人。曾任渔阳太守，封建安侯，为大将军。

2. 京城太叔：郑庄公的弟弟共叔段。

3. 名字：声誉。

4. 谮：诬陷、诬告。

5. 柱石：比喻肩负国家重任的人。

6. 媵母：古代诸侯嫁女时随嫁或陪嫁的女人。这里指普通的女人。

7. 致命：效命。

8. 身带三绶：身兼三个官职。

生心外叛者乎？最是亢爽之笔。伯通与吏民语，何以为颜？行步拜起，何以为容？坐卧念之，何以为心？引镜窥影，何以舒眉？举措建功，何以为人？惜乎，弃休令[9]之嘉名，造枭鸱[10]之逆谋；捐传叶之庆祚[11]，招破败之重灾。高论尧舜之道，不忍桀纣之性。生为世笑，死为愚鬼，不亦哀乎？五“何以”字，六“之”字，二“为”字，建瓴倒注而下，最是亢爽之笔。

伯通与耿侠游[12]，俱起佐命，同被国恩。上与己平提，此又与耿侠游平提。侠游谦让，屡有降挹[13]之言；而伯通自伐，以为功高天下。往时辽东有豕，生子白头，异而献之。行至河东，见群豕皆白，怀惭而还。若以子之功论于朝廷，则为辽东豕也。最是亢爽之笔。今乃愚妄，自比六国。六国之时，其势各盛，廓土数千里，胜兵将百万，故能据国相持，多历年所。今天下几里？列郡几城？只问二语，妙，妙。奈何以区区渔阳，而结怨天子？此犹河滨之人，捧土以塞孟津，多见其不知量也。最是亢爽之笔。

9. 休令：美善、美好。

10. 枭鸱：鸱，鹞鹰。枭，传说它长大后要吃掉母鸟，所以被视为恶禽。

11. 传叶：传世、代代相传。庆祚：福祥。

12. 耿侠游：耿况，字侠游。在建立东汉政权的斗争中，和彭宠一起归附刘秀。彭宠谋叛，邀耿况共同起兵，为耿况所拒绝。

13. 降挹：谦下损抑、谦逊。

方今天下适定，海内愿安，士无贤不肖，皆乐立名于世。而伯通独中风狂走[14]，自捐盛时。内听娇妇之失计，外信谗邪之谀言，长为群后恶法[15]，永为功臣鉴戒，岂不误哉！最是亢爽之笔。定海内者无私仇，勿以前事自疑。妙，妙，真正奸雄之言。愿留意顾老母、少弟，凡举事无为亲厚者所痛，而为见仇者所快。临了尚作如此余劲。后来柳子厚引申为《李睦州书》，便成滔滔大篇。今在此，只是二句耳！

14. 中风狂走：发疯地乱跑乱撞。

15. 群后：众诸侯，这里指州郡行政长官。恶法：坏榜样。

诸

亮

572 — 573

1 篇

前出师表

诸葛亮

此文，自来读者，皆叹其矢死伐魏，以为精忠，殊不知此便是了没交涉也。看先生自云：『临表涕泣。』夫伐魏即伐魏耳，何用涕泣为哉？正惟此日国事，实当危急存亡之际；而此日嗣主，方在醉生梦死之中。知子莫如父，惟『不才』之目，固已验矣。岂知臣莫如君，而『自取』之语，乃遂敢真蹈也？于是而身提重师，万万不可不去；心牵钝物，又万万不能少宽。因而切切开导，勤勤叮咛，一回如严父，一回如慈妪。盖先生此日此表之涕泣，固自有甚难甚难于嗣主者，而非为汉贼之不两立也！后日杜工部有诗云：『干排雷雨犹力争，根断泉源岂天意。』正是此一副眼泪矣。哀哉！哀哉！

臣亮言：先帝创业未半而中道崩殂[1]，落笔更不着半句闲言语，只用八字恸哭先帝，早使读者精神发越。今天下三分，益州[2]疲敝，此诚危急存亡之秋[3]也。笔态一伏。然侍卫之臣不懈于内，忠志之士忘身于外者，盖追先帝之殊遇，欲报之于陛下也。笔态一起。一面读其妙文，一面记其口口先帝。诚宜开张圣听[4]，以光先帝遗德，恢弘志士之气，宜。不宜妄自菲薄，引喻失义[5]，以塞忠谏之路也。不宜。宜、不宜二语，发起一篇。妄自菲薄是子弟大病，引喻失义又是子弟大病，此特说尽。宫中府中[6]，俱为

1. 先帝：已去世的皇帝。这里是指蜀汉昭烈帝刘备。崩殂：古代帝王去世称为“崩”或“殂”。

2. 益州：州名。这里指蜀汉。

3. 秋：时刻。

4. 开张圣听：扩大圣明的听闻。

5. 引喻失义：以不恰当的引文、譬喻来为自己掩饰。

6. 宫中府中：宫中，皇帝（刘禅）宫中。府中，丞相（诸葛亮）府中。

一体，陟罚臧否[7]，不宜异同。若有作奸犯科及为忠善者[8]，宜付有司论其刑赏，以昭陛下平明之理，不宜偏私，使内外异法也。宫中昵，府中疏。出师进表，全为此一段，可知。

侍中、侍郎郭攸之、费祎、董允等[9]，此皆良实，志虑忠纯，是以先帝简拔以遗陛下。重之以先帝，句句不脱先帝。愚以为宫中之事，事无大小，悉以咨之，然后施行，必能裨补阙漏，有所广益。切嘱宫中。将军向宠，性行淑均，晓畅军事，试用于昔日，先帝称之曰能，重之以先帝。是以众议举宠以为督，看此处，入“众议”二字，嫌疑不小。愚以为营中之事，悉以咨之，必能使行阵和睦，优劣得所。切嘱府中。亲贤臣，远小人，此先汉所以兴隆也；亲小人，远贤臣，此后汉所以倾颓也。先帝在时，每与臣论此事，未尝不叹息痛恨于桓、灵[10]也。明明龟鉴之言，亦必重以先帝，哀哉！侍中、尚书、陈震。长史、参军，蒋琬。此悉贞良死节之臣也，愿陛下亲之信之，则汉室之隆，可计日而待也。此二臣先生所进，恐出师后未必用，故又另嘱。

臣本布衣，躬耕于南阳，苟全性命于乱世，不求闻达

7. 陟罚：提升与惩罚。臧否：臧，善。否，恶。

8. 作奸：干坏事。犯科：违反、触犯法令。

9. 郭攸之：字演长。当时任侍中。费祎：字文伟。曾任侍郎，后迁侍中。董允：字休昭。当时任黄门侍郎。

10. 桓、灵：指东汉末年的桓帝刘志和灵帝刘宏。他们重用宦官、外戚，加深了政治上的危机，使东汉日益走向衰败、覆亡。

于诸侯。自叙，最悲苦。先帝不以臣卑鄙，猥自枉屈，三顾臣于草庐之中，咨臣以当世之事，由是感激，遂许先帝以驱驰。自叙，最悲苦。后值倾覆[11]，受任于败军之际，奉命于危难之间，尔来二十有一年矣。先帝知臣谨慎，故临崩寄臣以大事也。自叙，最悲苦。受命以来，夙夜[12]忧叹，恐托付不效[13]，以伤先帝之明，故五月渡泸，深入不毛。自叙，最悲苦。今南方已定，兵甲已足，当奖率三军，北定中原，庶竭驽钝，攘除奸凶，兴复汉室，还于旧都，此臣所以报先帝而忠陛下之职分也。至于斟酌损益，进尽忠言，则攸之、祎、允之任也。自叙，最悲苦。此非以师保推三臣，盖自既解任，去而出师，则必使之自代耳。

愿陛下托臣以讨贼兴复之效；不效，则治臣之罪，以告先帝之灵。若无兴德之言，则责攸之、祎、允等之慢，以彰其咎。说自出师，必连三臣裨补者，此表所忧，不在外贼，而在内蛊也，哀哉！陛下亦宜自谋，以咨诹[14]善道，察纳雅言[15]，深追先帝遗诏[16]。要其纳言，亦必重之以先帝。臣不胜受恩感激！今当远离，临表涕泣，不知所言。

11. 倾覆：失败。这里是指建安十三年刘备、曹操两军战于当阳县长坂，刘军惨败一事。

12. 夙夜：早晚。

13. 不效：不见成效。

14. 咨诹：询问。

15. 雅言：正言。指正直的、正确的言论。

16. 追：追思。先帝遗诏：刘备临危时留给后主刘禅的诏书。在遗诏中刘备嘱咐刘禅“勿以恶小而为之，勿以善小而不为。惟贤惟德，能服于人”。

羊

祜

1 篇

羊 祜

平吴疏

既慷慨，又条直。目无全吴，胸有寸心。其斯为羊叔子之妙笔乎！

先帝顺天应时，西平巴蜀[1]，南和吴会[2]，海内得以休息，兆庶有乐安之心。略带先帝起。而吴复背信，使边事更兴。言衅起于吴。夫期运虽天所授，而功业必由人而成，不一大举扫灭，则众役无时得安。亦所以隆先帝之勋，成无为之化也。故尧有丹朱[3]之伐，舜有三苗[4]之征，咸以宁静宇宙，戢兵[5]和众者也。神观焕发，音辞激昂，读之使人壮旺。

蜀平之时，天下皆谓吴当并亡，自此来十三年，是谓一周，平定之期，复在今日矣！议者常言吴楚有道后服，无礼先强，此乃谓诸侯之时耳。当今一统，不得与古同谕。夫适道之论，皆未应权[6]，是故谋之虽多，而决之欲独[7]。一段，决言今日必当平吴，更不应与众人迂延计议。

1. 西平巴蜀：魏景元四年春，司马氏派三路大军攻蜀，刘禅出降，蜀亡。先帝：指司马炎之父司马昭。

2. 吴会：吴郡、会稽郡。这里指吴国。

3. 丹朱：帝尧之子，名朱，封于丹渊，故称丹朱。《史记·五帝本纪》："尧知子丹朱之不肖，不足授天下，于是乃权授舜。"

4. 三苗：《书·舜典》："窜三苗于三危。"三苗，国名。这里指三苗国的诸侯，号饕餮。因叛乱被流放。

5. 戢兵：把武器收藏起来。

6. 权：变通。

7. 决之欲独：决定要果断。

凡以险阻得存者，谓所敌者同，力足自固。以下论险阻。苟其轻重不齐，强弱异势，则智士不能谋，而险阻不可保也。此言有险阻尚不保，下言吴本无险阻可保。蜀之为国，非不险也，高山寻云霓，深谷肆[8]无景，束马悬车[9]，然后得济，皆言一夫荷戟，千人莫当。借论昔日蜀之险阻如此，作比喻。及进兵之日，曾无藩篱之限，斩将搴旗，伏尸数万，乘胜席卷，径至成都，汉中诸城，皆鸟栖而不敢出。蜀之险阻何在？非皆无战心，诚力不足相抗。至刘禅降服，诸营堡者，索然俱散。可见强弱既异，非险阻可保。今江淮之难，不过剑阁；山川之险，不过岷、汉；孙皓之暴[10]，侈于刘禅；吴人之困，甚于巴蜀。今吴乃如彼。而大晋兵众，多于前世；资储器械，盛于往时。今晋又如此。今不于此平吴，看其笔力。而更阻[11]兵相守，征夫苦役，日寻干戈，经历盛衰，不可长久，宜当时定[12]，以一四海。再言决不应与众人迁延计议，结上险阻语。

今若引梁、益之兵，水陆俱下，写大晋之强，一。荆、楚之

8. 肆：笔直、陡峭。

9. 束马悬车：道路极为难行的意思。

10. 孙皓之暴：《三国志》载："皓爱妾或使人至市劫夺百姓财物，司市中郎将陈声，素皓幸臣也，恃皓宠遇，绳之以法。妾以愬皓，皓大怒，假他事烧锯断声头，投其身于四望之下。"

11. 阻：恃。

12. 时定：适时而定。

众，进临江陵，二。平南、豫州，直指夏口，三。徐、扬、青、兖，并向秣陵，四。鼓旆以疑之，多方以误之，加二句，更腴畅。以一隅之吴，当天下之众，势分形散，所备皆急。写孱吴之弱，只八字便极尽。巴、汉奇兵，出其空虚，又写晋。一处倾坏，则上下震荡。又写吴。此所谓夹写法也。吴缘江为国，无有内外，东西数千里，以藩篱自持，所敌者大，无有宁息。提笔，再写吴地形。孙皓恣情任意，与下多忌，名臣重将不复自信，是以孙秀之徒皆畏逼而至。将疑于朝，士困于野，无有保世之计，一定之心。再写吴君臣。平常之日，犹怀去就[13]，兵临之际，必有应者，终不能齐力致死，已可知也。写来如睹手掌文。其俗急速，不能持久。提笔，再写吴习俗。弓弩戟楯，不如中国[14]。再写吴兵杖。唯有水战是其所便。一入其境，则长江非复所固，还保城池，则去长入短。再写吴长江。总是更不欲与众人迁延计议。而官军悬进，人有致节之志[15]，吴人战于其内，有凭城之心。如此，军不逾时，克可必矣。如睹手掌文也。

13. 去就：去留。此句意为名臣重将对吴主孙皓怀有二心。

14. 中国：这里指晋朝。

15. 悬进：远征。致节：死节。

王

584—585

1 篇

王　濬

自理[1]表

其妙，乃在不作起笔，只将从前事情，逐一逐一直述，早令专擅自由之谤，不辩而明。以下又得放开笔，只顾快说其胸膈也。若起处略涉笔，先作周遮，便有无数干碍不得径行处矣。此表，段段皆作湍悍之笔，读之，如夜半惊闻钱塘潮至，最为非常之观。

臣前被[2]《庚戌诏书》曰：“军人乘胜，猛气益壮，便当顺流长骛，直造秣陵。”臣被诏之日，即便东下。直述一段，妙。又前被诏书云：“太尉贾充总统诸方，自镇东大将军伷及浑、濬、彬等皆受充节度[3]。”无令臣别受浑节度之文。又直述一段，妙。臣自达巴丘，所向风靡，知孙皓穷蹙[4]，势无所至。十四日至牛渚，去秣陵二百里，宿设部分[5]，为攻取节度。又直述一段，妙。前至三山，见浑军在北岸，遣书与臣，可暂来过，共有所议，亦不语臣当受节度之意。又直述一段，妙。臣水军风发，乘势造贼城，加宿设部分行有次第，无缘得于长流之中回船过浑，令首尾断绝。又直述一段，妙。须臾之间，皓遣使归

1. 自理：自责。

2. 被：受、奉。

3. 伷：指镇东大将军司马伷。浑：指安东将军王浑。彬：指广武将军唐彬。节度：节制、调度。

4. 穷蹙：困穷、惊恐。

5. 宿设：预先设想安排。部分：行军的先后秩序。

命。臣即报浑书，并写皓笺，具以示浑，使速来，当于石头[6]相待。军以日中至秣陵，暮乃被浑所下当受节度之符，欲令臣明十六日悉将所领，还围石头，备皓越逸。又索蜀兵及镇南诸军人名定见。臣以为皓已来首都亭[7]，无缘共合空围。又兵人定见，不可仓卒，皆非当今之急，不可承用。又直述一段，妙。如此直述数段，并不用连贯，而已连贯作一片。中诏谓臣忽弃明制，专擅自由。一一理毕，方入自理。奇笔，妙笔！伏读严诏，惊怖悚栗，不知躯命当所投厝[8]。岂惟老臣独怀战灼，三军上下咸尽丧气。写得精神。臣受国恩，任重事大，常恐托付不效，孤负圣朝。故投身死地，转战万里，被蒙宽恕之恩，得从临履之宜。是以恁赖威灵，幸而能济，皆是陛下神策庙算[9]，臣承指授，效鹰犬之用耳，有何勋劳而恃功肆意，宁敢昧利而违圣诏。理得激昂尽意。臣以十五日至秣陵，而诏书以十六日起洛阳，其间悬阔，不相赴接，则臣之罪责，宜蒙察恕。理得又激昂尽意。假令孙皓犹有螳螂举斧之势，而臣轻车单入，有所亏丧，罪之可也。臣所统八万余人，乘胜席卷。皓以众叛亲离，无复羽翼，匹夫独立，不能庇其

6. 石头：古城名，故址在今南京市西。

7. 来首：来向。都亭：城外的住所。

8. 厝：同“措”，安置、置放。

9. 庙算：庙堂的谋划，指皇帝本人的重大决策。

妻子，雀鼠贪生，苟求一活耳。理得又激昂尽意。而江北诸军不知其虚实，不早缚取，自为小误。臣至便得，更见怨恚，并云守贼百日，而令他人得之，言语噂喈[10]，不可听闻。江北诸军，有不足复说之意，今亦聊试说之，而其丑态如此。

案《春秋》之义，大夫出疆，由有专辄。臣虽愚蠢，以为事君之道，唯当竭节尽忠，奋不顾身，量力受任，临事制宜，苟利社稷，死生以之。若其顾护嫌疑，以避咎责，此是人臣不忠之利，实非明主社稷之福也。妙，妙。此又自言不得已，故自理，实本不欲理、不应理、不足理也。笔势矫悍如许。臣不自料，忘其鄙劣，披布丹心，输写肝脑，欲竭股肱之力，加之以忠贞，庶必扫除凶逆，清一宇宙[11]，愿令圣世与唐虞比隆。又重白从前赤心。陛下粗察臣之愚款[12]，而识其欲自效之诚，是以授臣以方牧[13]之任，委臣以征讨之事。虽燕王之信乐毅，汉祖之任萧何，无以加焉。受恩深重，死且不报，又重白从前恩眷。而以顽疏，举措失宜。陛下弘恩，财加切让，惶怖怔营[14]，无地自厝，略结。愿陛下明臣赤心而已。只是不愿理，其笔矫悍如许。只一句，矫矫而止，妙绝，妙绝！

10. 噂喈：烦冗、杂沓的意思。

11. 清一宇宙：统一全国。

12. 愚款：愚诚。

13. 方牧：方伯、州牧。这里是指益州刺史的职务。

14. 怔营：惶恐不安。

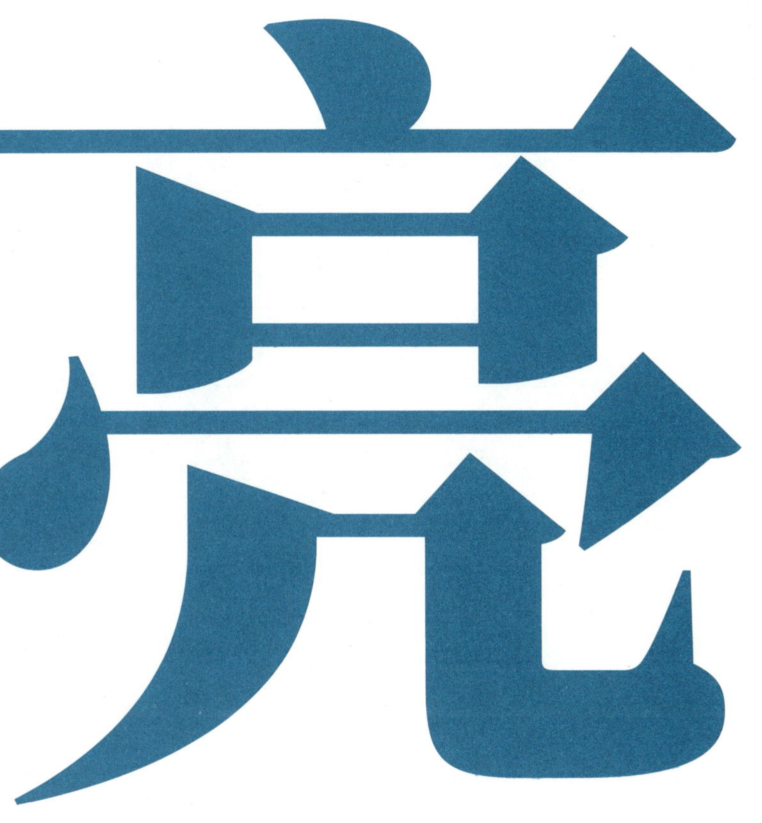

1 篇

庾　亮

让中书监表

并是信笔写来，而曲折淋漓，尽情尽事。良由吐于肝膈至诚，固非敷华剡藻之所得而比并也。笔笔直，却笔笔婉；笔笔婉，却笔笔直。凡欲作疏记，胡可无如此好手？

臣亮言：臣凡庸固陋，少无殊操，一。一路，看其段段剀直，又段段曲折。昔以中州多故，旧邦丧乱，随侍先臣[1]，远庇有道[2]，爰容逃难，求食而已。二。不悟徼[3]时之福，遭遇嘉运。先帝龙兴，垂异常之顾，既眷同国士，又申以婚姻，遂阶亲宠，累忝非服。弱冠濯缨[4]，沐浴芳风，频繁省闼[5]，出总六军，十余年间，位超先达。无劳受遇，无与臣比。三。小人禄薄，福过灾生，止足之分，臣所宜守。四。此是一曲。而偷荣昧进，日尔一日，谤讟[6]既集，上尘圣朝。五。始欲自闻，而先帝登遐[7]，区区微诚，竟未上达。六。此又一曲。

1. 随侍先臣：先臣，指庾亮的父亲庾琛。庾亮少年时，父琛为会稽太守，亮曾跟随父亲在会稽生活过一段时间。

2. 远庇有道：有道，有道之人，指晋元帝司马睿。司马睿为镇东将军时，“闻其（庾亮）名，辟西曹掾。及引见，风情都雅，过于所望，甚器重之”（《晋书·庾亮传》）。

3. 徼：侥幸。

4. 濯缨：这里是讲自己如同可清洗冠带的清水一样受到重用。

5. 省闼：禁闼、皇宫。

6. 谤讟：诽谤、怨言。

7. 登遐：去世。古代对帝王死去的讳称。

陛下践祚[8]，圣政惟新，宰辅贤明，庶僚咸允，康哉之歌实存于至公。而国恩不已，复以臣领中书。臣领中书，则示天下以私矣。七。以下，则皆反复极论此一“私”字也。何者？臣于陛下，后之兄也。姻娅之嫌[9]，与骨肉中表不同。虽太上至公，圣德无私，一曲。然世之丧道，有自来矣。悠悠六合，皆私其姻，人皆有私，则谓天下无公矣。妙语，妙笔！是以前后二汉，咸以抑后党安，进婚族危。向使西京七族[10]、东京六姓[11]皆非姻族，各以平进，纵不悉全，决不尽败。今之尽败，更由姻昵。笔笔曲。

臣历观庶姓在世，无党于朝，无援于时，植根之本，轻也薄也。苟无大瑕，犹或见容。看他忽开二比。至于外戚，凭托天地，势连四时，根援扶疏，重矣大矣。而或居权宠，四海侧目，事有不允，罪不容诛。身既招殃，国为之弊。二比，最为真切，看他下结，益更真切。其故何邪？由姻媾之私，群情之所不能免，故率其所嫌而嫌之于国，是以疏附[12]则信，姻进[13]则疑。疑积于百姓之心，则祸成于重

8. 践祚：登上皇位。

9. 姻娅：泛称有婚姻关系的亲戚。

10. 西京七族：指西汉皇家姻亲吕、霍、上官、赵、丁、傅、王七大家族。西京，长安。

11. 东京六姓：指东汉章德窦后、和熹邓后、安思阎后、桓思窦后、顺烈梁后、灵思何后的父系家族。东京，洛阳。

12. 疏附：异姓贤才受到重用。

13. 姻进：外戚庸才得到重用。

闼之内[14]矣。此皆往代成鉴，可为寒心者也。结过。夫万物之所不通，圣贤因而不夺。提笔重起。冒亲以求一才之用，未若防嫌以明至公。今以臣之才，兼如此之嫌，而使内处心膂[15]，外总兵权，以此求治，未之闻也；以此招祸，可立待也。此等双笔，却是晋文。虽陛下二相[16]，明其愚款，朝士百僚，颇识其情，又曲。天下之人，安可门到户说，使皆坦然邪！最真切。

夫富贵宠荣，臣所不能忘也；刑罚贫贱，臣所不能甘也。今恭命则愈，违命则苦，臣虽不达，何事背时违上，自贻患责邪？又曲。段段句句真切。实仰览殷鉴[17]，量已知弊，身不足惜，为国取悔[18]，是以悾悾屡陈丹款[19]。而微诚浅薄，未垂察谅，忧惶屏营，不知所厝。真可谓淋漓尽致之文。以臣今地，不可以进明矣。且违命已久，臣之罪又积矣，归骸私门[20]，以待刑书[21]。愿陛下垂天地之鉴，察臣之愚，则虽死之日，犹生之年矣。

14. 重闼之内：宫廷之中。

15. 内处心膂：指担任中书监的重任。心膂，心脏、脊骨。

16. 二相：指王敦、王导。

17. 殷鉴：原是说殷人灭夏，殷的子孙应以夏朝的灭亡为鉴戒。这里是指历史上那些有借鉴意义的大事。

18. 为国取悔：给国家造成祸害。

19. 悾悾：诚恳的样子。丹款：忠心。

20. 归骸私门：解职归家的意思。

21. 刑书：刊有刑法条文的书籍。这里是判罪的意思。

杜

1 篇

杜　预

遗令

临终诀语，读之，乃复一似经解，一似游记。我更不能测其心光眼光在于何处矣。从来只叹其薄葬为达，岂足以知先生者哉！东坡《超然台》，某意其出于习凿齿，不意习又出于此也，然总是出于《蹇叔哭师》。

古不合葬，明于终始之理，同于无有也。第一义。中古圣人[1]改而合之，盖以别合无在，更缘生以示教也。又是第一义。自此以来，大人君子，或合或否，未能知生，安能知死？故各以己意所欲也。又是第一义。看其略涉笔，便是三义；而三义俱是第一义，妙绝，妙绝！

吾往为台郎[2]，尝以公事使过密县之邢山。山上有冢，问耕父，云是郑大夫祭仲[3]，或云子产[4]之冢也。是何心眼，是何笔墨！遂率从者祭而观焉。其造冢居山之顶，四望周达，连山体南北之正而邪[5]东北，向新郑[6]城，意不忘本也。随写随注。我意既尔，古人定不复远。妙，妙。其隧道，唯塞其

1. 中古圣人：指周公（姬旦）。合葬之制始创于周公。

2. 台郎：指尚书郎。杜预曾任度支尚书，所以自称台郎。

3. 祭仲：春秋时郑国大夫，字足，也叫祭足。

4. 子产：春秋时政治家，郑国贵族子国之子，名侨，字子产，一字子美。

5. 邪：同“斜”。

6. 新郑：东周初郑武公迁都于此。

后，而空其前不填之，示藏无珍宝，不取于重深也。随写随注。山多美石不用，必集洧水自然之石以为冢藏，贵不劳功巧，而此石不入世用也。随写随注。君子尚其有情，结“不忘本”一段。小人无利可动，结次二段。历千载无毁，俭之致也。随手结过。

吾去春入朝，因郭氏丧亡，细述感所由生。缘陪陵旧义，自表营洛阳城东首阳[7]之南，为将来兆域[8]。细述未能免俗。而所得地，中有小山，上无旧冢。八字好。其高显虽未足比邢山，然东奉二陵[9]，西瞻宫阙，南观伊、洛，北望夷、齐，旷然远览，情之所安也。故遂表树[10]开道，为一定之制。卜兆，乃写到如此兴会。不知死后有知无知，正复超然著胜。至时皆用洛水圆石，开隧道南向，仪制取法于郑大夫，欲以俭自完耳。但得地，未营造，故有“至时”二字。“至时”者，至我死之时也。棺器小敛[11]之事，皆当称此。兼嘱棺敛，妙，妙。

7. 首阳：首阳山。山上有夷齐庙。

8. 兆域：墓地。

9. 二陵：高原陵、崇阳陵。

10. 表树：以毛皮挂于树上作为测量、望视标准，为开道作准备。

11. 小敛：为死者穿好衣服称小敛。

王

1 篇

王羲之

兰亭集序

此文，一意反复生死之事甚疾。现前好景可念，更不许顺口说有妙理妙悟，真古今第一情种也。

永和九年，岁在癸丑，暮春之初，会[1]于会稽山阴之兰亭，叙事。修禊[2]事也。自注。群贤毕至，少长咸集。通篇眼光，在此八字。此地有崇山峻岭，茂林修竹；又有清流激湍，映带左右。写妙地。引以为流觞[3]曲水，列坐其次，虽无丝竹管弦之盛，一觞一咏，亦足以畅叙幽情。承妙地写乐。是日也，天朗气清，惠风和畅。写妙天。仰观宇宙之大，俯察品类之盛，所以游目骋怀，足以极视听之娱，信可乐也。承妙天写乐。写妙地，以“此地”二字领，写妙天，以“是日”二字领，最明整。

夫人之相与，俯仰[4]一世。始发胸前之感。或取诸怀抱[5]，晤

1. 会：集会。指永和九年东晋著名政治家、文学家谢安与孙绰、王羲之等四十二人在会稽郡山阴县兰亭宴聚修禊一事。

2. 修禊：古代风俗，每年阴历三月初三，人们去水边祭拜、洗濯，以消除不祥，称为修禊。

3. 流觞：又称“流杯”，把酒杯放在溪水上任它漂移，漂移到谁的面前，就轮到谁持杯饮酒。

4. 俯仰：比喻时间流逝的迅速。

5. 怀抱：胸怀抱负，指内心的感受。

言一室之内；一种人。或因寄所托，放浪形骸之外。一种人。虽取舍万殊，静躁不同，不必分别。当其欣于所遇，暂得于己，快然自足，曾不知老之将至；贤愚大小，一样得意。及其所之既倦，情随事迁，感慨系之矣。至此又一样兴尽。此只就一时一事论。向之所欣，俯仰之间，已为陈迹，犹不能不以之兴怀；再牒上，方转下。况修短随化[6]，终期于尽。古人云："死生亦大矣。"岂不痛哉！此所谓胸前之感，方是一篇正文也。

每览昔人兴感之由，若合一契[7]，古人亦只畏生死。未尝不临文嗟悼，不能喻之于怀。无数古人，既合一契；吾独何人，又能超然？固知一死生佛说也。为虚诞，妙。齐彭殇道说也。为妄作[8]。妙。撤去二种闲话。后之视今，亦犹今之视昔，悲夫！言瞥眼吾已杳无踪影，犹如今日之古人杳无踪影也。此只将今日古人身后，譬即日吾身后，非言后人视我也。故列叙时人，录其所述。此是通篇眼光，与前八字正应。虽世殊事异，所以兴怀，其致一也[9]。后之览者，亦将有感于斯文。"览"，即前"每览"之"览"字。"文"，即前"临文"

6. 修短随化：寿命的长短全凭造化决定。

7. 若合一契：如同符和契那样相合。

8. 一死生：把死和生看成一样。彭：彭祖，帝尧时人，传说他活了八百岁。殇：未成年而死亡。

9. 其致一也：引起感慨的原因是一样的。

之“文”字。言后人独不畏生死哉，然则览我斯文，亦当同我斯感。因此一结，遂令直至今日，我亦欲哭！

魏晋文

岳

1 篇

潘岳

闲居赋序

并不多费笔墨，而随手皆起层折。名士风流，固无虚日矣。

岳尝读《汲黯[1]传》，至司马安[2]四至九卿，而良史[3]书之，题以巧宦之目，未尝不慨然废书而叹也。曰："嗟乎！巧诚有之，拙亦宜然[4]。"孙月峰曰："正欲说拙，却乃从巧转来。"顾常以为士之生也，非至圣无轨，微妙玄通者，推过一辈。则必立功立事，效[5]当年之用。是以资[6]忠履信以进德，修辞立诚以居业。又推过一辈。只欲推过此一辈，却先推过上一辈，只是笔尖善为层折。

仆少窃乡曲之誉[7]，忝司空太尉之命[8]，所奉之主，即太宰[9]鲁武公其人也。举秀才为郎。逮事世祖武皇帝[10]，为河阳、怀令，尚书郎，廷尉平。今天子谅暗之际[11]，

1. 汲黯：字长孺。武帝时，曾任东海太守、主爵都尉等职，好直言切谏，出为淮阳太守，在任十年而卒。

2. 司马安：汲黯姐姐之子。《汉书·汲黯传》："安文深，巧善宦，四至九卿。"

3. 良史：指班固《汉书》。

4. 拙亦宜然：拙者也应当是有的。

5. 效：致。

6. 资：用。

7. 乡曲之誉：乡里小誉。

8. 司空太尉：指贾充。贾充为西晋开国元勋之一，武帝时为车骑将军，历任侍中、司空、尚书令、太尉等职，封鲁郡公，谥武。

9. 太宰：贾充于太康三年病故，死后曾追赠"太宰"称号。

10. 世祖武皇帝：指晋武帝司马炎。

11. 天子：这里指晋惠帝司马衷。谅暗：守丧。

领太傅主簿。府主[12]诛，除名为民。俄而复官，除长安令。迁博士。未召拜，亲疾，辄去官免。历叙宦迹。自弱冠涉于知命之年，八徙官而一进阶，再免，一除名，一不拜职，迁者三而已矣。虽通塞有遇，抑亦拙之效也。带总带结，俱是笔尖善为层折。

昔通人和长舆之论余也[13]，固曰："拙于用多。"称多者，吾岂敢；言拙，则信而有征[14]。长舆一评，殆非泛引，正复深感斯言，方始发笔耳，然位置一何闲帖也。方今俊乂在官，百工惟时[15]，拙者可以绝意乎宠辱之事矣。看他措言有体。太夫人[16]在堂，有羸老之疾，尚何能违膝下色养[17]，而屑屑从斗筲之役[18]？看他措言有体。于是览止足[19]之分，庶浮云之志[20]，筑室种树，逍遥自得。池沼足以渔钓，舂税足以代耕[21]。灌园鬻蔬，供朝夕之膳；牧羊酤酪，俟伏腊之费[22]。孝乎惟孝，友于兄弟，此亦拙者之为政也。"于是"下，浏然信笔，却又作此一挽，真是最善为层折也。乃作《闲居赋》，以歌事遂情[23]焉。

12. 府主：指杨骏。杨骏是武悼杨皇后的父亲。晋武帝病故，杨骏辅政，迁太傅、大都督，因权力过大，引起惠帝、贾皇后的不满，遂诬骏为乱，诛骏。杨骏任太傅时，吏佐曾荐举潘岳为太傅主簿，杨骏被杀后，潘岳一度被削职为民。

13. 通人：博览古今、学识渊深的人。和长舆：和峤，字长舆。晋武帝时，曾担任过中书令、侍中、尚书等职。

14. 征：证验、证明。

15. 俊乂：才德超群的人。百工：百官。

16. 太夫人：这里是指潘岳的老母。

17. 色养：对父母尽孝道，不论遇到什么情况，都对父母和颜悦色。

18. 斗筲之役：官阶低、俸禄少的官职。

19. 止足：知止知足，不求名利。

20. 庶：近。浮云之志：高洁之志。

21. 舂税：捣粟为米的收入。

22. 酤：卖。伏腊：夏伏、冬腊。

23. 递情：表达感情。

1 篇

嵇　康

琴赋序

赋特是琴，序乃不止是琴。不止是琴，而又特赋琴，此始为深于琴理者也。细看其涉笔浅深，悉具狂简之态。

余少好音声，长而玩[1]之。以为物有盛衰，而此无变；滋味有厌，而此不倦。可以导养神气，宣和情志[2]，处穷独而不闷者，莫近于音声也。先作浅浅说。此说音声。是故复之而不足，则吟咏以肆志，吟咏之不足，则寄言以广意。亦先作浅浅说。此说文字。然八音[3]之器，歌舞之象[4]，历世才士，并为之赋颂。看他转笔。其体制风流[5]，莫不相袭。称其材干，则以危苦为上；赋其声音，则以悲哀为主；美其感化，则以垂涕为贵。丽则丽矣，然未尽其理也。始作深深说。此说文字。推其所由，似元不解音声；览其旨趣，亦未达礼乐之情也。始作深深说。此说音声。众器之中，琴德最优，赋是琴，序不止是琴。妙解无人知。故缀叙[6]所怀，以为之赋。

1. 玩：学习、练习。

2. 导养：导，疏通。养，怡养。宣和：宣，抒发。和，调和。

3. 八音：是指八种不同材料制成的乐器所发出的不同乐声。

4. 歌舞之象：这里是指音乐。

5. 风流：风尚。

6. 缀叙：联缀词句，以叙述（怀抱）。

陶

618－619

1 篇

陶　潜

归去来辞

凡看古人长文，莫以其汪洋一篇便阁过。古人长文，皆积短文所成耳。即如此辞本不长，然皆是四句一段。试只逐段读之，便知其逐段各自入妙。古人自来无长文能妙者。长文之妙，正妙于中间逐段逐段纯作短文耳。

归去来兮，田园将芜，胡[1]不归？既自以心为形役[2]，奚惆怅而独悲？一解。归计初决。看他“胡”字、“奚”字，一片自怨自艾。固知古来高人，亦无纵心之事。悟已往之不谏[3]，知来者之可追。实迷途其未远，觉今是而昨非[4]。二解。归心一畅。

舟摇摇以轻飏，风飘飘而吹衣。问征夫[5]以前路，恨晨光之熹微。三解。离彼。乃瞻衡宇，载欣载奔。僮仆欢迎，稚子候门。四解。到此。三径就荒[6]，松菊犹存。携幼入室，有酒盈樽。五解。所需裕如，有松有菊，有幼有室，有酒有樽，如此大足矣。引壶觞以自酌，眄[7]庭柯以怡颜。倚南窗以寄傲，审容膝之易安[8]。六解。受用安然。园日涉以成趣，门虽设而

1. 胡：何、为什么。

2. 以心为形役：把心当成形体的奴役。

3. 不谏：难以挽回。

4. 今是：归隐为是。昨非：出仕为非。

5. 征夫：行路之人。

6. 三径：屋前小径。就荒：将近荒芜。

7. 眄：斜视。

8. 审：知道、明白。容膝：（房屋小得）仅能容纳双膝。

常关。策扶老以流憩[9]，时矫首而遐观。七解。莫往莫来。云无心以出岫[10]，鸟倦飞而知还。景翳翳以将入，抚孤松而盘桓。八解。随时不违。

归去来兮，请息交以绝游。世与我而相违，复驾言兮焉求？九解。与世永绝。重提归去来者，既已归来，又不绝交游，即不如不归之愈也。悦亲戚之情话，乐琴书以消忧。农人告余以春及，将有事于西畴。十解。静侣自携。或命巾车，或棹孤舟。既窈窕以寻壑，亦崎岖而经丘。十一解。纵心自在。木欣欣以向荣，泉涓涓而始流。羡万物之得时，感吾生之行休。十二解。指物呈悟。

已矣乎！寓形[11]宇内复几时，曷不委心[12]任去留？胡为乎遑遑句。欲何之？句。十三解。委命受正。若七字为句，乃不成句。富贵非吾愿，帝乡不可期。此二句本与末二句成解，看他恣意插入四句，后来杜工部每每学之。怀良辰以孤往，或植杖而耘耔[13]。登东皋以舒啸[14]，临清流而赋诗。聊乘化[15]以归尽，乐夫天

9. 策：拄着。扶老：拐杖。流憩：周游休息。

10. 岫：山峰。

11. 寓形：寄身。

12. 委心：委弃常俗之心。

13. 耘：除草。耔：培苗。

14. 舒啸：舒徐地发出啸声。

15. 乘化：顺应自然的变化。

命复奚疑[16]！十四、十五解。既不为官，亦不为仙，得日过日，快然自足也。

16. 复奚疑：又有什么可疑虑的呢！

刘

624 — 625

1 篇

酒德颂

刘伶

从来只说伯伦沉醉，又岂知其得意乃在醒时耶？看其『天地一朝』等，乃是未饮以前，『静听不闻』，乃是既醒以后，则信乎众人皆醉，伯伦独醒耳！

有大人先生，先标酒人。以天地为一朝，万期[1]为须臾，日月为扃牖[2]，八荒为庭衢[3]。行无辙迹，居无室庐。幕天席地，纵意所如。次陈酒意。止则操卮执觚[4]，动则挈榼[5]提壶，惟酒是务，焉知其余！方写饮酒。以上自写酒德已毕，下掀翻。

有贵介[6]公子、缙绅处士，闻吾风声，议其所以，乃奋袂攘襟，怒目切齿，陈说礼法，是非蜂起。公等何足污先生笔端？写之，亦以掀翻出下二段妙理也。

先生于是方捧甖[7]承槽，衔杯漱醪[8]，奋髯箕踞[9]，枕麴藉糟[10]，无思无虑，其乐陶陶。一段，先说付之不见不闻。兀然而

1. 期：百年称期。

2. 扃牖：门窗。

3. 八荒：八方荒远的地区。庭衢：厅堂、道路。

4. 卮：《玉篇》："卮，酒器也。受四升。"觚：《说文》："乡饮酒之爵也。一曰觞，受三升者谓之觚。"

5. 榼：盛酒的器具。

6. 贵介：尊贵、高贵。

7. 甖：同"罂"。罂，大腹小口的酒瓶。

8. 醪：浊酒。

9. 箕踞：席地而坐，两腿岔开，成簸箕形。表示随意、无拘束。

10. 藉糟：睡在酒糟之上。

醉，恍尔而醒。静听不闻雷霆之声，熟视不睹泰山之形。不觉寒暑之切肌，利欲之感情。俯观万物扰扰焉，若江海之载浮萍。二豪[11]侍侧焉，如蜾蠃之与螟蛉[12]。一段，又说虽便见之闻之，亦复奚有？妙绝，妙绝！遂觉山鬼伎俩有尽语，所逊不啻千里也。须知此段有五“尚”字，一“何况”字，乃是最空灵之笔，不是一味大言。

11. 二豪：指公子、处士。

12. 蜾蠃：细腰蜂。螟蛉：稻螟蛉的幼虫。蜾蠃常捕捉螟蛉背回窠内，作为以后喂养它的幼蜂的食料。古人误认为蜾蠃养螟蛉为子，螟蛉在蜂窠内会越长越像蜾蠃。这里是将二豪比成螟蛉，把大人先生比成蜾蠃，指出二豪将会受到感化，变为爱好饮酒者。

韩

30 篇

韩愈

上宰相书

此文前后六段，逐段各自读之。读第一段了，再读第二段，便见只是轻轻短笔也。

正月二十七日，前乡贡进士韩愈，谨伏光范门下，再拜献书相公[1]阁下：

《诗》之序[2]曰："菁菁者莪[3]，乐育材也。君子能长育人材，则天下喜乐之矣。"并不自着一句一字，忽引《诗序》起，大奇！其诗曰："菁菁者莪，在彼中阿[4]。既见君子，乐且有仪。"说者曰："菁菁者，盛也。莪，微草也。阿，大陵也。言君子之长育人材，若大陵之长育微草，能使之菁菁然盛也。'既见君子，乐且有仪'云者，天下美之之辞也。"引《诗》一章并注，大奇！其三章曰："既见君子，锡我百朋[5]。"说者曰："百朋，多之之辞也。言

1. 相公：宰相。

2.《诗》之序：《毛诗序》，这里是指诗前小序。

3. 莪：蒿之一种，亦称萝蒿。

4. 中阿：阿中。阿，大的丘陵。

5. 锡：赐、赠。朋：古时候以贝壳为货币，五只贝为一串，两串贝为一朋。

君子既长育人材，又当爵命之，赐之厚禄以宠贵之云尔。”又引《诗》之三章并注，大奇！其卒章曰：“泛泛杨舟，载沉载浮，既见君子，我心则休[6]。”说者曰：“载，载也。沉浮者，物也。言君子之于人材，无所不取，若舟之于物，浮沉皆载之云尔。‘既见君子，我心则休’云者，言若此，则天下之心美之也。”君子之于人也，既长育之，又当爵命宠贵之，而于其才无所遗焉。又引《诗》之卒章并注，大奇！不出一句一字，突然引《诗》，已奇，又引者缅缅然一序、三诗又并注，岂不大奇！孟子曰：“君子有三乐[7]，王天下不与存焉。”其一曰：“乐得天下之英才而教育之。”引《诗》不已，又引《孟子》，大奇！此皆圣人贤士之所极言至论，古今之所宜法者也。大笔一总。引如许旧文，只用一总，便尽住。然则孰能长育天下之人才，将非吾君与吾相乎？从引《诗》入正文。孰能教育天下之英材，将非吾君与吾相乎？从引《孟子》入。幸今天下无事，一暇。小大之官，各守其职，二暇。钱谷甲兵之问不至于庙堂，三暇。论道经邦之暇，舍此宜无大者焉。妙，妙。以上，第一段毕。

6. 休：喜悦。

7. 君子有三乐：《孟子·尽心》：“孟子曰：‘君子有三乐，而王天下不与存焉。父母俱存，兄弟无故，一乐也；仰不愧于天，俯不怍于人，二乐也；得天下英才而教育之，三乐也。’”

今有人斗接自己，细细具述，为第二段。生二十八年矣，一。名不著于农工商贾之版，二。其业则读书著文，歌颂尧舜之道。鸡鸣而起，孜孜焉，亦不为利。三。其所读，皆圣人之书，杨墨释老之学无所入于其心。四。其所著，皆约六经之旨而成文，抑邪与正，辨时俗之所惑。居穷守约；亦时有感激怨怼奇怪之辞，以求知于天下。亦不悖于教化，妖淫谀佞诪张[8]之说，无所出于其中。五。四举于礼部，乃一得，三选于吏部，卒无成。六。九品之位其可望，一亩之宫[9]其可怀。遑遑乎四海无所归，恤恤乎饥不得食，寒不得衣，七。滨于死而益固，八。得其所者争笑之。忽将弃其旧而新是图，求老农老圃而为师，九。悼本志之变化，中夜涕泗交颐。虽不足当诗人、孟子之谓，抑长育之使成材，其亦可矣；教育之使成才，其亦可矣。妙，妙。第二段毕。

抑又闻一"抑又闻"，为第三段。古之君子相其君也，一夫不获其所，若己推而内之沟中。断章取义引。今有人生七年而学

8. 诪张：欺诳。

9. 宫：住宅。《尔雅·释宫》："宫谓之室，室谓之宫。"

圣人之道，以修其身积二十年，不得已一朝而毁之，是亦不获其所矣。妙，妙。读之心悲。伏念今有仁人在上位，若不往告而遂行，是果于自弃，而不以古之君子之道待吾相也，其可乎？宁往告焉，若不得志，则命也，其亦行矣。妙，妙。第三段毕。《洪范》[10]曰："凡厥庶民，有猷[11]有为有守，汝则念之[12]。不协于极[13]，不罹于咎[14]，皇则受之。而康而色，曰予攸好德[15]，汝则锡之福。"是皆与善之辞也。抑又闻二"抑又闻"，为第四段。古之人有自进者，而君子不逆之矣，曰"予攸好德，汝则锡之福"之谓也。第四段毕。抑又闻三"抑又闻"，为第五段。上之设官制禄，必求其人而受之者，非苟慕其才而富贵其身也，曲折。盖将用其能理不能，用其明理不明者耳。妙。下之修己立诚，必求其位而居之者，非苟没[16]于利而荣于名也，曲折。盖将推己之所余以济其不足者耳。妙。然则上之于求人，下之于求位，交相求妙。而一其致焉耳。妙。苟以是而为心，则上之道不必难其下，妙。下之道不必难其上，妙。可举而举焉，不必让其自举也，妙。可进而

10.《洪范》:《尚书》篇名。

11. 有猷：有道德。

12. 念之：录用他们。

13. 不协于极：不合于中正之道。

14. 不罹于咎：没有犯罪行为。

15. 曰予攸好德："曰"前省略主语"庶民"。攸，所。这句句意为：(有的百姓)说我之所好在德。

16. 没：贪。

进焉，不必廉于自进也。妙。第五段毕。抑又闻四“抑又闻”，为第六段。上之化下，得其道，则劝赏不必遍加乎天下，而天下从焉，提。因人之所欲为而遂推之之谓也。再提。今天下不由吏部而仕进者几希矣。曲折一。主上感伤山林之士有逸遗者，屡诏内外之臣，旁求于四海，而其至者盖阙焉，曲折二。岂其无人乎哉？曲折三。亦见国家不以非常之道礼之而不来耳。曲折四。彼之处隐就闲者亦人耳，其耳目口鼻之所欲，其心之所乐，其体之所安，岂有异于人乎哉？曲折五。今所以恶衣食，穷体肤，麋鹿之与处，猨狖之与居，固自以其身不能与时从顺俯仰，故甘心自绝而不悔焉。曲折六。而方闻国家之仕进者，必举于州县，然后升于礼部吏部，试之以绣绘雕琢之文，考之以声势之逆顺，章句之短长，中其程式者，然后得从下士之列，虽有化俗之方，安边之画，不由是而稍进，万不有一得焉。彼惟恐入山之不深，入林之不密，其影响昧昧，惟恐闻于人也。曲折七。今若闻有以书进宰相而求仕者，而宰相不辱焉，而荐之天子而爵命之，而布其书于四方，曲折八。枯槁沉溺魁闳宽通之士，必且洋洋焉动其心，峨峨焉缨其冠，于于[17]焉而来矣。曲折始竟。此所谓劝赏不必遍加乎天下，而天下从焉者也，因人之所欲为而遂推之之谓者也。第六段毕。伏惟[18]览《诗》《书》《孟子》之所指，念育才锡福之所以，考古之君子相其君之道，而忘自进自举之罪，思设官制禄之故，以诱致山林逸遗之士，庶天下之行道者知所归焉。小子不敢自幸，一气总收以上六段，气力最大。其尝所著文，辄采其可者若干首，录在异卷，冀辱赐观焉。干黩[19]尊严，伏地待罪。

愈再拜。

17. 于于：内心兴奋而行动宽缓的样子。

18. 伏惟：在下位者对在上位者有所陈述时的表敬之词。

19. 干黩：冒犯。

韩　愈

后十九日复上宰相书

气最条达，笔最曲折。他人条达者最难曲折，曲折者不复条达矣。

二月十六日，前乡贡进士韩愈，谨再拜言相公阁下：

向上书及所著文后，待命凡十有九日，不得命，恐惧不敢逃遁，不知所为，乃复敢自纳于不测之诛[1]，以求毕其说，而请命于左右[2]。述前起。

愈闻之，蹈水火者之求免于人也，不惟其父兄子弟之慈爱，然后呼而望之也，将有介于其侧者。虽其所憎怨，苟不至乎欲其死者，则将大其声疾呼而望其仁之也。又曲折，又条达，最要熟读。彼介于其侧者，闻其声而见其事，不惟其父兄子弟之慈爱，然后往而全之也。虽有所憎怨，

1. 不测之诛：不可测度的诛罚。

2. 左右：指在对方左右执事的人。实则指对方。

苟不至乎欲其死者，则将狂奔尽气，濡手足，焦毛发救之而不辞也。又曲折，又条达。看他复写上文，不换一字。若是者何哉？其势诚急，而其情诚可悲也。总。“势急”是总前一段，“情悲”是总次一段。

愈之强学[3]力行有年矣。一“矣”字，九字句。愚不惟道之险夷，行且不息，以蹈于穷饿之水火，其既危且亟矣。二“矣”字，二十五字句。大其声而疾呼矣，三“矣”字，七字句。阁下其亦闻而见之矣。四“矣”字，九字句。四句四“矣”字生姿。其将往而全之欤？抑将安而不救欤？有来言于阁下者曰，有观溺于水而爇[4]于火者，有可救之道，而终莫之救也，阁下且以为仁人乎哉？不然，若愈者，亦君子之所宜动心者也。两“将”“欤”字、一“乎哉”字，赶出此句，凡二行半，作一气读，最条达，又曲折。

或谓愈：“子言则然矣，宰相则知子矣，如时不可何！”愈窃谓之不知言者。另出反复。诚其材能不足当我

3. 强学：刻苦、勤奋地学习。

4. 爇：焚烧。

贤相之举耳。折。若所谓时者，固在上位者之为耳，非天之所为也。又条达，又曲折，读之快意。前五六年时，宰相荐闻，尚有自布衣蒙抽擢[5]者，与今岂异时哉？一段，“哉”字押。且今节度观察使，及防御营田诸小使等，尚得自举判官，无间于已仕未仕者；况在宰相，吾君所尊敬者，而曰不可乎？一段，“乎”字押。“哉”“乎”字生姿。古之进人者，或取于盗[6]，或举于管库[7]。今布衣虽贱，犹足以方于此。到底曲折，无一直笔。情隘辞蹙，不知所裁，亦惟少垂怜焉。

愈再拜。

5. 抽擢：提拔。

6. 或取于盗：《礼记》中曾引述孔子的话说：齐相管仲曾在强盗中选拔了两个人，后来齐王还正式委任这两人为公臣。

7. 或举于管库：《礼记》记载：赵文子曾从晋国管理仓库的人员中挑选了七十余人，任命为各级官员。

韩 愈

后廿九日复上宰相书

意所欲言而不便得言者，忽然托笔周公，便乃无所不言。故通篇虽有两大幅，而只是周公一大幅也。后写复上宰相之万万不获已，又是古今绝妙。

三月十六日，前乡贡进士韩愈，谨再拜言相公阁下：

愈闻周公之为辅相，其急于见贤也，方一食，三吐其哺，方一沐，三握其发[1]。述周公为相。下，转笔。当是时，天下之贤才，皆已举用，一“皆已”，九字句。奸邪谗佞欺负之徒，皆已除去；二“皆已”，十二字句。四海皆已无虞；三“皆已”，六字句。九夷八蛮之在荒服之外者，皆已宾贡；四“皆已”，十五字句。天灾时变，昆虫草木之妖，皆已销息；五“皆已”，十四字句。天下之所谓礼乐刑政教化之具，皆已修理；六“皆已”，十七字句。风俗皆已敦厚；七“皆已”，六字句。动植之物，风雨霜露之所沾被者，皆已得宜；八“皆

1. 三吐其哺、三握其发：指殷勤待士、招揽人才的恳切情态。《史记》：“周公戒伯禽曰：‘我文王之子，武王之弟，成王之叔父，我于天下亦不贱矣。然我一沐三握发，一饭三吐哺，起以待士，犹恐失天下之贤人。子之鲁，慎无以国骄人。’”

已”，十七字句。休征[2]嘉瑞，麟凤龟龙之属，皆已备至。九“皆已”，十四字句。下，再转笔。而周公以圣人之才，凭叔父之亲，其所辅理承化之功，又尽章章如是；下，再转笔。其所求进见之士，岂复有贤于周公者哉？一“岂复有……哉”。不惟不贤于周公而已，岂复有贤于时百执事者哉？岂复有所计议能补于周公之化者哉？二“岂复有……哉”、三“岂复有……哉”。下，再转笔。然而周公求之如此其急，惟恐耳目有所不闻见，思虑有所未及，以负成王托周公之意，不得于天下之心。下，再转笔。如周公之心，设使其时辅理承化之功，未尽章章如是，而非圣人之才，而无叔父之亲，则将不暇食与沐矣，岂特吐哺握发为勤而止哉？下，再转笔。维其如是，故于今颂成王[3]之德，而称周公之功不衰。凡费无数转笔，说周公毕。

今阁下为辅相亦近耳。述阁下为相。下，转笔。天下之贤才，岂尽举用？一“岂尽”，九字句。奸邪谗佞欺负之徒，岂尽除去？二“岂尽”，十二字句。四海岂尽无虞？三“岂尽”，六字句。九

2. 休征：美好的征兆。

3. 成王：周成王，名姬诵，武王之子，周公之侄。

夷八蛮之在荒服之外者，岂尽宾贡？四“岂尽”，十五字句。天灾时变，昆虫草木之妖，岂尽销息？五“岂尽”，十四字句。天下之所谓礼乐刑政教化之具，岂尽修理？六“岂尽”，十七字句。风俗岂尽敦厚？七“岂尽”，六字句。动植之物，风雨霜露之所沾被者，岂尽得宜？八“岂尽”，十七字句。休征嘉瑞，麟凤龟龙之属，岂尽备至？九“岂尽”，十四字句。其所求进见之士，虽不足以希望盛德，至比于百执事，岂尽出其下哉？其所称说，岂尽无所补哉？十“岂尽”、十一“岂尽”，二十七字句、十字句。上九“岂尽”，皆与前句字整对，独添此两“岂尽”，句与前异也。此两“岂尽”亦非分外添出，即上三“岂复有……哉”变文耳。今虽不能如周公吐哺握发，亦宜引而进之，察其所以而去就之，不宜默默而已也。此又不十分用转笔。说阁下毕。下始入自复上书意。愈之待命，四十余日矣，书再上而志不得通，足三及门而阍人[4]辞焉。惟其昏愚，不知逃遁，故复有周公之说焉，阁下其亦察之！毕。下另作余文，自解复上书之无可奈何。

4. 阍人：守门的人。

古之士，三月不仕则相吊，故出疆必载质[5]；然所以重于自进者，以其于周不可，则去之鲁，于鲁不可，则去之齐，于齐不可，则去之宋，之郑，之秦，之楚也。犹言故不必复上书也。今天下一君，四海一国，舍乎此则夷狄矣，妙，妙！去父母之邦矣，妙，妙。安得不复上！故士之行道者，不得于朝，则山林而已矣。山林者，士之所独善自养，而不忧天下者之所能安也；妙，妙！如有忧天下之心，则不能矣。妙，妙。又安得不复上！故愈每自进而不知愧焉，书亟上，足数及门而不知止焉。宁独如此而已，惴惴焉惟不得出大贤之门下是惧，又另一句。亦惟少垂察焉。渎冒威尊，惶恐无已！

愈再拜。

5. 质：见面时所送的礼品。

韩 愈

答李翊书

中间自说为文之甘苦浅深，其妙更不必论。只如前起之曲折之妙，后收之荡漾之妙，皆笔墨之罕事也。

六月二十六日，愈白李生足下：

生之书辞甚高，而其问何下而恭也！能如是，谁不欲告生以其道？曲折。道德之归也有日[1]矣，况其外之文乎？曲折。以上赞李。抑愈所谓望孔子之门墙而不入于其宫[2]者，焉足以知是且非邪？曲折。虽然，不可不为生言之。曲折。以上自谦。

生所谓立言者是也，生所为者与所期者，甚似而几矣。曲折。抑不知生之志，蕲[3]胜于人而取于人邪？将蕲至于古之立言者邪？详问之。蕲胜于人而取于人，则固胜于人

1. 有日：不久。

2. 望孔子之门墙而不入于其宫：这里是借宫室作比喻，来说明孔子道德学问的高深，而自己却是一个连宫室的门也找不到的人，则是比喻自己的浅薄寡知。

3. 蕲：祈、求。

而可取于人矣！轻。将蕲至于古之立言者，则无望其速成，无诱于势利，养其根而俟[4]其实，加其膏[5]而希其光，根之茂者其实遂[6]，膏之沃者其光晔[7]，仁义之人，其言蔼如[8]也。重。

抑又有难者，愈之所为，不自知其至犹未也？曲折。虽然，学之二十余年矣。曲折。始者非三代、两汉之书不敢观，非圣人之志不敢存，处若忘，行若遗，俨乎其若思，茫乎其若迷。当其取于心而注于手[9]也，惟陈言之务去，戛戛[10]乎其难哉！其观于人，不知其非笑之为非笑[11]也。第一层。如是者亦有年，看他钩连而下。犹不改，然后识古书之正伪，与虽正而不至焉者，昭昭然白黑分矣，而务去之，乃徐有得也。当其取于心而注于手也，汩汩然来矣。其观于人也，笑之则以为喜，誉之则以为忧，以其犹有人之说[12]者存也。第二层。如是者亦有年，看他又钩连而下。然后浩乎其沛然矣。吾又惧其杂也，迎而距[13]之，平心而察之，其皆醇也，然后肆焉。第三层。虽然，

4. 俟：等待。

5. 膏：油。

6. 遂：畅达，发育完全。

7. 晔：光明。

8. 蔼如：和气可亲。蔼，和顺。

9. 注于手：用手写出。

10. 戛戛：困难、吃力的样子。

11. 非笑：讥笑。

12. 说：同“悦”。此处谓别人看了觉得高兴，指文章中仍杂有陈言。

13. 距：同“拒”。

不可以不养也。行之乎仁义之途，游之乎《诗》《书》之源，无迷其途，无绝其源，终吾身而已矣。第四层毕。下乃快然自足之言也。气，水也；言，浮物也；水大而物之浮者大小毕浮。气之与言犹是也。气盛，则言之短长与声之高下者皆宜。然后快然自足也。下又转。

虽如是，其敢自谓几于成乎！下又转。虽几于成，其用于人也奚取焉？下又转。虽然，待用于人者，其肖于器邪？用与舍属诸人。句。君子则不然，处心有道，行己有方，用则施诸人，舍则传诸其徒，垂诸文而为后世法。如是者，其亦足乐乎？其无足乐也？论文至此，不羡灵运生天矣！有志乎古者希矣，曲折。志乎古必遗乎今，妙，妙。吾诚乐而悲之，妙，妙。亟称其人[14]，所以劝之，非敢褒其可褒，而贬其可贬也。妙，妙。问于愈者多矣，曲折。念生之言，不志乎利，聊相为言之。妙，妙。

愈白。

14. 亟称其人：一再称道有志于古的人。

韩　愈

代张籍与李浙东书

逐层曲折尽意，又最轻举。

月日，前某官某谨東向再拜，寓书浙东观察使中丞李公[1]阁下：

籍闻议论者皆云，方今居古方伯连帅[2]之职，坐一方得专制于其境内者，惟阁下心事荦荦[3]，与俗辈不同，籍固以藏之胸中矣。一层。此一层，先说李公心事荦荦，超出俗辈。

近者阁下从事李协律翱[4]到京师，籍于李君友也，不见六七年，闻其至，驰往省之，问无恙外，不暇出一言，且先贺其得贤主人。李君曰："子岂尽知之乎？吾将尽言之。"数日，籍益闻所不闻。籍私独喜，常以为自今

1. 李公：李巽。李巽于元和初年以御史中丞充浙东观察使。

2. 方伯：古时称一方诸侯之长为方伯。连帅：古时称十诸侯国之长为连帅。

3. 荦荦：光明磊落。

4. 李协律翱：李翱，字习之，韩愈弟子。贞元十四年进士。

以后，不复有如古人者，于今忽有之。二层。此一层，忽借故人李协律作波澜。

退自悲，不幸两目不见物[5]，无用于天下，胸中虽有知识，家无钱财，寸步不能自致。今去李中丞五千里，何由致其身于其人之侧，开口一吐出胸中之奇乎？因饮泣不能语。三层。此一层，又借目盲作波澜。

既数日，复自奋曰：无所能人，乃宜以盲废；有所能人，虽盲，当废于俗辈，不当废于行古人之道者，浙水东七州，户不下数十万，不盲者何限？李中丞取人，固当问其贤不贤，不当计其盲与不盲也。当今盲于心者皆是，若籍自谓独盲于目尔，其心则能别是非。若赐之坐而问之，其口固能言也。幸未死，实欲一吐出心中平生所知见，阁下能信而致之于门耶？四层。此一层，又借目盲与天下人比对作波澜。籍又善于古诗，使其心不以忧衣食乱，阁下无事时，一致之座侧，使跪进其所有，阁下凭几而听

5. 两目不见物：这是说张籍当时正患眼病，视力不佳。

之，未必不如听吹竹弹丝敲金击石也。夫盲者业专，于艺必精，故乐工皆盲，籍傥可与此辈比并乎？五层。此一层，自叙能诗。以上皆叙李公，此始自叙也。

使籍诚不以蓄[6]妻子、忧饥寒乱心，有钱财以济医药，其盲未甚，庶几其复见天地日月，因得不废，则自今至死之年，皆阁下之赐。阁下济之以已绝之年，赐之以既盲之视，其恩轻重大小，籍宜如何报也。六层。此一层，感谢。阁下裁之度之。

籍惭靦[7]再拜。

6. 蓄：养。

7. 惭靦：惭愧。

与于襄阳书

前半幅，只是闲闲说成一段议论，或整或散，或对或不对，任笔自为起尽。至『侧闻阁下』后，方是两段正文。一段先扬后抑，一段先抑后扬。因前幅既有议论，于是轻轻着笔便休也。

七月三日，将仕郎守国子四门博士韩愈，谨奉尚书阁下：

士之能享大名、显当世者，莫不有先达之士[1]，负天下之望者，为之前[2]焉。言下之人必如此，一扇。士之能垂休光，照后世者，亦莫不有后进之士，负天下之望者，为之后焉。言上之人必如此，一扇。莫为之前，虽美而不彰；翻前扇。莫为之后，虽盛而不传。翻后扇。是二人者，未始不相须[3]也，笔笔曲折，凡作无数曲折。然而千百载乃一相遇焉。曲折。岂上之人无可援，下之人无可推欤？曲折。何其相须之殷，而相遇之疏也。曲折。其故在下之人，负其能不肯谄其

1. 先达之士：已经担任较高官职的人。

2. 前：荐引。

3. 相须：相互期待。

上；上之人，负其位不肯顾其下。曲折。故高材多戚戚之穷，盛位无赫赫之光，曲折。是二人者之所为皆过也。一句断定。下更作一曲折，其论始毕。未尝干之，不可谓上无其人；未尝求之，不可谓下无其人。自起至此，只是一句话，却作如许多曲折。

愈之诵此言久矣，未尝敢以闻于人。妙。将上文半篇文字，只作闲话遁过。侧闻阁下方入阁下，是第一段。抱不世之才，特立而独行[4]，道方而事实[5]，卷舒不随乎时[6]，文武[7]惟其所用。岂愈所谓其人哉？先扬。抑未闻后进之士，有遇知于左右，获礼于门下者，后抑。岂求之而未得邪？将志存乎立功，而事专乎报主，虽遇其人，未暇礼邪？何其宜闻而久不闻也？问得委婉，疑得风刺，只是从《史记》项羽赞脱出。愈虽不材，方入自己，是第二段。先抑。其自处不敢后于恒人[8]，后扬。阁下将求之而未得欤？古人有言："请自隗始[9]。"愈今者惟朝夕刍[10]米仆赁之资是急，不过费阁下一朝之享而足也。应求之未得，好！如曰吾志存乎立功，而事专乎

4. 特立：才能杰出。独行：行为、操守出众。

5. 道：遵循。方：方正之道。事：从事、致力。实：实际的于国于民有益的事。

6. 卷舒：指仕途的进退。时：时局、时俗的变化。

7. 文武：文武之道。意为管理政事时，能让老百姓有劳有逸。

8. 自处：处身立世。指道德修养方面的要求。恒人：常人、一般的人。

9. 请自隗始：请从郭隗开始。郭隗，战国时燕国人。燕昭王欲招揽天下贤才，向郭隗问计，郭隗说："王必欲致士，先从隗始，况贤于隗者，岂远千里哉！"燕昭王"为隗改筑宫室而师事之"，这样乐毅、邹衍、剧辛等贤才都相继来到燕国，昭王重用了这批贤才，终于使燕国富强起来。事见《史记·燕召公世家》。

10. 刍：饲养牲口的草。

报主，虽遇其人，未暇礼焉，则非愈之所敢知也。应“吾志”“未暇”，好！世之龊龊者[11]，既不足以语之，宾。磊落奇伟之人，又不能听焉，主。则信乎命之穷也。此一行，收得甚悲壮，最与通篇称。谨献旧所为文一十八首，如赐览观，亦足以知其志之所存。

愈恐惧再拜。

11. 龊龊者：指只注意生活小节而缺乏真正的道德修养的人。

韩 愈

上张仆射书

前幅条畅，后幅酣恣。

九月一日，愈再拜：通名。

受牒[1]之明日，在使院[2]中，有小吏持院中故事节目[3]十余事来示愈。吏示故事十余。其中不可者，有自九月至明年二月之终，皆晨入夜归，非有疾病事故，辄不许出。其中此一事不可。当时以初受命不敢言。“不敢言”，先作小曲。古人有言曰：“人各有能有不能。”若此者，非愈之所能也。抑而行之，必发狂疾。上无以承事于公，忘其将所以报德者；下无以自立，丧失其所以为心。夫如是，则安得而不言？不得不言。下去，皆畅言之也。

1. 受牒：接受任命。

2. 使院：节度使办公的处所。

3. 故事：成例。节目：条目。

凡执事[4]之择于愈者，非为其能晨入夜归也，必将有以取之。苟有以取之，虽不晨入而夜归，其所取犹在也。笔势反复，却又甚径直。下之事上，不一其事；上之使下，不一其事[5]。量力而任之，度才而处之，其所不能，不强使为是。故为下者不获罪于上，为上者不得怨于下矣。笔势反复，却又甚径直。《孟子》有云："今之诸侯无大相过者，以其皆好臣其所教，而不好臣其所受教。"今之时与孟子之时，又加远矣，皆好其闻命而奔走者，不好其直己而行道者。闻命而奔走者，好利者也；直己而行道者，好义者也。未有好利而爱其君者，未有好义而忘其君者。笔势反复，却又甚径直。今之王公大人，惟执事可以闻此言；惟愈于执事也，可以此言进。且作结束，下去再说。

愈蒙幸于执事，其所从旧矣。若宽假之，使不失其性；加待之，使足以为名。寅而入，尽辰而退。申而入，终酉而退。率以为常，亦不废事。申己意。天下之人，闻执事之于愈如是也，必皆曰执事之好士也如此，执事之

4. 执事：原指帝王、大臣左右侍从之辈，写信时称对方为执事，意思是不敢直接与对方交谈，故向执事者陈述，表示尊敬。

5. 不一其事：不一，不应统一、划一。其事，那件事，指"下之事上"或"上之使下"。

待士以礼如此，执事之使人不枉[6]其性而能有容如此，执事之欲成人之名如此，执事之厚于故旧如此。五“执事……如此”，笔酣墨恣，目中无人。又将曰，韩愈之识其所依归也如此，韩愈之不谄屈于富贵之人如此，韩愈之贤能使其主待之以礼如此。三“韩愈……如此”，笔酣墨恣。则死于执事之门，无悔也。一落。此一，是正落。若使随行而入，逐队而趋，言不敢尽其诚，道有所屈于己，天下之人闻执事之于愈如此，皆曰执事之用韩愈，哀其穷，收之而已耳；韩愈之事执事，不以道，利之而已耳。一执事云云而已耳，一韩愈云云而已耳，笔酣墨恣。苟如是，虽日受千金之赐，一岁九迁其官，感恩则有之矣，将以称于天下曰知己知己，则未也。又一落。此一，是反落。伏惟哀其所不足，矜[7]其愚，不录其罪，察其辞而垂仁采纳焉。收。又连下四“其”字，总是笔酣墨恣。

愈恐惧再拜。

6. 枉：弯曲，引申为压制、压抑。

7. 矜：哀怜。

韩 愈

与陈给事书

此等文字，何曾是有意必作如此章法？只是起手一行，偶然写得见与不见，后遂因风带火，不自觉笔笔入妙也。作文，固以心空为第一矣。

愈再拜：

愈之获见于阁下[1]有年矣。始者亦尝辱一言之誉。先叙相见。贫贱也，衣食于奔走，不得朝夕继见。叙不相见，只平平而起。其后阁下位益尊，伺候于门墙者[2]日益进。夫位益尊，则贱者日隔；伺候于门墙者日益进，则爱博而情不专。忽开突兀二扇，每扇中有二小扇。一扇阁下。愈也道不加修，而文日益有名。夫道不加修，则贤者不与；文日益有名，则同进者忌。一扇愈。始之以日隔之疏，一。加之以不专之望[3]；二。以不与者之心，三。听忌者之说。四。由是阁下之庭，无愈之迹矣。总上两大扇中四小扇，缴过起一行所谓平平者。

1. 阁下：尊称，这里是指陈京。陈京，字庆复，大历元年中进士第，贞元十九年自考功员外郎迁给事中。

2. 伺候于门墙者：指谄媚奉承的小人。

3. 不专之望：对相见的期望不很殷切。

去年春，亦尝一进谒于左右矣。温乎[4]其容，若加其新也；属乎其言[5]，若闵其穷也。退而喜也，以告于人。重起二扇，一扇“退而喜”，轻，下不承。其后如东京[6]取妻子，又不得朝夕继见。及其还也，亦尝一进谒于左右矣。邈乎[7]其容，若不察其愚也；悄乎[8]其言，若不接[9]其情也。退而惧也，不敢复进。一扇“退而惧”，重，下独承。

今则释然悟，翻然悔曰：其邈也，乃所以怒其来之不继也；其悄也，乃所以示其意也。忽将后扇翻出陈给事意思来，真是奇绝！不敏之诛，无所逃避。不敢遂进，辄自疏其所以，只此四语特庄甚，上俱以文为如戏也。并献近所为《复志赋》以下十首为一卷，卷有标轴；《送孟郊序》一首，生纸[10]写，不加装饰，皆有揩字[11]注字处。急于自解[12]而谢，不能俟更写，阁下取其意而略其礼可也。

愈恐惧再拜。

4. 温乎：这里是指态度温和可亲。

5. 属乎其言：其言相属，指对方一句接一句地和自己亲切叙谈。

6. 如：到。东京：洛阳。

7. 邈乎：这里是指态度冷淡。

8. 悄乎：这里是指沉默不言。

9. 接：理会、理睬。

10. 生纸：唐代市场上供应的纸有生、熟之分。生纸一般用以打草稿。

11. 揩字：字迹有涂改的地方。

12. 自解：自我解释。

答李秀才书

韩　愈

来书中意与答意，只后一行便了。看他前幅，凭空请一李元宾作叙述寒暄，可见文字曾无定态，意之所拟，笔即随之。

愈白：

故友李观[1]元宾，十年前示愈《别吴中故人》诗六章，其首章则吾子也，盛有所称引[2]。一，写粗知。元宾行峻洁清，其中[3]狭隘，不能包容；于寻常人，不肯苟有论说。因究其所以，于是知吾子非庸众人。二，写细知。时吾子在吴中。其后愈出在外，无因缘相见。三，写未见。元宾既殁，其文益可贵重。思元宾而不见，见元宾之所与者，则如元宾焉。四，写急见。

今者辱惠书及文章，叙来书。观其姓名，元宾之声容，

1. 李观：字元宾。唐德宗贞元年间进士，官太子校书郎。韩愈倡导的古文运动的积极参与者。

2. 称引：援引，这里是称赞的意思。

3. 中：内心、心胸。

恍若相接。粗观。读其文辞，见元宾之知人，交道[4]之不污。细观。以下，方答来书中意也。甚矣，子之心有似吾元宾也。子之言，以愈所为不违孔子，不以琢雕[5]为工，将相从于此。来书中意。愈敢自爱其道，而以辞让为事乎？然愈之所志于古者，不惟其辞之好，好其道焉尔。答。读吾子之辞，而得其所用心[6]，将复有深于是者，与吾子乐之，况其外之文乎[7]？婉曲接引，言不尽意，妙，妙！

愈顿首。

4. 交道：交际、交往之道。

5. 琢雕：过分地修饰文辞。

6. 所用心：用心之所在。此句指李秀才的文章有充实的内容，是“志道”之文。

7. 况其外之文乎：何况是道德的外在表现形式的文章呢？

韩　愈

应科目时与人书

亦无头，亦无尾，竟斗然写一怪物，一气直注而下，而其文愈曲。细分之，中间却果有无数曲折，而其势愈直。此真奇笔怪墨也。

月、日，韩愈再拜。

天池之滨，大江之濆[1]，曰有怪物[2]焉，盖非常鳞凡介之品汇匹俦[3]也。突然写一怪物，第一段。其得水，变化风雨，上下于天不难也；“得水”，第二段。其不及水，盖寻常[4]尺寸之间耳。无高山大陵、旷途[5]绝险为之关隔也，“不及水”，第三段。然其穷涸，不能自致乎水，为猵獭之笑者，盖十八九矣。“不能自致乎水”，第四段。如有力者，哀其穷而运转之，盖一举手、一投足之劳也。“有力者”，第五段。然是物也，负其异于众也，且曰：“烂死于沙泥，吾宁乐之；若俯首帖耳，摇尾而乞怜者，非我之志也。”不肯

1. 天池：南海。《庄子·逍遥游》：“南溟者，天池也。”濆：水边的高地。

2. 怪物：从文中的有关描写来看，这里的“怪物”指的是龙。

3. 凡介：普通的长有甲壳的水中动物。品汇：种类。匹俦：相当、相比。

4. 寻常：古代的长度单位。八尺为寻，十六尺为常。

5. 旷途：远路。

乞怜，第六段。是以有力者遇之，熟视之若无睹也。其死其生，固不可知也。有力者不知，第七段。今又有有力者当其前矣，聊试仰首一鸣号焉，庸讵[6]知有力者不哀其穷而忘一举手、一投足之劳，而转之清波乎？又一有力者，第八段。奇奇怪怪，弯弯曲曲，历历落落，紧紧簇簇。其[7]哀之，命也；其不哀之，命也。知其在命，而且鸣号之者，亦命也！又加此一段，自作数落，更妙。

愈今者，实有类于是。只用一句，结归自己。是以忘其疏愚之罪，而有是说焉。阁下其亦怜察之。

6. 庸讵：何以、怎么。

7. 其：指代有力量的人。

韩　愈

争臣论

反复辩驳之文，最贵是腴。腴者，理足故也。不腴，则是徒逞口说也。此文不必多看其反复辩驳处，须多看其腴处。

或问谏议大夫阳城[1]于愈：“可以为有道之士乎哉？学广而闻多，不求闻于人也。行古人之道，居于晋之鄙[2]。晋之鄙人，薰其德而善良者几千人。大臣闻而荐之，天子以为谏议大夫。人皆以为华，阳子不色喜[3]。居于位五年矣，视其德如在野，彼岂以富贵移易其心哉？”此数端，实是阳城好处，必要先提出了，不然，后来必是费笔周旋，非真或有是言也。愈应之曰：“是《易》所谓‘恒其德贞，而夫子凶’者也，恶得为有道之士乎哉！接口一句断住。在《易·蛊》之上九云：‘不事王侯，高尚其事[4]。’《蹇》之六二则曰：‘王臣蹇蹇，匪躬之故[5]。’夫不以所居之时不一，而所蹈之德不同也。若《蛊》之上

1. 阳城：字亢宗。唐德宗时，由于宰相李泌的推荐，阳城担任了谏议大夫的职务。

2. 居于晋之鄙：晋，古国名。阳城中进士后，曾隐居中条山（今山西永济市东南）。

3. 不色喜：不喜形于色。

4. 不事王侯，高尚其事：隐居的贤士，不为王侯役使，是值得称赞、效法的。

5. 王臣蹇蹇，匪躬之故：蹇蹇，借为謇謇，指不间断地向皇帝进谏。匪，同“非”。躬，自身。

九，居无用之地，而致匪躬之节；以《蹇》之六二，在王臣之位，而高不事之心[6]，则冒进之患生，无用而匪躬者。旷官之刺兴，王臣而不事者。志不可则，而尤不终无也。《蛊》上九曰："志可则也。"《蹇》六二曰："终无尤也。"上接口一句，用经断住，便再引经反复。今阳子实一匹夫，入事。在位不为不久矣；闻天下之得失，不为不熟矣；天子待之，不为不加[7]矣；一折。而未尝一言及于政，视政之得失，若越人视秦人之肥瘠，忽焉不加喜戚于其心。一折。问其官，则曰谏议也；问其禄，则曰下大夫之秩[8]也；问其政，则曰我不知也。曲折。有道之士，固如是乎哉？第一断。且吾闻之：更端再起。有官守者，不得其职则去；有言责[9]者，不得其言则去；引。今阳子以为得其言乎哉？省一句。得其言而不言，与不得其言而不去，无一可者也。一折。阳子将为禄仕乎？此即前所省之一句也。古之人有云：仕不为贫，而有时乎为贫，谓禄仕者也。宜乎辞尊而居卑，辞富而居贫，若抱关击柝者[10]可也。盖孔子尝为委吏[11]矣，尝为乘田[12]矣，亦不敢旷其职。必曰会计当[13]而已矣，必曰牛羊遂而已矣。

6. 高不事之心：以不臣事王侯的志趣为高尚。

7. 加：这里是重视、器重的意思。

8. 下大夫之秩：唐制，谏议大夫秩为正五品，年俸二百石。相当于先秦时期的下大夫。

9. 言责：言，进言、进谏。责，责任。

10. 抱关击柝者：守关巡夜的人。

11. 委吏：管粮仓的小吏。

12. 乘田：管理、放牧六畜的小官。

13. 会计当：计算准确。

引。看他添减《孟子》文字，成自己文字。若阳子之秩禄，不为卑且贫，章章明矣，而如此其可乎哉？”一折。第二断。

或曰：“否，非若此也。夫阳子恶讪[14]上者，恶为人臣招[15]其君之过而以为名者，故虽谏且议，使人不得而知焉。《书》曰：‘尔有嘉谟嘉猷，则入告尔后于内，尔乃顺之于外。’曰：‘斯谟斯猷，惟我后之德。’[16]亦引《书》。夫阳子之用心，亦若此者。”更端再起。愈应之曰：“若阳子之用心如此，滋所谓惑者矣！接口一句断住。入则谏其君，出则不使人知者，大臣宰相之事，非阳子之所宜行也。大声如霹雳，使读者耳聋数日。夫阳子本以布衣，隐于蓬蒿之下；一折。主上嘉其行谊，擢在此位。官以谏为名，一折。诚宜有以奉其职，使四方后代，知朝廷有直言骨鲠[17]之臣，天子有不僭赏[18]从谏如流之美。一折。庶岩穴之士，闻而慕之，束带结发，愿进于阙下[19]而伸其辞说，致吾君于尧舜，熙鸿号于无穷也。一折。若《书》所谓，则大臣宰相之事，非阳子之所宜行也。且阳子之

14. 讪：毁谤。

15. 招：举、指摘。

16.“《书》曰”五句：语出《尚书》。谟，计谋、谋略。猷，道、道术。后，君主。

17. 骨鲠：喻刚直、刚劲。

18. 不僭赏：赏赐没有差错。

19. 阙下：指朝廷。

心，将使君人者，恶闻其过乎？是启之也？”第三断。

或曰：“阳子不求闻而人闻之，不求用而君用之，不得已而起，守其道而不变，何子过之深也？”更端再起。愈曰：“自古圣人贤士，皆非有求于闻用也。接口一句断住。闵其时之不平，人之不乂[20]，得其道，不敢独善其身，而必以兼济天下也。孜孜矻矻[21]，死而后已。故禹过家门不入，孔席不暇暖，而墨突不得黔[22]。彼二圣一贤者，岂不知自安逸之为乐哉？诚畏天命而悲人穷也！一折。夫天授人以贤圣才能，岂使自有余而已？诚欲以补其不足者也！耳目之于身也，耳司闻而目司见，听其是非，视其险易，然后得安焉。圣贤者，时人之耳目也；时人者，圣贤之身也。一折。且阳子之不贤，则将役于贤以奉其上矣；若果贤，则固畏天命而闵人穷也。恶得以自暇逸乎哉！”一折。第四断。

或曰：“吾闻君子不欲加诸人，而恶讦[23]以为直者，亦引

20. 乂：治理、安定。

21. 孜孜矻矻：奋发勤劳的样子。

22. “孔席不暇暖”二句：孔、墨抱济世之志，无暇在家休息，以致所居席未暖、灶未黑而又奔走四方。

23. 讦：攻击别人的短处、揭发别人的阴私。

经。若吾子之论，直则直矣，无乃伤于德而费于辞乎？好尽言以招人过，国武子之所以见杀于齐也。又引。吾子其亦闻乎？”更端再起。愈曰：“君子居其位，则思死其官；未得位，则思修其辞以明其道，我将以明道也，非以为直而加人也。接口断住。且国武子不能得善人[24]，而好尽言于乱国，是以见杀。一折。《传》曰：‘惟善人能受尽言。’谓其闻而能改之也。一折。子告我曰：‘阳子可以为有道之士也。’今虽不能及已，阳子将不得为善人乎哉！”第五断。

24. 善人：贤人。

韩　愈

进学解

其雄奇高浑，似较《客难》《宾戏》为过之，逐句逐段细细读。

国子先生晨入太学[1]，招诸生立馆下，诲之曰：斗起奇文。“业精于勤荒于嬉，行成于思毁于随[2]。方今圣贤相逢，治具毕张[3]，拔去凶邪，登崇俊良，占小善者[4]率以录，名一艺者[5]无不庸。爬罗剔抉[6]，刮垢磨光[7]。盖有幸而获选，孰云多而不扬？诸生业患不能精，无患有司之不明；行患不能成，无患有司之不公。”

言未既，妙，斗转奇文。有笑于列者曰：“先生欺余哉！弟子事先生，于兹有年矣。头。先生口不绝吟于六艺之文，手不停披[8]于百家之编；记事者必提其要[9]，纂言者必钩其玄[10]；贪多务得，细大不捐[11]；焚膏油以继晷[12]，恒兀

1. 国子先生：唐人对国子博士的尊称。这里是韩愈自称。太学：这里指的是唐代的国子学。

2. 随：因循，指不肯深思，缺乏严格要求。

3. 治具：法令。毕张：全部得以实行。

4. 占小善者：有一些优点的人。

5. 名一艺者：以熟悉一种经书而出名的人。

6. 爬罗剔抉：指选拔人才。

7. 刮垢磨光：指精心培育人才。

8. 披：翻阅。

9. 记事者：记事的书籍。要：要点。

10. 纂言者：立论的书籍。钩：探索。玄：深奥的道理。

11. 多：多学。得：得益。捐：捐弃、丢失。

12. 焚膏油：点亮灯烛。继晷：接上阳光。

兀[13]以穷年。先生之业，可谓勤矣。一段。段段雄奇俊伟。觝排异端，攘斥佛老；补苴罅漏[14]，张皇幽眇[15]；寻坠绪[16]之茫茫，独旁搜而远绍[17]；障百川而东之，回狂澜于既倒。先生之于儒，可谓有劳矣。二段。沈浸醲郁，含英咀华，作为文章，其书满家。上规姚姒[18]，浑浑无涯；周诰殷盘，佶屈聱牙[19]；《春秋》严谨，《左氏》浮夸[20]，《易》奇而法，《诗》正而葩[21]。下逮《庄》《骚》，太史所录[22]，子云相如，同工异曲。先生之于文，可谓闳其中而肆其外矣[23]。三段。少始知学，勇于敢为；长通于方，左右具宜。先生之于为人，可谓成矣。四段。然而公不见信于人，私不见助于友。跋前踬后[24]，动辄得咎。暂为御史，遂窜南夷[25]。三年博士，冗不见治[26]。命与仇谋，取败几时。冬暖而儿号寒，年丰而妻啼饥。头童齿豁[27]，竟死何裨？不知虑此，而反教人为？”尾。

先生曰：“吁！子来前！又斗转。夫大木为宗，细木为桷[28]，欂栌、侏儒，椳、闑、扂、楔[29]，各得其宜，施

13. 兀兀：辛勤劳苦的样子。

14. 补苴罅漏：补充儒学的缺漏处。

15. 张皇幽眇：阐明儒学的深奥微妙处。

16. 坠绪：坠，失传。绪，事业，这里是指孔孟的道统。

17. 绍：继承。

18. 姚姒：姚，虞舜的姓。姒，夏禹的姓。姚姒，这里指《尚书》中的《虞书》《夏书》。

19. 周诰：《尚书·周书》中有《大诰》《酒诰》《洛诰》等篇。殷盘：《尚书·商书》中有《盘庚》篇。佶屈聱牙：指文辞艰涩难读。

20.《左氏》浮夸：《左传》文辞铺张华美。

21.《诗》正而葩：正，思想内容纯正。葩，指辞采的华美。

22. 太史：史官。这里指担任过太史令的司马迁。所录：指《史记》。

23. 闳其中：指作品的内容充实、丰富。肆其外：指文笔能放纵自如。

24. 跋前踬后：进退两难的意思。

25. 遂窜南夷：贞元十九年（公元803年），韩愈因上书论宫市之弊，由监察御史被贬为连州阳山（今广东阳山县东）令。窜，贬谪。

26. 不见治：不足以表现治理之才。

27. 头童：头已秃。齿豁：齿落。

28. 宗：屋梁。桷：屋椽。

29. 欂：壁柱。栌：斗拱。侏儒：梁上短木。椳：门臼。闑：门的中间所竖立的短木。扂：门闩。楔：门两旁长木。

以成室者，匠氏之工也。一喻。玉札丹砂，赤箭青芝，牛溲马勃，败鼓之皮，俱收并蓄，待用无遗者，医师之良也。二喻。登明选公[30]，杂进巧拙[31]，纡余[32]为妍，卓荦[33]为杰，校短量长，惟器是适者，宰相之方也。三结。昔者孟轲好辩，孔道以明，辙环天下，卒老于行，一引。荀卿守正，大论是弘，逃谗于楚，废死兰陵。二引。是二儒者，吐辞为经，举足为法，绝类离伦[34]，优入圣域，其遇于世何如也？三结。下，转正文。今先生学虽勤而不由其统，言虽多而不要其中[35]，文虽奇而不济于用，行虽修而不显于众。再转。犹且月费俸钱，岁靡廪粟；子不知耕，妇不知织；乘马从徒[36]，安坐而食；踵常途之促促，窥陈编以盗窃[37]。再转。然而圣主不加诛，宰臣不见斥，兹非其幸欤？再转。动而得谤，名亦随之，投闲置散，乃分之宜。以上，"进学"正文毕；下二行，"解"也。若夫商[38]财贿之有亡，计班资之崇庳[39]，忘己量之所称，指前人之瑕疵，是所谓诘匠氏之不以杙为楹[40]，而訾医师以昌阳引年，欲进其豨苓也[41]。"

30. 登明选公：登，提拔。明，明察。选，选拔。公，公平、公正。

31. 杂进巧拙：杂，齐、都。进，录用。巧，好的。拙，差的。

32. 纡余：委曲谦逊的样子。

33. 卓荦：超绝的样子。

34. 绝类离伦：越出众儒，无与伦比。

35. 要：求。中：合乎道、理。

36. 从徒：出行时跟随的人。

37. 踵：这里用作动词，跟着走的意思。促促：拘谨的样子。陈编：旧籍。盗窃：指从旧籍中窃取前人陈言。

38. 商：计较。

39. 班资：班列资格，指官位品秩。崇庳：高低。

40. 杙：小木桩。楹：柱子。

41. 訾：指摘、非议。昌阳：菖蒲，古人认为久服可以延年益寿。豨苓：药名，即猪苓。

韩　愈

获麟解

一篇只是一正一反，再一正，再一反。每段又自作曲折。

麟[1]之为灵，昭昭也。咏于《诗》[2]，书于《春秋》[3]，杂出于传记百家之书。虽妇人小子，皆知其为祥也。祥。然麟之为物，不畜于家，不恒有于天下，其为形也不类，非若马牛犬豕豺狼麋鹿然，然则虽有麟，不可知其为麟也。角者，吾知其为牛；鬣[4]者，吾知其为马；犬豕豺狼麋鹿，吾知其为犬豕豺狼麋鹿。唯麟也，不可知。不可知，则其谓之不祥也亦宜。不祥。此是第一正反。此不祥，是天下不知麟也，非麟之咎也。虽然，麟之出，必有圣人在乎位，麟为圣人出也。圣人者必知麟[5]，麟之果不为不祥也。祥。

又曰：麟之所以为麟者，以德不以形，若麟之出不待圣

1. 麟：麒麟。古代传说中的一种动物，形状似鹿，独角，身有鳞甲，尾似牛，是“仁兽”“灵兽”。

2. 咏于《诗》：《诗经·周南》中有《麟之趾》，就是吟唱麒麟被捕杀，慨叹其不幸的诗篇。

3. 书于《春秋》：《春秋·哀公十四年》：“春，西狩获麟。”杜预注：“麟者仁兽，圣王之嘉瑞也。时无明王，出而遇获。”

4. 鬣：颈上的长毛。

5. 圣人者必知麟：《左传·哀公十四年》：“西狩于大野，叔孙氏之车子鉏商获麟，以为不祥，以赐虞人。仲尼观之，曰：‘麟也。’然后取之。”

人，则谓之不祥也亦宜。不祥。此是第二正反。此不祥，真麟之罪也，非天下之咎也。呜呼！先生于出处之际，为戒深矣。

原毁

原毁，乃始于责己者。不责己则怠，怠则忌，忌则毁。故原之必于此焉始，并非宽套之论也。此文段段成扇，又宽转，又紧峭，又平易，又古劲，最是学不得到之笔，而不知者乃谓易学。

古之君子，其责己也重以周[1]，其待人也轻以约[2]。劈空先写古之君子一大扇，作宾。重以周，故不怠；轻以约，故人乐为善。段段成扇。闻古之人有舜者，其为人也，仁义人也；求其所以为舜者，责于己曰："彼，人也；予，人也，彼能是，而我乃不能是！"早夜以思，去其不如舜者，就其如舜者。闻古之人有周公者，其为人也，多才与艺人也；求其所以为周公者，责于己曰："彼，人也；予，人也，彼能是，而我乃不能是！"早夜以思，去其不如周公者，就其如周公者。一扇中，又成二扇。舜，大圣人也，后世无及焉；周公，大圣人也，后世无及焉。段段成扇。是人也，乃曰："不如舜，不如周公，

1. 重以周：严格而全面。

2. 轻以约：宽厚而简约。

吾之病也。”是不亦责于身者重以周乎！以上一小扇。其于人也，曰：“彼人也，能有是，是足为良人矣。”“能善是[3]，是足为艺人矣。”取其一不责其二[4]，即其新[5]不究其旧，恐恐然[6]惟惧其人之不得为善之利。一善易修[7]也，一艺易能也，其于人也，乃曰：“能有是，是亦足矣。”曰：“能善是，是亦足矣。”是不亦待于人者轻以约乎！以上一小扇。

今之君子则不然，其责人也详，其待己也廉。再写今之君子一大扇，作主。详，故人难于为善；廉，故自取也少。段段成扇。己未有善，曰：“我善是，是亦足矣。”己未有能，曰：“我能是，是亦足矣。”外以欺于人，内以欺于心，未少有得而止矣。是不亦待其身者已廉乎？一扇中，又成二扇。以上一小扇。其于人也，曰：“彼虽能是，其人不足称也。”“彼虽善是，其用不足称也。”举其一不计其十[8]，究其旧不图其新，恐恐然惟惧其人之有闻[9]也。是不亦责于人者已详乎？以上一小扇。夫是之谓不以众人待其

3. 能善是：能擅长这些事。

4. 取其一不责其二：只取他的长处，而不要求他的其他方面。

5. 即其新：看到他的进步之处。

6. 恐恐然：小心、谨慎的样子。

7. 修：做到，完成。

8. 举其一不计其十：举，提出。一，少许缺点。十，众多优点。

9. 闻：声誉。

身，而以圣人望于人，吾未见其尊己也。独承后一扇。

虽然，急转。为是者，有本有原：怠与忌之谓也。怠者不能修[10]，而忌者畏人修。方到本题，此为毁之根也。吾尝试之矣。又将笔端飏开。尝试语于众曰："某良士。某良士。"其应者，必其人之与也；不然，则其所疏远不与同其利者也；不然，则其畏也。不若是，强者必怒于言，懦者必怒于色矣。又一扇，作宾。文法从《战国策》或为齐献书赵王偷来。又尝语于众曰："某非良士。某非良士。"其不应者，必其人之与也；不然，则其所疏远不与同其利者也；不然，则其畏也。不若是，强者必说于言，懦者必说于色矣。一扇，作主。是故事修而谤兴，德高而毁来。呜呼！士之处此世，而望名誉之光[11]、道德之行，难已！收住。

将有作于上者[12]，得吾说而存之，其国家可几而理欤！

再收，使通篇有加倍力。

10. 修：这里指品德才能的进步。

11. 光：光大。

12. 将有作于上者：准备干一番事业而又居于上位的人。

韩　愈

讳辩

前幅，看其层叠扶疏而起；后幅，看其连环钩股而下。只是以文为戏，以文为乐。

愈与李贺书，劝贺举进士[1]。既自欲作辩，便从自承认起。贺举进士有名，与贺争名者毁之，争名。曰："贺父名晋肃，贺不举进士为是，劝之举者为非。"听者不察也，和而唱[2]之，同然一辞。"不察"，轻轻只下四字，便早定此案。下辩，固余文也。"和"者，转更唱之也。皇甫湜[3]曰："若不明白[4]，子与贺且得罪。"作辩之由，看"子与贺"句。子字在贺字上，又贺不作辩、公作辩之由。愈曰："然。"先用一"然"字接住，下方起。

律曰："二名不偏讳[5]。"释之者曰："谓若言徵不称在，言在不称徵释毕。是也。"言释者是也。律曰："不讳嫌名[6]。"释之者曰："谓若禹与雨，邱与蓲之类释毕。是

1. 举进士：去参加进士科考试。

2. 唱：同"倡"，倡导、传播的意思。

3. 皇甫湜：字持正，曾从韩愈学古文，是唐代古文运动的积极参与者，官至工部郎中。

4. 明白：公开申辩清楚。

5. 二名不偏讳：两个字的人名不必一一避讳，仅避讳其中一字即可。

6. 不讳嫌名：不讳同音字。

也。”言释者是也。今贺父名晋肃，贺举进士，上引律文，此入叙事。为犯二名律乎？为犯嫌名律乎？贺父名进肃，律尚不偏讳；今贺父自名晋肃，律岂讳嫌名乎？只此是正辩毕。以下，俱以文为戏，以文为乐。父名晋肃，子不得举进士，若父名仁，子不得为人乎？其辞甚戏，其旨甚辣。

夫讳始于何时？提笔更端起。作法制以教天下者，非周公、孔子欤？周公作诗不讳[7]，孔子不偏讳二名[8]，《春秋》不讥不讳嫌名，康王钊之孙，实为昭王[9]，曾参之父名皙，曾子不讳昔，此引周公、孔子，最似拉杂不整，不知其周公只是一句，孔子却是四句。盖《春秋》为孔子之书，曾子为孔子之徒也。“康王钊”句，又只在“春秋”句中，所谓文章虚实繁省之法也。周之时有骐期，汉之时有杜度，此其子宜如何讳？将讳其嫌，遂讳其姓乎？将不讳其嫌者乎？又一样辩，妙辩云兴。汉讳武帝名彻为通[10]，不闻又讳车辙之辙为某字也；讳吕后名雉为野鸡，不闻又讳治天下之治为某字也。今上章及诏，不闻讳浒、势、秉、机[11]也；又一样辩。惟宦官宫妾，特指出一项人。乃不

7. 周公作诗不讳：《诗经》中旧说为周公姬旦所作的诗中有“克昌厥后”“骏发尔私”一类句子，而周公父名姬昌（文王）、兄名姬发（武王），所以说他写诗时不避讳父兄之名。

8. 孔子不偏讳二名：孔子母名徵在，孔子则言在不言徵，或言徵不言在，只是避讳其中的一个字。

9. 康王钊：周康王姬钊。昭王：周昭王姬瑕。钊、昭两字同音，这是说不避嫌名讳。

10. 汉讳武帝名彻为通：汉武帝姓刘名彻，避彻字讳，所以称彻侯为通侯、改蒯彻为蒯通。

11. 不闻讳浒、势、秉、机：没有听说又讳浒、势、秉、机字样。唐太祖李虎、太宗李世民、世祖李昞、玄宗李隆基的庙讳为虎、世、昞、基，与浒、势、秉、机音同。

敢言谕及机，以为触犯[12]；还他不察唱和缘故。士君子立言行事，宜何所法守[13]也？要不察者细察也。以上拉杂辊掷而下，至此又毅然反复之。今考之于经，质之于律，稽之以国家之典，贺举进士为可邪？为不可邪？辞甚婉，旨甚辣。

凡事父母，得如曾参，可以无讥[14]矣；作人得如周公、孔子，亦可以止[15]矣。忽作袅袅余文。今世之士，唱和人。不务行曾参、周公、孔子之行，而讳亲之名则务胜于曾参、周公、孔子，亦见其惑[16]也。以文为戏，以文为乐。夫周公、孔子、曾参，卒不可胜；忽然忘曾参，忽然带曾参。胜周公、孔子、曾参，乃比于宦官、宫妾；以文为戏，以文为乐。则是宦官、宫妾之孝于其亲，贤于周公、孔子、曾参者邪？以文为戏，以文为乐，不图篇终又作如此袅袅数转。

12.“乃不敢言谕及机”二句：才不敢说“谕”字和“机”字，认为这是触犯了唐代宗（李豫）、玄宗（李隆基）的庙讳。

13. 何所法守：遵循什么样的法则。

14. 讥：这里是批评的意思。

15. 止：尽善尽美。

16. 惑：糊涂。

韩 愈

送石处士序

一篇纯用传体为序，序之变也。

河阳军节度、御史大夫乌公[1]为节度之三月，求士于从事[2]之贤者。有荐石先生[3]者，公曰："先生何如？"因此一问，下遂一路尽成传体。曰："先生居嵩、邙、瀍、穀[4]之间，句法一，居。冬一裘，句。夏一葛[5]，句法二，衣。食，句。朝夕句。饭一盂，蔬一盘。句法三，食。人与之钱句。则辞句。，请与出游，句。未尝以事辞，句法四，与人。劝之仕句。不应。坐一室，句。左右图书，句。与之语道理，五字句。辩古今事当否，六字句。论人高下，事后当成败，九字句。若河决下流而东注，八字句。若驷马驾轻车、就熟路，而王良、造父[6]为之先后也，十九字句。若烛照数计而龟卜也[7]。"九字句。句法五，语默。大夫曰："先生有以自老，无

1. 河阳军节度、御史大夫乌公：指乌重胤。乌重胤于唐宪宗元和五年四月为河阳军节度使，御史大夫是其兼职。河阳军节度使驻地在河阳。

2. 从事：这里指节度使幕府中的僚属。

3. 石先生：指石洪，字濬川，洛阳人。他曾任黄州录事参军，后罢职退居洛阳，十年不仕。

4. 嵩、邙、瀍、穀：嵩，嵩山，在今河南登封境。邙，北邙山，在今洛阳市郊。瀍，瀍水，源出洛阳市西北，东南流入洛水。穀，即穀水，在河南省，流经洛阳市境。

5. 裘：皮衣。葛：葛布所制之衣。

6. 王良、造父：王良，春秋时晋国大夫。造父，周穆王时人。两人都是古代驾车的能手。

7. 数计：以蓍草计数占卜吉凶。龟卜：灼烧龟甲，视其纹路断裂情况而预卜吉凶。

求于人，其肯为某来耶？”再问。从事曰：“大夫文武忠孝，求士为国，不私于家。方今寇聚于恒[8]，师[9]环其疆，农不耕收，财粟殚亡[10]。吾所处地，归输[11]之涂，治法征谋[12]，宜有所出。借从事口备写大夫。先生仁且勇，若以义请而强委重[13]焉，其何说之辞？”备写处士。于是撰[14]书词，具马币[15]，卜日以授使者，求先生之庐而请焉。竟入传体。

先生不告于妻子，不谋于朋友，画。冠带出见客，画。拜受书礼于门内。画。宵则沐浴，戒[16]行李，载书册，问道所由，告行[17]于常所来往。画。晨则毕至，张上东门外[18]，画。酒三行[19]，且起，又画又叙，随手变出。有执爵而言者曰：“大夫真能以义取人，先生真能以道自任，决去就。为先生别。”第一祝，并赞二人。又酌而祝曰：“凡去就出处何常，惟义之归[20]。遂以为先生寿。”第二祝，独寿处士。又酌而祝曰：“使大夫恒无变其初，无务富其家而饥其师，无甘受佞人而外敬正士[21]，无昧于谄言，惟先生是听，

8. 恒：恒州，为承德军节度使驻地。元和四年三月承德军节度使王士真去世，其子承宗起兵叛唐，十二月朝廷诏吐突承璀率兵讨伐王承宗的叛军。

9. 师：指叛军。

10. 殚亡：完全没有。殚，尽。

11. 归输：指漕运。

12. 征谋：征讨叛军的计谋。

13. 强委重：强，恳切地邀请。委重，委以重任。

14. 撰：写。

15. 具马币：具，备办。马，良马。币，财物。这里是说准备好了许多礼品。

16. 戒：预备。

17. 告行：辞行，辞别。

18. 张上东门外：张，张设，指设酒宴为石洪送行。上东门，洛阳城北门。

19. 酒三行：斟酒三次。

20. 惟义之归：只能以道义作为标准。

21. 外敬：外表假装尊敬。正士：正直的士大夫。

以能有成功，保天子之庞命。”第三祝，规大夫。又祝曰：“使先生无图利于大夫，而私便其身图。”第四祝，规先生。先生起拜祝辞曰：“敢不敬蚤夜以求从祝规[22]。”又加倍写一答祝，随手变出无穷。于是东都之人士，咸知大夫与先生果能相与以有成也。忽作一结，有气力。遂各为歌诗六韵，遣愈为之序云。

22. 祝规：祝辞中带有规劝性的那些话。

韩愈

送温处士序

前凭空以冀北马空起，中凭空撰出无数人嗟怨，后又凭空结以自己嗟怨：俱是凭空文字。

伯乐[1]一过冀北之野，而马群遂空。凭空忽掉奇语。夫冀北马多天下，伯乐虽善知马，安能空其群邪？接手便难。解之者[2]曰："吾所谓空，非无马也，无良马也。伯乐知马，遇其良辄取之，群无留良焉。苟无良，虽谓无马，不为虚语矣。"接手便释。以上，以喻为起，不独为送温起，并送石亦连及。

东都，固士大夫之冀北也。妙文。恃才能深藏而不市者，洛之北涯曰石生[3]，连石。其南涯曰温生[4]。出温。大夫乌公[5]以鈇钺镇河阳之三月，以石生为才，以礼为罗，罗而致之幕下。连石。未数月也，以温生为才，于是以石生为媒，以礼为罗，又罗而致之幕下。出温，中自见所以连石

1. 伯乐：姓孙名阳，春秋中期秦穆公时人，是当时最著名的善相马者。

2. 解之者：解释的人。

3. 石生：石洪。

4. 温生：温造。

5. 大夫乌公：指乌重胤。

之故。东都虽信多才士，朝取一人焉拔其尤，暮取一人焉拔其尤，自居守河南尹以及百司之执事，与吾辈二县之大夫，政有所不通，事有所可疑，奚所咨而处[6]焉？生姿。各句各样句法。士大夫之去位而巷处者，谁与嬉游？生姿。句法。小子后生于何考德而问业焉？生姿。句法。缙绅之东西行过是都者，无所礼于其庐。生姿。句法。若是而称曰："大夫乌公一镇河阳。而东都处士之庐无人焉。"岂不可也？妙文。文固已毕，却必下一段，始足。

夫南面而听天下，其所托重而恃力者，惟相与将耳。陪一相。相为天子得人于朝廷，陪。将为天子得文武士于幕下，正。求内外无治，不可得也。其文始足。愈縻[7]于兹，不能自引[8]去，资二生以待老。今皆为有力者夺之，其何能无介然[9]于怀邪？本以致颂，反更生怨，绝妙文情。生既至，拜公于军门[10]，其为吾以前所称为天下贺，结前一长段。以后所称为吾致私怨于尽取[11]也。结后一短段。

留守相公[12]首为四韵诗歌其事，愈因推其意而序之。

6. 咨：询问。处：处置。

7. 縻：牵系，淹留。

8. 自引：这里是自动引退的意思。

9. 介然：怨愤。

10. 生：温生（温造）。公：乌公（乌重胤）。

11. 尽取：指乌重胤将洛阳地区的贤士全都聘走了。这是夸张的说法。

12. 留守相公：留守，东都留守，指郑余庆。相公，郑余庆曾官尚书左丞同中书门下平章事，位同宰相，故称他为相公。

韩　愈

送杨少尹序

送杨少尹，却劈空忽请出二疏，又偷笔先写自己病不能送，便生出无数波澜。

昔疏广、受[1]二子，以年老一朝辞位而去，于时公卿设供帐祖道都门外[2]，车数百辆。道旁观者多叹息泣下，共言其贤。汉史[3]既传其事，而后世工画者又图其迹，至今照人耳目，赫赫若前日事。叙二疏事毕。

国子司业杨君巨源[4]，方以能诗训后进，五字，补写杨君在官时事，必不可少。一旦以年满七十，亦白[5]丞相去归其乡。叙杨君事亦毕，以下发论。世常说古今人不相及，今杨与二疏，其意岂异也？随手先作一总。

余忝在公卿后[6]，遇病不能出，借"病不能出"，生出"不知"

1. 疏广、受：疏广、疏受。宣帝时曾任太子少傅。二人在位五年，后同时称病辞官返乡。

2. 供帐：同"供张"。陈设帷帐等供设宴之用。祖道：饯行。都门：指长安东郭门。

3. 汉史：指班固所著《汉书》。疏广、疏受辞官返乡，离开长安时公卿大夫故人在东郭门外设宴送行的情况，曾载入《汉书·疏广传》内。

4. 国子司业：国子监的副长官，位在祭酒之下，协助祭酒掌儒学训导之政。杨君巨源：杨巨源，字景山，贞元五年中进士第。巨源有诗名，白居易、张籍均有诗作赠他。

5. 白：禀告，告语。

6. 余忝在公卿后：韩愈时任吏部侍郎，所以说"忝在公卿后"。忝，有愧于，谦词。

二字。不知杨侯去时，城门外送者几人？车几辆？马几匹？三“几”字。道旁观者亦有叹息知其为贤与否？而太史氏[7]又能张大其事为传继二疏踪迹否？不落莫[8]否？三“否”字。见今世无工画者，而画与不画固不论也。变。然吾闻杨侯之去，丞相有爱而惜之者，白以为其都少尹[9]，不绝其禄。疏事外，添出一杨事。又为歌诗以劝之，京师之长于诗者亦属而和之。疏事外，又添出一杨事。又不知当时二疏之去有是事否？前云“不知杨侯去时”，此云“又不知当时二疏之去”，其笔势如疾风之左趯右趯。古今人同不同未可知也。随手再作一总。

中世[10]士大夫，以官为家，罢则无所于归。不是骂人，是反衬下文。杨侯始冠，举于其乡，歌《鹿鸣》[11]而来也。宾句。今之归，主句。指其树曰：“某树，吾先人之所种也；某水、某丘，吾童子时所钓游也。”画七十老人，却画作童子时，奇情妙笔。乡人莫不加敬，诫子孙以杨侯不去[12]其乡为法。又添出二疏未有事。古之所谓乡先生殁而可祭于社者[13]，其在斯人欤！其在斯人欤！感叹不尽。

7. 太史氏：指史官。

8. 落莫：寂寞，冷落。

9. 白以为其都少尹：禀告皇上，让杨巨源做河中府少尹。

10. 中世：中古时期，这里指殷、周时期。

11.《鹿鸣》：周代国君举行宴会时的乐歌。唐代州县宴请中举士子，亦奏《鹿鸣》曲，称为鹿鸣宴。

12. 去：弃。

13. 乡先生：古时人们对辞官居乡的老人的尊称。社：里社，祀社神的处所。

韩愈

送孟东野序

拉杂散漫，不作起，不作落，不作主，不作宾。只用一『鸣』字跳跃到底，如龙之变化屈伸于天，更不能以逐鳞逐爪观之。

大凡物不得其平则鸣。突然发笔，似为一篇头，又不为一篇头，直是恣意荡漾，不顾世人。草木之无声，风挠[1]之鸣；草木一。水之无声，风荡之鸣。水二。其跃也或激之，其趋[2]也或梗之，其沸也或炙之。水段独加三句，恣心恣手之文哉！金石之无声，或击之鸣。金石三。人之于言也亦然，突然收到人，又不收到人。下又放开。有不得已者而后言，其歌也有思，其哭也有怀。凡出乎口而为声者，其皆有弗平者乎！人言四。

乐也者，郁于中而泄于外者也，突然说乐。择其善鸣者而假之鸣。金、石、丝、竹、匏、土、革、木，八者物之善鸣者也[3]。乐五。维天之于时也亦然，突然说天时。择其善

1. 挠：扰动。

2. 趋：急行，指水流湍急。

3. 金：钟、镈。石：磬。匏：笙。土：埙。革：鼓。木：柷、敔。柷、敔都是木制的乐器。

鸣者而假之鸣。是故以鸟鸣春，以雷鸣夏，以虫鸣秋，以风鸣冬。四时之相推敚[4]，其必有不得其平者乎！天、四时六。

其于人也亦然。突然又收到人，始真收到人矣。下又放开。人声之精者为言，文辞之于言，又其精也，尤择其善鸣者而假之鸣。文辞，提。以下始说人。其在唐、虞，咎陶、禹，其善鸣者也，而假以鸣；咎陶、禹，一。夔弗能以文辞鸣，又自假于韶以鸣[5]。夔，二。夏之时，五子以其歌鸣[6]，五子，三。伊尹鸣殷，伊尹，四。周公鸣周[7]。周公，五。凡载于《诗》《书》六艺，皆鸣之善者也。略结。周之衰，孔子之徒鸣之，其声大而远，传曰："天将以夫子为木铎[8]。"其弗信矣乎？孔子之徒，六。其末也，庄周以其荒唐之辞[9]鸣。庄周，七。楚大国也，其亡也，以屈原鸣。屈原，八。臧孙辰[10]、孟轲、荀卿，以道鸣者也；臧孙辰、孟轲、荀卿，九。杨朱[11]、墨翟、管夷吾[12]、晏婴[13]、老聃、申不害[14]、韩非、慎到[15]、田骈[16]、邹衍、尸佼[17]、孙武、张仪、苏秦之属，皆以其术[18]鸣。

4. 推敚：推移，变化。敚，同"夺"。

5. 夔：相传是帝舜时的乐官。韶：相传是帝舜时的古乐曲。

6. 五子以其歌鸣：传说夏朝国君太康荒淫误国，被外族首领夺去帝位，他的五个兄弟怨愤不已，作《五子之歌》以告诫太康。

7. 周公鸣周：周公旦是西周初年的著名政治家，为巩固西周王朝的统治做过重大努力。相传在平定三叔（管、蔡、霍）的叛乱后，他曾"制礼作乐"，建立了一套治理国家的礼乐、典章制度。

8. 天将以夫子为木铎：语出《论语·八佾》篇，原是仪封人称颂孔子的话。这里用以比喻孔子的言论、著作如同君主所发布的政令一样，为人所重，影响深远。

9. 荒唐之辞：荒唐，广大无边的意思。荒唐之辞，指的是《庄子》文中浪漫主义色彩在文辞方面的体现。

10. 臧孙辰：臧文仲，春秋时鲁国大夫。

11. 杨朱：战国时魏国人，哲学家，他反对墨子的"兼爱"说，而主张"为我"说。

12.管夷吾：字仲，齐桓公的宰相。著有《管子》一书。

13. 晏婴：字平仲，齐景公时担任过宰相。战国时学者辑录其言行成《晏子春秋》一书。

14. 申不害：战国时人，韩昭侯时曾任宰相，主张法治，著有《申子》一书。

15. 慎到：战国时赵国人，著有《慎子》一书。

16. 田骈：战国时齐国人，著有《田子》一书。

17. 尸佼：战国时鲁国人，法家，著有《尸子》一书。

18. 其术：他们的政治主张、见解。

杨朱十四人，十。秦之兴，李斯鸣之。李斯，十一。汉之时，司马迁、相如、扬雄，最其善鸣者也。二司马、扬雄，十二。其下魏晋氏，鸣者不及于古，然亦未尝绝也。就其善者，其声清以浮，其节数以急[19]，其辞淫以哀[20]，其志弛以肆[21]，其为言也，乱杂而无章。将天丑其德，莫之顾邪？何为乎不鸣其善鸣者也？魏晋，十三。

唐之有天下，唐，提。以下始说唐人。陈子昂、一。苏源明[22]、二。元结、三。李白、四。杜甫、五。李观[23]，六。皆以其所能鸣。其存而在下者，孟郊东野孟东野，一篇之主，七。妙在纵横汗漫，宾主不辨。始以其诗鸣。其高出魏、晋，不懈而及于古，其它浸淫乎汉氏矣[24]。从吾游者[25]，李翱、张籍其尤也。李翱八，张籍九。又添二人于后，纵横汗漫极矣。三子者之鸣信善矣，抑不知天将和其声，而使鸣国家之盛邪？抑将穷饿其身，思愁其心肠，而使自鸣其不幸邪？三子者之命，则悬乎天矣。其在上也奚以喜，其在下也奚以悲？只此一段，正文。

19. 其节数以急：文章的节奏短促。数，频繁。

20. 其辞淫以哀：文章的语言淫邪而哀伤。淫，邪，不正。

21. 其志：指文章的思想感情。肆：放纵。

22. 苏源明：字弱夫，唐代诗人。与杜甫、元结等诗人有交往。

23. 李观：字元宾，唐代文学家。著有《李元宾集》。

24. 浸淫：以水为喻，有逐渐接近的意思。汉氏：指汉代文学家的作品。

25. 从吾游者：跟我（韩愈）学习诗与古文的人。李翱、张籍均为韩愈门人。

东野之役于江南[26]也，有若不释然者，故吾道其命于天者以解之。

26. 东野之役于江南：指孟郊去担任溧阳县尉的职务。溧阳县当时属江南道，所以说“役于江南”。

韩　愈

送李愿归盘谷序

前只数语写盘谷，后只一歌咏盘谷。至于李之归此谷，只用李自己两段说话：自言欲为第一段人不得，故甘为第二段人。便见归盘谷者，乃是世上第一豪华无比人，非朽烂不堪人也。

太行之阳有盘谷[1]。盘谷之间，泉甘而土肥，草木藂茂[2]，居民鲜少。下笔先写盘谷。或曰："谓其环两山之间，故曰盘。"忽讲"盘"字。一"或曰"。或曰："是谷也，宅幽而势阻，隐者之所盘旋。"二"或曰"。友人李愿[3]居之。只六字，题尽了。以下，全凭愿之言代行文。

愿之言曰："人之称大丈夫者，我知之矣。先总提大丈夫，下分二段。利泽施于人，名声昭于时。坐于庙朝，进退百官，而佐天子出令。其在外[4]，则树旗旄[5]，罗弓矢，武夫前呵，从者塞途，供给之人[6]，各执其物，夹道而疾驰。喜有赏，怒有刑。才俊满前，道古今而誉盛德，入

1. 阳：山的南面。盘谷：地名。

2. 藂茂：同"丛茂"，丛生茂密。

3. 李愿：曾在盘谷隐居，韩愈之友。

4. 在外：指离开京城，出任外官。

5. 树旗旄：树，树立。旄，旗杆顶端饰有旄牛尾的旗帜。这里用以指皇帝赐给节度使的仪仗。

6. 供给之人：供应差遣的奴仆。

耳而不烦。曲眉丰颊，清声而便体[7]，秀外而惠中，飘轻裾，翳[8]长袖，粉白绿黛者，列屋而闲居，妒宠而负恃[9]，争妍而取怜。大丈夫之遇知于天子，用力于当世者之所为也。吾非恶此而逃之，是有命焉，不可幸而致[10]也。极写世上有此一辈大丈夫，结以"不可幸"致。穷居而野处，升高而望远，坐茂树以终日，濯清泉以自洁。采于山，美可茹[11]；钓于水，鲜可食。起居无时，惟适之安[12]。与其有誉于前，孰若无毁于其后；与其有乐于身，孰若无忧于其心。车服不维[13]，刀锯不加，理乱[14]不知，黜陟[15]不闻。大丈夫不遇于时者之所为也，我则行之[16]。极写世上又有此一辈大丈夫，结以"我则行之"。伺候于公卿之门，奔走于形势[17]之途，足将进而趑趄[18]，口将言而嗫嚅，处秽污而不羞，触刑辟而诛戮，徼倖于万一，老死而后止者，其于为人贤不肖何如也？"不能为前一辈大丈夫，又不肯为后一辈大丈夫者也。

昌黎韩愈闻其言而壮之，与之酒而为之歌曰：愿之言毕，即

7. 清声：清脆的声音。便体：轻盈的体态。

8. 翳：遮掩。以上二句写美女的舞姿。

9. 负恃：依仗自己的色艺。

10. 幸而致：侥幸得到。

11. 茹：吃。

12. 惟适之安：觉着怎样舒适就怎样生活。

13. 车服：车马服饰。这里借以指官位、官职。维：维系、束缚。

14. 理乱：国家的治与乱。

15. 黜陟：黜，贬官。陟，升官。

16. 我则行之：我要这样做。

17. 形势：这里指权势。

18. 趑趄：踌躇不前。

是代行文毕。自只作歌，歌盘谷。“盘之中，维子之宫；盘之土，可以稼；盘之泉，可濯可沿；盘之阻，谁争子所！窈而深，廓其有容；缭而曲，如往而复。嗟盘之乐兮，乐且无央[19]；虎豹远迹兮，蛟龙遁藏；鬼神守护兮，呵禁不祥。饮且食兮寿而康，无不足兮奚所望！膏吾车兮秣吾马[20]，从子于盘兮，终吾生以徜徉。”送李，却说到自亦欲往，何等兴会！

19. 无央：无穷，无尽。

20. 秣吾马：用粮草把我的马喂饱。这句是说做好出发前的准备工作。

送何坚序

只是心头深爱坚，欲其归，不以不得愿为悁愤，而加意亲近贤师友。却并不作前辈板折腐语，只轻轻点笔，写于坚有如许恩谊，胡得无言？因而抬出道州、湖南两前辈。其文态便如墙角疏花，一枝二枝却正，三枝四枝却斜。到后亦是意足便休，正如不曾动笔也。

何于韩，同姓为近[1]。只是轻轻点笔，若细思之，真乃从何说起！坚于进士举，于吾为同业。轻轻点笔。其在太学也，吾为博士，坚为生。生、博士为同道。轻轻点笔。其识坚也十年，为故人。轻轻点笔。同姓而近也，同业也，同道也，故人也，于其不得愿而归，其可以无言邪？如此行文，纸上何曾有一点墨？

坚道州人，道之守阳公[2]贤也。此即所谓不可以无之言也。道于湖南为属州，湖南杨公[3]又贤也。仍是轻轻之笔。坚为民，坚又贤也。轻轻。湖南得道为属，道得坚为民。坚归，唱[4]其州之父老子弟服阳公之令，道亦唱其县与其比州[5]服

1. “何于韩”二句：姓何的与姓韩的是同姓的人，所以很亲近。韩氏之先，与周朝国君同姓，而何氏之先是周成王之弟姬虞的后裔，故此说何、韩同姓。

2. 阳公：指阳城，贞元十五年九月，他于国子司业任上，被贬为道州刺史。

3.杨公：指杨凭，贞元十八年九月，他任湖南观察使。

4. 唱：同“倡”，倡导的意思。

5. 比州：近邻之州。

杨公之令。纸上何曾有一点墨？吾闻鸟有凤者，恒出于有道之国。当汉时，黄霸[6]为颍川，是鸟实集而鸣焉。若史可信，坚归，吾将贺其见凤而闻其鸣也已！送何坚，通篇却赞阳、杨二公者，欲其归从之游而受其学也。故以见凤、闻凤鸣作结，有意无意，使其自悟。

6. 黄霸：字次公，西汉人。宣帝时曾任扬州刺史、颍川太守。《汉书》谓黄霸在颍川任上为政宽和，颇得民心，使该郡“户口岁增”“道不拾遗”“治为天下第一”。“是时凤凰、神雀数集郡国，颍川尤多，天子以霸治行终长者，下诏称扬。”后黄霸由颍川入朝为官，累官至御史大夫、丞相，封建成侯。

韩 愈

送董邵南序

送董邵南往燕赵，却反托董邵南谕燕赵归朝廷。命意既自沉痛，用笔又极顿折。看他只是百数十余字，凡作几反几复。

燕赵古称多感慨悲歌之士[1]。横将燕赵先断一句，下更不承，亦不转，最是奇笔。董生忽接写董生。举进士[2]，连不得志于有司[3]，怀抱利器[4]，郁郁适兹土[5]。吾知其必有合[6]也。董生勉乎哉！“吾知其”，妙。正写送一遍，却是作者心头宾意。

夫以子之不遇时，苟慕义彊仁者[7]皆爱惜焉，极写董生。矧燕赵之士出乎其性者哉[8]！极写燕赵。此将上文再作一曲折，读之不胜激昂。然吾闻风俗与化移易，吾恶知[9]其今不异于古所云邪？聊以吾子之行卜之也。董生勉乎哉！“吾恶知其”，妙。反写送一遍，却是作者心头主意。

1. 燕赵：指今河北一带。感慨悲歌之士：指像荆轲、高渐离一类豪侠之士。

2. 董生：董邵南。元和年间赴长安应进士试，未中，将往游河北。韩愈作此序赠他。举进士：参加进士科考试。

3. 有司：这里指礼部主持进士科考试的官员。

4. 利器：锐利的兵器，比喻突出的才能。

5. 兹土：这个地方，指燕赵之地。

6. 有合：有所遇合。

7. 慕义彊仁者：仰慕并勉力实行仁义的人。彊，同“强”。

8. 矧：况且。出乎其性：出于他们的本性。

9. 恶知：哪里知道。

吾因子有所感矣。忽转。上，一正一反，俱送董生。此下，特谕燕赵。

为我吊望诸君[10]之墓，而观于其市，复有昔时屠狗者[11]乎？为我谢曰："明天子在上，可以出而仕矣[12]。"字字花，字字火，字字泪，字字血。

10. 望诸君：乐毅。乐毅任燕国上将军后，屡立战功，为燕国的复兴做出了重大贡献。燕昭王去世，惠王即位，乐毅得不到信任，遂离燕返赵，赵王封他于观津，号为望诸君。

11. 屠狗者：指高渐离及其友人，这里借以比喻隐于市井的豪放不羁的有为之士。

12. 谢：殷勤致意。明天子：圣明的皇帝，指唐宪宗李纯。

韩　愈

送浮屠文畅师序

昌黎一生辟浮屠，此又欲为浮屠作文字，最是不便措笔。看他一起得力，下便更不犯手。

人固有儒名而墨行[1]者，问其名则是，校其行则非，可以与之游乎？振笔爽然。宾，一句。如有墨名而儒行者，问其名则非，校其行则是，可以与之游乎？振笔爽然。主，一句。扬子云称在门墙则挥之[2]，在夷狄则进之，吾取以为法焉。昌黎作送浮屠文，得此两言，最占便宜。

浮屠师文畅[3]，喜文章。其周游天下，凡有行，必请于缙绅先生，以求咏歌其所志。先写文畅。贞元十九年春，将行东南，柳君宗元为之请[4]。解其装[5]，得所得叙诗，累百余篇[6]。非至笃好[7]，其何能致多如是邪？先写文畅求序。惜其无以圣人之道告之者，而徒举浮屠之说赠焉！

1. 儒名而墨行：名义上是儒学的信徒，实际上一切行为却以墨家学说为准则。

2. 门墙：指师门。挥：指导的意思。

3. 浮屠：同“浮图”，佛家名词，这里指佛教徒。文畅：唐朝僧人，与韩愈有交往。

4. 为之：为他。之，他，指文畅。请：提出要求。

5. 装：行装。

6. 叙诗：诗序。累：积聚。

7. 笃好：笃诚爱好。

责吾徒。夫文畅，浮屠也，如欲闻浮屠之说，当自就[8]其师而问之，何故谒吾徒[9]而来请也？原文畅。彼见吾君臣父子之懿，文物事为之盛，其心有慕焉，拘其法而未能入，故乐闻其说而请之。再原文畅。如吾徒者，宜当告之以二帝三王之道，日月星辰之行，天地之所以著[10]，鬼神之所以幽，人物之所以蕃[11]，江河之所以流而语之；不当又为浮屠之说而渎[12]告之也。再责吾徒。责一通，原一通，再原一通，再责一通。将解装所得累百余篇尽推倒了，然后自出议论。

民之初生，固若[13]禽兽夷狄然。一。圣人者立，然后知宫居而粒食[14]，亲亲而尊尊，生者养而死者藏。二。是故道莫大乎仁义，教莫正乎礼乐刑政。三。施之于天下，万物得其宜；措之于其躬，体安而气平。四。尧以是传之舜，舜以是传之禹，禹以是传之汤，汤以是传之文、武，文、武以是传之周公、孔子。五。书之于册，中国之人世守之。六。堂堂正正之言，孰得而更干犯之耶？今浮屠者，孰为而孰传之邪？问得辣，喝得倒。说圣人处详。说浮屠处甚略，以为不足说

8. 就：从，趋。

9. 吾徒：我们，指相信儒家学说的人。

10. 著：显明。

11. 蕃：人丁兴旺的意思。

12. 渎：同“黩”，不负责任的意思。

13. 固若：本来就像。

14. 宫居：家居。粒食：《尚书·益稷》：“烝民乃粒，万邦作乂。”《礼记·王制》：“衣羽毛穴居，有不粒食者矣。”相传稷教民播种五谷，此后人民才有五谷可食。粒食，以谷物为食。

也。夫鸟俛[15]而啄，仰而四顾；夫兽深居而简出，惧物之为己害也，犹且不脱[16]焉；又推感圣人之功，先喻。弱之肉，彊[17]之食。今吾与文畅安居而暇食，优游以生死，与禽兽异者，宁可不知其所自邪[18]？上说圣人之大者，此说其小者，欲未入门人易知耳。

夫不知者，非其人之罪也；恕其前。知而不为者，惑也；励其今。悦乎故，不能即[19]乎新者，弱也；防其后。知而不以告人者，不仁也；收累百篇。告而不以实者，不信也。自收。看他叠下五收句。余既重柳请，又嘉浮屠能喜文辞，于是乎言。

15. 俛：同“俯”。

16. 不脱：难以避免其害。

17. 彊：同“强”，指强者。

18. 宁可不知其所自邪：怎能不知道这种优裕安居的生活是从哪里得来的呢？

19. 即：靠拢，接近。

韩　愈

送廖道士序

胸中爱廖，只是怪其为道士，又恐为道士者不止一廖，要因廖而遍招之。看他却不直说，却忽然劈插一衡山最灵，又劈插一郴州最郁积。如是，必有非常奇人如廖者，只怕都为道士，真是可惜。不意其一篇文字，抟来只成得一句。此是通身气力写得，不止争指力、腕力之与臂力也。

五岳于中州，衡山最远。劈插而起。一句。南方之山，巍然高而大者以百数，独衡为宗[1]。最远而独为宗，其神必灵。忽将上二句并作一句。暂顿住。衡之南八九百里，地益高，山益峻，水清而益驶[2]。其最高而横绝南北者岭。郴[3]之为州，在岭之上，测其高下，得三之二焉。中州清淑之气[4]，于是焉穷。又劈插而起。一句。气之所穷，盛而不过，必蜿蜒扶舆[5]，磅礴而郁积。又将上一句，忽转换一句。又顿住。衡山之神既灵，看其大气力。承前顿住之一句。而郴之为州，又当中州清淑之气，蜿蜒扶舆，磅礴而郁积，承后顿住之一句。看他转下。其水土之所生，神气之所感，白金[6]、水银、丹砂、石英、钟乳，橘、柚之包[7]，竹箭[8]之美，千寻之名

1. 宗：宗仰，尊崇。

2. 驶：迅捷。

3. 郴：郴州，即今湖南郴州市。

4. 清淑之气：清和、美好之气。

5. 扶舆：犹“扶摇”，形容自下而上。

6. 白金：银。

7. 包：这里指将橘、柚包装起来以进贡。

8. 箭：箭竹，干细节低，质地坚韧，可以做箭干，故名。

材，不能独当也。笔行至此，如江河之浩汗，如雷霆之急疾，而中间又自弄姿。意必有魁奇忠信材德之民生其间，自起至此，只搏成一句文字，真是奇骇绝人。而吾又未见也。其无乃迷惑溺没于老佛之学而不出邪？上文如此费气力，写来却又如此脱卸而去，真非寻常笔墨旧径也。

廖师郴民，细。而学于衡山，细。气专而容寂[9]，多艺而善游，岂吾所谓魁奇而迷溺者邪？只此一句正文。“魁奇”一句，“迷溺”一句。廖师善知人，若不在其身，必在其所与游[10]，访之而不吾告，何也？上文如此费气力，曲折写来，才得一句正文，却又如此脱卸去，真无一句笔墨旧径也。于其别，申以问之。费气力起，不费气力结。大奇，大奇！

9. 气专：养气专一。容寂：仪容安详。

10. 其所与游：和他有交往的人。

韩　愈

与汝州卢郎中论荐侯喜状

文作三段：一段叙与侯喜素知；一段叙侯喜来述；一段叙答侯喜。皆是短短轻轻之笔。

进士侯喜[1]。

右其人[2]，为文甚古，写喜一。立志甚坚。行止取舍，有士君子之操。写喜二。家贫亲老，无援于朝[3]。写喜三。在举场[4]十余年，竟无知遇。写喜四。愈常慕其才，而恨其屈，自写一。与之还往，岁月已多。自写二。尝欲荐之于主司，言之于上位，自写三。名卑官贱，其路无由。观其所为文，未尝不掩卷长叹。自写四。去年愈从调选，本欲携持同行，自写五。适遇其人自有家事，迍邅[5]坎坷，又废一年。自写六。写喜四、自写六，最为缠绵刺促。及春末自京还，怪其久绝消息。曲折。五月初至此，自言为阁下所知。辞气激扬，面

1. 侯喜：字叔起。贞元年间进士。家贫力学，工诗文，为韩愈的弟子兼友人。

2. 右其人：古人作文直行书写，故有此言。右，右边。其人，那个人，指侯喜。

3. 无援于朝：指无亲友在朝任职。

4. 举场：举进士之所，即考场，这里是指参加科举考试。

5. 迍邅：指处境困难。

有矜色，曰："侯喜死不恨矣！一曲。喜辞亲入关，羁旅道路，见王公数百，二曲。未尝有如卢公[6]之知我也。三曲。比者分[7]将委弃泥途，老死草野。四曲。今胸中之气勃勃然，复有仕进之路矣。"五曲。叙喜言，甚曲折，妙绝！愈感其言，贺之以酒，谓之曰："卢公，天下之贤刺史也，一曲。未闻有所推引[8]，盖难其人而重其事[9]。二曲。今子郁为选首[10]，三曲。其言死不恨，固宜也。四曲。古所谓知己者，正如此耳。五曲。身在贫贱，为天下所不知，独见遇于大贤，乃可贵耳。六曲。若自有名声，又托形势[11]，此乃市道[12]之事，又何足贵乎？七曲。子之遇知于卢公，真所谓知己者也。八曲。士之修身立节，而竟不遇知己，前古以来，不可胜数。九曲。或日接膝而不相知，或异世者相慕，以其遭逢之难，故曰：'士为知己者死。'不其然乎！不其然乎！"十曲。叙自言，甚曲折，妙绝！

阁下既已知侯生，而愈复以侯生言于阁下者，非为侯生谋也。又跌。感知己之难遇，一结。大[13]阁下之德，二

6. 卢公：卢虔，时任汝州刺史，因卢虔曾任刑部郎中，所以又称他为卢郎中。

7. 比者：前些时候。分：应分。

8. 推引：推荐引进。

9. 难其人：难以找到那种合适的人才。重其事：慎重地对待那件事。

10. 郁：文采明盛的样子。选首：指州中选送士子赴京参加进士科考试的牒状之首。

11. 形势：指权势。

12. 市道：市场交易之道，指重利而忘义。

13. 大：张大，光大。

结。而怜侯生之心，三结。故因其行而献于左右焉。再总结。谨状。

韩愈

圬者王承福传

逐段发出人生世间无数至理，却又无叫骂嬉笑之态。细细玩其句法。

圬[1]之为技，贱且劳者也。抑。有业之，其色若自得者[2]。听其言，约而尽[3]。扬。问之，王其姓，承福其名，世为京兆长安农夫。天宝之乱[4]，发人为兵，持弓矢十三年，有官勋，弃之来归。丧其土田，手镘衣食[5]，馀三十年，舍于市之主人，而归其屋食之当焉[6]。视时[7]屋食之贵贱，而上下[8]其圬之佣以偿之。有馀，则以与道路之废疾饿者焉。第一段，写其自叙。自叙是第一等人品。

又曰："粟，稼而生者也。若布与帛，必蚕绩而后成者也。其他所以养生之具，皆待人力而后完也。吾皆赖之。然人不可遍为，宜乎各致其能以相生也。以上，彼此

1. 圬：泥水匠用的抹子，这里是指粉刷墙壁。

2. 有业之，其色若自得者：有位从事这工作（泥水匠行业）而看他的脸色却像非常满意的人。

3. 约而尽：简单而明白。

4. 天宝之乱：唐玄宗天宝十四年（公元755年）十一月，安禄山在范阳起兵叛唐，南下攻陷洛阳，长安形势危急，当时朝廷曾在长安招募士兵十一万人以抵御安禄山叛军的进攻。

5. 手镘衣食：亲手操镘做工赚钱来养活自己。

6. 归：付给。屋：屋舍，指房租。食：食物，指饭钱。当：相称。

7. 视时：看当时。

8. 上下：增加或减少。

各致其能。故君者，理我所以生者也；而百官者，承君之化者也[9]。任有小大，惟其所能，若器皿焉。食焉而怠其事，必有天殃，故吾不敢一日舍镘以嬉。以上，小大不怠其事。夫镘易能，可力焉，又诚有功。取其直，虽劳无愧，吾心安焉。夫力易强而有功也[10]，心[11]难强而有智也。用力者使于人，用心者使人，亦其宜也。吾特择其易为而无愧者取焉。以上，难易自择其宜。嘻！吾操镘以入贵富之家有年矣。有一至者焉，又往过之，则为墟矣。有再至三至者焉，而往过之，则为墟矣。问之其邻，或曰：'噫！刑戮也。'或曰：'身既死，而其子孙不能有也。'或曰：'死而归之官也。'吾以是观之，非所谓食焉怠其事，而得天殃者邪？应。非强心以智而不足，不择其才之称否，而冒[12]之者邪？应。非多行可愧，知其不可，而强为之者邪？应。将贵富难守，薄功而厚飨之者邪？不应。抑丰悴有时[13]，一去一来，而不可常者邪？不应。吾之心悯焉，是故择其力之可能者行焉。以上，闻见久悟其理。便将前文，如应不应，错落写成。乐富贵而悲贫贱，我

9. 承：奉行，推行。化：教化。

10. 力：用力气的活，指体力劳动一类的事。强：强行。功：功效。

11. 心：动脑筋的工作，指脑力劳动一类的事。

12. 冒：冒进，指才干不足还在仕途盲目求进取。

13. 丰悴：丰满与憔悴，这里是说昌盛和衰落。有时：有一定的时限。

岂异于人哉？”找此一笔又妙。第二段，写其议论。议论，是第一等名理。

又曰：“功大者，其所以自奉也博[14]。句。妻与子，皆养于我者也，句。吾能薄而功小，句。不有之可也[15]。句。又吾句。所谓劳力者，句。若立吾家而力不足，句。则心又劳也。句。一身而二任[16]焉，虽圣者不可能也。”第三段，写其守分。守分，是第一等见识。

愈始闻而惑之，又从而思之，盖贤者也，盖所谓“独善其身”者也。曲折。然吾有讥焉，谓其自为也过多，其为人也过少。其学杨朱[17]之道者邪？杨之道，不肯拔我一毛而利天下；而夫人[18]以有家为劳心，不肯一动其心，以蓄其妻子[19]，其肯劳其心以为人[20]乎哉？曲折。虽然，其贤于世之患不得之而患失之者，以济其生之欲[21]、贪邪而亡道以丧其身者，其亦远矣！曲折。三十六字成句。又其言有可以警余者，故余为之传而自鉴焉。以自结，妙，妙！

14. 自奉也博：自己用来享受的也就多。

15. 不有之可也：没有妻子、儿女也是可以的。

16. 二任：指承担“用力”与“用心”两种任务。

17. 杨朱：战国时魏国人，哲学家，他反对墨子的“兼爱”说，而主张“为我”说。

18. 夫人：那个人，指圬者王承福。

19. 一动其心：指稍微动动脑筋。蓄其妻子：养活妻子儿女。

20. 为人：为社会上其他的人谋利益。

21. 济：满足。欲：欲望。

韩　愈

新修滕王阁记

只是承命作记，看其凭空先撰出三段。不得见滕王阁，便见今日作记，真大快活。

愈少时则闻江南多临观之美，而滕王阁[1]独为第一，有瑰伟绝特之称。先叙闻。及得三王所为序、赋、记[2]等，壮其文辞，益欲往一观而读之，以忘吾忧。次叙见其文辞。系官于朝，愿莫之遂。一不得见滕王阁。十四年以言事斥守揭阳[3]，便道取疾，以至海上，又不得过南昌而观所谓滕王阁者。二不得见滕王阁。其冬，以天子进大号，加恩区内，移刺袁州[4]。袁于南昌为属邑，私喜幸自语，以为当得躬诣大府[5]，受约束于下执事。先自添色。及其无事且还，傥得一至其处，窃寄目偿所愿焉。一何曲折多态！至州之七月，诏以中书舍人太原王公[6]为御史中丞、观察江南西道。洪、江、饶、虔、吉、信、抚、袁悉属治所。

1. 滕王阁：阁名，阁已毁，故址在今南昌市赣江畔。唐高宗永徽年间，李渊之子滕王李元婴为洪州都督时所建。

2. 三王所为序、赋、记：指王勃的《滕王阁序》、王绪的《滕王阁赋》、王弘中为从事时所作修阁记。

3. 十四年：指唐宪宗元和十四年（公元819年）。以言事斥守揭阳：元和十四年正月，韩愈因谏迎佛骨，触怒宪宗，由刑部侍郎被贬为潮州刺史。唐之潮州，为汉南海郡揭阳县地，故云“斥守揭阳”。

4. “以天子进大号”三句：据《新唐书·宪宗本纪》记载，元和十四年七月“群臣上尊号曰元和圣文神武法天应道皇帝。大赦，赐文武官阶、勋、爵”。同年十月，改授韩愈为袁州刺史，因袁州比潮州距京城长安为近，也算是一种恩荣。韩愈于次年（元和十五年）春到达袁州任上。区内，国境之内。

5. 躬诣：亲自去到。大府：上级官厅，这里指江南西道采访使、观察使办公的厅房。

6. 王公：名仲舒，字弘中。元和十五年夏，王仲舒出为洪州刺史、御史中丞充江南西道观察使。

八州之人，前所不便及所愿欲而不得者[7]，公至之日，皆罢行之。大者驿闻[8]，小者立变，春生秋杀[9]，阳开阴闭[10]。令修于庭户数日之间，而人自得于湖山千里之外。吾虽欲出意见，论利害，听命于幕下，而吾州乃无一事可假而行者，又安得舍己所事以勤馆人[11]？则滕王阁又无因而至焉矣。三不得见滕王阁。粗览之，若只为自己行文章法，却不知其已将王公政迹无不悉书。文章虚实宾主之妙，乃不可以一笔定之矣。

其岁九月，人吏浃和[12]，公与监军使[13]燕于此阁。文武宾士，皆与在席。酒半，合辞[14]言曰："此屋不修且坏，请修。前公为从事[15]此邦，适理新之。公所为文，实书在壁。曲折多态。今三十年而公来为邦伯[16]，适及期月[17]，公又来燕于此，公乌得无情哉！"公应曰："诺。"辞令蕴藉之甚。于是栋、楹、梁、桷、板、槛之腐黑挠折者[18]，盖瓦、级砖之破缺者，赤白之漫漶不鲜者[19]，治之则已，无侈前人，无废后观。叙修阁事又详又省，妙，妙。工既讫功，公以众饮，而以书命愈曰："子其为

7. 所愿欲而不得者：想去而尚未成行的人。

8. 驿闻：指不必亲自去南昌禀告，只通过驿站把有关公文呈上即可。

9. 春生：春气和畅，孕生万物。秋杀：秋气肃杀。

10. 阳开阴闭：指阴阳二气的变化。

11. 馆人：管理馆舍、招待宾客的人。

12. 浃和：和洽。

13. 监军使：官名，即监军。

14. 合辞：众口一词。

15. 从事：州郡行政长官的僚属。

16. 邦伯：州牧，这里指洪州刺史之职。

17. 期月：周月，一整月。

18. 栋：房屋的正梁。楹：房柱。梁：架在墙上或柱上以支撑屋顶的横木。桷：屋椽。板：壁间木板。槛：栏杆。挠折：弯曲断折。

19. 赤白：指滕王阁墙壁、梁柱上原来的色彩。漫漶：敝坏斑驳，模糊不清。鲜：鲜明。

我记之。”愈既以未得造观[20]为叹，窃喜载名其上，词列三王之次，有荣耀焉，乃不辞而承公命。前三不得见，写来正独为此段愉快也。其江山之好，登望之乐，虽老矣，如获从公游，尚能为公赋之。再添一笔，余勇可贾，在他人更无此。

20. 造观：前往观览。

祭十二郎文

情辞痛恻，何必又说？须要看其通篇凡作无数文法，忽然烟波窅缈，忽然山径盘纡。论情事，只是一直说话，却偏有如许多文法者，由其平日戛戛乎难，汩汩乎来，实自有其素也。

年月日，季父[1]愈，闻汝丧之七日，乃能衔哀致诚[2]，使建中远具时羞之奠[3]，告汝十二郎[4]之灵。序。

呜呼！吾少孤，从自说起。及长，不省所怙[5]，惟兄嫂是依。兄嫂，即十二郎父母。公于郎，虽叔侄，犹兄弟，其情谊尽在此。中年，兄殁南方，吾与汝俱幼，始入十二郎。"俱幼"，只二字，读之早酸从中动。从嫂归葬河阳。既又与汝就食[6]江南，零丁孤苦，未尝一日相离也。叔侄犹兄弟也。吾上有三兄，皆不幸早世。承先人后者，在孙惟汝，在子惟吾，只是直话，却甚精炼。两世一身，形单影只。嫂常抚汝酸。指吾酸。而言曰："韩氏两世，惟此而已。"画尽零丁孤苦。汝时尤小，

1. 季父：年龄最小的叔父。

2. 衔哀致诚：怀着哀痛的心情向逝者表达诚意。

3. 建中：人名。时羞：应时的新鲜食品。奠：这里作名词，指祭品。

4. 十二郎：名老成，韩愈的侄儿。因老成在同族兄弟中排行十二，故称十二郎。老成是韩愈次兄韩介的次子，过继给韩愈的长兄韩会为嗣。韩愈自父亲亡故以后，一直由韩会夫妇抚养，与老成较长时间生活在一起，故两人感情极深。

5. 怙：依靠，凭恃。《诗经·小雅·蓼莪》："无父何怙？"后来人们往往用"怙"作为父亲的代称。

6. 就食：谋食。

当不复记忆；吾时虽能记忆，上说俱幼，此又略分。亦未知其言之悲也。虽略分，又不甚分，妙，妙。

吾年十九，始来京城。与郎别。其后四年而归视汝。与郎会。又四年，吾往河阳省坟墓，与郎别。遇汝从嫂丧来葬。与郎会。又二年，吾佐董丞相于汴州，与郎别。汝来省吾。与郎会。止一岁，请归取其孥[7]。与郎别。明年，丞相薨，吾去汴州，汝不果来。与郎不复会。是年，吾佐戎徐州，与郎别。使取汝者始行，吾又罢去，汝又不果来。与郎不复会。吾念汝从于东，东亦客也，不可以久。图久远者，莫如西归，将成家而致汝[8]。图与郎长会。呜呼！孰谓汝遽去吾而殁乎！与郎永别不会。吾与汝俱年少，以为虽暂相别，终当久与相处，故舍汝而旅食京师，以求斗斛之禄[9]。曲折写出。诚知其如此，虽万乘之公相，吾不以一日辍汝而就也！曲折写出。

去年，孟东野往，吾书与汝曰："吾年未四十，而视

7. 孥：妻子儿女。

8. 致汝：让你来。

9. 旅食京师：到京城去谋食求生。斗斛之禄：微薄的俸禄。

茫茫，而发苍苍，而齿牙动摇。念诸父与诸兄，皆康强而早世，如吾之衰者，其能久存乎？吾不可去，汝不肯来；恐旦暮死，而汝抱无涯之戚也。” 反写作波澜，俱是至情、直话，却又妙文。孰谓少者殁而长者存，强者夭而病者全乎？跌，正。呜呼！其信然邪？其梦邪？其传之非其真邪？汉武《李夫人歌》变作无限烟波。信也，吾兄之盛德而夭其嗣乎？汝之纯明而不克[10]蒙其泽乎？少者强者而夭殁，长者衰者而存全乎？纯是烟波，笔无停姿。未可以为信也。梦也，传之非其真也，东野之书，耿兰之报[11]，何为而在吾侧也？纯是烟波，笔无停姿。呜呼！其信然矣！吾兄之盛德而夭其嗣矣！汝之纯明宜业其家者[12]，不克蒙其泽矣！所谓天者诚难测，而神者诚难明矣！所谓理者不可推，而寿者不可知矣！纯是烟波，笔无停姿。凡作三四翻，下方转。

虽然，吾自今年来，苍苍者或化而为白矣，动摇者或脱而落矣。毛血日益衰，志气日益微，几何不从汝而死也！又将前反写作正写，笔笔无停姿。死[13]而有知，其几何离[14]！

10. 不克：不能。

11. 耿兰：人名。报：指报告老成死亡的信。

12. 宜业其家者：应是继承先人事业的人。

13. 死：死者，指韩老成。

14. 其几何离：其离几何，指离别的时间不会太长了。

妙。其无知，悲不几时，妙。而不悲者无穷期矣。妙，妙。汝之子[15]始十岁，吾之子[16]始五岁，少而强者不可保，如此孩提者，又可冀其成立邪？呜呼哀哉！呜呼哀哉！

忽然于郎前写自家不保，忽然又于郎后写二子不保，笔笔无停姿。

汝去年书云："比得软脚病，往往而剧。"吾曰："是疾也，江南之人，常常有之。"未始以为忧也。又作一样曲折。呜呼！其竟以此而殒其生乎？曲折。抑别有疾而至斯乎？曲折。汝之书，六月十七日也。又作一样曲折。东野云，汝殁以六月二日。耿兰之报无月日。曲折。盖东野之使者，不知问家人以月日；如耿兰之报，不知当言月日。曲折。东野与吾书，乃问使者，使者妄称以应之[17]耳。其然乎？其不然乎？曲折。

今吾使建中祭汝，吊汝之孤与汝之乳母。彼有食可守以待终丧[18]，则待终丧而取以来；如不能守以终丧，则遂取以来。其余奴婢，并令守汝丧。吾力能改葬，终葬汝

15. 汝之子：指韩湘。

16. 吾之子：指韩昶。

17. 应之：应付东野。

18. 终丧：古礼，父母去世后，须守孝三年，期满，称为终丧。

于先人之兆[19]，然后惟其所愿。一段，叙家事。

呜呼！自此以下，一往恸哭而尽。汝病吾不知时，汝殁吾不知日，生不能相养以共居，殁不能抚汝以尽哀，敛不凭其棺[20]，窆[21]不临其穴。吾行负神明而使汝夭，不孝不慈而不得与汝相养以生，相守以死[22]。一在天之涯，一在地之角，生而影不与吾形相依，死而魂不与吾梦相接。吾实为之，其又何尤！彼苍者天，曷其有极！更不能分句，何况分段、分字？直是一恸而尽。自今已往，吾其无意于人世矣！当求数顷之田于伊、颍之上，以待余年。再叙自家。教吾子与汝子，幸其成[23]；长吾女与汝女，待其嫁，如此而已！再叙后人。呜呼！言有穷而情不可终，结。汝其知也邪？其不知也邪？再结。呜呼哀哉！尚飨[24]。

19. 兆：墓地。

20. 敛：同“殓”，给死者换衣服称小殓，安放死者入棺称大殓。凭：扶。

21. 窆：棺木入穴。

22. 相养以生：指生前的相互照应。相守以死：指老成死时自己守在他身边。

23. 幸其成：希望他们长大成为有用之材。

24. 尚飨：祭文的结束语，意为希望死者来享用祭品。

韩　愈

祭田横墓文

以沉郁之气，发悲凉之音。逐二句抗声吟之，真有天崩海立之势。

贞元十一年九月，愈如东京，道出田横墓下[1]，感横义高能得士，因取酒以祭，为文而吊之，其辞曰：

事有旷百世而相感者，余不自知其何心？非今世之所稀，孰为使余歔欷而不可禁？余既博观乎天下，曷有庶几乎夫子之所为？死者不可复生，嗟余去此其从谁？

当秦氏之败乱，得一士而可王。何五百人之扰扰[2]，而不能脱夫子于剑芒？抑所宝之非贤，亦天命之有常？昔阙里[3]之多士，孔圣亦云其遑遑[4]。苟余行之不迷[5]，虽颠

1. 道出田横墓下：途中经过田横墓前。田横，秦末狄县人。田横原是齐国贵族，秦末，他与堂兄田儋、兄田荣等共同参加了反秦的武装斗争，重新建立了齐国。楚汉战争中，他自立为齐王，后为汉将灌婴击败，不得已而投奔当时尚保持中立的彭越。刘邦灭楚称帝以后，以彭越为梁王。田横惧诛，率部下五百余人潜入海岛隐居。因田横在齐国臣民中有较高威信，刘邦担心他逃亡海上终将对汉王朝不利，遂命令田横到洛阳。因不愿称臣于汉，田横在途中距洛阳三十里处自杀身亡。后来，这次赴洛阳的两名随从以及在海岛上的部属五百余人全部自杀。田横死后，刘邦以王者礼葬之，其墓在偃师以西十五里处。

2. 扰扰：众多的样子。

3. 阙里：春秋时孔子的住地。孔子曾在这里聚徒讲学，先后有学生三千，其中身通六艺者七十二人。

4. 遑遑：匆忙急迫的样子。孔子曾多年奔走于列国之间，希望能得到政治上的重用，但并未达到目的，最后只得重返鲁国，以讲学著书终世。

5. 不迷：坚守德操，不偏离正确的方向。

沛其何伤!

自古死者非一，夫子至今有耿[6]光。跽陈辞而荐酒[7]，魂仿佛而来飨。

6. 耿：同“炯”，光明。

7.跽：长跪，上身挺直而两腿跪着。荐：进，献。

韩　愈

殿中少监马君墓志

殿中君生平事迹，略无可书，却无端忽牵连其祖、子、孙三世，写出一段情事婉约，悲叹淋漓，真无中生有之笔。

君讳继祖[1]，司徒赠太师北平庄武王[2]之孙，少府监赠太子少傅讳畅之子[3]。生四岁，以门功拜太子舍人。积三十四年，五转而至殿中少监。年三十七以卒。有男八人，女二人。志殿中君已毕。以下，并是无中生有。

始余初冠，应进士贡，在京师，穷不自存。以故人[4]稚弟，拜北平王于马前。王问而怜之，因得见于安邑里[5]第。王轸[6]其寒饥，赐食与衣，召二子使为之主[7]。自应举入京，拜王马前，接见邸第，轸赐衣食，命子为主，一路，皆是渐渐拢到题来。其季[8]遇我特厚，少府监赠太子少傅者也。姆抱幼子立侧，眉眼如画，发漆黑，肌肉玉雪可念，殿中君[9]

1. 君讳继祖：君名继祖。讳，名讳。

2. 司徒赠太师北平庄武王：指马燧。燧，字洵美（一作珣美），汝州郏城人。唐德宗兴元元年（公元784年），加检校司徒，封北平郡王。贞元十一年去世，时年七十，册赠太尉，谥曰庄武。

3. 少府监：少府的行政长官。少府，主管宫中内务工作。畅：马畅。马畅，是马燧之子。

4. 故人：指马燧的旧友韩弇。韩弇是韩愈的堂兄。

5. 安邑里：宋次道《长安志》卷八："司徒侍中马燧宅在安邑里。"

6. 轸：痛，怜悯。

7. 二子：马燧的两个儿子，指马汇、马畅。使为之主：命令他们成为我的主人。这一句的意思是要两个儿子把韩愈当作贵客来接待。

8. 季：这里指马燧的小儿子马畅。

9. 殿中君：马畅的儿子马继祖，官至殿中少监。

也。将他三世写一遍。当是时，见王于北亭，犹高山深林巨谷，龙虎变化不测，杰魁人也。退见少傅，翠竹碧梧，鸾鹄停峙，能守其业者也。幼子娟好静秀，瑶环瑜珥[10]，兰茁其芽[11]，称其家儿也。将他三世又写一遍。

后四五年，吾成进士，去而东游，哭北平王于客舍。后十五六年，吾为尚书都官郎，分司东都，而分府少傅卒，哭之。又十余年，至今哭少监[12]焉。将他三世再写一遍。看他第一遍用“始”字，第二遍用“当是时”字，第三遍用“后四年”“后十五年”“又十余年至今”字。

呜呼！吾未耋老[13]，自始至今，未四十年，而哭其祖、子、孙三世，结马君。于人世何如也？结自家。人欲久不死，而观居此世者[14]，何也？又于通篇文字之外另结。

10. 珥：这里指的是儿童的耳饰。

11. 兰茁其芽：兰花长出了壮美的嫩芽。这里是以“兰”喻马家，以“芽”喻幼年时期的马继祖。

12. 少监：指马继祖，继祖在长庆（公元821—824年）初亡故。

13. 耋老：八十岁称耋。一说七十岁称耋。

14. 观：看看。居此世者：生活于这个世界上的人。这里指马氏一家三代人接踵而亡的悲惨事实。

柳

沅

17 篇

柳宗元

上李夷简相公书

沉困既久，其言至悲，与昌黎应科目时书绝不同。盖彼段段句句字字负气傲岸，此段段句句字字迫蹙掩抑，则所处之地不同也。

日月，使持节[1]柳州诸军事、守柳州刺史柳宗元谨献书于相公[2]阁下：具官。

宗元闻有行三涂[3]之艰，而坠千仞之下者，仰望于道，号以求出。过之者日十百人，皆去而不顾。一层笔。就令哀而顾之者，不过攀木俯首，深矉[4]太息，良久而去耳，其卒无可奈何。又一层笔。凡用两层笔。然其人犹望而不止也。一顿。俄而有若乌获[5]者，持长绠[6]千寻，徐而过焉。其力足为也，其器足施也，号之而不顾，一层笔。顾而曰不能力，又一层笔。又用两层笔。则其人知必死于大壑矣。何也？是时不可遇而幸遇焉，而又不逮乎己[7]，然

1. 使持节：古代使臣出使，必持符节作随身凭证。魏晋以后，“持节”亦用作官名。

2. 相公：宰相，唐代任职宰相者一般都封国公，故称为“相公”。这里是指李夷简。李夷简，字易之，宪宗元和十三年（公元818年）召为御史大夫，进门下侍郎、同中书门下平章事。元和十三年宪宗因藩镇平定，大赦天下，所以柳宗元从柳州贬所上书宰相以陈情。

3. 三涂：指太行、轘辕、淆渑，都是古时候人们认为险要的地方。

4. 矉：同“颦”，皱眉。

5. 乌获：战国时秦国人，传说他是位能举重千钧的力士，曾为秦武王所重用。

6. 绠：汲井水用的绳子。

7. 不逮乎己：不及于己。

后知命之穷、势之极，其卒呼愤自毙，不复望于上矣。

又一顿。始入下意。

宗元曩者齿少一。心锐，二。径行三。高步[8]，四。不知道之艰，五。以陷乎大厄，二十二字句。自诉，甚明甚详。穷踬[9]殒坠，废为孤囚。日号而望者十四年矣，号望。其不顾而去，与顾而深矉者，俱不乏焉。不顾而去者、顾而深矉者。然犹仰首伸吭，张目而视，曰：庶几乎其有异俗[10]之心，非常之力[11]，当路[12]而垂仁者邪？犹望不止。下始入李。今阁下以仁义正直，入居相位，宗元实窃拊心[13]自庆，以为获其所望，故敢致其词，以声[14]其哀。正求一通。若又舍而不顾，则知沉埋踣[15]毙，无复振矣，伏惟动心焉。反求一通。

宗元得罪之由，致谤之自，以阁下之明，其知之久矣。繁言蔓词，只益为黩[16]。又自明，又不自明。并不自明，却已自明。妙笔，高笔！伏惟念坠者之至穷[17]，锡[18]乌获之余力，舒千寻之绠，垂千仞之艰，致其不可遇之遇，以卒成其幸。庶

8. 曩者：昔日，从前。齿少：年少。锐：迅速，疾，引申为耿直。高步：不奔走于权贵之门。

9. 穷踬：困顿挫折。

10. 异俗：不同凡俗。

11. 非常之力：指官位很高的人所拥有的权力。

12. 当路：当权，当政。

13. 拊心：内心宽慰、欣喜。拊，同“抚”。

14. 声：表达。

15. 踣：僵仆。

16. 黩：轻慢不敬。

17. 至穷：困窘到了极点。

18. 锡：同“赐”。

号而望者得毕其诚，无使呼愤自毙，没[19]有余恨，则士之死于门下者，宜无先焉。看他拉拉杂杂，将“坠者”字、“乌获”字、“千寻之绠”字、“千仞之艰”字、“不可遇”字、“幸遇”字、“号”字、“呼愤自毙”字，如桃花红雨，一齐乱落，便成绝妙收煞。生之通塞，决在此举，无任战汗陨越之至[20]。不宣。

宗元惶恐再拜。

19. 没：同“殁”，死亡。

20. 无任战汗陨越之至：这一句是说上书时自己内心无比惶恐。战，同“颤”，颤抖。汗，因心情紧张而冒汗。陨越，颠坠。

柳宗元

上大理崔大卿应制举启

通篇斜风斜雨枝干披离文字，乃细细分之，却是两扇对写到底。于极严整中故作恣意，于极恣意中故就严整，真乃翰墨之奇观也。

古之知己者，不待来求而后施德，举能而已。何等议论！其受德者，不待成身[1]而后拜赐，感知而已。何等议论！突然奋笔，写此两句。以后，汪洋纡折，到底只是此两句。故不叩而响，不介而合，则其举必至，而其感亦甚。斯道[2]遁去，辽阔千祀[3]，何为乎今之世哉！忽入感慨，笔态郁勃淋漓。

若宗元者，斗入自。智不能经大务[4]、断大事，非有恢杰[5]之才；一。学不能探奥义、穷章句，为腐烂之儒。二。虽或置力于文学，勤勤恳恳于岁时，然而未能极圣人之规矩，恢作者之闻见，劳费翰墨，徒尔拖逢掖[6]、曳大带，游于朋齿，且有愧色，三。岂有能乎哉？阁下何见待之

1. 成身：到达自己身上。

2. 斯道：这样的待人处世之道。

3. 千祀：千年。

4. 经：经营，治理。务：工作，事业。

5. 恢杰：杰出。恢，宏大。

6. 逢：大。掖：衣袂。

厚也。斗出阁下。此三四行作一头，以下凡两扇文字，分应起两句。始者自谓抱无用之文，戴不肖之容，虽振身泥尘，仰晞云霄，何由而能哉？遂用收视内顾，频首绝望，甘以没没也。看他叙“始者”，笔行宽宽然。今者果不自意，他日琐琐之著述，幸得流于衽席，接在视听，阁下[7]乃谓可以蹈远大之途，及制作[8]之门，决然而不疑，介然而独德，是何收采之特达[9]，而顾念之勤备乎？看他叙“今者”，笔行宽宽然。且阁下知其为人何如哉？妙，妙。提笔在手，如此挥洒，真是乐哉！其貌之美陋，质之细大，心之贤不肖，阁下固未知也。妙，妙。而一遇文字，志在济拔，妙，妙，写得阁下如许。斯盖古之知己者已。故曰：古之知己者，不待来求而后施德者也。然则亟来而求者，诚下科也。此一扇，先结“古之知己者”一句。看他完处，又倒找一句，自矜不可言。

宗元向以应博学宏词之举，会阁下辱临考第，司其升降[10]。当此之时，意谓运合事并，适丁厥时[11]，其私心日以自负也。一顿。无何，阁下以鲲鳞之势，不容尺泽，

7.阁下：指崔儆，崔儆曾任大理卿，故称他为崔大卿。

8. 制作：著述，撰写文件。

9. 特达：特出。

10. 司其升降：主管录取工作。吏部考功郎中为主考官员，掌握考试事宜。升，考中。降，落第。

11. 适丁厥时：适当其时。丁，当。厥，其。这一句句意为恰巧遇上了好时机。

悠尔而自放，廓然而高迈，一跌。其不我知者，遂排逐而委[12]之。委之，诚当也，使古之知己犹在，岂若是求多乎哉！妙，妙。提笔在手，如此挥洒，真是乐哉！夫仕进之路，昔者窃闻于师矣。看他纵笔恣行。太上[13]有专达之能，乘时得君，不由乎表著之列[14]，而取将相，行其政焉。一等。其次，有文行之美，积能累荣，不由乎举甲乙、历科第，登乎表著之列，显其名焉。二等。又其次，则曰：吾未尝举甲乙也，未尝历科第也，彼朝廷之位，吾何修而可以登之乎？必求举是科也，然后得而登之。三等。其下，不能知其利[15]，又不能务其往[16]，则曰：举天下而好之，吾何为独不然？四等。由是观之，只是纵笔恣行。有爱锥刀者[17]，以举是科为悦者也；四等也。有争寻常者，以登乎朝廷为悦者也；三等也。有慕权贵之位者，以将相为悦者也；二等也。有乐行其政者，以理天下[18]为悦者也。一等也。然则举甲乙、历科第，固为末而已矣。妙，妙。是何胸怀，是何气色，是何议论，是何笔墨！得之不加荣，丧之不加忧，苟成其名，于远大者[19]何补焉？真是。妙，妙。然而至于感知之道，则细

12. 委：丢弃。

13. 太上：最上。

14. 表著之列：正常的官秩、官位。

15. 知其利：知道从政的正确目的。

16. 不能务其往：指平时不注意加强自己的道德、才学修养。

17. 锥刀：锥刀之利，比喻微小的利益。《左传·昭公六年》："锥刀之末，将尽争之。"

18. 理天下：使天下政治清明。理，治。

19. 远大者：指治理天下的远大目标。

大一矣，成败亦一矣。更妙，更妙。看他以上发如许多笔墨，却又作如此跌下。故曰：其受德者，不待成身而后拜赐。然则幸成其身者，固末节也。此一扇，次结“其受德者”一句。看他完处，又倒找一句，自矜不可言。盖不知来求之下者，不足以收特达之士；而不知成身之末者，不足以承贤达之遇，审[20]矣。又将两扇完处所倒找之二句，再申明，便成通篇结束。

伏以阁下再出阁下。德足以仪世，才足以辅圣，文足以当宗师之位，学足以冠儒术之首，诚为贤达之表也。顾视下辈，岂容易而收哉！又找此笔，愈自矜不可言。而宗元再入自。朴野昧劣，进不知退，不可以言乎德；不能植志于义，而必以文字求达，不可以言乎才；秉翰执简，败北而归[21]，不可以言乎文；登场应对，刺缪[22]经旨，不可以言乎学，固非特达之器也。忖省陋质，岂容易而承之哉！又找此笔，愈自矜不可言也。切冒大遇，秽累高鉴，喜惧交争，不克宁居。窃感荀蓥[23]如实出己之德，敢希豫让[24]国士遇我之报。伏候门屏，敢俟招纳。谨奉启以代投刺

20. 审：确实是这样。

21. “秉翰执简”二句：指自己贞元十二年参加吏部制科考试失利一事。秉翰，操笔。

22. 刺缪：违背。

23. 荀蓥：春秋时晋国大夫，曾在晋楚之间的一次战争中被俘，后因父亲荀首等营救，得以归晋。古人认为他是一位能施德爱民的贤良政治家。

24. 豫让：春秋战国间的晋国人，原系智伯（荀瑶）的家臣，赵襄子灭智氏后，他改名换姓，潜身厕所，以漆涂身，暗伏桥下，多次欲刺杀赵襄子，以报智伯知遇之恩，后其谋被赵襄子察觉。豫让被擒后，还对赵襄子说“智伯国士遇我，我故国士报之”（《史记·刺客列传》），并求取赵襄子之衣斩之而后自杀。

之礼，伏惟以知己之道，终抚荐焉。不宣。

宗元谨启。

答廖有方论文书

柳宗元

吾细读其通篇笔态，并不是写自家不肯轻易为人作序，亦不是写今日独肯为廖秀才作序，乃是刻写当时无一人不要其作序，今则更无一人要其作序，以为痛愤。

三日，宗元白：

得秀才[1]书，知欲仆为序。然吾为文，非苟然易也。于秀才，则吾不敢爱[2]。看他先说自己笔墨异样矜贵，不是并无人要者。吾在京都时，好以文宠[3]后辈。后辈由吾文知名者，亦为不少焉。自叙向时，岂曰自家，盖当日实有如是人赖其笔札。自遭斥逐[4]禁锢，益为轻薄小儿哗嚣[5]，群朋增饰无状[6]，当途人率[7]谓仆垢污重厚，举将去而远之。自叙近来，岂真有余污及人？直是齐声群吠，虽受吾宠者，乌知不亦在其中。今不自料而序秀才[8]，笔态是紧紧承上二段，一味自写痛愤，并非为秀才计。秀才无乃未得向时之益，而受后事[9]之累，吾是以惧。洁然盛服而

1. 秀才：士人的通称。这里是指廖有方。廖有方曾致函柳宗元，求他作序。时柳宗元被贬永州（今湖南零陵），作此信以复。后来廖有方在元和十一年（公元816年）中进士第，并改名游卿。

2. 爱：吝啬。

3. 宠：宠爱，引申为褒奖，赞扬。

4. 自遭斥逐：指永贞元年（公元805年）被贬官邵州、永州的事。

5. 哗嚣：喧哗、谗毁。

6. 无状：无善状。

7. 当途人：当权的人。率：全都。

8. 序秀才：为你（秀才）写序。

9. 后事：指自己遭贬斥的事。

与负涂者[10]处，而又何赖焉？吾惧句，已结过。又沓此一句者，惟《左传》中时有此法。乃痛愤之至，并非为秀才计。然观秀才勤恳，意甚久远，不为顷刻私利，欲以就文雅，则吾曷敢以让？当为秀才言之。通篇只此一段，是正答秀才语。“则吾不敢爱”，是自说心头语；“则吾曷敢以让”，是正答秀才语。然而无显出于今之世，视不为流俗所扇动者，乃以示之。既无以累秀才，亦不增仆之诟骂也，写不欲示人，又欲示人，纯是痛愤不能自平。计无宜于此。若果能是，则吾之荒言出矣。文已毕，再加此三句，断断续续写痛愤不能自平，妙，妙！

宗元白。

10. 负涂者：身陷泥潭的人。涂，泥涂。这里是用以比喻自己身处政治上的逆境中。

柳 宗 元

与韩愈论史官书

句句雷霆，字字风霜。柳州人物，高出昌黎上一等，于此书可见。

正月二十一日，某顿首十八丈退之侍者前[1]：获书言史事，云具与刘秀才书[2]，及今乃见书稿，私心甚不喜，与退之往年言史事甚大谬。

若书中言，退之不宜一日在馆下。蓦头下劄，使韩色变。安有探宰相意，以为苟以史荣[3]一韩退之邪？先总括韩书。若果尔，退之岂宜虚受宰相荣己，而冒居馆下[4]，近密地，食奉养，役使掌固[5]，利纸笔为私书[6]，取以供子弟费？古之志于道者，不若是。先总判韩非。

且退之以为纪录者有刑祸[7]，避不肯就，次条举韩书。尤非

1. 某：代作者的名字。十八丈：指韩愈。韩愈在同族兄弟中排行第十八，故称其为十八丈。侍者前：侍者，仆役。在收信人的名字下加"侍者前"一词，是古人写信时一种客气的说法，意即对方身份高贵，自己不宜直接与之对话，谨请对方的侍者转达。

2. 具：详见。与刘秀才书：指韩愈元和八年写的《答刘秀才论史书》。刘秀才，即刘轲。

3. 史：这里指史官的职务。荣：增加荣誉。

4. 冒居馆下：在史馆中名不副实地居住着。

5. 掌固：史馆中分管资料的小吏。

6. 利：利用，使用。纸笔：指史馆中的文房用品。书：文章。

7. "且退之以为"句：韩愈在《答刘秀才论史书》中曾说过："夫为史者不有人祸，则有天刑，岂可不畏惧而轻为之哉？"纪录者，指编写历史书籍的人。

也。史以名[8]为褒贬，犹且恐惧不敢为；设使退之为御史中丞、大夫[9]，其褒贬成败人愈益显，其宜恐惧尤大也。则又将扬扬入台府[10]，美食安坐，行呼唱[11]于朝廷而已邪？在御史犹尔，设使退之为宰相，生杀、出入[12]、升黜天下士，其敌益众。则又将扬扬入政事堂，美食安坐，行呼唱于内廷、外衢而已邪？何以异不为史而荣其号、利其禄者也[13]？次细责韩非。

又言“不有人祸，则有天刑”。若以罪夫前古之为史者，条举韩书。然亦甚惑。凡居其位，思直其道。道苟直，虽死不可回也。如回之，莫若亟去其位。孔子之困于鲁、卫、陈、宋、蔡、齐、楚者，其时暗，诸侯不能行也。其不遇而死，不以作《春秋》故也。当其时，虽不作《春秋》，孔子犹不遇而死也。若周公、史佚[14]，虽纪言书事[15]，犹遇且显也。又不得以《春秋》为孔子累。范晔悖乱[16]，虽不为史，其宗族亦赤[17]。司马迁触天子喜怒，班固不检下[18]，崔浩沽其直以斗暴虏[19]，

8. 名：指褒贬历史人物、事件时所使用的不同内涵的词语。

9. 御史中丞、大夫：御史中丞、御史大夫。他们的职权是对政府官员实行监察、弹劾。

10. 台府：御史台办公的地方。御史大夫为御史台的最高行政长官。御史中丞设二人，其权力次于御史大夫。

11. 呼唱：呼万岁与唱名。唱名，通报自己的姓名。这是古代官员上朝时的一种礼仪。

12. 出入：出为外官或把官员调入京城任职。

13. 不为史：不履行史官的职责。荣其号：以史官的称号为荣。利其禄：以史官的薪金为利。

14. 史佚：西周初期的史官，名佚。“史”是佚的官职。

15. 言：指朝中君臣的重要言论。事：指国家经济、政治等方面的大事。

16. 范晔：南朝宋时的历史学家、文学家。因与孔熙先等谋弑文帝，立彭城王刘义康，事泄，于元嘉二十二年（公元 445 年）被杀。

17. 赤：斩尽杀绝。

18. 班固：东汉历史学家、文学家。大将军窦宪擅权被杀，班固因受牵连也被免去官职。因班固的家奴从前曾辱骂过洛阳令种兢，此时种兢遂借故将班固投入监狱，后来班固就死于狱中。不检下：对手下人不严加教育约束。

19. 崔浩：北朝时魏国人，官至司徒。崔浩因赞成发展汉族大地主势力，引起了鲜卑族统治集团的不满。后朝廷以修国史暴露“国恶”的罪名，将他杀害。沽其直：卖弄他的正直。暴虏：指鲜卑族贵族。

皆非中道。左丘明以疾盲，出于不幸。子夏[20]不为史亦盲，不可以是为戒。其余皆不出此[21]。是退之宜守中道，不忘其直，无以他事自恐。退之之恐，唯在不直、不得中道，刑祸非所恐也。细责韩非。

凡言二百年文武士，多有诚如此者。今退之曰：我一人也，何能明？条举韩书。则同职者又所云若是，后来继今者又所云若是，人人皆曰“我一人”，则卒谁能纪传之邪？如退之但以所闻知孜孜不敢怠，同职者、后来继今者，亦各以所闻知孜孜不敢怠，则庶几不坠，使卒有明[22]也。不然，徒信人口语，每每异辞。日以滋久，则所云“磊磊轩天地”者，决必沉没，且乱杂无可考，非有志者所忍恣也。果有志，岂当待人督责迫蹙然后为官守邪[23]？细责韩非。

又凡鬼神事，渺茫荒惑无可准，明者所不道。退之之智而犹惧于此！条举韩书。今学如退之，辞如退之，好议论

20. 子夏：卜商，他是孔子的学生，因儿子病故而伤心哭泣，流泪过多而导致目盲。

21. 皆不出此：都并非由于撰写史书。

22. 卒有明：指有关史实最终才能准确地载入史册。

23. 督责迫蹙：督促催逼。为官守：履行官吏（这里指史官）的职责。

如退之，慷慨自谓正直行行[24]焉如退之，犹所云若是，则唐之史述其[25]卒无可托乎？明天子、贤宰相得史才如此，而又不果，甚可痛哉！细责韩非。退之宜更思，可为速为；一收。果卒以为恐惧不敢，则一日可引去[26]，又何以云“行且[27]谋”也？又一收。今当为而不为，又诱馆中他人及后生者，又补举。此大惑已。不勉己而欲勉人[28]，难矣哉！又痛责。

24. 行行：刚强的样子。

25. 史述：历史的记述。其：难道。

26. 一日可引去：立即辞去史官的职务。

27. 行且：将要。

28. 勉人：指韩愈在《答刘秀才论史书》中有勉励刘秀才及史馆中其他人员努力搜集材料编写史书的话。

柳宗元

答韦中立论师道书

此为恣意恣笔之文。恣意恣笔之文最忌直。今看其笔笔中间皆作一折，后贤若欲学其恣，必须学其折也。

二十一日，宗元白：

辱[1]书云，欲相师。仆道不笃，业甚浅近，环顾其中[2]，未见可师者。虽常好言论，为文章，甚不自是也。自谦。看他中间作一折句。不意吾子[3]自京师来蛮夷间，乃幸见取[4]。仆自卜固无取；假令有取，亦不敢为人师；为众人师且不敢，况敢为吾子师乎？再谦。上是自家谦，此是对韦谦。看他中间又作两折句。

孟子称“人之患，在好为人师”。由魏、晋氏以下，人益不事师。今之世，不闻有师；有辄哗笑之，以为狂

1. 辱：谦辞，表示对方身份高贵，写信给自己，对对方来说是一种降低身份的做法。这是古人书信中常用的客气话。

2. 环顾其中：看看自己心中。中，心中，内心。

3. 吾子：指韦中立。韦中立是唐州刺史韦彪的孙子，元和八年（公元 813 年），他曾致书当时被贬为永州司马的柳宗元，请求柳宗元能做自己的老师。

4. 见取：被你认为是可取法的，意思是被韦中立视为师长。

人。摘“师”字，论世久不为此言。独韩愈奋不顾流俗，犯笑侮[5]，收召后学，作《师说》，因抗颜[6]而为师。世果群怪聚骂，指目牵引[7]，而增与为言辞。愈以是得狂名，居长安，炊不暇熟，又挈挈而东[8]。如是者，数矣。借韩愈，论为此言者必遭讪骂。

屈子赋曰：“邑犬群吠，吠所怪也。”仆往闻庸、蜀之南，恒雨少日，日出则犬吠，余以为过言[9]。前六七年，仆来南。二年[10]冬，幸大雪，逾岭被南越中数州，数州之犬，皆苍黄[11]吠噬狂走者累日，至无雪乃已，然后始信前所闻者。意欲作喻，乃恣写此至两三行。如此文字，直是目空世人。今韩愈既自以为蜀之日[12]，而吾子又欲使吾为越之雪[13]，不以病乎！非独见病，亦以病吾子。又作折句。然雪与日岂有过哉？顾吠者犬耳。度今天下不吠者几人，而谁敢衒怪[14]于群目，以召闹取怒[15]乎？骂得最畅。有冬烘先生说此段是子厚薄处。不知行文至此，真如矢在弦上，不得不发，有何厚薄之云？

5. 犯笑侮：顶着嘲笑与侮辱。犯，冒犯。

6. 抗颜：犹言正色，指态度严正不屈。

7. 指目牵引：以手指点，互使眼色，拉扯示意。这是状写世俗之人攻击韩愈抗颜为师时的情景。

8. 挈挈：匆促的样子。东：东去洛阳。

9. 过言：言过其实。

10. 二年：指唐宪宗元和二年（公元 807 年）。

11. 苍黄：同“仓皇”，匆促，慌张。

12. 自以为蜀之日：自己以抗颜为师而受到世俗之徒的嘲笑讥讽。

13. 使吾为越之雪：让我成为世俗之徒嘲笑讥讽的对象。

14. 衒：同“炫”，炫耀。怪：责难，埋怨。

15. 召闹取怒：招来无谓的喧闹和众人的愤怒。

仆自谪过以来，益少志虑[16]。居南中九年，增脚气病，渐不喜闹，岂可使呶呶者早暮咈吾耳、骚吾心[17]？则固僵仆烦愦[18]，愈不可过矣。上是骂人，此又自写怕骂，下是又找一句。平居望外遭齿舌不少，独欠为人师耳。又找一句也，妙，妙。

抑又闻之，古者重冠礼，将以责成人之道，是圣人所尤用心者也。数百年来，人不复行。近有孙昌胤者，独发愤行之。既成礼，明日造朝，至外庭，荐笏[19]，言于卿士曰："某子冠毕。"应之者咸怃然[20]。京兆尹郑叔则怫然曳笏却立[21]，曰："何预我耶？"廷中皆大笑。天下不以非郑尹而快孙子，何哉？独为所不为也[22]。今之命师者，大类此。忽又作喻，又恣写此至两三行，目空世人哉！

吾子行厚而辞深，凡所作皆恢恢然有古人形貌，虽仆敢为师，亦何所增加也。始赞韦。亦作折句。假而以仆年先吾子，闻道著书之日不后，诚欲往来言所闻，则仆固愿悉陈中所得者。吾子苟自择之，取某事、去某事则可矣；

16. 益：越。志：志向。

17. 呶呶：喧哗，吵闹。咈：骚扰，扰乱。骚：忧。

18. 烦愦：烦恼，昏乱。

19. 荐笏：将笏板插在衣带上。

20. 怃然：莫名其妙的样子。

21. 怫然：不高兴的样子。却立：后退。

22. "独为"句：单独地去做当今众人都不做的事。

若定是非以教吾子，仆材不足，而又畏前所陈者，其为不敢也决矣。妙，妙。此真师长之言。得如此人为师，真是快活。段段都作折句。吾子前所欲见吾文，既悉以陈之，非以耀明于子，聊欲以观子气色，诚好恶何如也。今书来，言者皆大过[23]，吾子诚非佞誉诬谀之徒，直见爱甚故然耳。只此是答其来书。以前只是论师，以下只是论文。段段都作折句。

始吾幼且少，为文章以辞为工。及长，乃知文者以明道，是固不苟为炳炳烺烺、务采色、夸声音而以为能也[24]。凡吾所陈，皆自谓近道，而不知道之果近乎远乎？吾子好道而可吾文，或者其于道不远矣。从文中抽出"道"来，作如此言。居然师也，特不受其名耳。段段作折句。故吾每为文章，未尝敢以轻心掉之，惧其剽而不留也[25]；未尝敢以怠心易之，惧其弛而不严也；未尝敢以昏气出之，惧其昧没而杂也[26]；未尝敢以矜气作之，惧其偃蹇[27]而骄也。自此至尽，皆自论文心。四"未尝敢"。抑之欲其奥，扬之欲其明，疏之欲其通，廉之欲其节，激而发之欲其清[28]，

23. 大过：过奖。

24. 炳炳烺烺：形容光彩。炳炳，光明。烺烺，火光明亮的样子。务采色：追求词藻的华美。夸声音：崇尚文辞音韵的优美。

25. 剽：敏捷，引申为浮滑。留：指深厚含蓄。

26. 昧没：昏暗不明白。杂：芜杂。

27. 偃蹇：骄傲的样子。

28. 激：激水，阻水，引申为荡涤污垢。清：明晰。

固而存之欲其重[29]。六"欲其"。此吾所以羽翼夫道也。一结。本之《书》以求其质[30]，本之《诗》以求其恒，本之《礼》[31]以求其宜，本之《春秋》[32]以求其断，本之《易》以求其动[33]。五"本之……以求其……"。此吾所以取道之原也。一结。参之穀梁氏以厉其气[34]，参之《孟》《荀》[35]以畅其支，参之《庄》《老》[36]以肆其端，参之《国语》以博其趣，参之《离骚》以致其幽，参之太史公[37]以著其洁。六"参之"。此吾所以旁推交通而以之为文也。一结。凡若此者，果是耶，非耶？有取乎，抑其无取乎？又总作一结。上三结过于自信，此总结便更谦。吾子幸观焉，一。择焉，二。有余以告焉。三。苟亟来以广是道[38]，子不有得焉，则我得矣，又何以师云尔哉？妙，妙。反作尔说，真师长之言也。得如此人为师，真快活。取其实而去其名，无招越、蜀吠怪而为外廷所笑，则幸矣！又找应二喻，一何闲到。

宗元复白。

29. 固：凝聚。重：庄重，指文意文辞不浮滑。

30. 本之《书》：以《尚书》作为范本。质：质朴。

31.《礼》：《周礼》《仪礼》《礼记》。

32.《春秋》：史书，相传是孔子依据鲁国史官所编写的《春秋》删改修订而成。历来人们认为在此书中，孔子通过一字褒贬来显示自己的政治倾向和对事物是非的判断。

33.《易》：《易经》，又称《周易》。动：发展，变化。

34. 参之穀梁氏：参考《穀梁传》。穀梁氏，即《穀梁传》，是《春秋》三传之一。厉其气：意思是使文章的气势达到《穀梁传》一样的水平。厉，磨炼。气，文章的气势。

35.《孟》《荀》：《孟子》《荀子》。

36.《庄》《老》：《庄子》《老子》。

37. 太史公：指司马迁的《史记》。

38. 苟：如果。亟来：常来。广：扩大，这里指谈论、阐发。

柳宗元

送薛存义序

无多十数句，看其笔势，如蛇夭矫不就捕。

河东薛存义将行[1]，柳子[2]载肉于俎，崇酒于觞[3]，追而送之江之浒，饮食之[4]。

且告曰：凡吏于土者，若知其职乎？盖民之役[5]，非以役民而已也。极奇，极正，极径，极曲。凡民之食于土者，出其十一[6]，佣乎吏[7]，使司平于我[8]也。古初设官之故，说出慨然。今我受其直怠其事者[9]，天下皆然。岂惟怠之，又从而盗之[10]。只是直说，不是痛骂。向使佣一夫于家，受若直，怠若事，又盗若货器，则必甚怒而黜罚之矣。斗然插喻，下又斗收转。以今天下多类此，而民莫敢肆其怒[11]与黜罚，何哉？十九字句。势不同[12]也。慨然。势不同句。而理同，笔势甚疾。如吾

1. 河东：今山西永济市。薛存义：中唐河东人，与柳宗元是同乡，当过永州零陵县的代理县令。当薛存义离任时，当时任永州司马的柳宗元写了这篇序送他。

2. 柳子：柳宗元自称。

3. 崇：用作动词，斟满的意思。觞：古代的酒杯。

4. 饮食之：请他饮酒吃肉。

5. 民之役：老百姓的仆人。

6. 出其十一：拿出他们总收入的十分之一。

7. 佣乎吏：雇用官吏。

8. 司平于我：为我们老百姓公平地办事。司，掌管。

9. 我：这里指地方官。直：同“值”，指薪俸。

10. 盗之：偷窃老百姓的钱物，意思是贪污、勒索之风盛行。

11. 肆其怒：大发其怒。

12. 势不同：指主仆关系与吏民关系有很大不同。势，情势。

民何[13]？笔势甚疾。有达于理者，得不恐而畏乎[14]！笔势甚疾。

存义假令[15]零陵二年矣。早作而夜思，勤力而劳心，讼者平，赋者均，老弱无怀诈暴憎[16]。其为不虚取直也的[17]矣，收前段。其知恐而畏也审[18]矣。收后段。

吾贱且辱，不得与考绩幽明之说[19]；只是直说，不是痛骂。于其往也，故赏以酒肉而重之以辞。"赏"字妙，使一篇文字，便如孔子之一部《春秋》。

13. 如吾民何：对待老百姓应该怎样呢？

14. "有达于理者"二句：假如有的官吏通晓了这样的道理，他能不为此而感到惶恐和害怕吗？

15. 假令：代理县令。

16. 怀诈：内怀欺诈之心。暴憎：外露憎恶之情。

17. 的：的确，确实。

18. 审：确实。

19. 考绩：考核官吏政绩。幽明：指官吏的黜退和提升。说：意见，评议。

柳　宗　元

送僧浩初序

通篇如与退之辩难，殊不知都是凭空起波。前『嗜浮屠言』『与浮屠游』二句，如棋之势子。中二大幅，如下棋。后入浩初，如棋劫也。

儒者韩退之与余善，“儒者”二字冠篇端，便是意思。尝病余嗜浮图[1]言，嗜浮图言一。訾余与浮图游。与浮屠游一。三句，提一篇。近陇西李生础自东都来[2]，退之又寓书罪余，且曰：“见送元生序[3]，不斥浮图[4]。”一曲。浮图诚有不可斥者，往往与《易》《论语》合，诚乐之，其于性情奭然[5]，不与孔子异道。二曲。退之好儒未能过扬子，扬子之书于庄、墨、申、韩皆有取焉。三曲。浮图者，反不及庄、墨、申、韩之怪僻险贼邪？四曲。曰：“以其夷也。”五曲。果不信道而斥焉以夷，则将友恶来、盗跖[6]，而贱季札、由余乎[7]？非所谓去名求实者矣。六曲。吾之所取者与《易》《论语》合，虽圣人复生，不可得而斥也。七曲。

1. 浮图：同“浮屠”，这里指佛教徒。

2. 陇西：郡名，在今甘肃省境。李生础：李础。李础尝为湖南从事，元和六年（公元811年）请假去洛阳（东都）看望父亲。

3. 送元生序：柳宗元所作《送元十八山人南游序》一文。元生，即元十八山人，指元集虚。

4. 不斥浮图：不指责佛教徒。

5. 奭然：事物消散的样子。

6. 恶来：人名，殷纣王之臣。盗跖：春秋战国之交的一位人民起义领导人，后世剥削阶级诬称他为“盗跖”。

7. 季札：又称公子札、延陵季子。春秋时吴王寿梦之子、吴王诸樊之弟，多次推让君位，在当时诸侯间颇有声誉。他的音乐鉴赏水平也很高。由余：春秋时晋国人，后逃亡至西北戎族聚居地区。入秦，事秦穆公。秦穆公采用他的计谋，灭国十二，拓地千里，遂霸西戎。

退之所罪者其迹[8]也，曰："髡而缁[9]，无夫妇父子，不为耕农蚕桑而活乎人[10]。"八曲。若是，虽吾亦不乐也。九曲。退之忿其外而遗其中，是知石而不知韫玉也。十曲。吾之所以嗜浮图之言以此。以上，辩所以"嗜浮屠言"。与其人游者，未必能通其言也。带上，妙甚！且凡为其道者，不爱官，不争能，乐山水而嗜闲安者为多。吾病世之逐逐然[11]，唯印组为务以相轧也，则舍是其焉从？吾之好与浮图游以此。以上，辩所以"与浮屠游"。下，方入浩初。

今浩初[12]闲其性，安其情，应。读其书，通《易》《论语》，应。唯山水之乐，有文而文之；应。又父子咸为其道，应。以养而居，泊焉而无求，应。则其贤于为庄、墨、申、韩之言，应。而逐逐然唯印组为务以相轧者，应。其亦远矣。应。

李生础与浩初又善。今之往也，以吾言示之。应到李生，大奇！因北人寓退之，视何如也。应到退之，大奇！

8. 迹：外表，表面的现象。

9. 髡：剃发。缁：黑色，这里指僧人穿的黑色衣服。

10. 活乎人：活于人，指不事劳动靠别人养活。

11. 逐逐然：急于追名逐利的样子。

12. 浩初：中唐僧人，龙安海禅师的弟子。他与柳宗元、李础均有交往。

柳 宗 元

梓人传

前幅细写梓人，后幅细合相道。段段句句字字精炼，无一懈字懈句懈段。

裴封叔[1]之第，在光德里。有梓人款其门[2]，愿佣隙宇[3]而处焉。所职寻引、规矩、绳墨[4]，家不居砻斫之器[5]。问其能，曰："吾善度材，视栋宇之制[6]，高深圆方短长之宜，吾指使而群工役焉。舍我，众莫能就一宇。故食于官府[7]，吾受禄三倍；作于私家，吾收其直[8]大半焉。"细琐叙事起。他日，入其室，其床阙足而不能理，曰："将求他工。"生波。余甚笑之，谓其无能而贪禄嗜货者。

其后京兆尹将饰官署[9]，余往过焉。委[10]群材，会众工。写梓人一。或执斧斤，或执刀锯，皆环立[11]向之。梓人左持

1. 裴封叔：名谨，柳宗元的姐夫。

2. 梓人：木工。这里是指从事建筑业的工匠。款：叩，敲。

3. 佣隙宇：租赁空闲的房间。

4. 职：携带。寻引：量长度的器具。规矩：圆规和画方形的矩尺。绳墨：木匠用以画线的一种工具，俗称墨斗，斗中有墨汁浸湿的长线。

5. 居：贮存，存放。砻斫之器：指磨刀石和刀、斧之类的工具。

6. 栋宇之制：房屋的结构。

7. 食于官府：指为官府修建房屋。

8. 直：同"值"，这里指工钱。

9. 京兆尹：管理京城及其附近属县的行政长官。饰：修理。

10. 委：堆积。

11. 环立：站成一个圆圈。

右引，执杖而中处焉。写梓人二。量栋宇之任[12]，视木之能举[13]，挥其杖曰："斧！"彼执斧者奔而右；顾而指曰："锯！"彼执锯者趋而左。写梓人三。俄而斤者斫，刀者削，皆视其色，俟其言，莫敢自断[14]者。写梓人四。其不胜任者，怒而退之，亦莫敢愠焉。写梓人五。画宫于堵[15]，盈尺而曲尽其制，计其毫厘而构大厦，无进退焉。写梓人六。既成，书于上栋曰："某年某月某日某建。"则其姓字也。凡执用之工不在列。写梓人七。余圜视大骇，然后知其术之工大矣。

继而叹曰转笔。：彼将舍其手艺，专其心智，而能知体要者[16]欤？一"者欤"。吾闻劳心者役人，劳力者役于人，彼其劳心者欤？二"者欤"。能者用而智者谋[17]，彼其智者欤？三"者欤"。是足为佐天子相天下法矣，物莫近乎此也。因此一叹，下便开为大篇。彼为天下者，本于人。其执役者，为徒隶，为乡师里胥。其上为下士，又其上为中士，为上士。又其上为大夫，为卿，为公。离而为

12. 任：这里是"需要"的意思。

13. 木之能举：指各种木料的用途。

14. 自断：自己做主。

15. 宫：房屋，这里是指所兴建的屋宇的图样。堵：堵墙，即墙壁。

16. 能知体要者：能够掌握主体和纲要的人。

17. 能者用：有技能的人干活。智者谋：有智慧的人出计谋。

六职[18]，判而为百役。外薄[19]四海，有方伯连帅；郡有守，邑有宰，皆有佐政。其下有胥吏，又其下皆有啬夫版尹[20]，以就役焉，犹众工之各有执伎以食力也。一“犹”。彼佐天子相天下者，举而加焉[21]，指而使焉[22]，条其纲纪而盈缩焉[23]，齐其法制而整顿焉，犹梓人之有规矩绳墨以定制也。二“犹”。择天下之士，使称其职；居天下之人，使安其业。视都知野，视野知国[24]，视国知天下，其远迩细大，可手据其图而究焉，犹梓人画宫于堵而绩于成也。三“犹”。能者进而由之[25]，使无所德[26]；不能者退而休之，亦莫敢愠。不炫能，不矜名，不亲小劳[27]，不侵众官，日与天下之英才讨论其大经[28]，犹梓人之善运众工而不伐艺也[29]。四“犹”。夫然后相道[30]得而万国理矣。相道既得，万国既理，天下举首而望曰：“吾相之功也。”后之人循迹而慕曰：“彼相之才也。”士或谈殷周之理者，曰伊、傅、周、召[31]，其百执事之勤劳，而不得纪焉，犹梓人自名其功，而执用者不列也。五“犹”。大哉相乎！四字总，有气力，恐尚总不住，故下又反

18. 离：分离，分工。六职：吏、户、礼、兵、刑、工六部。

19. 薄：到达。

20. 啬夫：乡中小吏，掌诉讼、赋税。版尹：乡中小吏，掌乡民户口。

21. 举而加焉：指位在众官之上。

22. 指而使焉：指挥和使用他们。

23. 条：使之有条理，指调整，理顺。纲纪：国家的法令、典章制度。盈缩：增补或减少某些条款。

24. 国：诸侯的封国。

25. 能者进：有才能的人得到任用。由之：因为得到他（指辅佐天子治理天下的人）的推荐。

26. 使无所德：使得到任用的贤才不去感谢自己个人的恩惠。

27. 不亲小劳：不亲自去干那些琐碎的事务。

28. 大经：经邦济世的根本措施。

29. 伐：功劳，引申为夸耀。艺：技术。

30. 相道：做宰相的法则。

31. 伊、傅、周、召：伊尹、傅说、周公、召公。

复之。通是道者，所谓相而已矣。“通是道者”，一正。其不知体要者反此，以恪勤为公，以簿书为尊，炫能矜名，亲小劳，侵众官，窃取六职百役之事，听听[32]于府庭，而遗其大者远者焉，所谓不通是道者也，犹梓人而不知绳墨之曲直、规矩之方圆、寻引之短长，姑夺众工之斧斤刀锯，以佐其艺，又不能备其工，以至败绩用而无所成也。不亦谬欤？“不通是道者”，一反。以上通篇已毕，以下另发议。

或曰：“彼主为室者，傥或发其私智，牵制梓人之虑，夺其世守，而道谋是用，虽不能成功，岂其罪邪？亦在任之而已。”此论最要补出。余曰：不然。夫绳墨诚陈，规矩诚设，高者不可抑而下也，狭者不可张而广也。由我则固[33]，不由我则圮。彼[34]将乐去固而就圮也，则卷其术，默其智，悠尔而去，不屈吾道，是诚良梓人耳！其或嗜其货利，忍而不能舍也；丧其制量[35]，屈而不能守也。栋挠[36]屋坏，则曰：“非我罪也。”可乎哉？可乎哉？妙，妙。通篇是相体，此又相德也。

32. 听听：争辩的样子。

33. 由我则固：依据原设计去施工，建造起来的房屋才会坚固。

34. 彼：他，指房屋的主人。

35. 丧其制量：改变原先设计的房屋结构。

36. 栋挠：栋梁弯曲断裂。

余谓梓人之道类于相，故书而藏之。“藏之”妙。梓人盖古之审曲面势者[37]，今谓之都料匠[38]云。余所遇者杨氏，潜其名。细琐叙事结。

37. 审曲面势：《考工记·总序》：“或审曲面势，以饬五材，以辨民器。”审曲面势，审视材料的曲直长短、纹理向背等，让它们得到合理利用。

38. 都料匠：这里是指总管建筑工人以及建筑材料的工匠。都，总。

柳 宗 元

种树郭橐驼传

纯是上圣至理，而以寓言出之。颇疑昌黎未必有此。

郭橐驼[1]，不知始何名。才入手，便将“橐驼”二字一翻。病偻，隆然伏行，有类橐驼者，故乡人号之“驼”。驼闻之曰：“甚善，名我固当。”因舍其名，亦自谓“橐驼”云。于一篇之首，先将闲文写作，一笑。

其乡曰丰乐乡，在长安西。何为书其乡？只为欲写其在长安，长安人争迎也。驼业种树，凡长安豪家一色人。富人一色人。为观游豪家。及卖果者，富人。皆争迎取养。“迎取”字连，上加“争”字、下加“养”字成句。视驼所种树，或迁徙，无不活，“视”，人视之也。“无不”字双承“种”与“迁”。且硕茂，蚤实以蕃。“活”外又添写此五字。他植者虽窥伺效慕，莫能如也。必得此一句反衬之。

1. 橐驼：骆驼。

有问之，对曰：生发。“橐驼非能使木寿且孳[2]也，作一曲折。以能顺木之天以致其性焉尔。先作一句提。凡植木之性：承“其性”字。其本欲舒，其培欲平，其土欲故，其筑欲密[3]。此四“欲”字，本性欲也。既然已，勿动勿虑，去不复顾。其莳也若子[4]，其置也若弃，妙，妙。便与存心养性、事天立命何异？岂直下文官理而已！则其天者全而其性得[5]矣。结过。此段是畅讲“无不活”三字理。故吾不害其长而已，非有能硕茂之也；不抑耗其实而已，非有能蚤而蕃之也。此段又反复“硕”字，“茂”字，“蚤”字，“蕃”字理。他植者则不然，亦先作一句提。根拳而土易[6]，一。其培之也，若不过焉，则不及焉[7]。二。苟有能反是者，则又爱之太殷，忧之太勤，旦视而暮抚，已去而复顾，三。甚者爪其肤以验其生枯[8]，摇其本以观其疏密，四，写尽。而木之性日以离矣。亦结过。虽曰爱之，其实害之；虽曰忧之，其实仇之。故不我若也。吾又何能为哉？”亦作反复。

问者曰：“以子之道，移之官理，可乎？”

2. 孳：繁殖，生长。

3. 筑：筑土。密：结实。

4. 莳：移栽。若子：（把树苗看成）如同子女一般。

5. 其性得：适应了树木生长的自然习性。

6. 根拳：树根弯曲。土易：泥土全部换成新的。

7. “若不过焉”二句：如果不是过多，那么就是过少。

8. 爪：指甲，这里用作动词。肤：指树皮。生枯：死活。

驼曰："我知种树而已，官理非吾业也。又生发。然吾居乡，上先辞谢过，此又轻轻讽说，最为得体。见长人者好烦其令[9]，若甚怜焉，而卒以祸。先略写，下更详写。旦暮吏来而呼曰：'官命促尔耕，勖[10]尔植，督尔获，蚤缫而绪[11]，蚤织而缕[12]，字而幼孩，遂而鸡豚[13]！'句句字字，岂非民之父母？鸣鼓而聚之，击木而召之[14]。吾小人辍飧饔以劳吏者且不得暇[15]，又何以蕃吾生[16]而安吾性邪？故病且怠。言之慨然，此"帝力何有"之为上理也。若是，则与吾业者其亦有类乎[17]？"只是轻轻讽说，最为得体。

问者嘻曰："不亦善乎！吾问养树得养人术[18]。"学《庄子》文惠君感庖丁言。传其事，以为官戒也。冷峭。

9. 长人者：当官长的人。好烦其令：喜欢频繁地发布命令。

10. 勖：勉励。

11. 蚤缫而绪：抓紧时间煮茧抽丝。缫，缫丝。绪，丝头。

12. 蚤织而缕：抓紧时间织布纺纱。缕，纱线。

13. 遂：这里是好好喂养使其迅速长大的意思。豚：小猪。

14. 击木：敲击木梆。召之：把百姓召集起来。

15. 辍：停止。飧：晚饭。饔：早饭。劳：慰劳。

16. 蕃吾生：人丁兴旺。

17. 吾业者：我的同行们。类：相似。

18. 养树：种植树木，这里指植树的经验。养人术：治民的道理、办法。

柳宗元

永州韦使君新堂记

逐段写地，写人，写起工，写毕工，乃至写筵客起贺，皆一定自然之法度。奇亦特在起笔，斗地作二反一落，如槎枒怪树，不是常观也。

将为穹谷、嵁岩、渊池于郊邑之中[1]，则必辇[2]山石，沟[3]涧壑，凌绝[4]险阻，疲极人力，乃可以有为也。斗地反起。然而求天作地生之状，咸无得焉。斗地反起。逸其人，因其地，全其天[5]，昔之所难，今于是乎在。斗地连作二反，却成如此笔法，岂不大奇！

永州实惟九疑之麓，其始度土者[6]，环山为城。此句，追原城中所以有自然泉石之故。有石焉，翳于奥草；有泉焉，伏于土涂。蛇虺之所蟠[7]，狸鼠之所游。茂树恶木，嘉葩毒卉，乱杂而争植，号为秽墟。必须写此，乃见开辟之功。

韦公之来，既逾月，理甚无事[8]。此七字，通篇张本，后贤切切记

1. 穹谷：深谷。嵁岩：峭壁。郊邑：郊外或城中。

2. 辇：用作动词，是用车子运来的意思。

3. 沟：用作动词，是开挖的意思。

4. 凌绝：跨越。

5. 全其天：保持山水景观的本来面貌。

6. 九疑：一名苍梧山，在今湖南省宁远县南。度：测量。

7. 虵：同“蛇”。虺：一种毒蛇。蟠：屈曲，盘踞。

8. 韦公：名字不详，元和七、八年（公元 812、813 年）间曾任永州刺史。理：治理。

之。凡古人立言，都必如此。望其地，且异之。始命芟其芜[9]，行其涂[10]，“望”字、“且异”字、“始命”字写出“理甚无事”人闲心，妙眼。积之丘如，蠲之浏如[11]，既焚既釃[12]，奇势迭出，清浊辨质，美恶异位。此记始事。视其植，则清秀敷舒；视其蓄，则溶漾纡馀。怪石森然，周于四隅，或列或跪，或立或仆，窍穴逶邃，堆阜突怒[13]。此记毕工。乃作栋宇，以为观游。凡其物类[14]，无不合形辅势，效伎于堂庑之下[15]；此记新堂。外之连山高原，林麓之崖，间厕[16]隐显；迩延野绿[17]，远混天碧[18]，咸会于谯门之外。此记堂外。

已乃延客入观，继以宴娱。或赞且贺忽然生姿。曰：“见公之作[19]，知公之志。提。公之因土而得胜[20]，岂不欲因俗以成化？妙。公之择恶而取美，岂不欲除残而佑仁[21]？妙。公之蠲浊而流清，岂不欲废贪而立廉[22]？妙。公之居高以望远，岂不欲家抚[23]而户晓？妙。夫然，则是堂也，岂独草木土石水泉之适[24]欤？山原林麓之观欤？将使继公之理者，视其细，知其大也。束。”

宗元请志诸石，措诸屋漏[25]，以为二千石[26]楷法。

9. 芟其芜：铲除那儿的杂草、恶木。

10. 行其涂：清除那儿的污泥。

11. 蠲：同“捐”，除去。之：指污泥。浏如：泉水清澈的样子。

12. 釃：疏浚。

13. 堆阜：山丘。突：突出，突起。怒：形容山势险峻。

14. 物类：指景物。

15. 效伎：指显示美色。堂庑：厅堂廊屋。

16. 间厕：交错。

17. 迩：近处。延：延伸，伸展。

18. 远混天碧：和远方的蓝天融为一体。

19. 作：兴建，指兴建新堂楼宇。

20. 土：地形。胜：胜景。

21. 残：指暴虐的政治。仁：有仁爱之心的人士。

22. 立廉：树立廉洁之风。

23. 家抚：家家得到抚爱。

24. 适：指放置、安排在适当的地方。

25. 措：置放。屋漏：西北面的墙壁。《尔雅·释宫》：“西南隅谓之奥，西北隅谓之屋漏。”

26. 二千石：州郡行政长官。汉代郡守俸禄为二千石，后因以二千石为州郡太守刺史的通称。

柳宗元

756—757

潭州东池戴氏堂记

细察其中间，有无数脱卸，无数层折，无数渲染，无数照应，节节连络，处处合沓，真妙文也。

弘农公刺潭三年[1]，先叙弘农公刺潭。因东泉为池，环之九里。丘陵林麓距其涯，坻岛渚洲交其中[2]。其岸之突而出者，水萦之若玦[3]焉。池之胜于是为最。次叙弘农公为池。公曰："是非离世乐道者不宜有此。"卒授宾客之选者[4]，谯国戴氏曰简[5]，次叙弘农公以池授戴。"离世乐道"后，开二段。为堂而居之。堂成而胜益奇，为池是弘农公，为堂是谯国戴氏，故必须重与极写。望之若连舻縻舰[6]，与波上下。就之颠倒万物，辽廓眇忽[7]。望之，就之。树之松柏杉槠[8]，被之菱芡芙蕖[9]，树之，被之。郁然而阴，粲然而荣[10]。而阴，而荣。凡观望浮游之美，专于戴氏矣。且与一结。专于戴氏者，更不属杨氏也。

1. 弘农公：对杨凭的敬称。杨凭，字嗣仁，弘农（今河南灵宝市）人，贞元十八年（公元802年）由太常少卿出任湖南观察使兼潭州（今湖南长沙市）刺史。刺潭：担任潭州刺史。

2. 坻：同"坻"，水中沙微微露出水面处。渚洲：水中小块陆地。《尔雅·释水》："水中可居者曰洲，小洲曰渚。"

3. 玦：环形而有缺口的佩玉。

4. 卒授：最终赠给了。选：德才超群出众。

5. 谯国：谯郡，唐代谯郡治所在谯县（今安徽亳州市）。戴氏曰简：姓戴名简。

6. 连舻：船只相连。縻舰：战船捆缚在一起。縻，缚。

7. 就之：去到水边的厅堂中。颠倒万物：指水中倒影。眇忽：微细不分明的样子。

8. "树之"句：水池周围种植了松柏杉槠等树木。槠，树名，常绿乔木。

9. "被之"句：水面上覆盖着菱芡芙蕖。菱，菱角。芡，芡藻。芙蕖，荷花。

10. 粲然：鲜艳明亮的样子。荣：开花。

戴氏尝以文行累为连率所宾礼[11]，贡之泽宫[12]而志不愿仕。与人交，取其退让。受诸侯之宠[13]，不以自大，其离世欤？应上“离世”。好孔氏[14]书，旁及《庄》《文》[15]，莫不总统[16]。以至虚[17]为极，得受益之道，其乐道欤？应上“乐道”。贤者之举也必以类。重作总提。当弘农公之选，而专兹地之胜，岂易而得哉！再叹弘农公为池。地虽胜，得人焉而居之，则山若增而高，水若辟而广，堂不待饰而已奂[18]矣。再叹戴氏为堂。戴氏以泉池为宅居，以云物为朋徒，摅幽发粹[19]，日与之娱，则行宜益高，文宜益峻，道宜益懋，交相赞者也。再叹乐道。既硕其内，又扬于时，吾惧其离世之志不果矣。再叹离世。

君子谓弘农公刺潭得其政，结归刺潭。为东池得其胜，结归为池。授之得其人，结归以池授戴。岂非动而时中者欤[20]？于戴氏堂也，见公之德，不可以不记。

11. 文行：文学和德行。累：一次又一次。连率：连帅，这里是指州刺史。

12. 泽宫：古代习射选士之处，这里是指朝廷进行科举考试的地方。

13. 诸侯：这里是指州刺史。宠：宠信。

14. 孔氏：孔子。

15.《庄》《文》：《庄子》《文子》。

16. 总统：总聚而统理。

17. 至虚：心中无任何外物牵累，指极虚无的心境。

18. 奂：鲜明的样子。

19. 摅幽：抒发幽深的感情。粹：精华，指高尚的品德修养。

20. 动：动辄。时中：立身行事合乎中道。

柳 宗 元

邕州柳中丞作马退山茅亭记

奇在起笔斗地先写茅亭，以后逐段写山，写人，写作亭，写作记，皆一定自然之法度也。

冬十月，作新亭于马退山之阳。因高丘之阻以面势[1]，无欂栌节棁之华[2]。不斫椽，不剪茨，不列墙，以白云为藩篱，碧山为屏风，昭其俭也。直直起笔，先写茅亭。

是山崒然起于莽苍之中[3]，驰奔云矗，亘数十百里，尾蟠荒陬[4]，首注大溪，诸山来朝，势若星拱，苍翠诡状，绮绾绣错[5]。盖天钟秀[6]于是，不限于遐裔[7]也。转笔，方写马退山。然以壤接荒服，俗参夷徼，周王之马迹不至，谢公[8]之屐齿不及，岩径萧条，登探者以为叹。再转笔，又写马退山自来无亭。

1. 阻：险要的地方。面势：面向开阔的境界。

2. 欂栌：欂，壁柱；栌，斗拱。节：屋柱上端顶住横梁的方木。棁：梁上短柱。

3. 崒然：险峻的样子。莽苍：同“苍茫”，野色迷茫的样子。

4. 荒陬：荒野的尽头。陬，角落。

5. 绮绾：美景交错。绣错：文采错杂。

6. 钟：赋予。秀：秀色，美景。

7. 遐裔：僻远的边疆之地。

8. 谢公：谢灵运。谢灵运性好山水，游山时常着木屐，上山则去其前齿，下山则去其后齿。

岁在辛卯，我仲兄以方牧之命[9]，试于是邦。夫其德及故信孚[10]，信孚故人和，人和故政多暇。由是尝徘徊此山，以寄胜概[11]。重提笔写柳中丞。天子命来作方牧，不曾命来游山也，故必补写政暇、人和、信孚、德及。乃塈乃涂[12]，作我攸宇，于是不崇朝[13]而木工告成。每风止雨收，烟霞澄鲜，辄角巾鹿裘[14]，率昆弟友生冠者五六人，步山椒而登焉。于是手挥丝桐，目送还云，西山爽气，在我襟袖，八极万类[15]，揽不盈掌。此畅写作亭后一段胜事也。

夫美不自美，因人而彰。兰亭也，不遭右军[16]，则清湍修竹，芜没空山矣。是亭也，僻介闽岭，佳境罕到，不书所作，使盛迹郁堙，是贻林涧之愧[17]。故志之。此所以作记也。

9. 仲兄：柳宗元的一位堂兄，姓名不详。方牧：这里是指州刺史。

10. 信孚：信誉卓著。

11. 胜概：极其秀丽的景色。

12. 塈：向上涂抹屋顶。涂：涂饰。

13. 崇朝：终朝，一早上。

14. 角巾：一种有棱角的头巾，多为隐士所戴用。鹿裘：鹿皮制成的裘，贫士所穿。

15. 八极：宇内，天下。万类：万物。类，品类，这里指自然界的景物。

16. 右军：王羲之曾任右军将军，所以后人常称他为“王右军”。

17. 林涧之愧：面对林涧觉得惭愧。

谤誉

不过只是『乡人之善者好之』二句意，看他无端变出如许层折，如许转接，如许幽秀历落。

凡人之获谤誉于人者，亦各有道[1]。虚喝。君子在下位则多谤，在上位则多誉；君子谤誉。小人在下位则多誉，在上位则多谤。小人谤誉。何也？君子宜于上不宜于下，君子。小人宜于下不宜于上，小人。得其宜[2]则誉至，不得其宜则谤亦至。此其凡也。先虚判其大凡必如此。然而君子遭乱世，不得已而在于上位，则道必咈于君[3]，而利必及于人，由是谤行于上而不及于下，故可杀可辱而人犹誉之。如许妙论，其妙刻骨。小人遭乱世而后得居于上位，则道必合于君，而害必及于人，由是誉行于上而不及于下，故可宠可富而人犹谤之。妙论刻骨。君子之誉，非所谓誉也，其善显[4]焉尔。妙论刻骨。小人之谤，非所谓谤也，其

1. 获谤誉：受到毁谤、得到赞誉。道：规律。

2. 得其宜：所得官职职位高低适宜。

3. 道：处理政事时所发表的言论。咈：违逆。

4. 其善：他的美德。显：显示，表现。

不善彰焉尔。妙论刻骨。

然则在下而多谤者，岂尽愚而狡也哉？此句，凭空大力搏拔。在上而多誉者，岂尽仁而智也哉？此句，承上二行搏拔。其谤且誉者[5]，岂尽明而善褒贬也哉？再总一句，搏拔。然而世之人闻而大惑[6]，出一庸人[7]之口，则群而邮之[8]，且置于远迩，莫不以为信也。岂惟不能褒贬而已，则又蔽于好恶[9]，夺于利害[10]，吾又何从而得之邪？转手而下。孔子曰："不如乡人之善者好之，其不善者恶之。"引此为一篇之本。善人者之难见也，则其谤君子者为不少矣，其谤孔子者亦为不少矣。慨然。如此转折，特为柳文风味。看他，有意无意，带一孔子。传之记者，叔孙武叔，时之贵显者也。其不可记者，又不少矣。是以在下而必困也。记一贵人，不记何限，言之慨然。及乎遭时得君而处乎人上，功利及于天下，天下之人皆欢而戴之，向之谤之者，今从而誉之矣。是以在上而必彰也。天下皆戴，谤者亦誉，言之慨然。二段，言谤誉只如此。

5. 其谤且誉者：那些毁谤或者赞誉别人的人。

6. 世之人：社会上的人。惑：迷惑，不理解。

7. 庸人：指是非不明，未能掌握褒贬的正确标准的人。

8. 群而邮之：众人辗转相传。邮，传。之，指庸人之言。

9. "蔽于好恶"句：从个人好恶出发去评论别人，进行褒贬。蔽，蒙蔽。

10. "夺于利害"句：是褒是贬决定于个人的利害关系。夺，决定取舍。

或曰："然则闻谤誉于上者，反而求之，可乎？"曰："是恶可[11]，无亦徵其所自而已矣！便是乡人善者、不善者二句意，看他写得幽折秀妙。其所自，善人也，则信之；不善人也，则勿信之矣。苟吾不能分于善不善也，则已耳[12]。增一句，柳文风味也。如有谤誉乎人者，吾必徵其所自，未敢以其言之多而举且信之也。其有及乎我者，未敢以其言之多而荣且惧也。苟不知我而谓我盗跖，吾又安取惧焉？苟不知我而谓我仲尼，吾又安取荣焉？"及乎人""及乎我"，只是一样两句。"及乎我"句却又增此四句，柳文风味如此。知我者之善不善，非吾果能明之也，要必自善[13]而已矣。"何等幽折秀妙，质而论之，却只是"乡人之善者"云云。

11. 恶可：怎么可以。

12. 则已耳：就算了。

13. 自善：自我完善。指不断提高自己的道德修养水平。

柳 宗 元

晋文公问守原议

不遗余力之文。全篇中多作倒注之笔，最难学。若学得，最是好看。

晋文公既受原于王[1]，难其守[2]。问寺人教鞮[3]，以畀赵衰[4]。先出其事。

余谓守原，政之大者也。一句提。所以承天子，树霸功，致命诸侯[5]。此倒注上“政之大”句。不宜谋及媟近[6]，以忝[7]王命。一句断。此句还是宽处断。下始擒晋君，切断。而晋君择大任[8]，不公议于朝，而私议于宫；不博谋于卿相，而独谋于寺人。擒晋君，切断。虽或衰之贤足以守，国之政不为败，一曲。而贼贤失政之端，由是滋矣。断尽。况当其时不乏言议之臣乎？狐偃为谋臣，先轸将中军[9]，此又横生一断，笔态纵横尽变。亦是倒注法。晋君疏而不咨，外而不求，乃卒定于内

1. 晋文公：春秋时晋国国君，姓姬名重耳，因其父献公立幼子为嗣，曾出奔在外十九年，后归国。公元前636年至前628年在位。晋文公是春秋五霸之一。原：地名，在今河南济源。王：周襄王。

2. 难其守：难以确定那里的地方长官。

3. 寺人：宫廷之中服侍帝王及嫔妃的官吏。教鞮：人名。

4. 畀：给予。赵衰：赵成子，晋国的卿。他曾跟随重耳长期流亡在外，并协助重耳回国即位，是重耳的重要谋臣。

5. 承天子：事奉周天子。霸功：霸业。致命：传达周天子之命令。

6. 谋及媟近：和近侍商议。媟近，指君主身边的宦官。

7. 忝：玷污。

8. 晋君：指晋文公。择：挑选。大任：指担当重任的士大夫。

9. 狐偃：字子犯，晋文公的舅父，也是晋文公的重要谋臣。先轸：一称原轸，晋国大夫。将中军：担任中军的主帅。

竖，其可以为法乎？看他，下再横生一断，笔态纵横尽变。

且晋君将袭齐桓之业，以翼天子[10]，乃大志也。然而齐桓任管仲以兴，进竖刁[11]以败。引齐桓。则获原启疆，适其始政，所以观视诸侯[12]也。笔笔倒注。而乃背其[13]所以兴，迹[14]其所以败。笔力劲甚。看他不甚作了语者，意已在下疾转。然而能霸诸侯者，以土则大，以力则强，以义则天子之册也。诚畏之[15]矣，乌能得其心服哉？纯是横生出来。其后景监得以相卫鞅[16]，后来一内竖祸。弘、石[17]得以杀望之，后来又一内竖祸。误之者，晋文公也。断尽。

呜呼！得贤臣[18]以守大邑，则问非失举也[19]，盖失问也。略纵。看他结时，犹用全力如此。然犹羞当时[20]，陷后代[21]若此；疾擒。况于问与举又两失者，其何以救之哉？意原为此一辈发，却直至篇终始见。余故著晋君之罪[22]，以附《春秋》许世子止、赵盾之义。到底笔笔劲甚。

10. 袭：沿袭，继承。齐桓：齐国国君齐桓公，姓姜，名小白。公元前685年至前642年在位，是春秋五霸之一。齐桓公作霸主早于晋文公，所以说“晋君将袭齐桓之业”。翼：辅佐，扶助。

11. 竖刁：齐桓公时宦官，宰相管仲去世后，他与易牙、开方等专权，滥杀无辜。桓公去世，他与易牙等立公子无亏，太子昭奔宋，齐国大乱。

12. 观视诸侯：为其他诸侯树立榜样。

13. 其：指齐桓公。

14. 迹：用作动词，步其后尘的意思。

15. 诚畏之：（众诸侯）确实是害怕晋国。

16. 景监：秦孝公时的宦官。卫鞅：商鞅。他原是卫国人，后由卫入秦，得景监的推荐，受到秦孝公的重用，在秦国担任过丞相。商鞅执政时，积极推行变法，促进了封建制在秦国的确立，为秦国的富强及后来统一全国奠定了基础。

17. 弘、石：指西汉元帝的宦官弘恭、石显。

18. 贤臣：这里指赵衰。

19. 问：指“问守原”这件事。非失举：并非荐举的人不好。

20. 羞当时：取羞辱于当时。

21. 陷后代：遗后患于后代。

22. 著：显露，揭示。罪：这里是过失、错误的意思。

柳　宗　元

桐叶封弟辩

裁幅甚短，而为义弘深斟酌不尽。不惟文字顿挫入妙，惟处人伦之至道，亦全于此。

古之传者[1]有言：成王以桐叶与小弱弟[2]，戏曰："以封汝。"周公入贺，王曰："戏也。"周公曰："天子不可戏。"乃封小弱弟于唐[3]。引文。

吾意不然。一句劈。王之弟当封邪？周公宜以时言于王，不待其戏而贺以成之也。一驳。不当封邪？周公乃成其不中之戏，以地以人与小弱者为之主[4]，其得为圣乎？二驳。且周公以王之言，不可苟焉而已，必从而成之邪？设有不幸，王以桐叶戏妇寺[5]，亦将举而从之乎？三驳。三驳，三样文法。

1. 传者：撰写史籍的人。吕不韦主编的《吕氏春秋·重言篇》和刘向《说苑·君道篇》中都有关于成王"桐叶封弟"一事的记述。

2. 成王：周成王，姓姬，名诵。周武王姬发是成王的父亲，周公姬旦是成王的叔父。以桐叶与小弱弟：把桐叶削成珪形赠给年幼的弟弟。这里的弟弟是指叔虞。

3. 乃：于是。唐：古国名。唐国在今山西翼城县一带，成王时唐人作乱，其国为周公所灭。唐地由成王封给弟弟叔虞，后改称晋。

4. "为之主"句：使他成为土地、人民的主宰者。指把唐地封给叔虞。

5. 妇寺：帝王身边的妻妾和宦官。寺，寺人。寺人，本为王宫内供使唤的小吏。后世亦称宦官为寺人。

凡王者之德，在行之何若。设未得其当，虽十易之不为病，要于其当[6]，不可使易也，而况以其戏乎？不惟至言，实是妙道。若戏而必行之，是周公教王遂过[7]也。

吾意周公辅成王，宜以道，从容优乐，要归之大中[8]而已。必不逢其失而为之辞[9]；至言妙道。又不当束缚之，驰骤之，使若牛马然，急则败矣。至言妙道，伊川不知。且家人父子尚不能以此自克，况号为君臣者邪？至言妙道。是直小丈夫缺缺者[10]之事，非周公所宜用，故不可信。一句结。或曰：封唐叔，史佚成之。余波。亦无此事，《左传》自本明文。

6. 要于其当：总之在于得当。要，总之。

7. 遂过：犯错误。

8. 大中：大中之道，指儒家思想体系中的待人处世的基本原则。

9. 逢其失：迎合他的过错。为之辞：为他开脱。

10. 缺缺者：玩弄小聪明的人。

柳宗元

书箕子庙碑阴

一篇文字，真如天外之峰，卓然峭峙。末忽换笔，变作天风海涛，可谓大奇已！

凡大人之道有三：一曰正蒙难，二曰法授圣，三曰化及民。一行，先立论。殷有仁人曰箕子[1]，实具兹道以立于世。故孔子述六经之旨，尤殷勤焉。一行，出箕子。

当纣之时，大道悖乱，天威之动不能戒，圣人之言无所用。总起。进死以并命[2]，诚仁矣，无益吾祀，故不为。阁过比干。委身以存祀，诚仁矣，与亡吾国[3]，故不忍。阁过微子。具是二道[4]，有行之者矣。看他方将正写箕子，又先入此一段，斡旋多少。是用保其明哲[5]，与之[6]俯仰；晦是谟范，辱于囚奴；昏而无邪，隤而不息[7]；写箕子入微。故在《易》曰“箕子之明夷”[8]，正蒙难也。应前“一曰”。及天命既

1. 殷：殷朝，即商朝后期。箕子：名胥余，殷纣王的叔父，曾官太师，因封于箕，所以后人称他为箕子。他对殷商王朝忠心耿耿，曾对纣王荒政误国的行为提出批评，纣王不仅不听劝谏，最后还将箕子投入狱中。周武王灭殷以后，箕子获释放，传说他不愿仕周，遂逃亡至朝鲜。

2. “进死”句：进死，牺牲生命。并命，维护国祚。

3. 委身：这里是指投降。与亡：参与灭亡。这句话暗指微子。微子名启（一作开），是纣王的庶兄，因见多次劝谏无效，遂离开朝廷出走。周武王灭殷时，他投降了周朝，后被封于宋，是为宋国的始祖。

4. 二道：指牺牲生命以维护国祚和委身降敌以保存个人宗庙香火不绝这两种处世之道。

5. 其：指箕子。明哲：指清醒的头脑。

6. 之：指殷纣时的乱世。

7. 隤：软弱的样子。不息：自强不息。

8.《易》：《周易》。明夷：《周易》卦名。明，太阳。夷，灭。明夷，比喻在坚持操守的前提下暂时隐藏自己的政治主张。

改，生人以正[9]，乃出大法[10]，用为圣师[11]。周人得以序彝伦而立大典；写箕子入微。故在《书》曰“以箕子归作《洪范》”，法授圣也。应前“二曰”。及封朝鲜，推道训俗，惟德无陋，惟人无远，用广殷祀，俾夷为华，写箕子入微。化及民也。应前“三曰”。率是大道，藂于厥躬[12]，写箕子入微。天地变化，我得其正，写箕子入微。其大人欤[13]？应前“大人”第一句。

於虖[14]！当其周时未至，殷祀未殄，比干已死，微子已去，向使纣恶未稔[15]而自毙，武庚[16]念乱以图存，国无其人[17]，谁与兴理？是固人事之或然者也。然则先生隐忍而为此，其有志于斯乎？上三段，正文已毕，忽然别起波浪，使人失声长恸。

唐某年，作庙汲郡，岁时致祀，嘉先生独列于《易》象，作是颂云[18]。颂不载。

9. 生人：百姓，黎民。正：公正，指政治上受到公正的待遇。

10. 出：奉献。大法：经邦治国的根本大法。

11. 用为圣师：指箕子的著作对后世圣明之君有指导作用。

12. 藂：丛集。厥躬：他的身上。

13. 其：难道，岂非。大人：圣人。

14. 於虖：同“呜呼”。

15. 稔：庄稼成熟，这里是达到极点的意思。

16. 武庚：殷纣王之子，殷亡，周武王仍封他为殷君。周成王时，武庚作乱，为周公旦所灭。

17. 国无其人：指国内没有像箕子这样德行高尚的人。

18. 是颂：这篇颂。原编选者选录本文时，已将碑文末尾的颂删去。

柳宗元

祭十郎文

祭十二郎，摇曳；祭十郎，荒促。其摇曳也，盖为得之讣闻；其荒促也，乃为万里炎荒，躬亲抚殓。盖彼自有不得不摇曳之情，此又有更摇曳不得之情也。若其痛毒，直是一种。

维年月日，八哥[1]以清酌之奠，祭于亡弟十郎[2]之灵。吾门凋丧，岁月已久[3]，但见祸谪，未闻昌延，使尔有志，不得存立。第一段，先总哭吾门。其辞怨毒之极，乃不止为十郎。延陵以上，四房子姓，各为单孑，总写四房。慥慥早夭，一房。汝又继终，一房。两房祭祀，今已无主[4]。结过两房。吾又未有男子[5]，一房。尔曹则虽有如无。一房。一门嗣续，不绝如线。补写两房。仁义正直，天竟不知，理极道乖，无所告诉。第二段，分哭四房。

汝生有志气，好善嫉邪，勤学成癖，攻文致病，年才三十，不禄命尽。苍天苍天，岂有真宰[6]？第三段，正哭十

1. 八哥：作者自称。柳宗元没有亲兄弟，在堂兄弟中他的排行是第八。

2. 十郎：指柳宗直。他是柳宗元的堂弟，元和十年七月在柳州病故。

3. “吾门凋丧”二句：在北朝，柳氏是著名的门阀士族。入唐，柳宗元的祖上多人仍在朝中担任显要职务。高伯祖柳奭太宗贞观时担任过中书舍人，高宗李治时又任过宰相。柳奭的外甥女王氏是李治的皇后，武则天得宠后，王皇后被疏远，柳奭也遭诬告被一再贬职，最后被杀于象州。柳氏家族也从此一蹶不振，社会地位日渐下降。

4. 无主：指没有成年男子。

5. 男子：指儿子。作此文时，柳宗元的长子周六尚未出生。

6. 真宰：设想中的宇宙主宰者。

郎。如汝德业，尚早合出身，由吾被谤年深[7]，使汝负才自弃。志愿不就，罪非他人[8]，死丧之中，益复为愧。第四段，带哭自己。总是怨毒，不止为十郎。汝墨法绝代，知音尚稀，及所著文，不令沉没，吾皆收录，以授知音。《文类》[9]之功，更亦广布，使传于世人，以慰汝灵。第五段，于正哭外，又零星补写其所书墨法、所遗文稿及所选《文类》，见十郎的是出群好学人。知在永州，私有孕妇[10]；吾专优恤，以俟其期。男为小宗，女亦当爱，延[11]之长大，必使有归。抚育教示，使如己子。吾身未死，如汝存焉。第六段，收恤其私孕。

炎荒万里，毒瘴充塞，汝已久病，来此伴吾。到未数日，自云小差，雷塘[12]灵泉，言笑如故。一寐不觉，便为古人。茫茫上天，岂知此痛！第七段，叙其扶病来伴。一段兄弟至恩。郡城之隅，佛寺之北，饰以殡绖[13]，寄于高原。死生同归，誓不相弃。庶几有灵，知我哀恳。第八段，告以侨厝。

7.“由吾被谤”句：指永贞元年（公元805年）自礼部员外郎被贬邵州刺史、永州司马等事。年深，时间很长。

8. 罪非他人：这是柳宗元的自责之词，意思是柳宗直之所以屡试不中，功名未就，主要是受自己贬官的连累。

9.《文类》：书名，即《西汉文类》。这是柳宗直在柳宗元的指导下编成的一部西汉文章选集。

10. 私有孕妇：指非正式婚姻关系而怀孕的妇女。

11. 延：把时间向后推移，引申为养育。

12. 雷塘：柳州地名。

13. 殡纼：殡，殓而未葬。纼，葬纼，即粗麻绳。

杜

牧

1 篇

杜　牧

阿房宫赋

穷奇极丽，至矣尽矣！却是一篇最清出文字。文章至此，心枯血竭矣。逐字细细读之。

六王毕，四海一；蜀山兀[1]，阿房出[2]。起笔四句，每句三字，共只四三一十二字耳，早写尽秦始混一以后。纵心肆志，至于如此，真乃突兀大笔。覆压三百余里，隔离天日。一大总。骊山北构而西折，直走咸阳[3]。二川[4]溶溶，流入宫墙。承上一大总，再纵横四面写之。以上总写其大，下乃细写。五步一楼，十步一阁；廊腰缦回，檐牙高啄[5]；各抱地势，钩心斗角。盘盘焉[6]，囷囷焉[7]，蜂房水涡，矗不知其几千万落。写其多如此。看其“腰”字、“牙”字、“心”字、“角”字及“缦回”字、“高啄”字、“蜂房水涡”字，皆是细细画。长桥卧波，未云句。何龙[8]？句。言疑桥为龙，然龙必有云。今无云，知非龙。复道行空，不霁句。何虹[9]？句。又言疑阁为虹，然虹必待霁。今不霁，知非虹。高低冥迷，不分高低。不知西东。不分西东。句法变

1. 蜀山兀：四川一带的山林被砍伐殆尽。兀，这里是形容山峦的光秃。

2. 出：矗立起来。

3. “骊山”二句：意谓连接阿房宫的阁道北由骊山建起，折而向西，直通咸阳。

4. 二川：渭水、樊川。

5. “檐牙”句：屋檐尖耸，如同鸟嘴在向高处啄物。

6. 盘盘焉：盘结的样子。

7. 囷囷焉：屈曲的样子。

8. 未云：没有云彩。何龙：是从哪里飞来的龙？这句以飞龙比喻卧波的长桥。

9. 不霁：不是雨过天晴之际。何虹：为何会出现彩虹？这句以彩虹比喻涂上彩漆的复道。

化。歌台暖[10]响，春光融融；歌响则暖，立地如春也。舞殿冷[11]袖，风雨凄凄。舞止则冷，立地如秋也。一日之内，一宫之间，而气候不齐。又承上极写。言非一日暖、一日冷或一宫暖、一宫冷也。只就一日一宫，其顷刻变候如此。以上写宫殿。

妃嫔媵嫱[12]，王子皇孙，辞楼辞六王之楼。下殿[13]，下六王之殿。辇来于秦，朝歌夜弦，为秦宫人。以下写美人。明星荧荧，开妆镜也；疑其星。言镜之多。绿云扰扰[14]，梳晓鬟也；疑其云。言鬟之多。渭流涨腻，弃脂水也；言脂之多。烟斜雾横，焚椒兰也。言香之多。雷霆乍惊，宫车过也；辘辘远听[15]，杳不知其所之也。言车之多。比上增一句，作参差。凡整齐文，最是喜参差。一肌句。一容句。，尽态句。极妍句。[16]；缦立句。远视句。，而望幸焉。有不得见者，三十六年。写美人之多如此！入神之笔也。以上写美人，以下写珍奇。

燕赵之收藏，韩魏之经营，齐楚之精英，横写六国珍奇。几世几年，剽掠其人，倚叠如山；竖写六国珍奇。一旦不能

10. 暖：温暖、愉悦。指听到歌声的人的内心感觉。

11. 冷：冰冷、凄苦。指观看舞蹈的人的内心感觉。

12. 妃嫔媵嫱：指六国灭亡后被俘虏而以色艺选入秦宫的妃子宫女等。媵，陪嫁的女子。

13. 辞楼下殿：指六国的妃嫔、王子等辞别本国的楼宇殿堂。

14. 绿云扰扰：如同朵朵绿云在飘动。

15. 辘辘远听：辘辘，车轮滚动的声音。远听，响声听着越来越远。

16. "一肌一容"二句：一个个嫔妃宫女的肌肤容貌，都打扮得极为娇媚妍丽。

有[17]，输来其间。此非嗟叹六国，只是写秦之多耳。鼎句。铛句。玉句。石句。[18]，金句。块句。珠句。砾句。，弃掷句。逦迤，句。言鼎如铛、玉如石、金如块、珠如砾，即用庞凉冬杀，金寒玦离法也。“弃掷”，言其多，不能尽庋阁于几席也。“逦迤”，言弃掷不止一处也。秦人视之，亦不甚惜。又言不惟秦皇，虽秦民亦侈甚也。以上写珍奇。

嗟乎！一人之心，千万人之心也。秦爱纷奢，人亦念其家；奈何取之尽锱铢[19]，用之如泥沙？使负栋之柱，多如南亩之农夫；架梁之椽，多于机上之工女；钉头磷磷，多于在庾[20]之粟粒；瓦缝参差，多于周身之帛缕；直栏横槛，多于九土之城郭；管弦呕哑[21]，多于市人之言语。总上极写。使天下之人，不敢言而敢怒；独夫之心[22]，日益骄固。写秦止此。戍卒叫[23]，陈胜。函谷举[24]，汉高。楚人一炬[25]，项羽。可怜焦土。一篇何等巨丽，只以四字了之。

呜呼！灭六国者，六国也，非秦也；妙。族秦者，秦也，非天下也。嗟夫！使六国各爱其人，则足以拒秦。妙。

17. 一旦不能有：指国破家亡之日，已不能再占有这些财宝。

18. 鼎铛：把宝鼎视同普通铁锅一样。玉石：把宝玉当成石头看待。

19. 取之尽锱铢：意谓连一锱一铢的财物都要搜刮去。

20. 庾：粮食仓库。

21. 管弦呕哑：急管繁弦所发出的嘈杂乐声。

22. 独夫：残暴无道、众叛亲离的帝王。这里指秦始皇。

23. 戍卒叫：指陈涉、吴广率领戍卒在大泽乡举行起义的事。

24. 函谷举：函谷关的被攻占。公元前207年，刘邦率军绕道入关，至长安以东三十里之霸上，秦王子婴请降，秦朝灭亡。

25. 楚人一炬：指项羽纵火焚毁秦朝宫室事。《史记·项羽本纪》载鸿门宴后，“居数日，项羽引兵西屠咸阳，杀秦降王子婴，烧秦宫室，火三月不灭”。

秦复爱六国之人，则递[26]三世，可至万世而为君，谁得而族灭也？妙。秦人不暇[27]自哀，而后人哀之；妙。后人哀之而不鉴之[28]，亦使后人而复哀后人也。妙。言尽而意无穷。

26. 递：传递。这里指皇位相传。

27. 不暇：没有时间。此指秦祚短促。

28. 不鉴之：不以秦亡为鉴。

皮

休

782 — 783

1 篇

皮日休

孔子庙碑

不作头，不作尾，不作过接，并无开阖擒纵等法；而凡文章所有一切法，无不备是。

天地，吾知其至广也，以其无所不覆载[1]；日月，吾知其至明也，以其无所不照临；江海，吾知其至大也，以其无所不容纳。平起三大笔。料广[2]以寸管，测景[3]以尺圭，航大以一苇[4]。平翻三大笔。广不能逃其数[5]，明不能私其质[6]，大不能亡其险。平接三大笔。看他下文直过。

伟哉夫子！后天地而生，知天地之始；先天地而没，知天地之终[7]。应第一笔。非日非月，光之所被者远；应第二笔。不江不海，浸之所及者博。应第三笔。笔势并不用变，而其中已暗变。三代礼乐，吾知其损益；百王宪章，吾知其消息[8]。一样赞法。君臣以位[9]，父子以亲[10]，家国以肥[11]，鬼神以

1. 覆载：指天地养育、包容万物。

2. 料广：度量广阔的距离。

3. 测景：测度日影。

4. 航大：河流水面宽阔。一苇：一束苇草。

5. 数：计算。

6. 质：本体。

7. 终：指宇宙万物变化的结局。

8. 消息：盛衰。指循孔子手定之礼乐制度者为盛，反之者则衰。

9. 君臣以位：君臣因而能各守本位。

10. 父子以亲：父子因而能相互亲近。

11. 家国以肥：家庭和国家因而能得以富足、富强。

享[12]。一样赞法。道未可诠其有物，释未可证其无生。一以贯之[13]，我先师夫子[14]圣人也。一样赞法。

帝之圣者曰尧，王之圣者曰禹，师之圣者曰夫子。忽然又起一论。下又忽然以韵押。尧之德有时而息，禹之功有时而穷，夫子之道久而弥芳，远而弥光。用之[15]则昌，舍之则亡。昔否于周，今泰于唐。不然，何被衮而垂裳[16]，冕旒[17]而王者哉！

12. 鬼神以享：鬼神因而能按时得到祭祀。

13. 一以贯之：用一个基本观念把众多事物贯穿起来。

14. 夫子：指孔子。《史记·孔子世家》："自天子王侯，中国言六艺者，折中于夫子，可谓至圣矣。"

15. 之：它。指孔子之道。

16. 被衮：穿上衮衣。衮衣，皇帝穿的饰有龙纹的礼服。垂裳：垂衣拱手，形容天下太平，可无为而治。

17. 冕旒：帝王的礼冠。旒，冠冕前后下垂的玉串。

翱

788 — 789

2 篇

李　翱

答朱载言书

一看其数说古人文章，如数说家中盐酱。二看其心中有所欲言，手中浩浩然更不留笔。特表出之，欲后贤恣心放笔为文也。

翱顿首[1]：

足下不以翱卑贱无所可[2]，乃陈词屈虑，先我以书。且曰："余之艺及心，不能弃于时，将求知者。问谁可，则皆曰'其李君乎？'"叙述朱书。告足下者过也，断。足下因而信之又过也。断。果若来陈[3]，虽道备德具，犹不足辱厚命；曲折。况如翱者，多病少学，其能以此堪足下所望博大而深闳者耶？曲折。虽然，盛意不可以不答，故敢略陈其所闻。曲折。以下，入正论。

盖行己莫如恭，自责莫如厚，接众莫如宏，用心莫如

1. 翱：李翱，字习之，陇西成纪（今甘肃秦安东）人。贞元十四年（公元 798 年）进士，官至山南东道节度使。曾从韩愈学古文，是唐代古文运动的参加者。顿首：叩头。旧时书信开头或结尾的习惯用语，用以表示尊敬对方。

2. 所可：可取之处。

3. 来陈：来信。陈，陈述。

直，进德莫如勇，受益莫如择友，好学莫如改过。此闻之于师者也。一“此……也”。一路以“此”字、“也”字为章段。相人之术有三：迫之以利而审其邪正，设之以事而察其厚薄，问之以谋而观其智与不材，贤不肖分矣。此闻之于友者也。二“此……也”。列天地，立君臣，亲父子，别夫妇，明长幼，浃[4]朋友，六经之旨也。也。浩乎若江海，高乎若丘山，赫乎若日火，包乎若天地，掇章称咏，津润怪丽，六经之词也。也。创意造言，皆不相师。故其读《春秋》也，如未尝有《诗》；其读《诗》也，如未尝有《易》；其读《易》也，如未尝有《书》；其读屈原、庄周也，如未尝有六经。故义深则意远，意远则理辩，理辩则气直，气直则词盛，词盛则文工。如山有恒、华、嵩、衡焉，其同者高也，其草木之荣，不必均也。如渎[5]有淮、济、河、江焉，其同者出源到海也，其曲直浅深、色黄白，不必均也。也。如百品之杂焉，其同者饱于腹也，其味咸酸苦辛，不必均也。也。此因学而知者也，也。此创意之大归也。三“此……也”。

4. 浃：犹言浃洽，融洽、和洽的意思。

5. 渎：大川。

天下之语文章，有六说焉：其尚异[6]者，则曰文章词句奇险而已；其好理[7]者，则曰文章叙意苟通而已；其溺于时者，则曰文章必当对；其病于时者，则曰文章不当对；其爱难者，则曰文章宜深不当易；其爱易者，则曰文章宜通不当难。此皆情有所偏滞而不流，未识文章之所主也。“此……也”。

义不主于理，言不在于教劝，而词句怪丽者有之矣，《剧秦美新》[8]、王褒《僮约》[9]是也。也。其理往往有是者[10]，而词章不能工者有之矣，刘氏《人物志》[11]、王氏《中说》[12]、俗传《太公家教》[13]是也。也。古之人能极于工而已，不知其词之对与否、易与难也。《诗》曰：“忧心悄悄，愠于群小[14]。”此非对也。“此……也”。又曰：“遘悯既多，受侮不少[15]。”此非不对也。“此……也”。《书》曰：“朕塈谗说殄行，震惊朕师[16]。”《诗》曰：“菀彼桑柔，其下侯旬，捋采其刘，瘼此下民。”此非易也。“此……也”。《书》曰：“允恭克让，

6. 尚异：崇尚险怪奇异。

7. 好理：主张偏重义理。

8.《剧秦美新》：王莽篡汉自立为帝，国号新。扬雄作《剧秦美新》，论秦之剧，称新之美，为王莽新政唱赞歌。所以北齐颜之推《颜氏家训·文章篇》说：“扬雄德败《美新》。”

9. 王褒：字子渊，蜀资中（今四川资阳）人。西汉辞赋家。《僮约》为王褒所作文章篇名。在《僮约》中，对奴仆提出了种种苛刻的要求，作出了许多严厉的规定。

10. 其理：文章中所表达的义理。是：正确。

11. 刘氏《人物志》：刘氏，刘劭。刘劭是三国时魏人，著有《人物志》一书。

12. 王氏《中说》：王氏，王通。王通是隋朝末期人，著有《中说》（又称《文中子》）等书。

13.《太公家教》：为唐代乡村私塾中儿童的启蒙读物，以韵语编写而成。该书久已不传。

14.《诗》：指《诗经》。“忧心悄悄”二句：引自《诗经·邶风·柏舟》。愠，怒。群小，众小人。

15. “遘悯既多”二句：引自《诗经·邶风·柏舟》。遘，遭遇。悯，忧患。受侮，受小人侮辱。

16.《书》：指《尚书》。“朕塈谗说殄行”二句：引自《尚书·舜典》。塈，通“疾”，憎恨的意思。殄，绝。行，这里指诸子之行。师，群众、百姓。

光被四表，格于上下。”《诗》曰：“十亩之间兮，桑者闲闲兮，行与子旋兮[17]。”此非难也。“此……也”。学者不知其方，而称说云云，如前所陈者，非吾之敢闻也。也。

六经之后，百家之言兴，老聃、列御寇、庄周、鹖冠、田穰苴、孙武、屈原、宋玉、孟轲、吴起、商鞅、墨翟、鬼谷子、荀况、韩非、李斯、贾谊、枚乘、司马迁、相如、刘向、扬雄，皆足以自成一家之文，学者之所师归也。也。故义虽深，理虽当，词不工者不成文，宜不能传也。也。文、理、义三者兼并，乃能独立于一时，而不泯灭于后代，能必传也。也。仲尼曰：“言之无文，行之不远。”子贡曰：“文犹质也，质犹文也，虎豹之鞟，犹犬羊之鞟。”此之谓也。“此……也”。陆机曰：“怵他人之我先。”韩退之曰：“唯陈言之务去。”假令述笑哂之状，曰“莞尔”，则《论语》言之矣；曰“哑哑”，则《易》言之矣；曰“粲然[18]”，则

17. “十亩之间兮”三句：引自《诗经·魏风·十亩之间》。桑者，采桑女。闲闲，从容不迫的样子。行与子旋兮，也作“行与子还兮”，意为：走吧，我和你一道回家去。

18. 粲然：《穀梁传·昭公四年》：“军人粲然皆笑。”粲然，大笑的样子。

穀梁子言之矣；曰“攸尔”，则班固言之矣；曰“辴然[19]”，则左思言之矣。吾复言之，与前文何以异也？也。此造言之大归也。四“此……也”。以上论文，以下论行。论文是答其来书，论行是责其来书中有不是。

吾所以不协于时而学古文者，悦古人之行也；悦古人之行者，爱古人之道也。故学其言，不可以不行其行；行其行，不可以不重其道；重其道，不可以不循其礼。古之人，相接有等，轻重有仪，列于经传，皆可详引。如师之于门人则名之[20]，于朋友则字而不名[21]，称之于师[22]则虽朋友亦名之。子曰：“吾与回言。”又曰：“参乎，吾道一以贯之。”又曰：“若由也，不得其死然。”是师之名门人验也。一验。夫子于郑，兄事子产；于齐，兄事晏平仲。传曰：“子谓子产有君子之道四焉[23]。”又曰：“晏平仲善与人交[24]。”子夏曰：“言游过矣[25]。”子张曰：“子夏云何？”曾子曰：“堂堂乎张也。”是朋友字而不名验也。二验。子贡曰：“赐

19. 辴然：大笑的样子。

20. 师之于门人：老师对于学生。名之：称呼其名。

21. 字而不名：称其（朋友）字而不称其名。

22. 称之于师：在老师面前称呼某人。

23. “子谓子产”句：引自《论语·公冶长》。有君子之道四，指“其（子产）行己也恭，其事上也敬，其养民也惠，其使民也义”。

24. “晏平仲善与人交”句：引自《论语·公冶长》。

25. “子夏曰”句：子夏，姓卜，名商，字子夏，孔子的学生。言游，姓言，名偃，字子游，孔子的学生。过矣，错了。

也何敢望回？”又曰：“师与商也孰贤？”子游曰：“有澹台灭明者，行不由径。”是称于师虽朋友亦名验也。三验。孟子曰：“天下之达尊三，曰德、爵、年，恶得有其一以慢其二哉？”足下之书曰：“韦君词、杨君潜。”足下之德，与二君未知先后也。而足下齿幼而位卑，而皆名之。传曰：“吾见其与先生并行，非求益者，欲速成也。”窃惧足下不思，乃陷于此[26]。抑之。韦践之与翱书，亟叙足下之善，故敢尽词以复足下之厚意，计必不以为犯。仍扬之。

翱顿首。

26. 乃陷于此：终于陷入急于求成的错误泥坑。

李 翱

复性书

说理学，如厨下说盐酱，何其真率？如闺中说儿女，何其婉转？妙绝之笔。

昼而作[1]，夕而休者，凡人也。作乎作者，与万物皆作；休乎休者，与万物皆休。先写一种不知学道之人。吾则不类于凡人，昼无所作，夕无所休。作非吾作[2]也，作有物；休非吾休[3]也，休有物。作耶？休耶？二皆离而不存[4]，予之所存者，终不亡且离也[5]。次写一种学道人。人之不力于道[6]者，昏[7]不思也。振笔，慨然。天地之间，万物生焉。妙言，至言。逐句详思之。人之于万物，一物也，妙言，至言。其所以异于禽兽虫鱼者，岂非道德之性乎哉？妙言，至言。受一气而成形[8]，一为物而一为人，得之甚难也；妙言，至言。生乎世，又非深长之年也。妙言，至言。以非深长之年，行甚难得之身，而不专专于大道，肆其心之所为，其所以自异于禽

1. 作：起来活动。

2. 作非吾作：前一个“作”，指凡人之“作”。后一个“作”，指学道人之“作”。

3. 休非吾休：前一个“休”，指凡人之“休”。后一个“休”，指学道人之“休”。

4. 二：凡人之“作”与“休”。离：分离。

5. 终不亡且离也：意谓日夜注意加强道德修养，无绝对的活动与休息时间。

6. 不力于道：不在提高道德修养方面花力气。

7. 昏：李翱认为人性本是好的，而后天的情欲则是坏的。圣人与凡人的区别，就在于能否去情复性。一个人为情欲所蔽，则为“昏”。

8. 一气：指天地混然之气。形：形体。

兽虫鱼者亡几矣！妙言，至言。昏而不思，其昏也终不明矣。

妙言，至言。句句须详思之。以上，应不学道。第一段。

吾之生二十有九年矣，又振笔，又慨然。思十九年时，如朝日[9]也；思九年时，亦如朝日也。妙言，至言。人之受命[10]，其长者不过七十、八十、九十年，百年者则稀矣。妙言，至言。当百年之时，而视乎九十年时也，与吾此日之思于前也，远近其能大相悬耶？妙言，至言。其又能远于朝日之时耶？妙言，至言。然则人之生也，虽享百年，若雷电之惊相激也，若风之飘而旋也，可知耳矣。妙言，至言。况千百人而无一及百年者哉！妙言，至言。故吾之终日志于道德，犹惧未及[11]也，以上，应学道。第二段。彼肆其心之所为者，独何人耶？另宕一句，无限痛惜。

9. 朝日：初升的太阳。

10. 受命：寿命、年寿。受，承受。古人每谓寿命长短为上天所决定、授予。

11. 未及：未能达到。

1 篇

李 华

吊古战场文

人但惊其字句组练，不知其只是极写亭长口中『常覆三军』一句。先写未覆时，次补写欲覆未覆时，次写已覆之后。

浩浩乎平沙无垠，敻[1]不见人。河水萦带[2]，群山纠纷[3]。黯兮惨悴[4]，风悲日曛[5]。蓬断草枯，凛若霜晨。鸟飞不下[6]，兽铤亡群[7]。先写空场。亭长告余曰："此古战场也，常覆三军。往往鬼哭，天阴则闻。"亭长语止此。伤心哉，秦欤？汉欤？将近代欤[8]？只用"伤心哉"三字一接，却以秦、汉连问，下即紧问近代。妙！

吾闻夫齐、魏徭戍[9]，荆、韩召募。万里奔走，连年暴露。沙草晨牧，河冰夜渡。地阔天长，不知归路。寄身锋刃，腷臆谁诉[10]？此一段写三军初合未覆时，字字酸苦。秦、汉而还，多事四夷，中州耗斁[11]，无世[12]无之。上云"秦欤？汉

1. 敻：通"迥"，迥远。

2. 萦带：萦绕如带。

3. 纠纷：重叠连绵。

4. 黯：昏黑。惨悴：凄怆悲凉。

5. 悲：悲号。曛：昏暗。

6. 不下：指不愿降落停留。

7. 兽铤亡群：铤，迅速奔走的样子。亡群，因惊恐而各自奔走失散。

8. 秦欤：是秦代的战场？汉欤：是汉代的战场？将近代欤：还是近代的战场？将，还是。

9. 徭戍：征调民夫、戍卒去镇守边境之地。

10. 腷臆：忧郁悲愤的心情。谁诉：向谁倾诉。

11. 斁：败坏。

12. 无世：没有一个朝代。

欤？”此仍从秦、汉嗟怨起。古称戎夏[13]，不抗王师。文教失宣，武臣用奇[14]。奇兵有异于仁义，王道迂阔而莫为[15]。呜呼噫嘻！胡可胜怨？

吾想夫北风振漠，胡兵伺便。主将骄敌，期门[16]受战。野竖旄旗[17]，川回组练[18]。法重心骇，威尊命贱[19]。利镞穿骨，惊沙入面。主客相搏[20]，山川震眩。声析[21]江河，势崩雷电。此写初战未覆时，字字酸苦。至若穷阴凝闭[22]，凛冽海隅；积雪没胫，坚冰在须；鸷鸟休巢[23]，征马踟蹰；缯纩无温，堕指裂肤[24]；当此苦寒，天假强胡[25]；凭陵杀气，以相剪屠[26]；加写苦寒。径截辎重，横攻士卒；都尉新降，将军覆没。尸填巨港之岸，血满长城之窟；无贵无贱，同为枯骨，可胜言哉？此写三军正覆时也。鼓衰兮力尽，矢竭兮弦绝；白刃交兮宝刀折，两军蹙兮生死决。降矣哉？终身夷狄；战矣哉？骨暴沙砾。此重写三军欲覆未覆时。鸟无声兮山寂寂，夜正长兮风淅淅，魂魄结兮天沉沉[27]，鬼神聚兮云幂幂。日光寒兮草短，月色苦兮霜白。伤心惨目，有如是耶？此写三军已覆之后也。

13. 夏：指中国。

14. 奇：诡计。

15. 迂阔：迂远。莫为：不再奉行王道。

16. 期门：指出征部队军营之门。

17. 旄旗：旗杆头上有旄牛尾做装饰的旗，大将出征时多用之。

18. 组练：战袍，借指士兵。

19. 法：军法。心：士兵之心。威：威权。贱：轻贱。

20. 主：守军。客：外族武装人员。搏：搏斗。

21. 析：裂开。

22. 穷阴：阴云密布。凝：凝聚。闭：闭合。

23. 鸷鸟：鹰、鹯一类凶猛的鸟。休巢：因怕冷而躲在巢中不敢外出。

24. 缯纩：缯，帛。纩，丝绵。堕指裂肤：手指冻掉，皮肤开裂。极言边地的寒冷。

25. 天假强胡：上天给了胡人这么好的机会（指胡人习惯于冰天雪地的寒冷气候）。

26. 凭陵：有所依恃而进行骚扰。杀气：肃杀之气。剪屠：剪伐屠杀。

27. 魂魄结兮：指死者的魂魄集结在一起，不肯散去。沉沉：昏暗的样子。

吾闻之：牧用赵卒，大破林胡[28]，开地千里，遁逃匈奴[29]。赵。汉倾天下，财殚力痡[30]。任人而已，其在多乎？汉。重怨。赵，即秦也。周逐猃狁[31]，北至太原，既城朔方，全师而还；饮至策勋[32]，和乐且闲，穆穆棣棣[33]，君臣之间。叹周。秦起长城，竟海[34]为关，荼毒生灵，万里朱殷[35]。秦。汉击匈奴，虽得阴山，枕骸遍野，功不补患。汉。再怨秦、汉。看他叠叠只怨秦、汉，即近代不言可知。

苍苍烝民，谁无父母？提携捧负，畏其不寿[36]。谁无兄弟，如足如手？谁无夫妇，如宾如友？父母，作四句押韵，一解。兄弟、夫妇，各作二句押韵，亦一解。生也何恩，杀之何咎？以至情至理断之。其存其殁，家莫闻知。人或有言，将信将疑。悁悁[37]心目，寝寐见之。布奠倾觞[38]，哭望天涯，天地为愁，草木凄悲。吊祭不至，精魂何依？写其家中，字字酸苦。必有凶年[39]，人其流离。呜呼！噫嘻！时耶？命耶？从古如斯。怨之至，怒之至，不嫌出于诅矣。为之奈何？一问。守在四夷[40]。一答。忽作一问一答，文便寂然而住。奇极！

28. 牧：李牧，战国时赵国的著名将领。他长期防守赵国的北部边境，曾大败过匈奴和秦国的军队。林胡：匈奴族的一支。

29. 遁逃匈奴：赶走了匈奴军队。

30. 汉倾天下：汉朝动用了所有的军队。力痡：力气枯竭。

31. 猃狁：我国古代北方的一个民族。

32. 饮至：古代诸侯结盟、征伐等事完毕以后，回至宗庙，饮酒庆贺，称为“饮至”。策勋：记录功勋于简策之上。

33. 穆穆：端庄恭敬的样子。棣棣：雍容安闲的样子。

34. 竟海：到达海边。

35. 朱殷：指流血。

36. 提携：带领。捧负：怀抱。畏其不寿：担心他不能长大成人。

37. 悁悁：忧闷的样子。

38. 布奠倾觞：指设灵祭奠。布奠，陈设祭品。

39. 凶年：荒年。《老子》：“大军之后，必有凶年。”

40. 守在四夷：《左传·昭公二十三年》：“古者天子，守在四夷。”意思是说，古时圣明君王，行王道，讲仁义，以文德教化去感化外族，使其臣服。这样，四夷各为天子守土，战争的危险也就消失了。

欧

修

18 篇

欧阳修

五代史梁太祖本纪论

用笔如侠客飞刀插屏，用力过猛，刀已透屏，其靶犹连动不已。

呜呼，天下之恶梁[1]久矣！自后唐以来，皆以为伪也。至予论次五代[2]，独不伪梁，斗奋奇笔。而议者或讥予大失《春秋》之旨，以谓："梁负大恶，当加诛绝，而反进之，是奖篡[3]也，非《春秋》之志也。"予应之曰："是《春秋》之志尔。斗接奇笔。鲁桓公弑隐公而自立者[4]，宣公弑子赤而自立者，郑厉公逐世子忽而自立者，卫公孙剽逐其君衎而自立者，圣人于《春秋》皆不绝其为君。此予所以不伪梁者，用《春秋》之法也。"斗奋、斗接，只谓大奇，及至说来却甚平正，真是史局大手。"然则《春秋》亦奖篡乎？"曰："惟不绝四者之为君，于此见《春秋》之意也。笔笔奇，笔笔确，笔笔斗，笔笔辣。圣人之于《春秋》，

1. 恶：厌恶，憎恨。梁：指五代后梁。

2. 论次五代：指编写《新五代史》一书。论次，评议编次。

3. 奖篡：奖励篡夺帝位的行为。

4. "鲁桓公"句：鲁桓公，名允，鲁惠公之子，隐公之弟。鲁桓公弑隐公而自立，事见《左传·隐公十一年》。弑，古代称臣杀君、子杀父为弑。

用意深，故能劝戒切，为言信，然后善恶明。忽提笔。夫欲著其罪于后世，在乎不没其实。笔硬如铁。其实尝为君矣，书其为君。其实篡也，书其篡。笔硬如铁。各传其实，而使后世信之，则四君之罪，不可得而掩尔。笔硬如铁。使为君者不得掩其恶，然后人知恶名不可逃，则为恶者庶乎其息矣。笔硬如铁。看他硬笔疾斫而入，有何坚韧不断？是谓用意深而劝戒切，为言信而善恶明也。忽顿笔。一论已毕，下为余波也。桀、纣不待贬其王，而万世所共恶者也。《春秋》于大恶之君不诛绝之者，不害其褒善贬恶之旨也，辣笔、硬笔后，又作软笔、闲笔，妙极文致。惟不没其实以著其罪，而信乎后世[5]，与其为君而不掩其恶，以息人之为恶。能知《春秋》之此意，然后知予不伪梁之旨也。”前奋笔奇，此结笔又奇。奇在其气，不在其字句，细细读之。

5. 信乎后世：让后世的人感到真实可信。

欧　阳　修

五代史一行传序

史公《伯夷传》，低昂屈曲，自是千古绝调。此论，低昂屈曲，乃遂欲与抗行，斯为翰林之一奇也。《伯夷》低昂屈曲，妙于孤愤，此又妙于悲凉，又各自极其致矣。

呜呼，五代之乱极矣，下弑君弑父，已尽此二字。传所谓“天地闭，贤人隐”之时欤！当此之时，臣弑其君，子弑其父，而缙绅之士安其禄而立其朝，充然[1]无复廉耻之色者，自“当此之时”至此，凡用三十三字成句，不得读断。一读断，便通篇文态都寻不出。皆是也。只下三字一扫。吾以谓自古忠臣义士多出于乱世，而怪当时可道者何少也，岂果无其人哉？一路低回寻思，乍信乍疑，妙绝文态。此段，先疑其何以无。下段，再又寻思。虽曰干戈兴，学校废，而礼义衰，风俗隳坏，至于如此，然自古天下未尝无人也，吾意必有洁身自负之士，嫉世远去而不可见者。此段，又信其必然有。下段，再又寻思。自古材贤，有韫[2]于中而不见于外，或穷居陋巷，委身草莽，虽颜子[3]

1. 充然：骄傲自满的样子。

2. 韫：蕴藏。

3. 颜子：指颜回。

之行，不遇仲尼而名不彰，此段，寻思古人尚然不彰。况世变多故，而君子道消之时乎？吾又以谓必有负材能，修节义，而沉沦于下，泯没而无闻者[4]。此段，寻思必是泯没，不是无人。求之传记，而乱世崩离，文字残缺，不可复得，此段，寻思传记又多散落，是何等文态！然仅得者四五人而已。

处乎山林而群麋鹿[5]，虽不足以为中道[6]，然与其食人之禄，俯首而包羞[7]，孰若无愧于心，放身[8]而自得？吾得二人焉，曰郑遨、张荐明[9]。何止郑君、张君，悲哉！势利不屈其心，去就不违其义，吾得一人焉，曰石昂[10]。何止石君，悲哉！苟利于君，以忠获罪，而何必自明，有至死而不言者，此古之义士也，吾得一人焉，曰程福赟[11]。何止程君，悲哉！五代之乱，君不君，臣不臣，父不父，子不子，至于兄弟、夫妇，人伦之际，无不大坏，而天理几乎其灭矣。于此之时，能以孝悌自修于一乡，而风行于天下者，犹或有之，然其事迹不著，而无可纪次，独其名氏或因见于书者，吾亦不敢没，而其略可录者，吾得一人焉，曰李自伦[12]。何止李君，悲哉！作《一行传》[13]。

4. 负材能：具有才能。下：社会底层。

5. 群麋鹿：与麋鹿同处。

6. 中道：合于儒家孔孟之道。

7. 包羞：包承羞耻。《周易·否》："六三包羞。象曰：包羞，位不当也。疏：言所包承之事，唯羞辱而已。"

8. 放身：指避世远居，不受世俗礼法的约束。

9. 郑遨：字云叟。唐末隐居不仕，入少室山、华山为道士。后唐明宗以左拾遗、后晋高祖以谏议大夫召，不肯应召就职，赐号"逍遥先生"。张荐明：唐末道士，通老庄之说。后晋高祖曾请他入宫讲《道德经》，并拜他为师，赐号"通玄先生"。

10. 石昂：曾任临淄令，后因与上司发生冲突，不愿受辱而辞官。后晋高祖时诏全国各地求孝悌之士，石昂受到推荐而被召至京师，先后被任命为宗正丞、少卿。后以有病为名辞官归乡。

11. 程福赟：后晋出帝时官奉国右厢指挥使，值乱兵纵火，福赟因参加救火而受伤，反为军将李殷诬陷下狱，不辩，终被杀。

12. 李自伦：五代后晋时人，曾任深州司功参军，因其家六世同居，于天福四年（公元 939 年）受到朝廷褒奖。

13.《一行传》：为特立独行、洁身高世之士所作的传。

欧阳修

五代史宦者传论

看他只是一笔，犹如引绳环环而转。

自古宦者[1]乱人之国，其源深于女祸[2]。女，色而已；宦者之害，非一端也。自来妇与寺只是并提，此特与极力分出。

盖其用事也近而习[3]，其为心也专而忍[4]。此先总挈二句，下转写转入。能以小善中人之意，小信固人之心，使人主必信而亲之。此第一笔，下再转入。待其已信，然后惧以祸福而把持之。此第二笔，下再转入。虽有忠臣硕士[5]列于朝廷，而人主以为去己疏远，不若起居饮食、前后左右之亲为可恃也[6]。故前后左右者日益亲，则忠臣硕士日益疏，而人主之势日益孤。此第三笔，下再转入。势孤，则惧祸之心日益切，此第四笔，下再转入。而把持者日益牢，此第五笔，下再转入。安

1. 宦者：宦官。又称寺人、太监等。宦官本为宫廷内侍奉皇帝及其家族的官员，不能干预政事，但其中的上层分子常能以各种手段取得皇帝的宠信，因而窃取了朝政大权。他们迫害忠良，排斥异己，祸国殃民，罪恶累累。东汉、晚唐均有宦官专权的史实。

2. 女祸：女人之祸。指封建帝王因沉湎女色而导致丧国亡身的事。这是正统史学家的习惯说法。

3. 用事：从事的工作。近：离皇帝较近。习：为皇帝所熟悉。

4. 专而忍：独断独行和残忍。

5. 硕士：品节高尚、学识渊博之士。

6. 前后左右之亲：指宦官。可恃：可以依靠。

危出其喜怒，祸患伏于帷闼[7]，则向之所谓可恃者，乃所以为患也。此第六笔，下再转入。患已深而觉之，欲与疏远之臣图左右之亲近，缓之则养祸而益深，急之则挟人主以为质，虽有圣智不能与谋，此第七笔，下再转入。谋之而不可为，为之而不可成，至其甚，则俱伤而两败。此第八笔，下再转入。故其大者亡国，其次亡身，而使奸豪得借以为资而起[8]，至抉其种类，尽杀以快天下之心而后已。此第九笔。自前“盖其”二字起至此，只是一笔转写转入而成。此前史所载宦者之祸常如此者，非一世也。此方总兜一句也。

夫为人主者，重提笔。非欲养祸于内，而疏忠臣硕士于外，盖其渐积而势使之然也。特原之，正复切戒之。夫女色之惑，又提笔申前“深于女色”一句。不幸而不悟，则祸斯及矣；使其一悟，捽[9]而去之可也。宦者之为祸，虽欲悔悟，而势有不得而去也，最深切著明，可为痛戒！唐昭宗[10]之事是已。故曰：“深于女祸”者，谓此也。可不戒哉！

7. 帷闼：内廷。

8. 奸豪：指割据一方的地方军阀、豪强，如朱温等。借以为资：借诛宦官为名。

9. 捽：揪，扔。

10. 唐昭宗：李晔。光化三年（公元900年），宦官刘季述等人废唐昭宗，立皇子德王李裕为帝。后昭宗与宰相崔胤商定，召梁王朱温入长安诛杀宦官，“梁兵且至，而宦者挟天子走之岐，梁兵围之三年，昭宗既出，而唐亡矣”（《新五代史·宦者传》）。

欧阳修

五代史伶官传序

只是一低一昂法，妙于前幅，点缀又秾至。

呜呼！盛衰之理，虽曰天命，岂非人事哉！原庄宗之所以得天下[1]，与其所以失之者，可以知之矣。如此笔态，何遽逊子长！

世言晋王之将终也[2]，以三矢赐庄宗，而告之曰："梁，吾仇也；燕王，吾所立；契丹与吾约为兄弟，而皆背晋以归梁。此三者，吾遗恨也。与尔三矢，尔其无忘乃父之志！"庄宗受而藏之于庙。其后用兵，则遣从事以一少牢告庙[3]，请其矢，盛以锦囊，负而前驱，及凯旋而纳之。先缀一事。

1. 原：推原，追本究源。庄宗：指后唐庄宗李存勖。公元923年，李存勖灭后梁，建立了后唐政权。

2. 世言：人们传说。晋王：指后唐庄宗的父亲李克用。李克用因帮助唐朝镇压黄巢起义有功，封陇西郡王。乾宁二年（公元895年），又封晋王。

3. 从事：这里指属吏。少牢：祭品，一猪一羊，称少牢。

方其系燕父子以组，函梁君臣之首，入于太庙，还矢先王，而告以成功，其意气之盛，可谓壮哉！一昂。妙妙。及仇雠已灭，天下已定，一夫[4]夜呼，乱者四应，仓皇东出，未及见贼而士卒离散，君臣相顾，不知所归，至于誓天断发，泣下沾襟，何其衰也！一低。妙，妙。岂得之难而失之易欤？一顿。抑本其成败之迹而皆自于人欤？又一顿。《书》曰："满招损，谦受益。"忧劳可以兴国，逸豫可以亡身，自然之理也。始出手断定之。故方其盛也，举天下之豪杰莫能与之争；再昂。仍用"方其"字，妙，妙。及其衰也，数十伶人困之，而身死国灭[5]，为天下笑。再低。仍用"及其"字，妙，妙。

夫祸患常积于忽微，而智勇多困于所溺，岂独伶人也哉！再出手，嗟叹不尽。

4. 一夫：指贝州（河北南宫）军士皇甫晖。同光四年（公元926年），贝州发生了以皇甫晖为首的兵变。

5. "数十伶人困之"二句：庄宗一生好俳优，宠信重用伶人。同光四年四月，庄宗返抵洛阳，朝群臣于中兴殿，伶人郭从谦等叛变，庄宗被乱箭射死。

欧阳修

朋党论

最明畅之文，却甚幽细；最条直之文，却甚郁勃；最平夷之文，却甚跳跃鼓舞。

臣闻朋党之说，自古有之，惟幸人君辨其君子小人而已[1]。不怪朋党，只与提出人君。大识力，大笔力！大凡君子与君子以同道为朋，小人与小人以同利为朋，此自然之理也。先平写，下忽然侧写，笔如鹰隼撇捩。

然臣谓小人无朋，惟君子则有之。侧写撇捩。其故何哉？小人所好者，利禄也；所贪者，财货也。当其同利之时，暂相党引以为朋者，伪也；及其见利而争先，或利尽而交疏，则反相贼害，虽其兄弟亲戚，不能相保。故臣谓小人无朋，其暂为朋者，伪也。说尽。君子则不然，疾转。所守者道义，所行者忠信，所惜者名节。以之修

1.“臣闻朋党之说”三句：朋党，原指意气相投的人为了自私的目的而结伙。宋初，王禹偁（公元954—1001年）作《朋党论》，文中提到同为“朋党”，但有“君子之党”与“小人之党”的区分。

身，则同道而相益；以之事国，则同心而共济。终始如一，此君子之朋也。亦说尽。故为人君者，但当退小人之伪朋，用君子之真朋，则天下治矣。只与提出人君。

尧之时，小人共工、驩兜等四人为一朋，君子八元、八恺十六人为一朋[2]。舜佐尧，退四凶小人之朋，而进元、恺君子之朋，尧之天下大治。证一，大奇文。及舜自为天子，而皋、夔、稷、契等二十二人并列于朝[3]，更相称美，更相推让，凡二十二人为一朋，而舜皆用之，天下亦大治。证二，大奇文。《书》曰："纣有臣亿万，惟亿万心；周有臣三千，惟一心。"纣之时，亿万人各异心，可谓不为朋矣，然纣以亡国。证三，大奇文。周武王之臣，三千人为一大朋，而周用以兴。证四，大奇文。后汉献帝时，尽取天下名士囚禁之，目为党人。及黄巾贼起，汉室大乱，后方悔悟，尽解党人而释之，然已无救矣。证五，大奇文。唐之晚年，渐起朋党之论[4]，及昭宗时，尽杀朝之名士，或投之黄河，曰："此辈清流，可投浊

2. 八元、八恺：据《左传·文公十八年》载，上古高阳氏时有苍舒、大临等八才子，"天下之民，谓之八恺"。上古高辛氏时有伯奋、仲堪等八才子，"天下之民，谓之八元"。

3. "而皋、夔、稷、契"句：据《尚书·舜典》及《史记·五帝本纪》注，舜时大臣有皋陶（掌管刑法）、夔（掌管音乐）、稷（掌管农业）、契（掌管教育）、大禹、工垂，再加上十二牧（州长官）四岳（大区长官），共二十二人。

4. "唐之晚年"二句：指唐穆宗至宣宗年间，出现的以牛僧孺、李宗闵为首的牛党，和以李德裕为首的李党之间错综复杂的倾轧、斗争。牛李党争前后延续了近四十年。

流。”而唐遂亡矣。证六，大奇文。连引数证，一段奇是一段。

夫前世之主，能使人人异心不为朋，莫如纣；能禁绝善人为朋，莫如汉献帝；能诛戮清流之朋，莫如唐昭宗之世，然皆乱亡其国。奇，奇！看他忽然作倒卷之笔。更相称美、推让而不自疑，莫如舜之二十二臣，舜亦不疑而皆用之。然而后世不诮[5]舜为二十二人朋党所欺，而称舜为聪明之圣者，以能辨君子与小人也。周武之世，举其国之臣三千人共为一朋，自古为朋之多且大莫如周。然周用此以兴者，善人虽多而不厌也。奇，奇！看他倒卷，又参差变化，不作一样笔。

夫兴亡治乱之迹[6]，为人君者，可以鉴矣。只与提出人君。

5. 不诮：不讥笑。

6. 迹：事迹，经验。

欧 阳 修

纵囚论

此论有刀斧气，横斫竖斫，略无少恕，读之，增人气力。

信义行于君子，而刑戮施于小人。先立二句，如二壁对插。刑入于死者[1]，乃罪大恶极，此又小人之尤甚者也。悬指所纵之囚。宁以义死，不苟幸生，而视死如归，此又君子之尤难者也。悬指囚之自归。再立二句，又如二壁对插。看他更不作一余笔相缭绕，只此四句，如四壁对插。方唐太宗之六年，录大辟囚三百余人，纵使还家，约其自归以就死[2]。入事。是以君子之难能，期小人之尤者以必能也。下一断。其囚及期，而卒自归无后者，是君子之所难，而小人之所易也。下一断。此岂近于人情哉？两断，大力一收。

或曰：罪大恶极，诚小人矣。及施恩德以临之，可使变

1. 刑入于死者：按刑法被定为死罪的人。

2. "方唐太宗之六年"四句：方，当。六年，指贞观六年（公元632年）。贞观六年十二月，唐太宗（李世民）曾亲自过问系狱囚犯，将三百九十名死囚释放回家，并规定他们于第二年秋天回狱就刑。贞观七年（公元633年）九月，这些犯人如数返回，无一人亡匿，得到太宗的大赦。事见《资治通鉴》卷一九四。录，取、选择。大辟，这里指判处死刑。纵，释放。

而为君子。盖恩德入人之深，而移人之速，有如是者矣。腐生必有之论，不与驳出，必不得畅。曰：太宗之为此，所以求此名也。妙，妙。不用驳语，却反与劈手一接，最奇笔。言太宗为此，正求恩德入人之名也。然安知夫纵之去也，不意其必来以冀免，所以纵之乎？写尽丑。又安知夫被纵而去也，不意其自归而必获免，所以复来乎？写尽丑。夫意其必来而纵之，是上贼[3]下之情也；快笔，辣之甚，骇之甚。意其必免而复来，是下贼上之心也。快笔，辣之甚，骇之甚。吾见上下交相贼以成此名也，快笔，辣之甚，骇之甚。乌有所谓施恩德上。与夫知信义下。者哉！断尽，更无人可得戏翻。不然，太宗施德于天下，于兹六年矣，不能使小人不为极恶大罪；妙，妙。而一日之恩，能使视死如归，而存信义，妙，妙。此又不通之论也。反复再断，更无人可得戏翻。

然则何为而可？曰：纵而来归，杀之无赦；而又纵之，句。而又来，句。则可知为恩德之致尔[4]。此只是戏论，然与腐生语，不可不如此。然此必无之事也。急断正。若夫纵而来归

3. 贼：偷偷地揣摩，暗中算计。

4. 为恩德之致尔：被恩德感化而导致如此的。

而赦之，可偶一为之尔。若屡为之，则杀人者皆不死，是可为天下之常法乎？不可为常者，其圣人之法乎[5]？圣人复起，不易此。是以尧舜三王之治[6]，必本于人情，不立异以为高，不逆情以干誉。另笔结出正论，却判尽太宗。

5.“不可为常者”二句：不可以经常执行的法规，难道能算是圣人的法律吗？

6. 三王：指夏禹、商汤以及周朝的文王、武王。治：治理国家。

欧阳修

上范司谏书

严意，行以宽笔。严，故听者竦仄；宽，故读者愉乐。如起手借写『贺』字，因轻提『七品官』字，已而忽然陪入『宰相』字，中幅点缀『洛中士大夫』字，后畅发『阳城有待』字，末又回护当今『无事』字，皆是一意要他听者竦仄。而不谓今日读者，乃反大得愉乐，则只为其行笔处处宽宽然也。

月日，具官谨斋沐拜书司谏学士执事[1]。前月中得进奏吏[2]报云：自陈州召至阙，拜司谏[3]。即欲为一书以贺，多事，匆卒未能也。轻轻起。

司谏，七品官尔[4]，“七品官”三字提头。于执事得之，不为喜；而独区区欲一贺者，诚以谏官者，天下之得失、一时之公议系焉。便借上轻轻所起一“贺”字，只管跌入。今世之官，自九卿、百执事，外至一郡县吏[5]，非无贵官大职可以行其道也。然县越其封，郡逾其境，虽贤守长不得行，以其有守也；吏部之官不得理兵部，鸿胪之卿不得理光禄[6]，以其有司也。若天下之失得，生民之利害，社稷

1. 具官：唐宋以后，在书信或其他应酬文字的底稿上对自己官职的省写。斋沐：斋戒沐浴，表示尊敬对方。执事：这里用作称呼对方的敬辞。

2. 进奏吏：指西京留守向朝廷递送公文的官吏。

3. “自陈州召至阙”二句：明道二年（公元1033年）三月，宋仁宗亲政，四月，范仲淹在陈州通判任上被召回京（开封），担任右司谏之职。陈州，州治在今河南淮阳。阙，指京城、朝廷。

4. 司谏，七品官尔：宋代设有左、右司谏，“凡朝政阙失，大臣至百官任非其人，三省至百司事有违失，皆得谏正”（《宋史·职官志》）。司谏，为正六品官员。此处谓七品，是夸张的说法。

5. 九卿：指宰相以下的朝廷高级官长，如大理寺卿、太常寺卿、光禄寺卿、鸿胪寺卿等。百执事：朝中百官。郡县吏：指州、县的行政长官。

6. 鸿胪：鸿胪寺。鸿胪寺掌管外朝之大朝会的礼仪。光禄：光禄寺。光禄寺掌管朝廷祭祀及皇室的膳食等事。

之大计，惟所见闻而不系职司[7]者，独宰相可行之，谏官可言之尔。故士学古怀道者仕于时，不得为宰相，必为谏官。谏官虽卑，与宰相等。轻轻将“七品官”三字提头，却斗陪入一宰相，发出如许畅论。天子曰不可，宰相曰可；天子曰然，宰相曰不然。坐乎庙堂之上与天子相可否者，宰相也。先写宰相，只是陪。天子曰是，谏官曰非；天子曰必行，谏官曰必不可行。立殿陛之前与天子争是非者，谏官也。正写谏官，何等荣耀！宰相尊[8]，行其道；谏官卑，行其言。束。言行，道亦行也。再束。畅极矣，不可不束。九卿、百司、郡县之吏守一职者，任一职之责；宰相、谏官系天下之事，亦任天下之责。此是转笔，发下“甚可惧”一句，乃另起，不承上。然宰相、九卿而下失职者，受责于有司；妙，妙。谏官之失职也，取讥于君子。妙，妙。有司之法，行乎一时；妙，妙。君子之讥，著之简册而昭明，垂之百世而不泯，妙，妙。其斯为规切之言，岂真相赞贺耶？甚可惧也。四字束。夫七品之官，任天下之责，惧百世之讥，岂不重耶？非材且贤者不能为也。再束。本意在此处，不可不束。完“七品官”三字。

7. 不系职司：不受分管部门职权的限制。

8. 宰相尊：宰相官居一品，故言尊。

近执事始被召于陈州，洛之士大夫相与语曰[9]：“我识范君，知其材也。其来，不为御史，必为谏官。”及命下，果然。始入范君。看他无中生有，不局促。则又相与语曰：“我识范君，知其贤也。他日闻有立天子陛下，直辞正色、面争庭论者，非他人，必范君也。”无中生有，为下作势。拜命以来，翘首企足，伫乎有闻而卒未也[10]。窃惑之，岂洛之士大夫能料于前而不能料于后也，将执事有待[11]而为也？曲折申意，笔意矫矫。以下只破“有待而为”一句。

昔韩退之作《争臣论》，以讥阳城不能极谏，卒以谏显。人皆谓城之不谏，盖有待而然，退之不识其意而妄讥，修独以为不然。又引韩讥阳城，发畅论。当退之作论时，城为谏议大夫已五年，后又二年始庭论陆贽，及沮裴延龄作相，欲裂其麻，才两事尔。阳城事。当德宗时，可谓多事矣：授受失宜，一。叛将强臣罗列天下[12]，二。又多猜忌，三。进任小人。四。于此之时，岂无一事可言，而须七年耶？当时之事，岂无急于沮延龄、论陆贽两事

9. 洛之士大夫相与语：欧阳修写此信时，在洛阳担任西京留守推官的职务，所以说听到了洛阳的士大夫这样说。相与语，相互议论。

10. 企足：踮着脚。伫：长久地站立着。卒：终于。未：指未能听到面争庭论的消息。

11. 有待：等待好的时机。

12. 授受：授予官职和接受任命。叛将强臣：指不听命于中央的藩镇势力，即割据一方的军阀。

也？文态低昂宛转，想见先生走笔甚喜。谓宜朝拜官而夕奏疏也。幸而城为谏官七年，适遇延龄、陆贽事，一谏而罢，以塞其责；笔笔低昂宛转。向使止五年、六年而遂迁司业[13]，是终无一言而去也，何所取哉！笔笔低昂宛转。

今之居官者率三岁而一迁，或一二岁，甚者半岁而迁也，此又非可以待乎七年也。笔笔低昂宛转，想见先生甚喜。今天子躬亲庶政[14]，化理清明，虽为无事，又回护当今，何等细到！然自千里诏执事而拜是官者，岂不欲闻正议而乐谠言[15]乎？然今未闻有所言说，使天下知朝廷有正士而彰吾君有纳谏之明也。笔笔低昂宛转。

夫布衣韦带之士[16]，穷居草茅，坐诵书史，常恨不见用。一折。及用也，又曰“彼非我职，不敢言”；或曰“我位犹卑，不得言”；一折。得言矣，又曰“我有待”。一折。是终无一人言也，可不惜哉！袅袅然，凡六十字作一句，此是何等笔墨！伏惟执事思天子所以见用之意，收后幅。惧君子百世

13. 迁：这里是改任的意思。司业：国子司业，学官名。唐代国子监设祭酒一人，司业二人。司业为国子监的副长官。

14. 今天子躬亲庶政：天子，指宋仁宗赵祯。仁宗即位（公元 1023 年）后的一段时间内，由章献太后垂帘听政。直至明道二年（公元 1033 年）章献太后病死，方由宋仁宗亲自过问政事。躬亲，亲自处理。庶政，各种政事。

15. 谠言：正直的言论。

16. 布衣韦带之士：指出身贫寒而未进入仕途的读书人。布衣，平民所穿的衣服。韦带，熟牛皮带，未仕者所系。

之讥，收前幅。一陈昌言[17]，以塞[18]重望，且解洛之士大夫之惑，收中段。则幸甚幸甚。

17. 昌言：正直而有益的言论。

18. 以塞：用以满足。

欧 阳 修

826－827

代人上王枢密求先集序书

此即昌黎《送孟东野序》蓝本所出也，虽逊其逸宕，然起伏整散之法，乃全似矣。

某月日，具位某谨斋沐献书枢密相公阁下[1]：

某闻《传》曰："言之无文，行而不远[2]。"君子之所学也，言以载事，而文以饰言。事信言文[3]，乃能表见于后世。先发论。《诗》《书》《易》《春秋》，皆善载事而尤文者，故其传尤远。次以《诗》《书》《易》《春秋》为证。荀卿、孟轲之徒，亦善为言，然其道有至、有不至[4]。故其书或传、或不传，犹系于时之好恶而兴废之[5]。又以荀、孟为证。其次，楚有屈大夫者，善文其讴歌以传[6]。又以屈原为证。汉之盛时，有贾谊、董仲舒、司马相如、扬雄，能文其文辞以传。又以贾、董、司、扬为证。由此以来，去

1. 具位：意同"具官"，见欧阳修《上范司谏书》注释1。

2. "言之无文"二句：引自《左传·襄公二十五年》。

3. 事信言文：事信，文章所述记的事必须真实。言文，文章的语言应该精美。欧阳修认为文章的语言美应表现在两个方面："简而有法"。也就是说，要做到言简意赅和符合文章体制、章法以及语法方面的要求。

4. 至：这里指达到圣人的水平。不至：未能达到圣人的水平。

5. 系于：取决于。时：时代风气。

6. 屈大夫：指屈原。屈原在楚怀王时任过三闾大夫。讴歌：指《离骚》《天问》《九章》等诗作。

圣[7]益远，世益薄而衰，下迄周、隋[8]，其间亦时时有善文其言以传者，然皆纷杂灭裂、不纯信，故百不传一；幸而一传，传亦不显，不能若前数家之焯然暴见而大行也[9]。又以诸不传者为证。

甚矣言之难行也！事信矣，须文；文至矣，又系其所恃之大小[10]，以见其行远不远也。中间忽作结束。《书》载尧、舜[11]，《诗》载商、周[12]，《易》载九圣[13]，《春秋》载文、武之法，荀、孟二家载《诗》《书》《易》《春秋》者，楚之辞载风雅[14]，汉之徒，各载其时主声名、文物之盛以为辞[15]。后之学者，荡然无所载，则其言之不纯信，其传之不久远，势使然也。又忽作评断。至唐之兴，若太宗之政、开元[16]之治、宪宗之功[17]，其臣下又争载之以文其词，或播乐歌，或刻金石。

故其间钜人硕德，闳言高论，流铄前后者，恃其所载之在文也。又以唐诸文臣为证。若断若续，最弄笔态。故其言之所载者

7. 去圣：距离圣人。

8. 下迄周、隋：下至北周、隋朝。

9. 焯然：鲜明的样子。暴见：迅疾出现。大行：广为流传。

10. 恃：依靠、凭借。大小：指题材的大小。

11. 尧、舜：这里指尧、舜之言行。

12. 商、周：这里指商、周时期的人、事。

13. 九圣：指伏羲、神农、黄帝、尧、舜、禹、文王、周公、孔子。

14. 风雅：《诗经》中的国风、大雅、小雅。这里是指《诗经》作品中所体现出来的精神。

15. 汉之徒：汉代作家。时主：当时的帝王君主。文物：指礼乐、典章制度。

16. 开元：唐玄宗的年号之一（公元713—741年）。

17. 宪宗之功：宪宗，李纯。宪宗在位时，曾多次出兵平定藩镇割据势力的叛乱，农业、手工业生产得到了一定程度的恢复和发展，从而使以安史之乱为起点的正在走向衰落的唐王朝，一度出现了“中兴”的局面。

大且文，则其传也章；言之所载者不文而又小，则其传也不章。又作结束评断。

某不佞[18]，守先人之绪余[19]。先人在太宗时以文辞为名进士，以对策[20]为贤良方正，既而守道纯正，为贤待制[21]。逢时太平，奋身扬名。入正意。宜其言之所载，文之所行，大而可恃以传也。曲折，自喜之甚。然未能甚行于世者，岂其嗣续不肖，不能继守而泯没之？曲折，自喜。抑有由也：曲折，自喜。夫文之行，虽系其所载，犹有待焉！重发论。前发论是一“传”字，此重发论是一“待”字。《诗》《书》《易》《春秋》，待仲尼之删正；《诗》《书》《易》《春秋》待。荀、孟、屈原无所待，犹待其弟子而传焉；荀、孟、屈待。汉之徒，亦得其史臣之书[22]。其始出也，或待其时之有名者而后发；其既殁也，或待其后之纪次者而传。汉之徒待。看他笔墨段段变换。其为之纪次也，非其门人故吏，则其亲戚朋友，如梦得之序子厚[23]、李汉之序退之也[24]。此行卸到王枢密也。

18. 不佞：没有才能。

19. 绪余：剩余、次要的部分。

20. 对策：参加制科考试时回答皇帝有关政治、经义的策问。唐代制科考试时设有“贤良方正直言极谏科”。

21. 待制：官名。

22. 史臣之书：指《史记》《汉书》等历史典籍。

23. 梦得之序子厚：梦得，刘禹锡字。刘禹锡为柳宗元的挚友，两人都是“永贞革新”运动的积极参加者。刘禹锡曾为柳宗元的文集作序，写有《唐故柳州刺史柳君集纪》一文。

24. 李汉之序退之：李汉，韩愈的女婿、学生。李汉作有《昌黎先生集序》一文。

伏惟阁下，学老文钜，为时雄人[25]，出入三朝[26]。其能望光辉接步武[27]者，惟先君为旧；则亦先君之所待也。岂小子之敢有请焉。收得精神之甚。谨以家集若干卷数，写献门下，惟哀其诚而幸赐之。

25. 为时雄人：是当今杰出的人士。

26. 三朝：指太宗、真宗、仁宗三朝。

27. 步武：六尺为步，半步为武。比喻前人的足迹。

欧 阳 修

答吴充秀才书

卓然有主于胸中，而笔底又能行之以清折。看他笔笔清深，笔笔曲折。

修顿首白，先辈吴君[1]足下：

前辱示书及文三篇，发而读之，浩乎若千万言之多，及少定而视焉，才数百言尔。写得奇妙。惟司马子长，写来有此奇妙。非夫辞丰意雄，霈然[2]有不可御之势，何以至此！然犹自患伥伥[3]莫有开之使前者，此好学之谦言也。先曲折赞之。

修材不足用于时，仕不足荣于世，其毁誉不足轻重，气力不足动人。世之欲假誉以为重，借力而后进者，奚取于修焉？次曲折自叙。先辈学精文雄，其施于时，又非待修誉而为重，借力而后进者也。然而惠然见临，若有所

1. 先辈吴君：吴君，吴充。吴充，字冲卿，建州浦城（今福建浦城县）人。吴充生于宋真宗天禧五年（公元 1021 年），比欧阳修小十四岁，这里称其为先辈，是客气话。

2. 霈然：盛大的样子。

3. 伥伥：无所适从的样子。

责，得非急于谋道，不择其人而问焉者欤？次曲折谢之。下方发论。

夫学者，未始不为道，而至者鲜焉。非道之于人远也，学者有所溺[4]焉尔。先论道。盖文之为言，难工而可喜，易悦而自足。世之学者，往往溺之，一有工焉，则曰：吾学足矣。甚者至弃百事不关于心，曰：吾文士也，职于文而已。此其所以至之鲜也。次论文。

昔孔子老而归鲁[5]，六经之作，数年之顷尔。妙，妙。然读《易》者如无《春秋》，读《书》者如无《诗》[6]，何其用功少而至于至也。妙，妙。圣人之文，虽不可及，然大抵道胜者文不难而自至也。论道与文，必归孔子，所以折衷也。故孟子皇皇不暇著书，荀卿盖亦晚而有作。带孟、荀，妙，妙。只求道足，未尝求文。若子云、仲淹，方勉焉以模言语[7]，此道未足而强言者也。扬、王道不足也，非文不足。后之惑者，徒见前世之文传，以为学者文而已，故愈力愈勤而愈不

4. 溺：指溺爱文辞之工，而对学道则不够重视。

5. 孔子老而归鲁：据《史记·孔子世家》载，孔子于鲁定公十四年（公元前496年）离开鲁国出游，鲁哀公十一年（公元前484年）自卫返鲁，鲁哀公十六年（公元前479年）去世。

6. "然读《易》者如无《春秋》"二句：李翱《答朱载言书》："创意造言，皆不相师。故其读《春秋》也，如未尝有《诗》；其读《诗》也，如未尝有《易》；其读《易》也，如未尝有《书》……"欧阳修在文中，化用了李翱的上述语句。意谓六经之作，在载道方面是相同的，但语言文字却各有特色。

7. "若子云、仲淹"二句：子云，扬雄字。仲淹，王通字。汉代扬雄的《法言》模仿《论语》，《太玄经》模仿《周易》。隋末王通的《中说》模仿《论语》，《元经》（今已不传）模仿《春秋》。所以欧阳修批评两人是勉强为文，以模仿代替创作。

至。此足下所谓终日不出于轩序[8]，不能纵横高下皆如意者，道未足也。若道之充焉，虽行乎天地，入于渊泉，无不之也。反复只是勉其求道。

足下之文，浩乎霈然，可谓善矣。而又志于为道，犹自以为未广，若不止焉，孟、荀可至而不难也。再赞之。修学道而不至者，然幸不甘于所悦而溺于所止，再自叙。因吾子之能不自止[9]，又以励修之少进焉，幸甚幸甚。再谢之。修白。

8. 轩序：轩，有窗槛的长廊。序，东西厢房。

9. 自止：自以为是，停滞不前。

欧阳修

送杨寘序

此文，全然学韩昌黎《送王含秀才序》，看其结法便知。

予尝有幽忧之疾[1]，退而闲居，不能治也。飘然落笔，如不欲为文者。既而学琴于友人孙道滋，受宫声数引[2]，久而乐之，不知疾之在其体也。随笔自记往事，而文油油乎如山之出云。

夫琴之为技，小矣。顿挫。及其至[3]也，大者为宫，细者为羽[4]，此二句，是琴之本音。操弦骤作，忽然变之：此二句，是弹者手法。急者凄然以促，缓者舒然以和。如崩崖裂石，高山出泉，而风雨夜至也；如怨夫[5]寡妇之叹息，雌雄雍雍[6]之相鸣也。其忧深思远，则舜与文王、孔子之遗音也[7]；悲愁感愤，则伯奇[8]孤子、屈原忠臣之所叹也。一段，写琴极尽。喜怒哀乐，动人心深，二句，为下转笔，又作顿挫。而

1. 幽忧之疾：过分劳累而得的病。幽，深。忧，疲劳、劳累。

2. 受：受业、学习。宫声：这里泛指音乐、琴曲。引：乐曲体裁之一。

3. 至：到达娴熟阶段。

4. 羽：五声之一。中国传统的五声音阶分为宫、商、角、徵、羽五个音级。

5. 怨夫：指年龄老大而未能娶到妻子的男人。

6. 雍雍：鸟和鸣之声。

7. 舜与文王、孔子之遗音：传说舜、周文王、孔子三人都熟悉音律，善以琴声来述志抒情。舜曾弹五弦之琴，歌《南风》之诗；周文王曾作有琴曲《文王操》；《诗》三百五篇，孔子皆一一"弦歌之"，而平时讲学，也常常是"弦歌不衰"。

8. 伯奇：西周时人，周宣王大臣兮伯吉父（尹吉甫）之子。兮伯奇很孝顺后母，但其父听信后妻的谗言，将伯奇赶出家门。伯奇伤心不已，投河自尽。

纯古淡泊与夫尧舜三代之言语、孔子之文章、《易》之忧患[9]、《诗》之怨刺[10]无以异。妙，妙。如此写，方不是琵琶与筝。其能听之以耳，应之以手，取其和者，道其堙郁[11]，写其忧思[12]，则感人之际，亦有至者焉。写琴至此。妙，妙。

予友杨君[13]，好学有文，始入正事。一。累以进士举不得志。二。及从荫调[14]，为尉于剑浦[15]。区区在东南数千里外，是其心固有不平者。三。且少又多疾，四。而南方少医药，五。风俗饮食异宜。六。以多疾之体，有不平之心，居异宜之俗，好结束。其能郁郁以久乎？作序本怀只一句。然欲平其心以养其疾，于琴亦将有得焉。故予作《琴说》以赠其行，且邀道滋酌酒、进琴[16]以为别。一结冷然。

9.《易》之忧患:《周易》中所透露出来的忧虑感情。

10.《诗》之怨刺：指《诗经》中风、雅部分作品所包含的对黑暗势力、丑恶人事的批判精神。

11.道：同“导”。堙郁：阻塞、郁结在心中的忧思。

12.写：同“泻”。忧思：蕴藏于内心深处的思想感情。

13.杨君：杨寘。寘，同“置”。杨寘，字审贤，少有文才，是欧阳修的友人。

14.荫调：荫，凭借祖上官爵级别而得以授予一定的官职。调，改调他职。

15.尉：县尉，分管一县之军事。剑浦：县名。剑浦，即今福建省南平市，宋代南剑州州治曾设于此。

16.进琴：取琴弹奏的意思。

欧阳修

梅圣俞诗集序

不知是论是记是传是序，随手所到，皆成低昂曲折。少年偷见此等文字，便思伸手泚笔自作古文。

予闻世谓诗人少达而多穷[1]。斗引一语。夫岂然哉？劈手推倒。盖世所传诗者，多出于古穷人之辞也。自出妙论。先以一句判倒，下接手详写之。凡士之蕴其所有，而不得施于世者，多喜自放于山巅水涯之外，见虫鱼草木、风云鸟兽之状类，往往探其奇怪；内有忧思感愤之郁积，其兴于怨刺[2]，以道羁臣[3]、寡妇之所叹，而写人情之难言；盖愈穷则愈工。详写古今诗人，真被写绝。然则非诗之能穷人，殆[4]穷者而后工也。妙论，至论。结束上文。

予友梅圣俞，先出人。少以荫补为吏[5]，累举进士[6]，辄抑于有司[7]，困于州县[8]，凡十余年。年今五十，犹从辟

1. 少达：在仕途、事业上得遂壮志者甚少。多穷：处于穷困潦倒境况者居多。

2. 兴于怨刺：产生了寓有怨刺之情的诗篇。

3. 羁臣：羁旅之臣。指宦游他乡或贬谪远方的官吏。

4. 殆：仅，只是。

5. 梅圣俞：梅尧臣，字圣俞，北宋著名诗人，欧阳修的好友。荫补：荫，凭借祖上官爵级别而得以授予一定的官职。补，官员有缺额时，朝廷选人去充任。

6. 累举进士：多次参加科举（进士科）考试。

7. 抑于有司：受到主考官的压抑。

8. 困于州县：只能在州县范围内担任小官职。

书，为人之佐[9]。郁其所蓄，不得奋见于事业。次出遭遇。其家宛陵[10]，幼习于诗，自为童子，出语已惊其长老。既长，学乎六经仁义之说，其为文章，简古纯粹，不求苟说于世。世之人徒知其诗而已。次出文章。然时无贤愚，语诗者必求之圣俞；圣俞亦自以其不得志者，乐于诗而发之，故其平生所作，于诗尤多。方出诗。世既知之矣，而未有荐于上者。昔王文康公[11]尝见而叹曰："二百年无此作矣！"虽知之深，亦不果荐[12]也。若使其幸得用于朝廷，作为雅颂[13]，以歌咏大宋之功德，荐之清庙[14]，而追商、周、鲁《颂》之作者，岂不伟欤？奈何使其老不得志而为穷者之诗，乃徒发于虫鱼物类、羁愁感叹之言？世徒喜其工，不知其穷之久而将老也，可不惜哉！如叙事，如发论，曲折低昂，离合转换，备极文情。

圣俞诗既多，不自收拾。七字，写尽真正诗人。其妻之兄子谢景初[15]，惧其多而易失也，取其自洛阳至于吴兴以来所作，次[16]为十卷。真正诗人，其室中必定有此一人。予尝嗜圣俞

9. 为人之佐：成为州县长官的副手。佐，辅佐，指州县的副长官。

10. 宛陵：今安徽宣城市。宣城市，汉代称为宛陵县，隋朝以后，始改今名。

11. 王文康公：王曙，字晦叔，宋仁宗时任过宰相。文康，是王曙死后的谥号。

12. 不果荐：最终也未向上推荐。

13. 作为雅颂：指写出像《诗经》中的雅颂那样的作品。

14. 清庙：帝王的祖庙。

15. 谢景初：字师厚，谢绛之子，梅圣俞妻之侄。

16. 次：编。

诗，而患不能尽得之，遽喜谢氏之能类次[17]也，辄序而藏之。其后十五年，圣俞以疾卒于京师。余既哭而铭之[18]，因索于其家，得其遗稿千余篇，并旧所藏，掇其尤者六百七十七篇[19]，为一十五卷。曲折低昂，离合转换，节节入妙。呜呼！吾于圣俞诗论之详矣[20]，故不复云。惘然不尽。

庐陵[21]欧阳修序。

17. 类次：按类编纂。

18. 铭之：为他写了一篇墓志铭。

19. 掇：拾取。引申为挑选、选择。尤：这里指最好的诗篇。

20. "吾于圣俞诗论之详矣"句：除本文以外，欧阳修还曾在《书梅圣俞稿后》以及《六一诗话》中评论过梅诗，赞扬过梅诗的艺术成就。

21. 庐陵：今江西吉安市。欧阳修是庐陵人。

欧 阳 修

《春秋》或问

行笔似最萧散，却是最精细文字，其中有惜墨如金之法。逐段、逐句、逐字细细读，当自得之。《春秋》始终，设果无义，则游、夏二子何至一辞莫赞？其事甚大甚深，且姑存而俟之。

或问：“《春秋》何为始于隐公而终于获麟？”[1]曰：“吾不知也。”妙，妙，读书第一高眼，著论第一高手。问者曰：“此学者之所尽心焉，不知，何也？”曰：“《春秋》之起止，吾所知也。子所问者始终之义，吾不知也，吾无所用心乎此也。妙，妙，真正第一眼、第一手。昔者，孔子仕于鲁，不用，去之诸侯。又不用，困而归。且老，始著书：得《诗》，自《关雎》至于《鲁颂》[2]；得《书》，自《尧典》至于《费誓》[3]；得鲁《史记》[4]，自隐公至于获麟，遂删修之。说得雪淡平常，妙绝，妙绝。其前远矣，圣人著书足以法世而已[5]，不穷远之难明也，故据其所得[6]而修之。是以始于隐公。说得雪淡平常。孔子非史官，

1. 或问：有人问。何为：为什么。始于隐公而终于获麟：《春秋》纪事编年，起于鲁隐公元年（公元前722年），终于鲁哀公十四年（公元前481年），计二百四十二年。获麟事，发生于鲁哀公十四年。

2.《诗》：《诗经》。《关雎》：《诗经》的首篇篇名。《鲁颂》：《诗经》中的三颂之一。

3.《书》：《尚书》。《尧典》：《尚书》的首篇篇名。《费誓》：《尚书》中的篇名。

4. 鲁《史记》：鲁国史官所编写的编年体史书，指鲁国的《春秋》。

5. 圣人：指孔子。法世：为后代人所效法。这里指为后人立身处世树立了政治上的标准。

6. 据其所得：根据自己所能见到的典籍。

不常职乎史，故尽其所得修之而止耳。鲁之史记则未尝止也，今左氏经[7]可以见矣。”是以终于获麟。说得雪淡平常。曰：“然则‘始终’无义乎？”曰：“义在《春秋》，不在起止。妙，妙，真正第一眼、第一手。《春秋》谨[8]，一言而信万世者也。予厌众说之乱《春秋》者也。”再结二语，意态昂然。

或问：“子于隐摄、盾止之弑，据经而废传[9]。经简矣，待传而详，可废乎？”上文已毕，此又起一问。曰：“吾岂尽废之乎？夫传之于经勤矣！最为平心之言。其述经之事，时有赖其详焉。至其失传，则不胜其戾[10]也。其述经之意，亦时有得焉。及其失也，欲大圣人而反小之[11]，欲尊经而反卑之。承“传之于经勤矣”。写得又整齐，又参差。取其详而得者，废其失者，可也；嘉其尊大之心，可也；信其卑小之说，不可也。”承“吾岂尽废之乎”。写得又整齐，又参差。问者曰：“传有所废，则经有所不通[12]，奈何？”此却只是补问。曰：“经不待传而通者十七八，因传而惑者

7. 左氏经：指《左传》，《左传》为十三经之一。《左传》纪事编年始自鲁隐公元年（公元前722年），与《春秋》同；终于鲁悼公四年（公元前464年），比《春秋》多十七年。

8. 谨：严谨。

9. “子于隐摄、盾止之弑”二句：欧阳修《春秋论上》：“孔子，圣人也。万世取信，一人而已。若公羊高、榖梁赤、左氏三子者，博学而多闻矣，其传不能无失者也。孔子之于经，三子之于传有所不同，则学者宁舍经而从传，不信孔子而信三子，甚哉其惑也！经于鲁隐公之事，书曰：‘公及邾仪父盟于蔑。’其卒也，书曰：‘公薨。’孔子始终谓之公，三子者曰：‘非公也，是摄也。’学者不从孔子谓之公，而从三子谓之摄。其于晋灵公之事，孔子书曰：‘赵盾弑其君夷皋。’三子者曰：‘非赵盾也，是赵穿也。’学者不从孔子信为赵盾而从三子信为赵穿。……其舍经而从传者何哉？经简而直，传新而奇。简直无悦耳之言，而新奇多可喜之论，是以学者乐闻而易惑也。”经，指《春秋》。传，指《左传》《公羊传》《榖梁传》。

10. 戾：违反，谬误。

11. 大、小：均用作动词。

12. 经有所不通：指《春秋》言简而意深，有不少难于理解的地方。

十五六。最为平心之言。日月，万物皆仰，一色人。然不为盲者明，又一色人。而有物蔽之者，亦不得见也。又一色人。圣人之意，皎然乎经，正如万物皆仰。惟明者见之，不为他说蔽者见之也。”句上一“惟”字，句下一“也”字，中间双写两“见之”，法极奇。

欧阳修

读李翱文

说李文处，备极顿挫郁勃之妙。至后幅，竟纯诉自己胸前眼前。有如许可恨事，至于不啻口出。此真大臣忧时之言，非率尔信笔题署也。

予始读翱《复性书》三篇[1]，曰：此《中庸》之义疏尔[2]。智者诚其性，当读《中庸》；愚者虽读此，不晓也，不作可焉。顿挫。又读《与韩侍郎荐贤书》[3]，以谓翱特穷时愤世无荐己者，故丁宁如此，使其得志，亦未必然。以韩为秦汉间好侠行义之一豪俊，亦善论人者也。顿挫。最后读《幽怀赋》[4]，然后置书而叹，写得郁勃淋漓之甚。叹已复读，不自休。郁勃淋漓之甚。恨翱不生于今，不得与之交；又恨予不得生翱时，与翱上下其论也。郁勃淋漓之甚。为有如此郁勃淋漓，故前先作两顿挫也。

凡昔翱一时人有道而能文者，莫若韩愈。愈尝有赋[5]

1. 翱：唐代文学家、哲学家李翱。《复性书》三篇：《复性书》是李翱论述人性问题的重要著作，分上、中、下三篇。

2. "此《中庸》之义疏尔"句：此，指《复性书》。《中庸》，《礼记》中的一篇，相传为孔伋所作。义疏，释义、注解。李翱在《复性书》中引用了《中庸》的有关论述，并以其作为自己阐述对人性问题看法的理论依据。故欧阳修有这样的评论。

3.《与韩侍郎荐贤书》：李翱写给韩愈的一封信。

4.《幽怀赋》：李翱所作赋名。

5. 愈尝有赋：韩愈也曾作赋。赋，这里指《感二鸟赋》。

矣，不过羡二鸟之光荣，叹一饱之无时尔[6]。推是心使光荣而饱，则不复云矣。意思欲抬李，却不顾捺韩至此。若翱独不然，其赋曰：“众嚣嚣而杂处兮，咸叹老而嗟卑[7]；视予心之不然兮[8]，虑行道之犹非。”又怪神尧以一旅取天下[9]，后世子孙[10]不能以天下取河北，以为忧。举李文毕。呜呼！使当时君子皆易其叹老嗟卑之心，为翱所忧之心，则唐之天下岂有乱与亡哉！助李恸哭。

然翱幸不生今时，见今之事[11]，则其忧又甚矣。以上全说李，至此忽然转笔说今日，奇怪，奇怪。奈何今之人不忧也！竟撇过李，竟自说心头事，奇怪。余行天下，见人多矣，脱[12]有一人能如翱忧者，又皆贱远，与翱无异[13]；实实有之，先生岂虚虚弄笔作文而已，然文实已入妙。其余光荣而饱者，一闻忧世之言，不以为狂人，则以为病痴子，不怒则笑之矣。实实有之，被先生不顾面皮，都与写出。呜呼！在位而不肯自忧[14]，又禁他人使皆不得忧，可叹也夫！胡可胜叹？重言以结。只说自己心头事，竟不复顾李文，奇怪。景祐三年十月十七日，欧阳修书。

6.“不过羡二鸟之光荣”句：韩愈《感二鸟赋序》谓自己“曾不得名荐书，齿下士于朝，以仰望天子之光明”，而二鸟“惟以羽毛之异”，“反得蒙采擢荐进，光耀如此！”《感二鸟赋》中又说：“彼中心之何嘉，徒外饰焉是逞。余生命之湮厄，曾二鸟之不如。”“辱饱食其有数，况策名于荐书。时所好之为贤，庸有谓余之非愚？”上述序文和赋句，为欧阳修“不过羡二鸟之光荣”二句之所本。

7. 嗟卑：感慨、嗟叹官卑职小。

8. 心：指思想。不然：不是这样。

9. 神尧：这里是指唐高祖李渊。李渊的庙号是“神尧大圣大光孝皇帝”。一旅：一支部队，指李渊起兵反隋初期所率领的数量很少的军队。

10. 后世子孙：指安史之乱以后的多数唐代皇帝。对于安史之乱后形成的藩镇割据势力，唐王朝的多数皇帝都感到无力对付。

11. 今之事：当今（指宋朝）朝政的种种弊病。

12. 脱：倘或。

13. 与翱无异：李翱因忧时愤世，议论不屈，为当局所不容，官位既不显赫而又多任外职。

14. 自忧：自己为国家的前途而担忧。

欧 阳 修

秋声赋

赋每伤于俳俪。如此又简峭，又精练，又径直，又波折，真是后学作文之点金神丹也。

欧阳子[1]方夜读书，一句，只如赋序。闻有声自西南来者，声。悚然而听之，曰："异哉！"初淅沥以萧飒，忽奔腾而砰湃[2]，如波涛夜惊，风雨骤至。其触于物也，𫓩𫓩铮铮[3]，金铁皆鸣；又如赴敌之兵，衔枚[4]疾走，不闻号令，但闻人马之行声。先赋声。极意描写，笔又参差。余谓童子："此何声也？汝出视之。"借视陪闻，作波。童子曰："星月皎洁，明河在天，四无人声，声在树间。"渐入。

余曰："噫嘻悲哉！此秋声也，胡为乎来哉？次赋秋声。先咨嗟，次怪叹，总与秋声相副。盖夫秋之为状也：其色惨淡，烟霏云敛[5]；其色，宾。其容清明，天高日晶[6]；其容，宾。其气

1. 欧阳子：作者欧阳修自称。

2. 砰湃：波涛声。

3. 𫓩𫓩铮铮：金属互相撞击所发出的声音。

4. 衔枚：衔，含。枚，状如筷子的小木棍。古代行军途中，常让士兵口中衔枚，避免喧哗，借以保密。

5. 烟霏：烟雾。敛：聚合。

6. 日晶：日光晶莹。

栗冽，砭人肌骨[7]；其气，宾。其意萧条，山川寂寥。其意，宾。只要如此生发，虽作万言赋，亦无难。故其为声也，凄凄切切，呼号愤发。连用其色、其容、其气、其意，引其声，便浏然而下。丰草绿缛[8]而争茂，佳木葱茏而可悦；二句，未秋。草拂之而色变，木遭之而叶脱；其所以摧败零落者，乃一气之余烈[9]。赋秋声止此。夫秋，刑官也[10]，于时为阴[11]；又兵象也[12]，于行为金[13]；次赋秋。是谓天地之义气，常以肃杀而为心。再赋秋。天之于物，春生秋实。再赋秋。故其在乐也，商声主西方之音[14]，夷则为七月之律[15]。商，伤也[16]，物既老而悲伤；夷，戮也，物过盛而当杀。再赋秋。看其带赋带注，带注又带赋。嗟乎！草木无情，有时飘零。人为动物，惟物之灵，此段始是作赋正意，言草木无情尚飘零，何况人有情，又能永年。百忧感其心，万事劳其形，有动于中，必摇其精。此是人所宜忧，万不能免者。而况思其力之所不及，忧其智之所不能，此是人所不必忧，而故自犯者。宜其渥然丹者为槁木[17]，黟然黑者为星星[18]。此赋之所以作也。奈何以非金石之质，欲与草木而争荣？念谁为之戕贼[19]，亦何恨乎秋声！"讥世不必忧

7. 栗冽：寒冷。砭：古代治病时用的一种石针。这里是刺的意思。

8. 缛：繁荣茂盛。

9. 其：指草、木。一气：秋气。余烈：余威。

10. 夫秋，刑官也：周朝官制，有所谓六卿，即天官冢宰、地官司徒、春官宗伯、夏官司马、秋官司寇、冬官司空。掌刑狱者为秋官司寇。

11. 于时为阴：古时人们以阴阳配合四时，认为春、夏属阳，秋、冬属阴。

12. 又兵象也：古代征伐，多选在秋天出师，所以说秋乃"兵象"。

13. 于行为金：行，五行（金、木、水、火、土）。古时人们把四季按五行来分配，以为秋天属金。

14. 商声主西方之音：古人把五声（宫、商、角、徵、羽）分配到五行中去，商声和秋天、刑罚、西方等都属于金。

15. 夷则为七月之律：古人以十二律配十二个月，七月为夷则。

16. 商，伤也：古人常以同音词互作解释。这里是用商的同音词伤来解释商的含义。

17. 渥然丹者：指红润的容颜。槁木：干枯的木头，这里是形容人的衰老。

18. 黟然黑者：指漆黑的头发。星星：这里是比喻根根白发。

19. 戕贼：残害。

而故自忧人。

童子莫对，垂头而睡。但闻四壁虫声唧唧，如助余之叹息。妙，妙。于大声外，更添一小声，临了又作波。

欧 阳 修

醉翁亭记

一路逐笔缓写，略不使气之文。

环滁皆山也。宽起。此"也"字独与下若干"也"字不类，乃半句歇后字也。其西南诸峰，林壑尤美。连上五字成句。望之蔚然而深秀者，琅琊[1]也。记亭在此山中。山行六七里，渐闻水声潺潺，而泻出于两峰之间者，酿泉也。记山中先有此泉。峰回路转，有亭翼然[2]临于泉上者，醉翁亭也。记泉上今有此亭。作亭者谁？山之僧智仙也。记作亭人。名之者谁？太守[3]自谓也。记名亭人。法只应云"太守也"，今多"自谓"二字，因有下注也。太守与客来饮于此，饮少辄醉，而年又最高，故自号曰醉翁也。接手自注，注醉一句，注翁一句。醉翁之意不在酒，在乎山水之间也。山水之乐，得之心而寓之酒也。接手又自破，亦二句，一句不在酒，一句亦在酒。笔最圆溜。

1. 琅琊：山名。在滁州市西南十里。

2. 翼然：像飞鸟展翅的样子。

3. 太守：汉、唐时一郡的最高行政长官，称太守。宋代无郡设州，州的最高行政长官，称知州。欧阳修于庆历五年（公元 1045 年）被贬为滁州知州，庆历六年（公元 1046 年）作此文时的身份仍是知州，文中称自己为"太守"是袭用前代的称号。

若夫日出而林霏开，朝。云归而岩穴暝，暮。晦明变化者，山间之朝暮也。记亭之朝暮。野芳发而幽香，春。佳木秀而繁阴，夏。风霜高洁，秋。水落而石出者，冬。山间之四时也。记亭之四时。朝而往，暮而归，四时之景不同，而乐亦无穷也。随手将朝暮四时又收，却收得参差任笔。

至于负者[4]歌于途，行者休于树，前者呼，后者应，伛偻提携[5]，往来而不绝者，滁人游也。临溪而渔，溪深而鱼肥；酿泉为酒，泉香而酒洌；山肴野蔌[6]，杂然而前陈者，太守宴也。“至于”二字，贯此二段。先记滁人游，次记太守宴，妙。宴酣之乐，非丝非竹，射者中[7]，弈者胜，觥筹交错[8]，起坐而喧哗者，众宾欢也。苍颜白发，颓然乎其间者，太守醉也。“宴酣之乐，非丝非竹”二句，贯此二段。记众宾自欢、太守自醉，妙。

已而夕阳在山，人影散乱，太守归而宾客从也。树林阴翳，鸣声上下，游人去而禽鸟乐也。“已而”二字，贯此二段。

4. 负者：背负着东西的人。

5. 伛偻：弯腰曲背的样子，这里指老人。提携：指被牵着走路的小孩。

6. 山肴：山间得来的野味。野蔌：采来的野菜。

7. 射者中：投壶的人投中了。射，指古代以箭投壶的游戏。一说指射覆，即猜谜语。

8. 觥：以犀牛角制成的酒杯。筹：酒筹。交错：杂乱地摆在一起。

记太守去、宾客亦去、滁人亦去，却意外忽添出禽鸟，妙。见太守仁民而爱物，而文态又萧散。然而禽鸟知山林之乐，而不知人之乐；人知从太守游而乐，而不知太守之乐其乐[9]也。便从禽鸟倒卷转来作结。醉能同其乐，醒能述以文者，太守也。记撰文。太守谓谁？庐陵欧阳修也。记名姓。一路皆是记也。有人说似赋者，误也。

9. 乐其乐：以众人的快乐为快乐。前一个“乐”字，用作动词。

欧 阳 修

丰乐亭记

记山水，却纯述圣宋功德；记功德，却又纯写徘徊山水。寻之不得其迹，曰：只是不把圣宋功德看得奇怪，不把徘徊山水看得游戏。此所谓心地淳厚，学问真到文字也。

修既治滁之明年[1]，夏，始饮滁水而甘[2]。始饮而甘，言初至滁殊劳苦，至明年夏始知水甘也。只此一句，早已用意。问诸滁人，得于州南百步之近。出其处。其上则丰山，耸然而特立[3]；陪一上。下则幽谷[4]，窈然而深藏；陪一下。中有清泉，滃然[5]而仰出。出泉。俯仰左右，顾而乐之。再陪左右。于是疏泉凿石，辟地以为亭，而与滁人往游其间。出亭。看他必带“与滁人”字。

滁于五代干戈之际，用武之地也。重提笔，特叙滁事。昔太祖皇帝[6]，尝以周师破李景兵十五万于清流山下，生擒其将皇甫晖、姚凤于滁东门之外，遂以平滁。特叙滁事。

1. 治滁：指欧阳修被贬任滁州知州事。明年：这里是指庆历六年（公元1046年）。

2. 始饮滁水而甘：才第一次喝到滁州甜美的泉水。

3. 丰山：山名。特立：矗立。

4. 幽谷：紫薇谷。

5. 滃然：泉水大量涌出的样子。

6. 太祖皇帝：指宋太祖赵匡胤。他在后周时任殿前都点检，领宋州归德军节度使，握有兵权。公元960年，他在陈桥驿发动兵变，夺取了后周政权，改国号为宋。

修尝考其山川，按其图记，升高以望清流之关[7]，欲求晖、凤就擒之所，而故老皆无在者；盖天下之平久矣。开脉淋漓，放声叫啸，文字之雄，无逾此者。自唐失其政，海内分裂，豪杰并起而争，所在为敌国者，何可胜数？又重提笔，不特叙滁事。及宋受天命，圣人出而四海一[8]。向之凭恃险阻，刬削消磨[9]。百年之间，漠然徒见山高而水清；欲问其事，则遗老尽矣。不特叙滁事。今滁落笔独接"今滁"。介江淮之间，舟车商贾，四方宾客之所不至；民生[10]不见外事，而安于畎亩衣食，以乐生送死；而孰知上之功德，休养生息，涵煦[11]于百年之深也！言他处皆知皇宋之休养，而滁独不知，则不可以不记也。

修之来此，乐其地僻而事简，又爱其俗之安闲。先说治滁。既得斯泉于山谷之间，乃日与滁人仰而望山，俯而听泉。次粗说游。掇幽芳春。而荫乔木，夏。风霜冰雪，刻露清秀[12]，秋、冬。四时之景，无不可爱。次细说游。又幸其民乐其岁物之丰成，而喜与予游也。因为本其山川[13]，道

7. 清流之关：指清流关，关在滁州（今安徽滁州市）西北清流山上。

8. 圣人：这里指赵匡胤。四海一：天下统一。

9. 刬削消磨：消灭殆尽。

10. 民生：老百姓的一辈子。

11. 涵煦：涵润化育。

12. "风霜冰雪"二句：风霜，秋日景象。冰雪，冬日景象。刻露，秋冬时水位下降、草木枯萎，而使崖石、山峰更清晰地显露在人们的眼前。清秀，指秋冬景色清幽秀丽。

13. 因为本其山川：（我）因而描写此地的山水。

其风俗之美，使民知所以安此丰年之乐者，幸生无事之时也。次说撰记。夫宣上恩德，以与民共乐，刺史[14]之事也。遂书以名其亭焉。结得端庄郑重，妙绝，妙绝。庆历丙戌[15]六月日，右正言知制诰知滁州军州事欧阳修记。

14. 刺史：唐代的刺史，相当于宋代的知州。欧阳修此时正在滁州知州任上，这里是袭用前代的称呼。

15. 庆历丙戌：公元 1046 年。庆历，宋仁宗年号。

欧 阳 修

真州东园记

何曾故作离奇曲折？然而自然离奇，自然曲折；又且异样离奇，异样曲折。如先生，真足为东坡座师也。手下若无如此文，眼中亦安能识得东坡？

真为州，当东南之水会[1]，故为江淮、两浙、荆湖发运使之治所[2]。先写真州。龙图阁直学士施君正臣、侍御史许君子春之为使也，得监察御史里行马君仲涂为其判官[3]。三人者乐其相得之欢，而因其暇日，得州之监军[4]废营，以作东园，次写东园。而日往游焉。次写三人旧游。

岁秋[5]八月，子春以其职事走京师，图其所谓东园者来以示予，次写子春新图。曰："园之广百亩，句，总起。而流水横其前，水。清池浸其右，池。高台起其北。台。台，吾望以拂云之亭；从台出亭。池，吾俯以澄虚之阁；从池出阁。水，吾泛以画舫之舟。从水出舟。敞其中以为清宴之堂，

1. "真为州"二句：真州，州名，治所在扬子。真州位于长江北岸，又濒临大运河，所以说是"当东南之水会"。

2. 江淮：江南路、淮南路。两浙：路名，治所在杭州。荆湖：荆湖南路、荆湖北路。发运使之治所：发运使公署所在地。发运使，官名，掌管漕运粮食、茶、盐等。

3. 施君正臣：施昌言，字正臣，时为江淮发运使。龙图阁直学士是施昌言的官衔。许君子春：许元，字子春，时为江淮发运副使。侍御史是许元从前的官职。马君仲涂：马遵，字仲涂。判官：发运使的僚属。监察御史里行是马遵从前的官职。

4. 监军：官名。唐代后期多派遣宦官去军中担任监军之职。宋代军中没有监军一职。

5. 岁秋：指宋仁宗皇祐三年（公元1051年）秋季。

又有堂。辟其后以为射宾之圃。又有圃。看他出水与池、台一样，出亭与阁、舟一样，出堂与圃一样。芙渠芰荷之的历[6]，幽兰白芷之芬芳，与夫佳花美木列植而交阴[7]，此今日。此前日[8]之苍烟白露而荆棘也；此前日。高甍巨桷[9]，水光日景动摇而下上，其宽闲深靓[10]，可以答远响而生清风，此今日。此前日之颓垣断堑而荒墟也；此前日。嘉时令节，州人士女啸歌而管弦，此今日。此前日之晦冥风雨、鼪鼯鸟兽之嗥音也[11]。此前日。写一通，唱一通，异样文情。吾于是信有力焉[12]。句，总结。凡图之所载，盖其一二之略也。又作开拓之笔。若乃升于高以望江山之远近，嬉于水而逐鱼鸟之浮沉，其物象意趣、登临之乐，览者各自得焉。凡工之所不能画者，吾亦不能言也。画家有意到而笔不到之法，此又笔意俱到。妙绝，妙绝！其为我书其大概焉。”真不能不作记。

又曰：“真，天下之冲也。四方之宾客往来者，吾与之共乐于此，岂独私吾三人者哉？上于画图外添出意，此又于三人外添出意。妙绝，妙绝！然而池台日益以新，草树日益以茂，四

6. 芙渠：荷花。芰：菱。荷：荷叶。的历：鲜丽可爱的样子。

7. 列植：一排排地种植。交阴：树叶茂密、枝条交叉覆盖而成阴。

8. 前日：从前。

9. 高甍：高高的屋脊。桷：方形屋椽。

10. 宽闲：宽阔。闲，阔大的样子。深靓：幽静。靓，通“静”。

11. 鼪鼯：黄鼠狼、鼯鼠。嗥音：吼叫的声音。

12. 于是：对于这座园圃。信：确实。有力：花了很大气力。

方之士无日而不来，而吾三人者有时而皆去也，岂不眷眷于是哉？不为之记，则后孰知其自吾三人者始也？”

真不能不作记。

予以谓三君子之材，才出手。好，好！贤足以相济，一。而又协于其职，二。知所后先，使上下给足，而东南六路[13]之人，无辛苦愁怨之声；然后休其余闲，三。又与四方之贤士大夫共乐于此。四。是皆可嘉也。总上四。乃为之书[14]。

出手只如此。好，好！庐陵欧阳修记。

13. 东南六路：北宋时全国划分为十八路。东南六路，指淮南路、江南东路、江南西路、两浙路、荆湖南路、荆湖北路。

14. 书：写，指写了《真州东园记》这篇文章。

欧阳修

祭石曼卿文

胸中自有透顶解脱，意中却是透骨相思，于是一笔已自透顶写出去，不觉一笔又自透骨写入来。不知者乃惊其文字一何跌荡，不知非跌荡也。

维治平四年[1]七月日，具官[2]欧阳修，谨遣尚书都省令史李敭[3]，至于太清[4]，以清酌庶羞之奠，致祭于亡友曼卿[5]之墓下，而吊之以文曰：

呜呼曼卿！生而为英，死而为灵。其同乎万物生死，而复归于无物者，暂聚之形[6]；不与万物共尽，而卓然其不朽者，后世之名。此自古圣贤莫不皆然，而著在简册者，昭如日星[7]。此十九字只是一句，勿读断。名言也，然妙在下幅，不在此处。

呜呼曼卿！吾不见子久矣，犹能仿佛子之平生。其轩昂

1. 治平四年：治平，宋英宗年号。治平四年，即公元1067年。

2. 具官：唐宋以后，在书信或其他应酬文字的底稿上对自己官职的省写。

3. 尚书都省：尚书省。令史：官名，主管文书工作。敭：通“扬”，这里是人名。

4. 太清：永城县太清乡。石曼卿的墓葬地。

5. 亡友曼卿：亡友，已故友人。石曼卿（公元994—1041年），名延年，宋州宋城人。北宋文学家，曾任大理寺丞、海州通判、太子中允、秘阁校理。为人性格豪爽，关心国事，而终不甚得志于时。著有《石曼卿诗集》。

6. 形：形体，指人的身体。

7. 著在简册：写在史册、文献上。昭：明亮。

磊落，突兀峥嵘[8]，而埋藏于地下者，十六字一句。意其不化为朽壤，而为金玉之精。不然，生长松之千尺，产灵芝而九茎[9]。奇情奇文。看他句中间又下“不然”字，作一折。奈何荒烟野蔓，荆棘纵横，风凄露下，走磷飞萤？但见牧童樵叟，歌吟而上下；与夫惊禽骇兽，悲鸣踯躅而咿嘤。今固如此，更千秋而万岁兮，安知其不穴藏[10]狐貉与鼯鼪？此自古圣贤亦皆然兮，独不见夫累累乎旷野与荒城！妙，妙，索性说到尽情。又牵“自古圣贤皆然”，妙，妙。文情一何酣恣。

呜呼曼卿！盛衰之理，吾固知其如此；而感念畴昔，悲凉凄怆，不觉临风而陨涕[11]者，有愧乎太上之忘情[12]。临了，又下“固知……如此”句，作一折。尚飨！

8. 突兀：高而不平，这里指性格方面的桀骜不驯。峥嵘：高峻的样子，这里指才能的杰出。

9. 灵芝：菌类植物，可以入药，古代人们把它看作瑞草。九茎：一干九茎的灵芝，是灵芝中最名贵的一种。

10. 穴藏：这里指以墓为穴，藏身其中。

11. 陨涕：掉下眼泪。

12. 太上之忘情：《世说新语·伤逝》："王戎丧儿万子，山简往省之，王悲不自胜。简曰：'孩抱中物，何至于此！'王曰：'圣人忘情，最下不及情。情之所钟，正在我辈。'简服其言，更为之恸。"太上，最上面的人，指圣人。

苏

3 篇

苏 洵

苏氏族谱亭记

文更不曾用力，只是轻轻画成。不但老人坐亭中一段话，是轻轻画成，只起手劈空所起，便是轻轻画成也。

匹夫而化乡人者[1]，吾闻其语矣。劈空起笔。国有君，邑有大夫[2]，而争讼者诉于其门；乡有庠，里有学[3]，而学道者赴于其家。乡人有为不善于室者，父兄辄相与恐曰[4]："吾夫子无乃闻之。"呜呼！彼独何修而得此哉？意者其积之有本末，而施之有次第耶！即起笔所称"匹夫而化乡人者"也，早已写得如活。看他带描写，带唱叹，真好笔墨。

今吾族人，犹有服者[5]，不过百人。而岁时蜡[6]社，不能相与尽其欢欣爱洽，稍远者至不相往来，是无以示吾乡党邻里也[7]，乃作《苏氏族谱》，立亭于高祖墓茔之西南而刻石焉。径入题，更不连带上段，恰如说过一遍便休。既而告之

1. 匹夫：没有爵位的平民。化：以德行言论教育感化。

2. 邑：县的别称。大夫：县大夫，即县令。

3. 庠：古代地方学校名。《汉书·儒林传序》："乡里有教，夏曰校，殷曰庠，周曰序。"里：乡以下的基层行政单位，每里管辖的户数有二十五户、八十户、一百户等说。

4. 为不善：干坏事。室：室内。恐：恐惧、担忧。

5. 有服者：指血缘关系密切，按丧制在五服（斩衰、齐衰、大功、小功、缌麻）之内的人。

6. 蜡：蜡祭。

7. 示：示范。乡党：周制以一万二千五百户为乡，以五百户为党。后亦泛指乡里。

曰："凡在此者，"此"，谱也。死必赴[8]，冠、娶妻必告[9]。少而孤，则老者字之[10]；贫而无归，则富者收之。而不然者，族人之所共诮让[11]也。"

岁正月，相与拜奠于墓下。只是族人申约数段，却将末一段放长，遂成一篇文字。既奠，则坐于亭。其老者顾少者而叹曰："是不及见吾乡邻风俗之美矣！写得如闻之。自吾少时，见有为不义者，则众相与疾之，如见怪物焉，栗焉而不宁。如闻之。其后，少衰也，犹相与笑之[12]。如闻之。今也，则相与安之[13]尔，是起于某人也。如闻之。将风俗升降，只用两三语在口中闲闲说出，妙甚！夫某人者，是乡之望人也，而大乱吾俗焉。是故其诱人也速，其为害也深。重提某是望人，如有所指。先总恨，下细开。自斯人之逐其兄之遗孤子而不恤也，而骨肉之恩薄；一。自斯人之多取其先人之赀田[14]而欺其诸孤子也，而孝悌[15]之行缺；二。自斯人之为其诸孤子之所讼也，而礼义之节废；三。自斯人之以妾加[16]其妻也，而嫡庶之别混[17]；四。自斯人之笃于声色[18]，而父子杂处谨

8. 死必赴：凡是族人去世，一定要去吊唁、服丧。

9. 冠：古代男子年二十岁举行加冠之仪式。告：告诉、告知。

10. 少而孤：年幼即丧父的人。字之：养育他。字，养育。

11. 诮让：谴责、斥责。

12. 衰：这里指风俗的衰败。笑：嘲弄讥笑。

13. 相与安之：指对不义行为不闻不问，与有不义行为的人平安相处。

14. 先人之赀田：祖上的钱财、田地。赀，同"资"。

15. 孝悌：儒家所提倡的一种道德。孝，孝顺父母。悌，顺从兄长。

16. 加：这里是凌驾的意思。

17. 嫡：原配妻子。庶：这里指妾。

18. 笃于声色：沉溺于歌舞、女色。

哗[19]不严也，而闺门之政乱；五。自斯人之渎[20]财无厌、惟富者之为贤也，而廉耻之路塞。六。此六行者，总束一句而后下。吾往时所谓大惭而不容者也。今无知之人皆曰：‘其人何人也，犹且为之！’真有之。可痛可恨！其舆马赫奕，婢妾靓丽[21]，足以荡惑里巷之小人；一。其官爵货力[22]，足以摇动府县；二。其矫作修饰言语，足以欺罔君子，三。看他六段后又写三段。是州里之大盗也。亦总束一句而后下。吾不敢以告乡人，而私以戒族人[23]焉。仿佛于斯人之一节者，愿无过吾门也。”看他如此折笔，挽到族中来。

予闻之，惧而请书焉。老人曰：“书其事而阙[24]其姓名，使他人观之，则不知其为谁；而夫人[25]之观之，则面热内惭，汗出而食不下也。且无彰之，庶其有悔乎？”予曰：“然！”乃记之。“而夫人之观之”句以下，转笔偶误。只应云：“而吾之族人观之，则怵惕战悼，惟恐或有其一，以大累我同谱”云云。

19. 讙哗：通“喧哗”。

20. 渎：通“黩”，贪污的意思。

21. 靓丽：用脂粉打扮得十分美丽。

22. 货力：财力。

23. 乡人：一乡之人。族人：一族之人。

24. 阙：通“缺”。

25. 夫人：那个人。夫，彼。

苏 洵

送石昌言为北使引

今日送昌言，却写自幼狎昌言。凡作四番情事，而后写到此使。后幅自欲赠言，却写往年彭任为我言，因而借意便收，真奇笔也。

昌言[1]举进士时，吾始数岁，未学也。忆与群儿戏先府君[2]侧，昌言从旁取枣栗啖我；家居相近，又以亲戚故，甚狎[3]。一番情事。昌言举进士，日有名。吾后渐长，亦稍知读书，学句读、属对[4]、声律，未成而废。昌言闻吾废学，虽不言，察其意，甚恨。又一番情事。后十余年，昌言及第第四人，守官四方[5]，不相闻。吾日以壮大，乃能感悟，摧折复学[6]。又一番情事。又数年，游京师[7]，见昌言长安，相与劳苦[8]如平生欢。出文十数首，昌言甚喜称善。吾晚学无师，虽日为文，中心自惭；及闻昌言说，乃颇自喜。又一番情事。今十余年，又来京师[9]，而昌言官两制，乃为天子出使万里外强悍不屈之虏[10]，

1. 昌言：石扬休。扬休，字昌言，眉州人。宋仁宗嘉祐元年（公元1056年）八月，官任刑部员外郎知制诰的石扬休奉命出使契丹，苏洵作此文以赠。这本是一篇送别的赠序，因作者避其父苏序讳，改“序”为“引”。

2. 先府君：这里是指先父。先父，已故的父亲。

3. 甚狎：十分亲近。

4. 属对：撰写对偶句子。

5. 守官四方：在各地担任官职。

6. 摧折：折节，改变平时的志趣、行为。复学：重新致力于学习。

7. 游京师：此指苏洵第一次由四川到汴京，时在宋仁宗庆历五、六年（公元1045、1046年）间。

8. 劳苦：这里是慰问的意思。

9. 又来京师：指宋仁宗嘉祐元年（公元1056年）苏洵第二次到汴京。

10. 虏：敌虏，这里指宋朝北方的敌国契丹。

建大旆，从骑数百，送车千乘，出都门[11]，意气慨然。自思为儿时，见昌言先府君旁，安知其至此？富贵不足怪，吾于昌言独有感也！直至此，始写昌言北使。妙在接手便收上，又接手便落下。此等文字，谓之神助。大丈夫生不为将，得为使，折冲口舌之间[12]，足矣。

往年彭任[13]从富公使还，为我言曰："既出境，宿驿亭。闻介马[14]数万骑驰过，剑槊相摩，终夜有声，从者怛然[15]失色。及明，视道上马迹，尚心掉不自禁[16]。"上幅写自幼与昌年狎，凡四段，段段出像写；此后幅不意又出像写。凡虏所以夸耀中国者，多此类也[17]。中国之人不测也，故或至于震惧而失辞[18]，以为夷狄笑。呜呼！何其不思之甚也！老泉识胆如此。昔者奉春君使冒顿[19]，壮士大马皆匿不见，是以有平城之役。妙。今之匈奴[20]，吾知其无能为也。妙。孟子曰："说大人，则藐之。"况于夷狄？妙。请以为赠。

11. 都门：京都之门。

12. 折冲口舌之间：立场坚定地和敌方进行外交谈判。折冲，折退敌人的战车。引申为坚持原则，和敌方进行外交斗争。

13. 彭任：字有道，蜀人，曾随富弼出使契丹，后来担任过灵河县主簿。

14. 介马：披甲之马。介，甲。

15. 怛然：惊恐、忧伤的样子。

16. 心掉：内心惊怕。掉，动荡。不自禁：不能自我控制。

17. 中国：中原地区。此类：指甲马、武力等。

18. 失辞：指说出有损于朝廷、民族尊严的话。

19. 奉春君：刘敬。刘敬，号奉春君。冒顿：汉初匈奴单于之名。

20. 今之匈奴：指契丹。

心术

此全学孙子文字，逐节自为段落，最为苍劲之笔。

为将之道，当先治心[1]。泰山崩于前而色不变，麋鹿兴于左而目不瞬，然后可以制利害[2]，可以待敌。自作一段。

凡兵上义[3]，不义，虽利[4]勿动。非一动[5]之为利害，而他日将有所不可措手足也。夫惟义可以怒士，士以义怒，可与百战[6]。自作一段。

凡战之道，未战养其财，将战养其力，既战养其气，既胜养其心。谨烽燧[7]，严斥堠[8]，使耕者无所顾忌，所以养其财；丰犒[9]而优游之，所以养其力；小胜益急，小挫益厉，所以养其气；用人不尽其所欲为[10]，所以养其

1. 治心：加强思想修养和军人素质的锻炼。

2. 制利害：控制利弊。

3. 兵：指进行战争。上义：崇尚正义。上，崇尚。

4. 利：这里指对自己一方有利。

5. 一动：一次行动。

6. 可与百战：可以参加上百次的战争行动。与，参与。

7. 谨：谨慎。烽燧：烽火与烽烟，是古代边防报警的两种信号。

8. 严：严格。斥堠：古代探望、侦察敌情的土堡。这里是设土堡以探敌情的意思。

9. 丰犒：多予奖赏。

10. 不尽：不要全部满足。其所欲为：他的所有欲望。

心。故士常蓄其怒、怀其欲而不尽。怒不尽则有余勇，欲不尽则有余贪[11]。故虽并天下，而士不厌兵，此黄帝之所以七十战而兵不殆也。不养其心，一战而胜，不可用矣。自作一段。此段特长。

凡将欲智而严，凡士欲愚。智则不可测，严则不可犯，故士皆委已而听命，夫安得不愚？夫惟士愚，而后可与之皆死[12]。自作一段。

凡兵之动，知敌之主，知敌之将，而后可以动于险。邓艾缒兵于蜀中[13]，非刘禅[14]之庸，则百万之师可以坐缚，彼固有所侮而动也。故古之贤将，能以兵尝敌[15]，而又以敌自尝[16]，故去就可以决[17]。自作一段。

凡主将之道，知理而后可以举兵，知势而后可以加兵，知节而后可以用兵。知理则不屈，知势则不沮，知节则不穷。自作一段。见小利不动，见小患不避，小利小患，

11. 贪：指为得到某些利益，满足自己的欲望而奋勇进取的精神。

12. 与之皆死：率领他们去参加一场场生死难卜的残酷战斗。

13. 邓艾缒兵于蜀中：邓艾，字士载，棘阳人，三国时魏国将领。景元四年（公元263年），他与钟会分别率军伐蜀。邓艾选择了一条秘密小道，行无人之地七百余里，又凿山建桥，使部队勉强得以通过。至最险峻处，“艾以毡自裹，推转而下，将士皆攀木缘崖，鱼贯而进”。这样，邓艾终于率先进入蜀中，不久就攻克了绵竹、成都。见《三国志·魏志·邓艾传》。缒，系在绳索上放下去。

14. 刘禅：三国蜀汉后主，公元223—263年在位，刘备之子。公元263年，邓艾大军迫近成都时，他遣使请降。

15. 以兵尝敌：用一部分士兵去试探敌人，以掌握敌情。尝，试探。

16. 以敌自尝：以敌人的行动来检验我方的部署是否得当。

17. 去就：进退去留。决：决断。

不足以辱吾技也，夫然后可以支大利大患。自作一段。夫惟养技而自爱者，无敌于天下。故一忍可以支百勇，一静可以制百动。自作一段。

兵有长短，敌我一也[18]。敢问："吾之所长，吾出而用之，彼将不与吾校[19]；吾之所短，吾蔽而置之，彼将彊与吾角，奈何[20]？"曰："吾之所短，吾抗而暴之，使之疑而却；吾之所长，吾阴而养之，使之狎而堕其中，此用长短之术也。"自作一段。此段特变。

善用兵者，使之无所顾，有所恃。无所顾，则知死之不足惜；有所恃，则知不至于必败。尺箠[21]当猛虎，奋呼而操击[22]；徒手遇蜥蜴[23]，变色而却步，人之情也。知此者，可以将[24]矣。自作一段，此段特作譬。袒裼[25]而按剑，则乌获[26]不敢逼；冠胄[27]衣甲，据兵[28]而寝，则童子弯弓杀之矣。故善用兵者以形固[29]。夫能以形固，则力有余矣。自作一段，此段乃是主。

18. 兵有长短：每支军队都有它的长处和短处。一：一致。

19. 彼：指敌军。校：较量。

20. 彊：同“强”。角：争斗。奈何：怎么办。

21. 尺箠：一尺长的鞭子。

22. 操：指拿起竹鞭。击：打。

23. 蜥蜴：一种爬行动物，俗称“四脚蛇”。

24. 将：将兵，带领军队。

25. 袒裼：脱衣露体。

26. 乌获：战国时秦国人，传说是位能举重千钧的力士，曾为秦武王所重用。

27. 冠胄：戴上头盔。

28. 据兵：靠着武器。兵，兵器。

29. 以形固：利用有利形势以加强、巩固自己的队伍。

19篇

苏　轼

武王论

惊人之论，无奈出于戒惧之心，便占得世间第一等道理。于是其言反复而愈不穷，恣肆而更悦其纯粹也。

武王克殷[1]，以殷遗民封纣子武庚禄父，使其弟管叔鲜、蔡叔度相禄父治殷。武王崩，禄父与管、蔡作乱，成王命周公诛之，而立微子于宋。

苏子曰：武王非圣人也。劈空落大笔，发怪论，不怕天雷，不怕王法。妙，妙。昔者孔子盖罪汤、武[2]，上只大书六字一句，下便忙请孔子自解。妙，妙。顾自以为殷之子孙而周人也，故不敢，略曲，始下。然数致意焉，曰："大哉，巍巍乎尧舜也，禹吾无间然。"证。其不足于汤、武也，亦明矣。证孔子罪汤武。曰："武尽美矣，未尽善也。"又证。又曰："三分天下有其二，以服事殷，周之德，其可谓至德也已矣。"又

1. 武王克殷：公元前1066年正月，周武王起兵伐纣。由于殷纣王荒淫无道，士兵纷纷倒戈反击，殷都朝歌很快就被周兵攻克。殷商王朝灭亡。

2. 汤、武：商汤、周武王。

证。伯夷、叔齐之于武王也，盖谓之弑君，至耻之不食其粟，而孔子予之[3]。又证。其罪武王也甚矣。证己骂武王，不背于孔子。此孔氏之家法也，世之君子，苟自孔氏，必守此法。国之存亡，民之死生，将于是乎在，其孰敢不严？妙论，正论。

而孟轲乃乱之[4]，曰："吾闻武王诛独夫纣，未闻弑君也。"自是，学者以汤、武为圣人之正，若当然者，皆孔氏之罪人也！妙论，正论。使当时有良史如董狐者[5]，南巢之事[6]，必以叛书；牧野[7]之事，必以弑书；而汤、武仁人也，必将为法受恶。又无中生有为证。周公作《无逸》[8]，曰："殷王中宗，及高宗，及祖甲，及我周文王，兹四人迪哲[9]。"上不及汤，下不及武王，亦以是哉！又无中生有作证。

文王之时，诸侯不求而自至，是以受命称王，行天子之事。周之王不王，不计纣之存亡也。出正论。使文王在，

3. 予之：赞许他们。予，赞许。

4. 乱：违背。之：指孔子的观点、说法。

5. 良史：优秀的史官。董狐：一称"史狐"，春秋时晋国史官，以史笔正直闻名后世。

6. 南巢之事：商汤将夏桀流放于南巢。南巢，古地名，在今安徽巢湖市西南。

7. 牧野：古地名，在今河南淇县西南。周武王会合各路诸侯兵马伐纣，曾大败纣兵于此。

8.《无逸》：《尚书》篇名。相传为周公姬旦所作。

9. 迪哲：能启迪众人之圣哲。

必不伐纣。纣不见伐，而以考终[10]，或死于乱，殷人立君以事周，命为二王[11]后以祀殷，君臣之道岂不两全也哉？出正论。武王观兵于孟津而归[12]，纣若不改过，则殷人改立君。武王之待殷，亦若是而已矣。出正论。天下无王，有圣人者出而天下归之，圣人所不得辞也。出正论。而以兵[13]取之，而放之，而杀之，可乎？出武王案。

汉末大乱，豪杰并起。荀文若[14]，圣人之徒也，骂武王，忽颂荀文若。大奇，大奇！然是作论正意。以为非曹操莫与定海内，故起而佐之。所以与操谋者，皆王者之事也。文若岂教操反者哉？颂荀文若，大奇！却是正意。以仁义救天下，天下既平，神器[15]自至，将不得已而受之；不至，不取也。此文王之道、文若之心也。颂荀文若，大奇！却是正意。及操谋九锡，则文若死之。故吾尝以文若为圣人之徒者，以其才似张子房[16]，而道似伯夷也。颂荀文若，大奇！却是正意。

杀其父，封其子。其子非人也，则可；使其子而果人

10. 考：年老。终：去世。

11. 二王：夏、殷商的帝王。

12. 观兵：检阅军队。孟津：黄河古津渡名，在今河南孟津东北。也称盟津。

13. 以兵：用军事手段。

14. 荀文若：荀彧，字文若，颍川颍阴（今河南许昌市）人。三国时曹操的谋士，曾建议迎接汉献帝都许（今河南许昌市）。这一建议为曹操所采纳并付诸实施，从而使曹操取得了“奉天子以令不臣”（《三国志·魏志·毛玠传》）的有利地位。

15. 神器：帝位，政权。

16. 张子房：张良，字子房。汉初大臣，封留侯。

也，则必死之。再出正论。楚人将杀令尹子南，子南之子弃疾为王驭士[17]，王泣而告之，既而杀子南，其徒曰："行乎？"曰："吾与杀吾父，行将焉入？""然则臣王乎？"曰："弃父事仇，吾弗忍也。"遂缢而死。武王亲以黄钺斩纣[18]，使武庚受封而不叛，岂复人也哉？故武庚之必叛，不待智者而后知也。武王之封武庚，盖亦不得已焉耳。悉是正论。殷有天下六百年，贤圣之君六七作[19]，纣虽无道，其故家遗民未尽灭也。三分天下有其二，殷不伐周而周伐之，大奇！诛其君，夷其社稷[20]，诸侯必有不悦者，故封武庚以慰之，此岂武王之意哉！悉是正论。曲折畅快之至。故曰：武王非圣人也。

17. 驭士：驾御马车的仆夫的官长。

18. 武王亲以黄钺斩纣：公元前1066年正月，武王起兵伐纣，二月底攻入殷都朝歌，殷纣王被迫自杀身亡。《史记·周本纪》："至纣死所，武王自射之，三发而后下车，以轻剑击之，以黄钺斩纣头，悬太白之旗。"

19. 作：兴起。

20. 夷其社稷：夷，夷灭、削平。社稷，国家、政权。

苏 轼

荀卿论

迅如秋江，峭如秋山，皎如秋日，旷如秋空。后贤精切读之，脱肉胎，换仙骨，真文家之宝符也。

尝读《孔子世家》[1]，观其言语文章，循循然莫不有规矩，不敢放言高论，言必称先王[2]，折衷孔子起，看他下连作数叹。然后知圣人忧天下之深也，一叹。茫乎不知其畔岸而非远也，二叹。浩乎不知其津涯而非深也，三叹。其所言者，匹夫匹妇之所共知；而所行者，圣人有所不能尽也。四叹。呜呼！是亦足矣。使后世有能尽吾说者，虽为圣人无难；五叹。而不能者，不失为寡过[3]而已矣。六叹。真是天下妙笔。

子路之勇，子贡之辩，冉有之智，此三者皆天下之所谓难能而可贵者也。然三子者，每不为夫子之所悦。颜渊

1.《孔子世家》:《史记》篇名。

2. 先王：指传说中以及殷周时期的圣明君王，如尧、舜、禹、商汤、周文王、周武王等。

3. 寡过：寡，少。过，过失。

默然不见其所能，若无以异于众人者，而夫子亟称之。闲置一段，如连似断，又妙。看他下文，又斗发笔。且夫学圣人者，岂必其言之云尔哉？亦观其意之所向而已。夫子以为后世必有不足行其说者矣，必有窃其说而为不义者矣，是故其言平易正直，而不敢为非常可喜之论，要在于不可易也[4]。反复再叹。

昔者尝怪李斯事荀卿，既而焚灭其书，大变古先圣王之法，于其师之道，不啻若寇仇；及今观荀卿之书，然后知李斯之所以事秦者，皆出于荀卿而不足怪也。昔怪今悟，提。荀卿者，喜为异说而不让，一断。敢为高论而不顾者也。二断。其言愚人之所惊，小人之所喜也。三断。子思、孟轲，世之所谓贤人君子也，荀卿独曰："乱天下者，子思、孟轲也[5]。"一证。天下之人，如此其众也；仁人义士，如此其多也，荀卿独曰："人性恶，桀、纣，性也；尧、舜，伪也。"二证。文态又整齐，又参差。由是观之，意其为人，必也刚愎不逊，而自许太过；彼李斯

4. 要：关键。易：更改、改变。

5. 乱天下者，子思、孟轲也：语见《荀子·非十二子篇》。此处引文与《荀子》原文稍有出入。子思，孔子之孙，相传《中庸》是他的著作。孟轲则受业于子思的学生，继承、发展了子思的学说。

者，又特甚者耳。轻轻且结，下再起。

今夫小人之为不善，犹必有所顾忌，是以夏、商之亡，桀、纣之残暴，而先王之法度、礼乐、刑政，犹未至于绝灭而不可考者，是桀、纣犹有所存而不敢尽废也。奇文，快文，真是天下妙笔。彼李斯者，独能奋而不顾，焚烧夫子之六经[6]，烹灭三代之诸侯，破坏周公之井田，此亦必有所恃者矣。彼见其师历诋天下之贤人[7]，以自是[8]其愚，以为古先圣王皆无足法者；分断李斯。不知荀卿特以快一时之论，而不自知其祸之至于此也。分断荀卿。其父杀人报仇，其子必且行劫。荀卿明王道，述礼乐，而李斯以其学[9]乱天下，其高谈异论，有以激[10]之也。总断二人。孔、孟之论，未尝异[11]也，而天下卒无有及者[12]；苟天下果无有及者，则尚安以求异为哉？仍折衷于孔子。

6. 六经：指《诗》《书》《礼》《易》《乐》《春秋》。

7. 其师：指荀卿。历：普遍。诋：毁谤。

8. 自是：自以为是。

9. 其学：指荀卿的学说。

10. 激：激发。

11. 异：诡异、奇特。

12. 卒：终于。及：达到、赶上。

苏 轼

乐毅论

说王说霸，乃如说家常事者，直是心地光明，眼光洞越，手腕迅疾，笔墨恬净，故能至此。盖四者之中，若少一件，亦不得也。

自知其可以王而王者，三王[1]也。自知其不可以王而霸者，五霸[2]也。或者[3]之论曰："图王不成，其弊犹可以霸。"呜呼！使齐桓、晋文而行汤、武之事[4]，将求亡之不暇，虽欲霸，可得乎？夫王道[5]者，不可以小用也：大用则王，小用则亡。昔者徐偃王[6]、宋襄公尝行仁义矣，然终以亡其身丧其国者，何哉？其所施者未足以充其所求也。故夫有可以得天下之道，而无取天下之心，乃可与言王矣。开胸畅论，不顾世有冬烘老生与黄口小儿。自起至此，只是一句话。

范蠡、留侯，虽非汤、武之佐，然亦可谓刚毅果敢、

1. 三王：指夏禹、商汤、周代的文王与武王。

2. 五霸：春秋时先后称霸的五位诸侯。此处指齐桓公、晋文公、楚庄王、吴王阖闾、越王勾践。

3. 或者：有的人。

4. 齐桓：齐桓公，即姜小白，春秋时齐国国君，齐襄公之弟，公元前 685—前 643 年在位。他用管仲为相，进行改革，使齐国国力富强，为春秋时期第一个霸主。晋文：晋文公，即重耳，春秋时晋国国君，晋献公次子，公元前 636—前 628 年在位。他曾平定周的内乱，迎周襄王复位，以"尊王"相号召。周襄王二十年（公元前 632 年），晋文公在城濮大胜楚军，又在践土盟会诸侯，成为春秋时期又一霸主。

5. 王道：以仁义治天下，称为王道。反之，则称为霸道。

6. 徐偃王：一称徐隐王。相传为西周时徐国国君。

卓然不惑而能有所必为者也。欲出乐毅，却突然出范蠡、留侯，先反说，甚畅。观吴王困于姑苏之上，而求哀请命于勾践，勾践欲赦之，彼范蠡者独以为不可，援桴进兵，卒刎其颈。范如此。项籍之解而东，高帝亦欲罢兵归国。留侯谏曰："此天亡也，急击勿失！"留如此。此二人者，以为区区之仁义，不足以易吾之大计也。反说，甚畅。

嗟夫！乐毅战国之雄，未知大道而窃尝闻之，则足以亡其身而已矣。出乐毅。随出随断。论者以为燕惠王不肖，用反间，以骑劫[7]代将，卒走乐生[8]。此其所以无成者，出于不幸，而非用兵之罪。上只泛断，下方细翻、细断。此先细翻。然当时使昭王尚在，反间不得行，乐毅终亦必败。细断。何者？燕之并齐，非秦、楚、三晋[9]之利，洞悉。言霸者知此，便应速下残城。今以百万之师，攻两城[10]之残寇，而数岁不决，师老于外，此必有乘其虚者矣。诸侯乘之于内，齐击之于外，当此时，虽太公[11]、穰苴不能无败。此是断其必败，然所以至于必败者，下文转出。然乐毅以百倍之众，数岁而不

7. 骑劫：燕国将军姓名。

8. 卒走乐生：终于使乐毅出走（赵国）。

9. 三晋：指韩、赵、魏三国。

10. 两城：指莒（今山东莒县）、即墨（今山东平度市东南）。

11. 太公：指吕尚，西周初年军事家、政治家，曾佐武王灭纣，有功，封于齐。

能下两城者，非其智力不足，盖欲以仁义服齐之民，故不忍急攻而至于此也。确确。乐生又有何辩？夫以齐人苦湣王之强暴，乐毅苟退而休兵，治其政令，宽其赋役，反其田里，安其老幼，使齐人无复斗志，则田单者，独谁与战哉？言如范、如留，可也。奈何以百万之师相持而不决，此固所以使齐人得徐而为之谋也。确确。乐生又有何辩？当战国时，兵强相吞者，岂独在我？以燕、齐之众[12]压其城而急攻之，可灭此而后食[13]，其谁曰不可？读此，想见先生用军最精。呜呼！欲王则王，不王则审所处，无使两失焉，而为天下笑也。收完起一段话。

12. 燕、齐之众：燕国和齐国的军队。乐毅伐齐，连克七十余城，齐地已大部分为燕军占领，故燕、齐已联成一体。

13. 灭此而后食：此，指坚守莒、即墨两城的少数齐国军队。食，吃饭。此句谓齐军将会很容易地就被消灭掉。

苏　轼

战国任侠论

如飓风之蓬蓬起于大海，如黄河之滔滔下于龙门，岂复蘸笔点墨之恒事乎？

春秋之末，至于战国[1]，诸侯卿相，皆争养士。养士。先提。自谋夫说客、谈天雕龙、坚白同异之流[2]，下至击剑扛鼎、鸡鸣狗盗之徒，莫不宾礼。靡衣玉食[3]，以馆于上者，何可胜数？所养士。先提。越王勾践有君子六千人[4]，魏无忌、齐田文、赵胜、黄歇、吕不韦皆有客三千人，而田文招至任侠奸人六万家于薛，齐稷下[5]谈者亦千人，魏文侯、燕昭王、太子丹皆致客无数。下至秦、汉之间，张耳、陈馀号多士，宾客厮养，皆天下豪杰，而田横亦有士五百人。其略见于传记者如此。其见者有此。度其余，当倍官吏而半农夫也[6]。其未见者何限？此皆奸民蠹国者，民何以支，而国何以堪乎？一句收过。下突兀发

1. 春秋：时代名。因鲁国史书《春秋》而得名。战国：时代名。因此一时期各诸侯国之间战争频繁，故有“战国”之称。

2. 谋夫说客：为人出谋划策的游说之士，指苏秦、张仪一类人物。谈天雕龙：指战国时齐国的学者驺衍、驺奭。坚白同异：战国时名辩中关于“坚白”“同异”两个争论的问题。这里是指两派的代表人物公孙龙、惠施。

3. 靡：华丽。玉食：珍贵的食物。

4. 越王勾践有君子六千人：越王勾践曾将部队分为左、右军，而以“私卒君子六千人”为中军。

5. 稷下：古代地名，即战国时齐国都城临淄稷门附近地区，为当时各学派人士讲学、议论之所。齐宣王在位时，曾在此扩置学宫，文学游说之士及著名学者聚集于此者达千人以上。

6. 度：估计。其余：指不见于史书记载者。倍官吏：为官吏人数的一倍。半农夫：为全国农民人数的一半。

论。苏子曰："此先王之所不能免也。大奇，大奇！趁此一笔而下，势如黄河倒注矣。国之有奸，犹鸟兽之有猛鸷，昆虫之有毒螫也。区处条理，使各安其处，则有之矣。锄而尽去之，则无是道也。一断。下突兀重发论。吾考之世变，知六国之所以久存，而秦之所以速亡者，盖出于此，不可以不察也。断定。下快说。

夫智、勇、辩、力，此四者皆天民之秀杰者也，类不能恶衣食以养人[7]，皆役人以自养者也。看他两"皆……者也"句，参差槎枒，是何笔态！最要善学。故先王分天下之富贵，与此四者[8]共之。此四者不失职，则民靖矣。一断。四者虽异，先王因俗设法，使出于一。三代以上出于学[9]，战国至秦出于客，汉以后出于郡县吏[10]，魏、晋以来出于九品中正[11]，隋、唐至今出于科举[12]。虽不尽然，取其多者论之。看他忽然住笔，大奇事！六国之君，虐用其民，不减始皇、二世，然当是时百姓无一人叛者。以凡民之秀杰者，多以客养之，不失职也。其力耕以奉上[13]，皆

7. 类：大多。恶衣食：恶劣的衣食。指自己吃的、穿的都很差。

8. 四者：指具有智、勇、辩、力四方面才干的秀杰之民。

9. 三代：指夏、商、周三代。学：学校。《礼记·学记》："古之教者，家有塾，党有庠，术有序，国有学。"国，都城。

10. 汉以后出于郡县吏：汉代以察举孝廉、秀才的方法选拔人才。由丞相、列侯或郡县吏荐举，经考核合格者，得任以为官吏。

11. 九品中正：魏晋南北朝时选拔官吏的制度。

12. 科举：隋唐时期，实行分科考试取士的制度。

13. 力耕：这里指致力耕作的农民。奉：事奉。

椎鲁[14]无能为者，虽欲怨叛，而莫为之先，此其所以少安而不即亡也。妙绝，妙绝！谁有此识？即有此识，谁有此胆？即有此胆，谁有此笔？真是大奇、大奇！

始皇初欲逐客，用李斯之言而止；既并天下，则以客为无用，于是任法而不任人。谓民可以恃法而治，谓吏不必才，取能守吾法而已。故堕名城，杀豪杰，民之秀异者，散而归田亩，向之食于四公子[15]、吕不韦之徒者，皆安归哉？不知其能槁项黄馘以老死于布褐乎[16]？抑将辍耕太息以俟时也[17]？妙绝，妙绝！大奇，大奇！又故作摇曳，愈见突兀，愈见槎枒。秦之乱虽成于二世，然使始皇知畏此四人者，有以处之，使不失职，秦之亡不至若此速也。妙绝，妙绝！大奇，大奇！纵百万虎狼[18]于山林而饥渴之，不知其将噬人。世以始皇为智，吾不信也。再找一笔，是何气势！切切学之。

楚、汉之祸，生民尽矣，豪杰宜无几，妙。而代[19]相陈豨从车千乘，萧、曹[20]为政，莫之禁也。妙。余勇未息，犹湍悍

14. 椎鲁：朴实、迟钝。

15. 四公子：无忌、田文、赵胜、黄歇。

16. 槁项：瘦弱的样子。黄馘：面色蜡黄。馘，脸。布褐：贫贱者所穿之衣。

17. 辍耕：停止耕作。太息：叹息。俟时：等待时机。

18. 百万虎狼：这里是比喻战国末年各诸侯、权臣所养之士。

19. 代：汉初诸侯国名。《汉书·韩信传》："陈豨为代相，监边。"

20. 萧、曹：萧，萧何。曹，曹参。萧何此时担任相国之职，曹参此时身为齐（汉初诸侯国）相。陈豨叛汉被斩后，曹参曾接任萧何的相国职务。

如此。至文、景、武[21]之世，法令至密，然吴濞、淮南、梁王、魏其、武安之流[22]，皆争致宾客，世主不问也。妙。岂惩秦之祸，以为爵禄不能尽縻[23]天下之士，故少宽之，使得或出于此也邪？妙，妙。是，是。奇，奇。大奇，大奇！

若夫先王之政则不然，曰："君子学道则爱人，小人学道则易使也。"呜呼！此岂秦、汉之所及也哉！通篇如百万笳鼓竞奏。临了，忽以雅歌落之。

21. 文、景、武：汉文帝刘恒、汉景帝刘启、汉武帝刘彻。

22. 吴濞：吴王刘濞，汉高祖之侄。淮南：淮南王刘安，汉高祖之孙。梁王：梁孝王刘武，汉文帝之子。魏其：魏其侯窦婴，汉文帝窦皇后之侄。武安：武安侯田蚡，汉景帝王皇后之同母弟。

23. 縻：系牵。引申为笼络之义。

苏　轼

范增论

不过『知几早去』一句，却写出许多议论，许多曲折。及至细寻，亦更无议论与曲折，只是一味换笔法耳。

汉用陈平计，间疏楚君臣[1]。项羽疑范增与汉有私，稍夺其权。增大怒，曰："天下事大定矣，君王自为之。愿赐骸骨，归卒伍。"归未至彭城，疽发背死。苏子曰：增之去[2]，善矣！不去，羽必杀增。略许。独恨其不早耳。劈下断语。此谓笔快如风。然则当以何事去？故作问。增劝羽杀沛公，羽不听，终以此失天下。当以是去耶？故作商。曰：否。增之欲杀沛公，人臣之分也；羽之不杀，犹有君人之度也。增曷为[3]以此去哉？故作答。故作问答，小弄折波。《易》曰："知几其神乎[4]。"《诗》曰："相彼雨雪，先集维霰[5]。"增之去，当于羽杀卿子冠军时也。通篇只此一句断尽，下换无数笔，更不出此。陈涉之得民也，以项

1. "汉用陈平计"二句：公元前204年，项羽与范增围攻荥阳（今河南荥阳市），刘邦用陈平之计离间项、范的关系。

2. 去：离去。指范增辞官归彭城事。

3. 曷为：曷，通"何"。曷为，何为，为什么的意思。

4. 知几其神乎：引自《周易·系辞》。知几，预知事物之几微。

5. "相彼雨雪"二句：引自《诗经·小雅·頍弁》。雨雪，下雪。集，落下。霰，雪珠。

燕、扶苏；项氏之兴也，以立楚怀王孙心。而诸侯叛之也，以弑义帝。逐段看其下文换笔。且义帝之立，增为谋主矣。义帝之存亡，岂独为楚之盛衰，亦增之所与同祸福也。未有义帝亡而增独能久存者也。又换笔。羽之杀卿子冠军也，是弑义帝之兆也[6]。其弑义帝，则疑增之本[7]也。岂必待陈平哉？又换笔。物必先腐也，而后虫生之；人必先疑也，而后谗入之。陈平虽智，安能间无疑之主哉？又换笔。吾尝论：义帝，天下之贤主也。独遣沛公入关[8]，而不遣项羽。识卿子冠军于稠人[9]之中，而擢[10]以为上将，不贤而能如是乎？羽既矫杀卿子冠军，义帝必不能堪，非羽弑帝，则帝杀羽，不待智者而后知也。

又换笔。增始劝项梁立义帝，诸侯以此服从；中道而弑之，非增之意也。又换笔。夫岂独非其意，将必力争而不听也。不用其言，而杀其所立[11]，羽之疑增，必自是始矣。又换笔。方羽杀卿子冠军，增与羽比肩[12]而事义帝，君臣之分未定也。为增计者，力能诛羽则诛之，不能则去之，岂不毅然大丈夫也哉！增年已七十，合[13]则留，

6.“羽之杀卿子冠军也”二句：宋义为上将军，是怀王（义帝）所决定的。项羽擅自杀掉宋义，说明他并不把怀王（义帝）放在眼里，因此可以把项羽杀宋义视为弑义帝的预兆。

7. 本：根本。

8. 独遣沛公入关：单独派遣刘邦率军入关。关，函谷关。公元前207年，项羽欲与刘邦（沛公）西入关，攻取关中之地。此事为怀王诸老将所反对，最后怀王决定独派刘邦入关。

9. 稠人：众人。

10. 擢：提升。

11. 所立：指怀王（义帝）。

12. 比肩：并肩。指项羽、范增此时同为怀王（义帝）的部下。

13. 合：指政治主张相同，意见一致。

不合则去，不以此时明去就[14]之分，而欲依羽以成功名，陋矣！又换笔。虽然，增，高帝之所畏也。增不去，项羽不亡。呜呼！增亦人杰也哉！尾乃得此一振。

14. 去就：离开或留下。

苏轼

留侯论

此文得意在『且其意不在书』一句起，掀翻尽变，如广陵秋涛之排空而起也。

古之所谓豪杰之士，必有过人之节。人情有所不能忍者。一句，巉然立论。匹夫见辱[1]，拔剑而起，挺身而斗，此不足为勇也。天下有大勇者，卒然[2]临之而不惊，无故加之而不怒，此其所挟持者[3]甚大，而其志甚远也。上论巉然，得此一落始畅。

夫子房受书于圯上之老人也，其事甚怪。人事。然亦安知其非秦之世有隐君子[4]者，出而试之？先作浅笔，略断。观其所以微见其意者[5]，皆圣贤相与警戒之义，先作浅笔，就事略证。而世不察，以为鬼物[6]，亦已过矣。先作浅笔，略驳。且其意不在书。至此别作深笔发议，此一句，乃一篇之头也。当韩之亡，秦

1. 匹夫：普通人。见辱：受到侮辱。

2. 卒然：突然。卒，通"猝"。

3. 所挟持者：所怀抱的。此句指志趣高远。

4. 隐君子：隐居的名士。

5. 观其：瞧他。他，指黄石公。微：略微、隐约。见：同"现"。

6. 以为鬼物：因黄石公的事迹较为离奇，语或涉荒诞，所以也有人认为他并非人，而是鬼神之类。

之方盛也，以刀锯鼎镬[7]待天下之士，其平居无罪夷灭者，不可胜数，虽有贲、育[8]，无所复施[9]。笔力劲甚。夫持法太急者，其锋不可犯，而其势未可乘[10]。笔力劲甚。子房不忍忿忿之心，以匹夫之力，而逞于一击[11]之间。当此之时，子房之不死者，其间不能容发，盖亦已危矣。笔力劲甚。千金之子，不死于盗贼[12]。何者？其身之可爱，而盗贼之不足以死[13]也。上文笔力劲甚，此略作抒缓。子房以盖世之才，不为伊尹、太公之谋，而特出于荆轲、聂政[14]之计，以侥幸于不死，妙论，可感。此圯上老人所为深惜者也。抒缓。是故倨傲鲜腆而深折之[15]，彼其能有所忍也，然后可以就大事，故曰："孺子可教也。"妙论，可感。看他连作三起笔，皆劲甚；连作三落，又皆抒缓。

楚庄王伐郑，郑伯肉袒牵羊以逆。庄王曰："其君能下人，必能信用其民矣。"遂舍之。一证。勾践之困于会稽，而归臣妾于吴者，三年而不倦。又一证。二证不甚相伦，却是行文到此时，更少不得。且夫有报人[16]之志，而不能下人者，是匹夫之刚也。夫老人者，以为子房才有余，而忧其度

7. 刀锯鼎镬：古代残酷的刑具。

8. 贲、育：孟贲、夏育。二人均系古代勇士。

9. 无所复施：没有什么本领可以施展。

10. 其势未可乘：其势方盛，无可乘之机。

11. 逞于一击：逞，得意。一击，指张良年轻时在博浪沙（今河南原阳县东南）与大力士用大铁椎行刺秦始皇的事。

12. 不死于盗贼：不会死在和盗贼的拼搏上。

13. 不足以死：意为不值得去和他拼搏。

14. 荆轲、聂政：战国时刺客。

15. 鲜腆：无礼、厚颜。折：挫折、侮辱。之：指张良。

16. 报人：向人报仇。

量之不足，故深折其少年刚锐之气，使之忍小忿而就大谋。此先生自己无中生有之论，却说得极透彻。看他下文紧接“何则”二字。何则？非有平生之素[17]，卒然相遇于草野之间，而命以仆妾之役，油然而不怪者，此固秦皇之所不能惊，而项籍之所不能怒也。妙，妙。可感，可念。至此，一论已毕，下乃余勇成文。

观夫高祖之所以胜，而项籍之所以败者，在能忍与不能忍之间而已矣。忽推说到高帝、项籍。项籍唯不能忍，是以百战百胜，而轻用其锋[18]；高祖忍之，养其全锋而待其弊，此子房教之也。此段，本已推开子房，却仍归功子房，真乃恣情、恣笔之文。当淮阴破齐而欲自王，高祖发怒，见于词色。由此观之，犹有刚强不忍之气，非子房其谁全之？只为欲畅忍不忍二论，故推开子房，再说高帝。又偶因手便，仍结归子房耳。看他却又还一证佐，恣情、恣笔，一至于此哉！

太史公疑子房以为魁梧奇伟，而其状貌乃如妇人女子，不称其志气。呜呼！此其所以为子房欤！余波，更复胜。

17. 平生之素：平时交往甚多，十分有交情。

18. 轻用其锋：轻易地消耗自己的兵力。

苏　轼

晁错论

此是先生破尽身见，独存义勇，而乃抒为妙文。后贤且只学其刀刀见血。

天下之患，最不可为者[1]：名为治平无事，而其实有不测之忧。暗说汉景时七国强大。坐观其变而不为之所[2]，则恐至于不可救；起而强为之，则天下狃于治平之安而不吾信[3]。暗说晁错建言之难。惟仁人君子豪杰之士，为能出身为天下犯大难[4]，以求成大功。此固非勉强期月之间，而苟以求名之所能也[5]。暗说晁错非其人。一段，先论晁错之计，本尽忠于汉家。

天下治平，暗说汉景帝。无故而发大难之端[6]，暗说建言削七国。吾发之，吾能收[7]之，然后有辞于天下[8]。暗说七国反。事至而循循焉欲去之，使他人任其责，暗说晁错欲自居守，而使天子自将。则天下之祸，必集于我。暗说袁盎斩错之举。一段，再论晁错

1. 不可为者：难以处理的。

2. 变：发生、发展。所：这里是安排、处置的意思。

3. 狃：习惯。不吾信：不相信我。

4. 出身：挺身而出。犯大难：力挽狂澜的意思。难，患难、灾祸。

5. 期月：一周月。苟：苟且、马虎。求名：指求名的人。

6. 发：触发。端：端绪。

7. 收：收拢、平定。

8. 有辞于天下：有言辞去说服全国的人。辞，具有说服力的话。

之意是而其计则非。昔者晁错尽忠为汉，谋弱山东之诸侯。山东诸侯并起，以诛错为名。而天子不之察，以错为之说。入叙事。天下悲错之以忠而受祸，纵一笔。不知错有以取之也[9]。一笔擒。以下，全篇俱发此句。

古之立大事者，脱却题目，宽宽起笔。不惟有超世之才，晁有。亦必有坚忍不拔之志。晁无。昔禹之治水，凿龙门，决大河，而放之海。引证妙。方其功之未成也，盖亦有溃冒冲突可畏之患[10]。入骨之情，入骨之文。惟能前知其当然，事至不惧，而徐为之图[11]，是以得至于成功。读此等文，叹先生是何等学术、何等经济！夫以七国之强而骤削之，其为变[12]岂足怪哉！妙，自是意中事，振笔爽快。错不于此时捐其身，为天下当大难之冲，而制吴、楚之命[13]，先生见危授命，于此言可信。乃为自全[14]之计，欲使天子自将而己居守[15]。提刀直入，抉错要害。且夫发七国之难者谁乎？妙，无辩。己欲求其名，安所逃其患？妙，无辩。以自将之至危，妙。与居守之至安，妙，行文刀刀见血。己为难首，择其至安，妙，无辩。而遣天子

9. 错有以取之也：晁错遭祸是有他主观方面的原因的。

10. 方：当。溃：崩溃、决堤。冒：涨溢。

11. 徐：有计划、从容地。图：安排。

12. 其：它，指七国。为变：发生动乱。

13. 制吴、楚之命：置吴、楚等国于死地。制，限制、约束。命，生命。

14. 自全：保全自己。

15. 自将：亲自带兵打仗。居守：留守后方。

以其至危：妙，无辩。此忠臣义士所以愤怨而不平者也。断尽晁错，与袁盎何与耶？上文已毕。当此之时，虽无袁盎[16]，错亦不免于祸。此又再进一层。何者？己欲居守，而使人主自将，以情而言，天子固已难之[17]矣！妙。而重违其议，妙。是以袁盎之说，得行于其间。妙。一正。使吴、楚反，错以身任其危，妙。日夜淬砺[18]，东向而待之[19]，妙。使不至于累其君，妙。则天子将恃之[20]以为无恐，虽有百盎，可得而间哉？妙。一翻。加此一层翻驳，更快。

嗟夫！世之君子宽宽收笔。欲求非常之功，则无务为自全之计。世间则圣贤豪杰，出世间则佛菩萨，尽于此二言矣。使错自将而讨吴、楚，未必无功。必有功，古之人有行之者，如伊尹放太甲、周公征东山，皆是也。惟其欲自固其身[21]，而天子不悦，奸臣得以乘其隙。错之所以自全者，乃其所以自祸[22]欤？说尽千古书生做事通病，晁在九原，无不心服。

16. 袁盎：爰盎。他与晁错政见不尽一致，当吴、楚七国乱起时，他乘机进谗，促使景帝杀害了晁错。

17. 难之：为率军出征一事感到为难。

18. 淬砺：淬，淬火。砺，磨砺。淬砺，指整顿操练部队。

19. 东向而待之：吴、楚七国叛乱部队在西汉都城长安之东，故云“东向而待之”。

20. 恃之：依靠、依赖他（晁错）。

21. 自固其身：保全自身。

22. 所以自祸：自取祸害的原因。

苏 轼

乞校正陆贽《奏议》进御札子

进宣公奏议，便剀切一如宣公，此是先生天才独擅。然而笔墨之外，毕竟别有一种风流委折，此又是先生本色，不能自掩也。

臣等猥以空疏[1]，备员讲读[2]。圣明天纵[3]，学问日新。臣等才有限而道无穷，心欲言而口不逮[4]，以此自愧，莫知所为。不宽不迫，恰如此起。人只谓平平，岂知必须作过千文，始有此文哉！窃谓人臣之纳忠，譬如医者之用药。药虽进于医手，方多传于古人；若已经效于世间，不必皆从于己出。精论，至论。精喻，至喻。又复于题不宽不迫。此等处，俱可想见先生心地、先生气候。

伏见唐宰相陆贽，才本王佐[5]，学为帝师。论深切于事情，言不离于道德，智如子房[6]而文则过，辩如贾谊而术不疏[7]。上以格君心之非[8]，下以通天下[9]之志。赞宣公，

1. 臣等：指苏轼及吕希哲、范祖禹等人。猥：谦辞，猥贱的意思。空疏：指学问空疏、不扎实。

2. 备员：聊以充数的意思。讲读：苏轼写这篇呈文时（宋哲宗元祐八年）担任翰林学士兼侍读的职务，负有为年幼的皇帝进行教学的任务。

3. 圣明天纵：陛下的圣明是天赋予的。

4. 口不逮：指词不达意。

5. 王：帝王。佐：辅佐。

6. 子房：张良。

7. 辩：思辩。贾谊：汉初文学家、政治家。汉文帝时曾任博士、太中大夫，后被贬为长沙王太傅。四年后被召回京，拜梁怀王太傅。梁怀王坠马死，贾谊郁郁自伤，不久病逝，年仅三十三岁。

8. 格：格除、阻止。非：错误的想法。

9. 通：沟通。天下：指全国的士大夫。

字字精切。虽然，先生直自道矣。但其不幸，仕不遇时[10]。转笔。人知多少感慨，不知多少斡旋。德宗以苛刻为能[11]，而贽谏之以忠厚；切。德宗以猜疑为术，而贽劝之以推诚；切。德宗好用兵，而贽以消兵为先；切。德宗好聚财，而贽以散财为急。切。至于用人听言之法，治边驭将之方，罪己以收人心，改过以应天道，去小人以除民患，惜名器以待有功，如此之流，未易悉数。可谓进苦口之药石，针害身之膏肓[12]。使德宗尽用[13]其言，则贞观可得而复[14]。上四句，逐句写不遇。此数句，一总写不遇。笔法变化。

臣等每退[15]自西阁，即私相告言：以陛下圣明，必喜贽议论。写朝廷如写闺房，此皆先生一片忠孝心地，流而为至文、妙文也。但使圣贤之相契，即如臣主之同时。岂惟无彼我，乃至无古今。此是何等心地！昔冯唐论颇、牧之贤，则汉文为之太息；魏相条晁、董之对，则孝宣以致中兴。若陛下能自得师，则莫若近取诸贽。并无彼我、古今封界于胸，一片只是忠孝心地。又要看他随手成对，蹴踏四六恶态尽净。夫六经三史，诸子百家，非无可观，

10. 时：指政治清明、君臣相契之时。

11. 德宗：名李适。公元779—805年在位。能：能事。

12. 膏肓：人体部位名。古代医学界认为膏肓之间是药力所难以达到的地方。

13. 尽用：全部采纳。

14. 贞观：唐太宗年号。这里指“贞观之治”。复：再次出现。

15. 退：退朝。

皆足为治[16]。忽然自起一难。但圣言[17]幽远，末学支离。譬如山海之崇深，难以一二而推择[18]。自难，自解。如贽之论，开卷了然，聚古今之精英，实治乱之龟鉴[19]。上文忽难忽解，正为此句作波折也。

臣等欲取其奏议，稍加校正，缮写进呈。愿陛下置之坐隅，如见贽面；妙。反复熟读，如与贽言。妙。必能发圣性之高明，成治功于岁月[20]。臣等不胜区区之意，取进止[21]。

16. 治：这里指政治清明、国家富强。

17. 圣言：圣人之言，指六经。

18. 推择：推敲挑选。

19. 龟鉴：龟，古人以龟甲占卜。鉴，镜子，比喻借鉴。

20. 治功：盛世功业。岁月：指不久的将来。

21. 取：仰取、等待。进止：同意或否决。指皇帝在呈文上所作的批示。

苏 轼

上梅直讲书

文态，如天际白云，飘然从风，自成卷舒。人固不知其胡为而然，云亦不自知其所以然。

轼每读《诗》至《鸱鸮》[1]，读《书》至《君奭》[2]，常窃悲周公之不遇。无因无由，忽叹周公，此为大奇！及观史[3]，见孔子厄于陈、蔡之间，而弦歌之声不绝，颜渊、仲由之徒相与问答。夫子曰："'匪兕匪虎，率彼旷野。'吾道非耶？吾何为于此？"颜渊曰："夫子之道至大，故天下莫能容。虽然，不容何病？不容然后见君子。"夫子油然而笑曰："回！使尔多财，吾为尔宰[4]。"夫天下虽不能容，而其徒自足以相乐如此。乃今知周公之富贵，有不如夫子之贫贱。空中忽然纵臆而谈，劣周公、优孔子，岂不大奇？夫以召公之贤，以管、蔡之亲[5]，而不知其心[6]，则周公谁与乐其富贵？真是妙论，使我慨然。而夫子所与共贫贱

1.《鸱鸮》:《诗经·豳风》中的篇名。《诗毛氏传疏》认为此诗系周公姬旦所作。周公平定武庚及管叔、蔡叔的叛乱后，成王等人对他有所误解，因作此诗以表白自己。

2.《君奭》:《尚书·周书》篇名。传说此文系周公姬旦所作。周武王去世后，成王即位。由于成王年幼，周公姬旦和召公姬奭共同辅佐成王。后召公听信流言，怀疑周公有夺取王位的野心，周公因作此文以明心迹。

3. 史：指司马迁的《史记》。

4. 回：颜渊。使：假如。尔：你。宰：管家。

5. 以管、蔡之亲：管叔，名鲜。蔡叔，名度。两人都是周公的弟弟。

6. 不知其心：不能察知他（周公）的好心。指召公与管叔、蔡叔都对周公有所怀疑，以为周公辅政，有谋夺王位而自立的野心。

者，皆天下之贤才，则亦足以乐乎此矣！妙论，使我慨然。劣周公、优孔子，得此遂大畅。

轼七八岁时，始知读书，闻今天下有欧阳公[7]者，其为人如古孟轲、韩愈之徒；而又有梅公者从之游[8]，而与之上下其议论。闻有此二公是第一段。其后益壮，始能读其文词，想见其为人。意其飘然脱去世俗之乐，而自乐其乐也。方学为对偶声律之文[9]，求斗升之禄[10]，自度无以进见于诸公之间。来京师逾年，未尝窥其门。读其文，未及其门是第二段。写得甚恣、甚腴。

今年[11]春，天下之士群至于礼部，执事与欧阳公实亲试之[12]，轼不自意获在第二[13]。获受二公，取中第二是第三段。既而闻之，执事爱其文，以为有孟轲之风，而欧阳公亦以其能不为世俗之文也而取：十七字句。是以在此。此四字，总上二公。非左右为之先容[14]，非亲旧为之请属，而向之十余年间，闻其名而不得见者，一朝为知己。人传实以文字见知是第

7. 欧阳公：指欧阳修。

8. 梅公：指梅尧臣。苏轼上此书时，梅尧臣任国子监直讲，故文题中称他为“梅直讲”。从之游：和他交往。游，交往，交游。

9. 方：当时。对偶声律之文：指诗、赋。

10. 斗升之禄：微薄的俸禄。

11. 今年：指宋仁宗嘉祐二年（公元1057年）。这一年苏轼二十一岁，应礼部主持的进士科考试到达汴京。

12. 执事与欧阳公实亲试之：执事，此处指梅尧臣。执事，本指官僚的侍从人员。称人为“执事”，意谓不敢直接烦扰对方，故向其下属陈述，以示尊敬对方。亲试，嘉祐二年礼部主持的进士科考试，欧阳修为主考官，梅尧臣为参评官。

13. 第二：中进士的第二名。

14. 左右：指对方身边的亲信。先容：预先作了介绍。

四段。退[15]而思之，人不可以苟富贵，亦不可以徒贫贱[16]。有大贤焉而为其徒[17]，则亦足恃矣。苟其侥一时之幸，从车骑数十人，使闾巷小民，聚观而赞叹之，亦何以易此乐也？

传曰：“不怨天，不尤人[18]。”盖“优哉游哉，可以卒岁”。一篇文字，只此数行是正文，以前，皆自叙也。先生一生光明俊伟，风流潇洒，至诚恻怛，尽于此数行矣。执事名满天下，而位不过五品，其容色温然而不怒，其文章宽厚敦朴而无怨言，此必有所乐乎斯道也。轼愿与闻焉[19]！赞梅公，亦只是一“乐”字，又写得甚轻脱。

15. 退：归来。

16. 苟富贵：苟且地享受富贵生活。徒贫贱：无所作为地度过贫贱时光。

17. 大贤：这里指欧阳修、梅尧臣。徒：弟子。

18. “不怨天”二句：引自《论语·宪问》。传，指《论语》。尤，怪罪、斥责。

19. 轼愿与闻焉：我（苏轼）是很乐于听您的指教的。

苏　轼

颍州谢到任表

总是绝不作意。

支郡[1]责轻，未即满盈于小器；丰年事简[2]，非徒饱暖于一家。览几席之溪湖，杂簿书[3]于鱼鸟。平生所乐，临老获从[4]。妙，妙，吮亦吮不出矣。

伏以汝颍[5]为州，邦畿[6]称首。土风备于南北，人物推于古今。宾主俱贤，盖宗资、范孟博之旧治；文献相续，有晏殊、欧阳修之遗风。将人物句细开一联，妙，妙。顾臣何人，亦与兹选。吮出也。

此盖伏遇皇帝[7]陛下，丕承六圣[8]，总揽群英，生知仁孝之全，学识文武[9]之大。谓臣簪缨[10]之旧物，尝忝帷幄之

1. 支郡：边郡。

2. 事简：争殴诉讼之事很少。

3. 簿书：官署中的公文、簿册。

4. 临老：临近老年的时候。苏轼于元祐六年（公元1091年）八月出知颍州（今安徽阜阳市），时年五十五岁。获从：得以过着悠闲自在的生活。

5. 汝颍：颍州，州治在汝阴。

6. 邦畿：国内、全国。

7. 皇帝：指宋哲宗赵煦。

8. 丕：大。承：继承。六圣：指宋太祖、太宗、真宗、仁宗、英宗、神宗。

9. 文武：文治和武功。

10. 簪缨：簪、缨为古时官员的冠饰，后因用以作为高官的代称。

近臣，奉事七年[11]，崎岖一节。吮出也。意其忠义许国，故暂召还；察其老病畏人，复许补外。置之安地[12]，养此散材[13]。吮出也。更少勉于桑榆[14]，誓不忘于畎亩。

11. 奉事七年：元丰八年（公元 1085 年）宋神宗去世，年仅十岁的赵煦（哲宗）继位。高太后（神宗的母亲）掌握实际权力，大批起用旧党。苏轼也被召回京，先后担任过起居舍人、中书舍人、翰林学士知制诰等职。元祐四年（公元 1089 年）虽曾出知杭州，但至元祐六年（公元 1091 年）初，又奉调还京，担任翰林学士承旨、翰林学士兼侍读，至八月才出知颍州。自元丰八年至元祐六年，前后时间约为七年。

12. 安地：安闲之地。

13. 散材：无用之材，比喻无用的人。

14. 桑榆：指太阳落山时余光所在的地方，比喻人的晚年。

苏轼

谢兼侍读表

绝不作意，却纯是意。分明胸前一段幽愤，而出以安和之音。

伏念臣志大而才短，论迂而性刚，以自用不回之心[1]，处众人必争之地，不早退缩，安能保全？如吮而出。是以三年翰墨之林，屡遭飞语[2]；再岁江湖之上[3]，粗免烦言。岂此身愚智之殊，盖所居闲剧[4]之致。臣之自处，何者为宜？如吮而出。而况讲读[5]之司，帷幄最近。分章摘句，则何以报非常之知？因事献言，又必贻前日之患。妙。虽仰恃天日[6]之照，实常负冰渊[7]之虞。如吮而出。恭惟皇帝陛下，大德庇民，小心顺帝[8]。虽天覆地载，以圣不可知为神；而日就月将[9]，以学而不厌为智。曲收[10]旧物，以广多闻。妙，如吮而出。臣敢不职思其忧，本无分于中外[11]；欲报之德，誓不易于死生。

1. 自用：只凭己意行事，置他人议论于不顾。不回：勇往直前，虽遭曲折而不改变初衷。

2. 三年翰墨之林：指在翰林学士院供职的期间。苏轼于元祐元年（公元 1086 年）九月任翰林学士、元祐二年（公元 1087 年）八月任翰林学士兼侍读，至元祐四年（公元 1089 年）出知杭州，先后在翰林学士院的时间约为三年。飞语：流言。

3. 江湖之上：这里指杭州、颍州等地。

4. 闲剧：闲，安闲之地，指外地。剧，斗争激烈之所，指朝中。

5. 讲读：讲习诵读。元祐七年（公元 1092 年）八月，朝廷再次任苏轼（兵部尚书充南郊卤簿使）兼侍读，因此有为皇帝讲学的任务。

6. 天日：太阳。此处以喻宋哲宗。

7. 冰渊：比喻危险。《诗经 · 小雅 · 小旻》："战战兢兢，如临深渊，如履薄冰。"

8. 顺帝：顺应天帝旨意。

9. 日就月将：时时刻刻都在进步。

10. 曲收：广泛收纳。

11. 中外：中，在朝中任职。外，担任外官。

苏轼

到惠州谢表

纯是意，却绝不见作意之态。

仁圣曲全，本欲畀之民社[1]；群言交击，必将致之死亡[2]。尚荷宽恩，止投荒服[3]。无数曲折，如吮出。伏念臣性资褊浅，学术荒唐，但信不移之愚，遂成难赦之咎。迹[4]其狂妄，久合诛夷。方尚口乃穷之时，盖擢发莫数其罪[5]。岂谓天幸，得存此生。无数曲折，如吮出。看其安插笔法。

此盖伏遇皇帝陛下，以大有为之资，行不忍人之政，汤网开其三面，舜干舞于两阶。念臣奉事有年，少加怜愍；妙。知臣老死无日，不足诛锄。妙。明降德音[6]，许全余息。故使虺隤之马[7]，犹获盖帷，觳觫[8]之牛，得违刀几。妙，妙。

1. 畀：给予。民社：百姓与社稷。

2. “群言交击”二句：绍圣元年（公元1094年），苏轼在定州任上。夏四月，御史虞策、来之邵指责苏轼在朝时所作诰词，语涉“讥讪”，诏落端明、翰林侍读二学士，以本官知和州，又改英州。六月，来之邵等又挑起事端，指责苏轼自元祐以来，多托文字“讥刺先朝”，认为苏轼虽已降职，但仍未满足“舆论”的要求。于是又贬苏轼为宁远军节度副使惠州安置。苏轼遭群小攻击、中伤，以近六十岁高龄，一月之内三次遭降职，被贬谪至边远之地，所以说群小是“必将致之死亡”。

3. 止：只、仅仅。投：这里是贬谪的意思。荒服：古代五服之一。离王城二千至二千五百里之地。这里指惠州。

4. 迹：考察。

5. 擢发莫数：语出《史记·范雎蔡泽列传》。比喻罪行多得难以计算清楚。擢，拔。发，头发。

6. 德音：诏书的一种。

7. 虺隤之马：疲极而生病的马。

8. 觳觫：恐惧颤抖的样子。

臣敢不服膺[9]严训，托命至仁[10]，洗心自新，没齿[11]无怨。无数曲折，如吮出。但以瘴疠之地[12]，魑魅为邻，衰疾交攻，无复首丘之望；精诚未泯，空余结草[13]之忠。岂不乞怜？然是何等笔墨！

9. 服膺：牢记在心。

10. 托命：寄托生命。至仁：指皇上的最高仁德。

11. 没齿：一辈子。

12. 瘴疠之地：瘟疫盛行的荒凉之地。瘴，南方山林间能致人疾病的湿热之气。疠，瘟疫。

13. 结草：身受大恩，虽死犹求报答的意思。

苏 轼

潮州韩文公庙碑

此文于先生生平，另是一手。大约凡作三段：一段冒起，一段正叙，一段辨庙。段段如有神助。

匹夫[1]而为百世师，一言而为天下法[2]。是皆有以参天地之化[3]，关盛衰之运，其生也有自来，其逝也有所为。大笔如杠，自天而落，更不用起承转合，只是浩然之气，荡荡自行。故申、吕自岳降，傅说为列星，古今所传，不可诬[4]也。略证。孟子曰："我善养吾浩然之气。"笔笔如杠。是气也，寓于寻常之中，而塞乎天地之间[5]。卒然[6]遇之，则王、公失其贵，晋、楚失其富[7]，良、平失其智，贲、育失其勇，仪、秦失其辩。一气连写五"失其"字。是孰使之然哉？其必有不依形而立，不恃力而行，不待生而存，不随死而亡者矣。一气连写四"不"字。故在天为星辰，在地为河岳；幽则为鬼神，而明则复为人。此理之常，无足怪者。又一气

1. 匹夫：普普通通的人，指孔子、孟子等古代圣人，用以比喻韩愈。

2. 一言而为天下法：语出《礼记·中庸》："是故君子动而世为天下道，行而世为天下法，言而世为天下则。"法，规范。

3. 参天地之化：能与天地化育万物并立为三。参，同"三"。

4. 不可诬：不可否认。

5. 寓：蕴藏。寻常：普通的事物。塞：充塞。

6. 卒然：突然。卒，同"猝"。

7. 晋、楚失其富：《孟子·公孙丑》："曾子曰：'晋、楚之富，不可及也。'"春秋时代，晋国、楚国曾一度是最为富强的诸侯国。失其富，失去了他们的财富。

连写四"为"字。自起至此，只是一气荡荡自行。

自东汉以来，道丧文弊[8]，异端并起[9]。转笔作提笔，大力大人势。历唐贞观、开元之盛，辅以房、杜、姚、宋而不能救[10]。曲折入题。独韩文公起布衣，谈笑而麾之[11]，天下靡然从公[12]，复归于正，正叙韩公。盖三百年[13]于此矣！叹句得神。文起八代之衰，而道济天下之溺，忠犯人主之怒，而勇夺三军之帅。忽作对峙之文，全是一气所行。此岂非参天地，关盛衰，浩然而独存者乎？结住。下提笔再起。

盖尝论天人之辨[14]，以谓人无所不至[15]，惟天不容伪。智可以欺王公，不可以欺豚鱼[16]；力可以得天下，不可以得匹夫匹妇之心。大笔如杠，自天重降，荡荡一气自行。故公之精诚，能开衡山之云，而不能回宪宗之惑；能驯鳄鱼之暴，而不能弭皇甫镈、李逢吉之谤[17]；能信于南海之民，庙食百世，而不能使其身一日安于朝廷之上。笔笔如杠，一气所行。盖公之所能者天也，其所不能者人也[18]。再结住。

8. 道丧文弊：道丧，指儒家的学说、道统得不到重视。文，指古文。弊，衰落、衰败。

9. 异端并起：异端，指儒家以外的学派，如佛家、道家等。并起，兴盛、发展。

10. 房、杜、姚、宋：唐朝的四位著名宰相。房、杜，房玄龄、杜如晦，唐太宗时的宰相。姚、宋，姚崇、宋璟，唐玄宗开元年间的宰相。

11. 麾之：麾，通"挥"。这里是带领群众声讨、攻击的意思。之，它，指代"道丧文弊""异端并起"的世风、文风。

12. 靡然：倾倒、倾服的样子。从：追随。公：指韩愈。

13. 三百年：从韩愈倡导古文运动算起，至苏轼写《潮州韩文公庙碑》的元祐七年（公元 1092 年），时间约为三百年。

14. 天人：天道与人事。辨：区分、区别。

15. 人：这里指某些利欲熏心的人。无所不至：为所欲为的意思。

16. 不可以欺豚鱼：旧说得到豚（小猪）鱼的信任，是吉祥的。见《周易 · 中孚》。所以说"智巧"是不能蒙骗豚鱼一类小动物的。

17. 弭：消除。皇甫镈、李逢吉之谤：皇甫镈，唐宪宗时曾任过宰相。韩愈被贬为潮州刺史后，曾上谢表，宪宗阅后颇为感动，想让韩愈恢复原职，但为皇甫镈谗言所阻，遂改调韩愈为袁州刺史。李逢吉，唐穆宗时曾任过宰相。他曾以恶劣的手段，挑拨韩愈与御史中丞李绅的关系，并趁机调离了两人的职务。

18. 天：指顺应天意。人：指人为阻挠。

始，潮人未知学，公命进士赵德[19]为之师。自是潮之士皆笃于文行[20]，延及齐民，至于今，号称易治。信乎孔子之言："君子学道则爱人，小人学道则易使也。"纪公于潮。潮人之事公也，饮食必祭，水旱疾疫，凡有求必祷焉。纪潮于公。而庙在刺史公堂之后，民以出入为艰，前守欲请诸朝作新庙，不果[21]。元祐五年[22]，朝散郎王君涤来守是邦[23]，凡所以养士治民者，一以公为师。民既悦服，凡为人作纪，最不可少是此一句。则出令曰："愿新公庙者听[24]。"民欢趋之，卜地[25]于州城之南七里，期年而庙成。纪新庙。下忽作辨难。笔笔如杠，全是一气所行。

或曰："公去国万里，而谪[26]于潮，不能一岁而归。没而有知，其不眷恋于潮也，审矣！"轼曰："不然。公之神在天下者，如水之在地中，无所往而不在也。而潮人独信之深[27]，思之至，焄蒿凄怆[28]，若或见之[29]。譬如凿井得泉，而曰'水专在是[30]'，岂理也哉？"是何等名理，是何等妙论！孟子"浩然之气"被一群小儒讲坏，得先生大笔，庶几正之。元

19. 赵德：潮州人，通经术，能文，政治及文学见解与韩愈相同。

20. 笃于文行：努力加强德行修养。

21. 不果：未能办到。

22. 元祐五年：公元 1090 年。元祐，宋哲宗年号。

23. 朝散郎：官名，从七品。王君涤：王涤。是邦：此州。指潮州。

24. 新：新建。听：听从。

25. 卜地：卜选地基。

26. 谪：贬谪。

27. 信：信仰。之：他，指韩愈。

28. 焄蒿凄怆：焄蒿，指祭祀点燃的香烟和祭品散发出的气味。凄怆，指上述香烟、气味引起了人们的凄怆感情。

29. 若或：仿佛、好像。见之：见到了他（韩愈）。

30. 是：这里。

丰七年，诏封公昌黎伯，故榜[31]曰：“昌黎伯韩文公之庙。”又补庙门上额。

潮人请书其事于石，因作诗以遗[32]之，使歌以祀公。其词曰：

公昔骑龙白云乡[33]，

手抉云汉分天章[34]，

天孙[35]为织云锦裳。

飘然乘风来帝旁，

下与浊世扫秕糠。

西游咸池略扶桑，

31. 榜：书写在木匾上。榜，此处用作动词。

32. 遗：送给。

33. 白云乡：帝乡。指神仙所住的地方。

34. 手抉云汉分天章：《诗经·大雅·棫朴》：“倬彼云汉，为章于天。”抉，挑选出。云汉，银河。章，文采。

35. 天孙：星名。织女星。

草木衣被昭回光。

追逐李、杜参翱翔[36]，

汗流籍、湜走且僵[37]，

灭没倒影不可望[38]。

作书诋佛讥君王[39]，

要观南海窥衡、湘[40]，

历舜九嶷吊英、皇。

祝融先驱海若藏，

约束蛟鳄如驱羊[41]。

36. 李、杜：李白、杜甫。参翱翔：比翼齐飞。

37.汗流籍、湜走且僵：张籍、皇甫湜也想去追赶李、杜，奔跑得汗流浃背，仆倒在地，还是追赶不上。此句谓张籍、皇甫湜虽是韩愈的追随者，但其文学成就远远比不上韩愈。

38. 灭没倒影不可望：意谓张籍、皇甫湜如同水中的倒影会很快消失，他们难以望见韩愈如悬天日月一般的光辉。

39. 作书：指韩愈作《谏迎佛骨表》一文。诋佛：抨击佛教。讥君王：讥，讽喻。君王，指唐宪宗李纯。

40. 观：观览。衡、湘：衡山、湘江，都是韩愈贬官潮州途中经过的地方。

41. 约束：控制、管教。蛟鳄：蛟龙、鳄鱼。驱羊：驱赶羊群。此句指韩愈在潮州为民驱逐鳄鱼一事。

钧天无人帝悲伤[42]，

讴吟下招遣巫阳[43]。

犦牲鸡卜羞我觞[44]，

於粲荔丹与蕉黄[45]。

公不少留我涕滂，

翩然被发下大荒[46]。

42. 钧天：中天。无人：缺乏贤才。帝：此处指天帝。

43. 讴吟：吟唱。下招：（为韩愈）招魂。遣：派遣。巫阳：神巫名。《楚辞·招魂》："帝告巫阳曰：'有人在下，我欲辅之。'巫阳乃下招道：'魂兮归来！'"

44. 犦牲：牦牛。鸡卜：古代南方流行的一种占卜法，以鸡骨上的裂纹形状来预卜吉凶。

45. 於粲：於，叹词。粲，色彩鲜艳。荔丹：荔枝红。蕉黄：香蕉黄。

46. 翩然：轻轻飘拂的样子。被发：披散着头发。下大荒：本指太阳、月亮落山。此处比喻韩愈的神灵走下大荒山冈。

苏 轼

前赤壁赋

游赤壁，受用现今无边风月，乃是此老一生本领。却因平平写不出来，故特借洞箫呜咽，忽然从曹公发议，然后接口一句喝倒，痛陈其胸前一片空阔了悟，妙甚！

壬戌之秋[1]，七月既望，苏子与客泛舟，游于赤壁之下。此如赋序。清风徐来，水波不兴。先赋风。此赋通篇只说风月。举酒属[2]客，诵明月之诗，歌窈窕之章[3]。少焉，月出于东山之上，徘徊于斗牛[4]之间。次赋月。白露横江，水光接天。纵一苇之所如，凌万顷之茫然[5]。浩浩乎如冯虚御风[6]，而不知其所止；飘飘乎如遗世独立，羽化而登仙。赋领受此风、此月者。

于是饮酒乐甚，扣舷而歌之。歌曰：“桂棹兮兰桨[7]，击空明兮溯流光[8]。渺渺兮予怀，望美人兮天一方。”

美人，君恩。此先生眷眷不忘朝廷之心也。若言与末段意思不类者，须知末段正即

1. 壬戌：宋神宗元丰五年（公元1082年）。苏轼于元丰二年（公元1079年）被贬职至黄州（今湖北黄冈市），任团练副使。元丰五年，他曾两度游览黄州城外的赤壁（赤鼻矶），先后写了《赤壁赋》（即《前赤壁赋》《后赤壁赋》）。

2. 属：酌，敬酒的意思。

3. 明月之诗：指《诗经·陈风·月出》。窈窕之章：指《诗经·陈风·月出》的第一章，其中有“月出皎兮，佼人僚兮，舒窈纠兮，劳心悄兮”的句子。

4. 斗牛：斗宿、牛宿。均为星名。

5. 凌：凌驾、渡越。万顷：形容江面的广阔。茫然：无边无际的样子。

6. 浩浩：水势浩荡。冯虚御风：冯虚，凌空。冯，通“凭”。虚，太空。御风，乘风。

7. 桂棹：桂木制成的棹。棹，划船的工具，形状和桨近似。兰桨：木兰树制成的桨。

8. 击：指桂棹、兰桨击打着。空明：指月光照耀下的江水。溯：逆流而上。流光：江面上的银色月光。

曾点暮春一副心期，自来真正经纶大手，未有不从此处流出者。客有吹洞箫者，倚歌而和之。其声呜呜然，如怨如慕，如泣如诉；余音袅袅，不绝如缕；舞幽壑之潜蛟[9]，泣孤舟之嫠妇[10]。忽然赋洞箫，为生起下文也。不因此一纵，几无行文处矣。

苏子愀然[11]，正襟危坐，而问客曰："何为其然也？"生起。

客曰："'月明星稀，乌鹊南飞'，此非曹孟德之诗乎？先引昔所读诗。西望夏口[12]，东望武昌，山川相缪，郁乎苍苍：此非孟德之困于周郎者乎？现指今所遭境。方其破荆州[13]，下江陵[14]，顺流而东也，舳舻千里[15]，旌旗蔽空，酾酒临江[16]，横槊赋诗，固一世之雄也。细读"方其"二字，言曹公之为曹公也如此。而今只二字，写尽黯然。安在哉！一段，借曹公发端。其伤心，却在下一段。况吾与子渔樵于江渚之上，侣鱼虾而友麋鹿[17]。驾一叶之扁舟，举匏樽[18]以相属。寄蜉蝣于天地，渺沧海之一粟。无有曹公"舳舻千里，旌旗蔽空"也。

9. 舞幽壑之潜蛟：（乐声）使潜伏于幽深的渊谷中的蛟龙起舞。

10. 泣孤舟之嫠妇：（箫声）触动了栖身于孤舟上的寡妇的情怀，使她不停地哭泣。嫠妇，寡妇。

11. 愀然：凄惶、忧愁的样子。

12. 夏口：古城名，在今湖北武汉市蛇山上，三国孙权黄武二年修建。

13. 破荆州：攻克荆州。汉末荆州为刘表所占据，州治在襄阳（今湖北襄阳市）。曹操于建安十三年（公元208年）七月率军进攻荆州，九月占领襄阳。

14. 下江陵：攻下江陵。曹军在占领襄阳后，继续向东挺进，又攻占了江陵。江陵，今湖北江陵县。

15. 舳舻千里：战船首尾相接，绵延千里。

16. 酾酒临江：酾酒，这里是洒酒的意思。临江，面向长江江面。

17. 侣鱼虾：以鱼虾为伴侣。友麋鹿：以麋鹿为朋友。

18. 匏樽：用匏瓜制成的酒器。匏，葫芦的一种。

哀吾生之须臾，羡长江之无穷。承上“而今安在”。挟飞仙以遨游，抱明月而长终，遐想此事。知不可乎骤得，托遗响于悲风。”终无奈何也，伤心哉！以上，拟客发议，以抒下文。

苏子曰：“客亦知夫[19]水与月乎？逝者如斯，客所知。而未尝往[20]也；客所未知。盈虚者如彼，客所知。而卒莫消长也。客所未知。盖将自其变者而观之[21]，则天地曾不能以一瞬；客所知也。自其不变者而观之，则物与我皆无尽也，而又何羡乎？客所未知也。以上，先破客之伤心。且夫天地之间，物各有主。苟非吾之所有，虽一毫而莫取。先生此言，岂惟赋赤壁，直赋一生矣。惟江上之清风，风。与山间之明月，月。耳得之而为声，目遇之而成色，深思此二句，岂复止是风月哉？取之无禁，用之不竭。是造物者之无尽藏也，而吾与子之所共适[22]。深思此是何等境界，先生所到如此，又何人间世之足云？妙在说来又只是浅浅，不堕宋人五里雾中。客曰“况吾与子”，此曰“而吾与子”，一酬一对之间，差却境界多少！

19. 夫：那。

20. 往：这里是流尽的意思。

21. 盖将：大概。变：变动、变化。

22. 适：享受。

客喜而笑，洗盏更酌，肴核既尽，杯盘狼籍，相与枕藉乎舟中，不知东方之既白。结出大自在。

苏　轼

后赤壁赋

前赋，是特地发明胸前一段真实了悟。后赋，是承上文从现身现境，一一指示此一段真实了悟，便是真实受用也。本不应作文字观，而文字特妙。

是岁明承上文。十月之望，步自雪堂[1]，将归于临皋[2]。写不必定游赤壁。二客从予过黄泥之坂[3]，写不必定约某客。霜露既降，木叶尽脱，赋十月。人影在地，仰见明月。赋望。顾而乐之，行歌相答。赋自本欲归，客亦偶从。

已而[4]叹曰："已而"妙。何必定尔，何必定不尔？"有客无酒，有酒无肴；月白风清，如此良夜何？"一片光明空阔。客曰："今者薄暮，举网得鱼，巨口细鳞，状如松江之鲈。此鱼，须知出于"无尽藏"中。如不悟，便为负此二赋。顾安所得酒乎[5]？"归而谋诸妇[6]，妇曰："我有斗[7]酒，藏之久矣，以待子不时之需。"此酒，又出"无尽藏"中。若无后赋，前赋不明；若无前赋，

1. 步：步行。雪堂：苏轼贬谪黄州后所建居室名。堂于冬季下雪时建成，壁间又绘有雪景图，所以称为"雪堂"。

2. 临皋：亭名。在黄冈城南的长江边上。苏轼贬谪黄州时曾在此居住过。

3. 黄泥之坂：又称"黄泥坂"。黄冈城东的一座山坡。

4. 已而：过了一会儿。

5. 顾：但是。安所：何处。

6. 归：归家。谋诸妇：谋之于妇。谋，商量。妇，妻子。

7. 斗：古酒器名。

后赋无谓。

于是携酒与鱼，复游于赤壁之下。赤壁亦在“无尽藏”中，故得复游也。江流有声，断岸[8]千尺，山高月小，水落石出。曾日月之几何[9]，而江山不可复识矣。赋赤壁。人间世，大抵如此矣。

予乃摄衣而上，履巉岩[10]，披蒙茸，踞虎豹，登虬龙，攀栖鹘之危巢[11]，俯冯夷之幽宫[12]。盖二客不能从焉。赋自。先生于人间世，大抵如此。划然长啸[13]，草木震动，山鸣谷应，风起水涌。人间世，时时有此。予亦悄然而悲，肃然而恐，凛乎[14]其不可留也。先生亦不能不知难而退也。反而登舟，放乎中流，听其所止而休焉。赋人人大自在处。时夜将半，四顾寂寥，适有孤鹤，横江东来[15]。翅如车轮，玄裳缟衣，戛然[16]长鸣，掠予舟而西也。明明是鹤。赋鹤乎？自赋乎？必有悟者。

须臾客去，予亦就睡。梦一道士，羽衣蹁跹，过临皋之

8. 断岸：峭拔直立的江岸。

9. 曾日月之几何：才过了几天的时间啊。曾，才。

10. 履巉岩：登上陡峭的山崖。

11. 栖鹘：栖宿于树上的鹘。鹘，一种猛禽。危：高。巢：巢穴。

12. 俯：俯视。冯夷：水神。幽：深。宫：宫殿。

13. 划然长啸：厉声长啸。

14. 凛乎：惊恐的样子。凛，寒冷。

15. 东来：由东边飞来。

16. 戛然：这里是形容鹤鸟掠空鸣叫时声音的悠长。

下，揖予[17]而言，曰："赤壁之游乐乎？"问其姓名，俯而不答。明明是道士。赋道士乎？自赋乎？"呜呼噫嘻！我知之矣。畴昔[18]之夜，飞鸣而过我[19]者，非子也耶？"道士顾笑，予亦惊寤。然则道士化鹤耶？鹤化道士耶？鹤与道士，则必有分矣，此之谓"无尽藏"也。开户视之，不见其处。岂惟无鹤无道士，并无鱼，并无酒，并无客，并无赤壁，只有一片光明空阔。

17. 揖予：向我作揖。

18. 畴昔：昨天。畴，句首语气助词。昔，昨天。

19. 过我：从我的头上飞过。

苏　轼

喜雨亭记

亭与雨何与，而得以为名？然太守、天子、造物既俱不与，则即以名亭固宜。此是特特算出以雨名亭妙理，非姑涉笔为戏论也。

亭以雨名[1]，志喜也。“喜雨”二字拆开写。古者有喜，则以名物，示不忘也。释“志喜”二字。周公得禾，以名其书[2]；汉武得鼎，以名其年[3]；叔孙胜狄，以名其子[4]。其喜之大小不齐，其示不忘一[5]也。引古为证。

予至扶风之明年，始治官舍。为亭于堂之北，而凿池其南，引流种树，以为休息之所。先记作亭。是岁之春，雨麦于岐山之阳，其占为有年[6]。纵一笔为波，便使下文有“既而”字。既而弥月不雨，民方以为忧。弥月。越三月，乙卯乃雨[7]，越三月。甲子[8]又雨，又距八日。民以为未足；详书以见下雨之可喜也。丁卯[9]大雨，三日乃止[10]。次记雨。官吏相与庆于

1. 亭以雨名：亭子用“雨”来命名。喜雨亭，是苏轼在宋仁宗嘉祐七年（公元1062年）任凤翔府签书判官时所建。

2. “周公得禾”二句：周成王时，唐叔得“异禾”以献成王，成王则将它转赠给叔父周公（姬旦）。周公为此曾作《嘉禾》篇，原文已佚。

3. “汉武得鼎”二句：汉武帝刘彻元狩七年（公元117年）六月，在汾水上得到一个古鼎，于是改年号为“元鼎”（公元前116年至前111年）。

4. “叔孙胜狄”二句：春秋时鲁国遭狄人侵犯，鲁文公派叔孙得臣领兵反击，取得了胜利，并俘获狄人之国君侨如。为纪念自己的战功，叔孙得臣给自己的儿子宣伯起名为“侨如”。见《左传·文公十一年》。

5. 一：一致。

6. 占：占卜。有年：大有之年，即大丰收的年成。

7. 乙卯：古代以干支纪日，乙卯，指农历四月初二。乃雨：才下雨。

8. 甲子：指农历四月十一日。

9. 丁卯：指农历四月十四日。

10. 三日乃止：一连下了三天，雨才停止。

庭，商贾相与歌于市，农夫相与忭于野[11]。忧者以喜[12]，病者以愈[13]，次记喜。而吾亭适成。紧接此五字，妙。雨，更不可不喜。喜，更不可不志。志喜，更不可不以名亭，在此。

于是举酒于亭上，以属客[14]而告之，开出波澜。曰："五日不雨可乎？"更五日也。曰："五日不雨，则无麦。""十日不雨可乎？"曰："十日不雨，则无禾。"无麦无禾，岁且荐饥[15]，狱讼繁兴，而盗贼滋炽。则吾与二三子，虽欲优游以乐于此亭，其可得耶？先写忧一段，作翻。今天不遗斯民，始旱而赐之以雨，使吾与二三子得相与优游而乐于此亭者，皆雨之赐也。其又可忘耶？方写喜一段，作正。

既以名亭[16]，又从而歌之，曰：歌非余文，盖喜雨固必志，而志喜雨何故却于亭，此理还未说出，因借歌以发之。"使天而雨珠，寒者不得以为襦[17]；使天而雨玉，饥者不得以为粟。口头常语，天外妙文。一雨三日，伊谁之力？一眼注看亭，却不肯一笔便写亭。民

11. 忭：喜乐。野：田野。

12. 以喜：因下了雨而高兴。

13. 以愈：因下了雨而恢复了健康。

14. 属客：向客人敬酒。

15. 荐饥：连年饥荒。

16. 既以：既已。名亭：为亭子取名字。

17. 襦：这里泛指衣服。

曰太守，太守不有[18]；妙。归之天子，天子曰不然；妙。归之造物，造物不自以为功；妙。此即暗用"诸侯让善于天子，天子让善于天"旧语，却运化得全然不觉。归之太空，太空冥冥，不可得而名，吾以名吾亭。"妙妙。恰恰。

18. 太守不有：意谓太守认为不是自己的功劳。

苏　轼

超然台记

台名『超然』，看他下笔便直取『凡物』二字，只是此二字已中题之要害，便以下横说、竖说、说自、说他，无不纵心如意也。须知此文手法超妙，全从庄子《达生》《至乐》等篇取气来。

凡物台名“超然”，故以“凡物”二字起。皆有可观。四字，大智慧眼。苟有可观，皆有可乐，四字，大解脱心。非必怪奇伟丽者也。餔糟啜醨[1]，皆可以醉；果蔬草木，皆可以饱。推此类也，吾安往而不乐？用此一翻洗，“凡物”二字始大畅。

夫所为求福而辞祸者，以福可喜而祸可悲也。轻笔散行，逸宕可喜。人之所欲无穷，而物之可以足吾欲者有尽。美恶之辨战于中[2]，而去取之择交乎前，则可乐者常少，而可悲者常多，是谓求祸而辞福。一片纯是慈悲眼泪，却以轻笔散行出之。夫求祸而辞福，岂人之情也哉！物有以盖之矣[3]。彼游于物之内[4]，而不游于物之外。物非有大小也，自

1. 餔糟：食酒糟。啜醨：喝薄酒。

2. 美恶之辨：对事物好坏的辨别、判断。战：斗争。中：心中。

3. 物有以盖之矣：事物的真实面目常会被它的表面现象所掩盖。盖，掩盖。

4. 游：游心。物之内：事物之内。

其内而观之，未有不高且大者也。彼挟其高大以临我，则我常眩乱反复，如隙中之观斗，又乌知胜负之所在？是以美恶横生[5]，而忧乐出焉，可不大哀乎？只用轻笔散行，却说得恁透快。

余自钱塘移守胶西[6]，入题。释舟楫之安，而服车马之劳；去雕墙之美[7]，而蔽采椽之居；背湖山之观，而适桑麻之野。反言安得超然。此段，始至胶西。始至之日，岁比不登，盗贼满野，狱讼充斥；而斋厨索然，日食杞菊，人固疑余之不乐也。反言安得超然。此段，在胶西以来。处之期年[8]，而貌加丰[9]，发之白者，日以反黑。余既乐其风俗之淳，而其吏民亦安余之拙也[10]。

于是治其园圃，洁其庭宇，伐安丘、高密之木[11]，以修补破败，为苟完[12]之计。不便写台，最有委次。而园之北，因城以为台者旧矣。稍葺而新之，时相与登览，放意肆志焉。方写台。南望马耳、常山[13]，出没隐见[14]，若近若远，

5. 横生：纷至沓来。

6. 自钱塘移守胶西：苏轼于熙宁七年（公元1074年）在杭州通判任上，被调至密州（今山东诸城）任知州。次年，由他主持，在密州北城上修建了超然台。钱塘，指杭州。胶西，今山东胶州、高密一带，当时属密州。这里是以胶西指代密州。

7. 去雕墙之美：离开有雕梁画栋的华美屋宇。

8. 期年：满一年。

9. 加丰：变得丰满起来。

10. 安：习惯于。拙：笨拙无能。

11. 安丘、高密：均山东地名。

12. 苟完：大致完备。

13. 马耳：山名，在山东诸城市南五里。常山：山名，在山东诸城市南二十里。

14. 隐见：时隐时现。见，同“现”。

庶几有隐君子乎[15]？南。而其东则卢山，秦人卢敖之所从遁也。东。西望穆陵[16]，隐然如城郭，师尚父、齐威公之遗烈，犹有存者[17]。西。北俯潍水[18]，慨然太息，思淮阴之功，而吊其不终[19]。北。虽出习家蓝本，而情实过十倍矣。台高而安，深而明，夏凉而冬温。十一字，写台。雨雪之朝，风月之夕，余未尝不在，客未尝不从。十八字，写人。撷园蔬，取池鱼，酿秫[20]酒，瀹脱粟而食之[21]。曰：乐哉游乎！

二十字，写人与台之日用平常。

方是时，余弟子由适在济南[22]，闻而赋之[23]，且名其台曰“超然”。十九字，写台名字。以见余之无所往而不乐者，盖游于物之外也。前幅持笔提出二句：“彼游于物之内，而不游于物之外。”至此忽然结其一句，如应不应，有意无意，天然妙笔！

15. 庶几：或者。隐君子：隐居的君子。

16. 穆陵：关名，在山东临朐县东南大岘山上。

17. 师尚父：吕尚。齐威公：齐桓公，名小白，春秋五霸之一。南宋人因避钦宗名讳，刻书时改“桓”为“威”。遗烈：遗留下来的辉煌业绩。犹有存者：指吕尚、齐桓公的某些遗迹至今尚存。

18. 北俯：向北俯视。潍水：河名，在今山东省境内，流经诸城、高密等地。

19. 吊：伤悼。其：他，指韩信。不终：不得善终。

20. 秫：黏高粱，可以用来酿制烧酒。

21. 瀹：煮。脱粟：糙米。

22.子由：苏辙（字子由），此时他正在济南郡兴德军任掌书记之职。

23. 赋之：苏辙曾作《超然台赋》，见《栾城集》卷十七。

苏　轼

凌虚台记

读之如有许多层节，只是兴成、废毁二段，一写再写耳。

国[1]于南山之下，宜若起居饮食与山接也。笔亦凌虚而起。

四方之山，莫高于终南[2]；而都邑之丽山者，莫近于扶风。以至近求最高[3]，其势必得，而太守之居未尝知有山焉[4]。虽非事之所以损益，而物理有不当然者[5]，此"凌虚"之所为筑也[6]。笔笔凌虚而起，世间烟火小儿胸膈间，岂能知有如此想路哉！

方其未筑也，太守陈公[7]，杖履逍遥于其下[8]。见山之出于林木之上者，累累如人之旅行于墙外而见其髻也，曰：是必有异。好，好！笔笔凌虚。使工凿其前为方池，以其土筑台，高出于屋之檐而止。然后人之至于其上者，恍

1. 国：郡国。这里是建立州、府城郭的意思。

2. 终南：终南山，又称南山。

3. 至近：指离终南山最近。最高：最高的景致。指终南山景。

4. 太守之居：指知府的官邸。未尝知有山焉：意谓望不到终南山景。

5. 物理：指山城应有可观赏的山景这一常理。不当然：不应当是这样的。

6. 此"凌虚"之所为筑也：这就是凌虚台建造的原因啊。凌虚台，为凤翔知府陈希亮于嘉祐八年（公元 1063 年）所建。当时年轻的苏轼在凤翔府担任签书判官的职务。

7. 陈公：陈希亮。

8. 杖履：持杖着履。逍遥：漫步。

然不知台之高，而以为山之踊跃奋迅而出也。好，好！笔笔凌虚。公曰：是宜名“凌虚”。以告其从事[9]苏轼，而求文以为记。

轼复于公曰：物之废兴成毁，不可得而知也。提。昔者荒草野田，霜露之所蒙翳[10]，狐虺[11]之所窜伏，方是时，岂知有凌虚台耶？兴成。废兴成毁，相寻于无穷，则台之复为荒草野田，皆不可知也。废毁，先分过。尝试与公登台而望：其东则秦穆[12]之祈年、橐泉也，其南则汉武[13]之长杨、五柞，而其北则隋之仁寿、唐之九成也[14]。又用习凿齿。计其一时之盛，宏杰诡丽[15]，坚固而不可动者，岂特百倍于台而已哉！例兴成。然而数世之后，欲求其仿佛，而破瓦颓垣，无复存者；既已化为禾黍、荆棘、丘墟、陇亩矣[16]——而况于此台欤？例废毁。

夫台犹不足恃以长久，而况于人事之得丧[17]，忽往而忽来者欤？而或者欲以夸世而自足，则过矣！此是凌虚之

9. 从事：僚属。签书判官是知府的下级属员。

10. 蒙翳：遮蔽。

11. 狐虺：狐狸和毒蛇。

12. 秦穆：秦穆公。

13. 汉武：汉武帝刘彻。

14. 仁寿：隋朝宫名。九成：九成宫。九成宫，是唐太宗时，在原仁寿宫的基础上改建而成的。

15. 宏杰：宏大高耸。诡：怪异。

16. 丘墟：荒地。陇亩：垄亩，指田地。

17. 得丧：得失。

“虚”字。盖世有足恃者，而不在乎台之存亡也。此是凌虚之“凌”字。高手人作文，无闲句、字也。

既以言于公，退而为之[18]记。

18. 之：他，指知府陈希亮。

苏　轼

三槐堂铭

此等题，最难是脱俗。今先生世世皆与极力表章称叹，却无一句一字不脱俗。我尝细细察之，只为其起手时，写得『天可必』『天不可必』二端，便更无有俗气得到其笔尖也。

天可必乎[1]？贤者不必贵，仁者不必寿。天不可必乎？仁者必有后[2]。二者将安取衷哉？一入手，便作如许摇动，添出姿态。吾闻之申包胥[3]曰：“人众者胜天，天定亦能胜人。”世之论天者，皆不待其定而求之，故以天为茫茫，善者以怠，恶者以肆。看先生作此言，是何等心地！盗跖之寿，孔、颜之厄，此皆天之未定者也；未定。松柏生于山林，其始[4]也困于蓬蒿，厄于牛羊，而其终也，贯四时、阅千岁而不改者[5]，其天定也。定。善恶之报，至于子孙，则其定也久矣！独承“定”。吾以所见闻考之，而其可必也审矣！独承“定”。此句便是入题笔势。

1. 天：指天道。可必乎：是可以料定其必然的吗？必，必然。

2. 后：这里指昌盛的后代。

3. 申包胥：春秋时楚国大夫。伍子胥仕吴后，曾率兵伐楚，破郢都，掘楚平王墓而鞭其尸。后来申包胥入秦求救兵，立于秦廷昼夜哭泣达七日七夜，终于感动了秦哀公，使他同意派兵救楚。事见《史记·伍子胥列传》。

4. 始：开头，指树苗刚出土时。

5. 终：长成以后。贯四时：四季常青。阅千岁：经历千年。

国之将兴，必有世德之臣，厚施而不食其报[6]，指晋国也。然后其子孙能与守文太平之主共天下之福。指魏国也。看他先虚起。故兵部侍郎晋国王公[7]，讳祐。显于汉、周之际[8]，历事太祖、太宗，文武忠孝，天下望以为相，而公卒以直道不容于时。此三句，极力表晋国。盖尝手植三槐[9]于庭，曰："吾子孙必有为三公者。"三槐之名始此。已而其子魏国文正公[10]，讳旦。相真宗皇帝于景德、祥符之间[11]，朝廷清明，天下无事之时，享其福禄荣名者十有八年。此四句，极力表魏国。必为三公之言果验也。今夫寓物于人，明日而取之，有得有否[12]。忽然作宽笔。而晋公[13]修德于身，责报[14]于天，取必于数十年之后，如持左契[15]，交手相付：吾是以知天之果可必也。忽然仍作紧笔。结过。

吾不及见魏公[16]，而见其子懿敏公[17]，讳素。看他写世德子孙，故又添出一世。以直谏事仁宗皇帝，出入侍从将帅三十余年，位不满其德[18]，此三句，极力表懿敏公。天将复兴王氏也欤？何其子孙之多贤也。唱叹不尽，笔底津津然，妙甚！世有以晋公比李栖筠[19]者，不是蛇足李栖筠，亦不是骥附李栖筠，正是请出一相

6. 世德：数代积德。施：施舍、给予。不食：不享受。报：报答、报酬。

7. 晋国王公：王祜。王祜，字景叔，五代至宋初时人。宋朝建立后，他任过潞州知州和兵部侍郎，死后封为晋国公。

8. 显：有名气。汉、周：指后汉（公元947—950年）、后周（公元951—960年）。

9. 手植：亲手种植。三槐：三株槐树。上古时期朝廷的外朝所植三槐，是三公之位，见《周礼·秋官》。

10. 魏国文正公：王旦。王旦，字子明，为王祜之次子。宋真宗景德年间出任宰相。死后封为魏国公，谥文正。

11. 景德、祥符：景德（公元1004—1007年）、大中祥符（公元1008—1016年），均系宋真宗年号。

12. 否：取不到。

13. 晋公：指王祜。

14. 责报：要求报酬。

15. 左契：左券、左联。古时契约分为左右两联，双方各执一联，左联常用来作为索偿的凭证。

16. 魏公：指王旦。

17. 懿敏公：王素。王素，字仲仪，王旦之子。曾任鄂州知州、知谏院、成都知府、渭州知州、工部尚书。死后谥懿敏。

18. 位：官职。不满其德：（官位不够高）难以与其德行相符。

19. 李栖筠：唐代宗时人，曾官给事中，后因元载的排挤，被贬为外官。其子李吉甫，唐宪宗时任过宰相。其孙李德裕，唐武宗时任过宰相。

近人，再衬出色。其雄才直气，真不相上下；且说同。而栖筠之子吉甫，其孙德裕，功名富贵，略与王氏等，且说同。而忠恕仁厚，不及魏公父子。请李栖筠，乃只为此句也。忠恕仁厚，后世固必为三公也。由此观之，王氏之福，盖未艾也。再结过。

懿敏公之子巩与吾游[20]，看他又添出一世。好德而文，以世其家[21]，此二句，是极力表巩。吾是以录之。铭曰：

呜呼休[22]哉！魏公之业，与槐俱萌[23]；好。封植之勤，必世乃成[24]。好。既相真宗，四方砥平；归视其家，槐荫满庭。好。

吾侪小人，朝不及夕，相时射利[25]，皇恤厥德[26]？庶几侥幸，不种而获。好。不有君子，其何能国[27]？好。

王城之东，晋公所庐[28]，郁郁三槐，惟德之符[29]。呜呼休哉！

20. 巩：王巩，字定国，自号清虚先生。王旦之孙。能诗，与苏轼、黄庭坚等常相唱和。曾官大理评事、太常博士。后因苏轼“乌台诗案”牵连，曾被贬官宾州（今广西宾阳）。

21. 世：这里是继承的意思。家：指家风。

22. 休：美好。

23. 俱萌：同时萌芽、生长。

24. 必世乃成：肯定会在后世显示出成绩来。

25. 相：观察。时：时机。射利：谋取私利。

26. 皇恤厥德：哪有空闲去忧虑？皇，通“遑”。厥，其。德，德行。

27. 能国：能够立国。

28. 晋公所庐：晋公（王祐）所建的房屋。

29. 惟德之符：是（王家）世代积德的凭据。

辙

2 篇

苏　辙

六国论

看得透，写得快。笔如骏马下坂，云腾风卷而下，只为留足不住故也。此文在阿兄手中，犹是得意之作。『三苏』之称，岂曰虚语？

尝读六国世家[1]，窃怪天下之诸侯[2]，以五倍之地，十倍之众，发愤西向，以攻山西[3]千里之秦，而不免于灭亡。先窃怪。常为之深思远虑，以为必有可以自安[4]之计，次为之代思。盖未尝不咎其当时之士，虑患之疏，而见利之浅，且不知天下之势也。次深咎当时策士，下方发议。

夫秦之所与诸侯争天下者，不在齐、楚、燕、赵也，而在韩、魏之郊。诸侯之所与秦争天下者，不在齐、楚、燕、赵也，而在韩、魏之野。秦之有韩、魏，譬如人之有腹心之疾也。韩、魏塞秦之冲，而蔽山东之诸侯，故夫天下之所重者，莫如韩、魏也。一眼注定韩、魏。笔又切玉如泥。

1. 尝读：（我）曾读。六国世家：指司马迁《史记》中的《齐太公世家》《燕召公世家》《楚世家》《赵世家》《魏世家》《韩世家》。

2. 窃怪：私下责怪。天下之诸侯：指秦以外的六国诸侯。

3. 山西：古地区名。战国时，称崤山（今河南西部）或华山（今陕西东部）以西为“山西”。

4. 自安：保全自己。

昔者范雎用于秦而收韩[5]，商鞅用于秦而收魏[6]，昭王[7]未得韩、魏之心，而出兵以攻齐之刚、寿[8]，而范雎以为忧，然则，秦之所忌者，可以见矣。引证。秦之用兵于燕、赵，秦之危事也。越韩过魏而攻人之国都，燕、赵拒之于前，韩、魏乘[9]之于后，此危道也。曲折。凡三十九字，只得是上半句。而秦之攻燕、赵，未尝有韩、魏之忧，曲折。此是下半句。则韩、魏之附秦故也。夫韩、魏，诸侯之障，而使秦人得出入于其间[10]，此岂知天下之势耶？此切责韩、魏。委[11]区区之韩、魏，以当强虎狼之秦，彼安得不折而入于秦哉？韩、魏折而入于秦，然后秦人得通其兵于东诸侯[12]，而使天下遍受其祸。此切责东诸侯。

夫韩、魏不能独当秦，妙，妙。而天下之诸侯，藉之以蔽其西，妙，妙。故莫如厚韩亲魏以摈秦，一句，连下未绝。秦人不敢逾韩、魏以窥齐、楚、燕、赵之国，二句，又连下未绝。而齐、楚、燕、赵之国，因得以自完[13]于其间矣，三句，又连下未绝。以四无事之国[14]，佐当寇之韩、魏，四句，又连下未

5. 范雎用于秦而收韩：范雎，字叔游，战国时魏国人。因在魏国受到残酷迫害，化名张禄，逃亡入秦，后仕至丞相，封应侯。秦昭王用其谋略，改进了内政外交政策，使秦国不断强大起来，多次战胜韩国，攻占了韩国的许多地方。

6. 商鞅用于秦而收魏：商鞅，原名公孙鞅，又称卫鞅。战国中期卫国人。入秦后，得秦孝公的信任，大力推行变法，使秦国得以日益富强，为后来秦始皇的统一全国奠定了基础。秦孝公根据商鞅的建议，曾派他领兵伐魏。商鞅用计大败魏军，并俘虏了魏公子卬，迫使魏国割让了河西之地。

7. 昭王：秦昭王嬴则，公元前306—前251年在位。

8. 刚、寿：刚，故城在今山东宁阳东北。寿，故城在今山东东平西南。

9. 乘：乘机进攻。

10. 出入于其间：指秦军越过韩、魏国境去进攻其他诸侯国一事。

11. 委：丢弃。

12. 通：输送。东诸侯：山东的诸侯国。

13. 自完：保持领土的完整。

14. 四无事之国：指齐、楚、燕、赵。

绝。使韩、魏无东顾之忧，而为天下出身以当秦兵，五句，又连下未绝。以二国委秦，而四国休息于内，以阴助[15]其急，六句，又连下未绝。若此可以应夫无穷，彼秦者将何为哉[16]？直至此第七句，始得绝。胸中眼中，如镜如水，而笔乃更作此环锁之状，大奇，大奇！不知出此，而乃贪疆埸[17]尺寸之利，背盟败约，以自相屠灭，真可恨可笑！秦兵未出而天下诸侯已自困矣。至使秦人得伺其隙以取其国，可不悲哉！文住时，恰似骤雨住时。

15. 阴助：暗中帮助。

16. 将何为哉：将能干什么呢？

17. 疆埸：疆界、边界。

苏　辙

上枢密韩太尉书

上书大人先生，更不作喁喁细语，一落笔，便纯是一片奇气。此一片奇气最难得。若落笔时写不得着，即此文通篇都无有。

太尉[1]执事：辙生好为文，思之至深，以为文者气之所形[2]。然文不可以学而能，气可以养而致。高论，至论。一振。文势突兀。孟子曰："我善养吾浩然之气。"今观其文章，宽厚宏博，充乎天地之间，称其气之小大。一证。太史公行天下，周览四海名山大川[3]，与燕、赵间豪俊交游，故其文疏荡，颇有奇气。二证。此二子[4]者，岂尝执笔学为如此之文哉？其气充乎其中[5]，而溢乎其貌，动乎其言，而见乎其文，而不自知也。一落。文势突兀。

辙生十有九年矣[6]。看其意思甚疏宕。其居家所与游者，不过其邻里乡党[7]之人；一。所见不过数百里之间，无高山大

1. 太尉：指韩琦。字稚圭，历仕宋仁宗、英宗、神宗三朝，曾任枢密使，封魏国公，与范仲淹齐名。因宋之枢密使为掌管全国军事的最高长官，类似秦、汉时的太尉，故称韩琦为"太尉"。

2. 气：作家的气质、精神。形：显、表现。

3. "太史公行天下"二句：《史记·太史公自序》："二十而南游江、淮，上会稽，探禹穴，窥九疑，浮于沅、湘，北涉汶、泗，讲业齐、鲁之都，观孔子之遗风，乡射邹、峄，厄困鄱、薛、彭城，过梁、楚以归。"又《史记·五帝本纪》载太史公曰："余尝西至空峒，北至涿鹿，东渐于海，南浮江、淮矣。"太史公，司马迁。周览，遍游。

4. 二子：指孟轲、司马迁。

5. 中：心中。

6. 辙生十有九年矣：我（苏辙）出生已有十九年了。苏辙，字子由，为苏轼之弟。他生于宋仁宗宝元二年（公元1039年），嘉祐二年（公元1057年）为十九岁，这一年与苏轼同中进士。中进士后，他写了这封信上给枢密使韩琦。

7. 乡党：周朝时以一万二千五百家为乡，以五百家为党。后因以"乡党"泛指乡里。

野，可登览以自广[8]；二。百氏之书，虽无所不读，然皆古人之陈迹，不足以激发其志气。三。恐遂汩没，故决然舍去[9]，求天下奇闻壮观，以知天地之广大。空提，以起下四段。过秦、汉之故都[10]，恣观终南、嵩、华之高[11]，妙。北顾黄河之奔流，慨然想见古之豪杰。妙。至京师，仰观天子宫阙之壮，与仓廪、府库、城池、苑囿之富且大也[12]，而后知天下之巨丽。妙。见翰林欧阳公，听其议论之宏辩，观其容貌之秀伟，与其门人贤士大夫[13]游，而后知天下之文章聚乎此也。妙。本学习凿齿，而疏宕过其十倍。看他上书韩太尉，却先引一欧阳公，妙，妙。

太尉以才略冠天下，天下之所恃以无忧，四夷之所惮以不敢发，入则周公、召公，出则方叔、召虎，而辙也未之见[14]焉。至此，更不得不入太尉，然笔势疏宕，绝非寻常径路。且夫人之学也，不志其大，虽多而何为？辙之来也，于山见终南、嵩、华之高，于水见黄河之大且深，于人见欧阳公，而犹以为未见太尉也，故愿得观贤人之光耀，闻

8. 自广：开阔自己的胸襟。

9. 决然：毅然。舍去：离开家乡。苏辙于嘉祐元年（公元 1056 年）随其父苏洵、其兄苏轼离开眉山，经成都、长安、洛阳赴汴京（今河南开封市）。

10. 秦、汉之故都：指咸阳（秦朝都城）、长安（西汉都城）、洛阳（东汉都城）。

11. 恣观：纵情观览。终南：终南山，又称南山。山在陕西西安市南，为秦岭主峰之一。嵩：嵩山，为五岳之一，在今河南登封市北。华：华山，为五岳之一，在今陕西华阴市南。

12. 仓廪：粮食仓库。府库：钱财或文书收藏之所。池：指护城河。苑囿：供帝王及贵族游玩、狩猎用的皇家林园。

13. 门人贤士大夫：指梅尧臣、苏舜钦、曾巩等人。

14. 未之见：未见之。之，指韩琦。

一言以自壮，然后可以尽天下之大观而无憾者矣[15]。写求见。又重叙上文一遍，总是笔势疏宕之极。

辙年少，未能通习吏事。向之来，非有取于斗升之禄[16]，偶然得之，非其所乐。又自明志气，只是笔势疏宕。然幸得赐归待选[17]，使得优游数年之间，将归益治其文，且学为政。太尉苟以为可教而辱教之[18]，又幸矣。

15. 尽：这里是遍阅的意思。大观：宏伟、壮丽的景观。

16. 非有取：不是为了谋求。斗升之禄：微薄的俸禄。

17. 赐归：承蒙朝廷恩赐，准许我暂时回家。待选：等待朝廷选用。

18. 辱教之：屈尊教育、启发我。之，指作者苏辙。

巩

1 篇

曾巩

《战国策》目录序

精整不懈散之文。

刘向所定《战国策》三十三篇[1]，《崇文总目》[2]称第十一篇者阙。臣访之士大夫家，始尽得其书，正其误谬，而疑其不可考者，然后《战国策》三十三篇复完[3]。

叙曰：向叙此书[4]，言周之先，明教化，修法度，所以大治；及其后，谋诈用而仁义之路塞，所以大乱。引向言。其说既美矣。与向。卒以谓此书战国之谋士度时君之所能行，不得不然。又引向言。则可谓惑于流俗，而不笃于自信者也。讥向。

夫孔、孟之时，去周之初，已数百岁，其旧法已亡，旧

1. 刘向：字子政，本名更生。西汉经学家、目录学家、文学家。著有《新序》《说苑》《列女传》等书。《战国策》一书，原名有《国策》《国事》《短长》《事语》《长书》《修书》等，经刘向整理校订、编订后，才定为今名。

2.《崇文总目》：宋代国家藏书的目录，由仁宗朝的翰林学士王尧臣等奉诏编成。

3. "臣访之士大夫家"五句：刘向编订的《战国策》（三十三篇），流传至北宋时，已有所残缺。曾巩在史馆任职时，曾访求民间士人珍藏的善本，对《战国策》一书作过校勘整理工作。臣，曾巩自称。正，纠正。疑，存疑。不可考者，难以考订的字句。复，重新、又。完，完整。

4. 向叙此书：向，刘向。此书，指《战国策》。刘向作有《战国策书录》一文。

俗已熄久矣。二子乃独明先王之道[5]，以为不可改者，斗然提笔，折衷二子。岂将强天下之主以后世之所不可为哉？亦将因其所遇之时，所遭之变，而为当世之法，使不失乎先王之意而已。说二子，最精切。

二帝三王之治[6]，其变固殊，其法固异，而其为国家天下之意，本末先后，未尝不同也。斗然再提笔。二子之道，如是而已。盖法者，所以适变[7]也，不必尽同；道者，所以立本也，不可不一[8]：此理之不易者也。故二子者守此，岂好为异论哉？能勿苟而已矣。可谓不惑乎流俗，而笃于自信者也。说二子，最精切。

战国之游士则不然，一句判定。不知道之可信，而乐于说之易合[9]；其设心注意[10]，偷[11]为一切之计而已。先通判。故论诈之便，而讳其败；言战之善，而蔽其患[12]。其相率[13]而为之者，莫不有利焉，而不胜其害也；有得焉，而不胜其失也[14]。再细判。卒至苏秦、商鞅、孙膑、吴起、李斯之

5. 二子：指孔子、孟子。先王之道：先王的治国之道。先王，指传说中以及商、周时期的圣明君王，如尧、舜、禹、商汤、周文王、周武王等。

6. 二帝：指尧、舜。三王：指夏禹、商汤、周文王和周武王。

7. 适变：随着时代的变化而变化。

8. 一：一致。

9. 乐：喜欢。说：自己的说法、见解、建议。易合：容易投人主之所好。

10. 设心注意：居心用意。设，置。注，措、用。

11. 偷：苟且。

12. 善：好处。蔽：掩盖。其：指战争。患：祸害。

13. 相率：交互带头。

14. “莫不有利焉”四句：意谓按游说之士的意见去办事，只能是害多于利、失大于得。

徒，以亡其身；而诸侯及秦用之者，亦灭其国，其为世之大祸，明矣。而俗犹莫之寤也[15]。判毕。惟先王之道，因时适变，为法不同，而考之无疵，用之无弊。故古之圣贤，未有以此而易彼也。再缴归二子所守先王之道。

或曰："邪说之害正也，宜放而绝之，则此书之不泯，其可乎？"此难不可少。不然，便不应又与校完。对曰："君子之禁邪说也，固将明其说于天下，使当世之人，皆知其说之不可从，然后以禁，则齐；使后世之人，皆知其说之不可为，然后以戒，则明。岂必灭其籍哉？放而绝之，莫善于是。是以孟子之书，有为神农之言者，有为墨子之言者，皆著而非之。解难毕。是以与之校完也。至于此书之作，则上继《春秋》，下至楚、汉之起，二百四五十年之间，载其行事，固不可得而废也。"又说出一不可不与校完之故。

此书有高诱注者二十一篇，或曰三十二篇[16]。《崇文总目》存者八篇[17]，今存者十篇。

15. 俗：世俗之人。寤：通"悟"。

16. 高诱：东汉时人，曾为《战国策》《吕氏春秋》《淮南子》作过注解。《隋书·经籍志》载高诱注《战国策》二十一卷，《新唐书·经籍志》则作三十二卷。

17. 存者八篇：据《崇文总目》（清人钱东垣等辑本）卷二载："又有后汉高诱注本二十卷，今阙第一、第五、十一至二十，止存八卷。"

王

石

3 篇

王 安 石

《同学》一首别子固

此为瘦笔，而中甚腴。学文必当由瘦以入腴；如先学腴，即更无由得瘦也。

江之南有贤人焉，字子固[1]，非今所谓贤人者，予慕而友之；淮之南有贤人焉，字正之[2]，非今所谓贤人者，予慕而友之。劈起二比，如离如合。奇情，奇笔！

二贤人者，足未尝相过也，口未尝相语也，辞币未尝相接也：其师若友，岂尽同哉？予考其言行，其不相似者何其少也。曰：学圣人而已矣！劈起二比，接手忽起顿折，折出此一句。学圣人，则其师若友必学圣人者。圣人之言行，岂有二[3]哉？其相似也适然[4]。奇笔劈起，直至此始全落下。予在淮南，为正之道子固，又起。真乃奇情、奇笔！正之不予疑也。写正之妙。还江南，为子固道正之，子固亦以为然[5]。写子固

1. 子固：曾巩（公元1019—1083年），字子固，与欧阳修、王安石、苏轼等一道积极投身诗文革新运动，是北宋著名的散文家。曾校勘《战国策》《列女传》等古籍，著有《元丰类稿》。

2. 淮：淮河。正之：孙侔，字正之，因扬州知州刘敞的推荐，曾被任命为校书郎、扬州州学教授。

3. 二：两样。

4. 适然：当然。《汉书·贾谊传》："以为是适然耳。"颜师古注："适，当也，谓事理当然。"

5. 然：是。

妙。比法整，句法又不整，妙。予又知所谓贤人者，既相似又相信不疑也。笔又落下。

子固作《怀友》一首遗予[6]，其大略欲相扳以至乎“中庸”而后已[7]，又起。又写子固详。正之盖亦尝云[8]尔。又写正之略。一详一略，参差入妙。夫安驱徐行，辚[9]“中庸”之庭，而造于其室[10]，舍二贤人者而谁哉？总二贤。予昔非敢自必其有至也[11]，亦愿从事于左右焉尔，辅而进之其可也[12]。入自己。

噫！官有守，私有系[13]，会合不可以常也，同学、兄弟，每每若此，言之慨然。作《同学》一首别子固，以相警，且相慰云。正文只此一二言。

6.《怀友》：曾巩写赠王安石的文章篇名。此文今见于南宋吴曾《能改斋漫录》卷十四。一首：一篇。遗予：赠给我。

7. 其：指《怀友》一文。大略：大意。相扳：勉励的意思。扳，拉。中庸：儒家的伦理思想。指处理事情的态度要不偏不倚、无过无不及。为儒家所提倡的最高道德标准。已：止。

8. 尝云：曾经这样说。

9. 辚：辚轹，车轮辗过。

10. 造：往、到。室：内室，比喻最高境界。

11. 自必：自信。有至：一定会到达。

12. 辅：帮助。进：前进。之：我，指王安石本人。

13. 系：家务缠身。

王安石

读《孟尝君传》

凿凿只是四笔，笔笔如一寸之铁，不可得而屈也。读之可以想见先生生平执拗，乃是一段气力。

世皆称孟尝君能得士[1]，士以故归之[2]，而卒赖其力以脱于虎豹之秦。斗然举起。嗟乎！孟尝君特鸡鸣狗盗之雄耳[3]，岂足以言得士？斗然劈落。不然，擅齐之强[4]，得一士焉，宜可以南面而制秦[5]，尚何取鸡鸣狗盗之力哉？斗然转变。夫鸡鸣狗盗之出其门，此士之所以不至也[6]。斗然断定。

1. 孟尝君：田文。战国时齐国公子，封于薛，门下养食客三千余人。孟尝君与魏国的信陵君、赵国的平原君、楚国的春申君都以好客养士而出名，被称为“战国四公子”。

2. 以故：出于这个原因。归之：依附于他。指到孟尝君门下做食客。

3. 特：只不过是。雄：首领。

4. 擅齐之强：据有齐国的强大力量。

5. 南面而制秦：意谓迫使秦王向齐国屈服称臣。南面，帝王。古时帝王之位面向南方，故称居于帝王之位为“南面”。

6. 士：指有雄才大略、能安邦治国之士。不至：不到孟尝君的门下去。

王安石

泰州海陵县主簿许君墓志铭

如崩崖，如断岸，如欲堕不堕危石，如仄路合沓，走出仍是前溪。此为王介甫先生之笔。

君讳平，字秉之，姓许氏[1]。余尝谱其世家，所谓“今泰州海陵县主簿”者也。才动手，忽作此拗折之笔，此为介甫先生文字。君既与兄元[2]相友爱称天下，而自少卓荦不羁[3]，善辩说；与其兄俱以智略为当世大人所器。宝元[4]时，朝廷开方略之选[5]，以招天下异能之士，而陕西大帅范文正公、郑文肃公争以君所为书以荐[6]。于是得召试，为太庙斋郎，已而选泰州海陵县主簿。叙事至多，而用笔甚少，细细察之。贵人多荐君有大才，可试以事，不宜弃之州县。君亦尝慨然自许，欲有所为。然终不得一用其智能以卒。噫！其可哀也已。一句断，下发议。

1. 姓许氏：许平，是唐玄宗时曾任睢阳太守、抗击安禄山叛军的民族英雄许远的后人。许远，为杭州盐官（今浙江海宁西南）人。其孙许儒时迁居宣州宣城（今安徽宣城）。

2. 元：许元，宣州宣城人，曾任江淮、荆湖、两浙制置发运使和扬州、越州、泰州知州。所在以敛取民财为能事，常聚集珍宝以贿赂京师权贵，是以颇为百姓所怨恨。

3. 卓荦：超绝、突出。不羁：不受约束。

4. 宝元：宋仁宗年号。宝元元年为公元 1038 年。

5. 开方略之选：指自宝元二年起，朝廷增设方略、材武两科取士，为官吏队伍选送人才一事。

6. “陕西大帅”句：范文正公，范仲淹（公元989—1052 年），字希文，吴县（今江苏苏州）人。官至参知政事（副宰相）。死后谥“文正”，世称范文正公。郑文肃公，郑戬，字天休，吴县人。死后谥“文肃”，故称其为郑文肃公。因范仲淹曾任陕西路安抚经略招讨副使，郑戬曾任陕西四路都总管兼经略招讨使，所以王安石又称他们为“陕西大帅”。

士固有离世异俗，独行其意，骂讥、笑侮、困辱而不悔；彼皆无众人之求，而有所待于后世者也，其龃龉固宜。百忙中，忽然插出另一样人，总是天姿拗折过人。若夫智谋功名之士，窥时俯仰[7]，以赴势利之会[8]，而辄[9]不遇者，乃亦不可胜数。辩足以移万物，而穷于用说之时[10]；谋足以夺三军，而辱于右武之国。此又何说[11]哉？“若夫”妙，“乃亦”妙，“此又何”妙。笔之拗折，全赖清出，此数字总是清出过人。嗟夫！彼有所待而不悔者，其知之矣。百忙中，又拗折去。

君年五十九，以嘉祐某年某月某甲子，葬真州之扬子县甘露乡某所之原。夫人李氏，子男瑰，不仕；璋，真州司户参军；琦，太庙斋郎；琳，进士。女子五人，已嫁二人：进士周奉先、泰州泰兴县令陶舜元。铭曰：

有拔而起之，莫挤而止之[12]。呜呼许君！而已于斯。谁或使之？纯是拗折，却甚淋漓，真奇绝之笔也。

7. 俯仰：变化。

8. 会：中心场所。

9. 辄：即、却。

10. 用说之时：重用有口才者的时候。

11. 何说：如何解释。

12. 挤：排挤。止之：阻止你。

范

淹

2 篇

范仲淹

严先生祠堂记

一起一结，中间整整相对。有发挥，有佐证，有咏叹，有交互。此今日制义之所自出也。

先生[1]，光武之故人也，总出先生、光武。相尚[2]以道。总赞。先用四字总赞，下逐对反复分赞。及帝握赤符[3]，乘六龙[4]，得圣人之时[5]，臣妾亿兆，天下孰加焉？赞光武。上半句，宾。惟先生以节高之。赞先生。下半句，主。既而动星象[6]，归江湖，得圣人之清，泥涂轩冕[7]，天下孰加焉？赞先生。上半句，宾。惟光武以礼下之。赞光武。下半句，主。

在《蛊》之上九，众方有为，而独“不事王侯，高尚其事”，先生以之。引经，证先生。在《屯》之初九，阳德方亨，而能“以贵下贱，大得民也”，光武以之。引经，证光武。

1. 先生：严先生，指严光。严光，字子陵，会稽余姚人。少时与汉光武帝刘秀同学。刘秀即帝位后，他改名隐居。后被召至京师洛阳，任为谏议大夫，他坚决推辞，不肯就任，后归隐富春山。

2. 相尚：相重。

3. 赤符：建武元年春夏之交，刘秀率军进据长安附近的鄗县，有书生彊华从关中来献赤伏符，被群臣称为“受命之符”，于是刘秀即应臣下之请，设坛祭天，在六月间正式登上帝位。

4. 六龙：《周易·乾》中有“时乘六龙以御天”的话，后因以“六龙”代指皇帝车驾。

5. 圣人：这里指帝王。时：时机。

6. “既而动星象”句：《后汉书·严光传》载：汉光武帝尝往访严光于京师（洛阳）馆舍，经长时间的谈话以后，“因共偃卧”，而“光以足加帝腹上”，“明日太史奏：客星犯御座甚急。帝笑曰：故人严子陵共卧耳”。动，感应。

7. 泥涂轩冕：视轩冕为泥涂。涂，污泥。轩冕，指官位爵禄。轩，轩车。冕，冕服。

盖先生之心，出乎日月之上；再赞先生。光武之量，包乎天地之外。再赞光武。微先生不能成光武之大，互赞先生、光武。微光武岂能遂先生之高哉？互赞光武、先生。而使贪夫廉，懦夫立，是大有功于名教也！独归到先生，一句结住。

仲淹来守是邦[8]，始构堂而奠焉。乃复为其后者四家[9]，以奉祠事[10]，又从而歌曰："云山苍苍，江水泱泱。先生之风，山高水长。"祠堂记后应有歌，即如迎神、送神曲例也。

8. 仲淹来守是邦：宋仁宗皇祐元年（公元1049年），范仲淹由邓州知州改任杭州知州。守，担任州、府长官。是邦，这个地方，指杭州。严光隐居的富春山在杭州治内。

9. 复：免除赋税徭役。为其后者：指严光的后人。

10. 以奉祠事：让他们掌管祠中的供奉、祭扫之事。

范仲淹

岳阳楼记

中间悲喜二大段，只是借来翻出后文忧乐耳，不然，便是赋体矣。一肚皮圣贤心地，圣贤学问，发而为才子文章。

庆历四年春，滕子京[1]谪守巴陵郡。越[2]明年，政通人和，百废俱兴。最要先书此句。乃重修岳阳楼，增其旧制[3]，刻唐贤今人[4]诗赋于其上，属[5]予作文以记之。叙事毕。下斗然放笔。

予观夫巴陵胜状，在洞庭一湖。好手段，先以一笔提起。衔远山，吞长江，浩浩汤汤，横[6]无际涯；朝晖[7]夕阴，气象万千。毕写。此则岳阳楼之大观也，前人之述备矣。次以一笔结住。然则北通巫峡，南极潇湘。迁客骚人[8]，多会于此。览物之情，得无异乎[9]？不知是过接，是排荡，文态酣恣之甚。

1. 滕子京：滕宗谅，字子京。与范仲淹同年参加进士科考试。

2. 越：及、到了。

3. 增：扩大。旧制：旧时的规模。

4. 唐贤：指张说、张九龄、杜甫、韩愈、柳宗元、白居易等人。今人：指吕端、丁谓等人。

5. 属：同“嘱”。

6. 横：广阔。

7. 晖：日光。

8. 迁客骚人：迁客，被贬职调往边远地区的官员。骚人，诗人。因战国时楚国大诗人屈原曾作《离骚》，后世因以“骚人”为诗人之代称。

9. 得无异乎：能不因所见景物的不同而不同吗？

若夫霪雨[10]霏霏，连月不开，阴风怒号，浊浪排空[11]，日星隐曜，山岳潜形，商旅不行，樯倾楫摧[12]，薄暮冥冥[13]，虎啸猿啼。登斯楼也，则有去国怀乡，忧谗畏讥，满目萧然，感极而悲者矣。一段，写众人悲。

至若春和景[14]明，波澜不惊，上下天光，一碧万顷，沙鸥翔集，锦鳞游泳，岸芷汀兰[15]，郁郁青青。而或长烟一空[16]，皓月千里，浮光跃金[17]，静影沉璧[18]，渔歌互答，此乐何极！登斯楼也，则有心旷神怡，宠辱皆忘，把酒临风，其喜洋洋者矣。一段，写众人喜。

嗟夫！予尝求古仁人之心，或异二者之为，何哉？上二段，写众人悲喜，只是生起古仁人此一段正论。不以物喜，不以己悲。居庙堂之高，则忧其民；忧。岂复《岳阳楼记》耶？处江湖之远，则忧其君。忧。是进亦忧，退亦忧。然则何时而乐耶？从悲喜引出忧乐，见登楼之人品心地，相去无算如此。其必曰：先天下之忧而忧，后天下之乐而乐欤！噫！微斯人，吾谁与

10. 霪雨：连绵的雨。

11. 排空：跃向空中。

12. 樯倾楫摧：樯，桅杆。楫，划船的桨。

13. 薄暮：傍晚。

14. 景：日光。

15. 芷：一种香草。汀：水中小洲。

16. 长烟一空：（天空中）大片的烟雾全都消散了。

17. 浮光：浮动着的月光。跃金：金波跳荡。此句写有风时的月夜景象。

18. 静影：静穆的月影。沉璧：沉于水底的白璧。此句写无风时的月夜景象。

归[19]！独立楼头，举目慨然。

时六年九月十五日。

19. 微：没有。斯人：这样的人，指古代那些品德高尚的人。吾谁与归：我向谁学习、同谁交往呢？归，归附、宗仰。

辅

1 篇

钱 公 辅

义田记

最有法度之文，宋人中难得。

范文正公，苏人也，一段，先记人。平生好施与，择其亲而贫、疏而贤者，咸施之。一段，次记公之天性。是时未有田。方贵显时，置负郭常稔之田千亩[1]，号曰义田，以养济[2]群族之人。日有食，岁有衣，嫁娶凶[3]葬皆有赡。择族之长而贤者主其计[4]，而时共出纳焉。一段，次记置田。日食，人一升；岁衣，人一缣[5]。嫁女者五十千，再嫁者三十千；娶妇者三十千，再娶者十五千；葬者如再嫁之数，葬幼者十千。族之聚者九十口，岁入给稻八百斛[6]，以其所入，给其所聚，沛然有余而无穷。分给之法已毕，下又别详二语。屏而家居[7]俟代者与焉，仕而居官者罢莫给。加此二语，最详。此其大较[8]也。一段，次记分给之法。

1. 负郭：靠近城郭。郭，外城。稔：指收成好。

2. 养济：赡养救济。

3. 凶：生病。

4. 长：年龄大。主：掌管。计：账目。

5. 一缣：一匹细绢。

6. 斛：容量单位，北宋时以十斗为一斛。

7. 屏而家居：退居在家。

8. 大较：大致的情况。

初，公之未贵显也，尝有志于是矣，而力未逮者二十年。重记公未得志时，言此田岂不难。既而为西帅[9]，及参大政[10]，于是始有禄赐之入，而终其志[11]。重记公得志始有此田。公既殁，后世子孙修其业，承其志，如公之存也[12]。再记公殁后，此田永永不废。公虽位充[13]禄厚，而贫终其身。殁之日，身无以为敛[14]，子无以为丧[15]。惟以施贫活族之义[16]，遗其子而已。一段，再记公天性，以收完前数段。

昔晏平仲敝车羸马[17]，桓子[18]曰："是隐君之赐也。"晏子曰："自臣之贵[19]，父之族，无不乘车者；母之族，无不足于衣食者；妻之族，无冻馁者；齐国之士，待臣而举火[20]者三百余人。如此，而为隐君之赐乎？彰君之赐乎？"于是齐侯以晏子之觞而觞桓子[21]。予尝爱晏子好仁，齐侯知贤，而桓子服义[22]也。先粗发议。又爱晏子之仁有等级，而言有次第也。先父族，次母族，次妻族，而后及其疏远之贤。孟子曰："亲亲而仁民，仁民而爱物[23]。"晏子为近之。又精发议。今观文正公之义田，

9. 西帅：范仲淹曾在陕西一带统兵戍边，故称他为西帅。

10. 参大政：范仲淹与韩琦因戍边御敌有功，于庆历四年四月被召回京，同时被任命为枢密副使。同年八月，又被任命为参知政事。参，参与。

11. 志：指购置义田之志。

12. 修：修营。承：继承。

13. 位充：职务高。

14. 身无以为敛：没有留下任何钱财可用以装殓自己。

15. 无以为丧：没有钱财拿来办理丧事。

16. 义：道义、精神。

17. 晏平仲：晏婴，字平仲，春秋时齐国著名政治家。敝：破败。羸：瘦弱。

18. 桓子：陈无宇，春秋时齐国大夫。

19. 贵：显贵。

20. 举火：指点火烧饭。

21. 觞：古代盛酒器具。觞桓子：罚桓子饮酒。因桓子说错了话，故齐侯罚他饮酒。

22. 服义：指桓子知道自己说得不对，故罚酒不辞，表示心服这件事。服，折服。义，道义。

23. "亲亲而仁民"二句：引自《孟子·尽心》。赵岐注："先亲其亲戚，然后仁民，仁民然后爱物，用恩之次者也。"仁民，施仁爱于人民。

贤于平仲。其规模远举，又疑过之[24]。结到文正公。

呜呼！世之都三公位[25]，享万钟[26]禄，其邸第[27]之雄，车舆之饰，声色[28]之多，妻孥[29]之富，止乎一己[30]而已。而族之人，不得其门者，岂少也哉？况于施贤[31]乎？其下为卿，为大夫，为士，廪稍之充[32]，奉养之厚，止乎一己而已。而族之人，操壶瓢为沟中瘠者[33]，又岂少哉？况于他人乎？是皆公之罪人也！骂人。落得骂，该骂，该杀！

公之忠义满朝廷，事业[34]满边隅，功名满天下，后世必有史官书之者，予可无录也[35]。后人作此记，必以此一段起。今只略带，是其立言高人一等处。独高其义[36]，因以遗其世云[37]。

24. 规模：规矩制度。远：久远。举：全面。疑：仿佛。过：超过。

25. 都：居。《汉书·东方朔传》："都卿相之位。"

26. 万钟：极言禄米之多。

27. 邸第：官邸、住宅。

28. 声色：指歌舞伎及妾等。

29. 妻孥：妻子和儿子。

30. 一己：自己一个人。

31. 施贤：接济关系疏远的贤者。

32. 廪稍：禄米。充：充裕。

33. 操：拿着。壶瓢：指行乞的用具。瘠：通"胔"，开始腐烂的尸体。

34. 事业：指守边和治理州郡的业绩。

35. 无录：不必记述。

36. 高：高尚、敬仰。义：道义。指在购置"义田"，以其收入赡养、接济族人的义行中所体现出来的可贵精神。

37. 因以遗其世云：因而记述了他的义行，让它流传于后世。

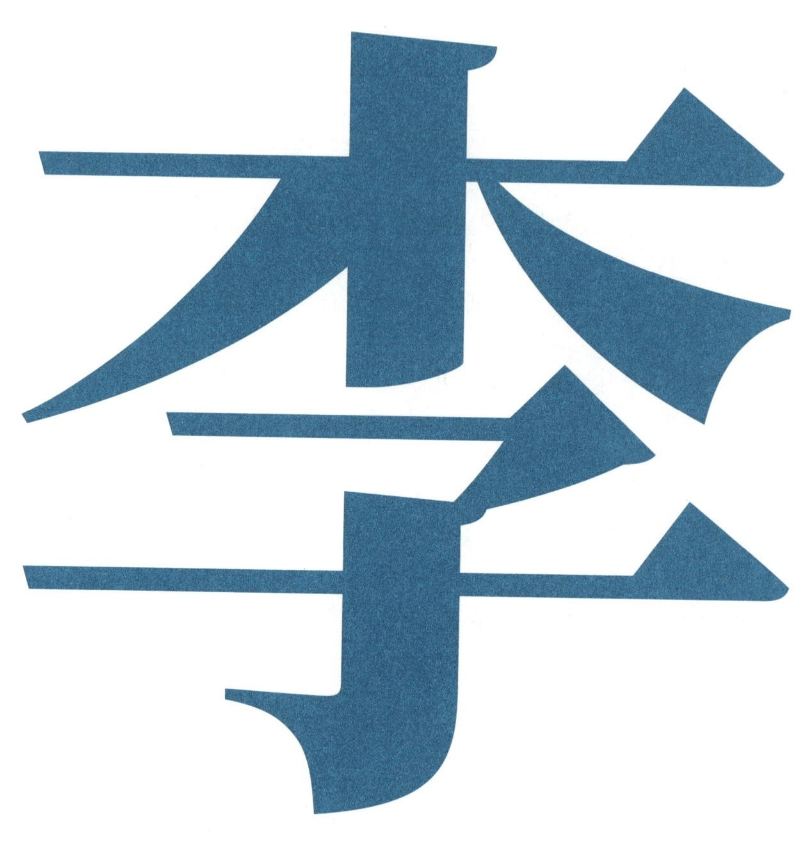
李

觏

972 — 973

1 篇

李　觏

袁州州学记

学记多，自来无过此篇者。因其初动笔，便欲学秦石刻，遂使通篇俱古劲简峭，不复认其为宋人笔墨也。

皇帝[1]二十有三年，制诏州县立学。起笔意思便欲拟李斯秦石刻。惟时守令，有哲[2]有愚，有屈力殚虑，祗顺德意[3]；或亦间有。有假官借师[4]，苟具文书。比比是也。或连数城，亡诵弦声，倡而不和，教尼[5]不行。一段，先记祖君未来以前。

三十有二年，范阳祖君无择知袁州。始至，进诸生[6]，知学宫阙状[7]，叙事古甚。大惧人材放失，儒效阔疏[8]，亡以称上意旨。写得阔大。通判颍川陈君侁[9]，闻而是之，议以克合[10]。先书祖君，次书陈君。相旧夫子庙，狭隘不足改为，轻过。乃营治之东，厥[11]土燥刚，厥位面阳，厥材孔良[12]。详记。殿堂门庑，黝垩丹漆[13]，举以法。详记。故生师有

1. 皇帝：指宋仁宗赵祯。

2. 哲：有才有识。

3. 祗：恭敬。德意：皇帝的旨意。

4. 假官借师：名义上设立了学官、聘请了教师。

5. 尼：衰败。

6. 进：召见。诸生：州学中的学生。

7. 学宫：学舍。阙：同“缺”。

8. 儒效：儒学的作用。阔疏：得不到重视。

9. 陈君侁：陈侁，人名。祖无择知袁州时，陈侁任袁州通判。

10. 议以克合：通过商议取得了一致的意见。

11. 厥：其。

12. 材：木料。孔良：很好。

13. 垩：白色。漆：黑色。

舍，庖廪有次。百尔器备，并手偕作。工善[14]吏勤，晨夜展力，越明年成。详记。

舍菜[15]且有日，盱江李觏谂于众曰[16]：惟四代[17]之学，考诸经可见已。作学记不说虞、夏、商、周，自是欠事。今只以一句道破，笔力高古。秦以山西鏖[18]六国，欲帝万世，刘氏一呼[19]，而关门不守，武夫健将，卖降恐后，何耶？《诗》《书》之道废，人惟见利而不闻义焉耳。引古废学之祸。孝武乘丰富[20]，世祖[21]出戎行，皆孳孳[22]学术。俗化之厚，延于灵、献。草茅危言者[23]，折首而不悔。功烈震主者，闻命[24]而释兵。群雄相视，不敢去臣位[25]，尚数十年，教道之结人心如此[26]。引古兴学之效。今代遭圣神[27]，句宽。尔袁得圣君[28]，句切。俾尔由庠序[29]，践古人之迹。建学也。天下治，则谭礼乐以陶吾民[30]；此句，人及。一有不幸，犹当仗大节，为臣死忠，为子死孝。使人有所赖，且有所法。此句，人所不及，妙妙。是惟朝家教学之意，一句收。若其弄笔墨以徼利达而

14. 工善：工匠手艺高明。

15. 舍菜："释菜"或"舍采"。舍，陈设。采，芊、蘩之类的祭品，为生徒春季入学时举行的祭祀先师孔子的仪式上所用。

16. 盱江李觏：李觏（公元 1009—1059 年），字泰伯，曾任太学助教、直讲等。因盱江流经他的家乡南城，故世人称他为盱江先生。谂：告。

17. 四代：虞、夏、商、周。

18. 鏖：鏖战。

19. 刘氏：指汉高祖刘邦。

20. 孝武：汉武帝刘彻。乘：趁。

21. 世祖：汉光武帝刘秀。

22. 孳孳：同"孜孜"，努力不懈的样子。

23. 草茅：身居山野茅舍之中。危言：激烈的言论。

24. 命：诏命。

25. 去臣位：自立为帝王。

26. 教道：教化之道。结：深入。

27. 遭：遇。圣神：圣明的帝王。

28. 袁：袁州。圣君：这里指贤能的长官。

29. 俾：使。庠序：学校。

30. 谭：光大。陶：陶冶。

已[31]，岂徒二三子之羞，抑亦为国者之忧。又反收。言之慨然！

31. 徼：通“邀”，谋取。利：利禄。达：显贵。

非

1 篇

李格非

书《洛阳名园记》后

幺麽小题，发出如许大论。大儒眼中，固无细事；大儒胸中，固无小计；大儒手中，固无琐笔，定当如此。

洛阳先写洛阳。处天下之中，挟殽、渑之阻[1]，当秦、陇之襟喉[2]，而赵、魏之走集[3]，盖四方必争之地也。天下常无事则已；有事，则洛阳必先受兵。予故尝曰：洛阳之盛衰，天下治乱之候[4]也。忽落大笔。

方唐贞观、开元之间，公卿贵戚开馆列第于东都[5]者，号千有余邸[6]。次写名园。及其乱离，继以五季[7]之酷，其[8]池塘竹树，兵车蹂践，废而为丘墟，高亭大榭[9]，烟火焚燎，化而为灰烬，与唐共灭而俱亡，无余处矣。予故尝曰：园圃之兴废，洛阳盛衰之候也。再落大笔。

1. 挟：倚仗。殽：崤山。渑：古代的“九塞”之一，在今河南渑池县境。阻：险阻。

2. 秦：秦地，今陕西省一带。陇：今陕西西部及甘肃省一带。襟：衣襟，比喻形势的险要。喉：咽喉，比喻要害的地方。

3. 赵：赵地，今河北省南部、山西省东部、河南省北部一带。魏：魏地，今山西省西南部、河南省北部一带。走集：这里指交通要冲。

4. 候：征兆、标志。

5. 东都：唐代以长安为都城，而以洛阳为东都。

6. 号：号称。邸：达官贵人的住宅。

7. 五季：五代，指唐朝灭亡后先后建立起来的五个国祚短促的朝代，即后梁、后唐、后晋、后汉、后周。

8. 其：指公卿贵戚的馆舍宅第。

9. 榭：建在高台上的敞屋。

且天下之治乱，候于洛阳之盛衰而知；洛阳之盛衰，候于园圃之兴废而得；则《名园记》[10]之作，予岂徒然哉？忽将上二大笔一总，便写出记来。

呜呼！公卿大夫方进于朝，放乎一己之私以自为[11]，而忘天下之治忽[12]，欲退享此乐[13]，得乎？唐之末路是矣。感叹欷歔以收之。

10.《名园记》:《洛阳名园记》。为李格非所著。李格非，字文叔。熙宁九年（公元 1076 年）进士。曾任国子监博士、著作佐郎、礼部员外郎等职。他是北宋著名的学者，著名女词人李清照的父亲。

11. 放：放纵。自为：自己想干什么就干什么。

12. 治忽：盛衰、兴亡。

13. 退：退职。此：指名园。

出版说明

本版《金圣叹选批天下才子必读书》以有正书局民国初年刊本《天下才子必读书》为底本进行整理校订。其中选入的文章，均据相关原书一一校订，以岳麓书社《左传》（2008年版），上海古籍出版社《国语》（2007年版）和《韩昌黎文集校注》（2014年版），中央编译出版社《史记》（2011年版），中华书局《东坡志林》（1981年版）、《战国策》（2006年版）、《汉书》（2007年版）和《后汉书》（2007年版）等为主要校本，同时参照其他版本，择善而从；金圣叹的批注，参考安徽文艺出版社《金圣叹选批才子必读新注》（1988年版），湖北人民出版社《金圣叹批才子古文》（1994年版），线装书局《金圣叹评点才子古文》（2007年版）整理校订。在此一并致谢。

关于本书的注释、编排，说明如下：

1.在尊重底本篇目顺序的基础上，取消了传统的分卷形式，按朝代顺序编排，以便读者阅读。

2. 将“补遗”中的篇目按时间顺序依次加入各朝代篇目最后。

3. 个别篇章名作了改动，如将《伶官传论》改为现在通行的《五代史伶官传序》，底本“后汉文”指三国时期的文章，因此编入“魏晋文”。

4. 文章的批注包括总批和夹批，总批列于题目之下，正文以前。

5.书中的插图内容选自《晚笑堂竹庄画传》（清代上官周撰）与《古圣贤像传略》（清代顾沅辑录、孔继尧绘像）。

图书在版编目（CIP）数据

金圣叹选批天下才子必读书 / (清) 金圣叹选批；朱一清，程自信注. -- 北京：北京联合出版公司，2025. 3. -- ISBN 978-7-5596-7990-1

Ⅰ. I262

中国国家版本馆CIP数据核字第2024MQ9065号

金圣叹选批天下才子必读书

作　　者：（清）金圣叹选批　朱一清　程自信注
出 品 人：赵红仕
选题策划：先后出版
产品经理：朱　笛
责任编辑：刘　恒
特约编辑：曹　海
装帧设计：别境Lab

北京联合出版公司出版
（北京市西城区德外大街83号楼9层　100088）
河北鹏润印刷有限公司印刷　　新华书店经销
字数 729千字　　787毫米×1092毫米　　1/16　　48插页　　63印张
2025年3月第1版　　2025年3月第1次印刷
ISBN 978-7-5596-7990-1
定价：299.00元